CHIENS PERDUS
& CŒURS SOLITAIRES

LUCY DILLON

CHIENS PERDUS & CŒURS SOLITAIRES

traduit de l'anglais
par Mélanie Carpe

ARCHIPOCHE

Ce livre a été publié sous le titre
Lost Dogs and Lonely Hearts
par Hodder & Stoughton, Londres, 2009.

Notre catalogue est consultable à l'adresse suivante :
www.archipoche.com

Éditions Archipoche
34, rue des Bourdonnais
75001 Paris.

ISBN 978-2-35287-839-1

1

Aux premiers jours de février, Rachel Fielding pouvait se targuer d'un poste enviable dans les relations publiques pour sociétés point-com, d'un petit ami guère avare en bouquets de fleurs, d'une employée de maison et de la peau d'une femme de trente-six ans, soit trois de moins que son âge.

La deuxième semaine du mois n'était toutefois pas entamée qu'elle avait réussi, d'un seul coup d'un seul, à perdre l'amour de sa vie, son appartement de Chiswick et son emploi. Ce matin-là, Rachel avait également découvert sa première mèche grisonnante, balafre tapageuse au milieu de son épaisse toison brune, et reçu un texto de sa sœur, Amelia, qui lui reprochait d'avoir oublié le cinquième anniversaire de sa nièce car « le fait de ne pas avoir d'enfant ne donne pas le droit d'agir en foutue égoïste ».

Le chômage, la séparation ou les premiers symptômes capillaires de l'âge justifiaient chacun une bonne déprime, mais l'accumulation des trois assenait un coup bien trop dur à encaisser pour une seule personne, si douée fût-elle à présenter les mauvaises nouvelles sous un jour positif. Rachel brûlait, mourait d'envie de se vautrer dans une mare de glace saveur Baileys au son de Joy Division ; au lieu de quoi elle se retrouvait coincée sur une chaise en plastique dans une étude notariale de Longhampton, ville de province où l'arrivée de la chaîne de supermarchés haut de gamme Waitrose alimentait encore les conversations, à écouter l'exposé sur les droits de succession d'un quinquagénaire qui s'obstinait à lui donner du « mademoiselle Fielding » tout en parlant de lui à la première personne du pluriel.

Bien qu'héritière de ce que Gerald Flint avait le plaisir de qualifier d'« avoirs substantiels », Rachel ne parvenait à se focaliser sur rien d'autre que la destinée vers laquelle elle s'acheminait, à l'instar de feu sa tante Dot : un crépuscule de poils de chien et de plats cuisinés en portion individuelle. Chaque fois qu'elle tâchait de se concentrer sur sa qualité d'exécutrice testamentaire et, à peu de chose près, d'unique bénéficiaire des biens laissés par Dot – une demeure familiale, un chenil, des chiens, encore des chiens et toujours des chiens –, le cruel éclat des yeux sombres d'Oliver s'imprimait dans son esprit tel un économiseur d'écran masochiste. Elle revoyait alors les expressions qui s'étaient succédé sur son visage au moment où elle lui avait mis les preuves sous le nez : le choc, la peur puis, comble de l'horreur, un éclair dans lequel elle reconnaissait à présent de la fatuité.

— Vous aurions-nous égarée en chemin, mademoiselle Fielding ?

Avec un violent frisson, Rachel braqua son attention sur ce qui se déroulait autour d'elle. Ressaisis-toi, s'exhorta-t-elle. Oliver était parti. Et elle était ici. C'était important.

— Je vous suis, affirma-t-elle en tambourinant sur son calepin avec son stylo. Enfin, non d'ailleurs. Pourriez-vous résumer mes devoirs et obligations en tant qu'exécutrice testamentaire ?

Gerald Flint siégeait derrière son bureau, sous le grand tableau-photo de ses quatre petits-enfants aux mines de hibou. À sa droite se trouvait une jeune femme blonde d'une vingtaine d'années qui lui avait été présentée comme la responsable du chenil de Dot et, juste à côté, un border-collie noir et blanc à l'air maussade. Rachel n'arrivait pas à se rappeler ce que l'animal fabriquait là, mais il fallait dire que Dot était toujours passée auprès de sa famille pour une « dingo » des chiens. Du moins était-ce le diagnostic laconique de la mère de Rachel, qui, pour sa part, ne voyait là rien de bien étrange comparé à la passion maternelle pour la propreté absolue. Il n'était donc pas exclu que sa tante eût nommé son compagnon à quatre pattes coexécuteur testamentaire.

Le notaire imputa au deuil cette absence, due à l'incursion d'Oliver dans son esprit.

— C'est beaucoup d'un coup, mais nous sommes ici pour nous charger de la majeure partie de ces démarches en votre nom. Je vais récapituler, si vous le voulez bien.

Rachel tourna la page de son carnet pour en entamer une nouvelle et, tombant sur la liste hargneuse qu'elle avait dressée la veille – préparer les cartons, appeler le garde-meuble, faire changer les serrures, réserver des vacances –, s'empressa de trouver une feuille vierge. Elle s'appliqua alors à prendre en note les explications de Gerald Flint.

Avant de pouvoir hériter de la propriété de Dot, sans oublier la pension pour chiens et le refuge qu'elle comprenait, elle aurait à faire réaliser une estimation de l'ensemble. Après quoi, le notaire enverrait les divers formulaires à l'administration fiscale, qui calculerait les droits de succession. Car rien ne lui appartiendrait avant qu'une partie de la somme due ne soit acquittée. Et bla-bla-bla. Tandis que son stylo s'affairait sur la page, Rachel sentait sa poitrine se serrer sous le poids d'un incommensurable regret.

Dix années parties en fumée. La décennie la meilleure, la plus épanouissante de sa vie. Jamais, plus jamais elle ne toucherait les cheveux bruns d'Oliver, dégagés de son front en une coiffure qui, contre toute attente, lui allait à ravir. Plus jamais elle ne sentirait son parfum après le travail, cette odeur masculine de renfermé qui se dégageait de sa chemise blanche quand il jetait sa veste à doublure dorée sur une chaise de son appartement…

— Et Bijou, bien sûr ? intervint la jeune femme blonde, interrompant le fil de ses pensées.

Si son accent australien donnait à sa phrase une intonation interrogative, le sourire radieux qu'elle adressa à

Rachel était sans nul doute affirmatif: il s'agissait pour elle du bien le plus précieux de la succession.

Rachel jeta un coup d'œil au collier en or qui brillait au-dessus de son T-shirt. Megan.

— Je regrette mais je ne me souviens d'aucun paragraphe concernant un chien dans le testament.

D'un regard, elle chercha confirmation auprès du notaire.

— Y était-il mentionné? Excusez-moi, je vis une sorte de cauchemar depuis une semaine…

— Dot m'a chargée de vous en parler à votre arrivée.

Megan montra du doigt le chien qui se tenait assis à ses pieds depuis le début du rendez-vous, docile quoiqu'un tantinet morose avec sa queue et ses oreilles qui pendaient tristement. Rachel éprouva un pincement de culpabilité. Ilsemblait plus affligé qu'elle.

— Bijou a sept ans, c'est un border-collie. Dot voulait qu'il vous revienne. Elle a bien insisté là-dessus, pas vrai mon Bijou? Pour toi, elle ne voulait rien d'autre qu'une maison hors du commun.

Elle caressa avec tendresse les oreilles noires et plumeuses du chien, qui se colla contre elle.

— Je ne suis pas très chien, avança Rachel.

Comme l'animal levait la tête vers elle, elle ne put réprimer un mouvement de recul face à ses angoissants yeux bleu glacier, qui fouillaient son visage comme s'ils cherchaient à la reconnaître. Depuis quand les chiens possédaient-ils un regard pareil? Il semblait sonder l'intérieur de son crâne pour y découvrir une femme qui n'était même pas capable de prendre soin de ses plantes d'intérieur.

— Dot ne vous aurait pas laissé Bijou si elle ne pensait pas que vous seriez la maîtresse idéale pour lui. Elle avait un don pour trouver à chacun le bon chien, expliqua Megan avec le plus grand sérieux. Il lui suffisait de voir quelqu'un pour savoir. Jamais de la vie elle n'aurait confié un des chiens du refuge à un maître qui ne lui convenait pas. Ça non, toutes les supplications du monde n'y auraient rien fait.

Rachel jeta un coup d'œil au notaire, s'attendant à le voir accueillir cette guimauve à la sauce Disney avec une discrète secousse de la tête. Mais Gerald Flint se contenta d'un sourire indulgent.

— Nous devons admettre qu'elle nous a trouvé deux petites merveilles. « L'entremetteuse canine », c'est ainsi que nous l'appelions.

Mon Dieu, dites-moi que je rêve ! songea Rachel.

— C'est de famille ? s'enquit Megan. Ce don de chuchoter à l'oreille des chiens ?

— Pas que je sache, répondit poliment Rachel, avant de se raviser. En fait, non, pas du tout. Nous n'avions même pas droit à un poisson rouge dans notre enfance. Je ne sais pas d'où Dot tenait cette passion pour les chiens.

Force était de constater que sa tante n'était pas une Mossop comme les autres. Elle ne s'était pas mariée à vingt-quatre ans, n'avait pas eu d'enfants et refusait de se pointer avec une ponctualité d'horloge aux réunions « cake & sherry » organisées par la mère de Rachel, Valerie. Cela dit, Rachel aurait pu en dire autant d'elle-même. Une chance que Val eût choisi Dot comme marraine de sa fille aînée avant sa mystérieuse délocalisation à Longhampton. D'ailleurs, elle devait sûrement croire que Dot avait transmis sa condition de vieille fille à sa nièce, telle une étrange affliction héréditaire.

— Pardonnez notre audace mais vous ressemblez beaucoup à Dorothy, remarqua Gerald Flint d'un ton indubitablement élogieux. D'apparence, je veux dire. Quelque chose dans le…

Rachel connaissait déjà la suite pour la bonne raison que tout le monde lui faisait la remarque. Sa tante et elle évoquaient des suffragettes édouardiennes excentriques à la main verte, ou encore des anges vengeurs préraphaélites, avec leur long nez et leurs yeux ronds et sombres si différents de la blondeur et de la roseur anglaises de Val et d'Amelia. Des années durant, Rachel avait rêvé d'être aussi jolie que sa sœur. Seul Oliver était parvenu à la convaincre qu'un physique « singulier » ne la trahirait pas avant ses quatre-vingts ans.

— Nez ? suggéra-t-elle.

— Oui, le nez.

Le notaire termina plus nerveusement qu'il n'avait commencé face à l'expression de Rachel, consciente d'afficher au repos un visage plus dur qu'elle ne l'aurait voulu. Il chercha aussitôt à réparer sa maladresse.

— Dorothy avait beaucoup d'allure. Il fallait la voir parcourir le terrain communal avec ses chiens. Nous nous sommes toujours demandé si elle n'avait pas appartenu aux services secrets ou à quelque autre…

Il perdit pied et finit par conclure :

— Son assurance, sans doute.

— Oui, répondit tristement Rachel.

Oliver avait toujours aimé son assurance à elle aussi, les manières raffinées et pleines d'allant qu'elle affichait lors des rendez-vous clientèle et qu'elle avait presque réussi à mettre sur le compte du naturel plutôt que d'une addiction au café qui lui tordait le foie ou de son besoin brûlant de l'impressionner.

— Nous avons certains points communs, c'est vrai, concéda-t-elle avec un nouveau serrement au cœur. Mais pas les chiens, je regrette. Je suis sérieuse, Megan, insista-t-elle, décelant un sourire complaisant de l'autre côté du bureau. Je n'ai pas de place pour un chien. Je voyage beaucoup, je travaille énormément…

Elle leva les mains. D'accord, elle ne travaillait plus et n'habitait plus dans un appartement à Chiswick, mais de là à se retrouver avec un border-collie sur les bras… Son domaine de compétences, c'était les relations publiques, pas les relations canines.

— Bijou n'est pas un chien, rectifia Megan. Ce serait plutôt… un bon vieux copain ? Hein, Bijou ? Si Dot pensait que vous étiez faits pour vous entendre, vous et lui, croyez-moi, c'est une union bénie du ciel.

Le sourire joyeux de Megan s'évanouit et une expression horrifiée traversa son visage.

— Oups, excusez-moi. Il m'arrive de manquer de tact.

Saisissant l'occasion de changer de sujet, Gerald Flint sortit un trousseau de son tiroir.

— Voilà la clé des champs ! Je suis sûr que vous tenez à aller jeter un coup d'œil à Four Oaks.

Il indiqua du menton la jeune Australienne.

— Megan est plus que qualifiée pour vous expliquer le fonctionnement du chenil.

Tout à coup, la fatigue mentale des derniers jours rattrapa Rachel, s'écrasant sur son crâne las comme chaque jour à 15 heures. Elle se sentit submergée par le besoin de se retrouver seule sous la couette avec une bouteille de vin, en pyjama plutôt que gainée dans une jupe Marc Jacobs qui lui sciait le ventre parce que son prix en solde l'avait envoûtée au point de lui faire perdre toute notion de taille. Tout cela parce que les trentenaires actives et célibataires se devaient d'afficher un minimum d'élégance, faute d'enfant qui dégobille comme excuse pour s'autoriser une garde-robe plus décontractée.

Avec une grimace de sympathie parfaitement dosée, Gerald Flint lui remit un lot de clés. Chacune était assortie d'une jolie étiquette sur laquelle se détachait l'écriture méticuleuse de Dot.

— Dorothy nous a chargés de remettre cette lettre à son exécuteur testamentaire en même temps que les clés. Nous vous laissons le soin d'en prendre connaissance en privé.

Le notaire tendit à Rachel une fine enveloppe, qu'elle glissa entre les dernières pages de son carnet.

— Comme nous vous l'avons dit, nous pouvons nous charger d'organiser les visites d'agents immobiliers, pour l'estimation, d'envoyer les déclarations et ainsi de suite. Si, de votre côté, vous pouviez regarder un peu les éventuels objets de valeur que renferme la propriété… Ou nous pouvons parfaitement nous rapprocher d'une entreprise de débarras…

— Non, je m'en occuperai, merci.

Rachel observa ses deux interlocuteurs l'un après l'autre. Qu'était-elle censée dire à présent ? Malgré tous ses défauts, Val savait, en toutes circonstances, apprécier avec virtuosité la juste intensité des murmures de rigueur. Enterrements, mariages, ouvertures de testament, sa mère s'activait aussitôt qu'un parent âgé cassait sa pipe. Elle avait organisé les obsèques dans un autre comté et fait inhumer Dot auprès de leurs parents, sur leurs terres natales du Lancashire. C'était apparemment du Dot tout craché d'exiger que sa succession fût gérée à Longhampton par un exécuteur testamentaire désigné par ses soins, à savoir Rachel.

Le chien la fixait de ses yeux tristes et glacials. Malgré son immobilité parfaite, il semblait si délaissé que Rachel se demanda si, comme elle, il n'aurait pas préféré goûter la solitude de son panier avec un bon os, sans doute l'équivalent canin d'une bouteille de vin, plutôt que d'assister à cette comédie.

Megan se tortilla sur sa chaise.

— Je peux vous demander un service, euh… mademoiselle Fielding ?

— Je vous en prie, appelez-moi Rachel. Et bien sûr ! ajouta-t-elle, plus qu'heureuse de céder Bijou à la jeune femme en souvenir de Dot.

— Vous pourriez me ramener à Four Oaks ? Si vous y allez, évidemment.

— Bien entendu. De toute façon, je ne suis pas certaine de trouver le chemin toute seule.

Elle ponctua sa réponse d'un sourire. Il se dégageait du visage impatient et bonhomme de la jeune femme, encore hâlé malgré les jours raccourcis d'un mois de février dont le ciel s'assombrissait déjà, un je-ne-sais-quoi qui chatouillait irrésistiblement les lèvres. Aucun doute, Megan était, elle, très chien.

De l'étude au parking, Megan entretint un monologue joyeux dans lequel perça une stupéfaction sans bornes lorsqu'elle posa les yeux sur la voiture de Rachel.

— Ouah ! C'est la vôtre ? lâcha-t-elle, le souffle coupé, tandis que Rachel actionnait d'un bip l'ouverture centralisée de sa Range Rover noire. C'est exactement ce qu'il faut à Bijou ! Bijou, vise un peu le beau 4×4 de ta nouvelle maman !

Rachel tressaillit.

— C'est un chien et je ne suis pas sa mère, d'accord ?

Elle se frotta le visage d'une main et serra les paupières sur ses yeux douloureux, s'abstenant de préciser que la Range Rover repartirait sans doute *illico* pour Londres dès que la société de leasing aurait eu vent de sa situation professionnelle, ou plutôt de sa non-situation professionnelle. Elle n'aurait qu'à trouver un nouveau boulot, se motiva-t-elle. Ce n'était pas ce qui manquait, avec un CV comme le sien. Même en période de récession, on avait toujours besoin d'une bonne attachée de presse. Surtout en période de récession !

Megan et Bijou l'observaient tous deux avec des yeux pleins d'expectative. Difficile de dire lequel semblait le plus désireux de la contenter… Reste qu'elle culpabilisait autant à l'idée de décevoir l'un que l'autre.

— Excusez-moi. Je ne sais pas ce qui est le mieux pour lui. Sera-t-il en sécurité dans le coffre ?

— Dans un coffre de cette taille, il sera très bien, le gros veinard ! répondit Megan en ouvrant le hayon arrière. Oh, vous voyagez léger !

Elle venait d'aviser les deux petits sacs de week-end et le carton dans lequel Rachel avait jeté quelques bricoles au hasard avant de déserter son appartement. S'il lui fallait une raison supplémentaire de déprimer, elle l'avait trouvée : c'était là le résumé des dix dernières années de son existence.

— Vous pensez rester combien de temps ?

— Je ne sais pas.

Elle se passa les doigts dans les cheveux, exhalant un soupir lorsque les fils gris se rappelèrent à son bon souvenir.

— Pour être honnête, je n'ai aucun projet précis pour l'instant.

— Vous prendrez les choses comme elles viennent ? C'est mieux comme ça. Allez, monte, bonhomme !

Megan se mit à tapoter le bord de la carrosserie et, docile, Bijou bondit dans le coffre de la Range Rover pour se pelotonner entre les deux sacs. Rachel voyait déjà les longs poils élire domicile sur le cuir noir, mais elle était trop lessivée pour s'attarder sur la question. Elle referma donc le coffre et ouvrit la portière du conducteur.

— C'est chic de me ramener, les bus ne sont pas très fiables dans le coin. Évidemment, c'est la campagne pour vous, hein ? Il faut sortir de Longhampton en direction de Hartley, je vous indiquerai ensuite.

Megan grimpa du côté du passager. Nettement petite que Rachel, elle dut sautiller pour se hisser dans la voiture. Elle portait un vieux jean rentré dans des bottes confortables et s'installa sur le siège dans une odeur de chien et de parfum au musc blanc Body Shop.

— Ce n'est pas trop loin quand on quitte le centre-ville, mais je ne vous apprends rien, si ?

Elle s'interrompit pour tendre l'oreille.

— Dites, ce ne serait pas votre portable ?

En effet. Rachel ne le savait que trop bien. Elle avait reconnu la sonnerie, « La Chevauchée des Walkyries », qui indiquait que l'appel venait de sa mère. Qu'il était tentant de l'ignorer, de prétexter qu'elle était en train de conduire. Mais Val était au courant de son rendez-vous chez le notaire, il fallait donc s'attendre à un véritable harcèlement, qui ne cesserait que lorsqu'elle daignerait répondre. Mieux valait en finir tout de suite.

— Si, avoua-t-elle en fouillant dans son sac. Excusez-moi, je dois prendre cet appel. Je n'en ai pas pour longtemps.

Elle se glissa hors du véhicule et colla l'appareil contre son oreille.

— Allô, maman ?

— As-tu fini chez le notaire ? Alors, il y a une erreur dans le testament ?

Val n'était pas du genre à mâcher ses mots.

— Nous en avons discuté, avec ton père, il pense qu'il doit y avoir une lettre de Dot dans laquelle elle t'explique comment tout répartir. Une fois que tu seras passée chez le notaire, je veux dire. D'après lui, ça coûtait sûrement moins cher de tout te laisser pour que tu le partages ensuite avec ta sœur plutôt que de recourir à un intervenant officiel.

Rachel prit une longue inspiration par le nez. Elles avaient entamé cette conversation quatre jours plus tôt, or Val reprenait toujours les discussions là où elle les avait laissées.

— Maman, il y a bien une lettre mais je ne l'ai pas encore ouverte. Et vas-tu enfin arrêter de te comporter comme si tu me tenais pour responsable de tout ça ? Je ne m'y attendais pas plus que toi, tu sais. Je suis sûre que je vais trouver des choses pour Amelia. Je ne crois pas qu'il faille y voir une quelconque critique de la part de Dot.

— Que ce soit bien clair entre nous, je ne reproche rien à Dot, affirma sa mère dans un effort d'impartialité.

Val était l'incarnation même de la justice. Elle accordait à tout le monde le bénéfice du doute, y compris à ceux qu'elle ne croyait pas un seul instant.

— Dot était comme ça, voilà tout. Elle était habituée à vivre seule, sans attaches, sans personne de qui se soucier. Mais il n'y a pas qu'Amelia. Grace et Jack devraient aussi recevoir un souvenir de leur grand-tante.

Rachel résista à la tentation de répliquer qu'une meute de chiens de toutes races ne laissait pas tout à fait libre comme l'air. Cette présomption familiale, selon laquelle une femme sans enfants passait ses nuits en discothèque à s'adonner à une vie de débauche, avait le chic pour la mettre en boule.

— Ils ne voudraient pas d'un chien, par hasard? demanda-t-elle, mi-figue mi-raisin. Ce n'est pas ce qu'il manque.

Rachel perçut l'inspiration d'une Valerie outragée.

— Quoi ? Non ! Ce serait parfaitement irresponsable ! Et les allergies, alors ? Il faudrait en parler à Amelia avant, Rachel. Non, il y a une jolie parure de brosses en argent qui conviendrait tout à fait pour Grace, elle appartenait à notre mère. Pour ce qui est de Jack, je crois me souvenir que Dot taquinait un peu le goujon. Il doit bien y avoir une canne à pêche de belle valeur quelque part. Et, reprit-elle après une pause, je ne t'ai rien dit mais un petit coup de pouce avec les frais de scolarité ne ferait pas de mal à Amelia. C'est un gouffre, les enfants. Je suis sûre que Dot a laissé un petit pécule que tu pourrais…

— Maman, je t'arrête tout de suite, l'interrompit Rachel. Laisse-moi te tranquilliser sur ce point : il n'y a pas d'argent.

— Pardon ? s'exclama Val, incrédule.

— Il n'y a pas d'argent. Il y a la maison, le chenil aussi, mais dès que le personnel et le notaire auront été payés, il ne restera plus rien.

— Mais… Comment… Elle a reçu la moitié de l'argent de la vente de la maison de papa et elle n'avait personne pour qui le dépenser, rien qu'elle !

Rachel décelait la blessure qui s'ouvrait dans les silences de sa mère. Ce n'était pas une question d'argent. Val était d'une générosité frisant la prodigalité. À sa façon, elle rivalisait de bonté avec Dot, à ceci près qu'elle exerçait la sienne auprès des humains, pas des canidés. Elle passait ses journées à rendre service, faisant résolument passer les autres avant elle, conduisant les petits vieux à l'hôpital dans sa Fiesta rouge, lavant le linge de ses voisins égarés dans le veuvage.

— Elle en a sûrement dépensé une bonne partie pour les chiens, expliqua Rachel en contournant la Range Rover. Mais c'était son droit.

Un silence s'empara de la ligne. Elle devina que Val comptait jusqu'à dix plutôt que de révéler tout haut le fond sa pensée. Une voix lointaine s'éleva à l'autre bout du fil.

— Qu'est-ce que tu racontes, Ken? Oh, ton père demande si tu peux regarder si tu trouves les... Quoi ? Plus fort ! Les albums d'Acker Bilk.

Pivotant sur un talon, Rachel jeta un regard vers la voiture et Megan, qui patientait tranquillement à l'intérieur.

— Ce n'est pas un vide-grenier, protesta-t-elle. Écoute, une fois le testament homologué, vous n'aurez qu'à venir voir ce qui vous intéresse. Qu'en dis-tu ?

— Nous ne voudrions surtout pas nous imposer. Et puis j'ai des responsabilités ici. Les petites dames de l'hospice comptent sur ton père et moi. Je ne peux pas tout abandonner, repartit Val, vexée.

Mais moi si, ajouta Rachel pour elle-même.

— Alors, que comptes-tu faire? Vendre? Une grande maison comme celle-là demande beaucoup d'entretien pour une personne seule. Je l'ai toujours dit à ton père, c'est une maison familiale. Dot n'avait pas besoin d'autant d'espace.

Rachel promena son regard sur les voitures garées dans le parking de l'étude notariale et, remarquant une Jaguar argentée identique à celle d'Oliver, sentit l'étau se resserrer.

— Rachel ? Tu es là ?

— Oui, maman.

Elle se pinça le nez, ferma les yeux.

— Tu es installée là-bas pour le moment? J'ai téléphoné à ton appartement hier soir, ça n'a pas répondu.

Tu ne me racontes plus rien, se radoucit Val. Certaines filles aiment se confier à leur mère. Amelia passe toujours avec les petits, mais toi, j'ignore même si tu es dans le pays.

— Je suis débordée de travail, maman.

Rachel était déterminée à clore la conversation avant de risquer de retomber dans leur sempiternelle et vaine rengaine. Bien sûr, il lui faudrait bien annoncer sa démission à Val un jour ou l'autre, mais au moins n'aurait-elle pas à lui apprendre sa rupture avec Oliver.

Plusieurs années auparavant, elle s'était penchée sur la question et avait résolu qu'il valait mieux, par commodité, feindre d'être célibataire et supporter les inévitables réflexions de sa mère sur la nécessité de « trouver quelqu'un avec qui se caser » plutôt que lui expliquer sa relation compliquée avec un homme aussi peu « gendre idéal » qu'Oliver Wrigley. Un seul membre de sa famille connaissait l'existence de celui-ci, et l'ironie voulait que ce fût Dot. Et encore, Rachel ne lui avait révélé que le strict minimum.

— Il n'y a pas que le travail dans la vie, lui rappela Val à l'autre bout du fil.

Une réflexion d'une grande aide, songea Rachel, venue d'une femme qui se consacrait à son foyer depuis 1969, grâce à l'ardeur avec laquelle son père se livrait à l'exercice de la médecine dentaire.

— Tu ne rajeunis pas.

— On en est tous là, riposta-t-elle d'un ton brusque.

Elle se retourna vers sa voiture et, en pleine volte-face, se retrouva nez à nez avec une paire d'yeux brillants. Surprise, elle recula d'un pas chancelant.

Bijou la fixait à travers la vitre arrière, assis telle une sentinelle, une patte posée sur son carton de bric-à-brac. Le chien inclina alors la tête, comme s'il entendait l'intégralité de la conversation téléphonique, et une de ses oreilles noires s'affaissa tandis que l'autre demeurait dressée, dévoilant une chair rose et délicate semée de poils blancs. Il semblait si fier de protéger ses biens terrestres, si désireux de se montrer utile ! La pauvre bête ignorait que sa nouvelle maîtresse n'avait pas de place pour lui dans sa vie chaotique.

Un élan de pitié irrationnel enfla dans la poitrine de Rachel. Malgré elle, des larmes lui picotèrent le bord des paupières. Sans doute un symptôme ménopausique précoce, songea-t-elle, morose. Se laisser émouvoir par les animaux… C'était peut-être ce qui se produisait à partir d'un certain âge, un message du corps annonçant le coup de sifflet final et pressant les vieilles filles de se constituer un stock de chats.

— Rachel ! Dis quelque chose !

Val patientait toujours dans l'espoir d'un déluge d'émotions digne d'Amelia.

— Je te rappelle plus tard, maman.

— Il faut qu'on parle, insista Val.

— Et n'oublie pas les albums d'Acker Bilk ! cria une voix étouffée.

— Et n'oublie pas…

— J'ai entendu.

Lorsque Rachel raccrocha, Bijou se mit à haleter derrière le pare-brise, les coins de sa gueule tirés en un sourire d'où pointait une langue rose.

— Toi, ne prends pas trop tes aises, prévint-elle.

2

L'entrée principale n'était, de toute évidence, pas celle que Dot empruntait tous les jours, conclut Rachel en poussant la porte d'un coup d'épaule. La désuétude avait gauchi le bois et le hall sombre ne trahissait aucun signe de vie quotidienne : ni prospectus de livreur de pizza, ni imprimés publicitaires. Le vestibule ne renfermait, en tout et pour tout, qu'une jardinière d'acajou accueillant un aspidistra poussiéreux, une horloge à cadran de bronze et, sur le papier peint cramoisi, une série d'estampes représentant des épagneuls aux yeux chocolat et aux babines soyeuses relevées sur les cadavres flasques d'oiseaux de gibier.

Des effluves de lavande et d'encaustique à la cire d'abeille imprégnaient l'endroit mais, curieusement, aucune odeur de canidé. Du moins rien d'insupportable au nez délicat de Rachel, contrairement à ce que présageaient les perpétuels grommellements de Val sur les « relents de chien mouillé » qui devaient empester la demeure de Dot. La généreuse hauteur de plafond dissipait tout parfum canin.

Rien n'avait changé depuis sa dernière visite, sept ans auparavant, à l'occasion d'un réveillon du jour de l'an. C'était juste après sa première dispute sérieuse avec Oliver, à l'époque où elle essayait encore de le convaincre de passer les fêtes de fin d'année avec elle au lieu de la laisser affronter les réjouissances familiales dans une apparente solitude. Fatiguée des allusions lourdingues de sa mère l'encourageant à se mettre en ménage et lasse des faux-fuyants de son amant, Rachel avait réservé un séjour à la montagne pour deux que cette fouine d'Oliver avait annulé à la dernière minute. Plutôt que de rester chez elle, à la merci de la compassion générale, elle s'était donc prise à jouer les Mère Teresa et avait téléphoné à sa tante, qui l'avait invitée à l'improviste.

À peine avait-elle raccroché que Rachel s'était demandé quelle mouche l'avait piquée. Quelle idée de se farcir des kilomètres toute seule pour se rendre dans le Worcestershire quand elle aurait pu tranquillement flirter dans un club privé de Soho ! Aiguillonnée par l'irréductible désir de disparaître de la circulation, elle avait toutefois parcouru le long chemin jusqu'à Longhampton et, une fois sur place, ne l'avait pas regretté. Dot l'avait attirée dans sa cuisine bien chaude, où elle écoutait un feuilleton sur Radio 4, et avait confectionné une tourte au poisson pendant que Rachel s'absorbait, contre toute attente, dans l'écoute de l'œuvre dramatique. Elles avaient ensuite dîné dans un agréable silence seulement troublé par les reniflements de sept chiots de toutes races, nichés dans un carton près de la cuisinière.

Minuit s'en était allé devant un feu de bois, arrosé d'une bouteille de Krug millésimé. Dot ne lui avait pas demandé pourquoi elle se retrouvait seule un soir où la plupart des femmes de son âge se livraient avec détermination aux festivités ambiantes, seulement si elle était heureuse. Cette simple question avait fissuré la fausse nonchalance de Rachel, qui avait alors laissé échapper plus que n'en savait sa propre mère. Pas tout, cependant. Juste qu'Oliver appartenait à une espèce à laquelle on ne mettait pas si facilement la corde au cou et que sa fierté à elle lui interdisait de rester à la maison pour se la laisser passer.

« Les hommes aiment jouer les compliqués, avait observé Dot, dont le petit air narquois suggérait qu'elle parlait en connaissance de cause. Ne les laisse pas déteindre sur toi. C'est ce qu'il y a de bien chez les chiens, leur affection est toute simple. Une promenade, un repas, un lit… » Elle avait marqué une pause, haussé un sourcil. « En fin de compte… »

Sur l'instant, Dot avait rajeuni de plusieurs dizaines d'années et Rachel s'était soudain senti reléguer du rang de citadine blasée à celui d'enfant naïve. Elle n'avait toutefois pas osé l'interroger. Val leur avait défendu, à Amelia et elle, de questionner tante Dot sur l'étrange absence de mari dans sa vie. Les vieilles habitudes avaient la vie dure.

Après cet échange, Dot lui avait servi un whisky et offert des fruits confits de chez Fortnum & Mason. Toutes deux étaient alors retombées dans un silence pensif, durant lequel Rachel s'était demandé où sa tante avait dégoté des confiseries du fameux grand magasin londonien et du Krug. Ces produits ne cadraient pas avec le portrait que Val aimait dresser des Noël de sa sœur autour d'une gamelle de pâtée pour chien garnie de houx.

Rachel s'arrêta sur le seuil, laissant le souvenir de cette nuit lointaine se dérouler dans son esprit. Repartie tôt le lendemain matin pour préparer un rendez-vous clientèle, elle n'avait plus jamais évoqué ce réveillon avec sa marraine. Leur relation avait repris son cours normal, au rythme de cartes d'anniversaire et de Noël empreintes d'ironie. À la suite de cette visite, elle s'était toutefois engagée en tant que bénévole au sein d'un foyer pour sans-abri, histoire de donner une leçon à Oliver. Pour ce qu'il s'en souciait !

Rachel s'enfonça dans le hall. Si Dot ne s'était, à l'évidence, pas intéressée à la décoration depuis son emménagement, au début des années 1970, la digne vétusté de cet intérieur seyait bien à la maison de campagne. Un coup de peinture claire, quelques vases de fleurs et tout serait transformé. Ce serait alors sa maison, un nid où se poser, un chez-elle à agrémenter à son goût. Bizarrement, l'idée la réjouissait moins qu'elle aurait pu le croire.

Megan s'immobilisa au pied de l'escalier couvert de moquette, un sac Mulberry sur l'épaule.

— Vous voulez peut-être commencer par un brin de toilette ? Sauf si vous préférez aller dire bonjour à tout le monde dès maintenant, histoire de vous en débarrasser. Je dois sortir quelques chiens à 17 heures, si une promenade vous tente, vous êtes la bienvenue. Ou si vous voulez accorder un peu de temps en tête à tête à Bijou…

Sa voix finit par se voiler face au silence de Rachel.

— Excusez-moi, on dirait que je vous reçois dans un hôtel, vous ne trouvez pas ? Alors que vous êtes chez vous maintenant.

— Ce n'est rien.

Le malaise de Rachel était moins causé par l'accueil de Megan que la perspective de devoir discuter avec des inconnus, quand elle n'avait qu'une seule idée en tête : enfiler son masque de sommeil Virgin Atlantic comme rempart contre l'impitoyable réalité de sa vie à Chiswick. Son téléphone ne cessait de vibrer dans sa poche, or elle n'avait pas besoin de l'en sortir pour savoir que c'était Oliver qui l'appelait. Elle ne voulait surtout pas entendre ses messages, pas après ce qu'elle avait fait. Il devait être blême de rage.

— Euh… Quand vous dites tout le monde…

— Oh, je voulais dire les chiens, précisa Megan avec un sourire jusqu'aux oreilles. Pardon, vous finirez par vous y faire. George, le vétérinaire, est là aussi. J'imagine que vous voudrez lui parler du chenil.

George le vétérinaire. Résistant à l'appel du bain et de la bouteille de vin, Rachel revêtit sa plus belle expression de réunion de relations publiques. Autant en finir le plus vite possible.

— Bonne idée ! s'exclama-t-elle d'une voix qui sonnait creux, non sans un pincement de honte face au sourire naturel et enthousiaste de Megan.

Celle-ci s'engagea donc dans le couloir devant elle tout en lui expliquant par-dessus son épaule :

— On a une équipe de promeneurs bénévoles. Sans eux, on ne s'en sortirait pas, franchement. Ils sont là aussi, ils rentrent les terriers à cette heure.

— Des promeneurs ?

Malgré l'interrogation, Rachel se souciait peu de ce que la jeune femme racontait. C'était une astuce qu'Oliver lui avait enseignée pour traiter avec les clients : il suffisait, pour se dispenser de parler, ou même d'écouter, de répéter le dernier mot de son interlocuteur puis de le laisser disserter.

— Oui, des gens du coin que ça ne dérange pas de promener quelques pensionnaires du refuge en même temps que leur chien. Il y a aussi des enfants qui n'ont pas le droit d'avoir un animal de compagnie ou des personnes âgées qui ne peuvent pas en prendre. Tout le monde y trouve son compte.

— Hmm…

Rachel s'immobilisa devant une photographie. Dos droit et cheveux blancs, sa tante était cernée par un groupe de chiens qui bondissaient pour lui lécher le visage. D'imposants clichés de lévriers gambadant ou de colleys en pleine cabriole étaient suspendus çà et là. Rachel aurait presque cru déceler dans cette exposition la touche de Val, qui tapissait les murs de son salon de portraits d'Amelia, de Grace et de Jack réalisés chez un photographe professionnel.

— Et vous, vous faites quoi dans la vie ? demanda Megan pour relancer la conversation. Gerald a dit que vous travailliez dans les relations publiques. Ce doit être palpitant.

— Pas tant que ça. Je m'occupe principalement de lancements de sites Internet. Des nouvelles entreprises, quelques distributeurs sur le Web… Rien de bien intéressant.

Rachel sursauta en sentant un petit coup contre son talon. Derrière elle, Bijou lui poussait le mollet du bout du museau. Il s'arrêta et la regarda en contre-plongée, inclinant la tête dans un mouvement qui lui rabattit une oreille.

— Bijou! Arrête un peu de mener tout le monde à la baguette! glapit Megan d'une voix indignée, malgré son amusement manifeste. Il faut l'excuser, Rachel, c'est un vrai chien de berger. Si on ne va pas assez vite à son goût, monsieur mène le troupeau.

Pour la première fois, Rachel regarda son nouveau compagnon dans les yeux.

— C'est un chien du refuge? Je ne me rappelle pas l'avoir déjà vu ici.

La gaieté de Megan se dissipa.

— Non, c'était le toutou de Dot. Bijou avait deux semaines quand elle l'a recueilli. C'est l'agent de police local qui le lui a amené. Il l'a trouvé dans un carton près de l'aire de jeu du parc avec ses trois petits frères, abandonnés à une mort certaine. Dieu sait ce qui est arrivé à leur pauvre maman, dit-elle, les yeux écarquillés. La rivière avait gelé, vous imaginez dans quel état se trouvaient ces petits bonshommes. À leur arrivée ici, ils se blottissaient les uns contre les autres pour se tenir chaud. Leur sœur était déjà morte de froid.

— C'est affreux, souffla Rachel.

Le récit de cette tragédie la secoua tant qu'elle en oublia un instant de s'apitoyer sur son sort. Elle s'accroupit à la hauteur du border-collie et lui caressa le cou. Le chien leva la tête pour l'observer de ses yeux vifs qui luisaient dans la pénombre du couloir. Sa fourrure était si épaisse et vigoureuse qu'elle peinait à l'imaginer en pauvre créature minuscule luttant pour survivre.

— Il est superbe maintenant.

— Grâce à Dot, affirma Megan en se penchant pour caresser l'oreille du border-collie. Pendant toute une semaine, elle les a gardés, lui et les autres, dans une grande écharpe qu'elle nouait autour d'elle et ne quittait presque jamais. Ils étaient trop jeunes pour être sevrés, il a fallu les nourrir avec des pipettes et tout le toutim. L'un d'eux n'a pas survécu, il avait perdu trop de poids. George a fait tout son possible, mais même les bons soins de Dot n'ont pas pu lui sauver la vie.

Un rire d'homme retentit dans la cuisine. Décidément, Rachel ne se sentait pas d'attaque à honorer ses obligations sociales, encore moins maintenant que le drame de Bijou menaçait de lui arracher de nouvelles larmes.

— Que sont-ils devenus, finalement ? demanda-t-elle pour retarder le moment fatidique.

Megan se pencha pour couvrir le chien de caresses plus franches.

— Sem et Astre ont été placés chez un fermier près de Hartley et Feu follet a été confié à un éducateur spécialisé de Rosehill. Mais Dot n'a pas eu le cœur de se séparer de Bijou. Elle enfreignait tous ses principes en le gardant, mais elle disait qu'il le valait bien. Et tu lui as bien rendu tout l'amour qu'elle t'a donné, pas vrai mon pauvre petit bonhomme ? Ta maîtresse te manque, hein mon Bijou ?

Elle enfouit son visage dans la fourrure noire de Bijou. Elle semblait redoubler d'attention envers le chien pour mieux dissimuler ses larmes. Finalement, Rachel n'était peut-être pas la seule à chercher à repousser le moment fatidique de leur entrée dans la cuisine.

— Dot n'adoptait jamais de chien ? Ce devait être très dur pour quelqu'un qui les aimait autant.

— Non, il fallait qu'elle soit forte. Si on prenait chez nous tous les cas désespérés, on gérerait tous un refuge à domicile. Elle m'a fait promettre de ne pas essayer de secourir seule tous les chiens. Elle disait que la meilleure façon de les aider, c'était de s'assurer que leur nouvelle vie soit à la hauteur de leurs espérances, qu'on devait leur offrir une seconde chance, parce que eux nous la donnaient, à nous les humains, malgré tous les mauvais traitements qu'ils avaient subis.

— Arrêtez, l'interrompit Rachel, vous allez me faire pleurer.

Megan se redressa et força un sourire mouillé.

— Excusez-moi. Je ne sais pas comment on va y arriver sans elle, sans parler de Bijou. Il était avec elle, vous savez, quand elle a eu son attaque. Remarquez, il ne la cherche pas partout comme les autres, au moins. Lui, il a compris qu'elle ne reviendra pas.

Bijou s'avança de deux pas gracieux pour pousser du bout de son museau neigeux la jambe de Megan, ne cessant que lorsqu'elle daigna baisser les yeux sur lui.

— Oui, je sais, c'est l'heure de la popote, déclara-t-elle avec un haussement de sourcils à l'attention de Rachel. Je ne devrais pas parler comme ça, vous savez. C'était une autre règle d'or de Dot : ne pas se comporter comme si les animaux avaient l'usage de la parole. Elle disait toujours : « Ce ne sont que de satanés chiens. Seulement dix fois plus intelligents que nous et de bien meilleure compagnie. »

— Ça, je veux bien le croire, soupira Rachel en songeant aux silences d'Oliver et aux investigations incessantes de sa mère, avant de s'empresser d'ajouter : Mais n'allez surtout pas vous faire des idées.

Lorsque Megan poussa la porte de la cuisine, la pièce bourdonnait de conversations enthousiastes qui ne faiblirent pas à leur arrivée.

— Alors je lui ai dit : « Tenez, prenez ce sac à crottes, mon bonhomme ! », racontait une vieille dame assise à la table de la cuisine, accentuant son discours par des hochements de tête si vigoureux que sa mise en plis soignée s'agitait en rythme. Comme je le fais souvent remarquer à Ted, nous devrions éduquer les maîtres, pas les chiens. Pépin ne faisait jamais ses besoins dans des endroits incongrus, n'est-ce pas, Ted ?

— Jamais.

— Non, c'était un petit chien très propre.

— Pour un yorkshire, Pépin était un petit miracle d'hygiène, Freda, remarqua un grand gaillard appuyé contre l'évier Belfast, avec une touche de taquinerie qui sembla échapper à la vieille dame.

Voilà donc George le vétérinaire, songea Rachel. On pouvait dire qu'il avait le sens de l'humour, au moins.

Outre de l'esprit, George avait le look parfait du vétérinaire de campagne avec sa chemise à carreaux aux manches retroussées, son pantalon de velours rouge élimé et ses bottes boueuses. Il empoigna sa tasse d'une grande main gercée, sans se fatiguer à passer ses doigts dans l'anse. À en juger par l'assurance désinvolte de ses yeux bleus sous sa tignasse blonde et la façon dont il se servit une tranche de cake plus que généreuse, il se sentait parfaitement à l'aise à Four Oaks.

Le vieil homme – Ted, si Rachel ne se trompait pas – se tourna vers elles.

— Ah, Megan, te revoilà, ma mignonne ! Nous avons rentré Mickey et Minnie dans leur cage. Nous sommes prêts à en promener deux autres si tu veux.

— Pourquoi pas Bertie ? suggéra George.

Alors que sa remarque provoquait un frisson sur les deux visages ridés, le vétérinaire aperçut Rachel derrière Megan. Aussitôt, ses traits se modifièrent, troquant leur bonhomie décontractée pour une vivacité toute professionnelle.

Rachel préférait l'expression qu'il affichait la seconde d'avant, lorsqu'il ignorait encore sa présence. George possédait un visage plus rude que beau avec, autour du nez, une rougeur qui témoignait d'heures passées dans le froid hivernal, mais l'étincelle qui brillait dans ses yeux lorsqu'il asticotait la vieille dame lui donnait des airs de jeune insolent. Dès qu'il avait repéré Rachel à la porte, il s'était transformé en vétérinaire d'expérience, d'une quarantaine d'années lui aussi, voire un peu plus, et assurément propriétaire de son propre cabinet plutôt qu'employé.

— Salut ! lança Megan d'une voix chantante. Je vous présente Rachel Fielding, la nièce de Dot. C'est la nouvelle propriétaire de la maison, du chenil, du refuge… De tout, quoi !

— Bonjour, salua Rachel avec un geste timide de la main.

— Ted Shackley. Et voici mon épouse, Freda. Nos plus sincères condoléances, ma mignonne.

Le vieil homme se leva pour lui serrer la main, qu'il garda nichée dans la sienne pendant une seconde. Les rides autour de son front se creusèrent.

— Ce ne sont pas d'heureuses circonstances.

— Non, renchérit sa femme. C'était une crème, notre Dot.

— Une crème, soupira Ted.

— George Fenwick.

Se décollant de l'évier d'un coup de reins, le vétérinaire changea sa tasse de paume pour lui offrir une poignée de main. Il était bien plus grand que Rachel, une caractéristique assez peu fréquente pour qu'elle la note, elle qui mesurait un mètre soixante-dix-huit et ne portait plus de talons depuis Oliver. Des poils dorés parsemaient son avant-bras, disparaissant sous sa chemise à carreaux.

— Bonjour.

La main de George paraissait énorme et rêche contre sa peau lisse. Une main des champs contre une main des villes tartinée à la crème anti-UV.

— Merci d'avoir aidé Megan à faire tourner le chenil depuis… ces dernières semaines.

— Je vous en prie. Dot n'était pas qu'une cliente, c'était une amie chère, répondit-il avant de l'étudier, la tête penchée sur le côté, l'œil scrutateur. Ne dites rien. Vous n'êtes pas une grande amatrice des bêtes, vous.

— Monsieur Fenwick ! s'exclama Freda d'un air scandalisé. Quelle grossièreté !

— C'est vrai, une jupe noire raffinée dans un chenil !

Les yeux perspicaces du vétérinaire ne quittaient pas ceux de Rachel, qui n'y décelait pas de franche lueur de plaisanterie.

— Je ne suis pas expert en matière de mode, reprit-il, mais je vous conseille de ne pas approcher des cages tant que Megan n'aura pas terminé la distribution de nourriture. À moins que vous ne vouliez transformer un tailleur noir chic en flanelle grise.

— Je ne me suis pas habillée pour nourrir des chiens, rétorqua Rachel, qui n'entendait pas s'embarrasser d'un homme ignorant la différence entre la repartie et l'impolitesse. Mais pour un rendez-vous chez le notaire.

— Bien sûr, intervint Freda d'un ton apaisant. Je suis sûre que vous trouverez des vêtements adéquats parmi les affaires de Dot. Et, si vous avez besoin d'aide, n'hésitez surtout pas à demander, ajouta-t-elle en lui prenant la main. Je suis ici presque tous les jours pour donner un coup de pouce, il y a tant à faire pour les pauvres chéris. C'est notre façon à nous d'honorer la mémoire de Pépin. Pépin était l'un des protégés de Dot, n'est-ce pas, Ted ? C'était un ange envoyé du ciel.

— C'était un yorkshire envoyé par un élevage du pays de Galles, corrigea George. L'étalon raté d'un harem de chiennes au sang trop pur, si mes souvenirs sont bons.

Freda ignora la remarque.

— George est un excellent vétérinaire, mais il est encore loin de pouvoir s'enorgueillir des manières de son père, reprit la vieille dame. Ne l'écoutez pas, Rachel. Moi, je sais que vous aimez les chiens. Il suffit de voir la rapidité avec laquelle Bijou s'est pris de sympathie pour vous.

Baissant les yeux, Rachel vit que le border-collie s'était couché à ses pieds, son long museau posé sur ses pattes. Des poils blancs voletaient déjà sur ses jambes et s'accrochaient à sa jupe « à nettoyer à sec uniquement ».

— Oh, mais non, pourtant. Je n'ai jamais eu de chien. Je voyage beaucoup pour le travail, je n'ai pas le temps…

Elle ne voulait pas se retrouver pieds et poings liés, elle ne voulait personne dans ses pattes. C'était le grand avantage de sa relation avec Oliver : pas d'attaches, pas de responsabilités enquiquinantes. Et c'était à conjuguer au passé, se rappela-t-elle.

— Bijou n'agit pas ainsi avec tout le monde, insista Freda, comme si elle n'avait pas entendu. Il doit savoir. Oh oui, ils savent. Pépin prédisait la pluie, il ne se trompait jamais. Il enfouissait sa petite tête sous un coussin pour se cacher. Ce chien était doué d'une grande intelligence. C'était un visionnaire, n'est-ce pas, Ted ?

— Tout à fait.

— Pépin jouait à la loterie, remarqua George en accrochant le regard de Rachel. Freda et Ted lui doivent leur jardin d'hiver. D'ailleurs, le roquet y avait son propre canapé, si je ne m'abuse. Pour suivre les matchs de tennis à la télé.

— Oh, ne retourne pas le couteau dans la plaie. C'est si vide sans lui.

Freda se tamponna le nez, tandis que son mari se servait une deuxième part de gâteau.

— Je sais que vous n'êtes pas vraiment habillée pour, mais ça vous dirait de voir le chenil ? proposa Megan. Ensuite, vous pourriez peut-être vous installer ?

Rachel se reprocha son terrible manque d'organisation. Elle aurait dû arriver avec un plan. C'était ce que l'on attendait d'elle, et l'impression qu'elle donnait en débarquant ce jour-là à Four Oaks en sa qualité d'exécutrice testamentaire, avec la responsabilité de mettre la vie de Dot en cartons, attifée comme pour un déjeuner d'affaires. Or, elle n'avait pas la moindre petite idée de ce qu'elle allait faire. Son cerveau cafouillait tellement, entre le choc, les soucis d'argent et ce qu'elle aurait dû dire… Eût-elle été moins hébétée qu'elle ne se sentait même pas capable de se rendre au supermarché pour quelques courses.

— Megan, dis aux chiens d'arrêter leur mue pendant dix minutes, tu veux? lança George sur un ton faussement autoritaire. Et prends un désodorisant. Les odeurs rurales peuvent provoquer un traumatisme chez les espèces urbaines.

Rachel, qui s'apprêtait à demander à Megan une tasse de thé avant la visite, virevolta brusquement à ces mots. Face au demi-sourire sardonique qui chatouillait un coin de la grande bouche du vétérinaire, elle ressentit un subit élan de colère. La première émotion totalement indépendante d'Oliver qu'elle éprouvait depuis sa rupture.

— Remarquez, on peut aussi allumer des bougies parfumées, ajouta-t-il, conscient de son irritation. Et réaménager le tout selon les principes du feng shui.

Ce salaud infatué se foutait d'elle! Il la prenait pour une espèce de princesse londonienne indigne de mettre un pied dans le chenil adoré de Dot. Parce qu'elle n'avait pas de boule de poils pendue à ses basques, il croyait pouvoir se payer sa tête. Eh bien, il se trompait!

Elle posa la sacoche de son ordinateur portable près de la table et remonta les manches de son long gilet de cachemire.

— Travailler à Londres vous familiarise avec les mauvaises odeurs. Megan, allons-y, si vous le voulez bien.

La jeune femme considéra Rachel, puis George, les sourcils haussés d'un cran. Alors, elle abandonna sur la table la tasse de thé que Freda lui avait servie et, talonnée par Rachel, sortit de la cuisine pour pénétrer dans le territoire des chiens.

Une galerie, au sol soigneusement carrelé d'un damier noir et blanc et aux murs décorés de joyeuses photographies de chiens unis à leurs nouveaux maîtres, raccordait le chenil à l'arrière de la maison. De hautes fenêtres donnaient sur une pommeraie et, au-delà, de modestes collines. Rachel croyait vaguement se souvenir que le testament mentionnait cinq hectares et demi de terres derrière la maison, largement assez d'espace pour que les chiens gambadent dans ces jardins sauvages.

À l'instant où Megan poussa les lourdes portes coupe-feu, Rachel sentit la présence des canidés. Cette fois, son nez décelait nettement une odeur huileuse et biscuitée de pelage, avec une note piquante de viande et de Javel. Étrange, certes, mais pas désagréable. Il lui semblait, en outre, percevoir tout autour d'elle l'ardeur des bêtes, l'air chargé de tension, d'énergie refoulée et de confusion.

Dans la dépendance toute d'acier, de béton et de verre régnait une propreté impeccable. Deux rangées de compartiments à porte grillagée couraient de part et d'autre d'un couloir dallé de pierre. Un petit bureau était aménagé d'un côté, en face d'une cuisine. À l'extrémité du corridor se dressait une ancienne et imposante porte d'étable dont le panneau supérieur, ouvert pour ventiler le bâtiment, laissait pénétrer la lumière extérieure et l'air frais vivifiant. Des grognements de chiens formaient un accompagnement incongru à un débat radiophonique.

— Voilà, c'est ici ! annonça Megan d'une voix joyeuse, avec un large geste des mains. Le petit nid douillet de nos âmes errantes !

Au son de sa voix, le chœur discordant de jappements se changea en festival d'aboiements, des hurlements profonds et puissants, dont les notes graves étaient entrecoupées de faibles glapissements. Ce concert d'accueil retentit comme une batterie de casseroles aux oreilles inaccoutumées de Rachel.

— Chuuut ! ordonna en vain Megan.

— Combien sont-ils ici ? s'enquit Rachel en haussant le ton pour se faire entendre par-dessus la cacophonie.

— Quinze, à moins qu'il n'y ait eu de nouvelles arrivées en mon absence ?

Tout en consultant un registre sur la table du bureau, Megan pressa les touches d'un répondeur téléphonique.

— Excusez-moi, on reçoit beaucoup d'appels de gens au bout du rouleau qui veulent nous refourguer des chiens difficiles. J'essaie de leur faire changer d'avis plutôt que… Encore ! Désolée, Rachel, mais cette barjo de Madden essaie de se débarrasser de deux scottish-terriers pour au moins la dixième fois. Si elle pouvait ramener ses fesses aux cours d'éducation canine, ça nous économiserait beaucoup de…

Elle s'empara d'un crayon puis indiqua d'un geste le couloir.

— Si vous désirez aller jeter un coup d'œil aux copains. Vous n'avez qu'à mettre les bottes qui sont là, d'accord ? Surtout, avancez très lentement et ne passez pas les doigts à travers les grilles.

Rachel prit conscience de sa mine horrifiée car Megan s'empressa d'ajouter :

— Ils ne mordent pas, mais certains commencent à avoir les crocs, à cette heure. Donnez-leur-en un ou deux, dit-elle en lui jetant un sac de friandises qui traînait sur le bureau. Mais pas plus. Ils vont manger à 18 heures.

Après avoir glissé ses pieds dans une paire de bottes en caoutchouc, Rachel approcha de la première cage à pas prudents pour ne pas risquer de déclencher une nouvelle rafale d'aboiements. L'odeur de fourrure et d'haleine canine s'intensifia. Comme George l'avait prédit, sa jupe et son collant opaque grisonnaient déjà sous l'assaut des poils qui volaient dans le bâtiment.

Elle regrettait de ne pas avoir pris de jean. Dans sa précipitation à quitter son appartement, elle avait fourré le contenu de son dernier passage au pressing dans deux sacs et déposé le reste de ses vêtements au garde-meuble. Cela étant, elle n'aurait su déterminer quels articles de sa garde-robe de femme active branchée se prêtaient au travail dans un chenil, la plupart ne se lavant qu'en teinturerie.

Soudain, une truffe humide se planta entre les mailles métalliques du grillage et un gros chien jeta ses pattes vers elle, faisant trembler la porte de sa cage sous l'impact et lui arrachant un sursaut.

— Mon Dieu ! s'exclama-t-elle, haletante, les mains plaquées sur sa gorge. Bas les pattes !

Elle ne put toutefois que s'attendrir face au spectacle qu'offrait son agresseur, un beau basset-hound roux et blanc à la tête délicatement plissée. Il flairait dans sa direction avec ardeur, une patte massive appuyée dans une pose implorante contre la grille. Ses coussinets compacts s'enfonçaient à travers le treillis, révélant les fines touffes de poils qui les séparaient. Elle n'avait pas la moindre idée de son âge, mais il lui semblait qu'il n'avait pas encore fini de remplir ses énormes pattes noueuses et ses oreilles ballantes, tel un enfant affublé de vêtements trop grands.

Une affichette était accrochée au-dessus de la porte. Laissant le chien renifler avec curiosité la nouvelle odeur qu'elle lui offrait, Rachel lut le message. Bien que composé dans l'écriture cursive et bien droite de Dot, il transcrivait la voix de l'animal devant elle :

« Je m'appelle Bertie, j'ai bientôt douze mois. Ma famille m'a emmené pour une promenade au parc et est repartie sans moi. J'ai couru après la voiture, mais je n'ai pas réussi à la rattraper. Je ne vous apprends rien, je suis court sur pattes. J'espère que quelqu'un viendra me chercher parce que ça craint de rester tout seul. Moi, je rêve d'un couple patient, avec le sens de l'humour, qui cherche un chien rigolo à son image.

PS : On pourrait croire que je suis fait pour jouer les carpettes devant un feu de cheminée, mais, quand je serai grand, je raffolerai des promenades. »

Le cœur de Rachel se serra lorsque le basset tenta de lui lécher la main, avide d'affection. Comment ses maîtres avaient-ils pu l'abandonner ? Comment avaient-ils pu rejeter un être qui avait placé toute sa confiance en eux, l'empêcher de les suivre jusqu'à leur porte ? Elle se mordit la lèvre et flatta l'oreille flasque du chien tout en s'efforçant de chasser cette triste pensée.

Chaque cage du chenil était garnie d'un carton. Rachel ne tenait pas vraiment à découvrir le drame qu'ils révélaient, mais une affreuse curiosité eut raison de ses réticences et elle se tourna vers le compartiment d'en face. Un petit caniche noir était couché dans un panier au fond du carré de béton, visiblement trop affligé pour lever la tête et étudier la visiteuse. Le message sur sa porte se révélait beaucoup plus enjoué que cette boule de poils.

« Salut mes chéris ! C'est moi, Lulu ! Je vous prie d'excuser ma coiffure, sous ces nœuds se cache une starlette. Mon dernier maître ne prenait pas la peine de me brosser ou de s'occuper comme il faut de moi, ni même de me nourrir. Par bonheur, je suis ici maintenant et Megan va se charger de mon relooking. Attendez un peu de voir ! Je cherche un maître assez malin pour comprendre que ma beauté ne cache pas une tête vide. Je suis sans doute le chien le plus intelligent de ce chenil (exception faite de Bijou) et je veux me servir du cerveau que la nature m'a donné ! Croyez-moi, on peut apprendre à un vieux chien à faire la grimace. »

Les caniches étaient donc intelligents ! Rachel l'ignorait. Elle n'avait jamais croisé que de ridicules spécimens rasés qui caracolaient autour d'une piste lors de concours de beauté. Ceux-ci avaient toutefois le mérite de dégager une étincelle de vie, pas comme cette pauvre chose.

— Bonjour Lulu ! appela-t-elle à travers le grillage en agitant un biscuit pour chien.

Mais le caniche ne daigna pas détacher son long museau du bord de son panier. Au contraire, il se recroquevilla tout au fond, comme s'il avait peur d'elle. Une zone rasée se détachait sur son flanc, révélant une peau suédée d'un bleu-gris pâle autour de points de suture serrés sur une incision toute fraîche.

Rachel se détourna, incapable de supporter cette vision. Quel malheur ! Mais où se trouvaient les chiens normaux, ceux que Dot gardait en pension pour des maîtres bons et aimants ?

Elle s'adossa au mur en face de Lulu et ferma les yeux, envahie par l'épuisement et la pitié.

Elle était bien placée pour savoir ce que l'on ressentait lorsque l'on se retrouvait chassé d'une vie familière par un être aimé. Que n'aurait-elle pas donné pour se voir accorder une seconde chance ! Dot ne pouvait pas un instant imaginer l'ironie de ses dernières volontés. Ou peut-être que si… Et si elle s'était remémoré l'étrange non-conversation de ce lointain réveillon du jour de l'an et avait décrété que ce qu'il fallait à Rachel, c'était, non pas l'affection d'un chien, mais celle de quinze cabots !

— Attention ! Hé, toi ! Non !

Rachel recula d'un bond en voyant Megan remonter le couloir à toutes jambes en remuant l'index vers la cage à côté d'elle. D'un coup d'œil à ses pieds, elle comprit la raison de cette agitation : le basset-hound avait glissé son museau à travers une maille du grillage pour s'attaquer à l'un des boutons de corne ronds de son long gilet, qu'il mâchouillait tranquillement.

— Ce n'est pas une confiserie ! Je te jure, Bertie !

Megan envoya une petite claque dans la direction du fautif, qui retomba sur ses quatre pattes monstrueuses.

— Je me demande parfois si ton costume de basset ne cache pas un gros porc !

Bertie leur adressa un regard larmoyant d'affamé, si convaincant que Rachel sortit de sa poche les friandises qu'elle y avait fourrées.

— Et pas la peine de faire tes yeux de crève-la-faim. Je suis désolée, s'excusa Megan en se tournant vers Rachel. C'est un polisson, ce Bertie, mais on l'aime quand même…

Rachel secoua le paquet de biscuits afin d'en extirper un, qu'elle tendit au chien à travers le treillis.

— Comment se fait-il qu'il soit encore ici ? Il est si beau !

— Oh, les bassets, soupira Megan. Ils mangent, ils dorment et ils n'en font qu'à leur tête… Des petits chiots adorables deviennent de gros patapoufs comme lui. Bertie chaparde la nourriture, n'a jamais appris la propreté, pleure quand il est tout seul et mordille tout ce qu'il trouve…

Elle afficha une grimace sévère décrédibilisée par la douceur avec laquelle elle se pencha pour lui chatouiller les oreilles, qui tombaient comme des rideaux autour de sa tête.

— Il faut quelqu'un pour s'occuper rien que de toi, hein Bertram ? Quelqu'un qui n'ait pas froid aux yeux.

Rachel indiqua d'un mouvement de la tête le message accroché au grillage.

— J'ai lu son autoportrait. Je croyais que Dot n'aimait pas faire parler les chiens.

— C'est vrai, oui. Mais elle pensait que c'était la meilleure façon de faire comprendre que ce ne sont pas des jouets qu'on adopte sur un coup de tête ou qu'on abandonne comme de vieilles chaussettes, qu'ils ont eux aussi des sentiments, vous voyez ?

Megan se rembrunit dans une attitude protectrice et se mit à mordiller une petite peau autour d'un de ses ongles.

— D'accord, ils ne connaissent pas la culpabilité, la rancune ou le chantage émotionnel, mais ils souffrent de la solitude. On voulait que les nouveaux maîtres réfléchissent bien à ce qu'ils ramenaient chez eux : une vie dont ils devenaient responsables.

— Comme avec un enfant, remarqua Rachel avec un pincement au cœur.

C'était une autre pensée qui la hantait depuis sa rupture avec Oliver : les enfants qu'elle n'aurait maintenant jamais, même si elle n'en avait jamais voulu auparavant.

— Pire qu'avec un enfant, corrigea une voix.

Les deux femmes se retournèrent. George le vétérinaire se tenait devant la porte, les bras croisés sur la poitrine.

— Un enfant peut vous dire ce qui ne va pas. Avec un chien, il faut que maître et animal apprennent le langage de l'autre. Certaines personnes n'ont pas la patience, le chien n'y est pour rien. Comment s'en tire votre tenue de grand couturier ? Je vois que vous avez renoncé aux Jimmy Choo.

— Ce ne sont pas quelques poils qui vont me faire peur !

Rachel brossa sa jupe d'un geste hâtif. Plutôt mourir que d'avouer à George que celle-ci irait tout droit au pressing dès le lendemain matin.

— Je ne pensais pas qu'il y avait tant de chiens abandonnés ici… D'après le notaire, la pension constituait l'activité principale de Dot.

— En théorie, nuança George. Mais Dot s'était donné pour mission personnelle de retrouver un foyer à toutes les âmes en peine de la région. Si vous voulez mon avis, il y aurait ici tout le potentiel pour gagner convenablement sa vie, si le chenil n'était pas rempli de chiens errants. C'est le seul du secteur, il y a assez de place pour un salon de toilettage et plus d'espace qu'il n'en faut pour agrandir. Je sais que Dot a reçu quelques offres d'achat au fil des ans, je pourrais sans doute vous mettre en relation avec des agents immobiliers qui sauront vous aider.

— Ce serait…

Rachel s'interrompit avant de terminer sa phrase, réduite au silence par le regard défensif que lui lança Megan.

— Sauf que rien ne garantit que ces gens garderont le refuge ouvert, or c'était toute la vie de Dot.

Elle regagna le bureau pour y chercher des documents administratifs à montrer à Rachel.

— Nous devons respecter une séparation stricte entre les chiens en pension et les chiens abandonnés. Nous avions cinq pensionnaires juste avant la mort de Dot, mais j'ai pensé qu'il valait mieux ralentir l'activité en attendant de connaître la suite.

Elle se tut une seconde, avant de risquer :

— Enfin… je veux dire… est-ce que vous…

— Megan ! la rappela à l'ordre George.

Rachel aurait aimé que sa mère fût présente pour mesurer combien cette affaire se révélait plus compliquée que tout le monde ne l'imaginait. « Trouve-moi les albums d'Acker Bilk ! » Tu parles ! Dot ne lui avait pas légué une charmante villa avec six couchages, du terrain et du mobilier, elle lui avait laissé une maison qui représentait à elle seule des mois de tri et de rangement, une entreprise à laquelle elle ne connaissait rien de rien, des tas de formulaires à remplir avant de pouvoir vendre ou distribuer la moindre pacotille, des employés qui comptaient sur elle et quinze rebuts canins dont elle se sentait responsable maintenant qu'on l'avait bien culpabilisée.

— Enfin bon, je m'excuse d'interrompre la visite guidée, reprit George d'un ton brusque, mais je dois parler à Megan de la tonte de Lulu.

Alors, comme si elle n'existait pas, le vétérinaire se dirigea à grands pas vers la cellule du caniche pour y entrer. À la surprise de Rachel, le chien dressa la tête à son approche et ne broncha pas lorsqu'il le sortit de son panier. Le comportement de George vis-à-vis de Lulu contrastait totalement avec son attitude envers les humains : bien que ferme, il manifestait, en présence du caniche, une douceur proche de la tendresse.

— Toi, tu n'es toujours pas dans ton assiette, hein ?

Il se tourna vers Megan avec la chienne nichée au creux de son bras, plus chétive que jamais dans cette robuste étreinte.

— Pour le principe, quand elle sera remise d'aplomb, ce serait bien de lui offrir une petite beauté. Mais ne va pas la transformer en chien de poche ridicule. Et pas la peine de me parler de la formation que tu viens de suivre, on n'est pas à Hollywood ici.

— Je me contenterai d'une coupe *puppy*, accepta Megan. Mais des pompons lui feraient tellement plaisir ! Regarde-la, c'est une starlette !

— Megan ! intervint le vétérinaire sur un ton réellement sévère cette fois. Ce n'est pas un jouet et je ne veux pas qu'elle y ressemble, elle risquerait de recevoir le genre d'attention dont elle pourrait bien se passer.

En sécurité dans les bras de son protecteur, Lulu fixait Megan de ses yeux noirs en bouton qui scintillaient au milieu de sa masse de fourrure emmêlée.

— Tu sais bien que ce n'est pas…

George brandit l'index en signe d'avertissement, faisant taire la jeune femme. Devinant une vieille plaisanterie, Rachel se sentit soudain de trop.

— Ne prenez pas cet air horrifié, lui dit George en voyant ses yeux rivés sur la cicatrice du caniche. Lulu sort tout juste d'une ablation des ovaires. Nous stérilisons tous les chiens, ou, plus exactement, je stérilise tous les chiens.

— George fait de super ristournes. Au fond de lui, c'est un tendre.

— Pas du tout ! Pour en revenir à cette coupe…

Laissant son regard dériver le long du grillage, Rachel discerna un staffordshire-bull-terrier bringé, deux labradors chocolat dodus, un jack-russell guilleret qui semblait rebondir contre les murs de béton et plusieurs corniauds, des terriers croisés avec des yeux bruns remplis d'un enthousiasme plein de fraîcheur et une queue frétillante qui criait « Choisissez-moi ! ». Les autres cages étaient à première vue vides et Rachel ne chercha pas à s'en assurer, de crainte de trouver leurs occupants tapis dans un coin obscur, comme Lulu, trop accablés pour trouver la force d'espérer.

Comment pouvait-on n'en choisir qu'un ? Sa gorge se serra. Comment pouvait-on quitter le refuge en laissant derrière soi quatorze déçus voués à se demander ce qui clochait chez eux et quand leur maître se déciderait à venir les chercher ?

Elle baissa les yeux et cilla de surprise. Bijou était apparu sans un bruit, surgissant de nulle part pour se coucher devant elle, dans l'attente d'un ordre, ses fines pattes jointes avec élégance.

— Je ne suis pas Dot, chuchota-t-elle pour ne pas être entendue de Megan. Je ne sais pas quoi faire.

Rachel ! se tança-t-elle. Bon sang, que lui prenait-il de se mettre à parler aux chiens ? Elle devait se ressaisir.

— Megan ? appela-t-elle d'une voix qui se brisa malgré ses efforts pour garder un ton léger. Je vais prendre un bain. Comment faites-vous d'ordinaire pour… enfin, pour fermer ?

— Pas besoin, répondit gaiement la jeune femme. Je vis ici. C'est une sorte de logement de fonction. J'espère que ça ne vous ennuie pas. Dot m'a laissé la totalité du deuxième étage. Il y a une salle de bains et un salon indépendants. Je ne serai pas dans vos pattes.

— Oh, très bien.

Elle avait donc également hérité d'une pensionnaire. Génial ! Quoique, tout compte fait, ce n'était peut-être pas si mal.

— Vous voulez que je m'occupe du dîner ? proposa Megan. Freda a apporté un ragoût en cocotte pour vous et les placards sont pleins.

— Non, je…

Megan se montrait si gentille, Rachel ne pouvait décemment pas lui répondre qu'elle ne désirait parler à personne. D'un autre côté, elle ne voulait aucune compagnie.

— J'ai du travail.

C'était une excuse passe-partout, éprouvée en de multiples occasions par le passé. L'ironie voulait évidemment qu'elle n'eût absolument rien à faire, sauf, bien sûr, si l'on comptait les lettres à écrire à ses anciens clients pour leur faire part de sa démission.

— Pas de problème ! répondit Megan. Je ne savais pas si ça vous plairait de dormir dans le lit de Dot, alors j'ai préparé la chambre d'amis juste à côté de la sienne. Il y a des serviettes-éponges sur le chauffe-serviettes dans la salle de bains.

Rachel força un sourire.

— Euh… merci. Merci pour tout ce que vous avez fait.

Le sourire de Megan s'élargit.

— Je vous en prie. Bon bain, alors !

— Bonne soirée ! dit George Fenwick avec une inclinaison de la tête volontairement vieux jeu. Je vous donnerai le numéro de mon teinturier à l'occasion.

— Parce que vous avez un teinturier ? repartit Rachel avec une grimace incrédule.

Il sourit.

— Touché !

Mais Rachel était trop fatiguée pour savourer sa victoire. Elle s'éclipsa donc et alla se plonger dans la baignoire à bord incurvé de Dot pour chasser la fatigue de ses os.

3

Johnny Hodge reposa sa pinte éclusée entre un paquet de chips vide et une coupelle de coquilles de pistache, puis consulta sa montre. 20 h 15. Cela faisait exactement vingt-quatre minutes que Bill était parti les ravitailler au bar. Un record, même pour le Fox and Hounds, où la rapidité du service fluctuait selon les réveils de la vieille blessure de fléchettes de Ray.

Johnny aurait dû y aller lui-même. Même lorsque Ray était à son poste, derrière la pompe à pression, le Dr Bill mettait toujours deux fois plus de temps que n'importe qui d'autre à rapporter sa tournée du bar, ralenti par les habitués qui voyaient dans sa présence l'occasion de recevoir une consultation médicale officieuse dans le confort de leur pub. Voilà ce qu'il en coûtait d'être médecin. Très peu de gens coinçaient Johnny entre deux bières pour l'interroger sur le programme d'histoire au collège.

Il jeta un coup d'œil à Natalie, qui fixait le vide d'un air absent, une expression inhabituelle chez elle. Son cœur se serra.

Il devinait sans mal ce qui l'absorbait, elle ne pensait plus à rien d'autre. À cet instant, elle devait sûrement calculer sa période de fertilité pour déterminer si cela valait la peine de le ramener tôt à la maison ou si elle pouvait le laisser une heure de plus avec Bill. Le plus ironique, c'est qu'aucune de ces perspectives – ni des ébats passionnés avec la femme la plus sublime du pub, ni une dernière tournée avec son meilleur pote – ne le comblait de joie.

De l'humble avis de Johnny, tout médecin qualifié qu'il était, Bill passait pour un parfait amateur à côté de Nat sur les questions de fertilité. Elle avait beau s'ingénier à lui épargner les détails sordides, lorsque votre femme se met à vous aguicher la moitié du mois et vous ignore lamentablement l'autre moitié, il faut être aveugle pour ne pas avoir la puce à l'oreille. Johnny n'était pas aussi débile qu'il voulait bien le paraître. Il avait vu le site Internet qu'elle croyait lui cacher, celui sur lequel elle traçait sa courbe de température matinale. Et elle qui pensait qu'il n'entendait pas le « bip bip » du thermomètre étouffé sous les draps avant la sonnerie du réveil. Depuis peu, il avait moins l'impression de faire l'amour que de livrer du sperme.

Il tapota son verre strié de mousse sur la table, davantage pour se distraire qu'attirer l'attention de Nat.

— Combien de temps faut-il pour payer une tournée ? lança-t-il sur un ton enjoué. Non mais, qu'est-ce qu'il fiche ? Il brasse la bière ou quoi ?

Sortie de sa transe, Natalie dirigea ses yeux vers le comptoir, où Bill était littéralement cloué à un tabouret de bar par une fille exaltée en bottes hautes, qui devait avoir un problème au cou à en juger par la manière dont elle l'encourageait à examiner cette région de son corps. Bill, qui n'avait guère besoin de se faire prier, penchait au-dessus d'elle sa tête brune dont les cheveux lui tombaient dans les yeux en grimaçant des « hmm ».

— Je dirais plutôt qu'il donne une consultation en dehors des heures d'ouverture, répondit-elle, pince-sans-rire. C'est fou les drôles d'éruptions cutanées qui surviennent dans ce pub. Ray devrait penser à la désinfection par fumigation.

— Je crois qu'elle réclame une visite à domicile.

— Elle peut toujours courir ! Il y a déjà une liste d'attente, non ?

Bill était beau mec, même Johnny devait le reconnaître. Grand, athlétique, des yeux bruns pétillants, il affichait un physique de rameur universitaire qui l'autorisait à relever le col de ses polos sans risquer de passer pour un con. Exactement le type d'homme que la mère de Johnny avait espéré voir sa sœur, Becky, ramener à la maison, même si Johnny aurait volontiers parié que Bill n'atteindrait jamais l'étape de la rencontre avec la belle-mère tant il jouissait d'une réserve inépuisable de femmes en adoration devant lui. Trois rancards ou deux week-ends : telle était l'espérance de vie moyenne des conquêtes de Bill, qui s'arrangeait toujours pour rompre avec tant de délicatesse qu'elles pleuraient quand même sur son épaule et assuraient à Johnny qu'il était « l'homme le plus gentil » qu'elles aient jamais rencontré.

Pour Johnny, il était grand temps que Bill prenne plus au sérieux ces histoires d'accouplement. Non seulement parce qu'il était lui-même convaincu des nombreux avantages du mariage, mais aussi parce qu'une petite ville comme Longhampton ne comptait qu'un nombre limité d'habitants de sexe féminin.

— Tu crois qu'il arrêterait de papillonner s'il était moins canon ? demanda sans préambule Natalie, l'air songeur. Que son problème, c'est d'avoir l'embarras du choix ?

Elle lui faisait souvent le coup de lire dans ses pensées, sans même qu'il s'en rende compte. Il passa son bras le long de la banquette de velours du box pour rapprocher sa femme de lui.

— Je crois qu'il nous voit et qu'il nous envie, répondit-il franchement. Mais ce qu'il y a entre nous ne court pas les rues, tu ne penses pas ? Il n'y a pas un jour où je ne m'estime pas chanceux d'avoir trouvé la fille de mes rêves sans avoir à aller chercher plus loin que la cantine de l'école. Dans douze ans, tu seras encore pour moi une jolie lycéenne avec une coupe à la Jennifer Aniston.

Et, chaque jour, tu deviens plus belle et plus épatante, et je n'arrive pas à croire qu'une femme aussi ambitieuse, intelligente et sublime que toi ait choisi un type comme moi, aurait-il pu ajouter. Il n'en fit toutefois rien, Nat connaissait déjà ses sentiments pour elle.

— Je suis un veinard ! se contenta-t-il de conclure.

Elle lui décocha un regard oblique de ses yeux de chat verts et perspicaces qui brillaient d'amusement.

— Tais-toi, tu vas me donner la nausée.

Elle se pencha pour déposer un baiser à la dérobée dans le creux de son cou, en vitesse pour ne pas risquer d'être surprise par des regards indiscrets. Le rythme cardiaque de Johnny s'accéléra. Pourvu que ce soit le présage d'un passage en « zone verte ». Cela vaudrait peut-être la peine de sacrifier une dernière tournée.

Mais les pensées de Natalie étaient déjà retournées à Bill.

— Il lui faut une copine, soupira-t-elle en s'enfonçant dans la veloutine bordeaux antédiluvienne de la banquette. Il va devoir arrêter de se montrer aussi tatillon. Et de traîner avec des couples mariés et tristes dans notre genre. Pourquoi a-t-il plaqué la dernière, déjà ?

— Elle ne savait pas faire les créneaux.

Johnny reporta son attention sur le bar, où la petite brune riait aux éclats, exhibant à la ronde un décolleté gonflé à bloc. Le sourire de Bill révélait les premiers signes de rigidité cadavérique.

— Au fond, il ne demande pas grand-chose. Juste une femme entre vingt-six et vingt-huit ans, sans bagage, sans ex flippant, bonne cuisinière, blonde, plus grande que Kylie Minogue mais plus petite que Kate Winslet, qui aime le grand air mais aussi le confort intérieur.

— Et qui se gare comme une pilote.

— Aussi, oui.

— Il fait tout pour ne pas trouver.

Avec un soupir, Natalie vida son verre de Coca light, laissant Johnny se creuser la cervelle pour comprendre le sens de sa remarque.

— Alors ? On le laisse à sa consultation ou tu voles à son secours ?

Ils étudièrent le langage corporel de Bill : longues jambes croisées l'une sur l'autre, bras ramenés sur la poitrine dans une pose défensive. Captant le regard de son ami, Bill lui adressa un imperceptible signe de tête.

— Je vole à son secours.

Johnny se leva, manquant renverser le guéridon. Il n'avait rien d'un petit gabarit et la distance entre les tables s'était dangereusement réduite depuis que Ray, désireux de transformer le Fox and Hounds en pub gastronomique, avait repoussé les buveurs dans l'arrière-salle exiguë afin d'aménager une salle de restaurant.

— Qu'est-ce que je te prends ?

— Un Virgin Mary.

Natalie avait fait une croix sur le vin blanc au moment où elle avait renoncé au thé, au café et à toute substance susceptible d'interférer avec ses hormones.

— Johnny, sans vouloir jouer les casse-bonbons, tu ne crois pas que tu devrais… commander la même chose, peut-être ?

Elle se mordit la lèvre et baissa les yeux sur son sac à main, posé à côté d'elle sur la banquette de velours miteuse, visiblement plus en colère contre elle-même que contre lui.

Johnny savait qu'elle s'était retenue de lui demander s'il se souvenait des conseils sur sa consommation de bière. Natalie n'était jamais sur son dos, elle s'y était engagée dans leurs vœux de mariage, comme lui s'était engagé à repasser ses chemises. Dans ce cas précis, c'était d'ailleurs peine inutile. Si le choix se réduisait à abandonner la bière ou à confier à la Némésis à chaussures plates du Dr Bill, l'infirmière Sonia, l'échantillon tant redouté pour analyse, il était tout disposé à ne pas toucher une pinte pendant quelque temps.

Cela faisait maintenant douze mois qu'ils avaient décidé de « ne plus tenter d'éviter une grossesse ». Les douze mois les plus longs de sa vie. Cet enfant qui se faisait tant désirer comptait énormément pour Natalie. Et pour lui aussi, car tout ce qui la rendait heureuse le comblait. Cependant, en son for intérieur, Johnny se disait que dans le pire des cas, s'ils devaient rester rien que tous les deux, Natalie et lui, pour le restant de leurs jours, cela suffirait à son bonheur.

— Un Virgin Mary ? Des cocktails, hein ? Au Fox ? Oui, je vais te suivre. Ça entraînera un peu Ray au raffinement, ma chèèère, pour recevoir ses yuppies fines bouches.

Natalie leva les yeux vers lui avec un sourire débordant de gratitude qui attisa davantage encore son amour pour elle.

Vingt minutes plus tard, Natalie descendit la lie de son jus de tomate et cala son sac sur son épaule.

— Je ferais mieux de rentrer. Je sais, je joue ma rabat-joie, s'excusa-t-elle avec un sourire. Désolée…

— Déjà ? s'étonna Bill d'un air déçu. Faut-il en déduire qu'on prend de la bouteille ? On n'a même pas cours demain. Regarde, M. Hodge est encore là !

Natalie referma son poing sur la bandoulière de son sac.

— Non, c'est juste… J'ai des rapports à rédiger avant de démarrer le week-end. J'ai horreur de laisser traîner ça jusqu'au dimanche soir. Mieux vaut que je m'en débarrasse tant que c'est encore frais dans mon cerveau.

D'une secousse de la tête, elle arrêta Johnny, qui tendait déjà la main vers sa veste.

— Non, reste, finis ton verre, chéri. C'est bon, je t'assure.

— On partagera un taxi, proposa Bill. On ne traînera pas trop.

— Avant minuit, ce sera parfait, sourit Natalie. Après les douze coups, il redevient crapaud. À plus !

Elle sortit du pub et s'enfonça dans le froid de la nuit, plus vif depuis quelques jours. Décidément, le printemps ne daignait pas pointer le bout de son nez. Elle serra sa parka à capuche plus fort autour d'elle et débloqua d'un bip le verrouillage centralisé de sa Mini Cooper pour se glisser à l'intérieur.

Natalie adorait sa Mini. Johnny se rendant au collège en bus presque tous les matins, c'était sa voiture à elle, son moyen de locomotion pour rejoindre le parc d'activités où elle travaillait, à la périphérie de la ville, et se trimballer de gauche à droite en vue d'interminables réunions de stratégie marketing. Chaque fois qu'elle laissait ses mains courir sur le cuir du volant, Natalie savourait ce que la vie lui offrait. C'était une voiture toute neuve, et un petit luxe, il fallait le reconnaître. Johnny et elle s'étaient autorisé cette folie, puisqu'ils n'avaient d'autre poste de dépense qu'eux-mêmes, à l'inverse de leurs frères et sœurs, dont le moindre sou passait dans les enfants.

Pendant que Johnny hésitait sur les alliages, elle avait coché l'option ancrages ISOFIX pour siège-auto, juste au cas où. C'était un choix sensé s'ils devaient un jour la revendre. Rationnel, même. Pas seulement dû au fait qu'elle imaginait souvent un petit fauteuil Maclaren bien rondelet dans son rétroviseur, avec un petit Hodge tout aussi rondelet à l'intérieur.

Natalie sortit du parking du pub et s'engagea prudemment sur la route principale avec, dans la poitrine, un nœud compact d'humeur noire qu'elle sonda sans pitié. Depuis que Johnny et elle étaient en « essai bébé » – elle avait beau haïr ce jargon cucu, elle se prenait à l'utiliser –, elle s'était branchée sur son corps comme s'il s'agissait d'une station de radio. Le moindre petit tiraillement, la moindre saute d'humeur, le moindre accès d'émotion était enregistré dans un coin de son cerveau.

Était-ce la sortie au pub ? Vivait-elle mal son régime sans alcool ? Pas vraiment. Le café lui manquait davantage. Bon Dieu, c'était à se demander comment les femmes réussissaient à tomber enceinte autrefois, lorsqu'elles fumaient, buvaient, mangeaient de la viande saignante et pis encore.

Était-ce Bill ? Pas vraiment non plus. Les sorties à trois ne la dérangeaient pas. Bill était ami avec Johnny depuis le lycée, elle le considérait comme un frère.

Et si c'était le boulot? Le nœud se resserra. Cette fois, elle ne pouvait plus l'ignorer. Oui, le travail la tracassait. L'étranglement du crédit se refermait autour de la multinationale alimentaire qui l'employait en tant que responsable marketing d'une nouvelle branche bio et sa chef, Selina, se faisait les griffes sur son équipe au quotidien. Si Natalie avait les nerfs à vif, c'était parce qu'elle savait déjà que la réunion de stratégie mensuelle du jour s'était mal passée. Elle était suffisamment maligne pour s'apercevoir que l'on réduisait les autres budgets, ce qui diminuait d'autant le champ de manœuvre déjà restreint de son équipe. Mais que pouvait-elle y faire, à moins de renflouer la Banque mondiale?

D'une pichenette plus brutale que nécessaire sur le clignotant, elle signala son changement de direction puis tourna sur la route qui montait jusqu'au lotissement où Johnny et elle vivaient.

Pour être tout à fait honnête – et Natalie s'efforçait de toujours l'être –, c'était une petite contrariété moins noble et plus coupable qui, ajoutée à cette série d'irritations professionnelles, avait provoqué le nœud qui lui comprimait la poitrine.

Ce matin, lorsque Kay Lambert, la troisième femme enceinte dans un rayon de vingt mètres autour de son bureau, avait annoncé la grande nouvelle via la messagerie électronique de l'entreprise, une explosion s'était produite en elle, libérant un souffle chaud, jaloux, cuisant. Elle n'avait absolument rien contre sa collègue, mais Kay avait trente-sept ans et déjà deux enfants. C'était « une heureuse surprise ». Elle n'essayait même pas, ne suivait aucun protocole de fécondation *in vitro*. Ce n'était rien que le fruit d'un « anniversaire de mariage coquin, à Bath ». Quelle cruelle injustice!

Ses articulations blanchirent sur le volant. Elle n'avait rien laissé paraître, elle ne voulait pas gâcher l'heure de gloire de Kay. Elle se réjouissait pour sa collègue et pour toutes les femmes enceintes. D'ailleurs, c'était elle qui avait pris l'initiative d'organiser une collecte pour acheter un adorable porte-bébé.

Alors pourquoi pas elle ? braillait une voix dans sa tête, tandis que sa bouche se tordait sous l'effort fourni pour retenir ses larmes. Elle n'avait que trente ans, ne fumait pas, ne buvait pas, aimait son mari, faisait l'amour avec lui aux bons moments, prenait de l'acide folique tous les matins, ne buvait même plus de foutu café ! Mais qu'est-ce qui clochait chez elle ?

Rien, d'après les médecins. Hormis la patience. « Dame Nature n'aime pas les plannings », avait déclaré le Dr Carthy lorsqu'elle était allée le consulter pour lui demander de pratiquer des examens. Il avait fait peu cas de sa requête, comme s'il la reléguait au rang de ces capricieuses qui tentent de planifier leur bébé sur mesure en fonction de leur nouvelle cuisine. Mais, pour Natalie, la maternité ne se résumait pas à une case à cocher sur une liste de tâches. C'était un élan ardent qui la suffoquait, le désir profond de serrer leur bébé dans ses bras. Il lui semblait que rien d'autre ne leur faisait défaut que cet enfant, ce fantôme de mélancolie qui hantait leur toit. Elle éprouvait si fort ce vide qu'elle redoutait presque de passer pour une femme en manque d'affection.

Elle n'avait pas toujours été en mal d'enfant. Jusqu'à son vingt-neuvième anniversaire, elle aurait paniqué si le test de grossesse avait viré au bleu. Mais, un beau jour, un déclic s'était produit en elle, comme une ouverture minutée, et le désir avait surgi, la balayant dans toute son irrationalité. Depuis, elle ne pouvait plus entrer dans un Starbucks sans que son cœur bondisse à la vue de landaus et de petons tout mignons dans leurs minuscules chaussettes. Lorsque les bébés levaient leur visage souriant vers Johnny – ce qu'ils ne manquaient jamais de faire, ce dernier exerçant sur eux un charme inexplicable –, elle sentait remuer en elle l'envie brûlante de pouponner, ainsi que la peur, la frustration que ces femmes aient réussi là où elle échouait, qu'elles aient réalisé un exploit dont elle était peut-être tout simplement incapable.

Calme-toi, se raisonna-t-elle. Elle devait garder à l'esprit toutes les choses formidables dont elle aurait dû s'estimer heureuse. Elle avait une belle voiture, une belle maison, son indépendance, des vacances, huit heures de sommeil par nuit.

Elle passa devant les premières maisons de la boucle que dessinait leur rue, avec leurs allées encombrées de Zafira et de Honda CR-V dont l'autocollant jaune « Bébé à bord » la narguait, brillant dans le faisceau de ses feux avant. La douleur se réveilla. À leur mariage, dont ils avaient fêté les sept ans en juin, son père avait déclaré que Johnny et elle formaient une joyeuse famille en devenir. Ils aimaient les enfants et comptaient, à eux deux, pas moins de cinq filleuls. À croire que tout le monde devenait parent ces temps-ci. Tout le monde, sauf eux.

Natalie enclencha la marche arrière pour se garer dans leur allée. Avec tout autre homme que Johnny, l'épreuve aurait été un million de fois plus difficile. Il s'était montré si compréhensif depuis le début, si optimiste, si détendu. Les premiers jours, évidemment, qui ne se plaindrait pas d'être traîné dans la chambre à coucher toutes les trente-six heures ? Mais, dernièrement, lorsqu'elle avait commencé à se crisper dès qu'ils manquaient un « jour vert » à cause d'une réunion de famille ou d'un rhume, il avait réussi à garder le sens de l'humour. Sans Johnny, toute cette affaire se serait révélée aussi romantique qu'une émission télévisée animalière.

Ils avaient bien tenté les petits voyages en amoureux et les positions de yoga. Natalie s'était mise à l'acupuncture et avait jeté le pantalon fétiche de Johnny. Rien. Chaque mois, lorsque sa température baissait et que les inéluctables règles arrivaient, un bouquet de fleurs l'attendait au travail ou un menu spécial lorsqu'elle rentrait le soir à la maison, et les yeux inquiets de Johnny fouillaient son visage déconfit lorsqu'il pensait qu'elle ne regardait pas. Elle devait alors se comporter comme si rien de tout cela n'importait vraiment. Elle ne voulait pas qu'il croie que l'un d'eux en portait la faute, surtout pas lui.

Cela durait depuis plus d'un an. La prochaine étape consisterait en des examens plus poussés, au cas où il y aurait réellement un fautif. Natalie ne voulait pas en arriver là. Et si c'était elle, la responsable ? Si elle ne pouvait pas donner à Johnny les 2,4 enfants auxquels il avait droit ? Qu'adviendrait-il alors de leur couple que tout le monde trouvait si parfait ?

Natalie descendit de voiture puis sortit son porte-documents et sa sacoche d'ordinateur du coffre. À l'intérieur de leur maison, qui sentait la jacinthe et le dépouillement adulte, elle extirpa un sac rose de l'attaché-case et monta à l'étage pour troquer son tailleur contre son pantalon large de yoga. Après s'être brossé et attaché les cheveux en queue-de-cheval, elle hésita, puis tira sa nouvelle nuisette en soie du sac pour la glisser sous son oreiller, prête à l'emploi. Elle n'avait jamais porté de nuisette avant que le sexe cesse d'être purement récréatif pour devenir procréatif. Pour compenser, il fallait maintenant agrémenter le tout de froufrous.

Avant d'oublier, elle plaça le thermomètre à portée de main sur sa table de nuit, caché sous un livre de poche où Johnny ne risquait pas de le découvrir. Elle ne tenait pas à ce qu'il sache.

Elle fixa le lit un moment. C'était un lit parfait, avec un cadre de cuivre, des oreillers blancs. Très Harlequin. Elle soupira. Les oreillers terminaient maintenant sous ses fesses dès qu'ils avaient terminé leurs affaires, pour aider les petits baigneurs à remonter ses conduits récalcitrants ; les barres de cuivre servaient de support à ses pieds pour donner un coup de pouce à la pesanteur. Amusant, non, comme les détails les plus romantiques se perdaient ?

Tournant les talons, Natalie fila pieds nus au rez-de-chaussée pour s'attaquer à ses rapports. Il fallait qu'elle puisse se les sortir de la tête pour être au top de la séduction lorsque Johnny rentrerait du pub.

4

Zoe Graham contemplait avec des yeux émerveillés son salon bien rangé, regrettant de ne pouvoir l'asperger d'Elnett pour lui donner une chance de ne pas bouger d'ici quelques heures. Elle n'avait jamais vu la maison aussi nette depuis qu'elle y avait emménagé. Les coussins retapés sortaient leur ventre rebondi aux coins d'un canapé sans pli ni creux; la Wii avait disparu dans le grand coffre en plastique, avec la collection de manettes, de fils et de jeux qui jonchaient généralement les tapis, et une odeur d'aspirateur flottait dans l'air. Même le pouf en forme de poire où Spencer et Leo passaient la majeure partie de leur temps à grignoter, boire et se chamailler devant la télé, était engageant, débarrassé de ses taches de ketchup.

Zoe recula et posa ses mains sur ses hanches, savourant le silence surnaturel autour d'elle.

C'était une maison très chouette lorsqu'elle était ordonnée, constata-t-elle, presque surprise. Désencombrée du bazar indissociable de deux petits garçons de moins de huit ans, elle ressemblait presque à celle que présentait la fiche descriptive de l'agence immobilière: cheminée, grandes baies vitrées, moulures d'époque. Néanmoins, si Zoe s'y sentait chez elle, c'était grâce aux tonnes de photos encadrées des enfants et d'elle sur les murs bleu roi, aux jouets et aux DVD qui s'empilaient sur les étagères à côté de ses CD et aux peintures qu'ils avaient réalisées ensemble. C'était une maison familiale et c'était pour cette atmosphère qu'ils l'avaient achetée. Pour ce que cela avait duré!

Zoe chassa cette pensée. Si David était parti, ce n'était pas la faute de la maison, mais de sa collègue de travail, Jennifer. Et de lui aussi, bien sûr. Il fallait être deux pour inventer des séminaires à Solihull en plein week-end. Et puis, la maison n'en restait pas moins familiale, à ceci près que la famille se réduisait à présent à Spencer, Leo et elle.

Elle sortit son téléphone portable de sa poche arrière de jean et recula dans l'encadrement de la porte pour immortaliser la maison témoin qu'elle venait de créer. Après avoir envoyé la photo à sa mère, elle l'enregistra comme fond d'écran.

Une bonne chose de faite !

Un calme inquiétant régnait sans le fond sonore que composaient d'ordinaire la télé allumée sur CBeebies, les fausses fusillades et les chamailleries. Déjà son cerveau dressait une liste de tâches toute neuve pour éviter de se laisser ronger par la curiosité. Elle mourait d'envie de savoir si Spencer et Leo s'amusaient avec leur père. Bien sûr qu'elle n'aurait pas dû s'abaisser à de telles pensées, mais comment y échapper ? Si les premiers week-ends, pénibles pour tout le monde, avaient été arrosés de pleurs au départ et à l'arrivée, les garçons commençaient à attendre avec impatience les « vendredis soir de papa ».

D'un autre côté, il fallait se mettre à leur place, se dit-elle en rangeant la voiture télécommandée que Spencer avait rapportée de son dernier séjour chez David. C'était comme s'ils avaient chacun vingt anniversaires par an maintenant.

Selon les termes du droit de garde, dont ils avaient longuement débattu lors du divorce, près d'un an plus tôt, David prenait les garçons un week-end sur deux, la moitié des vacances scolaires, au réveillon de Noël, aux anniversaires et les jours fériés. L'avocat de Zoe l'avait prévenue qu'elle était trop coulante, mais elle ne tenait pas à rendre la séparation plus difficile pour ses fils, innocentes victimes d'une sale rupture. C'était sa façon à elle de faire passer la pilule ; David, lui, avait choisi de la leur faire avaler à grand renfort d'argent. D'argent et de Haribo, dont elle avait presque réussi à les sevrer.

Elle devrait peut-être récurer le frigo, comme sa mère le lui rappelait sans cesse.

Zoe fixa son reflet ébouriffé dans le miroir au-dessus de la cheminée. Ses cheveux étaient encore plus en bataille que d'habitude, leurs anglaises resserrées comme des ressorts par l'effort du ménage. « Hé toi ! lança-t-elle tout haut. Qu'est-ce qui ne tourne pas rond chez toi ? C'est ton jour de congé et tu fais le ménage ? »

Elle aurait dû se détendre. C'était l'un de ces « moments à moi », aussi rares que précieux, dont les autres mamans au salon n'arrêtaient pas de parler avec le ton rêveur que le reste de la population employait pour évoquer une victoire à la loterie. Et dire que, pendant ses journées de travail, il n'y avait pas une heure qu'elle ne passait à souhaiter s'étendre tranquillement chez elle. C'était le fantasme de toute coiffeuse : se retrouver à l'horizontale pour épargner ses varices.

— Mon moment à moi, dit-elle tout haut.

Cinq heures à meubler avant le retour des garçons. Largement assez de temps pour… Pour quoi ?

Pas la moindre petite idée ne lui traversa l'esprit. C'était pourtant si simple avant la maternité, lorsqu'elle lisait encore des magazines féminins pour le plaisir, pas parce qu'ils traînaient dans le coin des consultations personnalisées au salon de coiffure. Ses dimanches soir s'écoulaient alors au rythme d'une routine rigoureusement programmée « soin du visage – épilation des jambes – masque capillaire » et elle pouvait discuter livres, cinéma, destinations de week-ends prolongés et tout le toutim sans se sentir larguée. Aujourd'hui, elle dressait toujours des listes, mais celles-ci ne semblaient plus contenir que « terminer les bananes » et « changer les draps ».

Considérant de nouveau son reflet, elle vit une femme triste, dont les mèches blondes réclamaient une nouvelle jeunesse et les sourcils une épilation. Une femme qui, au fond, était paumée quand toutes ses forces n'étaient pas pompées par deux petits monstres.

— Et merde ! s'exclama-t-elle avec humeur en s'éloignant vers la cuisine pour sortir le paquet de Bahlsen, rangé hors d'atteinte de Spencer, capable de flairer un biscuit au chocolat depuis le trottoir d'en face.

C'était son seul petit plaisir clandestin, elle le réservait donc aux rares moments qu'elle avait pour elle. C'était d'ailleurs la première fois qu'elle en mangeait un avant minuit.

Elle pourrait téléphoner à sa mère, pensa-t-elle en mettant de l'eau à chauffer dans la bouilloire fraîchement détartrée. Ou à Cal. Mais, alors même que l'idée se formait dans son esprit, elle se ravisa. Elle n'avait pas envie de leur parler. Sa mère et sa meilleure amie semblaient s'être liguées dans une campagne destinée à la « remettre en selle », une expression qui, selon elle, résumait tout le charme des rancards postdivorce. Leurs conversations finissaient toujours par revenir à la question de son avenir sentimental. Quand s'inscrirait-elle dans un club de lecture, à des cours de danse ou à tout autre passage obligatoire pour faire une rencontre et repartir pour un tour ?

Si Zoe leur répondait invariablement que Spencer, Leo et le Doctor Who étaient les seuls hommes à qui elle avait du temps à consacrer pour l'instant, il lui fallait reconnaître que l'idée même de se retrouver sur le marché conjugal lui donnait envie de ramper jusqu'au premier trou pour s'y terrer. David avait sapé son peu de confiance en elle. Sans compter que ce terrain déjà glissant se transformerait en champ de mines le jour où il faudrait présenter un autre homme aux garçons, si tant est qu'elle en trouvait un…

Elle sursauta lorsque l'eau entra en ébullition. Au final, le fameux « moment à moi » ne s'articulait qu'autour de l'idée de se pomponner pour trouver un nouveau mec. Plutôt faire le ménage ! Pour l'instant, c'était tout ce que son moi profond réclamait : une moquette sans pièce de Lego casse-gueule et une baignoire sans trace de calcaire.

En fin de compte, Zoe résolut le problème en passant le reste de l'après-midi à somnoler dans son fauteuil devant « Un dîner presque parfait », savourant en toute passiveté le spectacle offert par d'autres se crevant à la tâche au nom d'une vie sociale qu'elle ne connaissait pas.

Réveillée à 18 h 50 par un sixième sens, elle faillit bondir sur ses pieds en entendant le vrombissement d'un moteur puissant au bout de la rue.

— Je crois que les voilà, déclara-t-elle à voix haute.

C'était si étrange de n'avoir personne à qui parler qu'elle ne parvenait pas à s'y habituer.

Avec un dernier regard mélancolique à son salon bien rangé, Zoe se leva et se mit à s'affoler dans la cuisine, arrachant d'un coup sec son tablier avant de contrôler le contenu du frigo. Il leur faudrait manger sur-le-champ. David les emmenait toujours au McDonald's, remplissant ensuite les petits creux restants de sucre, sous toutes les formes possibles.

David… Cette idée aussi la rendait nerveuse. Elle ne ressentait plus rien pour lui, ça non ! La magie s'était dissipée bien avant les scènes déplaisantes chez les avocats. Mais, depuis que cette satanée Jennifer s'était installée pour de bon dans sa vie, avec son accent d'outre-Atlantique et ses foutus marathons pour les bonnes œuvres, Zoe décelait dans les yeux de son ex-mari une pitié toute nouvelle lorsqu'il la voyait apparaître sur le pas de la porte, à bout de nerfs. Ce regard-là l'humiliait plus encore que n'importe quelle franche insulte. Zoe n'avait rencontré Jennifer qu'une seule fois, à une fête d'entreprise, mais il ne lui en fallait pas plus pour deviner qu'elle appartenait à cette catégorie de femmes qui se lèvent à 6 heures pour aller à la salle de sport maquillées comme pour une soirée. D'après un ami commun un peu trop bavard, Jennifer avait insisté pour que son mari conserve la garde des enfants lorsqu'elle avait quitté le domicile conjugal.

Au coin de la rue retentit un coup de klaxon dont l'impatience lui confirma qu'il s'agissait bien de David. Merde ! Merde ! Merde ! Pourquoi ne s'était-elle pas appliqué un masque pour le visage devant la télé ? paniqua-t-elle, trop tard. Elle aurait pu conjuguer hydratation intense et cuisine impeccable. Elle se passa les mains dans les cheveux et, renonçant à toute tentative pour les discipliner, y glissa une barrette. Puis elle enfila à la hâte son tablier « Fée du logis », cadeau de Noël ironique de sa mère, histoire de cacher la tache de café sur son T-shirt.

Sur ce, elle se précipita à la porte d'entrée, arrivant juste à temps pour voir le tracteur des beaux quartiers de David s'immobiliser le long du trottoir. Spencer, qui paraissait plus âgé que ses sept petites années, en bondit aussitôt, laissant son père bavarder au téléphone à l'intérieur. Leo, de seulement dix-sept mois son cadet, dut se débattre pour se libérer de sa ceinture de sécurité avant de l'imiter pour filer à toutes jambes derrière la voiture, bouillant d'excitation.

Le cœur de Zoe se gonfla d'amour à la vue de son blouson de ski trop grand, dont les manches lui tombaient sur les mains. À peine eut-elle ouvert la porte de la maison que les deux garçonnets abandonnèrent leurs sacs dans le coffre pour se jeter dans ses bras, manquant la renverser dans leur enthousiasme.

Si Zoe ne doutait pas un instant que ses fils lui manquaient, elle n'avait pas mesuré à quel point jusqu'à cet instant. À leur seule vue, il lui sembla que son monde repassait en Technicolor et en stéréo. Elle se sentit de nouveau entière, la vie reprit son cours autour d'elle. Ils n'étaient pourtant partis qu'un jour, David étant « attendu quelque part » le dimanche, une excuse dont il s'était servi pour s'arroger le samedi suivant.

— Coucou ! Coucou !

Tous les deux baragouinaient au sujet de tours de karting, de fast-foods londoniens et – son cœur se dilata – de leur bonheur de la revoir.

— N'en faites pas trop, les gars, on pourrait croire que vous ne vous êtes pas amusés avec papa !

Inspirant une grande bouffée d'air, Zoe leva les yeux sur David, qui déchargeait les sacs des enfants avec une expression triomphante. S'il n'était pas si con, il serait vraiment bel homme, pensa-t-elle. Le divorce réussissait à David. Ou alors il était déjà parti en vacances ou bien Jennifer était l'heureuse propriétaire d'une machine à UV. Son visage irradiait sous ses cheveux châtain clair, qu'il portait plus court qu'avant et dont les mouchetures grises avaient disparu comme par miracle. Envolés aussi le pull-over et le jean miteux qui formaient son uniforme du week-end pendant toutes leurs années de mariage, troqués pour un chandail de cachemire gris perle au-dessus d'un T-shirt et… non, elle ne rêvait pas, d'un pantalon en coton et de chaussures bateau. En plein mois de février !

David s'était transformé en papa dans le vent, au moment même où il se déchargeait de ses responsabilités parentales. Quelle ironie !

— Salut ! lui lança-t-elle d'une voix tendue.

Elle avait conclu un accord avec elle-même : elle pouvait le couvrir des insultes les plus ignobles tant que cela restait dans sa tête et ne risquait pas d'arriver jusqu'aux oreilles de Spencer et Leo.

— Salut ! répondit-il, s'appuyant avec désinvolture contre la voiture. En plein ménage ?

— Oui.

Exactement, mon salaud. Mais comment tu pourrais le savoir, toi qui n'as jamais été foutu de tourner le bouton du lave-vaisselle pendant des années ? Le sourire de Zoe s'élargit.

David haussa un sourcil, l'air amusé.

— Comme quoi, tout arrive ! Tu ne serais pas en train d'essayer de vendre la maison derrière mon dos, par hasard ? demanda-t-il, soudain renfrogné. Parce que…

Spencer tira Zoe par la manche.

— Maman ! Maman, papa a offert à Leo le plus beau cadeau de toute la terre.

— Oh oui ! convint Leo. Tu devineras jamais c'est quoi. C'est super-génial !

Leurs frimousses rayonnaient de joie. Elle leur sourit, heureuse de les voir si contents, mais le cœur n'y était pas. La générosité de David se soldait en général par des heures de ménage. Elle pria pour qu'il ne s'agisse pas d'un cadeau susceptible de les rendre malades, de transformer la maison en champ de ruines ou de la faire passer pour la mère Scrooge.

Elle fit mine de réfléchir, sourcils froncés.

— Laissez-moi deviner… C'est… un Tardis ?

— Non ! hurlèrent-ils en chœur.

— Un Dalek, alors ?

Zoe jeta un regard furtif à David, de l'autre côté de la voiture. Il en serait bien capable, le traître ! Elle avait projeté d'en louer un pour les six ans de Leo, la semaine suivante, avant de découvrir qu'il lui coûterait moins cher d'en commander la construction à la Nasa. Ce serait du David tout craché de voler la vedette à sa vague imitation en carton.

Il secoua la tête avec condescendance.

— Je ne vois pas l'intérêt de leur acheter toutes ces marques à leur âge. D'ailleurs, il faut qu'on en parle. Cette histoire de fête sur le thème du *Doctor Who*.

Aaarrrggghhh ! Ferme-la, espèce de bêcheur !

— Trop tard. J'ai déjà commandé le gâteau.

— Non, maman !

Leo bondissait presque de joie, son visage rond épanoui en un large sourire. Il ressemblait à un mini-David, mais avec ses yeux marron à elle. Elle éprouva un pincement au cœur.

— Devine ! Devine ! insista-t-il.

— Mieux qu'un Dalek, précisa Spencer, dédaigneux.

Pourvu que ce ne soit pas un vélo. Surtout pas un vélo. Ni une mini-Ferrari ou une horreur de ce genre…

— C'est…

Posant son index sur son menton, elle considéra Leo avec un œil fermé, comme dans une pantomime.

— Un hors-bord ?

— Non, caqueta-t-il, incapable de se contenir plus longtemps. C'est un petit toutou !

La mâchoire inférieure de Zoe se décrocha. Et, cette fois, elle ne jouait pas la comédie.

— Pas un vrai tout de même ?

— Si, si, un vrai ! intervint Spencer, qui manqua culbuter son petit frère au passage.

Depuis quelques mois, l'écart de taille se creusait entre lui et Leo. C'était presque un grand garçon, maintenant.

— Viens, on va le chercher ! Il est dans le coffre. Il s'appelle Caramel, il est trop mignon. Il va dormir dans ma chambre la semaine et dans celle de Leo le week-end.

— Non, dans ma chambre à moi ! beugla Leo. Il va dormir sur mon lit, Spencer. C'est mon toutou !

— Non, c'est moi le plus grand…

— Il est à vous deux, tempéra David sur un ton apaisant d'assistante sociale, qui donna à Zoe envie de l'étrangler. Ne sois pas brusque, Leo. Caramel doit avoir une frousse bleue après le voyage.

Comme les garçons retombaient dans leurs chamailleries habituelles pour décider de qui sortirait le chiot du coffre, Zoe se redressa et lança un regard furieux à leur père par-dessus le toit de la voiture.

— David, je n'arrive pas à croire que tu sois aussi irresponsable ! siffla-t-elle. Nous en avons parlé à Noël. Tu sais bien qu'ils ne peuvent pas avoir de chien ! C'est impossible !

Il leva les mains.

— Rien n'est impossible, Zoe. Dis plutôt que ça ne t'arrange pas. On doit tous faire des concessions, je suis persuadé que ce chien leur fera du bien. Ça leur donnera des repères.

L'indignation la suffoqua. Après qu'il eut détruit le moindre petit repère de ses gosses ? C'était tellement absurde qu'elle ne savait pas par où commencer. Le problème, c'était qu'elle ne disposait que de trente secondes chrono avant qu'il lui refile le bébé et, dans un crissement de pneus, disparaisse pour une semaine de la vie des enfants.

— Tu devrais peut-être entrer pour qu'on en parle autour d'une tasse de thé, réussit-elle à articuler.

Mais déjà David se faisait fuyant.

— Ce serait avec plaisir, mais je dois filer. Jennifer a prévu quelque chose ce soir. Elle a été absente toute la semaine et on va… enfin, tu sais… rattraper le temps perdu.

À cet euphémisme parfaitement superflu, Zoe sentit les biscuits au chocolat lui remonter dans la gorge.

— Oh ? Elle n'était pas là ?

Au moins ne s'était-elle pas incrustée dans le week-end de ses fils. C'était toujours cela de gagné.

David soutint son regard avec un aplomb teinté de suffisance.

— Non. Mais je me suis dit que ce pourrait être sympa si elle venait avec nous à Alton Towers la prochaine fois. On emmènera peut-être aussi ses deux enfants, même s'ils sont un peu plus âgés. Ça fera une sortie en famille.

La bouche de Zoe s'assécha.

— Il faut qu'on en parle, David, qu'on pense à la meilleure façon d'expliquer aux enfants nos nouvelles fréquentations. Le conseiller psychosocial a recommandé d'attendre qu'ils se soient faits à l'idée du divorce, non ? Tu es sûr que le moment est bien choisi ? Est-ce que tu connais les enfants de Jennifer, au moins ?

Il l'interrompit d'un geste de la main.

— Ça fait un an, Zoe. Il est temps d'avancer pour tout le monde. Et je n'aime pas ta façon de suggérer que Jennifer n'est qu'une aventure passagère. C'est du sérieux entre elle et moi.

Zoe prit une profonde inspiration, s'efforçant de juguler la panique qui menaçait de la submerger. Ce n'était pas le moment. Les garçons s'égosillaient, des gémissements émergeaient de l'arrière de la voiture et elle n'avait pas envisagé la possibilité d'une sortie à Alton Towers si tôt après Legoland. C'était déjà l'hystérie sous son toit, inutile d'en rajouter.

— David, reprit-elle le plus énergiquement possible. C'est une question dont nous devons discuter sérieusement, pas une bombe que tu me lâches deux minutes avant de dire au revoir aux enfants.

Le problème, c'était que Zoe, déjà affligée d'un cœur plus tendre que de la glace fondue, craignait les confrontations comme la peste. David ne l'ignorait pas, il l'avait même toujours su, et il ne se gênait pas pour en jouer, bien au contraire.

— Spencer, sors de la chaussée ! cria-t-elle. Leo, attention ! Sur le trottoir, s'il vous plaît. Les deux pieds.

Cachés derrière le coffre, les deux garçons lui glissaient des coups d'œil espiègles. Une voix gémit dans sa tête. Comment pouvait-elle assumer un chiot en plus de deux jeunes enfants et d'un travail ?

Elle braqua les yeux sur David.

— Je ne peux pas m'occuper d'un chien. Pourquoi faut-il toujours que tu me donnes le mauvais rôle, que ce soit toujours moi qui dise non ? l'interrogea-t-elle d'une voix étranglée.

— Tu n'as qu'à dire oui, répliqua-t-il comme si c'était l'évidence même. Au revoir, les garçons ! Vous ne venez pas faire un dernier câlin à papa ?

— Maman ! Regarde !

Leo lui fourra dans les bras une masse qu'elle agrippa par réflexe. C'était un chiot doré et frétillant, pas plus lourd qu'un bébé. Il était chaud et doux, et son pelage aussi lisse que celui d'un phoque. Ses immenses yeux bruns la contemplaient avec une confiance absolue. Il émit un drôle de geignement et tenta de lui lécher la main.

Oh, non ! pensa-t-elle en faisant son possible pour se blinder. Non, tu ne m'auras pas comme ça.

— Il s'appelle Caramel, pépia Leo. Il est mignon, pas vrai ?

Spencer disait déjà au revoir à son père à grand renfort de câlins et d'ébouriffages de cheveux. Les oreilles fines de Zoe saisirent plus de promesses qu'elle n'aurait souhaité entendre. Les belles paroles étaient encore plus à craindre que la surcharge glucidique car le désenchantement n'était jamais loin.

Elle baissa les yeux sur Leo, qui la regardait, dans l'expectative, noyé dans son blouson trop grand.

— Oui, il est très mignon. Mais, Leo, tu te souviens, on a déjà parlé des chiens. Ce ne serait pas juste de…

— Leo, viens dire au revoir à papa ! cria David en lui tendant les bras.

Leo contourna la voiture à toute vitesse pour rejoindre son père, s'excusant d'un rapide regard en arrière. C'était toujours le cœur brisé que Zoe voyait ses fils dispenser leur affection à chacun de leurs parents avec une équité scrupuleuse les jours de changement de garde.

Un geignement la rappela à la réalité. Sous le coup de l'émotion, elle écrasait le pauvre chiot contre elle. Le tenait-elle convenablement, au moins ? Et quel âge avait-il ? Elle n'avait jamais eu de chien, elle ignorait ce qu'elle était censée faire de cette bête.

Son côté pragmatique, celui dont elle ignorait l'existence avant d'accoucher, dressait déjà des listes. Le chien était-il fourni avec un manuel ? Et ses affaires ? Où allait-il dormir ? Elle prit alors conscience qu'elle risquait de laisser filer son unique chance d'obliger David à reprendre sa bestiole pour l'héberger chez lui et Jennifer.

Ses fils adorés saluaient déjà leur père de la main, les yeux remplis de larmes, qu'ils n'étaient pas encore assez grands pour dissimuler, tandis qu'il se glissait derrière le volant pour faire tourner le moteur. Puis, soudain, il démarra, l'abandonnant avec deux petits garçons hyperactifs, tout leur linge sale et un bébé labrador.

Zoe sentit un filet chaud et humide lui dégouliner sur les mains.

Un bébé labrador qui venait de se soulager sur elle.

Maudit David !

5

Rachel se réveilla sous les rayons du soleil matinal, le visage caressé par un souffle chaud. La maison ? Les chiens ? Un rêve tordu, sûrement. Elle était de retour dans son appartement de Londres, au lit avec Oliver.

Son cœur se gonfla de soulagement, mais lorsqu'elle ouvrit les yeux, elle découvrit, au lieu de l'expression aguicheuse de son amant, un long museau noir et, lorsque sa vue s'éclaircit, deux yeux bleu glacier.

Penché sur elle avec inquiétude, les deux pattes avant posées sur la couette, Bijou l'observait avec de faibles geignements. Horrifiée, Rachel se rendit compte qu'il lui avait léché la figure pendant son sommeil. Un poil de chien lui chatouillait l'arête du nez, si ce n'était pas l'intérieur de la narine.

— Arrrgh !

Elle se redressa en se frottant le visage. Aussitôt, le border-collie catapulta ses pattes avant sur le sol et battit en retraite dans le coin le plus éloigné de la chambre, d'où il la fixa d'un œil torve.

— C'est ré-pu-gnant ! Ne me dis pas que c'est comme ça que tout le monde se réveille par ici !

Comme il demeurait coi, Rachel se laissa retomber sur ses oreillers et posa des yeux vides sur une esquisse à la craie d'une belle brune sensuelle accrochée au mur d'en face.

Aucun doute, elle n'était pas à Londres. Cela faisait maintenant trois jours qu'elle était arrivée à Longhampton et elle n'avait pas encore attaqué le tri des affaires de sa tante, encore moins la lecture du dossier que Gerald Flint lui avait remis sur l'homologation du testament. Tout ce qu'elle avait fait jusque-là, c'était téléphoner à une agence immobilière pour une estimation de la propriété et mentir à Val sur les efforts qu'elle déployait pour mettre la main sur ces fichues brosses en argent.

Elle promena un regard apathique sur la pièce. Peut-être le vague examen des lourds meubles victoriens et des bibelots insolites auquel elle s'était prêtée pouvait-il compter comme un début d'inventaire du contenu de la maison ? Ses pupilles furent de nouveau attirées par la femme fatale aux paupières lourdes, dont le visage rayonnait de fierté sous des cheveux de jais crêpés en une coiffure bouffante. Elle pourrait peut-être garder ce portrait. Dans le fond, avec un généreux maquillage des yeux, elle ressemblait plus qu'un peu à cette femme. Le dessin était signé d'un gribouillis au-dessus de l'indication « Paris, 1966 ».

Quelle heure pouvait-il bien être ? Cela dit, la question revêtait bien peu d'importance dans un endroit où tout le monde fonctionnait à l'heure champêtre. Pas plus tard que la veille, George Fenwick avait débarqué à 9 heures pour lui donner un sermon sur la nécessité de trouver de nouveaux toits aux chiens du refuge afin de libérer des cages. Étant donné l'heure matinale, elle était encore en pyjama et Megan avait dû la tirer du lit pour recevoir le visiteur, qui n'avait pas pour autant jugé opportun de repasser plus tard.

— Vous ne pouvez pas vous permettre de les laisser là, à se remplir la panse, avait-il remarqué en avalant le petit-déjeuner que Freda Shackley lui avait mis sous le nez. C'est vous, la pro des RP. Ce ne doit pas être bien difficile de concocter une belle petite campagne d'adoption. C'est ce que Dot aurait voulu : de nouveaux foyers pour ses vieux cabots. Il en va de votre devoir en tant qu'exécutrice testamentaire.

— Je l'ajouterai à ma liste, avait-elle répliqué.

Ses listes atteignaient désormais des dimensions vertigineuses, ce qui ne l'empêchait pas de rester affalée au lit dans un état d'abrutissement total des heures d'affilée. Elle n'avait quitté la maison, et seulement à la suggestion de Megan, que pour traîner ses guêtres dans les champs environnants en compagnie de Bijou, une promenade dont elle avait profité pour répéter toutes les reparties brillantes dont elle accablerait Oliver s'il osait pointer son nez. Elle avait pleuré à plusieurs reprises et, si Bijou était demeuré muet, il avait, à leur retour, posé pour la première fois sa tête sur ses genoux.

Du rez-de-chaussée s'élevèrent des aboiements distants et le claquement de porte annonçant l'arrivée des promeneurs bénévoles. Lors des brefs intervalles qu'elle ne passait pas à s'apitoyer sur son sort, Rachel culpabilisait de laisser Megan tout gérer. Reste que le seul spectacle de ces bonnes âmes qui allaient et venaient dans la cuisine en bottes et parka flamboyante, puis bavardaient gaiement tandis que des chiens impatients les remorquaient en direction du terrain communal de Longhampton, lui donnait envie de disparaître à cent pieds sous terre. Ils étaient tous si gentils, si bienveillants, si tristes de la voir anéantie par la mort de sa tante, clouée au lit par le chagrin.

Ce dont elle souffrait le plus, dans son malheur, c'était de ne pouvoir se confier à personne. Elle s'était fourrée dans un tel sac de nœuds. Pour couronner le tout, elle ne pouvait que se le reprocher et n'avait pas élaboré le moindre petit début de plan en prévision des inéluctables ravages.

Elle fixa le plafond fissuré d'un regard absent. Où était-elle supposée aller ? Qu'était-elle censée faire à présent ? Et à quoi bon ?

Un coup discret fut frappé à la porte.

— Rachel ?

C'était Megan et la tasse de thé qu'elle venait lui offrir tous les matins pour l'attirer hors du lit.

— Rachel, vous êtes réveillée ?

Bijou se hissa sur ses pattes silencieuses et gagna la porte d'un pas furtif en dressant la tête, comme pour lui dire de se remuer un peu.

— Euh, oui…

Elle toussa pour dissimuler sa voix brisée.

— Oui, je… consulte juste mes e-mails.

Pourvu que Megan ne lui fasse pas remarquer que la maison de Dot n'était équipée d'aucune connexion Internet.

— Super ! Je vous ai monté une tasse de thé. En fait, j'aurais besoin d'un coup de main pour la promenade. Une de nos bénévoles est malade et je ne peux pas tous les sortir en même temps. Ça ne vous ennuierait pas de m'aider ?

Rachel se renfonça dans ses oreillers.

— Je ne me sens pas très bien ce matin…

— Ah ?

— J'ai un… euh…

Ses yeux glissèrent sur la pièce.

— J'ai tout un tas d'e-mails urgents. L'année fiscale touche à sa fin.

— Ah, je vois. Mais il n'y a rien de tel que le bon air pour s'éclaircir les idées, observa Megan après une courte pause. Vous ferez des heureux. Sans compter qu'une promenade de plus ne fera pas de mal à Bijou. Il a besoin de s'enlever du crâne… enfin, vous savez…

C'est à peine si Rachel ne voyait pas l'infatigable sourire australien de Megan à travers la porte. En outre, le spasme qui avait agité les oreilles du border-collie à la mention du mot « promenade » ne lui avait pas échappé.

Elle devait passer à la banque, songea-t-elle. Et se ravitailler en vin. Pourquoi pas, après tout ?

Elle rejeta les draps pour se forcer à se lever.

— D'accord. Donnez-moi juste dix minutes.

Megan étudiait des tableaux de service sur un porte-bloc lorsque Rachel émergea dans la cuisine, vêtue des habits les moins élégants qu'elle avait pu trouver dans ses sacs Mulberry. Sur la grande table se trouvait le sandwich au bacon le plus généreux qu'elle eût jamais vu et, juste à côté, Freda Shackley, fringante dans un gilet sans manches doublé de mouton et un pantalon incarnat assorti. La vieille dame adressa à Rachel un sourire tout en dents.

— Bonjour, ma jolie ! Prête à vous joindre à la deuxième équipe ?

— La deuxième équipe ?

Rachel jeta un regard à l'horloge murale. Il n'était que 10 heures passées de quelques minutes.

— Oui, Ted a déjà fait un tour de parc avec moi. À l'heure qu'il est, il est de retour derrière son comptoir. Il apprécie une bonne promenade pour commencer la journée. Il dit qu'il n'y a rien de tel pour faire démarrer l'organisme. Il me renvoie ici pour le deuxième tour, pour ne pas m'avoir dans les pattes !

— Et ces projets de retraite, alors ? s'enquit Megan en surlignant une inscription.

— Ted arrêtera de travailler sur son lit de mort, soupira Freda. Pour lui, le dimanche est le jour idéal pour servir des petits-déjeuners traditionnels. Religion, bricolage et œufs-saucisses-bacon, les best-sellers dominicaux.

— Ted et Freda tiennent le café italien dans la rue principale, expliqua Megan à Rachel. Avec le store noir et blanc. Depuis quand, déjà, Freda ?

— 1912. Le Shackley a servi ses petits-déjeuners anglais pendant deux guerres mondiales.

La bouche charnue de la vieille femme s'affaissa dans une moue triste.

— Il m'arrive néanmoins de me demander combien de temps il en servira encore, avec notre Lynne partie en Nouvelle-Zélande et cette nouvelle épicerie fine qui vient d'ouvrir ses portes. D'autant que nous ne rajeunissons pas, Ted et moi.

— Vous nous enterrerez tous, observa Megan. Il vous faut juste un nouveau toutou pour garder la forme.

Rachel devina une autre conversation-fleuve dans le chenil.

— Nul ne pourra remplacer notre Pépin, déclara Freda d'un ton ferme. Ce n'est pas juste, nous sommes si vieux…

— À d'autres, Freda ! Rachel, c'est pour vous !

Rachel considéra le sandwich que lui montrait Megan, l'eau à la bouche.

— Pour moi ?

— Oui oui. On prépare des en-cas pour tous les promeneurs bénévoles du week-end, c'est le marché. On ne va pas vous laisser partir le ventre vide.

Megan cocha un élément de sa liste puis distribua quelques biscuits aux chiens.

— Pendant que vous avalez ça, laissez-moi vous faire un petit topo sur la façon dont se déroulent les promenades.

Rachel hésita. En temps normal, elle ne mangeait pas de pain, ou disons qu'elle s'interdisait d'en avoir sous son toit, mais le sandwich libérait un appétissant fumet. Et puis, mince, elle ne risquait pas d'avoir à se comprimer dans l'un des ensembles de lingerie offerts par Oliver avant un bail ! Avant de pouvoir reprendre le contrôle d'elle-même, elle s'était emparée du sandwich et en avait mordu une exquise bouchée suintante de ketchup. Ses papilles pétillèrent de plaisir.

— Vous pourrez vous débrouiller avec deux chiens ? lui demanda Megan. Bijou ne pose aucun problème, il n'a pas besoin de laisse. En fait, il apprend à Vagabond et à Flash la marche au pied. Ils commencent seulement à s'y habituer, ils n'ont jamais été tenus en laisse avant. Ils viennent de chez une dame de Rosehill, un chouïa EDD à en croire George.

— EDD ?

— Pardon, éleveuse du dimanche.

Avec un drôle de caquètement, Freda leva les yeux vers Rachel, son visage aimable crispé par la désapprobation.

— Les pauvres petits qui atterrissent ici ne sont pour certains jamais allés en promenade de leur vie. C'est à peine s'ils sont sortis de la remise où on les enfermait et on les gardait enchaînés, comme des machines. Ça me donne envie de…

— Freda, ne découragez pas Rachel !

Megan lui jeta un coup d'œil.

— Il est rare qu'on écope de cas aussi désespérés. Franchement, Vagabond et Flash ne sont pas si terribles. Ce sont des westies, George nous les a ramenés il y a quelques jours. Il reçoit parfois des tuyaux sur des éleveurs qui veulent se débarrasser de chiens. Malheureusement, tous les propriétaires de chiens ne sont pas forcément des amoureux des chiens.

— Et il les ramène ici ?

Et ce type avait le culot de lui donner les leçons sur la nécessité de veiller à la bonne marche de l'entreprise sans se laisser attendrir par les malheureuses bêtes…

— Oui, Dot n'a jamais refusé de nouveaux arrivants. C'est qu'on les aime, ces pauvres chéris. Ils ont simplement besoin d'être un peu plus dorlotés que les chiens qu'on nous dépose habituellement. Vous êtes prête à y aller ?

Seulement trois bouchées avaient suffi à Rachel pour engloutir son sandwich. Jusque-là, elle n'avait pas pris conscience de la faim de loup qui la tenaillait, mais maintenant qu'elle y réfléchissait, elle n'avait pas pris de vrai repas depuis… dix jours. Le dernier remontait au dîner sur le pouce qu'elle avait improvisé juste avant qu'Oliver débarque et déclenche l'abominable succession d'événements qui l'avait menée où elle en était.

— Il y en aura d'autres à votre retour, annonça Freda en arrangeant son magazine canin, son téléphone portable et la théière. S'il y a la moindre urgence, je vous appelle. J'ai bien votre numéro, au moins ?

Elle se tourna vers Rachel, qui s'apprêtait à répondre que la batterie de son portable était à plat, lorsque Megan débrancha un objet de la prise murale pour le lui tendre.

— Je l'ai rechargé pour vous, dit-elle, pleine de bonne volonté. C'est le même que le mien. Drôle de coïncidence, hein ?

Rachel alluma l'appareil, qui se mit aussitôt à émettre des bips frénétiques. Quinze appels manqués, dix textos. Justement la raison pour laquelle elle avait laissé la batterie se vider.

— Euh, merci.

— Allez, ouste ! lança Freda. Allez profiter de ce beau soleil !

Megan fourra tout un tas de bricoles entre les mains de Rachel.

— Sacs à crottes, friandises, sifflet, laisse et des bonbons pour vous, sourit-elle. Bienvenue dans l'univers des promeneurs de chiens !

Dans l'air piquant du verger, les branches dépouillées des arbres se détachaient, hérissées de leurs bourgeons vert pâle, sur le bleu vif d'un ciel inondé de soleil. Comme l'avait prédit Megan, Rachel se sentit mieux dès que la brise fraîche emplit ses poumons et, malgré la protestation initiale de ses jambes, qui progressaient d'un pas gauche dans la paire de bottes de Dot, elle constata que maintenir le rythme soutenu de Megan ne faisait pas seulement circuler le sang dans son organisme. Son cerveau semblait aussi se remettre lentement en marche et, pour la première fois depuis des jours, une idée menait à une autre plutôt que de tourner et retourner dans sa tête en cercles concentriques. Certes, ses pensées portaient surtout sur l'endroit où elle devait poser les pieds pour éviter de piétiner les deux petites boules de nerfs blanches qui l'entouraient, mais c'était déjà un début.

Telle une maison de dessin d'enfant, Four Oaks se dressait au sommet d'une colline en un quadrilatère d'une symétrie parfaite, à la façade ornée d'un gribouillis de lierre et percée de quatre grandes fenêtres blanches divisées en six carreaux – deux à l'étage, deux au rez-de-chaussée –, ainsi que d'un œil-de-bœuf au-dessus de la porte d'entrée peinte en rouge. La propriété jouissait d'une vue panoramique sur le réseau formé par les modestes rues de Longhampton, dont la flèche de l'hôtel de ville victorien, qui apparut au-dessus des toits tandis que Rachel et Megan quittaient la pommeraie pour s'engager sur un sentier.

Si, dans son souvenir, le bourg renfermait une certaine animation, le paysage devenait rapidement rural au-delà du chenil. Le chemin qui longeait la grille à l'arrière du domaine menait d'un côté à la ville et, de l'autre, à d'épais bois débouchant sur des pâturages à vaches et les premiers reliefs de collines sans prétention.

— En général, on décrit une boucle : on traverse le bois jusqu'à la ville, où on fait un tour dans le parc avant de rebrousser chemin.

Megan emprunta une allée cavalière bordée de haies de sorbiers et d'ajoncs. Elle guidait quatre chiens au moyen de laisses doubles, à la manière d'un aurige.

— Si vous voulez, je jouerai avec eux pendant que vous ferez un petit tour dans le centre pour acheter ce dont vous avez besoin. Quelques magasins sont ouverts aujourd'hui.

— Merci, dit Rachel en baissant les yeux sur son pantalon noir, qu'elle avait rentré dans ses bottes pour mieux le protéger. Quelques vêtements de rechange ne seront pas de trop. Je n'ai pas apporté grand-chose qui convienne pour promener des chiens.

— Je préfère vous prévenir, vous ne trouverez pas ici les mêmes boutiques qu'à Londres, sourit Megan. Vous devriez peut-être demander à George quel genre de vêtements il vous faut, la question a l'air de beaucoup l'intéresser.

— J'aime autant me passer des conseils de mode d'un homme qui porte des pantalons rouges, repartit Rachel, que l'air printanier encourageait à la bonne humeur. Ils devraient être interdits !

Megan gloussa.

— Je lui passerai le message, d'accord ? Il est grand temps que quelqu'un lui rende la monnaie de sa pièce… Hé, Vagabond ! Sors de là. Tirez-le doucement.

D'une saccade, Rachel dégagea le westie d'un buisson.

— La monnaie de sa pièce ? J'espère que vous n'insinuez pas que je suis aussi grossière que lui.

— Non ! Enfin, un peu… Oh, George est un cas. Je crois que c'est de vivre tout seul, remarqua Megan en s'arrêtant pour attendre que Rachel eût repris le contrôle du terrier. Vous devriez voir Freda quand il lui dit que Pépin était mal élevé, elle glousse comme une poule.

— Sûrement parce que c'est la seule qui se rappelle l'époque lointaine où ce charme rustre opérait encore. Le fait qu'il soit seul devrait pourtant lui mettre la puce à l'oreille.

— Figurez-vous que c'est un choix. Croyez-le ou non, George ne manque pas d'admiratrices. Ses traits rudes à la Daniel Craig en font craquer plus d'une dans le coin. Et puis il possède son propre cabinet, il ramasse du fric à la pelle avec tous les chevaux et toutes les fermes qu'il y a par ici.

Rachel laissa échapper un petit rire étranglé.

— Daniel Craig ! C'est ce qu'il croit ?

— C'est ce que tout le monde croit, surtout depuis qu'il s'est pointé en smoking au pot de Noël de Mme Merryman. Rachel, c'est la cambrousse, ici. On fait avec ce qu'on a.

Megan s'immobilisa pour poser la main sur son bras.

— Restez plus d'un an à Longhampton et, que vous le vouliez ou non, vous trouverez à Ted Shackley des airs de Paul Newman. Croyez-en mon expérience, vous feriez bien de prendre goût aux hommes plus âgés.

Rachel rit, oubliant presque pourquoi ce n'était pas drôle du tout. Cependant, si la remarque ravivait la douloureuse réalité de sa préférence pour les hommes plus mûrs, qu'elle avait la sottise de croire plus dignes de confiance, la plaisanterie n'en demeurait pas moins amusante. Elle éprouva une soudaine délivrance. Megan ignorait l'existence d'Oliver. Elle n'avait pas à lui expliquer sa relation avec lui, ni à la lui cacher ou à s'en excuser, comme elle l'avait fait avec ses amis de Londres.

Oliver était parti et, elle, elle repartait de zéro. Curieusement, elle se sentait libérée d'un poids.

Elle se mordit la lèvre, puis sourit tandis qu'elle reprenait avec Megan sa descente vers la ville.

Le sentier se déroulait en pente douce devant elles. Rachel ne pouvait s'empêcher de s'inquiéter pour les petites pattes des westies sur le terrain accidenté, mais Bijou paraissait s'assurer qu'ils demeurent à la même hauteur, les dissuadant, par sa présence apaisante, de trottiner trop loin devant. Rachel s'attendrit face au spectacle qu'offrait le chien de berger, menant les deux petits terriers avec une prévenance instinctive, comme s'il conduisait des moutons.

— Combien de temps pensez-vous rester ? l'interrogea Megan. Ce n'est pas pour m'immiscer dans ce qui ne me regarde pas, mais, à un moment ou à un autre, une descente au supermarché s'imposera.

— Oui. Il y a des factures aussi. Je crois que je suis censée les payer en attendant l'homologation, avant de me rembourser.

Elle voulut passer une main nerveuse dans ses cheveux mais s'arrêta à mi-geste, rappelée à l'ordre par le contact de la laisse sur son poignet et la surprise d'un des westies, qu'elle avait failli arracher au sol.

— Pardon, je suis un peu perdue entre tous ces formulaires et ce jargon juridique. Je ne sais pas par où commencer.

— Si vous avez besoin d'aide, n'hésitez pas. Mais, en attendant, il faudrait une petite rallonge pour les dépenses du refuge. Il n'y a plus de lait, ni de pain non plus. Et puis, ça m'embête de vous en parler, mais je n'ai pas reçu ma paye du mois dernier et je commence à être un peu raide.

Rachel pila, embarrassée par son nombrilisme.

— Je suis navrée, Megan. Je vais passer à la banque chercher du liquide.

Elle avait sans doute assez, songea-t-elle en se lançant dans des calculs approximatifs. Entre sa démission et l'annonce que l'héritage de Dot ne serait pas vraiment sien tant qu'elle n'aurait pas effectué les démarches pour l'homologation, elle n'avait pas vraiment réfléchi à la façon dont elle subviendrait à ses besoins. L'épargne n'était pas son fort. Il fallait dire qu'une part considérable de son salaire passait dans le financement de son train de vie de célibattante, histoire de contrebalancer les aléas de sa relation avec Oliver.

— Super ! Combien de temps vous pensez rester, alors ? Un mois ? Plusieurs mois ?

D'un claquement de langue, Megan ramena le staffie croisé attaché à la laisse la plus longue près de sa jambe, avec ses compagnons.

— Pour toujours ?

— Je l'ignore.

— J'imagine que vous avez un appart' à Londres.

Megan parlait sur le ton de la conversation, sans la moindre indiscrétion et avec une telle franchise que Rachel se surprit à lui répondre en toute sincérité.

— En fait, non. J'étais en location mais je viens de rendre les clés. C'était un appartement de fonction, vous voyez, et comme je viens de donner ma démission. Enfin, c'est… compliqué.

Megan la regarda avec intérêt, son visage pétri de bienveillance. Alors les mots s'échappèrent de la bouche de Rachel. Elle n'avait pu se confier à personne, pas même à sa propre mère. Même sa meilleure amie, Ali, qui n'avait jamais cessé de la prévenir de ce qui lui pendait au nez, bien à l'abri de son mariage, n'avait eu droit qu'à un résumé revu et corrigé.

— J'ai rompu avec mon ami il y a une quinzaine de jours. Nous…

Après une hésitation, elle censura les détails les moins plaisants pour se concentrer sur le positif. Une déformation professionnelle.

— Nous étions ensemble depuis longtemps, nous travaillions dans la même agence. Oliver était associé, j'étais directrice de clientèle senior. Mon appartement se situait au-dessus du bureau… Après notre rupture, j'ai ressenti le besoin de prendre mes distances, très vite. Je voulais partir quelque part où Oliver ne pourrait pas me retrouver, et puis tout ça est arrivé et c'était comme si…

Megan pila, mais les chiens poursuivirent leur course, étirant leur laisse extensible.

— Oh là là ! Il était violent ?

Elle saisit la main de Rachel, les traits tirés par l'inquiétude.

— Vous pouvez me le dire, je ne le répéterai à personne. Quoique, tout bien réfléchi, on ferait peut-être mieux d'avertir Freda et les autres pour qu'ils ouvrent l'œil s'il est à vos trousses. Vous devriez aller au poste, la police est très bien ici, pas comme à Londres.

Il fallut un moment à Rachel pour comprendre ce que racontait Megan, mais lorsque les mots de la jeune femme s'imprimèrent dans son esprit, ils lui donnèrent la chair de poule. Elle n'y était pas, mais alors pas du tout ! Si Rachel ne voulait pas qu'Oliver la retrouve, c'était non seulement parce qu'il serait furieux du chaos qu'elle avait sciemment provoqué à son départ, mais aussi parce qu'elle craignait qu'un seul mot de sa part suffise à la faire retomber dans ses bras comme la pauvre gourde qu'elle avait été pendant toutes ces années.

— Non, non, ce n'est pas ce que vous croyez, rectifia-t-elle. C'est simplement que…

Elle s'interrompit pour chercher les mots justes. Le souci, songea-t-elle, amère, c'était que certains détails gênants ne pouvaient être caviardés. Oliver Wrigley était avec elle, oui, mais pas à elle. Elle ne pouvait donc, techniquement, pas le perdre.

Oliver était marié, à Mme Kath Wrigley. Ce depuis 1989.

Rachel n'était pas fière de son rôle de maîtresse, mais elle avait voué à Oliver un amour vrai. Si elle avait d'abord pris avec des pincettes ses histoires sur l'indifférence de Kath et leur mariage comateux seulement maintenu en vie par les emprunts immobiliers et les frais de scolarité, il avait jailli entre eux une étincelle qui l'avait attirée comme le papillon par la lumière. Et lui jurait de ne se sentir vivant qu'en sa présence. Elle avait soutenu à Ali – l'unique et seule amie avec qui elle développait au-delà des grandes lignes – la sincérité de leur relation amoureuse, un arrangement qui lui assurait une certaine liberté et lui épargnait la culpabilité d'arracher un père à sa famille. Oliver l'aimait, avait-elle insisté. Et Ali d'acquiescer de la tête en silence. Rachel ne pouvait guère espérer de réaction plus enthousiaste de la part de son amie.

Longtemps, leur liaison avait parfaitement répondu à ses attentes. Outre leur complicité et leurs nuits torrides à donner le frisson, elle appréciait de ne pas l'avoir dans les pattes le dimanche ni qu'il soit le témoin de ses gueules de bois. Le temps aidant, elle avait cessé d'écouter la petite voix qui lui rappelait que c'était mal. Jamais elle ne lui avait demandé de quitter Kath, de crainte d'entendre la réponse qu'elle connaissait déjà, et ils avaient filé le parfait amour des années durant. Jusqu'à ce qu'elle ne puisse plus ignorer la réalité sous son nez.

Ali lui avait prédit la fin de l'histoire, deux mois seulement après son début. Oliver retournerait toujours à Kath. Conversations assommantes et cheveux fourchus ou pas, Kath demeurait sa femme. Et, maintenant, Rachel payait le prix fort en taisant son chagrin, comme elle avait, autrefois, enfoui son amour tout au fond de sa poitrine.

— Qu'est-ce qu'il s'est passé ?

Megan la dévisageait, des centaines de mélodrames de violence domestique inscrits sur ses traits. Lasse, Rachel se prit à rêver de quelques mots de réconfort. La tentation était forte. Son cœur brisé réclamait à grands cris un peu de compassion. D'accord, c'était une briseuse de foyer, mais un spécimen qui n'avait réussi qu'à briser son propre foyer. Sa résolution baissa d'un cran.

— J'ai découvert qu'il en voyait une autre.

Elle n'inventait rien : Oliver voyait sa propre femme, en cachette. On n'emmène pas sa femme en week-end coquin à Paris en donnant comme alibi à sa maîtresse une conférence à Glasgow. Rachel avait assez d'autodérision pour mesurer l'ironie de la situation.

— Comment ?

— Par une note d'hôtel. Plusieurs, pour être exacte. Il a vidé son portefeuille sur mon bureau et…

Elle fit grincer ses molaires, parcourue d'un tressaillement intérieur au souvenir de sa découverte.

— Oliver passait tout à la déchiqueteuse, parfois c'était moi qui m'en occupais. J'ai trouvé une facture d'hôtel parisien avec des frais de room-service particulièrement élevés.

Rachel avait reçu le coup fatal un dimanche. Un mauvais jour. Elle ne se sentait pas dans son assiette : remontée par l'arrivée imminente de ses menstruations, consciente d'un flétrissement qui n'existait pas quelque temps plus tôt dans son décolleté, plus que fatiguée des dimanches solitaires qu'elle n'arrivait plus à apprécier comme avant. C'était un équilibre aussi fragile que coûteux que de célébrer son indépendance et l'absence d'obligations maternelles assez aveuglément pour ne pas voir le revers de la médaille. Elle s'était donc réjouie lorsque Oliver s'était présenté à l'improviste, pensant que sa visite présageait peut-être une place accrue dans son emploi du temps.

Sa respiration se bloqua dans sa gorge. Elle se trompait. Ce salaud d'Oliver s'était contenté de lui dire qu'il regrettait. Puis plus rien. Rien ! Dix ans de sa vie, elle lui avait sacrifié dix longues années sans qu'il lâche rien en retour. Lorsqu'elle lui avait dit ses quatre vérités, elle avait lu sur son visage tout ce qu'elle s'efforçait d'ignorer depuis si longtemps. Et presque de la pitié.

C'était ce qui l'avait poussée à envoyer les clés de l'appartement à Kath, accompagnées d'un billet. Si Oliver souhaitait récupérer ses affaires, avait-elle écrit, ses vêtements de rechange, ses jeans bien trop jeunes pour lui et les chemises qu'elle mettait au pressing, le repassage entrant dans les attributions de l'épouse, ils étaient tous deux cordialement invités à venir les chercher.

— Mon Dieu ! gémit-elle entre ses dents.

Elle ne pouvait plus revenir en arrière. Or, maintenant que son engourdissement se dissipait, les premières flammes de la culpabilité commençaient à la dévorer. Qu'avait-elle donc infligé à la pauvre Kath qui, dix ans durant, perfectionnait son swing dans la plus douce ignorance.

Interprétant mal son geignement, Megan l'attrapa par le bras.

— Rachel, je suis vraiment désolée. Après ça, Dot… Vous avez vécu un enfer ! Je me disais bien que quelque chose ne tournait pas rond chez vous. Ma mère était pareille quand mon père est parti, une zombie. Elle dormait à longueur de journée, ne parlait qu'aux chiens…

— Pourrions-nous changer de sujet ? demanda Rachel, s'efforçant de paraître maîtresse d'elle-même. C'est… C'est juste que… ça n'a pas grand intérêt.

— Bien sûr !

D'un claquement de langue à l'adresse de Bijou, Megan remit la petite troupe en route. Bientôt, de joyeuses flèches jaunes apparurent à l'orée du bois, qui constituait la bordure la plus sauvage du parc municipal, pour les guider sur le chemin historique le long du canal de Longhampton. Elles croisèrent deux promeneurs de chien qui leur sourirent amicalement pendant que les animaux se reniflaient le derrière.

— De quoi voulez-vous parler ? Du chenil ?

— D'accord, accepta Rachel, consciente qu'il lui faudrait un jour ou l'autre aborder le sujet. Très bien, parlez-moi des chiens.

Megan lui décrivit donc avec animation le train-train quotidien au chenil, tandis qu'elles émergeaient du bois puis faisaient le tour du grand parc du centre-ville, dont les bancs étaient parsemés de couples âgés et les plates-bandes hérissées de régiments de jonquilles parfaitement alignées.

Rachel s'évertua à ignorer les vieillards. Londres avait cela de particulier que l'on n'y croisait guère de couples d'un âge avancé, mais à Longhampton, tels des serre-livres, ils étaient encore accrochés par la main à quatre-vingts ans.

— … la banque ? Rachel, vous m'entendez ? Vous voulez toujours aller à la banque ?

Rachel reporta avec effort son attention sur Megan, qui se prêtait à quelques assouplissements avec un lanceur de balle à l'aspect effrayant. On aurait dit une gigantesque langue en plastique.

— Je peux faire une petite séance d'éducation avec les copains, si vous voulez une demi-heure pour vous promener. Il n'y a que deux grandes rues ici. Pour les pantalons, vous devriez tenter les rues transversales près de l'hôtel de ville, une ou deux nouvelles boutiques viennent d'ouvrir.

Elle tendit la main pour que Rachel lui remette les laisses des deux westies.

— Bijou, assis ! Reste là !

Le border-collie jeta un regard à Rachel avant de se laisser tomber en position assise à côté de Megan.

— Dites-lui de rester là, conseilla celle-ci à Rachel. Ça vous aidera à créer le lien.

— Pourquoi prêterait-il attention à ce que je lui dis ? Il n'a pas lu le testament, il ne sait pas qu'il m'appartient maintenant. Je n'ai rien fait avec lui depuis mon arrivée. Il passe son temps à broyer du noir.

Le visage de Megan s'adoucit.

— Bijou est en deuil, Rachel. Il a perdu la seule maîtresse qu'il ait jamais connue et il n'est plus tout jeune, vous savez. Il a sept ans, ce qui fait… cinquante ans, grosso modo. Il était avec Dot quand elle est décédée. Il a foncé ici pour me prévenir, comme Lassie. Le pauvre !

— Je ne suis pas la bonne personne pour remplacer Dot, constata Rachel, soudain triste et mal à l'aise.

— Un chien ne réclame rien d'autre que des promenades et des caresses. Et le son de votre voix, bien entendu. Allez-y, dites-le-lui.

Rachel considéra avec gêne le border-collie, qui pointa ses oreilles duveteuses et agita sa queue sur le sol, manquant renverser Vagabond le westie.

— Reste là, dit-elle d'une petite voix.

— Maintenant, montrez du doigt l'endroit où vous voulez qu'il reste.

— Reste là, répéta-t-elle en tendant l'index vers les pieds de Megan.

Le border-collie remua la queue avec plus de force et s'étendit par terre, la tête posée sur ses pattes, les yeux levés vers elle dans l'attente d'un sourire. Il semblait si reconnaissant de se voir accorder quelques égards. Si zélé. Une flamme vacillante s'alluma dans le cœur transi de Rachel. Ce chien souhaitait son attention, son approbation. Il désirait un maître et de l'amour.

Les autres chiens trottinaient çà et là, ravis d'avoir quitté leur prison de béton pour fouler l'herbe fraîche. Rachel prit alors une décision : si elle ne devait faire qu'une seule chose de sa journée, ce serait lancer la campagne d'adoption dont George lui rebattait les oreilles. Ce n'était pas qu'une question d'argent. Ces pauvres bêtes avaient besoin d'affection. Elle ne pourrait supporter le poids de la culpabilité si son apathie les condamnait à finir au refuge.

Après cela, elle pourrait peut-être revendre la maison et l'affaire avec la conscience tranquille. Dot ne pouvait guère exiger davantage de sa filleule.

— C'est bien ! félicita-t-elle le border-collie. C'est bien !

— Super ! Brave chien ! Et brave maîtresse ! Vous ferez des exercices d'agility en un rien de temps ! dit Megan en tapotant le cadran de sa montre. On se retrouve à 11 heures ? Allez, foncez !

Sur ce, elle lança de toutes ses forces une balle de tennis mâchouillée à travers la pelouse, si bien que Rachel n'aurait su dire à qui, d'elle ou des chiens qui partaient en trombe à la poursuite du globe jaune, elle s'était adressée.

6

Profitant de ce que les garçons rassemblaient leurs affaires d'école dans leur chambre, hors de portée de voix, Zoe avala une gorgée de café bouillant pour s'écorcher les cordes vocales et composa le numéro du salon de coiffure sur le téléphone de la cuisine. Elle ne voulait surtout pas que ses fils entendent le mensonge éhonté, mais ô combien indispensable, qu'elle s'apprêtait à raconter à Hannah, la réceptionniste.

Tandis que la sonnerie retentissait dans l'appareil, elle ne quittait pas de l'œil le parc de fortune confectionné au moyen de cartons où Caramel piquait son second roupillon en trente-six heures aussi éprouvantes sur le plan physique que nerveux. Du moins espérait-elle qu'il dormait. Rien ne prouvait qu'il ne fermait pas seulement les paupières le temps de trouver sa prochaine cible à l'intérieur de la maison. Difficile de déterminer qui, de Caramel, Leo ou Spencer, était le plus excité. À eux trois, ils formaient une épuisante tornade dévastatrice. Le salon semblait avoir subi les assauts d'un boulet de démolition et des bouts d'essuie-tout jonchaient le sol à la suite des nombreux accidents qu'elle avait dû éponger depuis l'arrivée du labrador.

Qui eût cru qu'un petit chiot pouvait renfermer un tel volume d'urine ?

— Salut, Hannah ! lança-t-elle en entendant le déclic du poste de conférence. C'est Zoe. J'ai peur de ne pas pouvoir venir aujourd'hui, j'ai passé un week-end affreux. Je n'ai pas fermé l'œil des deux dernières nuits…

Caramel se tortilla dans sa boîte et, ouvrant un œil, émit un glapissement joyeux en l'apercevant. Il referma ensuite ses mâchoires sur le bord du carton. Le cœur de Zoe chavira.

— Tu as l'air vraiment mal en point, observa la réceptionniste, dont la voix ne suffisait pas à couvrir les bruits de ménage matinal qui emplissaient le salon et la radio qui beuglait en fond sonore. Tu veux que je réorganise tes rendez-vous de la journée ?

— Tu ferais ça pour moi ? Je suis sûre que ce n'est qu'un petit virus, mais je ne voudrais pas contaminer tout le monde.

Elle s'empara de la boîte à biscuits, un œil rivé sur le carton de Caramel et une oreille tendue vers le boucan à l'étage, où les garçons se brossaient les dents en un temps record pour redescendre au plus vite asticoter leur nouveau joujou.

— Écoute, je te rappelle dans la matinée pour te donner des nouvelles. Merci !

Et elle raccrocha sur les vœux de rétablissement perplexes de Hannah.

Apercevant son reflet honteux dans la porte du four rutilante, Zoe fut saisie de remords. Elle n'avait pas pris de congé maladie depuis des années et se traînait au salon en dépit des crises conjugales, des poussées dentaires synonymes de nuits blanches et des chutes de neige. Ils lui devaient bien quelques jours, se dit-elle, sans toutefois réussir à chasser son sentiment de culpabilité. Pas plus que l'extrême fatigue qui s'emparait de tout son corps. Les poussées de dents et les cauchemars, elle avait l'habitude, mais les hurlements toute la nuit, c'était une autre histoire.

— Spencer ! appela-t-elle en se penchant dans le vestibule. Qu'est-ce que tu fabriques là-haut ? Descends, on va être en retard !

Au même moment, Caramel se mit à japper de plus belle. Désormais familiers, ses aboiements n'en transperçaient pas moins Zoe comme autant de coups de couteau. Lorsqu'elle se tourna vers lui, il émit un faible glapissement.

Message reçu cinq sur cinq ! Abandonnant aussitôt l'idée de se faire griller du pain, elle empoigna le chiot, traversa la cuisine en quatre pas de géant et ouvrit la porte de derrière pour le tenir à bout de bras à l'extérieur. Malgré ces précautions, une bonne partie du chaud goutte-à-goutte coula sur ses doigts. Elle posa Caramel par terre et alla se laver les mains pour la énième fois.

— Bon toutou ! le félicita-t-elle d'une voix ferme, tandis qu'il reniflait la marche de la cuisine. Bon pipi !

C'était une astuce qu'elle avait apprise durant les dix minutes chrono qu'elle avait réussi à consacrer à une recherche Internet sur l'apprentissage de la propreté : sortir le chiot toutes les heures, le féliciter quand il faisait à l'endroit voulu et le familiariser avec une phrase simple qu'il pourrait associer à la pause-pipi. Au stade où ils étaient, Caramel risquait de prendre le pli de se soulager chaque fois qu'il entendrait crier « Oh, non ! Pas là ! ».

Maîtresse et chiot s'étudièrent avec une suspicion mutuelle.

— Où vais-je bien pouvoir te mettre pendant que je pars en courses acheter tout ce que ton abruti de papa n'a pas livré avec toi ? l'interrogea-t-elle.

Combien de temps pouvait-on laisser un chiot seul, d'ailleurs ?

Un grondement de tonnerre dans l'escalier l'avertit de l'arrivée des enfants. — Caramel ! Caramel ! criait déjà Leo, déclenchant aussitôt des glapissements de jubilation du chiot.

Elle le nicha dans ses bras pour l'empêcher de courir dans leurs pieds.

— Il va falloir te trouver un cours de dressage, dit-elle à sa belle truffe humide. Et peut-être bien aussi à tes frères. Je crois que ça ne leur ferait pas de mal.

Elle se tut lorsque Leo et Spencer déboulèrent dans la cuisine, tout ébouriffés de sommeil et l'haleine parfumée de dentifrice. Dans le cas de Leo, une grande partie de la pâte dentaire avait échoué autour de sa bouche, ce qui témoignait néanmoins d'efforts louables de sa part.

— Caramel ! hurla Spencer d'une voix perçante.

Aussitôt, il prit dans ses bras le chiot, dont les pattes arrière se balancèrent dans le vide, exposant un petit ventre rebondi.

— On peut l'emmener avec nous à l'école, maman. S'il te plaît ? S'il te plaît ?

— Oh oui ! renchérit son frère.

Leo sauta en l'air pour essayer de toucher à son tour Caramel, mais Spencer hissa le chiot hors de portée de son petit frère, qui dut se contenter de coups de queue frétillante dans la figure.

— Je veux le montrer à Mme Barratt, insista Spencer.

— Vous ne pouvez pas emmener Caramel à l'école.

Zoe tendit la main pour soutenir l'arrière-train ballant du labrador, qui ne semblait pas gêné par sa position inconfortable, tout occupé qu'il était à couvrir le visage grimaçant de Spencer de coups de langue adorateurs.

— Tiens ses pattes, Spencer. Tu vas lui faire mal ! Vous le retrouverez à votre retour de l'école.

— Mais s'il te plaaaaîîît !

Spencer détourna ses yeux du chien pour lui adresser un regard déconcertant de perspicacité, qui n'était pas sans lui rappeler David au plus haut de sa motivation.

— Papa dit que ça serait chouette de le montrer au reste de la classe. On pourra faire un exposé sur les chiens.

— Et je suppose que tu expliqueras à tes camarades tout ce qu'il faut savoir sur les saletés à nettoyer, l'alimentation et le reste ?

— Pfff, évidemment !

Le ton de sa voix épouvanta Zoe. Elle ne lui connaissait pas cette insolence à la limite de la provocation. Spencer avait toujours été le plus mignon des petits garçons, même lorsqu'un frère cadet était venu diminuer de moitié son quota d'attention parentale. Depuis que David les prenait le week-end, toutefois, une certaine brutalité couvait en lui. Comme s'il cherchait à la mettre à l'épreuve, juste pour voir jusqu'où elle le laisserait aller.

— Hé ! Ça suffit, maintenant ! Un chien n'est pas un jouet. Tu sais la taille qu'il fera quand il sera grand ? Et toutes les promenades dont il aura besoin ? Est-ce que papa t'a dit ça aussi ?

— Je l'ai entendu pleurer cette nuit, remarqua Leo. Je crois qu'il devrait dormir avec moi.

— C'est parce qu'il est tout seul, expliqua Spencer, expert *ès* canidés. Sa maman lui manque. Peut-être qu'on devrait en prendre un autre ? suggéra-t-il, comme si l'idée venait de lui traverser l'esprit. Pour lui tenir compagnie ?

— Oh oui ! s'écria Leo. Deux toutous ! Caramel et… Chocolat !

— Non !

Zoe posa ses mains sur ses hanches, une posture qui lui donnait de l'autorité, ne serait-ce qu'en apparence. Ses chaussures empestaient encore l'urine de chien.

— D'abord, qui vous a dit qu'on allait pouvoir garder Caramel pour de bon ? C'est…

Bon sang, quelle chiffe molle elle faisait !

— … juste un essai.

— Mais mamaaan !

Entraînée dans un torrent immédiat de cajoleries, Zoe sentit sa détermination fondre comme neige au soleil face aux visages implorants de Spencer et de Leo, sans parler de Caramel, qui levait sur elle des yeux tout ronds, les oreilles mollement rabattues sur sa frimousse. L'incarnation même du fidèle compagnon joueur et dévoué qui peuplait mille et un livres pour enfants.

Deux petits garçons et un chiot qui ressemblait comme deux gouttes d'eau à celui d'une pub pour papier-toilette, contre une mère stressée et rongée par la culpabilité : le combat n'était guère loyal.

Zoe lutta pour se ressaisir. Qu'était-il advenu de toutes les bonnes raisons qui la dissuadaient autrefois d'acheter un chiot à Spencer ? Le manque de temps ? Le désordre ? Son travail ?

Comme s'il pouvait lire dans ses pensées, et sûrement était-ce le cas, Spencer troqua sa morgue de préadolescent contre la douceur d'un petit maître de chien angélique pour la supplier d'une voix flûtée :

— Je m'occuperai de lui tous les soirs. Je nettoierai son carton et tout. S'il te plaît, maman… S'il te plaît !

Soudain, le réveil que Zoe programmait chaque matin pour partir à l'heure pour l'école se déclencha. Sans perdre une seconde, elle passa à l'action, paniquant déjà à l'idée d'être une fois de plus la dernière maman devant les grilles.

— Il est temps d'y aller !

Caramel devrait rester enfermé dans la cuisine pendant une heure, voilà tout. Quels dégâts pouvait provoquer un chiot dans une pièce close ? Toutes les prises électriques étaient encore équipées d'obturateurs pour la sécurité des enfants.

— Repose Caramel dans son carton, s'il te plaît, Leo. Non, ne le reprends pas. Il a besoin de faire une sieste après son petit-déjeuner. Vous avez mis vos chaussures ? Allez, les manteaux. Spencer, tu as pris tes baskets pour la gym ?

Spencer partit chercher son cartable tandis que Leo, toujours penché sur le carton de Caramel, embrassait le chiot en lui marmottant quelque chose dans le creux de son oreille molletonnée.

— Leo, viens, l'appela-t-elle en fouillant partout à la recherche de ses clés. On est déjà en retard.

— Je suis tellement content, maman.

— De quoi, mon chéri ?

— Qu'on a un chien ! s'exclama-t-il en levant vers elle son visage rond auquel la joie donnait un éclat de chérubin. Papa a dit que tu allais nous forcer à le renvoyer, mais c'est pas vrai et c'est drôlement chouette ! Tu veux bien qu'il reste, dis maman ?

Seigneur ! pensa Zoe. Même Leo savait quelle chiffe molle elle faisait. Et il n'avait pas encore six ans.

Zoe déposa les garçons devant la porte de l'école puis fonça, tassée sur son siège au moment de passer devant le salon de coiffure Angel Hair & Heavenly Beauty, jusqu'au gigantesque magasin animalier de la zone industrielle, l'esprit rempli d'affreuses images des ravages qu'elle découvrirait à son retour à la maison. Ses pertes s'étendaient déjà à une paire de chaussures et une télécommande.

Elle se gara sur la première place de parking qu'elle trouva et essaya, pour la dixième fois depuis le samedi soir, de joindre David sur son téléphone portable. En vain. Son silence ne la surprenait guère. Depuis quelque temps, il sélectionnait avec un soin tout particulier les appels auxquels il daignait répondre, prétextant une « réunion » pour tous les autres. Il avait toujours eu le chic pour cela, cependant elle commençait à se demander s'il n'avait pas changé de numéro.

Elle s'enfonça dans le fauteuil de sa voiture, l'estomac agité par les premiers tressaillements de panique. L'heure tournait. Que faire ? À qui demander de l'aide ? Aucun de ses amis n'avait de chien et, de toute façon, ce n'était pas une affaire de chien. C'était une affaire de famille, entre elle, David et les enfants.

Zoe inspira profondément trois fois de suite pour contenir l'hystérie qui montait dans sa poitrine, menaçant de lui obstruer la gorge. Ces symptômes survenaient à une fréquence accrue depuis que le départ de David perdait ses apparences de crise existentielle passagère pour s'inscrire dans la sombre réalité, et elle avait de plus en plus de mal à les cacher aux garçons. Il le fallait, pourtant. Elle devait avoir l'air de gérer la situation aussi bien que par le passé.

Elle baissa son pare-soleil et se fixa dans le miroir de courtoisie comme elle aurait contemplé une amie.

— Va acheter ce dont tu as besoin pour le moment, conseilla-t-elle à son reflet à moitié fêlé. Juste ce qu'il faut pour que Caramel tienne en place et se sente bien. Ensuite, tu appelleras David pour lui dire que c'est trop de responsabilités et…

Elle ne termina pas sa phrase. Il fallait vraiment qu'elle arrête de se parler à elle-même, songea-t-elle. Dans le miroir, les yeux marron écartés perdirent leur éclat fou pour la considérer avec une expression proche de la compassion. Son reflet savait aussi bien qu'elle qu'il n'y aurait pas de « et ».

Non seulement les garçons désiraient garder Caramel, mais il serait injuste de trimballer ce pauvre chiot de gauche à droite. Et puis elle était assurée de passer pour Cruella d'Enfer si elle obligeait David à le reprendre. Non, il ne lui restait qu'une solution : faire contre mauvaise fortune bon cœur.

À peine Zoe eut-elle franchi les portes de l'animalerie derrière son caddie que ses yeux tombèrent sur un magazine contenant un « guide infaillible pour bien accueillir son nouveau chien ». Se ruant sur les premiers conseils utiles qu'elle dénichait, elle cala la revue ouverte sur son chariot et se mit à parcourir les rayons, s'emparant de tout ce qui était indiqué dans les sages pages : un collier, une laisse, de la nourriture pour chiot, un panier, un coussin pour le panier, une caisse pour l'apprentissage de la propreté, des os à mâcher, des jouets et des doudous bien douillets contre la solitude nocturne.

Un quart d'heure plus tard, devant la caisse, elle fixait avec des yeux horrifiés le budget que représentait un chiot, ce avant même sa première visite chez le vétérinaire. À côté, les enfants passaient presque pour une bonne affaire. Tout bien réfléchi, le sac de couchage pour chiot ne se révélait peut-être pas d'une nécessité absolue… Le cœur lourd, elle comprit qu'elle devrait, bon gré mal gré, appeler David pour réclamer de quoi couvrir ces dépenses. Si elle arrivait à le joindre, bien entendu.

Elle se força à repenser au spectacle déchirant que Caramel lui avait offert lorsque, se réveillant dans la lumière blafarde du petit matin, elle l'avait trouvé blotti dans le creux de son épaule, une patte posée sur sa poitrine, son souffle chaud dans son oreille, comme s'il la prenait pour sa maman. Tous les deux étaient couchés sur le canapé, où il avait réussi à l'attirer au beau milieu de la nuit à force de lamentations. Il paraissait si fragile et si mignon qu'elle lui avait pardonné la flaque sur la moquette.

Caramel était adorable, décréta-t-elle en fourrant le reçu dans son sac, sans même lui accorder un regard. Et puis ce ne devait pas être la mer à boire de dresser un labrador, un chien qui guidait les aveugles et, pour les sourds, éteignait les bouilloires. Cela demanderait juste un peu d'organisation.

Le réveil de son téléphone portable la rappela à l'instant présent. L'heure était bientôt écoulée.

— Un nouveau chiot à la maison ? lui demanda une jeune femme à l'accent australien.

Elle se tenait devant le panneau d'affichage avec, à ses pieds, une meute de cinq ou six cabots, tous sages comme des images en dépit des nombreuses tentations qui les entouraient.

Zoe contempla sa montagne d'achats.

— Non, un hamster, mais dans le genre ambitieux.

Son interlocutrice rit, tandis que la grande brune qui l'accompagnait terminait d'épingler une annonce. On y voyait la photo d'un basset-hound roux et blanc qui affichait une mine tragique sous ses multiples replis. Du moins aurait-elle été tragique s'il n'avait porté un bonnet de Père Noël.

— « Avez-vous de la place pour moi dans votre frigo ? », lut Zoe, incapable de résister. Tiens ? J'aurais cru que ce serait au coin de la cheminée.

— Grave erreur ! La priorité de Bertie, c'est le frigo. Qui que soient ses nouveaux parents, ils devront y poser un verrou, sourit l'Australienne. Cela dit, on pourrait le dresser à tout et n'importe quoi avec un demi-paquet de saucisses. Il est loin d'être bête ! Il n'y a pas plus gentils que les bassets et ils sont extra avec les enfants. Et d'un calme ! Vous ne rechercheriez pas de la compagnie pour votre chiot, par hasard ?

Zoe laissa échapper un éclat de rire aux notes légèrement hystériques.

— Oh que non ! Je n'ai celui-là que depuis un jour et il me mène déjà par le bout du nez.

— Ça promet ! Quelle race ? Il a quel âge ?

L'intérêt de la jeune femme semblait sincère.

— Caramel est un bébé labrador. Je ne sais pas exactement son âge, en fait, reconnut-elle. On me l'a donné.

Les deux inconnues échangèrent un regard, et Zoe crut voir le front de la blonde frémir d'exaspération.

Zoe jeta un nouveau regard au logo de l'affiche. Sans doute travaillaient-elles pour le refuge sur la route de Rosehill. Rachel et Megan, à en juger par les noms indiqués devant les numéros de téléphone. Au bas de la feuille s'étalait la formule : « Les chiens ont droit à un avenir, n'en faites pas présent. »

— Enfin, non ! s'empressa-t-elle de corriger. On ne me l'a pas donné à moi, c'est mon mari, mon ex-mari plutôt, qui l'a donné aux enfants. Je ne m'y attendais pas du tout et… Enfin bref, maintenant qu'il est là, on l'adore. C'est juste que je n'étais pas vraiment préparée à me retrouver prisonnière dans ma propre maison, sans pouvoir sortir plus de dix minutes…

Sa voix faiblit. Elle n'arrangeait pas son cas. Maintenant qu'elle avait commencé à lire l'affiche, elle ne pouvait plus en détacher les yeux.

« Mes premiers maîtres m'ont acheté pour Noël, mais ils se sont vite lassés de moi et ils m'ont jeté à la rue, où je me suis retrouvé livré à moi-même. J'ai des tonnes d'amour à donner en échange de promenades, de nourriture et du meilleur canapé de la maison. Je croise les pattes pour que vous ayez une petite place pour moi. Bon, d'accord, pas si petite… Bisous, Bertie. »

— Je vais bien m'occuper de lui, s'entendit-elle ajouter. Sinon, je ne serais pas ici, à dévaliser le magasin.

— Nous n'en doutons pas un instant, lui répondit la femme brune.

Elle semblait brusque dans ses manières et tenait entre les mains une pochette remplie d'annonces prêtes à épingler.

— Megan voit beaucoup de chiots de Noël à cette période de l'année, voilà tout. Je compte sur vous pour ne pas faire grossir les rangs de notre refuge. Le fait est que nous lançons une petite campagne d'adoption pour placer nos protégés, le but étant de libérer des niches dans le chenil pour accueillir des pensionnaires payants. N'est-ce pas Megan ?

— En effet.

Megan soupira, avant d'adresser à Zoe un regard amical bien que ferme.

— Le tout, c'est de comprendre que ce n'est pas tant le matos que l'attention constante qui importe avec un chiot. Vous avez le numéro de téléphone de l'éleveur pour vous renseigner sur son âge et ses vaccins ?

— Ses vaccins ?

Megan parut inquiète.

— Caramel n'est quand même pas tout seul en ce moment ?

— Euh… si.

Zoe promena son regard de l'une à l'autre, notant au passage l'air désapprobateur de Megan et l'étonnant sac dernier cri de Rachel.

— Dans la cuisine. Il ne risque rien, il y a des sécurités enfant partout. Je vis seule avec deux petits garçons, vous savez, il a bien fallu que je le laisse quelque part le temps d'acheter tout ce bazar. C'est vrai, qu'est-ce que j'étais censée faire ? Appeler une baby-sitter ?

— Oui.

— Vous rigolez ? tenta Zoe avec une pointe d'espoir.

— Vous laisseriez votre bébé seul le temps d'aller faire des courses, vous ? Vous n'imaginez pas comme ses dents sont pointues, elles peuvent venir à bout de portes, de câbles…

Soudain, Zoe prit pleinement conscience du fardeau dont l'avait accablée David. Une fois de plus, elle sentit la panique surgir en elle, comme l'eau menaçant de déborder d'une baignoire.

— Oh ! mon Dieu…

— Regarde, elle a une caisse, fit remarquer Rachel à Megan. Et un livre sur les chiots. Et des machins à mâchouiller. Ne sois pas si négative, ce n'est pas comme si elle l'avait laissé jouer avec des allumettes.

— Est-ce que vous proposez des cours de dressage ? s'enquit Zoe d'une petite voix. Pour maîtres ?

Le visage sévère de Megan s'éclaira.

— Oui, tout à fait. Venez samedi, on vous expliquera le B.A BA. Je peux aussi vous donner le nom d'un vétérinaire, pour l'identification de Caramel.

Elle fouilla dans son sac à la recherche d'un stylo.

— Tu veux bien nous donner un prospectus, Rachel ? George Fenwick, c'est le cabinet près de la caserne des pompiers. Il va falloir à Caramel quelques piqûres et une puce électronique.

— Et si vous souhaitez passer au refuge pour devenir promeneuse bénévole ou nous aider à lever des fonds, même, vous serez la bienvenue ! ajouta Rachel, enchaînant sans effort sur les boniments. Nous avons toujours besoin de bonnes volontés. Et de dons. Et si vous avez besoin de le mettre en pension quelques jours, nous disposons d'installations de premier choix.

Zoe prit le prospectus pour le fourrer dans son caddie de fournitures. Quelque chose lui disait qu'il terminerait accroché sur la porte du frigo, juste à côté du téléphone.

— Je crois qu'on a bien avancé, observa Megan en ramenant progressivement ses chiens sur la piste cavalière derrière la zone industrielle. On a fait les supermarchés, la zone piétonne et les deux animaleries. Plus qu'une dernière escale et on a terminé. Comme tu as dû t'en apercevoir, tu viens de faire le tour des principales attractions de Longhampton.

— Du moment que tout maître potentiel reçoit le message…

Les chiens de Rachel n'étaient guère maîtrisés, malgré les efforts que déployait Bijou pour maintenir les plus petits en une ligne bien droite.

— Qu'a dit George, déjà ? Pour payer sa note, il faut refourguer dix chiens du refuge et en accueillir dix autres en pension avant la fin du mois ?

Le vétérinaire lui avait donné ce conseil, certes brutal mais gratuit, autour d'un thé dans la cuisine de Dot. Cette conversation avait en outre révélé que Rachel n'avait pas l'exclusivité des problèmes de trésorerie : non seulement l'argent de sa tante s'était épuisé, mais il en allait de même de celui du chenil. Même si Rachel projetait de vendre, les procédures administratives prendraient un certain temps et, en attendant, il fallait bien remplir le ventre des chiens et la bourse des fournisseurs, George en particulier.

Le vétérinaire l'avait scrutée par-dessus la table, une pointe de bravade dans ses yeux bleus, comme s'il s'attendait à la voir dégainer son carnet de chèques et expédier l'affaire dans un mouvement d'humeur. Rachel s'était bien gardée de lui faire comprendre qu'elle n'avait pas d'autre choix que de relever le défi. Sans salaire ni aucun vestige de son ancienne vie, il ne s'agissait plus d'honorer les dernières volontés de Dot. Le chenil était dorénavant son travail.

— Grosso modo. Celui-là, il n'a pas la langue dans sa poche.

Megan feuilleta les annonces rangées dans une enveloppe de plastique transparent.

— Ah, on a gardé le meilleur pour la fin : Chester. Regarde-moi cette petite bouille triste ! Il va faire sangloter tout le cabinet médical. À propos, j'adore tes affiches. Tu as vraiment le sens de la formule.

Rachel ne jugea pas utile de lui faire remarquer qu'elle avait passé les six derniers mois à travailler sur une campagne de relations publiques d'un budget total d'un million de livres pour un nouveau site de téléchargement musical ; il lui semblait déjà que ce chapitre appartenait à une autre vie. Elle se borna donc à lui adresser un sourire tremblotant.

— Merci. Pour être honnête, elles m'ont arraché quelques larmes. J'imagine qu'il faut en conclure qu'elles ont l'effet recherché.

Confectionnées sur la table de la cuisine la veille au soir, les annonces se voulaient efficaces et sans tape-à-l'œil. Elles s'articulaient autour d'un gros titre écrit à la main, « Cherche nouveau maître », d'un Polaroid du chien à adopter et de son appel au secours, en partie inspiré des autoportraits composés par Dot. Rachel avait recouru aux trucs et astuces les plus éhontés du métier pour réveiller la corde sensible de la population de Longhampton.

— Et tu vas créer un site Internet ? reprit Megan avec entrain.

— J'ai du mal à croire que vous n'en ayez pas déjà un. Je peux trouver quelqu'un qui le fera pour une bouchée de pain. Ce sera aussi un plus pour la pension.

— Tu sais que tu es géniale ? Surtout que tu sors à peine d'une rupture...

— Vraiment, c'est trois fois rien, l'interrompit Rachel, gênée. Où allons-nous, maintenant ?

Elle détacha Bijou de sa laisse et lui lança une balle pour le récompenser de son comportement exemplaire.

— Au cabinet médical. J'ai déjà affiché des annonces là-bas. On tient un stand de gâteaux dans le hall une fois par mois. Et le responsable, le Dr Carthy, est fana des chiens. Il disait toujours à Dot de penser à lui si un vieux lévrier de course arrivait au refuge. Il en a deux, mais il en avait six avant. L'un d'eux dormait dans un coin de sa salle de consultation !

— Eh bien !

Bijou revint déposer la balle aux pieds de Rachel, s'arrêtant un instant pour haleter devant elle avant qu'elle la lui jette de nouveau.

Un début de courbature se déclarait dans son bras droit mais, dans un curieux élan masochiste, elle l'ignorait. La mine de Bijou, dont l'enthousiasme ne faiblissait pas au fil des lancers, suffisait à neutraliser la douleur. Rachel ne pouvait pas communiquer avec le border-collie aussi bien que Dot, c'était donc sa minuscule contribution à leur relation très déséquilibrée. Une infime compensation pour les nuits patientes qu'il lui avait consacrées, à attendre à sa porte, écouter son sommeil agité et soulager un peu sa solitude au cœur de la nouvelle vie étrange dans laquelle elle se retrouvait propulsée.

Le cabinet médical du parc de Longhampton occupait un bâtiment moderne doté de rampes, de généreuses fenêtres et, sur la moindre surface plate, de jardinières de béton proprettes garnies de géraniums rouges. Aux abords de l'édifice, Rachel et Megan avisèrent une jeune femme grande et maigre, vêtue d'une tenue de réceptionniste blanche, en train d'aider une vieille dame en fauteuil roulant à descendre la rampe, penchée sur elle comme une mère poule sur ses petits. Une mère héron, nuança Rachel, car elle était toute en bras interminables et quilles bronzées.

— Oh, regardez ces adorables chiens ! s'exclama-t-elle d'une voix pleine d'entrain en chassant dans son dos une longue queue-de-cheval blonde. Vous n'aviez pas un jack-russell comme ceux-là, Ida ?

— Si, avant d'entrer en maison de retraite. Bonjour, toi.

Elle tendit la main vers Bonhomme, le terrier court sur pattes que venait de promener Rachel autour du parc. Il recula, craintif et la queue basse. Rachel ne savait plus où se mettre, pareille à une mère dont l'enfant fait un esclandre au supermarché.

— Bonhomme ! le gronda-t-elle. Sois poli. Je suis navrée, il est un peu bougon.

— Oh, pas du tout, il a juste besoin de me renifler un peu, répondit la vieille dame.

Elle laissa ses doigts tordus pendouiller à hauteur du chien qui, en effet, approcha de son fauteuil roulant à tout petits pas jusqu'à se trouver assez près pour qu'elle puisse le grattouiller derrière les oreilles.

— Là, bon petit Bonhomme !

La gorge de Rachel se noua face à cette vieillarde dont les épaules voûtées semblaient se détendre devant la queue frétillante du jack-russell. Arrête, se commanda-t-elle. Encore un peu et elle allait finir avec un distributeur de sac à crottes accroché à la ceinture.

— Il ne se comporte jamais comme ça avec moi, fut-elle forcée d'admettre.

— C'est un coup à prendre, répondit l'invalide d'une voix enjouée. N'est-ce pas, mon Bonhomme ?

— Si vous souhaitez le garder, il est libre, plaisanta Rachel.

— Si seulement je pouvais, soupira tristement la dame.

— Tu sais, Megan, tu devrais emmener tes toutous jouer un peu avec nos anciens, déclara la réceptionniste – Lauren, d'après le badge épinglé à sa poitrine. Ils apporteraient un peu de gaieté aux Evergreens. Vous n'êtes pas d'accord, Ida ?

— Justement, dit Megan en glissant la main dans son sac pour en sortir une affiche. C'est drôle que tu parles de ça, figure-toi qu'on est en mission spéciale.

— Ne bouge pas, coupa Lauren au moment où une Ford Fiesta s'arrêtait devant la rampe. Voici votre chauffeur, Ida. Je vais juste installer Mme Harris dans la voiture. Ida, il va falloir dire au revoir à Bonhomme.

D'un geste exercé, elle poussa la vieille dame jusqu'à la voiture et aida son conducteur à asseoir la patiente sur la banquette arrière en poursuivant son bavardage tranquillisant. Rachel dut résister à la tentation de fourrer le jack-russell dans la voiture avec Mme Harris, d'autant que le chien semblait ne pas demander mieux.

— C'est Lauren qui fait tourner le cabinet médical, chuchota Megan à Rachel. Elle est au courant de tout ce qui se passe ici. C'est elle qui vend nos gâteaux et tient le stand de livres.

— Elle envisage d'adopter un chien ? murmura Rachel.

— Lauren !

Un homme d'une trentaine d'années glissa sa tête entre les portes du cabinet, gardant le reste de son corps au chaud. Un médecin, à en juger par le stéthoscope autour de son cou, confronté à un petit ennui, s'il fallait en croire l'aspect hirsute de ses boucles brunes et son expression inquiète.

— Lauren, vous pouvez venir ? Il y a un souci avec l'ordinateur.

Lauren se redressa et roula des yeux à l'adresse de Rachel et Megan.

— On pourrait croire des médecins capables de venir à bout d'une machine toute bête, mais non ! Je finis juste d'installer Mme Harris ! cria-t-elle par-dessus le toit de la voiture.

— C'est le Dr Harper, expliqua tout bas Megan à Rachel. Quand je disais qu'il fallait aimer les hommes plus vieux pour vivre ici… Eh bien, c'est l'exception qui confirme la règle. Enfin, pas pour moi, évidemment, mais pour toi.

Le rose lui monta subitement aux joues.

— Oh, pardon, je ne voulais pas être impolie.

— Ne t'en fais pas, chuchota Rachel, qui dut toussoter pour reprendre une voix normale. Ne t'en fais pas, je préfère les hommes plus mûrs de toute façon. Après réflexion, Ted est tout à fait à mon goût.

Lauren les rejoignit d'un pas énergique qui imprima à sa queue-de-cheval un mouvement de pendule.

— Bien, en quoi puis-je aider ces deux charmantes dames ?

— Et ces charmants chiens-chiens ? ajouta-t-elle en se penchant pour gratter quelques oreilles.

— Nous sommes en pleine campagne d'adoption, expliqua Rachel. Nous essayons de trouver de nouveaux maîtres pour ces chiens et environ cinq autres au refuge. Je me présente, Rachel.

D'une secousse, elle fit descendre les quatre laisses qui étaient passées à son poignet pour tendre la main à la réceptionniste, et ajouta :

— Je suis la nièce de Dorothy Mossop.

— Bien sûr, je l'ai tout de suite deviné à votre nez, répondit Lauren en lui serrant la main, un large sourire sur les lèvres. Vous êtes le portrait craché de votre tantine. C'est vrai, on a toujours dit que ce devait être un canon dans sa jeunesse. Remarquez, pas classique comme beauté, mais dans le genre singulier… Oups, ce n'est pas ce que je voulais dire. Désolée, je ne voulais pas…

Rachel se demanda si elle avait passé trop de temps dans le milieu des relations publiques ou si tous les habitants de Longhampton manquaient cruellement de tact.

— Lauren ! cria le médecin depuis la porte, d'une voix suppliante cette fois. Quatre patients attendent à la réception et je n'arrive pas à trouver la fenêtre du carnet de rendez-vous ! Et, ajouta-t-il en baissant d'un ton, deux d'entre eux me sont totalement inconnus. J'ai besoin de votre expertise.

Lauren leva ses grands yeux au ciel.

— Tenez, nous avons là le candidat parfait à l'adoption… Suivez-moi, mesdames. Dr Harper !

Elle regagna le cabinet, ses longues jambes avalant la distance en quelques secondes.

— Dites, ce n'est pas vous qui me disiez l'autre jour qu'il faudrait encourager les patients à faire plus d'exercice ?

— Euh, si ?

Le Dr Harper considéra tour à tour Lauren et Megan avant d'adresser un clin d'œil à la dernière.

— Bonjour, Megan. Ça fait plaisir de vous voir.

Megan lui répondit par un timide mouvement de la bouche très éloigné de son habituel sourire aussi radieux que le ciel de Bondi Beach, puis détourna les yeux pour s'affairer à éloigner la petite troupe de chiens des portes automatiques.

Lauren se retourna pour indiquer Rachel.

— Rachel, ici présente, cherche de nouveaux toits pour les chiens du refuge de Dorothy. Si je me souviens bien, vous parliez l'autre jour d'en adopter un ? Pour vous forcer à reprendre le footing ?

— Je suis très pris, comme vous le savez, Lauren…

La réceptionniste ne voulut rien entendre.

— Allons, ce n'est pas votre vie sociale qui vous accapare tout de même ! Vous pourriez l'emmener au travail, vous savez bien que le Dr Carthy n'y verrait pas d'inconvénient. Vous le promèneriez pendant la pause-déjeuner, vous feriez un bel exemple pour inciter les gens à prendre l'air. Nous pourrions même organiser une sorte de club à l'heure de midi. Même moi, je serais partante.

— Lauren…

Les traits gracieux du médecin se tendirent en un masque de désespoir, comme s'il avait déjà appris à ses dépens que toute tentative pour arrêter la jeune femme dans sa lancée était vouée à l'échec.

— Laissez-moi vous donner une affiche pour le cabinet, dit Rachel, saisissant l'occasion de lui tendre sa dernière annonce.

Elle présentait Chester, un springer-spaniel avec de longues oreilles marron et des pattes mouchetées.

— Oh !

Lauren se fit alors un devoir de lire l'annonce tout haut pour le petit auditoire qui se rassemblait autour d'eux dans la salle d'attente :

— « Je m'appelle Chester. Mes maîtres ont déménagé dans un appartement où il n'y avait pas de place pour moi et ils m'ont laissé dans la rue, attaché à leur vieille benne à ordures. J'ignore où ils sont maintenant, mais j'espère trouver une famille à aimer sans réserve. Je serais heureux de vous emmener en promenade, de vous apprendre à lancer une balle et de vous réchauffer les genoux si vous me faites une petite place sur votre canapé le soir. Merci de téléphoner à Megan ou à Rachel, elles vous diront tout ce que vous devez savoir sur moi. »

La réceptionniste fixa sur Rachel des yeux remplis d'horreur.

— Ils l'ont attaché à leur poubelle ?

— Apparemment, oui.

Sa large bouche s'ouvrit toute grande.

— C'est épouvantable, se récria-t-elle, se retournant vers le médecin avec un regain de passion. Il serait parfait pour vous, Dr Harper. Je vous imagine déjà en train de traverser le parc à grandes enjambées, votre longue écharpe autour du cou et votre fidèle compagnon, Chester, gambadant à votre côté. Vous savez, reprit-elle après une pause, c'est aussi un très bon moyen de faire des rencontres. Toutes ces histoires sur les gens qui ont trouvé l'amour pendant une bagarre entre chiens pour un carré de pelouse. Enfin, loin de moins l'idée que vous ayez besoin d'un coup de pouce dans ce domaine, ajouta-t-elle d'un air entendu.

— Il faut pardonner à Lauren, elle regarde trop de films avec Hugh Grant.

— Vous savez ce que je pense ? Pourquoi s'enquiquiner avec des films quand il suffit de regarder ce qui se passe autour de soi ! lança-t-elle en lui arrachant la feuille des mains. Je vais l'accrocher ici, bien en vue. À côté du poster « Walk for Life ».

Rejoignant d'un pas dynamique le tableau d'affichage associatif, elle détacha quelques anciennes annonces pour placarder Chester en plein milieu puis pointa toutes les flèches jaunes dans sa direction.

— Parfait. Maintenant, pouvez-vous, s'il vous plaît, régler ce souci d'ordinateur ? implora le Dr Harper en se passant les mains dans les cheveux.

— Sans problème !

Lauren contourna la table couverte de magazines et les bambins qui erraient dans la salle d'attente pour se glisser derrière le comptoir de la réception.

— Oh, vous êtes allé dans la mauvaise fenêtre. Vous avez recommandé toutes les fournitures de nettoyage.

Il ouvrit la bouche pour protester, mais se borna finalement à un geste d'impuissance à l'adresse de Rachel.

— Que voulez-vous que je vous dise ? Je n'ai pas fini d'en entendre parler mais c'est vrai que je pensais adopter un chien.

— Formidable ! Nous vous verrons donc au refuge ?

Rachel cessa soudain d'être l'incompétente promeneuse de chiens du dimanche pour redevenir la professionnelle qui brillait à l'heure de conclure les marchés.

— Si vous envisagez d'adopter un chien abandonné, bien sûr. Rien ne vous empêche de passer en discuter un peu, de toute façon. Nous ne mordons pas.

— Aucun de nos chiens ne mord, précisa Megan d'une voix anormalement aiguë.

— Il a sa demi-journée demain, remarqua Lauren depuis son bureau. Excusez-moi, Dr Harper, mais vous savez comment vous êtes. Il faut bien que quelqu'un s'occupe d'organiser notre emploi du temps pour vous.

Le médecin se retourna pour rouler des yeux à la réceptionniste, qui fit une moue triste, ramenant ses mains devant elle comme deux pattes.

— Pauvre petit Chester. Il serait si bien ici avec moi, à garder mes biscuits. C'est vrai, il faut bien que je trouve un moyen d'empêcher Diane de me les piquer !

Un grognement d'indignation étouffé leur parvint de la pharmacie.

— Je vous appellerai pour prendre rendez-vous.

Le médecin offrit une poignée de main à Rachel, qui apprécia le contact de sa paume puissante et sèche et son regard direct. Le Dr Harper était bel homme, il fallait le reconnaître, mais il n'éveillait aucun frisson en elle. Juste le sentiment que personne à Longhampton ne portait de chemises aussi belles que celles d'Oliver.

— Je m'excuse, mais il faut que je file, j'ai deux patients non identifiés qui m'attendent.

— Au revoir ! lança Megan d'une voix voilée.

Rachel hocha la tête, souriante.

— À bientôt, alors.

Près de l'entrée, les chiens donnaient les premiers signes d'impatience, se chamaillant en douce comme des enfants qui s'ennuient. Seul Bijou patientait calmement dans sa position habituelle, son long museau posé sur ses pattes blanches.

— Allez, on rentre au bercail, dit Rachel. Tu viens Megan ?

— Comptez sur moi pour montrer votre affiche, dit Lauren, qui leur lança un sourire éclatant sans cesser de pianoter sur son clavier, du bout de ses doigts efficaces. Nous sommes très doués pour mobiliser des bénévoles dans ce cabinet. Public captif oblige ! conclut-elle avec un clin d'œil.

Alors que Rachel se dirigeait vers les portes automatiques, le soleil sortit des nuages et embrasa les jonquilles dorées dans les parterres gris.

7

Natalie faisait trois choses en même temps, un art dans lequel elle excellait depuis qu'elle avait été promue à la tête de son équipe et qui, lui semblait-il, se révélerait fort utile lorsqu'elle serait maman.

Tout en apportant quelques retouches à son maquillage dans les toilettes futuristes des salles de conférence du cinquième étage de GreenPea, elle répétait en silence ses observations à Selina sur les argumentaires qu'elle venait d'entendre pour la campagne des nouveaux biscuits cent pour cent bio et gardait un œil rivé sur son téléphone portable, calé en évidence dans son sac à main, au cas où l'équipe publicitaire voudrait lui communiquer les chiffres prévisionnels des parts de marché.

C'était une habitude exécrable de prendre son téléphone avec soi aux toilettes, Natalie en avait bien conscience, mais qui n'y succombait pas dans le marketing ? Par les temps qui couraient, ils tremblaient tous de manquer un appel. Relayées par Andrea, la responsable administrative dotée d'oreilles comme des radars et d'un bureau près de celui du patron, les rumeurs allaient bon train dans la cuisine. Le siège était en pleine « restructuration », or Natalie était suffisamment astucieuse pour saisir le véritable sens du mot « dégraissage ».

Elle appliqua un peu de brillant sur ses lèvres, contrôla d'éventuelles taches sur ses dents. Son équipe travaillait bien et avait été citée lors des trois dernières réunions, mais cela ne suffisait pas à écarter le danger.

Elle s'occupait de la majeure partie de la gamme bio que GreenPea développait sous sa propre marque, mais, l'année précédente, la société avait racheté une entreprise de taille plus réduite avec un directeur marketing hors pair fort d'une expérience chez Whole Foods, aux États-Unis. Or, à en croire Andrea, Jason n'entendait pas demeurer longtemps au deuxième étage.

Une fois remaquillée, Natalie passa au quatrième volet de cette pause multitâche. Après avoir vérifié, d'un regard rapide sous les cabines, qu'elle était seule, elle ouvrit la plus éloignée des portes et chercha un test d'ovulation dans son sac.

Le désir d'enfant privait une femme de toute pudeur victorienne. Depuis peu, elle passait plus de temps à étudier ses divers fluides physiologiques que ne le devrait un être humain sain d'esprit. Elle déchira l'emballage plastique et se prépara à viser sur la partie blanche du bâtonnet, non sans se demander à quelle étape du parcours du combattant de la fécondation elle avait abandonné son dernier soupçon de dignité.

Elle replaça le bouchon sur la zone réactive et, se rasseyant, guetta l'apparition des lignes dans la minuscule fenêtre. Ce test ne se révélait pas d'une absolue nécessité pour Natalie, qui savait grâce à ses prises de température obsessionnelles quand « l'œuf était prêt à être pondu », comme le disait si joliment Johnny. Cependant, elle prenait un secret plaisir à voir se former les deux traits sur la bandelette blanche. Jamais elle n'avait vu les deux lignes magiques apparaître sur un test de grossesse.

Sauf une fois. C'était un dimanche matin, trois mois après qu'ils avaient arrêté toute contraception. Natalie était sortie du lit en catimini pour faire pipi sur un bâtonnet même s'il était beaucoup, beaucoup trop tôt pour nourrir la moindre certitude. Et, alors qu'elle se brossait les dents pour meubler les deux minutes d'intolérable suspense, elle avait vu avec des yeux stupéfaits se dessiner deux bandes roses. Le plancher de la salle de bains s'était dérobé sous ses pieds, le sang s'était mis à battre dans ses tympans. Ils avaient réussi ! Ils attendaient un enfant !

Elle avait filé au rez-de-chaussée pour montrer l'heureux témoignage à Johnny, mais il était déjà parti acheter les journaux. Elle avait donc composé le numéro de son téléphone portable, les doigts tremblants, tandis que bouillonnaient dans sa tête les mots qu'elle s'était tant de fois entraînée à prononcer d'une voix désinvolte : « Allô papa ! », ou alors « C'est bien le papa de l'année de Longhampton ? » Elle n'arrivait pas à se décider.

Tandis que le téléphone sonnait, elle gardait les yeux rivés sur le test, incapable de croire ce qu'elle y voyait. Mais, alors qu'elle scrutait la bandelette et que la sonnerie insistait, le premier trait s'était estompé, de plus en plus pâle, jusqu'à ce qu'il n'en reste plus aucune trace. Disparu, le bébé ! Ce n'était qu'une erreur chimique.

Elle avait raccroché avant que Johnny réponde et s'était effondrée sur le plancher de la cuisine, la tête écrasée sous le poids accablant de la déception. Bien sûr, il était trop tôt pour faire un test ; bien sûr, des erreurs survenaient ; bien sûr, ils commençaient tout juste. Mais quand même ! Natalie n'avait pipé mot lorsque Johnny était rentré en sifflotant, certaine qu'il ne pourrait que lui répéter ce qu'elle savait déjà, même s'il y mettait une bonté réconfortante. Depuis ce jour, elle n'avait plus jamais vu un test positif.

Ce mois-ci, ce serait différent, décréta-t-elle en fixant les deux lignes indiquant l'imminente expulsion de son ovule. Ce mois-ci, ce serait forcément leur tour, même les statistiques se prononçaient en leur faveur. Les deux bandes devaient arborer une couleur identique pour attester de sa fertilité. Était-ce le cas ? Celle de gauche n'était-elle pas un brin plus foncée ? Elle tendit le bâtonnet vers la lumière pour y voir plus clair et sursauta en entendant la porte des toilettes s'ouvrir.

— … convoquer une réunion pour en discuter, Kim. C'est une directive plutôt sévère à transmettre à froid à mes équipes.

Mon Dieu ! songea-t-elle, le cœur serré. C'était Selina. Équipée de son casque sans fil, elle pouvait jouer les garces autoritaires dans n'importe quel environnement Bluetooth, y compris les toilettes.

— Vraiment ? Tu en es sûre ?

Selina ouvrit le robinet, dont le flot d'eau couvrit une partie de ses paroles.

— Hmm. Hmm hmm.

Hmm hmm, quoi ? Natalie tendit l'oreille.

— Bien, je n'ai pas hâte de prendre cette décision, Kim, mais j'espère que ce sera ma décision… Oui, je comprends que le siège durcisse sa ligne, nous le faisons tous dans le contexte actuel, mais je pense que…

Natalie sentit son rythme cardiaque s'accélérer, mais alors que Selina s'apprêtait à révéler une information capitale, la sonnerie de son propre téléphone se déclencha, retentissant dans toute la cabine. Elle tâtonna dans son sac pour éteindre l'appareil, qui semblait s'être volatilisé, sans doute relégué dans le fond lorsqu'elle avait sorti le test d'ovulation.

Selina se tut sur-le-champ. Merde ! paniqua Natalie, extirpant d'une main fébrile le coupable, noyé dans un amas de mouchoirs en papier. C'était Johnny, qui raccrocha à ce moment précis, laissant planer sur les toilettes un silence chargé de tension.

— Nous continuerons cette conversation plus tard, finit par déclarer Selina sur un ton lourd de sous-entendus. Ce n'est pas le meilleur moment.

Consciente de ne pas avoir le choix, Natalie tira la chasse d'eau et ouvrit la porte aussi nonchalamment que possible étant donné les circonstances, sans même un regard dans la direction de sa supérieure.

Ce n'était, après tout, pas sa faute si celle-ci décidait d'aborder des sujets sensibles dans les toilettes pour dames.

Cependant l'argument ne dissipa ni son malaise ni sa curiosité de ce qui rendait cette championne de la maîtrise de soi si… nerveuse, pour être tout à fait exacte.

Alors qu'elle se lavait les mains, Natalie surprit du coin de l'œil Selina en train de la scruter avec une expression qu'elle ne lui connaissait pas. Elle se redressa, surprise, et alla se sécher les mains en se demandant quelle était l'étiquette en usage pour une fâcheuse rencontre aux toilettes.

Par bonheur, Selina résolut le problème à sa place.

— Tu n'as rien entendu de cette conversation, lança-t-elle d'une voix sèche.

— Entendu quoi ? répliqua Natalie, la mine impassible.

Dès qu'elle eut retrouvé la sécurité toute relative de son bureau, Natalie appela Johnny. À en juger par le bruit de fond, il était de surveillance à la cantine.

— Salut, beauté ! Tu veux voir un homme d'humeur de chien ce soir ?

— Quoi ?

Natalie se tapota le menton du bout de son stylo. Elle avait discrètement mené l'enquête auprès d'Andrea et découvert que personne ne savait ce que le siège manigançait, ce qui ne contribuait qu'à accroître son inquiétude. Cependant, entendre la voix de Johnny réussissait toujours à la rasséréner. Il ne se départait jamais de cette attitude de prof rassurante, qui donne à penser que tout problème trouve sa solution pourvu que l'on y mette un peu d'effort et d'application.

— Un homme d'humeur de chien. Bill va adopter un chien du refuge sur la colline de Hartley, il voudrait qu'on l'accompagne pour lui donner notre avis.

C'est toi qui as eu un chien, pas moi.

Elle envoya valser ses chaussures pour remuer ses orteils. C'était l'un des privilèges qu'incluait son bureau dans un angle du bâtiment, avec fenêtre, s'il vous plaît !

— Je n'ai jamais eu qu'un lapin, et il y a vingt ans de ça.

— Je sais, mais il attache une grande valeur à ton intuition féminine. Moi, je n'y vais que pour le conseiller sur le genre de chien, mais toi, tu es censée l'orienter vers le chien idéal. Tu connais Bill.

— Oui, je connais Bill. Il aime avoir un deuxième avis, et aussi un troisième, et un quatrième s'il trouve quelqu'un pour le lui donner.

— À quelle heure penses-tu finir ? 17 heures ?

Natalie jeta un coup d'œil à sa boîte électronique, qui s'était à nouveau remplie de messages pendant la demi-heure qu'elle s'était accordée pour déjeuner. Elle avait des rendez-vous tout l'après-midi et un rapport à commencer à compiler sur les résultats de « l'entrée sur le marché du panier bio », de la gamme de sablés GreenPea.

— Allez, Nat, tu as terminé tard toute la semaine, reprit Johnny, comme s'il pouvait lire dans ses pensées. Selina devrait te donner un bon point, non ?

— Justement, dit-elle en baissant d'un ton. Je crois qu'elle est à l'affût de tous ceux qui n'auraient pas de bons points. Ce n'est pas le moment de quitter le bureau trop tôt.

— Mais je pensais qu'on pourrait aller voir ce chien, dîner tranquillement et, ensuite, tu sais, avoir encore un peu de temps pour nous.

Tous les deux comprenaient parfaitement ce que cela signifiait. Au moins n'était-elle pas obligée d'y faire allusion. Johnny savait et il y accordait de l'importance.

— Je vais faire mon possible. Écoute, j'ai un appel. On se retrouve sur place. À partir de 17 heures.

— Le plus tôt possible, insista-t-il à mi-voix pour que les enfants autour de lui ne risquent pas d'entendre son imitation de Barry White. Parce que je ne tiens pas à ce que Bill Harper et son ersatz canin de petite amie empiètent sur notre soirée d'amoureux en « zone verte ». OK ?

— OK, acquiesça gaiement Natalie.

— Je ne suis toujours pas convaincue que ce soit une bonne idée que je mène l'entretien, observa Rachel en faisant glisser le porte-bloc à pinces sur le bureau en direction de Megan.

— Pourquoi ? Il faudra bien que tu t'y mettes un jour, répliqua la jeune femme en le repoussant vers Rachel. Et ce n'est pas si compliqué. Toutes les questions sont listées ici. Il suffit de cocher la case « Oui » ou « Non », ce n'est pas sorcier.

Rachel posa les yeux sur le formulaire en tâchant de penser à la façon dont elle annoncerait à Megan qu'elle n'avait aucune intention de rester assez longtemps pour faire ses classes d'entremetteuse canine. L'après-midi lui avait offert son lot de contrariétés. Des chiens à ne plus savoir qu'en faire, des aboiements en veux-tu en voilà, George Fenwick sur le dos pour un problème de puces et la terrible prise de conscience qu'elle ne pourrait plus jamais entrer chez Topshop sans se sentir mamie.

— Sauf que si, justement, geignit-elle. Comment suis-je censée choisir le bon chien ? Recréer le moment magique où, sous les auspices de Dot, l'homme et la bête se retrouvent pour vivre heureux jusqu'à la fin des temps ? J'en suis incapable.

— Tu te pencheras sur le problème en temps voulu. Plus d'une réponse négative et il repart bredouille, de toute façon.

Megan la considéra au-dessus d'une gigantesque tasse de thé, boisson à laquelle semblait carburer toute l'équipe du chenil.

— Freda a fait le plus dur. On sait que sa maison peut accueillir un chien et qu'il n'est pas allergique.

— Je n'ai pas l'impression que l'inspection de domicile soit vraiment un calvaire pour Freda.

Elle se mit à feuilleter le rapport approfondi – d'aucuns diraient indiscret – de la bénévole sur le « jardin d'hiver très agréable, on ne regarde pas à la dépense ici ! » et de Bill Harper et son « joli jardinet, à peu près de la taille du nôtre, mais avec des plates-bandes beaucoup plus fouillis ».

— Enfin, le fait est qu'il dispose d'un jardin correct avec une clôture et qu'il n'a pas d'enfants. C'est le plus important. Papote tranquillement avec lui, c'est tout, lui conseilla Megan, qui se voulait encourageante. Tu connais tous les chiens, tu as déjà promené la plupart d'entre eux. Tu sais très bien quel genre de maître ils te réclameraient s'ils pouvaient parler.

Rachel fronça le nez, sceptique.

— Tu crois ?

Le fameux talent de « chuchoteuse » de Dot planait sur le chenil comme la légende du suaire de Turin ou du visage du Christ apparu sur un toast. Leurs visiteurs s'attendraient à repartir avec le chien de leurs rêves ; or, si Megan pouvait sans doute réussir son coup par expérience, Rachel ne s'en croyait pas capable une seule seconde.

Si Bijou et elle avoisinaient une sorte d'entente dans leur mélancolie commune, elle doutait de ses affinités avec les autres canidés.

— Tu n'as qu'à les imaginer en train de se promener au parc, ajouta Megan, pleine de bonne volonté. Est-ce qu'ils sont bien assortis, si tu vois ce que je veux dire ?

— Non, justement.

Le timbre discordant de la sonnette du chenil leur arracha un sursaut. La cloche désuète, autrefois utilisée pour appeler les domestiques, avait été récupérée dans les anciennes cuisines et installée à la porte de l'annexe, où elle retentissait assez fort pour être entendue depuis l'enclos extérieur.

— Pile à l'heure. C'est bon signe, remarqua Megan en reculant sa chaise pour aller ouvrir. On apprécie la ponctualité chez nos nouveaux maîtres.

Rachel reposa les yeux sur le formulaire, s'appliquant à mémoriser les questions pour que la langue ne lui fourche pas. L'objectif, se rappela-t-elle, était d'avoir un chien abandonné de moins sur la conscience, et une cage de plus à louer en pension.

Un avertissement sévère s'étalait en haut de la feuille, en lettres italiques grasses :

« Nous sommes la seule voix des chiens. Merci de ne pas vous formaliser si nous paraissons importuns ou exigeants, nous voulons seulement ce qu'il y a de mieux pour eux. Certains de nos chiens, pourtant déjà cruellement déçus par l'espèce humaine, ne demandent qu'à lui redonner leur confiance et leur amour. Notre seule crainte serait de les revoir chez nous. »

La gorge de Rachel se serra au souvenir de la tête plissée et impatiente de Bertie, des allées et venues angoissées de Chester chaque fois que, quelqu'un approchant de sa cage, il croyait voir son fuyard de maître. Pourvu qu'elle soit à la hauteur de leurs attentes, songea-t-elle, haussant aussitôt les sourcils, surprise par son propre comportement.

La voix de Megan flotta jusque dans le bureau.

— Venez, suivez-moi.

Relevant la tête, Rachel vit la jeune femme inviter à entrer dans la pièce le Dr Bill Harper suivi d'un couple de trentenaires, qui inspectaient les lieux avec une grande curiosité. Si l'homme se frottait les mains d'excitation, la femme semblait plus circonspecte, comme si elle s'attendait à voir l'endroit infesté de clébards saliveux.

— Bon, je vous sers un petit thé ? Un café ? proposa Megan d'un air hésitant. Voici Rachel, c'est elle qui va vous guider dans le processus d'adoption.

— Avec plaisir. Pour moi ce sera un thé, s'il vous plaît, avec deux sucres. Je meurs de soif. Bonjour, Johnny Hodge.

L'inconnu offrit une poignée de main à Rachel avec un sourire qui fronça ses yeux marron amicaux.

— Et voici ma femme, Natalie.

— Bonjour, Natalie.

Rachel nota que les vêtements de Natalie n'étaient pas adaptés à la proximité des chiens et fut prise d'un élan de pitié immédiat pour son élégant tailleur noir composé d'une jupe crayon et d'une veste ajustée.

— Venez vous asseoir par ici, l'invita-t-elle en tirant une chaise. Il y aura moins de risques que vous repartiez couverte de poils. C'est un vrai cauchemar. Je consomme une brosse anti-peluches tous les deux jours depuis que je suis ici.

— Alors, comment se déroule l'opération ? s'enquit le Dr Harper en promenant le regard autour de lui. Je… euh… je pensais que vous auriez des chiens à me proposer.

— C'est peut-être comme dans « Tournez Manège », plaisanta Johnny. Bill cherche un chien ambitieux, de moins de trois ans, doté du sens de l'humour…

— On préfère faire un brin de causette avant, expliqua Megan. Ça peut vite tourner au mélodrame s'ils vous voient. Ils ont tendance à se la jouer « X-Factor » pour attirer l'attention. Cela dit, si vous avez une idée précise du chien que vous souhaitez, nous pouvons en parler.

— Oh, Bill a des critères très précis. Pas vrai, Bill ? déclara Johnny en se tournant vers son ami. C'est pour ça qu'il est toujours célibataire !

— Johnny… intervint Natalie avec un froncement de sourcils.

— J'aime juste savoir dans quoi je m'embarque.

Du coin de l'œil, le médecin jeta un regard complice à son ami.

— Je ne suis pas si tatillon, en fait. Comme critères, je dirais juste : facile à dresser, qui ne perd pas trop ses poils, pour pouvoir venir au cabinet, et avec un brin de personnalité.

— Vous parlez du chien ou de la petite amie ? demanda Rachel.

Tandis que son ami rosissait, Johnny se pencha en avant.

— Des deux.

— Bien ! Si nous passions aux questions, maintenant ? proposa Rachel en lorgnant le formulaire. Pour commencer, combien de fois par jour pouvez-vous promener un chien ?

Vingt-cinq minutes plus tard, Rachel avait appris que Bill pouvait promener son chien sur environ un kilomètre et demi pour aller au travail et autant pour en revenir, ce à quoi venait s'ajouter un petit footing autour du parc à l'heure du déjeuner ; qu'il désirait un compagnon qui lui arrive au genou, de préférence noir ; que sa mère possédait autrefois un lakeland-terrier très nerveux, dont il ne voulait surtout pas la réplique ; que Johnny aimait les chiens, surtout les labradors, les pointers, les springer-spaniels ou juste les « petits trucs marrants », et que Natalie espérait qu'un chien forcerait Bill à prendre l'air et à faire un peu d'exercice.

Johnny fit claquer ses mains sur ses genoux et jeta un regard à son ami.

— Alors, c'est le grand moment où le panneau s'ouvre sur le premier rancard de notre heureux candidat.

— Exactement ! s'exclama Megan en repoussant sa chaise. Si vous voulez des biscuits, servez-vous, faites comme chez vous. Voilà ce qui va se passer maintenant : on va vous amener un ou deux chiens pour que vous puissiez jouer un peu avec eux, faire leur connaissance et puis on avisera. Tu viens, Rachel ?

Rachel leva les yeux des papiers sur le bureau.

— Pardon ?

— J'ai besoin de ton expertise, précisa l'Australienne avec un sourire confiant en la hissant sur ses pieds. Exxxcusez-nous !

À l'extérieur du bureau, Rachel se retourna pour protester, mais Megan continua à la pousser gentiment vers le couloir de cages.

— OK, c'est à toi de jouer maintenant. Vas-y avec le questionnaire et trouve au Dr Harper le chien qui lui convient.

Rachel pila.

— Non ! Ne sois pas ridicule.

— Allez, tu peux le faire.

— Non ! C'est toi la responsable du chenil, pas moi ! En plus, tu le connais, ajouta-t-elle avec des gesticulations. Ce n'est pas un jeu, Megan. Je ne suis pas assez calée en matière de chiens. Ce n'est pas mon métier ! Je n'ai pas le… truc.

Megan serra ses mains menues autour des bras de Rachel.

— Il n'y a pas de truc, c'est une question de logique. Entre là-dedans, lis les messages que Dot a mis sur les portes et…

Elle marqua une pause, un sourcil levé.

— … laisse les chiens te parler. Non, non, ne dis rien ! Je ne suis pas barjo. Laisse juste… Bon, d'accord, peut-être un peu, mais si tu restes très calme, tu le sauras, au fond de toi.

Rachel la considéra comme un cas de folie aiguë, mais Megan l'encouragea d'une bourrade déterminée.

— Allez. Si tu es complètement à côté de la plaque, je te le dirai, la rassura-t-elle, le visage adouci. Je sais que les chiens ne sont pas ton dada, pas la peine de me le répéter.

Rachel se mordit la lèvre supérieure, puis franchit la lourde porte. Le son de Radio 4 émaillé de conversations canines grimpa de plusieurs décibels et l'odeur des chiens échauffés, des pelages huileux et des croquettes la percuta de plein fouet.

— Ce n'est que moi ! lança-t-elle à la cantonade, machinalement. Inutile de s'affoler, hein. Du calme !

À pas lents, elle emprunta le corridor entre les cages en s'évertuant à ne pas s'attendrir face aux queues frétillantes et aux yeux pleins d'espoir qui la fixaient, concentrée sur le médecin longiligne et sa recherche du compagnon idéal. Quel chien conviendrait à Bill Harper ? Elle passa devant deux colleys, deux sœurs faciles à dresser, certes, mais trop énergiques pour rester dans un panier. Quant aux staffies, ils partaient dans un concert d'aboiements à la vue de toute personne susceptible de jouer avec eux. Chester, le springer-spaniel du poster, bondissait comme un ressort dans sa cage. Pas très pratique pour le cabinet. Bertie alors ? Rachel sourit devant les yeux tragiques que le basset levait sur elle depuis sa couche en plastique, sa longue tête froncée d'espoir.

— Je n'ai rien à manger, alors tu peux arrêter ton numéro, lui dit-elle gentiment.

Bertie était adorable, mais il n'était pas fait pour Bill Harper. Sans trop savoir pourquoi, elle s'arrêta devant Lulu. L'après-midi même, Megan avait donné un petit coup de ciseaux rudimentaire au caniche, non sans grommeler contre le « foutage de gueule » de George, qui avait osé lui recommander de ne rien faire qu'elle puisse regretter. Megan s'était donc contentée de tondre les nœuds dans la toison de Lulu, mais ses pattes bien dessinées et ses yeux brillants apparaissaient désormais sous les boucles noires qui lui donnaient jusque-là des airs de mouton.

Lulu serait parfaite, lui souffla une voix avant même qu'elle se fût posée la question. Le médecin cherchait un chien intelligent, facile à dresser. Un caniche, donc, à en croire l'exemplaire de *Un chien pour les nuls* rangé dans le bureau. En outre, Lulu ne disséminerait pas des poils dans tout le cabinet. Et puis, elle était très facile à vivre et apprenait très vite de nouveaux tours.

Lulu fixa sur elle ses yeux scintillants et, pour la première fois, remua la queue, presque en forme de pompon maintenant.

Rachel hésita. Bill Harper voulait un gros chien. Un chien d'homme. Cependant la voix insistait en elle. Lulu était la bonne.

Elle demeura immobile, tandis qu'autour d'elle les chiens se mettaient à aboyer, intrigués par son comportement. Elle entendit alors un cliquetis de griffes et un corps chaud vint se coller contre ses chevilles. Elle se pencha, distraite, pour caresser l'oreille de Bijou. L'approbation du border-collie semblait sceller l'affaire. C'était, en tout cas, ce qu'elle pouvait espérer de plus proche d'un coup de pouce de sa feue marraine.

— Qu'en penses-tu, Bijou ? demanda-t-elle au chien de berger, qui agitait la tête en direction de la porte. Bill Harper et Lulu ?

Rachel, tu es en train de parler à un chien, se rappela-t-elle. Décidément, elle ne glissait pas sur une pente dangereuse, elle était déjà au fond du gouffre.

Comme elle ouvrait le verrou de la grille, Lulu s'approcha sur la pointe des pieds, curieuse. Si elle ne respirait pas encore la joie de vivre, son passage au toilettage semblait lui avoir redonné confiance. En outre, elle paraissait remplumée depuis sa première rencontre avec Rachel, même si cette impression tenait plus à l'épanouissement de sa personnalité qu'aux deux copieux repas quotidiens qui lui étaient servis au refuge.

— Salut, Lulu, lui dit Rachel en attachant la laisse à son collier. Il y a ici quelqu'un dont tu seras, je pense, heureuse de faire la connaissance.

Elle rebroussa alors chemin dans le couloir avec Bijou et Lulu, s'interdisant de se retourner vers les pauvres bêtes qu'elle laissait en arrière.

Megan l'attendait à la porte, où elle tenait une conversation animée au téléphone.

— Bien sûr, je peux vous envoyer quelqu'un pour une inspection de domicile dans la matinée. Aux environs de 11 heures ? Parfait. Où avez-vous vu l'affiche ? Au bureau de poste ? Vous avez très bien fait !

Elle brandit son pouce à l'adresse de Rachel et, tournant son sourire dans la direction de Lulu, marqua un temps d'arrêt satisfait.

— D'accord, je vous appelle à la première heure demain. Au revoir !

Après avoir raccroché, elle tomba à genoux devant Lulu.

— Salut, Lulu !

Tandis qu'elle caressait ses oreilles noires laineuses, le caniche fourra son museau entre ses mains tendues.

— Tu es contente d'être passée chez le coiffeur, hein, ma belle ? Tu es ravissante !

Rachel se mordit les lèvres.

— Tu crois que j'ai fait le bon choix ?

— Ça, il n'y a qu'un seul moyen de le savoir.

Bondissant sur ses pieds, Megan ouvrit la marche jusqu'au bureau.

Bill et Johnny plaisantaient, assis autour de la table, pendant que Natalie consultait ses messages sur son téléphone. Dès que Rachel pénétra dans la pièce, tous les yeux se tournèrent sur elle, avant de glisser sur la laisse jusqu'à Lulu, qui hésita sur le seuil en découvrant ces trois nouveaux visages.

— Un caniche ? s'exclama Johnny avant d'éclater de rire. Mon pote, ton chien idéal est un caniche !

— Ne rigole pas, tu vas la vexer, le rabroua Natalie en levant les yeux vers Rachel. C'est bien une fille ?

Rachel acquiesça, touchée que la jeune femme, dont les manières semblaient si brusques sous son tailleur de femme d'affaires, se soucie avant toute autre considération de l'amour-propre d'un chien. Elle s'ingénia à réciter ce qu'elle avait glané dans les divers ouvrages de référence de Dot.

— Lulu est un caniche nain plutôt dans la moyenne haute. Il existe trois tailles : grand, nain et *toy*. Nous pensons que Lulu appartient à la catégorie du milieu. Il est possible que son père soit un grand caniche.

— Vous croyez peut-être que ce n'est qu'une touffe de poils, ajouta Megan, mais il fallait la voir. J'ai tondu de ces paquets de nœuds, vous n'en croiriez pas vos yeux, tout ça pour qu'on puisse voir son petit museau de snobinarde ! On peut dire que la pauvre Lulu en a bavé avant de trouver le chemin du refuge.

— Je croyais que les caniches avaient des pompons, observa Johnny en scrutant le chien d'un œil critique. Celui-ci est couvert de dreadlocks. Il ressemble plus à Slash de Guns N' Roses qu'à un caniche !

— Ne dis pas n'importe quoi, ils ne naissent pas comme ça, intervint Natalie. C'est une tonte. C'est comme si tu disais que tous les hommes portent la moustache.

Elle s'accroupit avec précaution à cause de sa jupe étroite. Lulu avança de quelques pas vers elle et, la queue basse, renifla ses doigts.

— Bonjour, ma petite dame. Regardez-moi ces yeux malins. Toi, tu es une fille intelligente, je me trompe ? Oh, que oui !

Rachel avisa les ongles roses manucurés de la jeune femme et, avec une pointe d'envie, la bague de fiançailles et l'alliance qui rutilaient à son annulaire.

— Lulu a un comportement exemplaire avec les inconnus, expliqua Megan. Elle est très amicale, même après tout ce qu'elle a souffert. Rachel a pensé que ce serait bien pour le cabinet, non ?

— Idéal, même, convint Bill. Je ne peux pas me permettre de prendre un chien hargneux. Mais je ne suis pas sûr, hésita-t-il en se grattant le menton. Un caniche… Jamais je n'ai vraiment pensé qu'un caniche pouvait être mon genre.

— Coucou, reprit Natalie d'une voix douce en caressant du dos de l'index l'une des longues oreilles de Lulu. C'en est une belle fille ! Bill, baisse-toi à sa hauteur. Tu es déjà assez effrayant pour la plupart des filles de dimension normale, alors pour une chienne riquiqui.

D'un mouvement maladroit, Bill remonta son pantalon et s'accroupit, main tendue devant lui. Lulu contourna aussitôt Natalie pour trotter jusqu'au médecin et, charmeuse, leva une petite tête branlante pour la poser sur sa jambe dans l'attente d'une caresse.

— Bonjour, toi !

Lulu le fixa de ses yeux vifs puis nicha son long museau dans sa main. Surpris, Bill recula avec un sursaut, tout près de basculer en arrière. Avec un sourire, il frictionna la tête du caniche, qui se blottit contre sa paume.

— Oh, elle aime les beaux hommes notre Lulu, gloussa Megan.

— Très bien, c'est donc le chien numéro un. Est-ce que Bill a le droit d'en voir d'autres ? s'enquit Johnny.

— Je ne sais pas si c'est vraiment nécessaire, remarqua Natalie. Regarde-les, c'est le coup de foudre !

Lulu avait posé ses deux élégantes pattes avant sur le pantalon de Bill et reniflait son col tandis qu'il s'efforçait de ne pas s'écarter de façon trop manifeste. Ses lèvres se contractèrent en un sourire de guingois, comme s'il réprimait un fou rire. Il flatta le caniche, qui continuait à se trémousser devant lui pour s'enivrer de ses odeurs.

— Lulu ! Un peu de tenue, tu veux ? rit Megan. Je vous jure, je ne l'ai jamais vue dans un état pareil. Elle était si discrète !

— Bill ? interrogea Johnny. Tu veux en voir d'autres ?

Le médecin ne répondit pas.

— Je crois...

La fin de la phrase de Rachel fut couverte par un hurlement guttural venu des niches. On aurait cru que le chien des Baskerville s'était réveillé d'un sommeil profond avec une méchante migraine.

— Qu'est-ce que c'est que ça ? s'émerveilla Johnny, s'enfonçant un doigt dans l'oreille pour le tortiller dans tous les sens.

Un autre aboiement suivit, retentissant dans tout le bâtiment et déclenchant une volée de jappements, dont aucun n'égalait le premier en intensité.

— Oh, ça, c'est Bertie, dit Megan en se détachant du mur contre lequel elle avait pris appui. Il doit croire qu'on mange.

— Bertie ? C'est quoi, ce Bertie ? Un dogue allemand ou un molosse du genre ? interrogea Johnny, ragaillardi. Il doit être énorme.

— Pas tant que ça, en réalité, répondit Rachel. Même si l'on pourrait croire qu'il a l'estomac d'un saint-bernard vu les scènes qu'il nous fait.

— C'est possible de le voir ?

— Je ne crois pas que ce soit nécessaire.

Rachel se tourna vers Bill. Il avait repris sa place sur sa chaise et Lulu était installée sur ses genoux, comme si c'était sa place attitrée depuis la nuit des temps.

— Je vais vous le chercher, déclara Megan avec un sourire en coin. Histoire de vous montrer à quoi ressemblent les ennuis. Après ça, vous nous supplierez de ne pas vous amener d'autres chiens.

Ils entendirent Megan et Bertie approcher bien avant qu'ils franchissent la porte du bureau.

— Du calme ! Du calme ! Au pied ! criait Megan, que Rachel n'avait pas besoin d'imaginer en train de se cramponner à la laisse du basset.

Megan avait pour mission d'apprendre à Bertie la marche au pied, mais celui-ci prenait un malin plaisir à se couler hors de son collier dès qu'une odeur venait lui chatouiller le museau.

Bertie entra en trombe dans la pièce, dans une bourrasque d'oreilles marron, de pattes en accordéon et de froncements de truffe furieux. Derrière lui, Megan s'accrochait à sa laisse comme si sa vie en dépendait. Il s'immobilisa une seconde pour inspecter tout le monde, puis replongea son nez sur le sol comme un aspirateur canin, suivant la piste qui suscitait chez lui tant d'intérêt.

— Oh, mon Dieu, quel trésor ! murmura Natalie, joignant ses mains dans un geste de ravissement inconscient.

Regardez-moi cette gueule d'amour! Et ces pattes courtaudes!

Bien en sécurité sur les genoux de Bill, Lulu tourna à peine la tête, gratifiant Bertie d'un imperceptible regard de supériorité avant de reporter son attention sur son nouveau héros.

— Quel âge a-t-il? D'où vient-il?

Les mots se bousculaient dans la bouche de Natalie, qui repoussa ses cheveux en arrière et se pencha pour caresser la tête veloutée de Bertie.

— Bonjour, Grandes Oreilles! Bonjour!

Rachel vit avec horreur le basset répondre à ce salut en piquant du nez dans le sac de la jeune femme, où il finit par enfouir sa tête entière. Dans un éclat de rire, celle-ci tira sur son collier pour l'en dégager.

— Tu ne trouveras rien là-dedans, sauf, peut-être, si tu sais déballer les Polo.

— Mais c'est le cas, l'informa Megan. Pareil pour les saucisses et les KitKat.

— Oh, Jon, regarde ces beaux yeux! s'exclama Natalie, dont le visage disparaissait presque dans les plis du cou de Bertie. Comment un chien aussi adorable a-t-il pu atterrir ici?

Megan décocha une œillade à Rachel.

— Ah, c'est une histoire tragique! Je ne préfère pas vous la raconter, vous voudrez repartir avec lui. Or, vous n'êtes pas venus pour adopter un chien, si?

Natalie leva les yeux sur Johnny, toujours assis près de la table. Lui qui avait jusque-là souri au spectacle offert par ce clown à quatre pattes s'assombrit quand il croisa son regard.

— Non, nous ne sommes pas venus pour un chien.

Il s'adressait à Megan, mais Rachel eut l'impression que ses paroles se dirigeaient avant tout à sa femme.

— Nous travaillons tous les deux énormément et c'est strictement impossible de l'emmener au boulot. Je suis prof et Natalie est responsable marketing.

— Il lui faut vraiment quelqu'un tout le temps ? s'enquit cette dernière. Ça ne suffirait pas de repasser à la maison à l'heure du déjeuner ?

Megan secoua la tête.

— Pas pour lui, non. Bertie est un chien de meute, il ne supporte pas la solitude. Il va hurler à la mort toute la journée. Et il n'est pas totalement propre, il a besoin de quelqu'un pour lui montrer les ficelles, lui donner des habitudes, expliqua-t-elle avec un haussement de sourcils. C'est probablement la raison qui l'a conduit ici, ses maîtres n'avaient sûrement pas assez de temps à lui consacrer.

— Oh, lâcha Natalie, l'air penaud. Je vois.

— C'est pour votre bien autant que pour le sien, intervint Rachel, qui culpabilisait de saper ce bel enthousiasme. Il serait malheureux et vous vous mettriez tous vos voisins à dos.

— Et retrouveriez votre maison saccagée, ajouta Megan, terre à terre. De la bave plein les murs, le moindre petit objet mâchonné.

— Je croyais que votre but était de placer ces chiens, plaisanta Johnny, dont la voix trahissait malgré tout une légère tension.

— C'est le cas ! confirma Rachel en reportant son attention sur l'heureuse rencontre de la journée. Et on dirait que nous ne nous en tirons pas trop mal pour l'instant.

Bill détacha difficilement ses yeux de Lulu, qui s'était pelotonnée sur ses genoux, les oreilles dressées pour écouter la conversation.

— Je crois, oui. Quoique je ne sois pas vraiment sûr d'avoir eu mon mot à dire dans cette affaire !

— Allez, Bertie, tu as eu ta dose de grattouilles sur le ventre, décréta Megan en retirant les pattes avant du chien des genoux de Natalie. On rentre au bercail.

Elle le conduisit d'une main ferme vers la porte, mais Bertie refusa de quitter des yeux Natalie et arrima ses grosses pattes au sol, obligeant son éducatrice à le traîner vers la sortie. Alors que ses coussinets glissaient sur le carrelage, il émit un geignement tragique.

— On dirait qu'il pleure! observa Natalie, la gorge serrée. Il ne veut pas retourner dans sa cage.

— Ne vous laissez pas duper par son numéro, l'avertit Rachel. Vu comme ça, on pourrait croire que nous le gardons enchaîné à un poteau sous une pluie battante, mais monsieur dispose d'une cage chauffée, de jouets en veux-tu en voilà, d'un lit douillet…

— Mais ce n'est quand même pas comme une vraie maison, remarqua Natalie d'une voix vibrante d'émotion.

— Enfin, bref! intervint Johnny avec un nouveau claquement de mains sur ses cuisses. J'imagine que Bill repart avec Lulu.

— Demain, décréta Megan d'une voix ferme. La nuit porte conseil. On préfère s'assurer que vous n'avez aucun doute.

Natalie était d'humeur sombre sur le chemin du retour et, une fois n'est pas coutume, Johnny aussi. En fait, aucun d'eux ne se montra très bavard, jusqu'à ce qu'elle gare la voiture dans l'allée et retire les clés du contact. Au lieu de descendre d'un bond de la Mini pour déverrouiller la porte et mettre de l'eau à chauffer pour le thé, comme à son habitude, Johnny demeura assis sur le siège du passager, absorbé dans le mordillage d'une envie, une manie qui trahissait chez lui une préoccupation dont il n'arrivait pas à parler.

— Tu penses toujours à ce chien? l'interrogea-t-il enfin, alors que les cliquètements du moteur en train de refroidir résonnaient dans le silence.

— Oui.

— Moi aussi, mais il trouvera une bonne maison, tu verras. Megan a bien dit que les chiens de race étaient souvent secourus par des clubs spécialisés. Quelqu'un viendra le sortir du refuge.

— Et si personne ne vient ?

Elle fixa le garage en brique bien propret devant elle, les yeux remplis de larmes hormonales. Soudain, elle ne voyait plus que des rangées et des rangées de petites têtes éclairées d'espoir et de queues frétillantes quémandant un peu d'amour. Le moment du mois était mal choisi pour aller visiter des satanés refuges, songea-t-elle en s'efforçant de maîtriser des émotions hors de contrôle.

— On ne peut pas prendre de chien, Nat. Tu le sais bien. On n'a pas le temps.

— Et est-ce qu'on l'a pour un bébé ? demanda-t-elle, quoique consciente de l'apparente irrationalité de la question. Il faudra bien que je le trouve, le temps, à ce moment !

— Ce n'est pas pareil, tu le sais bien.

Johnny ouvrit sa portière, une façon douce de mettre un point final à la conversation. Pour se faire pardonner, il ajouta :

— Je vais préparer le dîner, tu veux ?

Natalie savait pertinemment qu'il avait raison, pourtant ce fut avec un poids invisible sur les épaules qu'elle le suivit à l'intérieur de la maison.

8

Après trois jours de guerre des nerfs avec Caramel, lors desquels elle quitta à peine la maison de crainte de croiser un collègue ou un client, Zoe pensait avoir enfin trouvé l'astuce pour garder un œil sur le chiot lorsqu'elle avait le dos tourné. Bien que Caramel fût encore loin d'être propre, elle était en train d'échafauder un plan pour convaincre Marion, la propriétaire du salon, de l'autoriser à l'amener au travail, quand elle reçut un appel téléphonique qui asséna un nouveau coup à la belle assurance qu'elle avait si consciencieusement cultivée.

Les nouvelles qu'Allen Howard avait à lui communiquer sur la pension alimentaire de David lui ôtèrent tout le reste de la tête, y compris les fuites urinaires de Caramel.

— Excusez-moi, mais vous pouvez répéter plus lentement ? lui demanda-t-elle en s'effondrant sur une chaise dans la cuisine, les genoux soudain en coton. Je croyais qu'il avait accepté de verser un montant forfaitaire pour les pensions qu'il n'a pas honorées cet été.

— Il entend demander au tribunal de réévaluer ses revenus en tenant compte de la récession. C'est ridicule, je le conçois, concéda l'avocat, qui semblait aussi embêté qu'elle. Mais c'est son droit.

Zoe se comprima le front d'une main en s'interdisant de penser à toutes les dépenses qu'elle avait passées sur ses diverses cartes de crédit en vue de cette entrée d'argent. Plus Allen Howard adoptait un ton patient à l'autre bout de la ligne, plus elle avait envie de pleurer. Elle aurait cru entendre son père, s'il avait été là pour l'aider à traverser cette affreuse procédure. Elle se réjouissait d'ailleurs en partie qu'il n'assiste pas à un spectacle aussi navrant.

Zoe se sentait terriblement seule. Quand était-elle devenue une adulte censée posséder toutes les réponses ? Si elle ne regrettait que peu de choses de son mariage avec David, la présence d'une personne pour la conseiller en faisait indubitablement partie. Pas étonnant qu'elle se fût mise à faire la conversation à un labrador de quatre mois.

— Il a le droit ? Mais pourquoi irait-il faire ça ? demanda-t-elle en pinçant une mèche de cheveux pour la tortiller, rattrapée par un vieux tic. Il les emmène dans des parcs d'attraction hors de prix un week-end sur deux et collectionne les nouvelles voitures !

Allen Howard soupira.

— Je ne suis pas le mieux placé pour répondre. Vous seriez étonnée d'apprendre de quoi certaines personnes sont capables. Un divorce n'est jamais une belle affaire.

Sauf pour les avocats, songea-t-elle, amère, juste avant qu'un mouvement dans la pièce attire son attention. Caramel émergeait de derrière une chaise, l'air penaud, en remuant ses mâchoires avec une insistance qu'elle avait appris à redouter.

Allen Howard continuait de parler dans l'appareil, sa voix patiente teintée d'un soupçon d'inquiétude.

— Écoutez, je sais que vous n'êtes pas pour, mais nous allons devoir durcir notre position. Je vous suggère de passer au cabinet et…

— Un instant, s'il vous plaît.

Elle agrippa le chiot qui passait devant elle et, le téléphone coincé contre son épaule, souleva cette masse de poils qui semblait grandir à vue d'œil pour fouiller dans sa bouche d'un doigt anxieux, effrayée à l'idée de ce qu'elle risquait d'y trouver. Juste à temps, elle en extirpa une des briques de Lego de Leo, de la taille idéale pour asphyxier un chiot.

Caramel la gratifia d'un regard mauvais et se mit à actionner ses petites dents pointues sur son doigt, dont la peau se marqua de zébrures rouges. Zoe se mordit la lèvre pour retenir un cri.

— Vous pourriez vous retrouver sans rien, poursuivait l'avocat. Pour être franc, je m'inquiète des sous-entendus de mon confrère. À titre officieux, votre ex-mari envisage-t-il sérieusement de refaire sa vie avec cette Jennifer ?

Zoe considéra un instant le Lego qui avait failli étouffer Caramel, puis son doigt mordillé traversé d'élancements, avant d'étudier son reflet dans la vitre d'un placard. Pas de maquillage, des cheveux en bataille, le T-shirt de la veille et, sous les yeux, des valises comme elle n'en avait plus vues depuis que sa grand-mère avait cessé d'écumer les salles de bingo de Barrow.

Il était plus facile de faire l'autruche en présence de ses fils, dans le tourbillon incessant de questions, de goûters et de lessives. Mais la cruelle réalité pointait son nez dès que le bourdonnement réconfortant de ce fond sonore enfantin ne lui remplissait plus la tête.

David ne reviendrait pas. À seulement trente ans, elle se retrouvait seule avec deux enfants et cédait tout à leur père, parce qu'elle n'avait pas l'énergie d'être rosse. Et voilà que Jennifer était sur les rangs pour devenir la prochaine Mme Graham.

Zoe plaqua sa main libre sur sa bouche, à la fois prise de nausée et de panique. Elle reposa le chiot, qui trottina à l'autre bout de la cuisine avec des jappements tonitruants, indifférent à sa détresse.

— Euh... Excusez-moi, vous pouvez répéter la question ?

— Écoutez, passez donc me voir au cabinet, proposa Allen Howard. Un de mes rendez-vous a été annulé ce matin. Sautez dans votre voiture, nous nous pencherons ensemble sur le problème. Ce n'est pas une mince affaire.

— Mais je ne peux pas laisser le chien ! répliqua machinalement Zoe, gagnée par l'affolement.

Se rendre chez l'avocat réclamerait bien plus que les quarante minutes durant lesquelles Caramel était capable de maîtriser sa vessie, d'après le guide.

— Vous ne pouvez pas quoi ? demanda Allen Howard, déconcerté.

Ne sois pas ridicule, se raisonna-t-elle. Elle ne pouvait tout de même pas se laisser prendre en otage par un chiot.

— Très bien, j'arrive.

Se ressaisissant au prix d'un effort surhumain, elle se lança à la recherche de sa brosse à cheveux, puis de la laisse et du collier de dressage de Caramel. Je dois le faire, s'exhorta-t-elle à travers les larmes de frustration qui roulaient sur son visage. Il fallait qu'elle se reprenne, ne serait-ce que pour ses fils, même si c'était au prix d'atroces souffrances.

Elle enfila le collier autour du cou d'un Caramel frétillant puis considéra son fourre-tout, qui trônait dans toute sa capacité sur la table de la cuisine. Si besoin, elle pourrait toujours le doubler d'un sac en plastique.

— Prenons ça comme ta première leçon de socialisation, lança-t-elle au labrador qui remuait sa petite queue.

Elle ignorait qu'elle ne tarderait pas à regretter sa décision.

Rachel venait de terminer de rentrer les chiens dans leurs cages et se dirigeait vers la cuisine de Dot, savourant l'idée d'un café bien chaud pour dégeler ses extrémités glacées, lorsque des éclats de voix lui parvinrent du bureau. Une fois n'est pas coutume, les staffies n'y étaient pour rien.

— Mais, écoutez-moi ! cria une voix de femme brisée par la détresse. Puisque je vous dis que je ne m'en sors pas. Je n'y arrive pas !

Megan répondit avec des mots indiscernables, quoique sur un ton inhabituellement brusque. Alertée, Rachel se précipita dans la pièce sans prendre le temps de pendre les laisses à leurs crochets.

La femme de l'animalerie se tenait debout devant le bureau, les bras serrés autour d'un petit labrador jaune, les joues barbouillées de larmes. Elle bafouillait des paroles inintelligibles en tentant de forcer Megan à prendre le chiot glapissant.

Rachel chercha en vain son nom dans sa mémoire. Leur avait-elle donné, au moins ?

Elle tendit l'oreille pour comprendre l'échange, mais les cris mêlés de pleurs l'empêchaient de saisir un traître mot. Si Megan s'évertuait à garder son calme, son interlocutrice se trouvait dans un tel état d'hystérie que les chiens commençaient à s'agiter dans leurs cages. Un relent d'urine empestait la pièce, piqué d'une odeur plus âcre.

Assis droit dans son panier, Bijou penchait la tête de côté comme s'il suivait un soap opera.

— Je vous en prie, s'il vous plaît, répétait inlassablement la visiteuse. Je dois retourner au travail, mes enfants ont besoin de moi. Vous devez le prendre. Je ne peux pas m'occuper de lui comme il le mérite.

— Du calme, insistait Megan, sans succès. Zoe, calmez-vous…

Rachel finit par prendre la direction de la conversation, ne serait-ce que pour mettre fin au tapage.

— Que se passe-t-il ? s'enquit-elle, aimable. En quoi pouvons-nous vous aider ? C'est le chiot dont vous nous avez parlé l'autre jour, à l'animalerie ?

— S'il vous plaît, prenez-le, s'empressa de la supplier Zoe avant que Megan puisse intervenir. C'est un chiot adorable, il mérite une bonne maison et je ne peux pas lui offrir ça. J'ai fait tout ce qui était en mon pouvoir, vraiment, mais je ne peux pas m'absenter plus longtemps du travail pour le dresser. Je sais que c'est cruel de le laisser seul, ajouta-t-elle, le visage chiffonné de chagrin. Ne me faites pas culpabiliser davantage, c'est assez difficile comme ça de savoir comment je vais l'annoncer à mes fils quand ils rentreront de l'école.

Megan lança un regard chargé de compassion à Rachel, qui vit la cage superbement vide de Lulu instantanément réoccupée, alors qu'elles venaient juste de réussir à la libérer. Elle secoua la tête, catégorique, en articulant un « non » silencieux.

— Dans ce cas, vous devriez peut-être le redonner à votre ex-mari pour qu'il le ramène chez son éleveur, s'empressa-t-elle de suggérer, piochant dans sa mémoire les informations glanées dans les divers prospectus de Dot. C'est le mieux à faire, n'est-ce pas, Megan ? Il y a bien une sorte de code de conduite tacite ?

— Je ne sais pas d'où il vient, gémit Zoe. Et je n'ai aucune confiance en David. Il ne daigne même pas subvenir aux besoins de ses enfants, alors s'occuper du sort d'un chien ! Je reviens de chez mon avocat et… Je suis désolée, sanglota-t-elle, j'ai eu une journée vraiment affreuse.

— Bien sûr qu'on va le prendre…

— Megan ! l'interrompit Rachel. Va mettre de l'eau à chauffer, tu seras un ange. Je suis gelée.

Se frottant les mains l'une contre l'autre, elle se tourna vers Zoe, qui s'était affalée sur une chaise, le petit labrador toujours niché dans ses bras, à l'évidence trop bouleversée pour remarquer la tache humide sur son manteau. D'autres auréoles marquaient le vêtement un peu partout. Il y en avait assez pour qu'elle songe sérieusement à se lancer dans la production de couches-culottes pour chiot. Il lui suffirait de séduire un jury de *business angels* de télé-crochet.

— Pouvons-nous vous offrir une tasse de thé ? proposa-t-elle. On dirait que vous en avez bien besoin.

Megan lui lança un regard lourd d'avertissement, mais, confrontée à son mouvement catégorique de la tête en direction de la cuisine, s'éclipsa à contrecœur.

Rachel s'installa près de Zoe et souleva une patte du chiot, comme pour lui serrer la pince. Le labrador la scruta, ses yeux confiants fixés sur son visage comme deux billes marron. La pauvre bête se croyait en balade, elle ne se doutait pas un instant que sa maîtresse était sur le point de l'abandonner. Soudain, elle darda une petite langue rose nerveuse pour se lécher la truffe. Rachel se cuirassa contre son charme irrésistible.

— Bonjour, Caramel. Dis donc, tu es drôlement beau ! dit-elle en caressant son oreille toute chaude.

— Vous voulez le prendre ?

Sans attendre sa réponse, Zoe déposa le chiot sur ses genoux. Par réflexe, Rachel l'attrapa pour l'empêcher de tomber tandis qu'il reculait à petits pas traînants sur son giron. Quel adorable petit radiateur ! songea-t-elle tandis qu'il flairait ses vêtements et sa peau. L'instant d'après, cependant, il s'attaquait à son doigt, tant et si bien qu'elle dut lui décrocher la mâchoire pour libérer sa main, réprimant une grimace de douleur.

— Il est dans sa phase masticatoire ?

— Il n'arrête pas, renifla Zoe. Il mâchouille tout. Je sais qu'il ne le fait pas exprès, mais j'ai une peur bleue qu'il morde un câble pendant que je suis au travail et que les enfants le retrouvent en rentrant à la maison, mort dans...

Elle hoqueta, incapable de terminer sa phrase, et repoussa ses cheveux derrière une oreille, s'évertuant à contenir un trouble pourtant manifeste.

— Excusez-moi. Je sors d'un rendez-vous très pénible. Mon ex me fait des crasses.

— Tous les chiots mâchouillent, relativisa Rachel d'une voix pleine de bon sens.

Elle espérait donner l'impression de savoir ce dont elle parlait, pas de réciter comme un perroquet des conseils grappillés dans un quelconque manuel, comme c'était le cas. Par bonheur, ses années d'expérience dans les relations publiques lui avaient enseigné l'art de paraître maîtriser le sujet sur la base d'un prospectus.

— Il suffit de lui donner quelque chose sur quoi se faire les dents, ajouta-t-elle. Un Kong ou un jouet. Mettez-le dans sa caisse, il sera très bien. Nous proposons des cours pour les maîtres qui essaient d'habituer les chiots à la caisse...

— Mais je n'ai pas le temps, gémit Zoe. Je dois retourner au travail pour nourrir mes enfants !

Elle fixa des yeux tristes sur Caramel, qui refermait ses crocs sur les doigts de Rachel d'un air béat.

— Il mérite plus que ce qu'on a à lui offrir à la maison. C'est maintenant qu'il doit trouver une meilleure famille, avant de s'attacher à nous.

Rachel ignora vaillamment la douleur dans ses doigts pour se concentrer sur l'objectif : empêcher ce chiot de coloniser sa précieuse cage vide.

— Vous ne pouvez pas repasser chez vous à l'heure du déjeuner ? Ou engager un promeneur ? Un de vos voisins pourrait peut-être le garder. Ou vous pourriez l'emmener au travail avec vous. C'est ce que fait l'un de nos nouveaux maîtres, un médecin...

Zoe émit un son entre le rire et le sanglot, à deux doigts de perdre le calme qu'elle avait si difficilement retrouvé.

— Vous rigolez ! Je sais que Caramel est mignon à croquer, mais c'est une catastrophe ambulante ! Il a réussi à saccager la maison en trois jours, alors qu'on dirait déjà un champ de bataille en temps ordinaire.

Rachel fronça les sourcils.

— Mais si vous travaillez, pourquoi votre ex-mari a-t-il pensé qu'un chien serait une bonne idée ?

— Parce que David ne pense pas ! répliqua Zoe, enfouissant sa tête entre ses mains. Ça fait une éternité que Spencer veut un chien. Pour David, c'était la solution de facilité de donner aux enfants ce qu'ils voulaient et de me laisser écoper du sale boulot. C'est du David tout craché ! Il voulait une famille, il nous a eus. Il voulait un petit extra au boulot, il s'est tapé une collègue. Il voulait les deux, mais là, quand même, il a compris qu'on ne pouvait pas...

Un sanglot perça à travers ses mots. Elle plaqua sa main sur sa bouche, serra fort les paupières.

Rachel réprima le sentiment de honte qu'avait réveillé en elle la mention du petit extra au boulot. Elle prenait un nouveau départ, se rappela-t-elle. Elle redémarrait de zéro. Sans Oliver, sans secret, sans culpabilité.

Elle tapota la main de Zoe.

— C'est dur. Ça fait déjà beaucoup à encaisser, je ne voulais pas en rajouter.

— Excusez-moi, dit Zoe en s'essuyant les yeux avec rudesse. C'est tellement embarrassant. J'ai été obligée d'emmener Caramel avec moi au cabinet d'avocats et il a fait pipi partout, y compris sur des fils électriques ou je ne sais quoi. Ça a coupé tous les ordinateurs, apparemment il a provoqué de gros dégâts dans leur système.

Ses yeux ronds et bruns croisèrent ceux de Rachel, qui y décela l'ombre d'un pétillement.

— En d'autres circonstances, j'aurais peut-être trouvé ça drôle mais…

Elle retomba dans un silence emprunté lorsque Megan poussa la porte du pied pour déposer maladroitement trois tasses bouillantes sur le bureau.

— Et voilà ! Du thé pour ces dames et un biscuit pour ce petit monsieur. Bon, écoutez, j'ai une idée.

Elle se tourna vers Zoe avec un sourire rassurant.

— Je pense qu'on peut trouver un compromis.

— Je suis tout ouïe, dit Zoe en prenant sa tasse.

Rachel, quant à elle, lorgna avec suspicion Megan tandis que celle-ci reprenait d'un air grave :

— Si on met Caramel à l'adoption, il trouvera une nouvelle famille en cinq minutes, grand max. Sérieusement, il y a des tas de gens qui veulent des chiots. Et une fois que vous nous l'avez laissé, c'est fini pour vous, impossible de revenir sur votre décision. Je suis sûre que ce n'est pas ce que vous voulez en réalité, mais je comprends tout à fait que vous deviez retourner au travail. D'ailleurs, c'est très responsable de votre part de tenir compte de son besoin de compagnie. Alors que diriez-vous de la halte-garderie ?

Chaque fois que Megan avait repris son souffle, Zoe et Rachel avaient ouvert la bouche pour l'interrompre. Sans succès. Pour le coup, Rachel ne manqua pas le coche.

— La quoi ?

— La halte-garderie, lui répéta Megan, comme si elle aurait dû savoir de quoi elle parlait. Comme pour les enfants, mais pour les chiens. Vous déposez votre chiot ici en partant au travail, on se charge de le promener, de le nourrir, de le socialiser, et puis vous le reprenez en rentrant chez vous, vous passez la soirée avec lui et vous continuez son éducation avec vos enfants.

Les yeux de Zoe s'éclairèrent.

— Vraiment ? Ce serait parfait !

— Vraiment ? répéta Rachel en gratifiant Megan d'un froncement de sourcils. J'ignorais que Dot offrait ce genre de…

— En fait, l'idée est assez récente, répondit la jeune femme, s'appliquant à émietter un autre biscuit pour Caramel. On était… enfin, tu sais, en train de la tester, de voir si elle aurait du succès. Mais ça ne fait aucun doute !

Le regard de Zoe se détacha de Megan pour se poser sur Rachel.

— Vous seriez d'accord ?

Au moment où Megan confirmait, Rachel intervint :

— Megan, puis-je te parler en privé ?

— À quel sujet ? s'enquit la jeune femme, un sourire radieux sur les lèvres.

— Euh… le thé. Il faut que je te montre comment je l'aime. Je vous laisse ici avec Caramel une petite minute.

Quittant le bureau devant Megan, Rachel la conduisit jusqu'à la cuisine du chenil. Au cliquetis de griffes sur le lino, elle devina que Bijou les avait suivies, comme s'il faisait partie intégrante de l'équipe.

— Qu'est-ce que c'est que cette histoire? interrogea-t-elle à voix basse. Nous ne proposons pas de service de garderie!

— C'est une idée géniale! argumenta Megan. Un moyen facile de gagner de l'argent. Je te jure! Ça ne demande rien comme travail, les chiots de cet âge n'ont pas besoin de promenades. Il pourra rester au bureau avec Freda ou à la maison avec toi.

— Certainement! riposta Rachel d'une voix sifflante. Pour faire pipi partout!

— Il apprendra à être propre en un rien de temps, c'est un labrador. Ce sont des chiens intelligents, il faut juste être ferme.

Rachel soupira. Se lancer dans d'interminables débats avec Megan ne menait pas à grand-chose, elle avait déjà eu l'occasion de le constater.

— Bon, j'imagine que c'est un moyen comme un autre de conserver notre cage vide, concéda-t-elle. Et nous pouvons lui facturer un petit quelque chose, bien que je doute qu'elle ait de quoi payer la garderie si elle n'a déjà pas de quoi dédommager un promeneur.

Megan croisa les bras.

— Rachel, je ne sais pas si tu es au courant, mais les labradors de pure race ne sont pas donnés. Si son connard de coureur de jupons peut claquer plusieurs centaines de livres pour un chiot, crois-moi qu'il peut payer le baby-sitting.

— Comment sais-tu que c'est un connard de coureur de jupons?

— D'accord, je plaide coupable, j'ai écouté à la porte, reconnut Megan d'un air penaud. Toute cette histoire, sa peur de bouleverser ses gamins, je comprends ce qu'elle traverse. Ça crève les yeux que c'est une chic fille. Il faut se montrer un peu compréhensif parfois, observa-t-elle avec un haussement d'épaules qui fit tressauter ses nattes. Elle ne s'attendait pas à se retrouver avec un chien sur les bras.

Tous les nouveaux maîtres flippent les premières semaines, c'est comme des jeunes mamans.

Rachel baissa les yeux sur l'évier, où s'empilaient les gamelles métalliques, prêtes à recevoir le repas du soir. La routine du chenil s'était imprimée dans son cerveau avec une rapidité terrifiante.

— D'accord, ça me va. Bon, allons lui parler.

— Merci ! s'exclama Megan. Je te revaudrai ça !

— Quoi ? C'est ton idée de génie, lui rappela Rachel avec un sourire forcé. Écoute, si tu veux mettre en place la garderie, libre à toi de t'en charger. Je ne dirai pas à George que tu cherches à accroître la population canine du chenil.

— Oh, pitié, ne parle pas de malheur !

Megan la suivit dans le bureau en singeant le vétérinaire :

— « Tu ne dois pas seulement dire non, Megan, tu dois le penser vraiment. Tu ne te ferais pas prier si le chien te pissait sur la jambe, si ? Réfléchis un peu ! »

— Tu n'imites pas mal l'accent local, pour une Australienne, remarqua Rachel.

— Je l'entends assez souvent, répondit Megan avec une grimace. Surtout le « Réfléchis un peu ! ».

Lorsque Zoe et Caramel quittèrent le refuge, plusieurs tasses de thé plus tard, Rachel était convaincue que le monde des affaires avait perdu un véritable requin en la personne de Megan.

Pour une semaine de halte-garderie, la jeune femme avait persuadé Zoe de leur payer deux jours en liquide, de l'argent qui irait directement dans sa poche, et le reste en nature, sous la forme d'une coupe de cheveux mensuelle et de quelques « conseils coloration » pour Rachel et elle. En outre, Zoe enseignerait à Megan quelques ficelles du métier, sur les shampoings.

Tout le monde y trouvait son compte. Et, au final, cela ne changeait pas beaucoup Rachel des combines plus louches auxquelles elle s'était prêtée dans son ancien travail pour s'arroger des tête-à-tête fugitifs avec Oliver.

— Je crois qu'elle a fait une affaire, déclara Megan alors qu'elles commençaient à doser les croquettes du soir, qui crépitaient dans les gamelles métalliques.

— Plutôt l'inverse ! Tu n'imagines pas les frais d'entretien que réclament mes cheveux, répondit Rachel, obligée de hausser le ton pour se faire entendre au-dessus des aboiements excités. C'est un travail de titan pour leur donner cet aspect naturel.

— Dis, tes mèches grises, ce sont des balayages ?

Rachel gratifia Megan d'un petit coup de coude.

— Tais-toi, insolente ! Laisse donc les conseils de mode à M. Fenwick.

— En tout cas, tu vas être obligée de t'attarder un peu ici si tu veux en avoir pour ton argent. Combien ? Deux mois ? Plus, peut-être ?

Si Megan avait posé la question avec une mine innocente, Rachel n'en décela pas moins un soupçon de curiosité sous son attitude désinvolte. Freda ne devait pas y être pour rien.

— J'imagine, soupira-t-elle. Il y a tant à faire.

Et pour cause. Hormis téléphoner à une agence immobilière pour l'estimation de la propriété, elle ne s'était attelée à aucune tâche relative à la succession de Dot. Elle n'avait même pas trouvé le temps d'ouvrir la lettre de sa tante, sans aucun doute un récapitulatif de tous les legs moindres, mais ô combien enquiquinants, dont il lui faudrait s'occuper. Sans oublier les placards à trier. Malheureusement, Dot ne souffrait pas de l'obsession de sa sœur pour les grands rangements annuels et le papier à tapisser.

Lorsque tout ce travail serait terminé, l'heure serait alors venue de prendre les vraies décisions. Vendre ou rester ? Retourner à Londres ou aller de l'avant ? Recommencer ? Où ? Vu sous cet angle, vider les vieux buffets victoriens grinçants de sa tante devenait presque un sort enviable. Restait à savoir combien de temps pouvait durer le plaisir.

9

La mauvaise journée de Natalie débuta par la bonne nouvelle d'une autre. Elle n'avait pas encore totalement émergé du sommeil que la mère de Johnny leur téléphona pour leur annoncer que sa fille, Becky, attendait son troisième enfant.

Natalie aurait parfois juré être un totem de fertilité, mais seulement pour les autres. Partout où elle passait, les bébés surgissaient comme autant de champignons.

— Je vais être mamie une fois de plus ! piailla Sheila, qui devait en être à son quatrième café. J'ai dit à Becky que je voulais une fille, j'ai des tiroirs entiers de jolie layette. Et puis ça ferait deux de chaque, ce serait parfait, non ? C'est prévu pour le premier anniversaire de Jacob, figure-toi ! Comme je l'ai fait remarquer à notre Michael, avec nous, les Hodge, un clin d'œil et c'est direction la maternité !

Ce fut à cet instant que Johnny, avisant son expression, lui arracha le téléphone des mains. Mais le mal était fait. Natalie n'avait pas émis les exclamations attendues aux moments voulus, ce qui l'obligerait à envoyer un bouquet de fleurs deux fois plus fourni à Becky et Steve, rien que pour leur prouver la sincérité de sa joie. Et d'un autre neveu ! Et d'un autre foutu baptême lors duquel elle devrait se farcir les perpétuels « Vous devriez vous y mettre vous aussi » ou « Ce sera bientôt votre tour ».

Laissant Johnny bavarder au téléphone, elle s'affaira autour de leur nouvelle machine à expresso rutilante pour préparer un café sophistiqué. Elle n'arrivait toutefois pas à empêcher ses oreilles de se tendre vers la discussion étouffée. Après tout ce temps, elle parvenait à remplir les blancs avec une facilité déprimante. Johnny et sa mère semblaient avoir souvent cette conversation, qui ressemblait d'ailleurs davantage à une partie d'échecs enrobée de politesses.

— Oui… Tout va pour le mieux… Ce n'est pas le meilleur moment pour en parler, maman… Bien sûr que non… Elle est très occupée au travail, et moi aussi… Maman, Natalie vient de décrocher une promotion, ce ne serait pas… Enfin, tu sais que ce n'est pas vrai…

Les épaules de Natalie s'affaissèrent. Qu'est-ce qui clochait chez elle ? Voilà ce que demandait Sheila à son fils. C'était la question que tous posaient, quand ils ne se prêtaient pas à des plaisanteries sur leur vie sexuelle : pensaient-ils à faire l'amour, au moins ? Soit elle passait pour une carriériste égoïste, soit pour une abstinente stérile. Tu parles d'une alternative !

La lèvre tremblante, elle s'examina dans le miroir de l'entrée, dans son nouveau tailleur chic, et rappela à son reflet que son être ne se réduisait pas à un utérus. À elle seule, elle avait généré plus de chiffre d'affaires l'an dernier que n'importe qui d'autre dans son service, sans piétiner quiconque ni recourir à aucun déjeuner sournois. Elle pouvait tout de même en être fière. Subvenir aux besoins de sa famille et asseoir sa carrière n'avaient-ils donc plus aucune valeur en ces temps modernes ? Fallait-il voir dans cette indifférence générale le résultat du féminisme ?

— Écoute, maman, dis à Becky que nous sommes tous les deux fous de bonheur pour elle. Je l'appellerai en rentrant ce soir…

La voix de Johnny s'amplifia à mesure qu'il approchait du vestibule. Natalie serra les paupières de toutes ses forces pour refouler ses larmes et afficha un sourire rayonnant, toutefois consciente qu'il échouait à masquer ses véritables sentiments.

Johnny passa devant la cuisine, décrivant de grands gestes circulaires autour de sa tête.

— D'accord. Oui, c'est formidable. On se voit ce week-end, alors ? Oui, Nat vous embrasse aussi. Au revoir, maman. Au revoir.

— Café ? proposa Natalie d'une voix un peu trop aiguë en lui tendant un mug. C'est du déca.

Johnny l'étudia une seconde avec une drôle d'expression avant de lui ôter la tasse des mains et de la poser de côté sans un mot. Natalie soutint son regard en s'efforçant de ne pas pleurer.

— Je suis vraiment heureuse pour Becky…

Mais il l'interrompit, ouvrant grands ses bras pour l'inviter à venir s'y blottir.

— Viens là.

Il l'enlaça dans une étreinte si puissante qu'elle crut qu'il allait lui broyer les côtes. Ils demeurèrent ainsi un moment, silencieux, à se balancer doucement dans leur entrée décorée avec goût.

— Je t'aime, murmura-t-il en enfouissant son visage dans son brushing encore chaud. Je suis désolé. Ce n'est pas juste, je le sais, mais notre tour viendra. Je te le promets.

Natalie ne répondit rien. Elle décelait, dans l'amour que lui portait Johnny, une gravité inhabituelle qui réchauffa son cœur morose mieux que ne l'aurait fait son inaltérable douceur. Les dures réalités de la vie qui atteignaient Natalie au plus profond semblaient glisser sur Johnny ; il se rangeait parmi ces bonnes âmes qui pensent que tout finit par s'arranger. Or, elle n'arrivait pas à porter ce regard sur la vie.

Ce matin, néanmoins, il semblait percevoir son désespoir et elle se sentit plus proche de lui que jamais, comme s'ils se cramponnaient au même canot de sauvetage. Peu importait les efforts qu'ils déployaient, ou leur violent désir d'enfant, la décision ne leur appartenait pas.

— Je dois y aller, dit-elle au bout d'un moment en se détachant de lui. Selina mijote quelque chose. Elle m'a envoyé un e-mail à 7 heures ce matin pour me convoquer à un entretien confidentiel.

Il la tint à bout de bras pour sonder son visage, ses traits enfantins perplexes.

— Vraiment ?

— C'est peut-être une promotion, remarqua-t-elle d'une voix joviale. Ou une mutation ?

Si elle devait faire une croix sur une famille, songea-t-elle, autant mener la plus belle carrière possible. Les réductions d'effectifs n'avaient qu'à bien se tenir.

Johnny sourit tristement.

— Licenciée ?

Les yeux rivés devant elle, Natalie plissa le front. Ce n'était pas ce qu'elle attendait de ce rendez-vous, du moins pas d'entrée de jeu.

Selina la gratifia de son fameux signe d'acquiescement évasif, celui-là même que Natalie l'avait vue adresser quantité de fois à de malheureux clients potentiels qui, pour la plupart, n'y reconnaissaient pas une rebuffade avant d'avoir quitté la pièce.

— C'est regrettable, mais c'est ainsi. Il faut néanmoins replacer les choses dans leur contexte plus que positif. Tu pars avec de généreuses indemnités, et avec tes références et tes relations…

Elle haussa les épaules avec exagération, l'air presque envieux.

— C'est plus que ce qui attend la plupart de nos salariés, Natalie.

— Puis-je savoir…

Natalie déglutit. Son cœur battait à un rythme effréné.

— Puis-je savoir pourquoi vous vous séparez de moi ? Mon évaluation de fin d'année a été très bonne. J'ai atteint tous les objectifs que nous avions fixés et je pensais…

Selina l'arrêta d'un geste de la main, comme si elle souhaitait éviter de les placer toutes deux dans une situation embarrassante.

— Inutile de t'expliquer que nous subissons les conséquences du ralentissement économique mondial. Ça a été la croix et la bannière pour déterminer où réduire les effectifs. Nous avions de nombreux facteurs à considérer : la durée des contrats, les responsabilités financières, le long terme... Et puis il y a le problème du congé de maternité, ajouta Selina avant de marquer une pause. Nous pouvions difficilement licencier Fiona au milieu de son arrêt. Nous courions droit au procès !

— Je suis donc la candidate idéale au départ, conclut Natalie, incrédule. Et pourquoi ? Parce que je n'ai personne à charge ?

— Parce que, et que cela reste entre nous, tu sauras retomber sur tes pieds.

Selina tourna ses paumes vers le ciel, comme si elle portait à Natalie son avenir en offrande.

— C'est une petite industrie, je suis prête à parier que nous nous recroiserons d'ici peu. En attendant, profite ! Détends-toi ! Prends-le comme un congé sabbatique inattendu. Il te restait des vacances à poser, non ? Tu pourrais lézarder aux Maldives dès ce week-end !

Ce fut tout. Toute sa carrière, de ses jours de jeune stagiaire diplômée précoce à celui-ci, fut abrégée en une causette de cinq minutes.

Natalie fut prise d'une subite envie de vomir, mais une fois n'est pas coutume, elle ne se fatigua pas à mettre son indisposition sur le compte d'une grossesse potentielle.

Elle ne téléphona pas tout de suite à Johnny. Elle savait qu'il verrait dans son renvoi l'intervention du destin, un coup de bol déguisé, or Natalie, qui ne croyait pas à la chance mais rien qu'au foutu labeur, éprouvait le besoin de se complaire quelques heures dans cette cruelle injustice. Elle prit donc sa Mini pour se rendre au parc, où, assise sur un banc, elle observa le Longhampton de midi qu'elle n'avait jamais eu le loisir de regarder auparavant : des couples de vieillards, des enfants qui picoraient des frites et, fatalement, des troupeaux de mamans qui sillonnaient la pelouse derrière leurs Bugaboo comme autant de gnous fertiles.

Ce dernier spectacle lui flanqua une gifle en pleine figure. Et elle qui s'inquiétait de prendre son congé de maternité au bon moment lorsqu'elle aurait dû s'inquiéter pour son poste !

Peut-être Johnny avait-il raison, songea-t-elle, incapable de réprimer un déchirement masochiste à la vue de deux bambins qui trottinaient cahin-caha vers la fontaine du jubilé. Peut-être était-ce un signe. Le destin l'attrapait par la peau du cou pour lui intimer de souffler, avec la garantie d'un plein salaire pendant cinq mois. C'était d'ailleurs ce que tout son entourage lui conseillait, quand on ne lui suggérait pas de boire du jus de pamplemousse, de prendre un animal de compagnie, de partir en vacances, d'ingérer du sirop pour la toux, de faire l'amour tous les deux jours, si ce n'était tous les jours…

Non, se ravisa-t-elle. Il n'y avait rien de pis que de souffler. C'était d'un irritant ! Et puis il n'y avait rien de moins relaxant que de vivre à la merci de sa phase lutéale. De toute façon, Natalie n'était pas du genre relax. Ce qu'elle appréciait chez Johnny, entre autres qualités, c'était qu'il ne voyait pas d'inconvénient à passer ses vacances à arpenter les châteaux et les marchés plutôt qu'à rôtir sur la plage.

Son gobelet de thé avait tiédi dans sa main pendant que les questions tourbillonnaient dans sa tête. Que devait-elle faire ? Se rendre dingue à chercher un nouveau boulot, travailler d'arrache-pied pendant un an pour s'assurer un bon congé de maternité puis retenter le coup à l'approche des trente-cinq ans ? Ou serrer les dents, faire les examens nécessaires et essayer de remédier au problème tant que le temps jouait encore en sa faveur ? À quel point Johnny et elle désiraient-ils des enfants ? Au point de tout risquer si l'un d'eux se révélait stérile ?

Natalie frissonna malgré le soleil, qui jetait des étincelles dans les gerbes d'eau de la fontaine. Son mariage, sa carrière, sa maison, ses amis : elle avait longtemps considéré que tout allait de soi. Soudain, pourtant, rien n'était plus acquis. Il suffisait que quelqu'un prononce certains mots pour que tout s'arrête.

Une meute de chiens apparut à l'autre bout du parc, du côté du bois. Dans sa torpeur, Natalie reconnut Rachel, du refuge, au bout des laisses.

Était-ce Bertie, à la traîne tout derrière ? Natalie avait beaucoup pensé au basset-hound depuis que Bill avait adopté Lulu. Elle se demandait si le maître idéal était venu le chercher et espérait qu'il ne tomberait pas entre les mains d'un propriétaire négligent ou barbare. Le cœur serré, elle l'imaginait en train de hurler à la mort, assis dans sa cage, ou de l'arpenter, attendant patiemment que son ancien maître revienne, fidèle envers et contre tout, toujours disposé à lui offrir un amour inconditionnel.

Et si c'était la solution ? Si, plutôt que de se tracasser au sujet de son utérus défectueux, elle offrait à un chien abandonné un peu de son temps et de son amour ? Johnny mourait d'envie d'avoir un chien, elle l'avait bien vu. Un seul obstacle les en empêchait : son travail. Or, le problème s'était résolu de lui-même. À défaut d'enfant, elle pourrait peut-être donner à son mari un chien.

Elle imagina Bertie pelotonné entre eux sur le canapé, heureux, et prit sa décision. La veste verte de Rachel disparaissait déjà entre les arbres, trop loin pour qu'elle puisse la rattraper. Tant pis, Natalie ne voulait de toute façon pas lui donner l'impression d'agir sur un coup de tête. Cette décision-là serait celle qui changerait tout.

Après avoir essuyé le mascara qui coulait sous ses yeux, elle sortit son téléphone portable.

À mi-colline, Rachel s'aperçut avec étonnement qu'elle commençait à apprécier son bras de fer quotidien avec les chiens. Elle avait presque pris le tour de main pour leur imposer à tous la même allure et se familiarisait doucement avec les repères qui jalonnaient le circuit : les talus chatoyants de campanules, qui s'étiraient en direction de la ville, le tronçon de mi-parcours où l'allée cavalière accidentée laissait place au sentier lisse du parc municipal, la flèche de l'église et la tour de l'hôtel de ville pointant à l'horizon.

Megan devait juger qu'elle progressait car, ce matin, elle lui avait confié Bertie. Jusque-là, le basset n'avait pas trop fait des siennes, constata-t-elle en jetant un coup d'œil dans son dos pour vérifier qu'il ne flairait pas une nouvelle piste dans la haie. Sans doute son bon comportement s'expliquait-il par la présence vigilante de Bijou, toujours prêt à l'aligner à ses compagnons à coups de museau. Toute novice qu'elle était, Rachel avait compris qu'aucun chien n'avait l'effronterie de refuser d'obtempérer aux ordres discrets du border-collie.

Pour ne rien gâcher, elle avait réussi, au terme d'un jeu de mime compliqué à travers la vitrine de l'épicerie fine, à se faire porter sur le trottoir un gobelet fumant qui lui avait permis de faire le plein de caféine en vue du retour. Et le double expresso au goût légèrement londonien ne l'avait rendue qu'à moitié nostalgique.

Inspirant une grande bouffée d'air frais, elle ferma les yeux dans la lumière du soleil et laissa les chiens la conduire vers le sommet de la colline.

— Les choses vont peut-être finir par s'arranger, tu ne crois pas, Bijou ? s'exclama-t-elle tout haut, guère plus honteuse que cela.

Après avoir bifurqué dans le verger derrière Four Oaks et rentré les chiens dans leurs cages, Rachel découvrit un petit comité d'accueil dans la cuisine. Outre Megan, qui conversait au téléphone sans fil avec un adoptant potentiel tout en prenant des notes, elle y trouva Freda, occupée à entourer des avis de décès dans le journal local, l'inévitable George Fenwick, qui sirotait du thé en expédiant la fin d'un cake aux fruits offert par une membre de l'association féminine locale, et deux ou trois adolescents timides, qui gravitaient autour du panier où le chiot de Zoe Graham s'affairait à mettre en miettes trois rouleaux en carton.

Rachel éprouva un léger frisson d'anticipation à la vue du vétérinaire, appuyé contre l'Aga, ses manches retroussées malgré le froid qui régnait dehors. George invitait le plein air avec lui dans la maison ; il semblait avoir tout juste déplacé une vache malade à la seule force de ses bras.

— Ah ! Voici la promeneuse de chiens la plus classieuse de Longhampton ! lança-t-il à son arrivée.

— Vous n'avez pas un cabinet qui réclame votre présence ? répliqua Rachel en accrochant les laisses à leur place.

Il était vraiment flatteur qu'une jupe Marc Jacobs, en promo qui plus est, pût exercer sur lui une telle impression.

— Si, confirma-t-il. Je me suis juste arrêté pour jeter un coup d'œil à quelques-uns de vos protégés et voir comment se passait votre liquidation des stocks.

— Pas trop mal jusqu'ici.

Scrutant son visage taillé à la serpe à la recherche de signes de sarcasme, Rachel y décela un amusement horripilant, mêlé à une expression qu'elle n'aurait su définir.

— Le Dr Harper a adopté Lulu, comme Megan doit vous l'avoir dit…

— Et Chester a reçu plusieurs visites, compléta la jeune femme en raccrochant. Un gentil couple de Hartley et une dame de Rosehill. Le téléphone a sonné toute la matinée, pas vrai, Freda ? On n'a pas arrêté depuis ton départ !

— C'est grâce à vos affiches, Rachel, commenta la vieille dame. J'ai vu celle à la bibliothèque, ma mignonne. Très touchant. Elle a fait pleurer à chaudes larmes tout le club de jardinage.

— Au poil ! déclara George. Créez l'alchimie entre les rombières et les terriers de la taille de poussettes de marché et, surtout, envoyez-moi le tout directement pour les vaccins. Ce sera très aimable à vous.

— George !

— C'est l'homme d'affaires qui parle, Freda, observa Rachel. Ne vous laissez pas duper par son numéro à la James Herriot.

— Et vous serez tous heureux d'apprendre que nous allons faire une inspection de domicile en vue du départ de Bertie, ajouta Megan. Un volontaire ?

— Quelqu'un que nous connaissons ? interrogea Freda, fouineuse.

— Le couple qui est venu avec le Dr Harper, répondit Megan en jetant quelques notes sur son bloc. C'est elle qui a téléphoné, elle avait l'air tout excitée. Natalie, précisa-t-elle en tendant son papier à la vieille dame. Ils habitent le nouveau lotissement en bordure de canal. Vous pouvez vous en occuper ce soir ?

— Impossible, j'ai ma partie de boules, ce soir, soupira Freda. Quel dommage ! Cela ne m'aurait pas déplu de jeter un coup d'œil à l'une de ces maisons. Elles sont de toute beauté.

— Rachel, tu pourrais peut-être t'en charger ?

— Pardon ?

— Tu as juste à faire le tour de la maison, vérifier qu'ils ont des clôtures, des portails sécurisés, ce genre de choses, expliqua Megan comme s'il n'y avait rien de plus simple. Tu peux toujours utiliser ma liste pour être sûre de ne rien oublier. Bertie sera tellement content ! Il rêve d'une nouvelle maison depuis qu'il a atterri ici.

— Et je ne suis pas fâchée de le savoir sur le chemin de la sortie ! remarqua Rachel. Il s'est vraiment pris d'affection pour cette femme, on aurait dit qu'il la connaissait depuis toujours. C'était comme s'il y avait eu un déclic entre eux.

Freda agita son index.

— Vous voyez ? Nous vous avions prévenue que vous prendriez le truc.

— Vous n'y êtes pas du tout, Freda, la détrompa George. Rachel n'est qu'une impitoyable femme d'affaires, elle aussi, elle veut simplement vider le chenil pour que Megan puisse y faire entrer des pensionnaires à la bourse pleine. Vous n'êtes donc pas au courant de son nouveau programme ? Un chien offert pour un chien adopté. Comme les promos au supermarché, mais pour les petits roquets. Ted envisage d'ailleurs d'assurer la succession de Pépin.

Sur les traits de Freda s'inscrivirent le choc, puis la colère. Elle donna enfin une petite tape sur le bras du vétérinaire.

— Tu me fais marcher ! Ted ne ferait jamais cela, pas sans m'en parler. Oh, l'affreux !

George adressa un clin d'œil à Rachel, qui dut réprimer un sourire pour plisser le front d'un air désapprobateur.

— Et lui, il paraît qu'il fait deux testicules pour le prix d'un pour les castrations.

Difficile de ne pas répondre à la pantomime de vieux bougon du vétérinaire. Rachel s'étonnait d'ailleurs d'être la seule à prendre la peine de lui renvoyer la balle, d'autant qu'il semblait apprécier la repartie.

— Vous devriez quand même penser à reprendre un chien, Freda, intervint Megan sur son ton le plus persuasif. Ça vous ferait du bien, franchement. Et à Ted aussi. Ça lui rappellerait qu'il faut penser un peu à la retraite.

— Il faudrait un petit chien hors du commun pour remplacer Pépin, affirma Freda. Rachel, vous ai-je raconté la façon dont…

Une sonnerie de téléphone retentit dans la poche de Rachel, qui tressaillit en reconnaissant la mélodie. C'était sa mère.

Val et Oliver l'avaient appelée tous les jours depuis son arrivée, mais si ce dernier semblait avoir renoncé, sans doute pour se consacrer au sauvetage de son mariage, sa chère maman persévérait. Rachel devinait sans mal le motif de l'appel : Val souhaitait mesurer ses progrès dans les démarches d'homologation du testament et l'interroger sur la destinée d'une certaine parure de brosses en argent et de quelques albums d'Acker Bilk qu'elle n'avait, faute de temps, pas commencé à chercher.

— Je vous prie de m'excuser, dit-elle en s'emparant du dossier du notaire qui attendait, dans la boîte à pain, qu'elle daigne se pencher dessus. Je dois répondre à cet appel.

La conversation reprit dès qu'elle atteignit l'escalier, dominée par le rire tonitruant du vétérinaire, cependant elle jugea plus prudent d'ignorer la petite voix dans sa tête qui se demandait si l'on riait d'elle.

— Maman, comment vas-tu ?

Elle aurait dû téléphoner plus tôt, mais elle atteignait rapidement son seuil de tolérance aux scoops sur les prothèses dentaires et les passages à la selle.

— Je vais bien, Rachel, répondit Val, qui ne semblait pourtant pas dans son assiette. Et toi, où en es-tu ? Tu as avancé dans le tri ?

— Pas vraiment, le chenil me prend beaucoup de temps.

Rachel traversa le palier et tourna en direction de la chambre de Dot, à l'avant de la maison.

— Écoute, je vais essayer de trouver ces brosses maintenant, d'accord ? Mais je ne suis pas censée répartir quoi que ce soit avant d'avoir obtenu l'homologation et payé une première partie des droits de succession. Ça peut traîner six mois, tu sais.

Elle jeta le dossier sur le lit et le feuilleta à la recherche de la lettre de Dot, certaine que Val ne manquerait pas de la questionner à ce sujet. Elle avait totalement oublié ce courrier, qui ne devait d'ailleurs renfermer rien d'autre qu'une liste circonstanciée de legs en faveur des chiens, voire des instructions pour attribuer à Bijou l'honorable charge de créer le coup de foudre entre canidés et humains. Sous-chemises et rapports dégringolèrent jusqu'à ce qu'elle mette enfin la main sur l'enveloppe. Coinçant le téléphone sous son oreille, elle la déchira d'un doigt.

Dot n'avait couché son écriture soignée que sur le recto d'une feuille et n'abordait, a priori, aucun détail concernant l'héritage.

Ouf! pensa Rachel, mais déjà Valerie avait repris la parole.

— Je n'appelais pas seulement pour ça, Rachel ! Tu t'en sors ? Veux-tu que je vienne pour t'aider à mettre de l'ordre dans les affaires de Dot ?

— Non, ça va, maman. Dis, ces brosses, où crois-tu qu'elles pourraient être ? Dot s'en servait ou tu penses qu'elles sont plutôt rangées dans un tiroir ?

Jusqu'à ce jour, Rachel s'était bornée à passer la tête dans l'entrebâillement de la porte de la chambre de sa marraine. Cela procurait une drôle d'impression de fouiner dans l'espace le plus intime de quelqu'un alors que son dentifrice n'avait pas encore séché sur sa brosse à dents. La coiffeuse était restée telle que Dot l'avait laissée, son plateau encombré d'un éparpillement de tubes dorés de rouge à lèvres et de mouchoirs en papier. Un sac de linge sale destiné au pressing pendait encore derrière la porte.

La pièce sentait la vieille dame, constata Rachel en examinant le décor autour d'elle, mais la vieille dame chic, pas les carcasses recroquevillées que Val trimballait du centre de jour aux vide-greniers du voisinage. Il s'y mêlait une odeur de laine, de parfum démodé et de poudrier.

Elle dévissa le tube de rouge à lèvres le plus proche d'elle, surprise de découvrir, à la place du bâton rose bonbon auquel elle s'attendait, un fard d'un rouge carmin profond.

— Elles devraient se trouver sur la coiffeuse, répondit Val. Elles appartenaient à ma grand-mère, ce sont des objets de famille. Notre grand-mère, devrais-je dire.

— Non, elles n'y sont pas. Il n'y a rien d'autre que des babioles et des photos.

Elle saisit la plus grande, placée dans un cadre d'argent, pour l'étudier avec intérêt. Tous les portraits accrochés au rez-de-chaussée présentaient Dot dans ses vieux jours, entourée d'animaux, le visage buriné. Sur celui-ci, en revanche, figurait une version jeune de sa tante lors d'une cérémonie officielle. Sensuelle à souhait dans une robe droite courte, elle prenait appui contre un bel homme vêtu d'un élégant costume. Un très bel homme, même.

Rachel fronça les sourcils, intriguée. Était-ce bien Dot ? Cette femme était canon. Sa beauté ténébreuse et exotique se mariait à merveille au style spectaculaire des années 1960. Elle captivait le regard, telle une Eleanor Bron, et ne craignait pas d'accentuer ses traits audacieux par des faux cils et une coiffure haute qui retenait sa chevelure de jais.

Son cavalier n'avait rien à lui envier en matière de séduction avec ses lèvres pleines, ses cheveux épais et, dans les yeux, un éclat à la Mick Jagger. Il jetait à Dot un regard de biais, le visage illuminé de fierté. À juste titre, songea Rachel. On aurait dit que Dot venait de lancer un formidable trait d'esprit.

— Maman, qui peut bien être cet homme en photo sur la coiffeuse de Dot ? Je pensais qu'elle n'avait jamais eu d'histoire sérieuse.

— Où es-tu allée chercher ça ? répondit Val, évasive.

— C'est toi qui me l'as dit.

Le cadre portait le poinçon de l'argent massif. Cet homme devait avoir une importance particulière aux yeux de Dot pour justifier cet ornement et sa place de choix.

— Eh bien… je suis certaine de n'avoir jamais dit une chose pareille.

Un picotement courut sur la peau de Rachel tandis qu'elle scrutait les yeux aux paupières lourdes de Dot, si semblables aux siens. Soudain, elle comprit. Sa tante était la femme représentée sur le dessin à la craie de la chambre d'amis. Elle ne l'avait pas reconnue car l'unique portrait de Dot jeune dont elle se souvenait datait du baptême d'Amelia. Elle ressemblait alors à la défunte Supreme, vêtue d'un tailleur-pantalon mandarine que Val considérait encore comme un affront personnel.

Il y avait un trou dans l'album de photos de sa mère. Dot y apparaissait en petite fille à socquettes et en adolescente dégingandée sur le point d'entrer à l'université, puis disparaissait avant de ressurgir en arrière-plan de photos de mariage et d'enterrement, coiffée de cheveux blancs et visiblement mal à l'aise.

Voilà donc la Dorothy qu'il manquait. Une Dorothy qui n'avait pas toujours vécu en tweed. Une Dorothy qui suscitait de toute évidence l'adoration d'un homme suffisamment sexy pour faire de l'ombre à Oliver.

— Mince alors, maman ! Pourquoi ne m'en as-tu jamais parlé ?

— Parce que ce n'est pas un sujet que nous aimons aborder. D'ailleurs, je ne suis pas certaine de vouloir le faire maintenant.

C'était probablement la pire réponse que Valerie aurait pu lui donner.

— Tu n'as plus le choix, maman.

10

Le ton fuyant de Val alerta immédiatement Rachel, qui soupçonna les fréquents coups de téléphone de sa mère de cacher davantage qu'un simple intérêt pour ses compétences en rangement. Craignait-elle que quelque secret de famille ne vienne à être révélé au grand jour ? se demanda-t-elle avec une curiosité délectable, convaincue que cette question appelait une réponse affirmative.

— Allez, maman, insista-t-elle. C'est un scoop pour moi. Je croyais que Dot avait toujours mené une vie de bonne sœur, avec des chiens à la place des enfants de chœur et de la guitare.

— Je n'ai pas dit qu'elle n'avait jamais eu d'histoire sérieuse, j'ai dit qu'elle était trop compliquée pour se mettre en ménage.

— En tout cas, elle a l'air de ne pas s'être trop mal débrouillée avec celui-là, observa Rachel en examinant la photographie de plus près. Qui est-ce ? Ce doit être, disons… dans le milieu des années 1960. Dans ce qui ressemble à un bar d'hôtel.

Un silence s'empara de la ligne.

— C'est sûrement Felix, finit par répondre Val. Grand, les cheveux bouclés ? Un peu dandy sur les bords ?

— Oui, on peut dire ça. Son costume n'a pas l'air donné.

— Hmm. Felix Henderson, c'est comme ça qu'il s'appelait.

Val marqua une pause avant de poursuivre :

— Lui et Dot étaient… Enfin, je ne vais pas prétendre savoir ce qui s'est passé entre eux. Leur relation semblait sérieuse, mais pour je ne sais quelle raison, ça a tourné court. Au final, j'ai préféré ne pas poser de questions. Dot me trouvait très vieux jeu en matière de relations amoureuses, il faut dire que j'étais mariée à vingt et un ans.

À toute vitesse, le cerveau de Rachel s'employait à faire le lien entre les informations en sa possession, encouragé par sa propre expérience des amours alambiquées. Était-ce ce que Dot insinuait lorsqu'elle avait observé que les hommes aimaient jouer les compliqués ? Ce Felix était-il déjà marié ? Était-ce un collègue de travail ? Rachel n'était même pas certaine de savoir quel métier avait exercé Dot avant sa reconversion, Val restait toujours très vague sur la vie de sa sœur à Londres.

— C'était pourtant sérieux entre eux ?

— Eh bien, ils se sont fréquentés pendant plusieurs années, ils partaient en vacances ensemble, ce genre de choses. Reste qu'il n'a jamais réussi à lui passer la bague au doigt. Ce pauvre Felix ! Si tu veux mon avis, elle a été bien bête de le laisser filer.

— Peut-être qu'elle ne voulait pas de bague au doigt, riposta machinalement Rachel.

Sur la photographie, les doigts de Dot étaient, à défaut d'alliance, ornés de bien d'autres bagues onéreuses portées avec ostentation.

— Peut-être qu'elle préférait rester célibataire.

— Dis plutôt n'en faire qu'à sa tête, nuança Val, piquée dans son amour-propre. Mais c'était Dot, on ne pouvait rien lui dire.

Rachel tourna le portrait vers la lumière.

— Comment se fait-il que je ne me souvienne pas de ce Felix ? Il est très beau, et elle aussi. Ils forment un couple superbe. Dot ressemble à un mannequin sur cette photo.

— Oh, tu aurais du mal à t'en souvenir, tu étais toute petite quand Dot a mis un terme à leur relation. Moi-même, je n'ai jamais eu le plaisir de le connaître. Enfin, pas bien. Elle n'embêtait pas Felix avec nos réunions familiales, vois-tu. Il était trop pris par son travail.

Le bref silence qui suivit laissait clairement entendre : « Une excuse que même ton père ne gobait pas. »

— Quel genre de travail ?

— Il était dans les affaires, c'est tout ce que je sais. Dot l'a rencontré quand elle était secrétaire à la City, je crois.

— Mais tu as bien dû le voir, non ? insista Rachel, sa curiosité aiguisée. À quoi ressemblait-il ?

— Je ne l'ai vu qu'une fois, au baptême d'Amelia. C'est l'unique occasion où notre famille l'a rencontré. En huit ans, figure-toi ! À croire qu'il ne voulait pas frayer avec nous.

Dans le monde de Val, une absence à une réunion de famille se rangeait dans la catégorie des crimes punissables de pendaison. Combien de fois Rachel s'était-elle fait tirer les oreilles au cours des dernières années ? Évidemment, elle ne pouvait guère expliquer que les occasions de vacances avec Oliver, aussi rares que le merle blanc, devaient être saisies à pleines mains même si elles avaient le malheur de coïncider avec l'anniversaire de mariage d'un tel ou d'un tel. D'autant que les noces de porcelaine ou d'or ne figuraient pas parmi ses événements favoris.

De vieux sons de cloche cancaniers retentirent dans un coin distant de son esprit. Elle grimaça, s'efforçant d'extraire des profondeurs de sa mémoire quelques bribes d'une conversation entre adultes entendues par accident.

— Se serait-il… passé quelque chose au baptême d'Amelia, maman ?

Il y eut une autre pause.

— Pas que je sache.

Rachel roula des yeux. Cela signifiait exactement l'inverse. Val n'avait pas son pareil pour cacher certaines affaires sous le boisseau. Dès lors qu'elle ne voulait pas en parler, c'était comme si rien ne s'était produit.

Cependant, Rachel avait pour elle toute l'imagination qui faisait défaut à Val et Amelia, ainsi qu'une connaissance secrète des complications associées aux amours illicites. Son esprit tournait donc à plein régime.

Le beau Felix aurait-il éveillé un sentiment de jalousie entre les deux sœurs ? Tout gentil qu'était son père, sa définition d'une nuit de folie intégrait invariablement une partie de bowling et des pintes au Bull and Bishop après la fermeture du rideau. Felix, lui, rendait par sa seule présence une soirée exceptionnelle. Comme Oliver. C'était un homme affable et sûr de lui. Un homme qui, un soir de pluie, met une femme dans un taxi en dix secondes, et dans son lit en soixante.

— Comment se sont-ils rencontrés ? insista-t-elle, fouineuse. Raconte, maman. Je n'arrive pas à croire que tu ne m'aies jamais parlé de l'Apollon de Dot. Moi qui la prenais pour une vieille fille solitaire !

— Elle aurait connu un autre sort si elle s'était prise en mains et avait épousé Felix ! Remarque, ce n'est pas comme si je connaissais le fin mot de l'histoire, observa-t-elle, plus fuyante que jamais. Rachel, ce n'est pas bien de dire du mal des morts. Cela ne nous regardait pas à l'époque et c'est encore le cas aujourd'hui.

— Maman, je suis dans sa maison ! Je finirai bien par découvrir le pot aux roses lorsque je me mettrai à faire du tri dans ses huit millions de tiroirs !

Un soupir réticent chuinta dans le téléphone.

— Il travaillait dans la finance. Ce que je sais, c'est qu'il possédait une grande maison à Chelsea alors que ta tante vivait dans un studio. Plutôt un cagibi, si tu veux mon avis. Soit Felix était issu d'une famille riche, soit il avait fait fortune car il avait des amis très huppés et une jolie voiture de sport qu'il a donnée à Dot quand il s'en est lassé. Je me souviens que ton père était vert de jalousie de savoir Dot au volant d'un bolide pareil…

Rachel se déplaça à pas lents dans la chambre et examina d'autres cadres de taille plus réduite regroupés sur une commode d'acajou comme sur un autel : Dot en corsaire et larges lunettes de soleil sur un quai d'Europe ; Dot et Felix lors d'une autre soirée habillée ; Felix posant seul appuyé contre une Jaguar E-type blanche, sa chemise ajustée ouverte et le visage éclairé par un fou rire, comme s'il se fichait pas mal d'avoir été confondu avec Tom Jones par un passant.

Pas étonnant que son père eût été envieux, songea Rachel. Il les baladait en Austin Allegro dans un concert de hurlements de peur qu'Amelia ne renverse de l'orangeade sur la banquette arrière.

— Et ils ont rompu subitement ? Elle ne t'a jamais expliqué pourquoi ?

C'est à peine si elle n'entendit pas les lèvres de Val se pincer.

— Nous n'évoquions pas ces sujets-là.

Rachel s'arrêta devant la fenêtre, au-dessus de la courte allée de graviers. Les flèches et les tours de Longhampton émergeaient dans le lointain, derrière des champs pomponnés de moutons. Ce paysage différait tant du firmament londonien dont Dot avait incontestablement été une étoile. Les portraits du rez-de-chaussée et ceux de cette pièce peignaient deux femmes totalement distinctes, deux vies aux antipodes.

— Et tu ne lui as jamais demandé ?

Rachel n'avait jamais vraiment compris le manque fondamental de curiosité dont souffrait sa mère.

Scrupuleusement juste ou pas, Val, elle, ne craignait pas de se lancer dans des contre-offensives.

— Parce qu'Amelia et toi parlez d'affaires privées, peut-être ! T'a-t-elle jamais demandé pourquoi tu avais rompu avec ce gentil Paul ? Parce que c'était un garçon bien, Rachel, nous espérions que ça pourrait…

— Ça n'a jamais été sérieux, entre Paul et moi.

Rachel se tut avant d'en dire davantage. Paul, un ami d'ami avocat fort agréable, n'était qu'une tentative pour provoquer chez Oliver une espèce de… À dire vrai, elle n'était pas très sûre de ce qu'elle espérait en se lançant dans cette relation. Paul n'était pas le bon, Oliver le savait. Elle était revenue frapper à sa porte avant que le gentil Paul eût le temps de s'attacher.

Oliver. Bon sang, il l'avait poussée à des agissements dont elle n'était pas fière du tout.

Sur la commode, posée sur un chemin de table en dentelle, trônait une photographie aux couleurs fanées. Bien qu'elle n'eût jamais vu ce cliché, Rachel reconnut les vêtements. On l'y voyait, à deux ans environ, en salopette, perchée dans les bras de Dot, qui portait un tailleur-pantalon orangé dernier cri assorti à un interminable foulard passé dans ses cheveux. Toutes les deux se souriaient avec jubilation, grand nez face à grand nez en devenir.

Force était de constater que la nature les avait toutes deux dotées d'un imposant appendice, nota Rachel, que cette similitude ne réjouissait guère. Sans doute allait-elle finir avec une toison blanche, elle aussi. Et la maison envahie de chiens, sans homme, pendant que sa sœur élèverait ses enfants, organiserait des réunions « cake & sherry » au lendemain de Noël et rendrait toute la famille chèvre avec ses cartes de vœux célébrant anniversaires de naissance, de mariage et bien d'autres.

Un fourmillement l'envahit. L'histoire se répétait. Comme Dot avant elle, elle avait tout fichu en l'air avec un homme. Peut-être était-ce inéluctable, un trait de caractère. Comme l'isolement de sa marraine.

— Amelia pense…

— Mais ça ne veut pas dire que je n'aime pas Amelia, coupa Rachel. C'est juste que nos vies… nos vies sont très différentes. Elle a Grace et Jack et elle me prend pour une… Bref, peu importe. Je ne sais jamais quoi lui dire. Ce n'est pas parce que le même sang coule dans nos veines que nous avons forcément des atomes crochus.

Un nouveau silence s'étira, quoique distinct de ceux qui l'avaient précédé. Rachel crut déceler un soupir.

— Exactement.

Elle demeura immobile devant l'ample lit double pour une seule personne en se demandant si le beau Felix avait déjà attiré Dot contre son torse nu dans cette pièce. Un frisson parcourut tout son corps.

— As-tu vérifié dans l'armoire ? suggéra Val sur le ton qu'elle adoptait toujours pour changer de sujet. Maintenant que j'y pense, tu devrais regarder si tu ne trouves pas quelques bijoux que Felix lui a offerts. Il devrait y avoir de belles pièces, peut-être un petit quelque chose que tu pourrais donner à Amelia et Grace, pour plus tard.

— Mais je ne peux rien t'envoyer tant que l'homologation n'a pas été accordée.

— Ça ne t'empêche pas de jeter un coup d'œil, si ?

Rachel ouvrit la modeste armoire de Dot, prête à recevoir une bouffée de naphtaline et de vieux manteaux, et cligna les yeux face aux éclats inattendus d'émeraude et de rouge cerise. Des robes et des vestes de satin et de brocart reluisaient dans l'obscurité du meuble, coincées entre des tailleurs de laine sombres comme autant de pierres précieuses dans un écrin. D'élégantes boîtes à chapeau et des chaussures bourrées de papier de soie tapissaient le bas de l'armoire, dont un pan entier était occupé par des tiroirs remplis de gants et d'écharpes de soirée.

La parure de brosses et le miroir au dos argenté de son arrière-grand-mère se trouvaient au-dessus, posés négligemment sur la boîte d'un magasin de lingerie de Mayfair.

— Tu les as trouvées ?

De toute évidence, Val regrettait de ne pas être sur place pour accomplir le travail en bonne et due forme.

Rachel sourit de toutes ses dents, prise d'un élan d'affection pour sa marraine. Et sa mère qui croyait que Dot gardait les brosses sur sa coiffeuse, comme toute vieille fille qui se respecte, alors qu'elles étaient abandonnées au-dessus d'un cadeau de son riche amant ! Amelia préférerait peut-être hériter de ce qui se trouvait dans la boîte...

— Oui, je les ai. Dis à papa que je vais chercher ses albums d'Acker Bilk cet après-midi.

Elle sortit de l'armoire une robe maxi argentée qui produisit un bruissement exquis entre ses mains, semblable à une peau de serpent. L'étoffe sentait encore le Shalimar.

Dot ! Que fabriquais-tu avant de venir t'enterrer ici ? s'exclama-t-elle en son for intérieur. Soudain, la perspective de se lancer dans le rangement de la maison ne paraissait plus aussi rebutante.

— Ça, c'est une gentille fille, dit Val, qui semblait avoir retrouvé son humeur habituelle. As-tu pu t'arranger pour prendre des congés ? Ils devraient comprendre, au travail, avec un deuil dans la famille.

— Hmm.

Rachel caressait des doux velours et des satins moirés crêpés. Felix devait avoir emmené Dot dans des endroits chic, peut-être les mêmes établissements qu'elle fréquentait avec Oliver.

— Maman, je te rappellerai, d'accord ? Je dois y aller.

Se jurant d'annoncer sa démission à Val dès leur prochaine conversation, elle raccrocha et se laissa tomber sur le couvre-lit pour enfin accorder au courrier de Dot l'attention qu'il méritait.

« *Chère Rachel,*

Si tu lis cette lettre, c'est que je ne suis plus de ce monde, que tu es passée chez le notaire et que tu entames maintenant le pénible labeur qui t'attend dans la maison. Je ne t'envie pas ! Je veux que tu saches que je t'ai laissé cette responsabilité à toi parce que tu es le seul membre de notre famille que je croie capable de comprendre les secrets. En passant au crible quarante années de vieilleries, tu vas découvrir des choses précieuses à mes yeux. Certaines sont des secrets que j'ai gardés pendant des années, des secrets qui ne m'appartiennent pas forcément. Ce sera à toi de décider ce que tu en fais, comme ce sera à toi de décider ce que tu feras de la maison.

Voici notre premier secret : j'ai un peu cafouillé sur les économies pour payer les droits de succession, tu vas donc te retrouver prise à la gorge. Dans le beurrier du frigo, tu trouveras un collier que je n'ai jamais porté. Porte-le afin que tout le monde puisse croire qu'il t'appartient puis, si besoin, vends-le. Quelque chose me dit que ta relation « compliquée » n'exclut pas un ou deux colliers de diamants reçus en cadeau par-ci par-là.

Voici un autre secret : ta mère et moi nous sommes perdues de vue il y a plusieurs années et elle se croit responsable de notre mésentente. Elle se trompe. C'était ma faute, comme tu le découvriras peut-être en mettant de l'ordre dans la maison. Si tu peux trouver un moyen de le lui expliquer, je t'en serai éternellement reconnaissante. J'aurais voulu le faire moi-même il y a bien longtemps, mais j'ai prononcé une promesse qu'il m'était impossible de rompre. Peut-être le pourras-tu, toi.

J'espère que tu trouveras dans cette maison tous ceux dont tu as besoin, comme cela a été mon cas. J'espère aussi que, à l'heure où tu liras cette lettre, tu sauras mieux où tu en es que la dernière fois que nous nous sommes vues. En dernier recours, je te conseille, pour ce que cela vaut, d'aller promener les chiens. Même si tu ne trouves jamais la réponse que tu cherches, au moins fais-tu le bonheur d'un être en la cherchant. J'ai découvert que ce n'était pas rien dans une vie.

Je t'embrasse,
Dorothy

PS : S'il te plaît, prends bien soin de Bijou, comme il a bien pris soin de moi. »

Rachel s'effondra sur le lit, le souffle coupé par la vivacité inattendue du message. Il lui semblait que la jeune Dot, et non la vieille dame qu'elle pensait connaître, l'avait rejointe dans la pièce pour lui adresser des clins d'œil de conspiratrice. Des secrets? Où? Et comment était-elle supposée les trouver? Pis, les distribuer à son entourage comme des brosses en argent?

Un grattement s'éleva de la porte et, l'instant d'après, le long museau de Bijou pointa dans l'entrebâillement, suivi de son corps fantomatique. Sans croiser son regard, il s'approcha d'elle à pas furtifs, comme s'il se croyait invisible, et se coucha à quelques dizaines de centimètres.

Gênée par cette présence, Rachel perdit le fil de son imagination. C'était comme si un enfant en bas âge la suivait à la trace. Elle ne pouvait même pas se doucher sans être dérangée par des coups de griffe à la porte. Allait-elle jamais goûter un peu de solitude dans cette maison?

— Qu'est-ce que tu veux encore? lança-t-elle sèchement, ressentant aussitôt un pincement de culpabilité au souvenir du post-scriptum de Dot. Tu as faim? Ou une envie pressante? Tu veux faire un sudoku? M'aider, peut-être?

Bijou dressa la tête sans émettre un son. Alors Rachel fit claquer sa langue et se leva pour descendre au rez-de-chaussée, imitée par le border-collie silencieux.

Soulagée de découvrir que Megan et George poursuivaient leur réunion dans le bureau du chenil, elle profita du vide momentané de la cuisine pour s'accroupir devant le réfrigérateur afin d'en atteindre le fond, où un beurrier était coincé derrière une collection de pots de confiture offerts par les dames de l'association féminine.

Elle extirpa l'objet de sa cachette, sceptique. Plus elle y pensait, plus elle était tentée de croire que Dot souffrait des premiers symptômes de la maladie d'Alzheimer. Un collier dans un beurrier? Franchement! S'attendant plus ou moins à découvrir un morceau de beurre rance, elle souleva le couvercle de céramique.

Sa mâchoire se décrocha de surprise. Une rivière de diamants mêlés de saphirs de la taille de son ongle d'auriculaire scintillait de mille feux, entassée dans le petit plat comme une pacotille de vente de charité. Rachel s'assit sur ses talons, sous le choc, et saisit le bijou frigorifié pour le tenir devant la fenêtre, laissant des éclats purs de lumière hivernale danser sur le carrelage couvert de traces de pattes. Ses doigts non manucurés lui paraissaient indignes de toucher une telle merveille.

Elle passa le collier à son cou, suffoquée par le contact des chatons froids sur sa peau, puis se contempla dans la porte du four, relevant ses cheveux sur sa nuque pour apprécier pleinement l'effet. Des milliers de livres de pierres précieuses reposaient sur ses clavicules. Jamais elle ne pourrait faire passer ce petit trésor pour sien aux gens qui la connaissaient ou qui connaissaient Oliver. Elle était minimaliste et Oliver s'était, pour sa part, toujours arrangé pour que ses cadeaux ne laissent aucune trace : des fleurs, des dîners, du liquide pour s'offrir des petits plaisirs. Ce présent-là respirait l'extravagance romantique. C'était un collier destiné à orner le cou d'une personne tout aussi précieuse que lui, le don d'un homme très généreux. Ou très amoureux.

Bien que Rachel ne fût guère sujette aux prises de conscience subites, pour la première fois de sa vie, elle se serait donné des gifles pour son nombrilisme. Pourquoi n'avait-elle pas pris davantage le temps de parler à sa tante ? Pourquoi n'avait-elle pas consolidé leur relation à la suite de ce réveillon de jour de l'an aussi réconfortant qu'embarrassant ? Pourquoi s'était-elle montrée assez frivole pour gober le portrait que dressait Val d'une martyre de la cause canine, mal aimée et cinglée, même à l'âge de comprendre que ces discours dissimulaient une vieille querelle de famille ayant tourné au vinaigre ?

La distance aidant, Dot n'avait jamais vraiment paru réelle à Rachel. Pour la petite fille qu'elle était, cette tante ressemblait davantage à un personnage de roman, entourée de ses chiens et caricaturée par les grommellements maternels. Dot commençait tout juste à prendre vie à ses yeux, sous la forme d'une ombre étrangement proche de son propre vécu. Seulement voilà, il était trop tard pour lui poser des questions.

— Quelles conneries ! lâcha-t-elle.

Alors Bijou se glissa sans un bruit dans la cuisine pour s'asseoir près du crochet auquel pendait sa laisse.

11

Même sans les cinq appels manqués sur son téléphone portable, Johnny aurait deviné qu'il se tramait quelque chose. Son pressentiment se confirma lorsque, tournant sans se presser au coin de la rue, il vit la Mini de Natalie garée dans leur allée.

Il marqua un temps d'arrêt, consulta sa montre. Natalie rentrait rarement avant 19 heures. C'était un perpétuel sujet de plaisanterie entre eux : il était l'employé à temps partiel qui préparait le dîner afin qu'elle n'eût plus qu'à mettre les pieds sous la table lorsqu'elle bazardait sa sacoche d'ordinateur dans l'entrée, bien après la fin du journal télévisé.

Il allongea le pas. Elle lui avait téléphoné à plusieurs reprises pendant qu'il était en cours, son portable éteint, cependant elle n'avait laissé aucun message, ce qui laissait présager le meilleur. Peut-être le devoir conjugal l'appelait-il. D'après ses calculs approximatifs, fondés sur le calendrier des matchs à domicile de Birmingham City, ils entraient dans une phase critique. Nat était peut-être partie du travail en avance pour lui tendre une embuscade à la porte d'entrée, dans son imper beige et les sous-vêtements de leur dernier anniversaire de mariage, un événement célébré dans les règles de l'art quelques mois auparavant.

Le sourire aux lèvres, Johnny desserra sa cravate et balança son cartable de copies sur son épaule. Cela ne l'étonnerait pas si Nat réussissait maintenant à établir l'heure exacte de son ovulation. L'été dernier, elle avait bien assimilé les bases du finnois dans le temps qu'il lui avait fallu pour mémoriser le nom de leur hôtel.

La porte d'entrée était ouverte lorsqu'il la poussa. Le ronronnement de l'aspirateur filtrait de l'intérieur de la maison.

L'aspirateur ? Voilà qui ne ressemblait guère à Natalie. Il fronça les sourcils. Sa mère avait-elle fini par craquer et s'introduire par effraction chez eux pour se lancer dans le grand ménage de printemps qui, à en croire ses allusions insistantes, faisait tant besoin à leur maison. Nat aurait tenté de l'appeler en renfort…

— Nat ? C'est toi ?

Il laissa tomber sa sacoche dans l'entrée et ôta son épais manteau.

Dans l'autre pièce, le vrombissement cessa. Natalie apparut alors dans l'encadrement de la porte du salon, les yeux brillants. Elle portait encore son tailleur bleu marine, sans chaussures toutefois, et ses cheveux, hérissés par l'électricité statique, se dressaient en un halo blond autour de son visage.

— Tu fais le ménage ? s'étonna-t-il, perplexe. Mme Landon est pourtant venue hier, non ?

— Oui, mais je le refais.

Elle écrasa du pied le bouton de l'enrouleur de l'aspirateur. Le cordon électrique se rembobina dans l'appareil à la vitesse de l'éclair, rasant dangereusement sa cheville délicate.

— J'ai fait le bas et maintenant je vais…

— Une minute ! Attends ! l'arrêta Johnny en la retenant par les deux bras. Ça va ? Tu as l'air…

Il la scruta sans trop savoir de quoi elle avait l'air, tout compte fait. Ses yeux pétillaient, elle avait chaud. S'il avait été tout à fait honnête, il aurait dit un peu éméchée.

— … un peu échauffée.

Natalie se mordit la lèvre, s'essuya le front d'un revers de la main.

— Tu ne veux pas t'asseoir un peu ? suggéra-t-il en se demandant si tout cela était lié à la grossesse de sa sœur. Je crois que ça te ferait le plus grand bien. Viens, je vais te préparer un thé.

Il lui parlait comme à un malade mental échappé de l'asile, ce qui ne semblait pas la déranger outre mesure puisqu'elle se laissa conduire à la cuisine.

Des documents jonchaient le plateau, au côté de divers produits d'entretien qu'il ne reconnut pas. Il fallait dire que le ménage n'était pas son fort, ni celui de Nat d'ailleurs, d'où les bons offices hebdomadaires de Mme Landon. Il mit de l'eau à chauffer bien que son premier réflexe l'eût porté à déboucher une bouteille de vin. L'alcool figurait sur la liste noire de Natalie pour l'un et l'autre, du moins jusqu'à l'arrivée de ses règles chaque mois.

— Johnny, j'ai une bonne et une mauvaise nouvelle, annonça-t-elle. Laquelle préfères-tu entendre en premier ?

— Euh… la bonne ?

Les yeux de Natalie étincelèrent d'enthousiasme.

— Tu te souviens de cet adorable chien qu'on a vu au refuge quand on y est allés avec Bill ?

— Oui, répondit-il, circonspect.

— Et tu as toujours rêvé d'un chien, n'est-ce pas ?

Johnny ne comprenait pas où elle voulait en venir.

— Oui, mais je croyais qu'on avait dit qu'on ne pouvait pas prendre de chien tant qu'on travaillait tous les deux à temps plein.

Il l'observa avec attention.

— C'est bien ce qu'on avait dit, non ?

— Je sais, je sais, mais les choses changent. Ça fait un moment que je pense à Bertie et, bref, Rachel, tu te souviens, du refuge, eh bien, elle va venir pour inspecter la maison ce soir. Ce qui explique le ménage. Mais si on réussit le test, on pourra emmener Bertie en promenade demain pour voir comment le courant passe entre nous !

Elle lui sourit par-dessus la table, mais, en dépit de sa mine réjouie, Johnny sentit son estomac se nouer. Quelque chose clochait. Quoi ? Il l'ignorait, comme il ignorait si son cerveau réussirait un jour à suivre celui, bien plus vif, de sa femme. Cependant, il en aurait donné sa main à couper.

— Nat, comment ça les choses changent ? Et la mauvaise nouvelle, c'est quoi ?

— J'ai téléphoné à Bill, il va venir avec nous, poursuivit-elle en triant les papiers avant de les faire claquer sur la table. On n'a besoin de rien, apparemment. Ils fournissent les laisses et…

Ignorant l'eau qui se mettait à bouillir derrière lui, Johnny contourna la table à pas lents et s'assit à côté d'elle sans détacher un instant son regard du sien. Il lui ôta alors les papiers des mains et baissa les yeux sur le logo familier. Ce qu'il prit d'abord pour son contrat de travail était en fait une lettre officielle concernant… des indemnités de licenciement ?

— Nat ?

Il leva les yeux vers sa femme, dont le sourire hystérique s'évanouit.

— Dis-moi la mauvaise nouvelle. Je t'écoute.

Elle se mordit la lèvre.

— Je suis licenciée. Ils fusionnent deux services, mesure de réduction des coûts. Je pars avec cinq mois de salaire et autant de lettres de recommandation que je veux. Oh, et bien sûr tout le temps de promener un chien, ajouta-t-elle avec un clignement d'yeux prononcé. J'ai décidé d'en profiter au maximum, de le prendre comme un congé sabbatique.

Johnny ne savait que dire, il n'était d'ailleurs pas certain de ce que Natalie souhaitait entendre. Ce n'était pas la réaction qu'il attendait d'une femme qui ne vivait que pour son travail et accueillait chaque promotion comme une médaille d'honneur.

— D'accord. Combien t'ont-ils donné de préavis ?

— Je n'ai pas de préavis. Il me restait trois semaines de vacances à prendre, ils m'ont proposé de les poser maintenant pour terminer aujourd'hui.

— Aujourd'hui ?

Il n'y comprenait plus rien.

— Alors... tu n'y retournes pas lundi ?

Elle confirma d'une secousse de la tête.

— La moitié du service non plus. Au moins, je touche mes congés payés. Et je n'ai pas à organiser les pots de départ. Au final, ce n'est pas une si mauvaise nouvelle, hein ?

Johnny se tortura les méninges. Si seulement il saisissait mieux les subtilités de l'esprit féminin. Le licenciement pouvait-il à lui seul expliquer cette attitude un brin déjantée ? Fallait-il creuser du côté du coup de téléphone de sa mère, ce matin ? Cela n'avait cependant aucun sens. N'importe quelle femme en mal d'enfant aurait pleuré en apprenant, le même jour, son renvoi et la grossesse d'une autre.

— Je vois.

Il se releva dans le seul but de gagner du temps.

— Mais ne devrais-tu pas être un peu plus... chamboulée ? Enfin, ce n'est pas que je veux que tu le sois mais...

Elle tendit les mains au-dessus de la table pour le faire rasseoir.

— Johnny, je l'ai été tout l'après-midi, chamboulée. J'ai déjà donné ! C'est une foutue injustice, et alors, qu'est-ce que j'y peux ? Je ne veux plus perdre mon temps à ressasser ce à quoi je ne peux rien changer. Je veux agir pour nous à compter de maintenant. Agir pour ce que je peux changer.

Johnny considéra sa femme. On aurait dit une petite fille en tailleur. Elle paraissait si menue et si déterminée qu'il fut submergé par un ardent besoin de la rendre heureuse.

— Ça va aller, Nat. Si tu veux adopter un chien, parfait ! Fonçons ! Les week-ends au parc, le dressage, tout ! Super !

Natalie baissa les yeux. Elle semblait rassembler ses forces pour un nouvel aveu.

— Quand je parle de ce qu'on peut changer, je veux dire… Johnny, allons voir les médecins pour ces examens. Je sais que l'idée ne t'enchante pas, mais je crois qu'on devrait le faire plutôt que de rester là à attendre et espérer.

— Des examens?

Il tressaillit à la pensée des salles d'attente, des éprouvettes, d'une Nat encore plus nerveuse qu'elle ne l'était déjà.

— On ne peut pas simplement… je ne sais pas… prendre du fer?

— Je dois savoir.

Elle déploya ses mains sur la table et étudia ses doigts, auxquels scintillaient son alliance, sa bague de fiançailles et l'anneau de pierres précieuses qu'il lui avait donné en gage de fidélité.

— Chaque mois, j'essaie de tout faire comme il faut, j'espère envers et contre tout que ça marchera ce coup-ci, mais ça ne marche pas. Ça ne marche jamais. Et c'est comme un échec. Chaque mois.

Lorsqu'elle leva les yeux sur lui, il s'aperçut que son mascara avait coulé et eut soudain honte de ne pas avoir mesuré plus tôt l'ampleur de sa détresse.

— Je dois juste savoir pourquoi, ajouta-t-elle d'une petite voix. Savoir ce qui ne tourne pas rond chez moi.

Le cœur de Johnny se serra. Quelle chance il avait! Quelle chance incroyable! Il ne demandait pas grand-chose dans la vie: une femme, un boulot, une maison avec garage, quelques pintes au pub avec Bill de temps à autre. Tout cela, il l'avait, et sans le moindre effort. Si un bébé venait parfaire son bonheur, il l'accueillerait comme un bonus. Mais comment confier cela à Nat, alors qu'elle était là, devant lui, la mort dans l'âme? Cette femme était tout ce qu'il désirait en ce bas monde.

— Bien sûr, s'entendit-il dire. Prends rendez-vous.

Face au visage rouge de gratitude de Natalie, il ne put s'empêcher de culpabiliser. Cela semblait tellement important pour elle. Elle lui prit les mains et enroula ses doigts fins autour des siens.

— Merci.

— Seulement à une condition, ajouta-t-il en resserrant tant leur étreinte que l'alliance de sa femme lui pinça la peau. Quoi que révèlent ces tests, on est deux, d'accord ? Et on peut être heureux à deux. On ne va pas devenir un de ces couples qui, pendant les dîners à l'extérieur, se mettent à parler de leurs… échantillons de sperme.

Il se ratatina sur lui-même à cette idée.

— Bien sûr que non !

Les yeux de Natalie brillaient. De larmes, crut-il, avant d'y reconnaître une lueur de détermination.

— Ne sois pas idiot. Mais cette période de répit, c'est l'occasion ou jamais d'essayer.

Johnny eut alors un éclair d'intuition exceptionnel : s'ils tenaient tous les deux le même discours, Natalie raisonnait avec déjà deux ou trois longueurs d'avance sur lui. Le plus inquiétant, c'est qu'il n'avait pas la moindre idée où cela la mènerait.

À cet instant, la sonnette de la porte d'entrée retentit. Natalie bondit sur ses pieds.

— Ce doit être Rachel. Tu crois que je dois garder mon tailleur ? hésita-t-elle, le nez froncé. Ça me donne peut-être l'air trop tatillon pour avoir un chien ? Ne bouge pas, je vais me changer. Tu n'as qu'à la faire entrer et lui faire visiter la maison. Offre-lui une tasse de thé ou je ne sais pas…

Elle sortit en coup de vent de la cuisine, et Johnny entendit le bruit sourd de ses pieds dans l'escalier.

Il fixa le vide qu'elle avait laissé derrière elle, dans la plus grande perplexité. Comment les femmes arrivaient-elles à passer, en l'espace de dix secondes, du plus profond abattement à des inquiétudes superficielles sur la tenue la mieux adaptée pour une candidate à l'adoption d'un chien ? Comment Nat pouvait-elle se soucier davantage de la propreté de la maison en vue de l'arrivée de Bertie que de la perte de son emploi ? Avec une secousse de la tête, il rejoignit le vestibule pour ouvrir la porte.

Rachel Fielding se tenait sur la marche de l'entrée, un porte-bloc serré entre les mains. Johnny trouva qu'elle faisait beaucoup plus jeune dans ses vêtements de repos que lorsqu'ils l'avaient rencontrée au refuge en début de semaine. Ses cheveux bruns étaient ébouriffés et elle portait un jean, des bottes et une veste brillante tout droit sortie des années 1960, avec très peu de maquillage, hormis un trait rouge mat sur les lèvres.

Johnny se sentit immédiatement mal à l'aise. Rachel se distinguait des femmes qu'il avait l'habitude de fréquenter. Il flottait autour d'elle une aura londonienne, sans doute due à son assurance et à sa coupe de cheveux bien nette, que Natalie adorait et qu'il trouvait, quant à lui, bizarroïde. Son sac à main, assez grand pour y embarquer un enfant en bas âge, était clouté d'une façon si curieuse qu'il le soupçonnait d'être à la mode. Nat saurait le lui confirmer.

— Bonsoir, le salua-t-elle en levant une main aux ongles fraîchement vernis de bleu foncé. Je suis venue vérifier que vous avez une maison à l'épreuve de Bertie.

— Entrez.

Il s'écarta pour la laisser passer tout en se demandant à quel moment commencerait l'évaluation. Si elle n'avait pas déjà commencé…

— Nous devrions peut-être rajouter un loquet à la porte ?

— Non ! Enfin, je ne crois pas. Par pitié, n'ayez pas l'air aussi inquiet, ce n'est vraiment pas méchant. Je jette juste un petit coup d'œil.

— Allez donc le dire à ma femme. Elle a passé l'aspirateur partout.

Rachel lui adressa un regard compatissant.

— Sans rire ? Ce n'est que le début, croyez-moi. Je pourrais rembourrer un canapé rien qu'avec les poils que le border-collie de Dot perd en trois jours. Tenez, regardez.

Elle lui indiqua le troisième point de sa liste de questions : « La future maison est-elle équipée de moquette blanche ? »

Johnny haussa les sourcils.

— C'est un plus ou un moins ?

La longue bouche de Rachel se convulsa d'amusement.

— D'après Megan, quiconque possède de la moquette blanche et manifeste un goût prononcé pour les gadgets ménagers devrait être dirigé avec tact vers le rayon des poissons rouges.

— Oh, tant mieux ! s'exclama Johnny avec un profond soupir. Parce que, entre nous, nous ne sommes pas exactement…

— Pas exactement quoi ?

Natalie descendit l'escalier par petits bonds, dans un jean et une chemise rouge pâle, relique du lycée.

— Bonsoir, Rachel ! Merci d'être venue aussi vite !

— Merci à vous de nous avoir téléphoné, pour Bertie. Comme vous le savez, nous sommes très soucieux de trouver de nouvelles familles à nos chiens.

Souriante, elle promena son regard sur la pièce, cochant au passage quelques cases sur sa feuille d'un geste rapide.

— Il n'y en a vraiment pas pour longtemps. Je ne veux pas gâcher votre vendredi soir.

— Oh, pas du tout, nous n'avons rien de prévu.

Natalie fit subrepticement disparaître un bibelot de verre posé sur la table du téléphone avant de darder un regard furieux à Johnny, qui avait eu l'audace de glisser un coup d'œil par-dessus l'épaule de Rachel pour voir ce qu'elle cochait d'une croix.

— Voulez-vous une tasse de café pendant que vous faites le tour, Rachel ? Ou un verre de vin, peut-être ?

— Un café, avec plaisir !

Rachel suivit la maîtresse de maison vers la cuisine tout en étudiant son environnement.

— Il va falloir faire preuve d'indulgence, c'est ma première inspection. C'est Freda qui évalue les conditions de vie des candidats en temps ordinaire. Je suis certaine que Bertie sera très heureux d'emménager dans cette maison. Je le serais, moi, en tout cas. C'est votre jardin ? Vous permettez ? Je dois vérifier qu'il y a bien des clôtures. Oh, votre cuisine est splendide !

Natalie rayonnait de fierté.

— Je vous en prie. Johnny, montre le jardin à Rachel pendant que je prépare le café.

Avec une parodie de salut militaire, Johnny tendit le bras vers la porte de derrière, allumant d'une chiquenaude les lumières extérieures.

— Après vous.

Rachel longea leurs plates-bandes en griffonnant des notes, talonnée par Johnny qui, lampe torche au poing, ne pouvait s'empêcher de se demander comment elle arrivait à évoluer dans l'herbe avec ses bottes. Il s'en tint toutefois à des questions polies sur le besoin d'exercice et les habitudes de Bertie.

Lorsqu'ils rentrèrent, Natalie les attendait devant trois cappuccinos parfaits, dont la mousse veloutée était saupoudrée de chocolat. Natalie s'enorgueillissait de son café.

— Mmm ! s'exclama Rachel avec une mine approbatrice après en avoir goûté une gorgée. C'est le meilleur café que j'aie bu à Longhampton.

— Vous devriez essayer l'épicerie fine du centre, lui conseilla Natalie, toujours heureuse de renseigner. Elle paraît un peu rudimentaire de l'extérieur, mais c'est beaucoup plus joli à l'intérieur et ils font du café bio.

— Comprenez des prix gonflés de quinze pour cent et l'assurance de connaître le nom de la vache qui a produit le lait qu'on met dans votre thé, explicita Johnny. Bien sûr, tout est servi dans un sac en papier et fabriqué par des petits producteurs.

Rachel sourit. Ainsi, elle ressemblait davantage aux membres du club de lecture de Natalie.

— Le problème, c'est qu'on ne peut pas y entrer avec des chiens. Or, on dirait que j'en ai toujours un minimum de quatre pendus à mes basques, remarqua-t-elle en adressant à Natalie un clin d'œil résigné. Megan devrait le préciser dans son questionnaire, les chiens sont des atouts incroyables en période de crise. Impossible d'entrer dans les magasins ! On passe un temps fou chez soi ou au bout d'une laisse.

— Je ne demande pas mieux ! observa Natalie. Je suis en congé sabbatique à partir de lundi.

Rachel promena son regard de l'un à l'autre en tapotant son stylo contre ses lèvres.

— Je ne voudrais pas paraître pessimiste, mais savez-vous combien de temps ce congé va durer ? Six mois ? Six semaines ?

— Minimum six mois, répondit Natalie d'une voix résolue. J'ai deux ou trois projets auxquels je souhaite me consacrer.

Rachel fit pivoter son formulaire de façon à ce qu'ils puissent lire ce qu'y avait noté Megan dans son imposante écriture.

— Ne le prenez pas mal, mais Megan a suggéré un placement plutôt qu'une adoption étant donné que vous ne resterez pas chez vous *ad vitam æternam*. Cette solution nous est d'une aussi grande utilité, s'empressa-t-elle d'ajouter. Bertie déteste le refuge et, s'il s'accoutume à un environnement familial, il fera un meilleur candidat à l'adoption. Cela vous conviendrait-il ?

Le visage de Natalie s'éclaira à la perspective de ce défi.

— Bien sûr. Si nous pouvons le sortir du refuge, ce sera toujours ça.

Johnny la considéra d'un œil soucieux.

— Nat, ça ne va pas être facile, tu sais. Il faudra s'en séparer si quelqu'un d'autre…

— Chaque chose en son temps.

Rachel parut satisfaite.

— Il va nous manquer, mais il a besoin de l'attention entière d'une personne pour lui tout seul. Et de règles. Entre autres : interdiction formelle de chaparder sur le plan de travail et de grimper sur le canapé, déclara-t-elle en montrant du doigt sa liste. Megan dit qu'il faut être ferme parce qu'il n'a pas terminé sa croissance. Ni escalier ni canapé avant deux ans.

— Bien sûr. Et y aura-t-il une possibilité de le garder définitivement ? Si la situation changeait ?

Rachel opinait de la tête lorsque Johnny retourna le porte-bloc pour déchiffrer une phrase.

— Qu'est-ce que c'est que ça ? demanda-t-il en pointant du doigt un astérisque : « Demander pour les enfants » ?

— Oh, rien du tout. Désolée, s'excusa Rachel en reprenant son bloc. Je dois vous poser la question, mais c'est un peu impoli et, personnellement, je le prendrais très mal si quelqu'un me le demandait. Néanmoins, Megan a bien insisté là-dessus, soupira-t-elle. Elle voudrait savoir si vous projetez d'avoir des enfants… disons… dans l'année à venir.

Johnny et Natalie échangèrent un regard. Inconsciente du conciliabule silencieux qui se déroulait devant elle, Rachel reprit :

— Il est vrai que vous êtes un peu plus jeune que moi, mais, quand même, on dirait parfois que la seule question que les gens se sentent libres de poser à une femme est celle des enfants. Si elle veut en avoir ou retarder le moment. Si elle donne plus d'importance à sa carrière ou à sa capacité d'enfanter… On n'irait pas vous interroger sur votre religion, ça non, ni même sur votre poids !

Elle adressa un roulement d'yeux à Natalie, qui le lui rendit, l'air compréhensif.

— C'est que…

Elle hésita, incapable de répondre par un mensonge éhonté.

— Un autre café ? proposa Johnny.

— Oui, s'il te plaît. Déca, pour moi. Oh, et puis non, soyons fous : une pleine dose de caféine !

Elle lui tendit sa tasse avant de s'adresser à Rachel.

— Vous n'avez pas d'enfants, donc ?

Rachel confirma d'un mouvement de la tête.

— Non, mais ça ne m'empêche pas de trouver la question indiscrète. Si je vous la pose, c'est uniquement parce que Megan dit que les chiens vivent parfois mal de se retrouver relégués au second plan. Nous ne voulons pas aggraver une situation déjà compliquée.

— Hmm, je vois. Mais ça ne vous a jamais tracassée, cette histoire d'enfants ?

Oh, Nat, tais-toi !, la supplia intérieurement Johnny. Les traits de Rachel ne trahirent néanmoins qu'un infime changement. Il y eut une courte pause, au bout de laquelle elle admit :

— Parfois, mais jamais bien longtemps. Je travaille dans les RP, ce qui implique beaucoup de déplacements, des impératifs de dernière minute… J'aime mon indépendance, vivre ma vie. Je dois vous dire qu'avoir un chien dans les pattes m'a permis de mesurer les emmerdements que m'apporterait un bébé, grimaça-t-elle, à moitié sérieuse. Au moins, je peux laisser Bijou à Megan. Et je n'ai à ramasser ses crottes que deux fois par jour.

Natalie éclata de son rire franc et rauque. Et alors qu'il saisissait sa tasse, Johnny s'aperçut qu'il n'avait plus entendu ce rire depuis plusieurs mois.

— Et vous, vous pensez aux enfants ? insista Rachel.

— Oui, répondit-il avant que Natalie puisse intervenir.

Il tenait à ce qu'elle sache qu'il prenait au sérieux leur conversation au sujet des examens médicaux, même si elle aurait voulu donner à Rachel la réponse que celle-ci attendait. On ne pouvait pas plaire à tout le monde.

— Mais, évidemment, ce ne serait pas avant neuf mois, ajouta-t-il. Ce ne devrait donc affecter en rien cette idée de placement.

— En effet. Parfait ! Et bonne chance, alors !

Rachel baissa la tête pour griffonner quelques notes sur sa feuille. Si Johnny n'aurait su identifier ce qu'il lisait sur ses traits, il n'aurait pu, en revanche, se tromper sur l'expression de pur bonheur qui illuminait le visage de Natalie, à l'autre bout de la cuisine.

Le petit nuage qui s'était posé sur son cœur se leva et il sourit, de ce sourire candide et aimant que lui inspirait toujours la joie de sa femme.

À l'autre bout de la ville, dans les maisons mitoyennes près du canal, Zoe lorgnait d'un œil furieux la nouvelle acquisition de David. Où diable cet homme vivait-il à Milton Keynes pour avoir besoin d'une voiture de sport utilitaire à quatre roues motrices qui semblait prête à broyer sa Polo cabossée sous ses pneus puissants ?

David avait débarqué à 20 heures tapantes pour prendre Leo, Spencer et le jappeur devenu leur meilleur ami, ainsi que les affaires des garçons et la somme incroyable d'accessoires nécessaires à Caramel. Tout cela remplissait le coffre de son nouveau joujou tape-à-l'œil, ce qui ne semblait pas le déranger outre mesure.

Tandis que les garçons, scotchés à ses jambes, lui racontaient à grands cris l'école, leurs copains et, surtout, leur toutou, ce dernier, assis dans le coffre, se décrochait la mâchoire en glapissements silencieux et, espérait Zoe, arrosait d'un pipi clandestin l'intérieur neuf de la papamobile. Caramel aimait étrenner les endroits qu'il découvrait. S'il avait arrosé quelques coins dans le bureau du chenil, il répondait bien au strict programme à la demi-heure imposé par Megan. En outre, depuis qu'il fréquentait la halte-garderie, il avait déjà appris à ne pas se soulager sur les gens, ainsi que la signification du mot « Non ».

Avec l'aide de Rachel, Megan avait procédé à la formation de Zoe. Toutes les trois s'étaient exercées à dire « Non ! » avec des gesticulations d'agent de la circulation, jusqu'à ce que Zoe arrive toute seule à faire taire les plaintes les plus insupportables du chiot. Son « Non ! » lui valait désormais un quatre sur dix sur le barème de Megan. « Il faut être ferme, avait déclaré cette dernière à une Zoe ébranlée par la voix autoritaire et inconnue qui sortait de sa bouche. Il faut fixer des limites et s'y tenir. C'est ce dont il a besoin. »

Reste que les limites n'étaient pas le fort de Zoe. Ce fut donc avec un profond soupir qu'elle se fit violence, ce soir-là, pour en poser une à son ex-mari.

— J'ai besoin d'argent pour la halte-garderie du chien, marmonna-t-elle tout en s'efforçant de conserver une mine joyeuse pour les enfants.

— La halte-garderie ? Pour un chien ? Vois avec mon avocat.

C'était la nouvelle formule de David, avec son fameux « Il faut passer par les voies officielles ».

La détermination de Zoe fléchit. Elle se dégonflait lentement depuis la veille au soir, à la suite de la discussion enthousiaste des garçons sur les fantastiques promenades en voiture qu'ils feraient avec leur père. Mais elle se secoua en voyant Spencer lui glisser un regard anxieux à travers la vitre teintée. Elle était en droit d'attendre de David qu'il assume ses idioties.

Se remémorant les paroles d'encouragement de Megan, elle s'obligea donc à persévérer, la voix ferme.

— Ce n'est qu'un bébé, il ne peut pas rester seul toute la journée et tu sais que je dois travailler. En fait, il n'y a pas mieux placé que toi pour le savoir, puisque tu viens de me sucrer la moitié de la pension alimentaire.

David se retourna et, lui adressant son fameux sourire apaisant, posa une main sur son épaule. Mais ce geste tranquillisant, qui lui procurait un sentiment de sécurité et de protection autrefois, ne signifiait plus rien aujourd'hui.

— Ne sois pas ridicule, Zoe. C'est un chien ! Tu n'as qu'à demander à un voisin de s'en occuper. Enfin, redescends sur terre. Les temps sont durs pour tout le monde. Déjà, je l'ai acheté. Tu n'imagines pas un seul instant combien ces machins coûtent !

— Caramel n'est pas un machin, le corrigea-t-elle d'un ton brusque. C'est un chien.

— OK, si tu veux, dit-il avec un demi-sourire. Ce chien.

Elle se força à adopter le ton énergique et raisonnable que Rachel avait employé lorsqu'elles avaient répété ensemble cette conversation.

— David, j'ai conclu un marché avec le chenil local. Je m'en tire pour la moitié du prix, mais j'ai besoin de ta contribution. Je ne peux pas utiliser l'argent de la pension pour ça, à moins que tu ne préfères que je nourrisse le chien plutôt que les enfants…

Il enfonça sa main dans sa poche et, sans lui laisser le temps de comprendre, lui colla 100 livres dans la paume.

— Voilà, c'est ce que tu veux ?

— Il ne s'agit pas de ça…

Mais déjà il ouvrait la portière du conducteur de sa voiture flambant neuve et s'asseyait au volant pour emporter Spencer et Leo vers un week-end de réjouissances.

— Alors, lança-t-il vers la banquette arrière, prêts pour Alton Towers ?

Une terrible pensée frappa Zoe à l'instant précis où il claquait la portière et démarrait le moteur. Elle se mit à marteler la vitre à coups de poing.

— Attends !

David commanda l'ouverture de sa fenêtre avec humeur. Calée sur Radio 1, la stéréo diffusait un son trop fort. Trop jeune, aussi.

— Quoi encore ?

— Qui va s'occuper de Caramel pendant que vous vous éclatez au parc d'attractions ? demanda-t-elle, à bout de souffle.

David ouvrit grands ses yeux dans un « Ferme-la » silencieux déguisé par égard pour les enfants.

— Qu'est-ce que tu racontes ? On l'emmènera avec nous et on le laissera dans la voiture, dans sa caisse. Il sera très bien. On ne restera pas plus tard que… je ne sais pas, moi… 15 heures et des brouettes…

— Il ne sera pas très bien ! Il a besoin de sortir toutes les heures, grand minimum !

Dans une vision cauchemardesque, elle imagina un Caramel affolé, échauffé, terrifié et esseulé assis dans ses crottes à l'arrière du maudit 4×4 de David. Ou pis, traîné partout en laisse, terrorisé par la foule.

David la considérait, bouche bée.

— Pour l'amour du ciel, c'est un chien, Zoe !

— Justement, ce n'est pas un jouet ! Je suis navrée mais Caramel va devoir rester ici, déclara-t-elle d'une voix ferme où ne perçait plus aucune faiblesse. J'aurais dû m'en rendre compte plus tôt. Ouvre le coffre.

Elle n'arrivait pas à croire ce qu'elle faisait. D'une seule phrase, elle venait de ruiner un week-end placé sous le signe d'un repos presque parfait, sans chien ni enfants.

— Quoi ? Arrête ton…

— Ouvre ce satané coffre ! beugla-t-elle.

Les traits de David se durcirent. Il se retourna sur son siège.

— Je suis désolé, les garçons, maman dit que Caramel ne peut pas venir avec nous.

Un hurlement de protestation s'éleva de la banquette arrière.

— Mais mamaannnnnnnnnn !

Zoe s'arma de courage.

— Je regrette, Spencer, mais le parc est trop bruyant pour Caramel. Vous le verrez quand vous rentrerez à la maison.

Après s'être bagarrée avec le lourd hayon, elle sortit la caisse de transport du chien de la voiture.

En voyant les deux yeux marron de Caramel se fixer sur elle à travers le grillage, brillants d'adoration, elle ressentit une bouffée de soulagement. Il ne serait pas enfermé là-dedans pour le restant du week-end. Il ne pleurerait pas, ne pataugerait pas dans son vomi et ses crottes, ne commettrait pas toutes sortes de méfaits voués à ravager l'intérieur de Jennifer de mille et une délicieuses façons… Non, le cœur tendre de Zoe ne pouvait se résoudre à imposer au chiot une telle épreuve pour le seul plaisir de donner une bonne leçon à David.

Spencer envoya un violent coup de pied dans le dossier de son père.

— C'est pas juste !

— Spencer ! Ne donne pas de coup de pied dans le siège, tu vas faire des marques ! le rabroua durement David, avant d'ajouter, radouci : Sois sympa, mon vieux.

Zoe contourna la voiture pour rejoindre la fenêtre du conducteur, mue par une détermination nouvelle.

— Et s'ils reviennent avec ne serait-ce qu'un canard en plastique, compte sur moi pour en toucher deux mots à mon avocat.

Puis elle haussa la voix à l'attention de ses fils :

— À dimanche, mes petits chéris ! Soyez gentils avec papa !

Spencer boudait, bras serrés contre sa poitrine, menton collé contre son torse, mais Leo agita une menotte potelée près de la fenêtre pour qu'elle puisse bien la voir.

— Occupe-toi bien de Caramel, maman !

Le cœur meurtri, Zoe lui rendit son salut, ne réussissant à garder le sourire qu'au prix d'un violent effort. Puis David écrasa l'accélérateur et ses fils disparurent dans la nuit.

Frissonnante, elle souleva la caisse de Caramel à hauteur de ses yeux.

— Alors, Caramel, nous voilà rien que toi et moi. Tu as prévu quelque chose pour le week-end ?

Pour toute réponse, le chiot lui lécha le nez à travers les barreaux, puis, d'un jappement, lui notifia son besoin d'être libéré pour une envie pressante.

C'était toujours un progrès.

12

— Megan, aie pitié de moi ! implora Rachel en étudiant le tableau de service. Dans la vraie vie, je n'ai même pas encore ouvert les yeux à cette heure, alors être debout et habillée de la tête aux pieds ! Et prête à organiser des rondes de bénévoles !

Ce samedi matin signait, pour Rachel, sa première véritable expérience du grand jour des promeneurs bénévoles. Megan l'avait réveillée avec une tasse de thé, tandis que Bijou se chargeait de la sortir plus efficacement du lit en tirant les couvertures sous lesquelles elle se pelotonnait. Au moins avait-il renoncé à la vilaine habitude de la réveiller avec de vigoureux coups de langue, comme s'il essayait de la ressusciter des morts.

— Tu t'en sors très bien !

Megan semblait anormalement joyeuse pour quelqu'un qui était levé depuis déjà deux heures et avait nettoyé le chenil de fond en comble.

— Et si je t'affectais aux sandwichs au bacon ?

Elle conduisit Rachel jusqu'à la cuisinière en fonte, où deux miches de pain étaient empilées à côté de plusieurs paquets de bacon et d'une bouteille de sauce tomate. Rachel avait fait une razzia sur son compte d'épargne de secours pour remplir les placards de la cuisine, payer Megan et s'acquitter des factures les plus urgentes. Quant aux autres, elles contenaient des sommes suffisamment effrayantes pour faire de la constitution du dossier d'homologation une affaire pressante.

De toute façon, Rachel avait dressé une nouvelle liste de tâches, et l'inventaire des biens de Dot se classait parmi celles de l'après-midi.

— La recette est simple : faire griller les tranches de bacon à la poêle, les mettre au chaud dans le tiroir chauffe-plats, assembler les sandwichs au retour des promeneurs. Renouveler l'opération toute la matinée. Une dizaine d'habitués viennent généralement le samedi... Et ta campagne d'affichage a marché du tonnerre !

— Autant te prévenir, la cuisine n'est pas mon fort, avertit Rachel en soulevant d'une main hésitante la lourde poêle ancienne pour la poser sur la plaque chaude. Je suis plus du genre restaurant.

— Bonjour ! Je suis en avance ?

Faisant volte-face, elles aperçurent Zoe à la porte de la cuisine, Caramel sous le bras. Dès qu'il aperçut Bijou dans le panier près de l'Aga, le chiot se mit à frétiller joyeusement et, à force de tortillements, s'échappa des bras de sa maîtresse pour aller saluer son vieil ami.

— Pitié, ne me dis pas que tu es venue l'abandonner ? supplia Rachel.

Zoe secoua la tête. Ses boucles auburn collaient à son visage sous son bonnet en tricot bleu.

— Non. Les enfants sont chez mon ex, c'est un peu trop calme à la maison. Et puis les allusions de Freda sur les bénévoles du week-end ne sont pas tombées dans l'oreille d'un sourd, alors...

Elle leva les mains et les sourcils d'un air théâtral.

— ... me voilà ! Vous devriez mettre des annonces chez les avocats, pour faire rappliquer tous les parents divorcés qui n'ont pas la garde de leurs enfants pour le week-end.

— Tu as parlé à ton ex de la halte-garderie ?

— Tu as dit « non » ? ajouta Megan en brandissant la main comme un agent de police. À lui et à Caramel ?

Les yeux de Zoe se voilèrent.

— Plus ou moins. Je lui ai dit qu'il ne pouvait pas emmener Caramel si c'était pour le laisser tout le week-end dans la voiture. Mais je vais reprendre la discussion dès leur retour, sérieusement. Il m'a quand même donné un peu de liquide. Tenez, laissez-moi vous donner une avance.

— Super !

Rachel s'empara des billets dans la main de Zoe avant que Megan puisse les refuser. Pour l'heure, 50 livres de pris équivalaient à 50 livres de plus de nourriture. Ses plans d'épargne étaient prévus pour financer la mode de la nouvelle saison, pas un chenil, et ils commençaient déjà à virer au rouge.

— Tu viens de payer le premier mois de garderie. Offre de lancement spéciale. Je vais te préparer un reçu.

— C'est un bon début, observa Megan d'un ton encourageant. Pas l'argent, mais d'avoir réussi à remettre un peu les pendules à l'heure. L'essentiel, c'est de ne pas le laisser te marcher sur les pieds !

— Pourquoi changer les bonnes vieilles habitudes ? soupira Zoe. Comme si cette terreur à quatre pattes ne piétinait pas ma vie, lui aussi !

— C'est différent avec les chiens.

Megan jeta un coup œil indulgent à Caramel, qui s'acharnait à escalader le dos et tirer les oreilles d'un Bijou stoïque, concentré dans la contemplation de ses pattes.

— Megan, pourquoi ne donnes-tu pas deux ou trois chiens à promener à Zoe ? suggéra Rachel en rangeant les billets dans la poche arrière de son jean. Qui sait ? J'aurais peut-être réussi à confectionner un sandwich au bacon à son retour.

Elle examina le lard avec une moue indécise.

— Surtout, prends ton temps, Zoe !

À l'autre bout de Longhampton, installés dans la Mini, Natalie et Johnny regardaient Bill émerger de son domicile dans son nouveau rôle de maître de chien.

Si Natalie devait reconnaître son manque d'impartialité, elle ne lui en trouvait pas moins une ressemblance avec un mannequin Boden : très BCBG, tout en pommettes, grosse parka et bonnet de laine, le tout complété d'un caniche noir.

De son côté, Lulu semblait elle aussi se servir de Bill comme d'un joli accessoire, à voir la façon dont elle se pavanait.

— Il faut être au moins aussi beau gosse que Bill pour pouvoir s'afficher avec un caniche, observa Johnny.

— Je le trouve superbe, remarqua Natalie en agitant la main pour indiquer leur présence à Bill. Il va devoir repousser les groupies au parc. Rien ne plaît plus aux filles qu'un homme avec un chien.

— Tu diras la même chose quand je promènerai Bertie ? l'interrogea Johnny avec un regard provocateur.

Elle le gratifia d'un petit coup de coude.

— Je serai avec toi. Nous le promènerons ensemble, précisa-t-elle en s'enfonçant dans son siège, prête à partir. Arrange-toi pour que Bill parle à la sympathique Megan au refuge.

— Quoi ? Oh, j'y vois plus clair… Ce n'est pas du simple bénévolat, n'est-ce pas ?

— Nous y allons avant tout pour revoir Bertie, mais je me suis dit que, tant qu'on y était, cette Megan était tout à fait le type de Bill.

— Comment le sais-tu ?

Bill s'agitait devant sa porte d'entrée pour vérifier qu'il avait pris les bonnes clés, ce qui n'était visiblement pas le cas puisqu'il se retourna pour leur adresser un signe de la main et, après avoir attaché Lulu sur le seuil, disparut à l'intérieur. Le caniche s'assit patiemment.

— Elle me semble être une fille bien organisée. Elle n'a pas de bagage, elle est joyeuse, douce avec les chiens, elle a vu du pays…

— D'où tiens-tu tout ça ? Tu ne l'as vue qu'une seule fois ! s'exclama Johnny avec des yeux ronds.

— J'ai bavardé un petit moment avec elle quand j'ai téléphoné pour Bertie. Et puis, ça se voit.

Natalie sourit derrière le pare-brise en voyant Bill réapparaître. Il avait changé de manteau et tenait dans sa main une autre laisse.

— Je suis sûre que ça pourrait coller entre eux. Il a juste besoin d'être un peu poussé dans la bonne direction. Celle de l'homme qui se range.

— Ça fait trois ans que tu le pousses dans cette direction. Mais tu sais bien comment il est, perfectionniste comme pas… Salut Bill !

— Salut Natalie ! Johnny !

Bill souleva le caniche et le cala sous son bras.

— Coucou Lulu ! roucoula Natalie.

— Coucou tata Nata…

Bill fut coupé dans son imitation de voix de caniche par le regard que lui décocha Johnny, qui libéra le siège du passager pour lui permettre de glisser sa carcasse efflanquée sur la banquette arrière.

— Tiens, regarde, il y a une petite attache pour la laisse de Lulu, l'informa Natalie en lui indiquant le dispositif.

— C'est pour Bertie, expliqua Johnny par-dessus le toit de la voiture. Elle a déjà acheté tout l'attirail. On a fait un détour par le magasin animalier. Comme si les sept heures passées sur Internet hier soir ne suffisaient pas pour tout savoir sur les bassets-hounds, on a maintenant le matos complet. On a même un bidule dont Nat va se servir pour lancer sa nouvelle carrière de comportementaliste canin. Ça s'appelle un clicker.

Bill haussa les sourcils.

— La Natotale !

— Ouais, mon pote, soupira Johnny. Enfin, c'est un peu plus compliqué que ça. Monte, elle va te dire tout ce que tu as toujours rêvé de savoir !

Megan confia Bertie et Mélasse le labrador à Zoe, pour la bonne raison que tous deux mesuraient plus ou moins la taille d'un Caramel à l'âge adulte. Elle lui recommanda d'afficher de la fermeté, de se souvenir de son « non » et, au pis, lui fournit quelques biscuits pour chien servant d'arguments plus persuasifs. Elle l'envoya ensuite sur le circuit de quatre kilomètres et demi.

Sur tout le chemin qui descendait la colline et suivait la bordure du parc de Longhampton, Zoe se crut propulsée dans une publicité pour shampoing. Heureuse, elle souriait aux autres propriétaires de chien qui savouraient la fraîcheur de ce samedi matin. De leur côté, Mélasse et Bertie étaient fous de joie de laisser derrière eux leur cage pour se retrouver en plein air. Elle aussi, d'ailleurs. Elle s'aperçut, un brin horrifiée, que c'était la première fois qu'elle se lançait seule dans une nouvelle activité depuis la naissance de ses fils. Et l'expérience ne semblait pas si mal se dérouler.

Mieux que cela, même ! Elle avait l'impression d'être en vacances. Toute seule. Elle se sentait libre, légère, libérée. Comble du bonheur, les chiens paraissaient la prendre au sérieux, à voir la façon dont ils réglaient leur pas sur le sien et se retournaient de temps à autre vers elle, pris du besoin touchant de vérifier qu'elle suivait.

Mais, alors qu'ils atteignaient la partie la plus sauvage du parc, sur le chemin du retour, Bertie et son flair légendaire détectèrent une piste. Le basset s'emballa comme un poney, déroulant d'un seul bond toute la longueur de sa laisse extensible.

— Doucement ! hurla sans succès Zoe lorsqu'elle sentit le mécanisme se bloquer, en bout de bobine, manquant lui déboîter l'épaule d'un coup sec.

Elle pressa le pas pour éviter que le collier n'étrangle Bertie, qui, passé au trot, avançait si vite que ses oreilles battaient l'air.

— Doucement ! Au pied ! Au pied !

Par quelle formule magique arrêtait-on un chien en pleine course ? Elle se creusa l'esprit à la recherche de l'ordre adéquat.

— Stop ! Au pied ! Reste là !

Rien ne fonctionnait. Bertie la traînait avec détermination à travers le terrain communal en direction d'un petit groupe de gens. Et d'un chien.

Elle courait presque à présent. Elle baissa les yeux sur Mélasse, qui trottait à son flanc, d'une obéissance inébranlable malgré l'étrange tour que prenait la promenade.

— Désolée, s'excusa-t-elle, haletante, même si la docile femelle labrador ne semblait pas dérangée outre mesure.

Soudain, une vibration se déclencha dans la poche de sa veste. Son téléphone. Son beau sentiment de liberté s'évanouit sur-le-champ et son cerveau se mit à engendrer des images de scènes macabres : un accident au parc d'attractions, un carambolage sur l'autoroute…

Elle releva la tête pour étudier l'endroit vers lequel se dirigeait Bertie, une parcelle de pelouse relativement dégagée, sans haie ni buisson propices aux chutes, et décida de tenter sa chance. Après avoir rassemblé les deux laisses dans une seule main, elle chercha son téléphone portable dans sa poche intérieure tout en continuant de courir. Alors qu'elle avait enfin mis la main dessus, l'appareil lui glissa des doigts. Elle essayait de le rattraper lorsque son pied buta contre la terre meuble d'une taupinière. Elle perdit l'équilibre et chancela en avant, plongeant vers l'herbe mouillée et une plaque d'égout qu'elle n'avait pas remarquée avant de la voir se rapprocher dangereusement de son front.

Le temps qu'elle projette ses mains en avant, il était déjà trop tard pour amortir sa chute. Elle dérapa sur le sol, perdant au passage le téléphone et les laisses, et son crâne alla percuter la plaque de métal. Des étoiles jaillirent sous ses paupières, tandis que lui parvenaient en sourdine les aboiements réjouis de Bertie, qui galopait, libre comme l'air. Tout lui paraissait très très lointain.

— Ouille ! lâcha-t-elle dans un demi-sanglot en reconnaissant le goût piquant et métallique du sang à l'endroit où elle s'était mordu la lèvre.

Ce n'était qu'une question de secondes avant qu'un violent élancement traverse son front et ses paumes écorchées. La fameuse prise de conscience après une chute, dont elle essayait toujours, à grand renfort de paroles, de détourner ses fils.

Le téléphone sonna encore deux coups, hors de son champ de vision. Elle tenta de se redresser, mais le monde tournoyait autour d'elle. Les chiens ! Où étaient passés les chiens ?

Relevant la tête, elle avisa Bertie en train de bondir de joie autour du groupe qu'elle avait aperçu plus tôt. Tandis que les promeneurs regardaient dans sa direction, leur caniche ignorait les avances du basset comme une femme éconduit un dragueur inopportun dans une discothèque. Mélasse, elle, rôdait d'un air protecteur autour d'elle, la queue hésitante et les babines baveuses.

— Bertie ! hurla Zoe en se hissant péniblement sur ses pieds.

Des étincelles de douleur crépitèrent le long de sa paume, sa jambe, son épaule, et ses genoux cédèrent sous son poids. Elle retomba sur sa hanche.

— Oh, c'est pas vrai !

À la douleur venait se mêler l'embarras, d'autant qu'elle entendait les trois promeneurs approcher. Elle serra les paupières, posa la main sur son front d'un geste incertain. Son bonnet avait disparu, remplacé par une énorme bosse.

— Ça va ? brailla un homme. Ne bougez pas, on est avec un médecin.

— Vous pouvez attraper le chien ? cria-t-elle. S'il vous plaît ?

— Je le tiens ! lui répondit une femme.

Les bruits de course s'amplifièrent, bientôt substitués par des halètements sonores qui n'émanaient pas uniquement de Mélasse.

— C'était une chute plutôt rude, observa une voix désabusée. Mais digne de « Vidéo Gag ».

Zoe rouvrit les yeux pour observer l'homme debout au-dessus d'elle. Il portait, tiré sur ses oreilles, un bonnet de laine dont s'échappaient des touffes de cheveux bruns qui tombaient sur des yeux marron foncé. Son nez, rougi par le vent froid, ne diminuait en rien l'effet produit par sa barbe d'un jour et ses longs cils noirs. Pourquoi ne rencontre-t-on des sex-symbols que lorsque l'on vient de se couvrir de ridicule ? demanda une petite voix dans sa tête, à travers le bourdonnement sourd qui lui emplissait les oreilles.

— Hmm, ce n'est pas ma spécialité, mais je crois que vous avez déchiré votre jean, reprit-il. Si j'étais vous, je ferais très attention en me relevant.

Zoe lâcha un bougonnement intérieur. Du moins le croyait-elle avant de s'apercevoir qu'elle avait grogné tout haut, encouragée par le retour de la douleur dans ses paumes égratignées.

L'homme adopta une attitude plus professionnelle et, s'accroupissant près d'elle, lui saisit le menton pour la fixer dans les yeux. Gênée, elle détourna le regard.

— Ne le prenez pas mal, mais je vais vous demander de regarder mes pupilles, s'il vous plaît. Ne vous inquiétez pas, je suis médecin.

— Ça, je veux bien le croire, répliqua Zoe en étirant ses lèvres gonflées en un laborieux sourire. Je vous imagine mal rôder dans le parc, à attendre que des promeneurs tombent pour les hypnotiser.

— En effet…

Ses yeux étaient si beaux, comme ceux de Caramel dans les bons jours. Bruns, immenses, attendrissants. Ses prunelles s'obscurcirent. Fallait-il y voir « l'indice d'une attirance », comme l'expliquaient autrefois les magazines pour ados ?

— Non, je ne crois pas qu'il y ait de commotion. Vous ne vous êtes pas évanouie ?

— Non.

— Bien, mais vous allez tout de même avoir une jolie ecchymose à expliquer à votre petit ami quand vous rentrerez chez vous.

— C'est aussi bien que je n'en aie pas, alors, répondit-elle sans réfléchir.

Il sourit, son menton toujours entre ses doigts. Pourquoi fallait-il qu'elle eût choisi précisément ce matin-là pour se dispenser de maquillage, allant même jusqu'à faire l'impasse sur le mascara ?

— Vous vous sentez d'attaque pour vous relever ? demanda-t-il en contrôlant qu'elle ne souffrait pas d'autres blessures.

Zoe n'aurait pas été fâchée d'en avoir une ou deux en réserve à lui faire examiner.

— C'est le jean qui me fait le plus mal. C'était mon préféré.

Elle se remit sur pied, titubante, tandis que les deux autres promeneurs approchaient avec leur caniche noir, ainsi que Mélasse, toujours en laisse, et Bertie, qui se livrait à des sauts joyeux autour de la femme, dont il atteignait aisément les hanches en pleine extension.

— Prenez appui sur moi, l'invita le médecin en glissant son bras autour de ses épaules pour la soutenir. Voilà, passez votre bras autour de ma taille, si ça peut vous aider.

Elle lui tendit sa main libre.

— À propos, je m'appelle Zoe.

Elle ne s'était jamais retrouvée aussi près d'un homme depuis David. Il sentait le linge propre et le manteau de laine. Il la maintenait debout comme si elle ne pesait pas plus lourd qu'une plume.

— Oh, je m'excuse. Bill. Bill Harper. Il est possible que nous nous soyons déjà rencontrés au cabinet médical. Les noms et moi, ça fait deux !

— Non, je m'en souviendrais. Eh bien, bonjour Bill.

Ils échangèrent une poignée de main timide. Toute naïve qu'elle était, Zoe se rendait bien compte que ce n'était qu'un prétexte au contact physique. Soudain, elle eut un peu trop chaud sous son épaisse veste d'hiver.

Elle se reprocha de s'enticher du premier inconnu croisé au parc. Dix secondes plus tôt, elle paniquait à l'idée que ses enfants soient pendus par les pieds aux rails de montagnes russes.

— Mon téléphone…

Elle se pencha juste au moment où Bill se baissait gauchement pour chercher l'appareil dans l'herbe, si bien que leurs têtes se heurtèrent. Zoe laissa échapper un petit cri.

— Vous ne feriez pas de la pub pour une de ces sociétés d'indemnisation des dommages corporels, par hasard ? lança-t-il en se frottant le front à travers les mailles de son bonnet.

— Non, je suis juste un peu maladroite.

— Tout va bien ?

La jeune femme blonde se dépêcha de les rejoindre, suivie des trois chiens, dont elle confia les laisses à l'homme qui l'accompagnait pour ramasser le portable de Zoe.

— Johnny, prends ça, tu veux ? Tenez, votre téléphone. Rien de cassé ?

— Ça, c'était du plongeon ! remarqua le dénommé Johnny. Bertie vous doit des excuses.

— Vous connaissez Bertie ?

Zoe les considéra tour à tour, surprise. À en juger par la façon dont le chien reniflait et gigotait autour de la femme, lui semblait les connaître, en tout cas.

— Nous allions justement le promener, répondit cette dernière en se baissant pour flatter l'oreille du basset. Avec un peu de chance, nous serons sa nouvelle famille d'accueil. Natalie et Johnny. Enchantée !

— Lulu vient elle aussi du refuge, expliqua Bill. On dirait d'ailleurs que Bertie et elle ont un passé commun… Oh, mais regardez dans quel état sont vos mains ! Il y avait sûrement du verre ou des débris coupants par terre.

Il sortit un mouchoir rouge de sa poche.

— Tenez, appuyez-le bien dessus. Et gardez les mains au-dessus de votre tête.

— Pour stopper l'hémorragie ?

— Pour éviter de m'assommer par accident, rectifia-t-il avec un sourire.

Zoe sentit apparaître sur ses lèvres un sourire qu'elle soupçonnait un tantinet benêt.

— Et si nous prenions la route du refuge ? proposa Natalie. Nous avons préféré nous garer ici pour promener Lulu avant d'y aller, nous ne voulions pas qu'elle pense que nous la ramenions si peu de temps après son adoption.

Zoe récupéra la laisse de Mélasse des mains de Johnny.

— Il est à vous ? lui demanda Bill, tandis qu'ils prenaient le chemin du sentier.

— Non, pas lui. Le mien n'a que quelques mois. Enfin, le mien… Celui qu'on m'a refourgué. Je travaille la journée, je le mets à la garderie avec Megan. À son âge, il ne peut pas faire de promenades de plus d'un quart d'heure.

— Un quart d'heure ? s'étonna-t-il avec une mine qui semblait s'exclamer « Ça alors ! ». Je croyais que les chiots réclamaient beaucoup de travail.

— Beaucoup de travail ? se récria Zoe en plaquant ses mains endolories sur ses joues. Tous ces pleurs ! Et ces drames ! Je dors sur le canapé pour pouvoir lui ouvrir la porte deux fois par nuit pour ses petites envies. Franchement, je ne sais pas qui dresse qui dans cette histoire.

Tandis qu'elle éloignait Mélasse de la tentation d'une poubelle, la douleur dans son front lui arracha une grimace.

— Comment va votre tête ? s'enquit Bill. Ça ne s'arrange pas ?

Il jeta un coup d'œil à Natalie et Johnny. Devant eux, ils remontaient le sentier à une allure bien plus soutenue sous l'impulsion de Bertie.

— Ça va aller. Vous voulez peut-être les rattraper ? s'empressa-t-elle d'ajouter. Ne vous sentez pas obligé de rester à la traîne.

— Non, non, ça ne me pose aucun problème. C'est bien pour eux de former des liens affectifs avec Bertie, ça leur permettra de savoir à quoi s'attendre, sourit-il, révélant des dents blanches bien droites. Si je peux me permettre un conseil, je crois que vous devriez vous étendre et vous laisser aller pendant quelques heures.

— Mais nous venons à peine de nous rencontrer ! repartit-elle du tac au tac.

Le sourire de Bill s'élargit.

— Laissez-moi vous raccompagner au chenil. Je suis sûr qu'il y a là-bas un endroit où vous pourrez vous détendre un moment. Et des glaçons pour éviter que la bosse n'enfle davantage. Vous êtes pressée ?

— Non, répondit-elle en songeant au long week-end solitaire qui l'attendait. Pas du tout.

— Bien.

Un infime silence plana au-dessus d'eux. Elle draguait, constata soudain Zoe. Et on la draguait. Pour une nouvelle ! Elle était encore capable de jouer au jeu de la séduction, et il y avait encore quelqu'un sur cette terre pour vouloir y jouer avec elle !

— Allez, dit Bill en posant une main à peine perceptible sur ses reins. Prenez votre temps.

Et, tandis que Zoe se délectait du plaisir inhabituel de se faire dorloter, pour changer, ils reprirent leur marche vers le sommet de la colline avec Lulu, qui trottinait tranquillement à leur côté.

— Ça s'est bien passé, non ?

Natalie sortit lentement du parking de façon à ne pas secouer son nouveau passager, solidement arrimé à la banquette arrière par un harnais aux allures de bandage herniaire.

— Si tu entends par là que tu as convaincu les gens du refuge que tu t'étais documentée sur le sujet, alors oui, je dirais que ça s'est bien passé, convint Johnny d'une voix égale. Au final, cette Rachel en est arrivée à te demander conseil.

— Je veux juste être certaine qu'on a tout ce qu'il faut pour Bertie, dit-elle en se tournant vers lui. Je veux qu'on soit à la hauteur pour lui.

— Et tu le seras, l'apaisa-t-il en refermant une main rassurante sur son genou. Tu vas faire une maîtresse formidable. Il t'aime déjà. Pas vrai, mon vieux ?

Il se tortilla sur son siège pour donner ses doigts à lécher à Bertie.

— Fais attention, Jon, je ne veux pas qu'il soit malade, prévint-elle avec un coup d'œil dans le rétroviseur.

Il avait fallu déployer beaucoup d'efforts de persuasion pour faire grimper le basset dans la voiture. En ultime recours, Megan avait caché une saucisse à l'arrière pour le décider à sauter sur la banquette.

Bertie affichait à présent une mine tragique, assis dans son harnais comme s'il se préparait à sauter en parachute. Cela dit, se remémora Natalie, il avait pris le même air au retour de promenade, lorsqu'il avait chapardé un sandwich au bacon.

— J'ai vu que tu nous avais inscrits pour le week-end prochain. C'est pour les sandwichs au bacon ou pour t'assurer que Bill et Lulu y aillent ?

— Un peu des deux, répondit-elle en dissimulant un petit sourire.

— Je dois reconnaître que le plan semble fonctionner. Homme plus chien égalent bel et bien idylle.

— Tu crois qu'ils accrochent, tous les deux ?

— Vu la façon dont ils bavardaient dans la cuisine, oui. Je n'ai jamais vu Bill aussi animé.

Les bénévoles du week-end formaient un groupe sympathique. En plus d'eux trois, il y avait Zoe, qu'ils avaient rencontrée dans le parc, de gentils vieillards et un ou deux adolescents que Johnny connaissait du collège. En jean sous un ravissant pull de cachemire, Rachel Fielding préparait des en-cas pendant que Megan dirigeait un petit cours pour maîtres en herbe. Tout le monde mettait son grain de sel et y allait de son conseil, notamment sur le meilleur moyen d'ôter les poils de chien d'un filtre de lave-linge. Natalie avait trouvé l'atmosphère agréable. C'était un peu comme un club, sans l'aspect compétitif qui pouvait transformer chaque réunion de son cercle de lecture en examen de passage.

Tout au long de la matinée, elle avait gardé un œil sur Bill. Il avait raisonnablement parlé avec Megan, notamment au sujet du toilettage de Lulu.

— J'espère que tu as raison, remarqua-t-elle. Elle me plaît beaucoup. Elle est très drôle et très sympa.

— Hmm… Un peu trop sujette aux accidents, mais ça tombe plutôt bien puisqu'il est médecin.

— Pardon ?

— Oui, après sa chute au parc, elle a failli trébucher sur Bertie, quand il attendait à la porte. Et tu peux me croire que Bill ne s'est pas fait prier pour s'assurer une fois de plus qu'elle avait évité le traumatisme.

— Mais je ne parlais pas de Zoe, rectifia Natalie, interloquée. Je parlais de Megan ! C'est Megan qui est parfaite pour Bill.

— Pourquoi pas Zoe ? interrogea Johnny avec son air de n'y rien comprendre aux femmes. Elle est jeune, et jolie, et elle a un chiot adorable. Pourquoi ne plairait-elle pas à Bill ?

Une petite bruine vint moucheter le pare-brise de la Mini, désormais coincée dans les embouteillages. Natalie actionna les essuie-glaces en essayant de déterminer ce qui, chez Zoe, ne convenait pas à Bill. Elle était gentille, certes, mais ce n'était tout simplement pas une fille pour Bill Harper, un homme qui, de son propre aveu, ne pourrait jamais sortir avec quelqu'un qui n'appréciait pas les films de Hitchcock.

— Je ne sais pas, finit-elle par admettre. Peut-être parce que Bill a toujours su très précisément ce qu'il voulait.

— Et on peut dire qu'il l'a trouvé ! ironisa Johnny. Il a bien eu le coup de foudre pour un caniche alors qu'il était parti pour adopter un épagneul.

— C'est vrai.

— Et nous, on ne l'accompagnait pas du tout pour trouver un chien et on se retrouve avec Bertie sur la banquette arrière. Personne ne sait vraiment ce qui est parfait pour lui avant de tomber dessus. Il faut faire confiance à la vie.

Natalie contempla le soir pluvieux, ses pensées tournées vers les autres chiens qui, couchés dans leur cage, la tête sur leurs pattes, se demandaient qui viendrait les chercher, eux, et espéraient chaque fois que la porte du chenil s'ouvrait devenir le choix inattendu de quelqu'un. Johnny avait toujours cru aux fins heureuses, parce qu'il n'envisageait jamais la possibilité inverse.

— Ou peut-être que j'ai la chance de toujours tomber sur la perfection, ajouta-t-il à voix basse.

Tandis que la main de son mari venait couvrir la sienne sur le levier de vitesse, Natalie songea qu'il était grand temps qu'elle adopte son mode de pensée.

13

Le mercredi, Megan demanda à Rachel l'autorisation de prendre sa soirée. Ce serait sa première sortie depuis plus de deux mois.

— Ça ne t'ennuie pas ? s'enquit-elle devant le petit-déjeuner. En général, j'ai trois soirs de libres par semaine. Mais, évidemment, avec Dot et le reste… ajouta-t-elle, levant les mains dans un geste d'excuse. Je vais juste en ville avec des copains, pour un anniversaire. Je ne serai pas loin, en cas d'urgence.

Rachel ne pouvait décemment pas dire non. Megan avait récuré le chenil à son réveil et attendait toujours de Dot un petit quelque chose à titre posthume, qui ne pouvait lui être consenti tant que la requête d'homologation n'avait pas été déposée. Celle-là même dont elle comptait venir à bout dans la matinée. Sans faute.

— Pas du tout, il n'y a aucun souci, répondit-elle en feuilletant le courrier du matin à la recherche de factures comminatoires. Tout ira bien pour moi. Je gère.

— Super ! Et tu as fait la demande de permis pour la pension ?

— Oui.

Un pieux mensonge, étant donné qu'elle s'en serait chargée avant la fin de l'après-midi. Elle entendait bien placer cette journée sous le signe de l'efficacité.

Elle prit un autre toast dans la haute pile en face d'elle, ayant bel et bien tiré un trait sur son abstinence de pain, et ouvrit le catalogue de vente de chez Christie, l'un des quelques établissements huppés qui comptaient manifestement Dot dans leur liste de publipostage.

— Peux-tu me passer la marmelade, s'il te plaît, Megan ?

— Rachel, la demande, tu l'as faite ?

Rachel leva les yeux des objets d'art aux enchères présentés sur les pages de papier glacé. Megan s'était emparée du pot collant donné par l'association féminine de Longhampton et le maintenait hors de sa portée.

— Essaierais-tu de me dresser ?

— Est-ce que tu as rempli le formulaire ? insista la jeune femme. Parce que le conseil municipal peut fermer les yeux un moment, mais il va commencer à nous chercher des noises s'il continue à y avoir des chiens dans nos locaux sans gérant officiel. Ça ne te prendra pas plus de deux minutes, précisa-t-elle en agitant la marmelade.

Rachel jugea plus sage de garder pour elle le fond de sa pensée. En réalité, elle espérait fuir Longhampton pour un monde libre de poils blancs et de bave avant de laisser le temps au conseil municipal d'examiner les nouveaux titres de propriété. Mais, alors même que son esprit formait cette perspective, une affreuse intuition lui soufflait qu'il ne serait pas aussi simple de retrouver un poste. Sans compter une confiance en elle au plus bas et une rude récession qui conduisait des agences à mettre la clé sous la porte aux quatre coins de la capitale.

Megan la fixait avec l'air de ne pas s'en laisser compter.

— Ça ne veut pas dire que tu devras à tout prix rester ici. Par contre, on pourra remplir un peu les caisses en attendant que tu te décides.

Rachel rendit les armes. À quoi bon tenir tête ? Même si elles venaient à peine de se rencontrer, Megan la connaissait déjà comme sa poche. Soit la jeune femme avait acquis l'aptitude de Dot pour lire dans l'esprit des animaux, soit Rachel était devenue horriblement facile à cerner depuis qu'elle avait quitté Londres.

— D'accord, d'accord, je vais m'en occuper ce matin. Maintenant, est-ce que je peux avoir la marmelade, s'il te plaît ?

— Brave Rachel !

Megan lui tendit le pot en souriant de toutes ses dents.

Les chiens écoutaient le feuilleton de 19 heures sur Radio 4 lorsque Rachel poussa les portes du chenil avec, serrées dans sa main, les instructions griffonnées par Megan.

— Bonsoir tout le monde ! lança-t-elle à la cantonade en quittant ses talons hauts pour glisser ses pieds dans les bottes en caoutchouc qui attendaient près de l'entrée.

Si parler avec les chiens lui était devenu machinal, elle ne s'était pas encore habituée au cocktail de pelage, de crotte et de désinfectant qui régnait dans la dépendance avant son nettoyage.

Son arrivée ne déclencha que quelques aboiements discrets. Le ventre plein, les pensionnaires somnolaient, pour la plupart lovés dans leur panier, la tête s'affaissant doucement de côté, comme s'ils se concentraient sur les derniers potins du village de la fiction radiophonique.

Bijou la rejoignit sans un bruit, tandis qu'elle épinglait la liste de Megan sur le panneau d'affichage pour pouvoir s'y reporter aisément, bien qu'elle fût relativement brève :

« Contrôler et renouveler l'eau des gamelles, balayer les niches (pas près des staffies du fond, ils ont peur du balai, sans doute de mauvais souvenirs), désinfecter si nécessaire, vérifier les couvertures, changer de station pour Radio 3 ou Classic FM pour la nuit. »

Après avoir enfilé une paire de gants en plastique, Rachel ouvrit la première porte grillagée – celle de Chester, le springer-spaniel que l'enfermement rendait fou – et pénétra avec prudence dans la cage pour ramasser son bol d'eau.

À sa grande surprise, son occupant ne bondit pas dans le couloir comme s'il avait été propulsé par une catapulte. Au contraire, il demeura couché dans son panier, le regard vide, les oreilles tachetées de brun pendant mollement hors de sa couche.

— Ohé, Chester ! l'appela-t-elle en renversant l'eau de sa gamelle dans l'égout. Tu vas bien ?

Lorsqu'elle revint de la cuisine, après avoir rincé et rempli le récipient d'eau fraîche, le springer-spaniel n'avait pas bougé, ne serait-ce que pour éloigner d'un coup de patte le museau de Bijou, qui le reniflait avec l'inquiétude d'une nounou.

Tandis qu'elle observait le border-collie, Rachel sentit les premiers tressaillements de malaise gagner sa poitrine.

— Est-ce qu'il va bien ? lui demanda-t-elle.

Avec délicatesse, Bijou libéra l'espace de Chester pour s'asseoir dans le couloir. Au bout de l'allée, les staffies réclamaient de l'attention à force d'aboiements, mais même leur concert échouait à animer un peu le springer-spaniel.

— Chut ! dit-elle en avançant pour les faire taire, tandis que Chester émettait un gémissement grave qui la frappa de panique.

Megan n'avait quitté les locaux que depuis quelques heures et déjà Rachel perdait pied. Elle avait beau être vive d'esprit et avoir absorbé quelques conseils de base sur les soins canins exposés dans les prospectus de Dot, elle ne possédait pas la moindre notion des premiers secours. Reste qu'elle connaissait suffisamment bien Chester pour savoir que tout comportement qui ne s'apparentait pas à une légère hystérie relevait, chez lui, du dysfonctionnement.

Elle flaira l'air autour d'elle, décelant une odeur pour le moins écœurante. D'un regard, elle en identifia la source : une flaque de diarrhée jaunâtre souillait le fond de la cage, aussi loin que possible du panier, s'étirant en un long filet comme si la pauvre bête n'avait pas réussi à se retenir jusqu'au bout.

— Mon Dieu !

Par réflexe, elle recula d'un pas. Elle ne portait pas son plus beau pantalon, mais pas non plus son uniforme de travail. Jamais elle n'arriverait à le débarrasser de l'odeur infecte de lisier, maintenant !

Chester était-il gravement malade ? Risquait-il de contaminer les autres chiens ? Et s'il mourait ? Serait-elle tenue pour responsable ? Elle referma la grille à toute vitesse et s'apprêtait à fuir lorsqu'elle aperçut du coin de l'œil le springer-spaniel. Il la dévisageait d'un regard terne, déployant des efforts pitoyables pour remuer sa queue.

Dans un éclair de conscience, elle comprit ce que Dot devait ressentir au milieu de ses protégés et oublia sur-le-champ son estomac délicat. C'était à elle qu'il incombait d'aider Chester, il n'avait personne d'autre vers qui se tourner. La confiance dont il faisait preuve à l'égard d'un être humain, alors même que ses maîtres adorés s'étaient débarrassés de lui comme d'un canapé trop encombrant, était plus que ne méritait Rachel.

Retirant ses gants d'un mouvement brusque, elle retourna dans la cage pour caresser les douces oreilles de Chester et s'accroupit près de lui tandis qu'il tentait de lui lécher la main. Elle s'évertuait à ignorer les dégâts que les mouchetures d'excréments sur les pattes arrière du chien causaient à son pantalon.

— Je ne sais pas ce qui se passe, Chester, chuchota-t-elle dans un souci irrationnel de ne pas être entendue des autres chiens. Mais je vais trouver quelqu'un qui le saura, d'accord ?

Elle se leva, referma la grille avec des mains tremblantes et gagna le bureau aussi rapidement que possible sans semer la panique dans tout le refuge. Plusieurs numéros abrégés étaient enregistrés dans le téléphone sans fil près de la porte. Son doigt hésita entre « Megan portable » et « George portable ».

Elle ne voulait pas gâcher la soirée de Megan, d'autant que, si Chester était vraiment malade, cette dernière finirait par contacter George.

Sans réfléchir, elle pressa le raccourci du vétérinaire, qui répondit au bout de seulement deux sonneries.

— Que se passe-t-il, Rachel ? Des poils sur votre jupe ? À moins que ce soit la robe des chiens qui jure avec la vôtre ?

— Non, c'est Chester, expliqua-t-elle, trop inquiète pour répondre aux provocations. Je crois qu'il est malade. Il a la diarrhée, il est dans son panier depuis tout à l'heure.

Elle retourna vers la cage, où le springer-spaniel n'avait pas bougé.

— Il est là, couché. On dirait qu'il est sur le point de rendre l'âme.

— Restez en ligne et ne paniquez pas, lui commanda George d'une voix devenue autoritaire et calme. A-t-il vomi ? A-t-il de la fièvre ?

— Je ne sais pas, répondit-elle, gagnée par un sentiment d'impuissance et terrifiée pour la pauvre bête. Qu'est-ce que je peux faire ? Est-ce que c'est ma faute ?

— Non. Enfin, je ne crois pas. Ce n'est sûrement rien de grave, mais je vais venir jeter un coup d'œil. Surveillez-le et assurez-vous qu'il ait toujours de l'eau fraîche à disposition. J'arrive.

Lorsqu'il raccrocha, Rachel demeura immobile un moment, les jambes molles. Jamais elle n'avait éprouvé un tel sentiment d'inaptitude et une panique aussi totale. Comment George pouvait-il conserver son sang-froid ?

Elle alla chercher une couverture propre dans la pile du placard de fournitures et regagna la cage pour en envelopper le petit corps, qui tremblait sous son pelage plumeux. En sentant sa présence près de lui, le chien imprima toutefois à sa queue un frétillement de gratitude pathétique qui lui fendit le cœur.

— George arrive, le rassura-t-elle. Je vais continuer à m'occuper des autres, mais je ne te quitterai pas des yeux, d'accord ? S'il te plaît, tiens au moins jusqu'à son arrivée.

Chester lui répondit par un mouvement de la queue plus affaibli encore que le précédent. À présent, même les staffies des cages du fond ne faisaient plus de bruit.

14

Durant le quart d'heure qui suivit, Rachel renouvela l'eau dans les gamelles, nettoya les cages et vérifia les couchages avec un zèle tout nouveau. Pas un seul instant elle ne quitta des yeux Chester, qui ne prenait pas la peine de la regarder, avachi dans son panier. Les autres chiens, sentant la situation anormale, respectaient un silence tout religieux.

L'émission culturelle de 19 h 15 sur Radio 4 n'était pas terminée que la porte coupe-feu s'ouvrit sur la silhouette charpentée et familière de George, qui en remplissait tout l'encadrement.

Rachel n'avait jamais été aussi heureuse de le voir.

— Vous avez fait vite !

Elle se frotta les mains l'une contre l'autre pour les dépoussiérer puis remonta le couloir au pas de course.

— Je passais par là, comme on dit, répondit le vétérinaire, sa mallette déjà ouverte. Alors, où est le malade ?

— Juste là.

Elle ouvrit la cage et, après avoir laissé George y entrer et s'agenouiller devant le panier de Chester, rôda avec angoisse dans le couloir devant la grille.

— Il va s'en sortir ?

— Bon sang, Chester, qu'est-ce que tu t'es mis sous la dent ? Bon, laisse-moi regarder ça, mon vieux.

George se mit à murmurer au springer-spaniel des mots joyeux et rassurants qui contribuèrent à apaiser Rachel autant que son patient.

— Laisse-moi deviner. Un lapin pourri ? À moins que tu n'aies recommencé à faire les poubelles ?

Ses mains se promenaient avec des gestes experts sur la tête du chien. C'était un spectacle envoûtant et, aussi surprenant que cela puisse paraître à Rachel, pour le moins sexy. Il fallait voir l'art mêlé de tendresse avec lequel le vétérinaire ouvrait les paupières du chien et auscultait son petit corps.

— De quoi souffre-t-il, selon vous ? lui demanda Rachel, anxieuse, lorsqu'il se releva enfin. Est-ce qu'ils risquent de tous l'attraper ?

— Je ne crois pas, répondit-il en se passant du gel antibactérien sur les mains. C'est plus probablement un petit extra qu'il s'est offert pendant la promenade. Mais ça ne coûte rien de le garder sous surveillance, au cas où. Je crois que des caisses d'isolement sont rangées dans le débarras. Nous pourrions l'y mettre cette nuit, ça vous permettrait de garder un œil sur lui.

— Vous êtes sûr qu'il n'est pas contagieux ? insista-t-elle, les yeux écarquillés d'inquiétude.

Elle était reconnaissante au vétérinaire de se retenir, une fois n'est pas coutume, de faire des gorges chaudes de son inexpérience.

— Quasiment. Les chiens des rues maraudent, c'est plus fort qu'eux. Il y a plus de peur que de mal. Il n'y a pas de sang dans ses selles. Je peux lui donner un petit quelque chose contre la déshydratation et il devra peut-être se mettre au régime riz-poulet pendant quelques jours.

Il souleva le panier du springer-spaniel avec aisance pour le déposer à l'écart.

— Nous ferions mieux de nettoyer cette colique. Voyons un peu où vous en êtes dans votre formation. Vous avez déjà utilisé les seaux ? Venez, je vais vous aider.

Rachel ouvrit la bouche pour protester, mais George l'arrêta d'un sourire.

— Allons, pas la peine de prendre cet air paniqué, observa-t-il en lui tapotant le bras. Ça arrive très souvent.

Son sourire donnait à son visage anguleux et farouche un air familier de gentil géant. L'ombre d'une seconde, elle entrevit dans ses traits ce qui conduisait la gent féminine de Longhampton à l'ériger en Daniel Craig local.

— Vous m'inquiétez plus que Chester, pour tout vous dire. On dirait que vous avez vu un fantôme. C'est le sort de votre pantalon qui vous met dans ce drôle d'état ?

— Non, c'est Chester, reconnut Rachel. J'étais vraiment… inquiète.

Elle posa sa main sur sa poitrine, ne feignant qu'à moitié la crise de tachycardie.

— J'ai cru que c'était ma faute.

— Et vous n'êtes pas une amatrice de chiens ! observa-t-il avec un grognement amusé. Je crois que nous pouvons arrêter de nous mentir maintenant, qu'en dites-vous ? D'autant que, si l'on en croit la rumeur, vous promenez Bijou plus qu'il n'est strictement nécessaire.

— Comment savez-vous ça ? Il faut vraiment que cette ville soit petite pour que les promenades de chiens deviennent la distraction générale !

Plaidant l'innocence d'un geste des mains, George se tourna pour ouvrir le tuyau d'arrosage.

— Je dis ça comme ça. Je sais que rien ne vaut une longue marche avec un bon compagnon pour déballer ses soucis à une oreille compréhensive.

Rachel ne pouvait pas voir son visage, car il s'était retourné pour laver la cage à grande eau, envoyant de larges giclées d'un geste exercé, mais son ton était celui de la conversation, ni plus ni moins.

— Les chiens savent écouter, eux. Ils n'essaient jamais de donner des conseils, pas comme les humains.

Rachel le fixait, bouche bée.

— Vous pourriez ajouter cet argument dans votre campagne d'adoption, remarqua-t-il, levant une main pour tracer un titre imaginaire devant lui : « Adoptez un chien. Plus efficace qu'un psy, meilleur compagnon qu'un bon à rien. »

Rachel cessa de changer les gamelles d'eau dans la cage des staffies. Voilà qui approchait un peu trop de la vérité. Megan avait-elle parlé ? De sa démission ? D'Oliver ? Elle en eut la chair de poule. Elle devait à tout prix dissiper le malentendu avec la jeune femme. Mais, alors que l'idée de tout avouer lui traversait l'esprit, elle vit la chance de repartir du bon pied lui échapper. Elle pinça les lèvres. Elle avait laissé l'ancienne Rachel derrière elle, se rappela-t-elle. À partir de maintenant, elle n'était plus qu'une célibataire de trente et quelques petites années qui prenait un nouveau départ dans la vie.

Pour cela, elle devait commencer par porter son attention sur des hommes incontestablement sans attaches. Or, peu de personnes correspondaient mieux à cette description que George Fenwick.

— Ou qu'une bonne à rien, ajouta-t-elle, sourcils arqués. D'après Megan, il y a toujours une place devant votre cheminée. Permettez-moi de vous présenter mon adorable amie, Mélasse, la femelle labrador chocolat.

— Les présentations ont été faites. Nous nous sommes déjà rencontrés, le temps de lui faire goûter à mon bistouri et de la mettre au régime. Une demoiselle charmante, mais pas tout à fait mon genre.

— Et quel est votre genre ?

Il se figea, la gamelle d'eau des westies entre les mains.

— Je préfère les esprits capables de penser par eux-mêmes. Les labradors sont ravissants mais un peu… passifs. Un brin d'indépendance n'est pas pour me déplaire. Voire un chouïa de hargne.

— Dans ce cas, laissez-moi vous montrer notre vaste gamme de terriers, grincheux à souhait, observa-t-elle avec un geste de présentatrice de jeu télévisé en direction du bout du couloir, d'où s'élevaient des jappements. Nous en avons de toutes les couleurs possibles et imaginables. Tous très revêches.

Ils se tenaient tous les deux immobiles, un bol d'eau entre les mains. Le thermostat devait être passé en mode nuit car Rachel commençait à avoir un peu chaud.

— Je n'ai pas dit que je voulais un caractère bougon, juste un peu de vie.

Il marqua une pause, avant d'ajouter, avec l'ombre d'un clin d'œil :

— Et de bonnes hanches.

Son côté Daniel Craig apparaissait de façon très prononcée à présent. À moins que l'éclairage vertical ne fût doté de propriétés très flatteuses.

— Par cela, j'entends bien sûr sans dysplasie de l'articulation. Le grand drame de ma vie !

Il reporta son attention sur Chester, dont il souleva le panier sans effort.

— Bien. Si l'interrogatoire est fini, nous devrions mettre notre malade au calme et vous servir un verre. Vous avez l'air d'avoir besoin d'un petit remontant.

20 heures approchant, il ne semblait que justice de proposer à George de partager le dîner d'une simplicité embarrassante qu'elle avait prévu de se préparer. Aussi, lorsqu'il l'écarta des fourneaux d'un petit coup de coude pour « améliorer » ses tentatives, Rachel ne se fit-elle pas prier pour lui céder la place et ouvrir une bouteille de vin en l'observant d'un œil impressionné.

George se mouvait dans la cuisine avec la même compétence qu'il avait montrée pour établir le diagnostic de Chester, lequel se remettait à présent dans la chaude buanderie voisine, pelotonné dans une caisse. Tout en hachant et jetant ail, sel et vin dans la poêle, le vétérinaire lui posa une foule de questions. Comment trouvait-elle la maison ? S'était-elle essayée au parcours d'agility avec Bijou ? Freda lui avait-elle raconté comment Pépin avait un jour sauvé la vie de Ted en lui apportant les cachets pour le cœur qu'il avait oubliés de prendre ? Avait-elle gobé cette histoire ?

Sirotant son vin, Rachel se laissa porter par les flux et reflux de la conversation, chaque seconde plus à l'aise en compagnie de George. Ce dernier écoutait d'une oreille attentive ses réponses avant de la bombarder de questions additionnelles. Si le ton se révélait parfois brusque, elle n'en appréciait pas moins l'échange. Elle avait connu son lot de gens renfermés qui ne recouraient à l'interrogation que pour éviter d'avoir à se dévoiler, mais George n'appartenait pas à cette catégorie. Il parlait volontiers de son travail à Longhampton et ne résista pas au plaisir de lui raconter les excentricités hilarantes de certains propriétaires d'animaux de la ville, bien qu'il eût la courtoisie de ne citer aucun nom.

Chacun de ses sarcasmes, si dépourvu de malice fût-il, était contrebalancé par une question plus douce délivrée dans un grossier emballage.

— J'ai deviné que vous étiez une habituée des restaurants à l'instant où je vous ai vue essayer de peser les spaghettis sur la balance, observa-t-il en retroussant ses manches. Et comment avancez-vous dans le tri de la maison ?

Il posa devant elle une généreuse assiette aux effluves exquis.

— Gérer le chenil est déjà assez compliqué comme ça, ce doit être un drôle de boulot de vous mettre à éplucher les affaires personnelles de votre tante. Seule, en plus.

— Si j'avais su à quel point ce serait bizarre !

Saisissant sa fourchette, elle se commanda de ne pas manger plus de la moitié de sa portion pantagruélique.

— Je savais que je n'avais jamais vraiment bien connu Dot, mais j'en suis à me demander qui de nous la connaissait vraiment. Si vous voyez ce que je veux dire…

— Plus ou moins. Mais où est passée la fameuse orfèvre des mots ? la taquina-t-il en attaquant avec enthousiasme son assiette de spaghettis.

— Orfèvre, non. Je suis une brodeuse et une fabricante professionnelle de bonnes nouvelles… Bref, je comprends maintenant pourquoi les gens font des enfants. Il suffit de leur dire qu'ils auront la moitié chacun et les laisser démonter la maison. Ma mère disait toujours : l'un divise, l'autre choisit. Dans le fond, c'est sûrement le moyen le plus rapide pour obtenir l'homologation. Si Dot avait légué la moitié de ses biens à ma sœur, des fourgons de déménagement et l'équipe d'« Un trésor dans votre maison » feraient déjà la queue dans le verger.

George rit.

— C'est la meilleure solution dont on m'ait jamais parlé.

Il décrocha les yeux de son assiette et inclina la tête sur le côté, soudain sérieux.

— Mais si vous avez besoin d'un coup de main, n'hésitez pas, d'accord ? Et pas seulement pour les travaux lourds.

— D'accord, répondit Rachel, touchée.

— Alors, dites-moi, avez-vous réglé le problème de votre succession ? demanda-t-il, l'air de rien. Des enfants ? Un fiancé ? Un partenaire ou, je ne sais pas, le mot d'usage de nos jours dans la capitale pour désigner ça ?

— Pas d'enfants, non.

Oliver avait été formel : il n'y aurait pas de bébé accidentel sous sa vigilance. Les couches, c'était fini pour lui, lui avait-il déclaré, bien que son troisième enfant, Jensen – prénom idiot par excellence –, eût vu le jour un an après qu'il lui avait juré de ne plus partager la chambre de Kath, provoquant ainsi une dispute légendaire. C'était à ce moment-là qu'elle aurait dû mettre les voiles, quand elle avait seulement trente-quatre ans et encore du temps devant elle.

Ses doigts hésitèrent sur le pied de son verre, tandis que ce souvenir entamait son humeur. Prenant ce geste pour un signe, George lui resservit du vin.

— Ni fana des enfants, ni fana des chiens, alors ?

— Merci. Oh, non, j'aime les enfants qu'on peut retourner à l'envoyeur, déclara-t-elle en enroulant ses spaghettis autour de sa fourchette d'une main experte. Je dis toujours que mon horloge biologique doit être numérique, parce que je n'entends pas ses aiguilles tourner.

C'était une repartie pleine d'esprit qu'elle avait déjà éprouvée auprès de sa mère. Et c'était vrai, tant qu'elle ne se penchait pas trop sur la question.

Puisque George l'avait interrogée sur un sujet aussi personnel, elle s'estima en droit de lui renvoyer la balle.

— Et vous ?

Il secoua la tête.

— Il paraît qu'il faut d'abord trouver une femme. Je travaille quatre-vingts heures par semaine. Comme je le répète toujours, ce ne serait pas correct de prendre un chien dans ces conditions, alors une compagne ! Cela dit, je le savais quand j'ai commencé mes études. À moins de rencontrer une véto… remarqua-t-il avant de hausser les épaules. Je crois que c'est ce qui explique que les vétérinaires d'autrefois avaient des gouvernantes.

La petite ritournelle de George lui sembla aussi bien rodée que la sienne, cependant il soutint son regard quand il la lui récita.

— C'est une vie asociale, ajouta-t-il, ses yeux bleus pétillant dans la pénombre. Sans doute égoïste, aussi, mais…

— Vous l'aimez, je sais, convint Rachel, qui le comprenait parfaitement. C'est comme s'il fallait avoir honte d'apprécier une existence sous pression et sans enfants. J'y ai droit sans arrêt. Et, quand on essaie d'expliquer l'immense satisfaction que l'on ressent à trimer toute la nuit pour rapporter un gros client, ou pouvoir partir à Venise sur un coup de tête, ou…

Elle tenta de trouver un équivalent dans l'univers vétérinaire.

— … ou de sauver un poney malade ou je ne sais quoi, les gens vous regardent avec des yeux compatissants, l'air de dire : « Oh, c'est parce que tu n'as pas d'enfants, tu cherches un dérivatif dans le travail. »

Elle avala une généreuse gorgée de vin.

— Eh bien, non. Je suis désolée, ce n'est pas un dérivatif. C'est ce que je veux.

En face d'elle, George semblait amusé par son petit discours.

— Vous connaissez le canal de Longhampton ? C'est très pittoresque.

— Il faudra m'y amener.

— Ce sera avec plaisir, dit-il en levant son verre. Je ne peux pas vous promettre des gondoliers, mais je pourrai toujours vous offrir un Cornetto.

— Affaire conclue.

Elle lui adressa un sourire, qu'il lui rendit. Lorsque leurs regards se rencontrèrent, l'espace entre eux se chargea d'une telle électricité qu'elle dut baisser les yeux.

D'un coup d'œil, elle nota son demi-sourire sardonique et sa chemise à carreaux qui défiait tous les critères de la mode. Le vin, l'atmosphère et la conversation tranquille concouraient chez elle à une certaine détente, toutefois relevée d'une pointe de tension.

— C'est bon ? demanda-t-il avec un geste en direction des pâtes. Ça fait un bail que je n'ai pas cuisiné pour deux.

Rachel croisa son regard. Ses lèvres la picotèrent et elle prit conscience de tout son être : son expression, ses vêtements, sa bouche. Elle n'avait plus éprouvé cette sensation depuis longtemps. George n'était pas beau, ce n'était pas un Oliver, mais il y avait chez lui un je-ne-sais-quoi qui lui donnait l'impression de déjà le connaître.

— Combien de temps ? l'interrogea-t-elle d'un air désinvolte.

Il fit mine de réfléchir.

— Oh… des années.

— Vos plats ne s'en ressentent pas. C'est délicieux.

— Vous m'en voyez flatté. Vous êtes le genre de femme plus habituée aux invitations au restaurant qu'aux plats mitonnés pour elle, je me trompe ?

— Mon ex ne cuisinait pas. Et, oui, je préfère manger dehors, comme vous l'aurez déduit de mes compétences culinaires.

— Sérieux, cet ex ?

L'intonation était légère, mais Rachel savait qu'ils virevoltaient autour de questions critiques que tous les deux mouraient d'envie d'éclaircir sans pour autant laisser paraître un intérêt excessif pour leurs réponses.

— Plutôt oui. Un collègue de travail. Nous avons rompu il y a quelques semaines.

Il prit une expression qui se voulait compatissante mais se révéla bien plus complexe.

— Ah. Navré de l'apprendre.

— Oh, il n'y a pas de quoi, s'empressa-t-elle d'ajouter. Cette histoire ne nous menait nulle part. J'aurais dû y mettre le holà, mais…

— Les hommes se comportent parfois comme des imbéciles, déclara-t-il, buvant une petite gorgée de vin avant qu'elle puisse lire son visage.

Elle se creusait la tête à la recherche d'une réplique aussi spirituelle que charmeuse lorsque le téléphone sonna.

— Excusez-moi, dit-elle, repoussant sa chaise pour se lever.

Lorsqu'elle décrocha le combiné de l'appareil fixé au mur, elle dut se concentrer pour distinguer la voix par-dessus le brouhaha d'un pub.

— Salut, Rachel, c'est Megan. Tout va bien ?

— Bonsoir, Megan. Oui, tout va bien. Enfin, plus ou moins. Chester a mangé quelque chose qu'il n'aurait pas dû, il m'a donné une peur bleue, mais je crois que ça va maintenant. George est là.

— Ah bon ? s'exclama la jeune femme, un peu trop surprise au goût de Rachel. Super ! Écoute, ça va être dur pour moi de rentrer ce soir. Mon amie Juliet a un peu trop forcé sur l'*happy hour*, il vaut mieux que je reste avec elle pour la nuit. Est-ce que ça va aller de ton côté ? Je vais tenter de rentrer à la première heure demain, pour que tu n'aies pas à t'embêter avec…

— Serais-tu en train d'insinuer que je ne suis pas capable de me débrouiller toute seule ?

Abandonnant sa chaise, George esquissa un geste en direction du téléphone.

— Donnez-moi ça. Allô, Megan ? Megan, tu seras ravie d'apprendre que Rachel a nettoyé les cages aussi bien que tu l'aurais fait. Oui, partout. Tout le cailloutage.

Il posa les yeux sur Rachel. De longueur limitée, le cordon téléphonique les obligeait à se tenir à courte distance l'un de l'autre. Rachel devinait la chaleur compacte du torse de George sous sa chemise. Quel effet cela pouvait-il bien faire de se coller contre ce corps ? se demanda-t-elle, frissonnante. Quelle anatomie cachaient ces vêtements ? Beaucoup de muscles, forcément, à force de soulever vaches et chevaux. Des poils, aussi ? Ou une peau lisse ? Dorée, peut-être ?

Elle se secoua, ce qui lui valut un regard amusé de George.

— Elle va bien. Autre chose ? Non ? Alors parfait. Bonne nuit, Megan.

Il raccrocha sans toutefois s'éloigner sur-le-champ. Rachel se surprit à vouloir, elle aussi, prolonger cette proximité.

— Bien, fit-il doucement.

Rachel se prépara mentalement à ce qui allait suivre. Oliver aurait déjà récité un vers de séducteur, s'il n'était directement passé à la vitesse supérieure avec un baiser empreint d'assurance.

Mais George, lui, se contenta de dire :

— J'imagine que vous n'avez pas de dessert.

Leurs yeux se trouvèrent et le pétillement dans ses prunelles s'intensifia. Rachel s'écarta, la peau parcourue d'un courant d'étincelles qui la renvoyait à ses dix-huit ans.

— Non, répondit-elle d'une voix qu'elle ne reconnut pas. Mais je crois que Dot cachait du whisky quelque part.

George pencha la tête de côté, comme s'il étudiait son offre.

— Seriez-vous en train de me proposer une nuit de débauche ?

Soudain, son cerveau sembla saisir le sous-entendu contenu dans sa phrase.

— Enfin, je parlais de consommation d'alcool, précisa-t-il, gêné. Je ne voulais pas…

Malgré tout le charme de sa confusion, cette allusion implicite aux autres pensées, moins sages, qui lui effleuraient l'esprit imprégnèrent l'atmosphère, planant au-dessus d'eux comme une interrogation.

La respiration de Rachel se coinça dans sa gorge lorsqu'elle prit conscience de son désir brûlant d'embrasser le vétérinaire. Il ne ferait pas le premier pas, il avait bien trop de correction pour cela, mais elle avait bu juste assez de vin pour être téméraire, sinon complètement soûle. Aussi vit-elle sa main approcher lentement de la ligne dure de la mâchoire de George pour épouser sa forme, et ses doigts longs et délicats se poser sur sa joue rêche mangée par une barbe de quelques jours, son vernis à ongle bleu marine d'une urbanité discordante sur sa figure d'autrefois.

Il garda ses yeux assombris rivés aux siens, sans résister ni lui faciliter la tâche, jusqu'à ce qu'elle l'attire doucement à elle et frôle ses lèvres des siennes, savourant la douceur surprenante de sa bouche chaude. L'hésitation dura deux, trois secondes, lors desquelles Rachel se serait crue suspendue en plein air. Alors le bras puissant de George entoura sa taille et il coula une main dans ses cheveux, enveloppant sa tête tandis que leurs bouches s'entrouvraient. Elle reconnut le goût du vin sur ses lèvres, puis sa saveur propre, d'une familiarité instantanée et étourdissante.

Sa tête se mit à tourner, moins sous l'effet de l'alcool que du désir qui embrasait le creux de son ventre. Sans vraiment savoir ce qu'elle faisait, elle passa ses bras autour du cou de George et se fondit contre son corps, électrisée par une robustesse capable de supporter son mètre soixante-dix-huit sans protestation.

George brisa un instant leur étreinte, lui embrassa le nez, le coin des paupières.

— Ne vous méprenez pas, Rachel, murmura-t-il en semant des baisers aussi légers que des plumes le long de sa pommette. C'est… continua-t-il, son dernier mot étouffé au contact de ses lèvres sous son oreille. Mais vous êtes sûre ?

Saisissant de nouveau son visage, Rachel l'embrassa à pleine bouche, ne lui laissant aucun doute sur sa volonté. Ce qui suivit aurait de toute façon fait pencher la balance : d'un mouvement plein d'aisance, George la fit basculer dans ses bras et la porta jusqu'au salon pour la déposer sur le gigantesque canapé de velours de Dot.

Au pied de la colline, à l'autre bout de Longhampton, Johnny embrassait Natalie dans le cou et, glissant ses bras autour d'elle, s'insinuait sous le doux tissu de son T-shirt de nuit. Il préférait de loin ce vestige d'adolescence, aussi fin que du papier et d'un charme tout innocent, à sa nouvelle collection de nuisettes de femme fatale qui lui donnait l'impression de faire l'amour dans une vitrine Ann Summers.

Natalie se raidit à son contact. Il sourit, conscient d'avoir touché le recoin magique sur sa nuque, celui qui lui arrachait des frissons et des soupirs, préludes d'une étreinte plus passionnée.

Encouragé par sa réaction, il récidiva, plus pressant. Mais Natalie le repoussa et décolla la tête de son oreiller.

— Qu'est-ce qu'il y a ? demanda-t-il, pris au dépourvu.

— Tu entends ? souffla-t-elle.

— Quoi ?

Tendant l'oreille, il distingua un son désormais familier : un interminable grognement mélancolique qui évoquait davantage un homme à l'agonie qu'un chien boudeur.

— Ah, çà !

— Ne prends pas ce ton énervé.

Natalie se tourna sur le flanc pour lui faire face. Leurs corps se trouvaient toujours à une proximité émoustillante sous la couette chaude.

— Il pleure.

Johnny reluqua le renflement affriolant que formait sa poitrine sous son T-shirt et ses mamelons qui se dressaient sous le coton fin. Il posa la main sur sa hanche, guère disposé à abandonner de sitôt sa tentative. Les rapports sexuels non programmés se faisaient assez rares ces derniers temps pour mériter un brin de persévérance.

— Nat, je sais qu'il pleure, dit-il en caressant le creux de sa taille. Et lui aussi sait très bien ce qu'il fait. Tu ne peux pas continuer à descendre le consoler. Megan t'avait prévenue, non ? C'était couru d'avance tout ce cirque. Il nous teste.

Elle se rallongea et ils demeurèrent face à face dans le noir, à écouter l'horrible plainte qui résonnait dans toute la maison. On aurait cru que quelqu'un jouait de la contrebasse avec des gants de boxe.

— Non, il ne pleure pas, murmura Natalie. On dirait qu'il a mal. Il s'est peut-être blessé avec quelque chose dans la cuisine ?

— C'est le même cri que la nuit dernière. Et que celle d'avant aussi.

— Tu es sûr ? Oh ! Tu l'as fait sortir avant de monter ? Il a peut-être besoin d'aller aux toilettes ?

Avec un grognement, Johnny roula sur le dos.

— Et moi, alors ?

— Quoi toi ? Tu n'as pas besoin de demander la permission pour aller aux toilettes, Johnny. Fais comme chez toi, je t'en prie.

— Nat…

Il la tira par la main pour la faire rouler par-dessus lui puis lui agrippa les fesses, la serrant contre lui d'une façon qu'elle trouvait normalement irrésistible. Elle devait bien sentir à quel point il avait envie d'elle.

— Laisse-moi t'enlever ce chien de la tête. Qu'est-ce que tu as lu sur Internet, déjà ? Plus on a de rapports sexuels, plus on a de chances de...

— J'ai ovulé il y a plusieurs jours, l'informa-t-elle, le coin de la bouche tordu par un sourire désabusé. Il faudrait à ton sperme un Tardis pour qu'on fasse un bébé ce mois-ci.

Johnny tressaillit.

— Je ne veux peut-être pas nécessairement faire un bébé, je veux peut-être simplement faire l'amour avec toi.

Au rez-de-chaussée, Bertie ajouta un trémolo supplémentaire à sa plainte, produisant un son d'une atrocité presque surnaturelle.

— Je ne peux pas le supporter, je suis désolée.

Avec des contorsions, Natalie se libéra et rejeta les couvertures pour bondir hors du lit.

— Je descends avant que les voisins appellent la Société protectrice des animaux.

Gagné par une frustration extrême, Johnny la regarda chercher sa robe de chambre dans la pièce, ses jambes longues et minces luisant dans la lueur blême du radio-réveil.

C'était donc cela ! Si ce n'était pas un « jour vert », le jeu n'en valait plus la chandelle. Le constat était mortifiant. Quand bien même Natalie plaisantait, et il espérait bien qu'elle plaisantait, cela prouvait qu'elle gardait toujours son calendrier en tête, y compris lorsqu'elle feignait la spontanéité.

Il se renfonça dans les oreillers. Du sexe frénétique à la demande la première moitié du mois, plus rien la seconde, puis le chien qui leur jouait son numéro de mourant jusqu'à être autorisé à les rejoindre au lit et, pour finir, le désert sexuel !

Il sursauta lorsque Natalie se pencha sur lui pour lui déposer un baiser sur le nez.

— Ne boude pas. Je reviens tout de suite. Et puis, dis-toi que c'est un bon entraînement pour les nuits blanches avec le bébé.

— Si on a un jour un bébé, marmonna-t-il – mais seulement une fois qu'elle eut quitté la chambre.

Natalie descendit l'escalier à pas feutrés dans ses pantoufles, consciente de transgresser toutes les règles en cédant aux hurlements de Bertie. Mais comment espérait-on la voir faire la sourde oreille à un tel cri, un « Où es-tuuuuuuuuuu ? » développé sur plusieurs centaines d'années pour localiser la meute ?

C'était la nature. Et puis, Bertie était encore en phase d'adaptation. Il avait traversé beaucoup d'épreuves dans sa courte vie, elle aurait tout le temps de s'endurcir lorsqu'il aurait compris qu'ils n'avaient pas l'intention de l'abandonner eux aussi.

La plainte cessa à la seconde où elle ouvrit la porte. Le basset-hound s'élança à sa rencontre, remuant la queue si fort qu'il paraissait désarticulé en son centre. Comment pouvait-on résister à tant d'amour ? Elle se baissa pour serrer son corps chaud et fripé contre elle.

— Salut, Bertie ! lui murmura-t-elle dans le cou, se délectant des reniflements dont il couvrait chaque centimètre exposé de sa peau.

Il émanait de son pelage une odeur de biscuit à laquelle elle commençait tout juste à s'accoutumer. Megan, qui l'avait avertie que « les chiens de meute chlinguent », avait pourtant pris soin de le laver avant son départ du refuge, mais Natalie repérait sans mal l'endroit de la maison où il se trouvait, en dépit des désodorisants qu'elle avait placés dans toutes les pièces.

Cela dit, elle s'en fichait pas mal. Elle aurait tout pardonné à Bertie quand il la contemplait comme à cet instant, débordant d'amour et de reconnaissance pour ce nouveau foyer, cette nouvelle attention, ce nouveau départ.

Son cœur à elle aussi débordait. Il lui semblait que tout l'amour maternel qu'elle renfermait n'était plus perdu maintenant qu'il pouvait s'exprimer au travers d'une vie qu'il contribuait à rendre meilleure.

— Quel idiot de chien ! dit-elle. Tu as défait tout ton lit.

Rempli de détresse à l'idée de dormir seul dans un panier de cuir haut de gamme, Bertie avait traîné son coussin hors de la couche pour l'abandonner près de la porte. Lorsque, après l'avoir remis en place, Natalie se retourna, le chien s'était envolé.

Perplexe, elle fouilla la pièce du regard une seconde ou deux avant d'entendre un crépitement de griffes révélateur sur le plancher de bois dur. Elle se précipita hors de la cuisine juste à temps pour voir le bout blanc de la queue du basset disparaître dans l'escalier.

Elle s'élança à sa poursuite. Bertie n'était pas censé monter à l'étage, c'était mauvais pour son dos. Sans mentionner le coup que cette petite entorse au règlement risquait de porter à leur supériorité de chefs de meute.

— Nat, c'est… Ooouf ! Nom d'un chien !

Atterrissage réussi, se dit-elle avec un sourire désabusé. Johnny et elle avaient eu tôt fait de constater que des pattes comme des tabourets de piano n'empêchaient pas Bertie de se dresser sur toute sa longueur pour chiper des friandises sur le plan de travail ou bondir sur le canapé.

Lorsque Natalie entra dans la chambre, monsieur paressait majestueusement sur la couette blanche. Il la considéra avec des yeux remplis d'adoration, quoique toujours tragiques. Décidément, elle ne s'habituerait jamais à cette sempiternelle triste mine, même lorsque, comme à présent, il avait obtenu gain de cause.

La voix assourdie de Johnny lui parvint de sous le basset.

— Tu l'as laissé monter ! Je croyais qu'il n'avait pas le droit ? Que ça figurait dans ton grand règlement ?

— Je sais.

Elle darda un regard furieux à Bertie, qui la fixa tristement.

— C'est mauvais pour ton dos, Bertie. Et puis tu pourrais tomber et te faire mal.

Le chien demeura silencieux et, comme Natalie se glissait dans le lit, monopolisa l'espace entre elle et Johnny avant qu'elle eût le temps de se blottir contre son mari. Il étira ensuite son long cou sur l'oreiller et demeura ainsi, étendu entre eux comme un traversin, ses longues oreilles marron déployées de chaque côté.

Pas très hygiénique, certes, mais tellement adorable qu'elle ne pouvait se résoudre à le chasser. La pauvre bête n'avait, de toute évidence, pas côtoyé beaucoup d'oreillers dans sa vie.

— Juste pour ce soir, lui rappela Natalie. Demain, tu dors dans la cuisine.

— Et, cette nuit, il nous ronfle dans la figure.

— Il ne va pas ronfler.

Au même moment, Bertie étira ses pattes, lui assénant un coup au visage.

— En tout cas, pas plus que toi, ajouta-t-elle en repoussant les grosses pattes.

— Ça te va bien de dire ça. Tu n'as pas à aller travailler demain. Madame est une femme oisive maintenant.

Johnny se contorsionna pour pointer sa tête au-dessus de celle de Bertie. Il avait les cheveux ébouriffés et une mine ensommeillée et bougonne presque aussi attendrissante, à sa manière, que celle du basset.

— Raison de plus pour ne pas perdre ton précieux temps de sommeil à l'écouter pleurer dans la cuisine.

— Peut-être, répondit-il en roulant de nouveau sur le dos, empoignant le peu de couverture qu'il lui restait sous le chien. Mais comment veux-tu que je m'en sorte face à deux voleurs de couette ?

À côté de lui, Bertie exhala un soupir de satisfaction extrême.

Zoe aussi écoutait la respiration d'un chien, mais pas dans son lit. Elle n'arrivait pas à dormir, raison pour laquelle elle était encore assise sur le canapé à 2 h 30, une tasse de café froid entre les mains, enveloppée dans sa robe de chambre en fibre polaire et absorbée dans la contemplation du ventre duveteux de Caramel, qui se gonflait et s'affaissait dans son panier près de la cheminée. Elle l'aurait volontiers pris sur ses genoux, mais elle s'évertuait à suivre à la lettre les règles édictées par Megan.

Des limites, répétait-elle sans cesse. Les chiots et les enfants avaient besoin de limites. Zoe aurait voulu posséder l'autorité naturelle de Megan avec les uns ou les autres, voire les deux, dans l'idéal.

Toujours est-il que le labrador dormait. Évidemment, pour une fois qu'elle pouvait s'assoupir en toute sérénité, certaine que Caramel ne ravageait, ni ne mâchouillait, ni n'arrosait d'urine une partie de la maison, sa tête bourdonnait de dilemmes qui l'empêchaient de fermer l'œil plus d'une minute. Des tonnes de pensées la travaillaient, toutes emmêlées dans son esprit comme un collier plein de nœuds qu'elle n'arrivait pas à débrouiller.

Bill. Elle ne pouvait s'empêcher de penser à Bill, pour commencer. C'était ridicule d'avoir le béguin pour un homme qu'elle n'avait vu qu'une seule fois, mais après l'avoir installée sur le canapé chez Rachel, il avait passé l'essentiel de l'après-midi à bavarder avec elle. Histoire de vérifier qu'elle ne souffrait pas d'un quelconque traumatisme, bien entendu. Il s'était montré aussi bavard qu'elle et avait plongé ses yeux dans les siens plus que ne l'exigeait aucun prétexte médical, allant jusqu'à tenter quelques allusions timides sur la possibilité qu'ils se revoient avec leurs chiens respectifs, pourquoi pas pour déjeuner ? Si seulement elle avait pu savourer les premières rêveries tremblotantes de cette esquisse de relation nouvelle. Mais un nuage planait au-dessus d'elle.

Après avoir quitté le refuge avec Caramel, elle s'était aperçue qu'elle n'avait pas une seule fois mentionné Spencer et Leo. Devait-elle, lors de leur prochaine rencontre, lui avouer tout de go qu'elle était divorcée et mère de deux enfants ou cette confession donnerait-elle l'impression qu'elle brûlait les étapes ?

Plus elle tarderait, plus l'omission paraîtrait flagrante. Et la petite voix insidieuse qui se réveillait en elle la nuit se faisait un devoir de lui rappeler le luxe indécent de cette heure lors de laquelle elle n'était plus que Zoe. Ni maman ni l'ex de quiconque. Rien qu'elle, tout simplement, pour la première fois depuis des années.

Repoussant cette idée, elle délogea de sa cachette le téléphone qu'elle avait fourré sous un coussin pour s'empêcher d'y toucher. C'était le portable de Spencer, le dernier moyen que David avait trouvé pour le soudoyer juste avant de disparaître, sourd aux protestations de Zoe qui jugeait le petit garçon bien trop jeune pour un tel cadeau. Avant qu'elle puisse se contrôler, ses doigts pianotèrent les touches, faisant apparaître les images qu'elle s'était interdit de regarder de nouveau : les photos d'Alton Towers, où David s'éclatait avec les garçons à grand renfort d'argent. Les clichés en eux-mêmes lui portaient déjà un sacré coup, mais, pour ne rien arranger, Jennifer figurait sur plusieurs d'entre eux, en arrière-plan, souriant de toutes ses dents avec des efforts manifestes pour devenir leur meilleure copine.

Elle avait des mèches immondes dans lesquelles Zoe devinait sans mal l'œuvre coûteuse d'une main trop lourde. Arrête de te torturer, s'ordonna-t-elle. Mais c'était peine perdue. Autant s'interdire de tripoter une croûte. Maintenant qu'elle savait que les images étaient là, impossible de se raisonner.

Si Leo semblait plutôt content, une ombre mélancolique qu'elle ne connaissait que trop bien obscurcissait le visage de Spencer. C'était l'expression qui se posait sur ses traits lorsqu'il s'appliquait à gérer certaines situations comme un grand, mais n'arrivait pas tout à fait à dissimuler le malaise de l'enfant de sept ans qu'il demeurait malgré lui.

Elle se força à éteindre le téléphone. Quand il avait pris ces photos, David savait pertinemment qu'elle les verrait. Ce connard de combinard s'était arrangé pour prendre sa nouvelle copine en photo avec ses anciens enfants, parfaitement conscient que Spencer lui montrerait les clichés, pour lui signaler qu'elle n'avait plus sa place au sein de l'unité familiale.

Elle plaqua sa main sur sa bouche pour étouffer un sanglot douloureux. Elle n'aimait plus David. Elle ne voulait plus de lui dans sa vie, Jennifer et ses vilaines mèches pouvaient bien le garder. Mais il était hors de question qu'elle perde ses fils, tout cela parce qu'elle était trop humaine pour donner des coups en traître, comme leur père.

Avec son salaire de coiffeuse, elle ne pouvait pas les acheter. À leur offrir, elle n'avait que son amour. Combien de temps cela ferait-il le poids face aux week-ends découvertes et aux chiots à la demande ?

Réveillé par son hoquet, Caramel gigota avant de pointer sa petite tête duveteuse par-dessus le bord en plastique de son panier, la mine ensommeillée. Il était adorable avec son petit museau et ses yeux froncés face à la lumière tamisée.

Sans un bruit, Zoe se leva pour le prendre dans ses bras et le ramener sur le canapé, où elle s'étendit avec lui. Instinctivement, il se pelotonna dans le creux de son cou, soufflant son haleine chaude dans son oreille.

— Parfois, je me dis que tu es la seule chose simple dans ma vie, murmura-t-elle. Tu es le seul à comprendre « non », même si tu ne fais pas toujours attention à moi.

Alors Caramel lui léchouilla l'oreille, et elle se sentit mieux.

15

Le lendemain, le traditionnel coup à la porte annonçant le thé de Megan retentit, comme toujours, à 7 h 30. Ce matin-là, toutefois, Rachel ne se redressa pas en sursaut, clouée par une force invisible à son oreiller. Et Bijou n'y était pour rien.

Elle avait connu pis, comme gueule de bois, même si cette fois elle avait l'impression d'avoir du papier de verre à l'intérieur de la bouche ; elle préférait ne pas s'aventurer à remuer la tête avant mûre réflexion. Il ne fallait pas grand-chose pour la terrasser ces derniers temps. Mais, malgré ces quelques à-côtés imparfaits, elle se sentait habitée par un irréductible bonheur, presque un frémissement intérieur, comme un matin d'anniversaire. Pourquoi diable serait-elle heureuse, tout à coup ?

Elle réfléchit, paupières closes. Oliver, largué. Le boulot, plaqué. L'homologation, expédiée, mais au prix d'une facture exorbitante qui menaçait de lui tomber sur le coin du nez. Le chenil, un cauchemar de chien malade. George…

Ses yeux s'ouvrirent brusquement et sa bonne humeur s'envola d'un battement d'ailes. George. La veille au soir. Le dîner avait été sans faute, un véritable rendez-vous galant chargé de promesses, jusqu'à ce que, l'alcool aidant, elle le traîne dans son lit comme une adolescente seule à la maison pour la première fois.

Elle se redressa sur son matelas, ignorant les remous de mauvais augure dans sa poitrine, et promena ses yeux sur la chambre. Sa chemise et son jean étaient posés sur la chaise près de la porte. D'un regard, elle contrôla sa tenue. Elle portait le vieux T-shirt de yoga qu'elle avait abandonné sur la même chaise quelques jours plus tôt. Aucune trace de George.

Des fragments de la soirée filtrèrent dans son esprit effarouché. La conversation fluide. Le sentiment d'avoir toujours connu George. Le moment, incroyable et renversant, où elle l'avait embrassé puis avait senti son bras fort entourer sa taille tandis qu'il lui rendait son baiser.

Puis tout se brouillait.

Elle fouilla impitoyablement sa mémoire à la recherche des détails. L'heure n'était pas au flou artistique.

George l'avait portée jusqu'au premier étage, un souvenir qui lui donnait encore des frissons, puis elle lui avait retiré sa chemise, enchantée de constater que le tissu à carreaux cachait une musculature de cow-boy, comme elle se l'était imaginé. Pour un homme qui prétendait ne pas avoir eu d'histoire depuis des années, il l'avait caressée avec une assurance qui l'avait réduite à une succession de halètements inarticulés. D'accord, mais le récit comportait quelques lacunes. Par exemple, elle ne se rappelait pas s'être endormie.

Oh, Seigneur ! Elle se couvrit le visage. Elle n'avait pas eu d'aventure sans lendemain depuis l'université. Quel cliché elle faisait dans le genre pauvre fille qui se jette dans les bras du premier venu sous le coup d'une déception amoureuse.

Un nouveau coup fut frappé à la porte.

— Rachel ? Un petit thé ? lança Megan, guillerette. Je t'ai mis deux sucres ce matin, au cas où tu en aurais besoin !

Rachel posa des yeux horrifiés sur la Dot lascive de l'esquisse, qui sembla lui adresser un clin d'œil. À quelle heure George était-il parti ? Megan l'avait-elle croisé en rentrant ?

— Mais tu préfères peut-être un Berocca ? continua cette dernière de sa voix prévenante.

Elle devait se lever avant de risquer de passer pour une marie-couche-toi-là imbibée d'alcool. Au prix d'un effort surhumain, elle se tira du lit, empoignant au passage sa robe de chambre en cachemire pour la jeter sur ses épaules d'un seul mouvement.

Alors qu'elle s'avançait vers la porte, elle faillit trébucher sur Bijou, couché à sa place habituelle à l'entrée de la pièce. Son estomac se retourna.

— Ça c'est le pompon ! râla-t-elle tout haut. Ne me dis pas que tu es resté là tout le temps ? Ce serait... vraiment bizarre.

Lorsqu'elle ouvrit enfin, Megan lui tendit sa tasse de thé, fraîche comme un gardon, elle aussi dans un T-shirt de yoga, version propre, au-dessus d'un jean coupé en short et de bottes Ugg. Sa nuit dehors n'avait affecté en rien ses livraisons de thé matinales.

— Bonjour ! gazouilla-t-elle. On dirait que tu as passé une bonne soirée.

Rachel passa une main nerveuse dans ses cheveux, qui se dressaient de tous côtés. Que savait Megan ?

— Pourquoi ça ?

— J'ai vu les casseroles. Dans l'évier. On dirait qu'une bombe a explosé dans la cuisine. Tu nous cachais bien tes talents de cuisinière.

— Oh, ce n'est pas moi. George est resté dîner, il a refusé de manger ce que je préparais, s'empressa-t-elle d'expliquer, prenant les devants sur une allusion potentielle. Il est resté boire un verre après.

— Cool !

La jeune femme haussa les sourcils, prenant une expression qui ressemblait de façon fort inquiétante à un « Et ? » muet. Un silence plana entre elles.

— Et ? l'encouragea-t-elle.

Les tempes de Rachel battaient. Cependant, sous l'embarras que lui causait l'image qu'elle avait dû donner d'elle à George filtrait encore cette délicieuse sensation de matin de Noël. Trahie par l'infime sourire au coin de ses lèvres, elle s'évertua à garder une voix légère pour répondre :

— Et rien. Nous avons beaucoup discuté. Il est…

Beau comme un dieu, songea-t-elle.

— … de très bonne compagnie.

— Alors il n'a pas passé la soirée à te chercher des poux ? Ça alors ! Bon, je te prépare un sandwich au bacon, dit Megan en tournant les talons. Freda est en bas, elle veut te demander un conseil pour l'anniversaire de Ted. Elle voudrait l'emmener voir un spectacle à Londres et comme tu es notre experte en la matière… Attention, pas de scènes dénudées ni de flashs, ça réveille son angine de poitrine.

Sa tasse de thé serrée entre les mains, Rachel prit appui contre le chambranle de la porte tandis que Megan redescendait l'escalier au petit trot, Bijou sur ses talons. Son regard croisa alors de nouveau le reflet que lui renvoyait le miroir, celui d'une femme qu'elle n'avait plus vue depuis longtemps. Échevelée, certes, mais heureuse.

Lorsque Rachel débarqua dans la cuisine, fraîchement douchée et dans un état presque normal, Freda avait fait toute la vaisselle et astiquait les verres. S'ébahissant devant la débauche de casseroles qui reposaient sur l'égouttoir, elle devina que ce petit service ménager lui vaudrait de dresser un rapport complet des événements de la nuit.

Absorbée dans la composition d'un frichti de riz et de poulet pour Chester, qui flairait les divers recoins de la pièce, sensiblement plus guilleret que la veille au soir, Megan lui adressa un petit sourire contrit, s'excusant par avance de l'interrogatoire qui la guettait.

— Avez-vous passé une bonne soirée hier ? questionna Freda en étendant le torchon humide sur la barre métallique de l'Aga.

— Très bonne, merci. Oh, c'est du thé frais ?

— Il paraît que George a fait un saut ici, insista la vieille dame, l'air de rien.

— Hmm, en effet. Chester n'était pas bien. Comment se sent-il ce matin, Megan ?

— Oh, beaucoup mieux ! Il était…

— J'ai cru comprendre qu'il n'est pas le seul dont George ait pris soin hier soir, coupa Freda, incapable de résister plus longtemps. Félicitations, ma mignonne !

— Je n'y suis pour rien, se défendit Megan comme Rachel protestait. Elle l'a deviné toute seule, aux casseroles. Comment voulais-tu qu'elle gobe que tu t'étais servie de tout cet attirail pour te faire un pot de nouilles déshydratées, sans vouloir t'offenser ?

— Alors ? interrogea Freda avec un haussement de sourcils.

Rachel porta sa tasse à ses lèvres, incapable de réprimer un sourire face aux visages curieux de Freda, Megan et Chester. Même Bijou s'y mettait.

— Alors rien. George m'a préparé un repas et est resté dormir ici parce qu'il était tard.

Freda battit des mains.

— Formidable ! Oh, vous méritez un homme bien, après ce que vous avez traversé…

Rachel s'apprêtait à objecter que le décès de Dot ne l'avait pas affectée à ce point quand elle surprit Megan en train d'essayer de faire taire Freda. Il ne pouvait être question que de ses « amours violentes ». Son cœur, qui s'était gonflé face à la joie amicale que manifestaient les deux femmes au récit de sa soirée, flancha. Tant pis pour le nouveau départ.

— Ne soyez pas fâchée contre Megan, nous sommes entre amies ici, Rachel. Vous avez bien fait de partir, poursuivit la vieille dame, au grand dam de ses deux cadettes. Comment voulez-vous trouver l'homme idéal tant que vous êtes avec son contraire ? C'est ce que j'ai toujours dit à notre Lynne. À l'époque où je pouvais encore lui donner des conseils, bien sûr.

Rachel se sentit minable face au visage ridé et pétri de bonté de Freda, dont la compassion sortait par tous les pores. À partir de maintenant, plus de mensonges, résolut-elle. Enfin, juste un petit dernier.

— Nous avons passé une bonne soirée et j'ai été heureuse de mieux faire sa connaissance, concéda-t-elle, mais je ne crois pas que George et moi en soyons encore à ce stade. Nous n'avons fait que dîner, rien de plus.

— Eh bien, moi, je trouve que vous allez bien ensemble, tous les deux, observa Freda. Vous êtes, à ma connaissance, la première capable de lui passer un savon. Et la première dont il l'acceptera, aussi, ajouta-t-elle avec un clin d'œil. Vous allez peut-être devoir nous donner des détails, ma mignonne, parce que nous ne pouvons pas espérer lui tirer les vers du nez.

Megan réprima un gargouillement d'horreur. La gratifiant d'une gentille interjection réprobatrice, Rachel se laissa surprendre par le plaisir qu'elle prenait à parler de sa soirée plutôt que de faire semblant de rien, comme elle avait toujours dû le faire par le passé.

Ce n'était pas sa cuisine, pas tout à fait, mais elle commençait à s'y sentir étrangement chez elle.

Tout au long de la matinée, à mesure que les derniers effets de l'alcool s'estompaient, des bribes des événements de la veille remontèrent à la mémoire de Rachel, l'interrompant en pleine inspection des cages ou au milieu d'un appel téléphonique avec un picotement de plaisir aigre-doux mêlé de mortification. Bien que honteuse de ce comportement digne des premiers émois de l'adolescence, elle ne pouvait s'empêcher de contrôler sans cesse son portable pour voir si George avait essayé de la joindre.

En l'occurrence, non. George dirigeait un cabinet vétérinaire où régnait une activité intense, se raisonna-t-elle. Et, même s'il n'était pas noyé sous le travail, il n'était pas du genre à parachever un dîner avec un bouquet de fleurs. Cela dit, il n'était pas non plus du genre à se livrer à des coucheries sans lendemain. Elle ne le connaissait pas bien, certes, mais de cela elle aurait donné sa main à couper.

Dans la lancée de sa belle résolution du matin, elle décida que l'attitude la plus sage consistait à prendre le taureau par les cornes. Elle aimait autant éviter de se retrouver à discuter avec lui des problèmes digestifs d'un springer-spaniel autour du bureau du chenil quand, quelques heures plus tôt, elle dévorait des yeux l'admirable nudité de ses larges épaules. Ce serait terriblement gênant, songea-t-elle, les poils hérissés à cette perspective. D'autant que la rencontre se déroulerait inévitablement en présence de Megan et de deux canidés, minimum.

Rachel se garait donc dans le parking du cabinet vétérinaire, après le déjeuner, lorsque la Land Rover boueuse de George vira à pleins gaz dans l'allée en face. Prenant une profonde inspiration, elle se colla un sourire sur les lèvres et descendit d'un petit bond de sa voiture.

— Bonjour ! Tu as deux minutes ?

L'expression de George était amicale, quoique circonspecte.

— Oui. Tu arrives à point nommé, remarqua-t-il un peu froidement. Je passe juste me ravitailler. Grosse journée, aujourd'hui. Beaucoup d'agnelages à sensation.

Le gravier crissa sous leurs pieds, tandis qu'ils se dirigeaient vers le cabinet. Lorsqu'elle franchit la porte que George lui tenait, Rachel découvrit une salle d'attente moderne aux murs décorés de nombreux posters de prévention des puces et, constata-t-elle avec satisfaction, d'un panneau d'affichage couvert d'annonces du refuge que Megan avait dû lui photocopier.

Les deux ou trois clients qui patientaient, encombrés de paniers ou de boîtes en carton, sourirent lorsque George passa devant eux. De façon relativement solennelle, il invita Rachel à entrer dans son bureau, où il ouvrit aussitôt un meuble-classeur pour farfouiller dans des dossiers.

— Ça ne t'ennuie pas si je poursuis ce que j'ai à faire ? Je dois être reparti dans dix minutes.

— Pas du tout.

Rachel prit soudain conscience qu'elle ne savait pas vraiment ce qu'elle était venue lui dire. C'était comme croiser en classe le premier garçon qu'elle avait bécoté à une soirée de l'école la veille.

George se retourna, visiblement aussi confus qu'elle.

— Alors, de quoi voulais-tu me parler ? Tu t'inquiètes peut-être de voir mes tarifs de visite à domicile augmenter ?

S'il parlait d'une voix légère, il paraissait toutefois moins à son aise que d'ordinaire.

— Écoute, je voulais te voir parce que…

Elle sentait le rose lui monter aux joues, malgré tous ses efforts pour se comporter en femme mature.

— … parce que ces choses-là ne prennent jamais un bon tour au téléphone.

George leva un sourcil. Rachel posa ses mains sur le dossier d'une chaise, des papillons plein le ventre.

— Je suis venue pour te remercier d'avoir cuisiné pour moi hier soir. J'ai passé une soirée très agréable, mais j'ai un peu trop bu, comme tu as dû le remarquer, et c'est-à-dire que je voulais que tu saches que ce n'est pas dans mes habitudes…

Comment lui dire qu'elle ne couchait pas avec les hommes le premier soir sans toutefois passer pour une sainte-nitouche ? Elle allait sur ses quarante ans, tout de même. Cependant, pour une raison inexplicable, l'opinion de George lui importait. Qu'ils se lancent dans une relation amoureuse ou restent amis, elle tenait à faire les choses convenablement cette fois.

Apitoyé par ses rougissements, George roula des yeux. Ainsi, il ressemblait davantage à l'homme qu'elle avait découvert la veille au soir.

— Inutile de te justifier, ce n'est pas dans les miennes non plus.

— Ah, d'accord. Parfait !

— Parfait !

Comme il posait les yeux sur elle, l'air autour d'eux se chargea d'électricité.

— Bonne réponse ?

— Oui, tout à fait, dit-elle, rassemblant ses forces pour la question suivante. Est-ce que nous avons…

Il opina du chef.

— Oui. Tu l'as peut-être effacé de ta mémoire, mais tu as failli tomber du lit en farfouillant dans ton sac et tu as essayé de me faire utiliser la serviette rafraîchissante d'un restaurant de sushi comme moyen de contraception.

Rachel se figea, puis pouffa de rire. Ce n'était pas drôle, mais il y avait un je-ne-sais-quoi d'irrésistible dans le ton solennel qu'il avait employé et son expression franche.

— C'est vrai ?

— Oui, confirma-t-il avec un soupir. Il faut croire que, sur ce plan, nous avons tous les deux besoin de retourner sur les bancs de l'école. Ce n'était pas la démonstration la plus conventionnelle. C'est ce qui arrive quand l'enthousiasme prend le pas sur l'expérience.

— On ne peut certainement pas dire que l'enthousiasme manquait, alors.

La scène en devenait touchante. Tous les deux, à leur âge, en train de se ronger les sangs tels des adolescents ivres et chauds comme la braise.

Ils se dévisagèrent un moment. Quelle suite était-elle censée donner à cette conversation ? Pour un véto de campagne avec prétendument peu de conquêtes féminines au compteur, George semblait bien mieux gérer la situation.

— Mais maintenant que nous sommes passés par cette case, reprit-il, serais-tu d'accord pour revenir environ dix pas en arrière et dîner avec moi un soir de ce week-end ? Je suis vieux jeu, vois-tu. Je crois que si nous allons encore un peu plus loin, je vais être obligé de te demander ta main.

Rachel ne s'attendait pas à cette réaction, ce constat calme et simple que quelque chose était né entre eux, sans subterfuge, sans besoin d'inventer des raisons de ne pas se lancer. Elle avait l'impression de poser un pied sur un lac gelé et de trouver une surface assez solide pour patiner dessus.

— Oui ! Oui, avec plaisir. Mais ce devrait être à moi de cuisiner pour toi, non ?

— Sans façon, mais surtout n'y vois aucun mal. Je crois que nous nous connaissons assez bien pour savoir que ce n'est pas une idée de génie. Que dirais-tu de samedi ? À moins que tu n'aies déjà quelque chose de prévu.

Il marqua une pause avant d'observer :

— Ou est-ce là tout l'intérêt d'être des célibataires vieillissants au milieu de nulle part ? Pouvoir se dispenser de ces faux-semblants.

— Je te l'accorde. Mon agenda est vide, je suis prête à tout pour une sortie. Alors ce sera volontiers pour le dîner.

Elle sourit, consciente, au-delà des mots, de l'impatience avec laquelle ils envisageaient tous les deux la perspective d'une nouvelle soirée en la compagnie de l'autre.

Il était déjà 14 heures et Natalie n'avait toujours pas réussi à rayer une seule ligne de sa liste de tâches, à cause de Bertie qui, pareil à un gamin, réclamait sans cesse son attention. Si c'était cela, les enfants, songea-t-elle en repoussant une énorme patte de sa jambe, elle n'était plus si sûre que ce fût une bonne idée.

La vie sans travail non plus n'était pas aussi facile qu'elle se l'était imaginée. Elle s'était réveillée à 7 heures, comme tous les jours, mais au lieu d'enfiler un tailleur et de partir en trombe au bureau, elle s'était levée, avait ouvert la porte du jardin à Bertie puis suivi son train-train, qui devait inclure un quart d'heure à patienter dans le jardin, un sac à crottes à la main, avant que monsieur se décide à s'exécuter.

Johnny était parti à 8 heures et elle avait passé toute la matinée enfermée dans le bureau du rez-de-chaussée, à se livrer à un véritable bras de fer avec Bertie. Elle avait beau être forte et déterminée à avancer dans la liste qu'elle avait dressée pour son congé sabbatique, Natalie ne pouvait franchement pas taper à l'ordinateur avec un basset en manque d'attention penché sur son avant-bras droit.

— Par terre ! lui ordonna-t-elle du ton ferme préconisé dans les livres, sans pour autant le convaincre d'abandonner son poste sur le bord de son bureau.

Au contraire, il fit un brusque mouvement du museau en avant pour lui donner un petit coup sur le nez. Natalie écarta la tête d'une saccade, *in extremis*, mais Bertie, guère découragé, se rapprocha, traînant ses robustes pattes arrière sur le sol.

Lorsqu'il s'étirait, Bertie pouvait, telle une échelle à rallonge, atteindre les plateaux de bureau, les plans de travail, la coiffeuse de Natalie et toute autre surface susceptible d'accueillir des comestibles.

— C'est adorable, mais par terre, répéta-t-elle avec plus d'énergie, index pointé sur le plancher. Par terre !

Loin d'obtempérer, Bertie récidiva, avec succès cette fois. Sa truffe alla cogner le nez de Natalie si fort qu'il réveilla la douleur qu'il lui avait causée la première fois qu'il s'était essayé à ce petit jeu. Trouvant le geste mignon tout plein, Johnny avait alors ri à gorge déployée, gravant à jamais cette vilaine habitude dans le répertoire de numéros par lesquels le basset cherchait à attirer l'attention.

— Ouille ! Non ! Pas bien ! gronda-t-elle.

Elle le repoussa par terre et se couvrit le nez de la main, presque certaine de saigner cette fois.

Bertie retomba sur ses quatre pattes et la considéra d'un air triste. Elle savait ce qu'il voulait : qu'elle s'assoie par terre avec lui pour qu'il puisse somnoler sur ses genoux. Parfois, elle se demandait vraiment qui dressait qui dans cette maison.

— Bertie, ce n'est pas parce que je suis à la maison que je n'ai pas un tas de choses à faire. Comment veux-tu que je mette mon CV à jour si tu n'arrêtes pas de m'interrompre ? l'interrogea-t-elle.

De toute la matinée, elle n'avait réussi qu'à prendre une douche, et encore en quatrième vitesse, profitant du laps de temps pendant lequel le basset se laissait distraire par un Kong farci de friandises. Passé ce délai, il apparaissait à la porte de la douche et se mettait à trottiner çà et là dans la salle de bains, d'un air anéanti, rappelant son existence par des grommellements surnaturels.

Hormis la promenade recommandée d'une heure, qui en durait presque deux si l'on comptait tous les bakchichs nécessaires rien que pour le faire décoller du canapé, Natalie avait passé les premiers jours de sa nouvelle vie coincée à la maison car elle doutait fort de pouvoir le laisser seul sans danger. Johnny s'imaginait qu'ils se gavaient des émissions télévisées interdites aux actifs et s'amusaient comme des petits fous, mais, pour être tout à fait honnête, elle trouvait sa nouvelle vie, disons, contraignante. Bien sûr, elle ne lui avouerait pas, pas plus qu'elle ne le laisserait paraître devant Bertie.

— Maman ne peut pas toujours s'occuper de toi, lui fit-elle remarquer.

Bertie laissa alors échapper une plainte grave et mélancolique qui lui fendit le cœur. Elle ne devait pas être aussi méchante avec lui. Ses anciens maîtres lui avaient accordé si peu d'attention, il ne fallait pas s'étonner qu'il cherche à s'assurer qu'elle ne le délaisserait pas, elle aussi.

— Bon, très bien, allons faire un petit tour alors. Qu'en dis-tu ?

Abandonnant son CV, elle s'empara de sa liste. Son congé sabbatique, puisqu'elle avait décidé de considérer ainsi son licenciement, avait accru sa détermination à ne pas perdre une minute de plus. Ses principaux objectifs se résumaient à : tomber enceinte, éduquer Bertie et s'accorder un vrai moment de détente.

Puisque promener Bertie figurait sur son papier, ce serait toujours cela à biffer.

Pendant le week-end, Johnny et Natalie avaient potassé le plan de Longhampton afin d'élaborer divers circuits agréables pour dégourdir les pattes de Bertie. Tous se terminaient dans le vaste parc municipal, qui lui offrait l'espace nécessaire pour folâtrer et courir après quelques balles. En théorie, du moins. Natalie avait lu quelque part que l'on pouvait apprendre aux bassets-hounds à rapporter la balle, pourvu de déployer assez de patience et de ténacité, cependant ses douze tentatives s'étaient toutes soldées par l'obligation d'aller chercher elle-même la baballe. Elle commençait à se sentir légèrement stupide lorsque Bertie, manifestant enfin quelques signes d'animation, s'élança d'un bond en direction des arbres aux abords du parc.

Natalie empoigna sa laisse extensible et, une main en visière au-dessus des yeux pour se protéger du soleil, comprit qu'elle était totalement étrangère à ce subit entrain. Bertie venait de repérer Rachel, du refuge, qui avançait dans leur direction avec quatre chiens de tailles diverses et variées.

Natalie lui fit un signe de la main, et Rachel la rejoignit, suivie du basset, qui sautillait autour de ses camarades comme s'il ne les avait pas vus depuis des siècles.

— Vous ici ! plaisanta Rachel, regroupant, non sans mal, toutes ses laisses dans une seule main. Je constate que vous avez rejoint la secte de la promenade quotidienne.

— J'imagine que c'est ce que ressentent les mamans devant la grille de l'école. Même heure, même endroit, même comportement maniaque.

— Oui, sauf que, elles, elles peuvent aller boire un café !

Rachel catapulta une balle de tennis miteuse à l'aide d'un lanceur en plastique et tous les chiens – y compris Bertie, à la surprise de Natalie – se jetèrent à sa poursuite.

— Vous avez déjà essayé d'aller quelque part avec une de ces bestioles pendue à vos jupes ? Ça me tue ! À Londres, je buvais quatre expressos par jour et aujourd'hui je ne peux même pas entrer dans un café ! Hé ! Lucy ! Ramène la balle ! Maintenant !

Lucy, un staffordshire-bull-terrier au pelage fauve bringé, galopa jusqu'à leurs pieds, la balle logée entre ses puissantes mâchoires et les autres chiens à ses trousses. Rachel se baissa pour ramasser le jouet et le renvoyer au loin.

— Vous savez ce qu'il nous faudrait ? Un café qui accepte les chiens, déclara Natalie, dont l'esprit se remplissait déjà d'une jolie vision idyllique. Avec des crochets et des niches de stationnement pour garer les chiens comme les mamans garent leurs poussettes. À l'intérieur, bien sûr, pour que personne ne les vole.

— Avec des biscuits pour chien gratuits pour un café acheté et des gamelles d'eau à différentes hauteurs.

— Et puis un parc, et aussi une porte dérobée pour pouvoir les déposer une demi-heure le temps d'aller remplir ses obligations, continua-t-elle en songeant aux analyses de sang dont elle devait absolument s'occuper. Bertie est parfaitement propre, vous savez. Bien plus que la moitié des enfants que je vois dans les cafés.

— C'est une idée formidable, sourit Rachel. Vous devriez la lancer.

— Vous voulez faire *fifty-fifty*, avec cinquante pour cent des profits pour le refuge ? proposa Natalie en lançant à son tour la balle. Vous pourriez vendre vos sandwichs au bacon, vous savez. Johnny dit qu'il débourserait volontiers 3 livres pour une seule de ces merveilles. En tout cas, il est prêt à marcher plusieurs kilomètres pour elles.

— Vraiment ? Attention, je risque de vous prendre au mot. Je dois réunir des fonds supplémentaires pour le refuge. Ma tante Dot n'était pas vraiment un génie de la finance et vous n'imaginez pas les quantités de nourriture qu'engloutissent ces goinfres. C'est à croire qu'ils rattrapent le temps perdu, expliqua-t-elle en jetant à nouveau la balle. Je n'y connais rien du tout, pour tout avouer, mais je vais devoir trouver rapidement une solution si je veux que le chenil reste ouvert.

— Eh bien, si ce sont les idées qui vous manquent, j'ai une certaine expérience en marketing et du temps à revendre. Tant que je peux venir accompagnée de mon chien.

Natalie n'avait pu s'empêcher d'offrir son aide à Rachel. Il y avait, chez cette femme, un je-ne-sais-quoi qui lui plaisait. Le fait qu'elle frise la quarantaine, n'ait pas d'enfants et semble néanmoins heureuse n'y était peut-être pas pour rien.

Arrête, se rabroua-t-elle. Ce n'était pas ce qui définissait les gens. Et puis, de toute façon, les analyses constitueraient un premier pas concret. Elle jeta un regard mélancolique à Bertie, qui s'en prenait à une Mélasse passive. Jamais elle ne pourrait le laisser à la réception du cabinet médical.

— Sera-t-il un jour envisageable de le laisser seul ? Je veux dire, à la maison ?

— Selon Megan, il ne sera jamais vraiment parfait, mais qui sait ?

Rachel se retourna pour lui faire face.

— Pourquoi ? Il vous tape déjà sur les nerfs ? Vous avez changé d'avis ?

— Non ! Non, pas du tout, s'empressa d'éclaircir Natalie. C'est juste que je dois aller chez le médecin pour des analyses, puis en ville, or je ne peux rien faire tant que Johnny n'est pas rentré du travail pour le garder.

Elle se mordit la lèvre.

— Je dois faire une prise de sang aujourd'hui ou demain.

— Rien de grave, j'espère ? s'enquit Rachel d'un air inquiet.

— Non, c'est juste…

Elle hésita un instant avant de vider son cœur.

— Johnny et moi essayons d'avoir un bébé, comme nous vous l'avons dit pendant l'inspection de la maison, mais ça n'arrive pas aussi vite que nous l'espérions. Je dois faire mesurer mes taux d'hormones, pour voir si j'ovule bien. Aujourd'hui, dans l'idéal.

— Oh, je vois, murmura Rachel avec compassion. Écoutez, je vais rester ici une quarantaine de minutes au moins, à leur lancer des balles et les promener. Si vous voulez, vous pouvez me laisser Bertie, offrit-elle en poussant gentiment la meute de chiens autour de ses jambes. Un de plus ou un de moins !

— C'est vrai ?

Natalie eut l'impression qu'on venait de la détacher d'une laisse invisible.

— Bien sûr. Ramenez-moi juste un expresso et une part de gâteau quand vous aurez fini.

Rachel se débattit pour arracher la balle aux babines baveuses de Lucy et l'envoya avec plus de force en direction du bois.

— Tout compte fait, double, l'expresso. Et si vous pouviez me trouver le dernier *Vogue* ?

— Aucun problème. Oh, Rachel, vous me sauvez la vie !

Natalie accrocha la laisse de Bertie au mousqueton pendu à la ceinture de Rachel et se mit en route pour le cabinet médical, son téléphone portable déjà dans la main pour demander à Bill d'user de son influence auprès des infirmières.

Rachel réintégra le chenil à 16 heures, après les dernières promenades, et rentra les chiens dans les cages avant de regagner la cuisine en fredonnant gaiement.

Après un début qui laissait fort à désirer, la journée s'était révélée très agréable. Le soleil brillait, elle entamait une relation qu'elle pouvait proclamer au monde entier s'il lui chantait, les chiens revenaient au pied quand elle les appelait et Natalie Hodge allait l'aider à trouver une solution pour récolter des espèces sonnantes et trébuchantes afin de renflouer les caisses du chenil.

C'était un véritable soulagement de pouvoir compter sur un coup de main. Elle s'était lancée dans un calcul approximatif des droits de succession et le résultat avait de quoi affoler. Si peu fiable que fût sa science des mathématiques, la somme serait astronomique. Or, les fameux secrets de Dot ne semblaient pas renfermer la formule magique qui lui avait permis de joindre les deux bouts pendant toutes ces années.

Certes, il y avait la rivière de diamants, qu'elle avait déposée à la vieille bijouterie de Longhampton afin de la faire estimer « pour l'assurance ». Avec un peu de chance, sa vente lui rapporterait assez pour régler le problème de l'homologation, mais ensuite ?

Rachel s'immobilisa, une main sur la porte du réfrigérateur. Elle avait fouillé tous les pots à condiments à la recherche de pierres précieuses, en vain. Cependant, ce qu'elle désirait plus que tout trouver, c'était l'origine de ce fabuleux collier. Était-ce un cadeau ? Du mystérieux Felix ?

Elle se prépara une tasse de café, laissant son imagination se prêter à de romantiques vagabondages. Dot et Felix rôdaient presque toujours dans un coin de son esprit. Aucun autre indice n'ayant surgi au cours de ses rangements, elle avait fini par tisser sa propre version des faits, inspirée, plus fidèlement que librement, de son histoire avec Oliver : les nocturnes au bureau qui s'étaient transformées en dîners sur le pouce dans des brasseries, qui avaient eux-mêmes pris de l'ampleur. Au moins Felix avait-il le mérite de sortir Dot en public, s'il fallait en croire les photographies, constata-t-elle avec une pointe de regret. De ses années avec Oliver, il ne restait aucun souvenir tangible.

Avec un instinct digne d'un agent secret, il s'éclipsait toujours des scènes immortalisées par des clichés. Dot, elle, gardait des preuves de son idylle.

Mais c'était le passé, se raisonna-t-elle en se dirigeant vers le bureau du chenil pour s'informer des derniers événements. Le tour de prestidigitateur fonctionnait dans les deux sens : puisque leur liaison n'existait pas pour lui, pourquoi le devrait-elle pour elle ?

Rachel trouva Megan assise au bureau, occupée à parcourir le registre en mâchouillant un stylo. Freda avait tenu la permanence téléphonique de l'après-midi et, comme à son habitude, leur avait laissé une pile de griffonnages à déchiffrer lorsqu'elle était repartie chez elle pour préparer le dîner de Ted.

— Hello ! s'exclama Megan en montrant du doigt un gâteau posé sur la table. Freda nous a laissé ça. Sers-toi. On dirait que la promenade a été bonne.

— Très. Mélasse réagit de mieux en mieux au rappel. J'ai utilisé le truc du sifflet et de la récompense, comme tu me l'avais dit.

— Bien joué !

— Je dois reconnaître que c'est agréable quand ça marche.

Rachel lorgna par-dessus l'épaule de Megan les billets composés par Freda.

— On dirait que l'après-midi a été bien rempli ici aussi. Des messages pour moi ?

— Quelques inspections de domicile pour Freda ou toi dans les jours à venir. Pour Vagabond et Mélasse, justement.

Rachel projeta son poing dans le vide comme une pompom girl.

— Ouais ! Et de quatre ! Plus que onze !

— Et on a reçu trois appels pour la halte-garderie, ce qui fera toujours rentrer un peu d'argent, non ? Oh, et il y a eu un appel personnel pour toi.

— Un appel personnel au chenil ?

Rachel fronça les sourcils. Sa mère aurait essayé de la joindre sur son téléphone portable, et il en allait de même pour Oliver. Une pensée déprimante la frappa soudain : l'administration fiscale devait avoir reçu ses estimations.

— Quelqu'un de l'étude notariale ? Pour les formulaires d'homologation ? Oh, mon Dieu, j'ai cafouillé quelque part ?

— Non, sur ton portable. Tu l'as laissé ici, dans ton autre manteau, apparemment. Une certaine… Oh, Freda écrit vraiment comme un cochon !

Megan loucha sur le petit bout de papier.

— … Kath Wrigley. Elle voulait te parler de… Oliver ? Oh, Rachel !

La jeune femme releva les yeux, une ombre d'inquiétude sur le visage.

— Ce n'est pas ton ex quand même ?

La bonne humeur de Rachel retomba comme un soufflé. Kath. Tout occupée qu'elle était à ignorer en bloc les appels d'Oliver, elle n'avait pas envisagé la possibilité que sa femme cherche à la joindre. C'était pourtant d'une telle évidence ! Comment avait-elle pu ne pas y songer ? Kath voudrait décharger sa rage.

— C'est tout ce que Freda a écrit ? s'enquit-elle d'une voix chevrotante. Kath a appelé au sujet d'Oliver ?

Megan hocha la tête, les yeux comme des soucoupes.

— A-t-elle dit qu'elle rappellerait ?

— Je ne sais pas. Freda lui a donné le numéro du chenil, au cas où elle voudrait essayer de te joindre sur le fixe, l'informa Megan d'un air coupable. Je ne lui ai donné aucun nom, tu sais, quand je l'ai… euh… mise au courant de ta rupture. Je ne crois pas qu'elle ait fait le rapprochement. Elle doit penser qu'Oliver est un chien.

Rachel déglutit. Dieu merci ! Elle avait trop honte pour vouloir imaginer l'expression qui se poserait sur le visage bienveillant de la vieille dame si elle venait à apprendre qu'elle sympathisait avec une maîtresse.

— Je peux la rappeler pour lui dire que tu n'es pas là, proposa Megan. On peut bloquer ses appels.

— Non, refusa courageusement Rachel. Si elle rappelle…

C'était sa punition, se raisonna-t-elle, en dépit de sa terreur. Elle devait parler à Kath. Cette dernière avait probablement besoin de hurler un bon coup pour tourner la page. Elle lui devait bien cela.

Consciente de son malaise, Megan crut bon de changer de sujet.

— Oh, et George a téléphoné. Il voulait savoir si tu étais allergique au faisan, rapporta-t-elle avec un large sourire. J'en déduis que vous avez pris date pour un autre dîner.

— Oui, ce week-end.

Megan battit des mains, ravie.

— Youhou ! On dirait que les choses commencent à bouger, pas vrai ?

Le sourire naissant sur les lèvres de Rachel vacilla. À condition d'empêcher les fantômes du passé de venir hanter son avenir.

16

D'ordinaire, Zoe ne prenait pas son heure de pause-déjeuner ; elle préférait y caser des clients afin de terminer sa journée plus tôt et ne pas avoir à courir pour récupérer Spencer et Leo à l'école. Ce jour-là, cependant, elle avertit Hannah qu'elle ne serait pas disponible pour les éventuels chalands sans rendez-vous puis se lança dans la rue principale de Longhampton à un rythme proche de la marche sportive afin d'arriver pour 13 heures au cabinet médical.

Tout au long du chemin, son plan se déroulait avec clarté dans son esprit : elle allait apporter à Bill un petit bouquet de tulipes acheté à l'étal près du salon pour le remercier de son intervention digne de la Croix-Rouge, après quoi elle filerait. Toutefois, lorsqu'elle se planta devant la réceptionniste, un drôle de phénomène se produisit en elle et elle se retrouva dans l'incapacité de formuler un mot, ou du moins de les assembler dans un ordre intelligible.

— Si je comprends bien, vous n'avez pas rendez-vous ? tenta de clarifier Lauren, la tête inclinée dans une pose aimable.

Dans le coin derrière elle, Lulu était pelotonnée dans son panier, d'où elle observait les visiteurs avec des yeux noirs et perçants qui ne laissaient rien échapper.

— Vous voulez voir le Dr Harper ? Mais pas pour un rendez-vous ?

— Euh, oui. C'est pour lui.

Zoe brandit les fleurs, ne remarquant que trop tard qu'elle risquait fort de passer pour une espèce de groupie cinglée. Elle se reprit, gênée :

— Remarquez, je peux très bien vous les laisser.

Lauren refusa d'une secousse énergique de la tête.

— Non, pas besoin. Il est avec son dernier patient de la matinée. Asseyez-vous, il ne va pas tarder. Il doit aller promener Lulu, de toute façon, expliqua-t-elle avec un geste affectueux en direction du caniche. Hein, ma grande ? Tu es prête pour ta sortie.

Au moment où la réceptionniste prononçait ces mots, une silhouette masculine franchit la porte au fond du bureau. Aussitôt, Lulu dressa les oreilles et se hissa sur ses pattes élégantes. Ce ne pouvait être que Bill.

Zoe éprouva une étrange agitation à l'intérieur de son estomac. Quelle mouche l'avait piquée de venir jusque-là ? Pour lui offrir des fleurs, de surcroît ! Quel cliché ! Il n'avait fait que se montrer poli avec elle, voilà tout. Elle se montait le bourrichon.

Mais avant qu'elle puisse changer d'avis et filer à l'anglaise, Lauren aborda le médecin.

— Dr Harper ? Il y a quelqu'un pour vous à la réception.

Comme il levait les yeux, le fourmillement s'intensifia dans le ventre de Zoe. Mon Dieu, songea-t-elle. Plus Harlequin, tu meurs ! Il portait un stéthoscope, un vrai, autour du cou.

Il promena son regard sur la réception au-dessus du comptoir et, l'apercevant, assise les genoux serrés d'angoisse sous une jupe qu'elle portait tous les trente-six du mois, troqua son expression perplexe pour un sourire de reconnaissance.

Surtout ne dis rien d'idiot, se rappela-t-elle. Reste concentrée.

Bill passait à présent la porte du bureau pour se diriger droit vers elle, accompagné de Lulu, qui paradait à son côté. Zoe pressa les lèvres pour s'assurer que son rouge se trouvait toujours plus ou moins là où elle l'avait appliqué, puis sourit en espérant qu'elle n'en avait pas plein les dents.

— Hé, Lulu, regarde qui est là ! dit-il au caniche avec un signe de tête en direction de Zoe. Ta nouvelle coiffeuse ! Je constate que la bosse a désenflé. Vous êtes venue pour un contrôle ?

— Non, je vais bien. Enfin, je suis un peu branlante et j'ai dû arrêter l'entraînement pour le marathon, mais je crois que je gère, bredouilla-t-elle. Salut Lulu ! Ça va ? Des gros mâtins t'ont fait ta fête ces derniers jours ?

Nom d'un chien, pourquoi ne pouvait-elle pas la fermer un peu ? Elle se focalisa un instant sur les oreilles de Lulu, tout occupée à les ébouriffer.

— Nous partons pour un petit tour de pâté de maisons, dit Bill. Vous voulez vous joindre à nous ? Euh, à moins que vous ne soyez venue voir quelqu'un ?

Zoe leva les yeux pour les plonger dans les iris bruns de Bill. À son enthousiasme de la voir se mêlait une touche d'embarras, ce qui ne le rendait que plus beau.

— Non, en fait je suis venue vous donner ça.

Elle lui tendit les fleurs, des tulipes rouges avec des zébrures jaunes, un peu comme ses cheveux cette semaine, après la session de formation des apprentis.

— C'est pour vous remercier… vous savez, d'avoir pris soin de moi. J'ai fichu en l'air votre samedi mais j'ai vraiment apprécié.

Bill parut décontenancé.

— Tout le plaisir était pour moi. Je ne crois pas qu'on m'ait déjà offert des fleurs, c'est très gentil de votre part. Écoutez, pourquoi ne nous accompagnez-vous pas au parc ? Je pourrai vérifier votre mobilité. Il faut croire que vous avez trouvé le meilleur moyen de court-circuiter le système pour obtenir des soins privés aux frais de Sa Majesté !

— Avec joie.

Elle lui sourit tandis qu'une voix démoniaque lui soufflait à l'oreille : « Boitille un peu, ma fille. »

Tandis que Bill faisait un saut dans le boui-boui du vieux Shackley pour leur acheter à chacun un thé, Zoe se retrouva à tenir la laisse de Lulu avec la nette impression d'être jaugée de la tête au pied comme une belle-mère suspecte. Le caniche lui renifla les jambes d'une truffe délicate et décrivit de petits cercles autour d'elle en lui jetant des coups d'œil furtifs sous ses boucles noires, se figeant quand Zoe tenta une caresse.

— Tu sens Caramel ? lui demanda-t-elle, histoire de faire la conversation.

Cela ne la dérangeait plus de parler aux chiens. Ces derniers temps, Caramel se montrait d'ailleurs bien plus causant que Spencer.

— Il est plus petit que toi, et bien moins chic, mais il te plairait.

— Qui lui plairait ? s'enquit Bill en lui tendant une tasse en polystyrène.

— Caramel, mon chiot.

— Je sais qui est Caramel.

Son ton semblait confirmer qu'il n'avait pas oublié. Soit il disait vrai, conclut Zoe, soit le mensonge entrait dans les compétences des médecins.

— À quel stade en est-il ? D'autres victimes parmi vos plantes vertes ?

Zoe éprouva un infime frémissement de plaisir. Il se souvenait bel et bien des histoires d'épouvante qu'elle lui avait racontées le samedi précédent.

— Il s'en est fallu de peu. C'est la discipline qui me donne le plus de mal, soupira-t-elle. Selon Megan, du refuge, je n'ai pas une voix assez autoritaire. Je dois continuer à m'entraîner à dire non avec le plus de conviction possible.

Tendant le bras devant elle, elle aboya un « non » si brusque que Bill, surpris, ramena sa tasse vers lui d'une saccade et renversa du thé sur sa veste.

— Oh, mon Dieu, désolée. Vous vous êtes brûlé ?

Elle lui fit face, consternée, et se mit à tapoter le vêtement avec sa serviette en papier.

— Il y a eu plus de peur que de mal, la rassura-t-il avec un large sourire. À quoi sert une veste d'extérieur si elle n'est pas à l'épreuve d'un peu d'action ? Si nous y allions ?

Ils se mirent en marche en direction du parc, tandis que Lulu, entre eux, réglait son pas sur le leur.

— Allez-vous promener les chiens samedi prochain ?

— Il y a de fortes chances. Entre vous et moi, Rachel et Megan me font un prix sur la garderie, alors je leur dois bien ça. Et, pour tout vous dire, j'aime bien. Et puis c'est un bon entraînement. Quand Caramel sera grand, je devrai savoir maîtriser quarante kilos de labrador de première qualité.

Pivotant la tête, elle surprit Bill en train de l'observer avec, sur son visage juvénile, un certain intérêt.

— Il faudra que vous veniez vous promener avec nous. Lulu pourra lui apprendre à se pavaner comme un chien de concours.

— J'adorerais ! Et je suis sûre qu'elle aussi ! Alors, vous serez au rendez-vous samedi ?

— Sans faute.

Il laissa échapper une sorte de ronchonnement.

— Même si je ne le voulais pas, ce qui n'est pas le cas, je n'aurais pas vraiment le choix. Mes meilleurs amis, Johnny et Nat, se sont inscrits pour la matinée entière. Vous savez, c'est le couple qui joue les familles d'accueil pour Bertie le basset-hound. C'est le dernier dada de Nat. Je vous jure, c'est une nouvelle adepte de la secte canine. Elle n'a plus que ça à la bouche. Mais j'imagine que je ne vaux pas mieux, sourit-il.

— C'est un vrai bouleversement dans une vie, convint Zoe. Au travail, les gens n'arrêtent pas de me raconter des histoires horribles. À les entendre, je ne pourrai plus jamais mettre un orteil hors de chez moi, je suis pieds et poings liés maintenant. Mais, moi, j'aime ça! Megan m'a donné une liste de socialisation, alors j'emmène Caramel dans plein de nouveaux endroits et j'ai déjà fait un tas de rencontres.

— À qui le dites-vous! C'est comme si on devenait un aimant qui attire tous les maîtres, observa Bill en laissant Lulu trottiner un peu devant eux pour leur faire admirer sa démarche parfaitement droite de chien de podium. Vous n'avez pas l'impression de faire partie d'une sorte de club, vous? C'est tellement plus facile d'engager la conversation quand une personne a un chien. C'est vrai, on sait déjà qu'on a un tas de points communs avec elle.

Un bref silence s'installa entre eux, frémissant de non-dits, jusqu'à ce que Zoe le brise d'une série de bredouillements.

— Oh, oui, tout à fait, sans oublier le côté plein air! Juste avant cette catastrophe complète avec Bertie, j'étais en train de me dire que c'était un vrai bonheur de me promener dans la nature avec les chiens, de me vider la tête. De toute la semaine, c'était le premier instant que j'avais à moi. Vous ne ressentez pas la même chose, vous? L'impression de pouvoir enfin avoir un espace à vous.

— Oui, je vois très bien où vous voulez en venir. Le seul inconvénient que j'y trouve, et je viens juste d'y penser, c'est qu'on ne peut pas déjeuner au restaurant et promener le chien en même temps.

Ils longeaient à présent la fontaine du parc et ses sirènes de granite pétrifiées en pleine cabriole. Devant eux, Lulu faisait de son mieux pour ignorer les reniflements d'un yorkshire. S'arrêtant pour chasser l'importun, Bill croisa le regard de Zoe. Il semblait avoir toutes les peines du monde à garder son naturel.

— Enfin, sauf si vous connaissez un endroit où deux maîtres de chien peuvent… euh… se retrouver autour d'un verre après le travail?

Il avait rosi tant il s'efforçait d'avoir l'air de ne pas accorder trop d'importance à sa proposition.

— Oh, après le travail ? C'est impossible pour moi les soirs d'école, dit-elle en secouant la tête tristement. Je suis navrée.

— Oui, bien sûr, il y a Caramel, observa-t-il sans lui laisser le temps de s'expliquer. Quel idiot ! Lulu, je peux la laisser seule, mais, évidemment, vous ne pouvez pas abandonner un chiot toute une soirée, sourit-il. Mais nous nous verrons à la promenade de samedi, n'est-ce pas ?

— Tout à fait, confirma-t-elle avant de pouvoir y réfléchir à deux fois.

Zoe ne ressentit les premières affres de la culpabilité que lorsqu'elle quitta le salon pour aller chercher Spencer et Leo à l'école. Sa conversation avec Bill et la perspective de le revoir lui avaient réchauffé le cœur tout au long de son ennuyeux après-midi de balayages, mais sa conscience commençait maintenant à l'élancer comme un vilain bouton.

Elle avait encore trouvé le moyen de ne pas lui dire qu'elle avait deux enfants.

De retour à la maison, alors qu'elle préparait le dîner pour ces deux enfants, l'électrisante promenade du midi lui paraissait lointaine.

— Mamaaaan !

Les éclats familiers des disputes fraternelles la sortirent de sa rêverie dans un sursaut. Les hurlements de Spencer ne résonnaient que quelques décibels au-dessus des aboiements accrus de Caramel. Lui non plus n'avait pas besoin de quitter sa place sur le canapé pour se faire entendre.

— Maman ! Leo a embêté Caramel avec mon Dalek et maintenant il a vomi sur le canapé ! rapporta-t-il, visiblement plus ennuyé par les dégâts causés au sofa que les souffrances du chien.

— Spencer a laissé Caramel faire pipi sur le canapé ! Spencer a sauté son tour de pipi !

— Leo n'est qu'un p'tit con !

La mâchoire de Zoe se décrocha sous le coup de l'indignation. Elle posa son mug et se retrouva dans le salon en un éclair.

— Qu'est-ce que j'ai entendu ? demanda-t-elle en soulevant des coussins un chiot nauséeux. Et qu'est-ce que vous avez fabriqué avec Caramel ? Qui était censé le sortir ?

Elle considéra ses deux fils, qui baissèrent aussitôt les yeux sur leurs chaussures d'un air rebelle. Mais elle ne comptait pas perdre la bataille, pas cette fois. Pour ce qui était de l'enseignement de la propreté à Caramel, elle n'entendait pas se laisser faire, non seulement parce que ses tissus d'ameublement se détérioraient à vue d'œil, mais aussi parce que cette pauvre bête innocente ne s'économisait pas pour essayer d'apprendre les règles.

Elle pointa du doigt le réveil posé sur la cheminée et le tableau de motivation qu'elle avait accroché à côté, une fois de plus à la suggestion de Megan, pour obliger les garçons à participer à l'éducation du labrador.

— C'était ton tour, Spencer ! C'est toi qui devais sortir Caramel pour qu'il fasse pipi à 17 heures.

— Je regardais un truc à la télé, répliqua-t-il avec un haussement d'épaules.

Zoe sentait la moutarde lui monter au nez.

— Est-ce que ça te plairait que je ferme la porte des toilettes à clé quand tu as envie de faire pipi ? Caramel n'est qu'un bébé. Il doit sortir toutes les heures, à l'heure pile. On en a déjà parlé, non ?

Comme Spencer lui répondait par un nouveau haussement d'épaules, elle empoigna la télécommande.

— Plus de télé jusqu'à 18 heures ! décréta-t-elle en éteignant le poste.

Sentant Caramel s'agiter entre ses mains, elle le hissa sur son épaule pour lui permettre de voir par-dessus. Il était chaud et maintenant presque trop grand pour être porté facilement.

En dépit des grognements des enfants, Zoe tint bon.

— Je suis vraiment déçue par votre comportement, reprit-elle avec fermeté. Je pensais que vous prendriez soin de Caramel, pas que vous le traiteriez comme un jouet.

— Je monte dans ma chambre, annonça Spencer d'une voix gonflée de défi.

— Bien, vas-y.

Zoe ne comprit qu'une seconde trop tard que ce petit malin venait encore d'avoir le dernier mot.

17

À l'inverse des premiers jours engourdis de Rachel à Four Oaks, durant lesquels son désœuvrement avait arrêté les aiguilles du temps dans la chambre d'amis, les heures se mirent à filer.

Sa vie d'avant ne lui manquait pas autant qu'elle l'aurait cru, ce flou de réunions quotidiennes frénétiques suivies de soirées employées à jouer la montre et faire du surplace dans l'attente du précieux jeudi soir, qu'Oliver prétendait passer à la salle de sport. Leurs parties de cache-cache rendaient les semaines de Rachel étrangement bancales. Malgré un répertoire professionnel plein à craquer, ses soirs et ses week-ends retentissaient de silence, aussi s'appliquait-elle à les meubler avec des virées shopping, des cours de yoga et tout ce qui lui donnait l'impression d'être occupée.

Ses journées débutaient désormais à 7 h 30, quand Megan déposait une tasse de thé devant la porte de sa chambre, et s'achevaient à 23 heures, au moment où elle regagnait son lit, épuisée par des kilomètres de promenade et de longues conversations avec des inconnus sur les mérites respectifs des staffies et des colleys. Doté du pouvoir absorbant d'une éponge, son esprit retenait des informations sur les chiens et des conseils sur leur éducation, là où il stockait autrefois les adresses des restaurants londoniens et des ventes privées. Doucement mais sûrement, les chiens se ménagèrent une place dans ce cœur qui leur était autrefois insensible. Lorsqu'un cinquième protégé de Dot – Flash, le petit westie miteux et timide – quitta le refuge dans les bras aimants de nouveaux maîtres, ses pleurs se mêlèrent au flot de larmes de Megan et Freda.

Toujours flanquée de ces deux acolytes, Rachel n'avait guère le temps de songer à Oliver. Elle se réservait toutefois une heure par jour, en début de soirée, pour se complaire dans son malheur. Megan s'attendrissait de la voir ainsi désireuse de consacrer du temps à Bijou pour consolider leurs liens, mais seulement parce qu'elle n'entendait pas les diatribes auxquelles Rachel se livrait en faisant le tour du verger et des vastes champs qui cernaient la maison, pestant contre elle-même, contre Oliver, contre l'injustice du cœur humain, mais surtout contre sa propre bêtise. La première semaine, il lui avait fallu une heure pour épuiser son monologue de regrets et de récriminations. À la fin du mois, elle se surprenait à consacrer les vingt dernières minutes de sa promenade au mystère qui entourait Dot et Felix ou encore au moyen de payer la facture d'électricité.

La vie à Longhampton présentait néanmoins certains inconvénients. Parmi ceux-là, le fait que sa mère savait précisément où la trouver et qu'elle ne pouvait plus prétexter quelque réunion pour lui échapper, d'autant que Megan et Freda se faisaient un plaisir de lui passer ses appels.

Aussi Rachel était-elle attablée dans la cuisine, occupée à explorer des idées de collecte de fonds avec Natalie, lorsque Val vint aux nouvelles.

— Il n'y a pas de nouvelles, maman, répondit Rachel, s'excusant à Natalie d'un roulement d'yeux. À moins que tu ne sois tentée par un schnauzer.

Natalie lui répondit par une grimace. Elle était arrivée peu après la distribution de nourriture, Bertie sur ses talons. Soit elle brûlait d'envie de l'aider à renflouer les caisses du chenil, soit elle n'avait rien de mieux à faire de ses journées.

— Tu te doutes bien que non, Rachel. Qu'a dit l'agent immobilier au sujet de la maison ?

Un aspirateur ronronnait en fond sonore. Val faisait-elle dans le multitâche ou son père s'était-il mis, contraint et forcé, au ménage ?

— Qu'elle était jolie mais avait besoin de beaucoup de travaux. Une histoire de reprise en sous-œuvre.

À ce moment de la visite, Rachel avait décroché pour se lancer dans un débat intérieur. Valait-il mieux que la maison fût estimée à une petite fortune, ce qui lui permettrait peut-être d'acquérir un autre bien immobilier ailleurs, ou à une bouchée de pain, ce qui lui éviterait de devoir payer des droits de succession faramineux ?

— Tu veux bien être plus explicite ?

— J'aurais du mal. Il a envoyé l'estimation au notaire, je vais recevoir la note par courrier. Je ne sais pas quand, précisa-t-elle, sans laisser à Val le temps de lui poser la question. Mais, selon Gerald Flint, vous pouvez prendre tout de suite les albums d'Acker Bilk pour papa, ils ne devraient pas influer sur l'estimation finale.

— Rachel dit que tu peux avoir tes albums d'Acker Bilk, Ken.

Le vrombissement cessa derrière elle.

— Quoi ? Ton père voudrait te parler, Rachel. Je te le passe.

Après un échange étouffé au cours duquel Rachel distingua les mots « café digne de ce nom », son père prit le combiné.

— Bonjour, papa.

Pourvu qu'il ne lui parle pas de sa démission. Val n'avait pas bondi de joie en apprenant la nouvelle lors de leur dernière conversation. La décision de sa fille d'abandonner la carrière « pour laquelle elle avait sacrifié ses trente ans » pour s'occuper d'un chenil avait paru, à juste titre, la dérouter.

— Comment ça va, ma chérie ? Tu t'en sors ? l'interrogea Ken, inquiet.

Rachel pria pour qu'il ne lui serve pas son fameux « Quoi que tu fasses, nous serons fiers de toi ». Elle ne pouvait l'entendre sans verser de larmes.

— Ça va, papa. Et toi ?

Elle articula un « merci » silencieux à Natalie, qui lui tendait une tasse de thé chaude.

— J'ai du pain sur la planche ici, c'est tout…

— Je ne te retiendrai pas longtemps. Je me demandais juste…

Il baissa d'un ton avant de poursuivre :

— … juste si tu t'en sortais avec les affaires de Dot.

— Eh bien, pas trop mal.

Où diable voulait-il en venir ?

— Il y a beaucoup de tri, ajouta Rachel. Si c'est ce que tu entends par là.

— En fait, je voulais parler de ses… affaires personnelles.

— Papa, reprit-elle d'une voix lasse. Si maman veut récupérer un objet en particulier qu'elle n'ose pas me demander par souci de politesse, tu peux lui dire qu'elle est cordialement invitée à venir passer la maison au crible ou, tout simplement, me dire ce dont il s'agit et je…

— Non, non, tu n'y es pas !

On aurait dit qu'un tortionnaire arrachait à son père ses ongles de pouce.

— Ce que je veux dire, c'est que… eh bien, on tombe sur de drôles de choses en fouillant les maisons. Des affaires intimes, des lettres, tu sais…

— Non, je ne sais pas.

Rachel se creusa les méninges. Qu'est-ce qui pouvait causer chez son père un tel trouble ? Possédait-il des informations sur Felix ? Sans doute pas. Ken n'était pas homme à s'étendre sur son propre mariage, alors les amours d'autrui ! Une idée lui traversa soudain l'esprit.

— Cela serait-il lié à la brouille entre maman et Dot, par exemple ? Es-tu en train d'essayer de me dire qu'il y aurait peut-être une lettre quelque part ?

Voici qui expliquerait tout : une missive cinglante dans laquelle sa mère aurait dressé l'inventaire de toutes les petites manies égoïstes de Dot, des mots dont Val ne laisserait pas de se repentir, elle que sa mauvaise conscience travaillait des années durant.

— Pas exactement.

Rachel entendit la voix de Val en bruit de fond.

— Bref, reprit Ken, plus fort. Oublie ce que je t'ai dit. Ce n'est rien, j'en suis sûr. Ta mère n'a pas fini. Au revoir, ma chérie !

À en juger par les marmonnements confus à l'autre bout de la ligne, Val ne semblait pas particulièrement désireuse de lui reparler. D'ailleurs, lorsqu'elle prit enfin le combiné, elle ne se lança dans aucune joute verbale et laissa sa fille raccrocher au bout de quelques minutes seulement.

— Des problèmes familiaux ? s'enquit Natalie.

— Aucune idée, répondit Rachel avec un haussement d'épaules perplexe. Avec les parents, on ne sait jamais. Ma mère et Dot avaient eu une petite prise de bec, tu sais, une brouille comme il y en a tant entre sœurs, je n'irais même pas jusqu'à parler de dispute. Mon père s'imagine que je vais trouver une planque secrète de poupées vaudoues ou je ne sais quoi.

— Oh, oh ! s'exclama Natalie. Ça sent le mystère à plein nez !

— Non, pas oh oh, crois-moi. Je serais plutôt tentée de penser que ma mère n'a jamais pardonné à Dot d'avoir piqué la recette de la crème au citron de grand-maman en 1974. Ou alors que son fiancé soit venu au baptême de ma sœur en semelles compensées, au grand scandale du pasteur. Enfin, bref, où en étions-nous ?

— Au sponsoring. Nous disions qu'il te fallait des sponsors pour couvrir les frais du refuge.

Natalie traça le mot « Sponsoring » en haut d'une feuille et l'orna d'une fioriture.

— J'ai regardé de plus près tes comptes et je pense que nous avons ici la somme nécessaire pour une cage sur une année. Ce n'est pas grand-chose, tu vois. J'ai dressé une liste de toutes les entreprises de la zone industrielle auxquelles tu pourrais t'adresser, ainsi que les études notariales et les cabinets d'avocats et de comptables du centre-ville. Sans oublier la *Longhampton Gazette*, ajouta-t-elle en traçant un cercle assuré autour des calculs branlants de Rachel. Et les particuliers, bien sûr. Tu peux placer une cagnotte au cabinet médical et inviter l'école primaire à participer.

— En échange de quoi ?

Rachel avait beau tenter de faire tourner son cerveau à plein régime pour suivre Natalie, il refusait de coopérer. Malgré les huit heures de sommeil béat qu'elle goûtait chaque nuit, bercée par le seul silence de la campagne, il lui fallait plus que du thé bien corsé pour tenir le coup cette semaine.

— Désolée, j'ai un trou.

— Tu te sens bien ? s'inquiéta Natalie en l'étudiant avec plus d'attention.

— Oui, oui.

Rachel se frotta les yeux. Megan souffrait d'un rhume, sans doute l'avait-elle attrapé.

— En fait, j'ai bien l'impression que mon immunité londonienne me lâche. Je deviens une proie facile pour les virus. Si on m'avait dit que ça m'arriverait un jour !

— Ce doit être le contrecoup. Tu as dû gérer la maison, ta rupture et tout le reste en même temps. Et tu t'es débrouillée comme une chef jusqu'ici.

— Oh, je n'en dirais pas autant, mais merci quand même.

Rachel n'était pas certaine de mériter la sympathie de Natalie, mais le sourire triste qu'elle lui adressait lui fit chaud au cœur. Elle ne lui aurait pas souri ainsi si elle avait su qu'elle avait affaire à une voleuse de mari. Toute ratée fût-elle.

Rachel détourna ses pensées du déplaisant sujet.

— Alors, pour les sponsors… Nous pourrions leur envoyer des nouvelles des chiens pour qu'ils les accrochent sur le mur de la cuisine collective. Comme pour les annonces.

— Parfait ! Et Megan et toi pourriez aller à l'école avec quelques chiens pour apprendre aux enfants à devenir des maîtres responsables. Et accompagner les moins baveux à la maison de retraite pour un après-midi de cajoleries. Nous pouvons parler à Lauren, du cabinet médical, des chiens thérapeutiques. Elle a déjà accroché un poster sur les bienfaits des promenades canines.

— Dis-moi, tu y as beaucoup réfléchi !

Natalie haussa les épaules avec modestie.

— Je n'ai pas grand-chose d'autre pour m'occuper l'esprit en ce moment. Finalement, je ne suis pas aussi douée que je le pensais pour me détendre à la maison. Tu as pris une décision concernant l'avenir de la pension ? Parce que tu ferais aussi bien de la relancer, tant que tu y es. C'est sans doute de là que ta tante tirait l'argent pour financer le refuge, tu ne crois pas ? Des frais de garde ?

Rachel n'en aurait pas mis sa main au feu. D'après ce qu'elle avait réussi à comprendre à la comptabilité du chenil, l'affaire n'engendrait presque aucun bénéfice. Pour autant qu'elle sache, Dot payait toutes les dépenses grâce à son arbre magique à colliers de diamants. Cependant, qu'elle décide de rester ou de vendre, cela paraissait sensé de faire du chenil une entreprise opérationnelle.

— Oui, c'est une bonne idée. Et puis nous allons bientôt avoir Internet à Four Oaks, seulement dix ans après le reste du monde !

Natalie la considéra avec stupéfaction.

— Il n'y avait pas Internet ? Pas de site ?

— Pas de site. Je suis en cure de désintox depuis mon arrivée. Mais cette ère sera révolue à compter de ce weekend. Une ou deux personnes doivent me renvoyer l'ascenseur. J'imagine que cela devrait permettre à quelques cabots tristounets de trouver un toit.

— Ce qu'il faudrait, c'est une journée portes ouvertes, pour que tout le monde puisse voir ce que vous faites au refuge.

Natalie dessina un gros nuage autour des mots « Journée portes ouvertes » et se mit à le hérisser de pointes.

— Quand les gens verront les chiens, ils craqueront, comme Johnny et moi. Et quand ils verront la qualité des installations, ils voudront tous réserver une place pour leur compagnon à quatre pattes cet été. Nous ferons d'une pierre deux coups ! Alors, quels sont les ingrédients nécessaires pour que les visiteurs tombent sous le charme de la pension pour chiens de Four Oaks ? Je t'écoute, c'est toi l'experte en RP, ajouta-t-elle, généreuse.

— Un atelier de maquillage facial, répondit Rachel d'un ton solennel. Et peut-être un cochon à la broche. C'est ce qui fonctionnait avec les cracks d'Internet, en tout cas.

Les traits de Natalie se figèrent, le temps de comprendre que Rachel plaisantait.

— Tu m'as bien eue ! En fait, je pensais plutôt à des concours accessibles à tous. Dans le style : « Les oreilles les plus hirsutes » ou « Le compagnon le plus aimant ». Et il faut à tout prix organiser un concours « Tel chien, tel maître », histoire que Bertie et Johnny puissent repartir avec une médaille. Je ne sais pas lequel des deux passe le plus de temps à rôder autour du frigo.

Elle pointa soudain son stylo sur Rachel.

— Mais bien sûr ! Le top du top pour faire pleurer dans les chaumières : inviter tous les anciens du refuge replacés avec succès à retrouver, le temps d'un après-midi, leurs vieux copains !

— Tu es un génie du marketing, Natalie, affirma Rachel avec un hochement de tête approbateur. Ça donnera au journal local son plus bel article !

— Quand alors ?

Rachel fit la moue.

— C'est le problème. Pas avant que j'aie obtenu l'homologation. J'ai un énorme acompte à payer, ce n'est qu'après que je recevrai officiellement les clés. Mais nous pouvons toujours tout préparer. Dès que j'aurai le feu vert, nous lancerons l'événement. L'effet de surprise sur le public sera assuré.

Elle poussa l'assiette de biscuits au chocolat en direction de Natalie.

— Je ne veux pas t'accaparer, cela étant. Je suis certaine que tu as mieux à faire que de m'aider à organiser des concours pour chiens.

— Tu rigoles ! Ne le répète pas à Johnny, mais je suis contente d'avoir une distraction, soupira Natalie.

En l'observant plus attentivement, Rachel remarqua les poches qui cernaient ses yeux ronds à l'iris vert et la tension qui se dégageait d'elle.

— C'est Bertie ?

— Non ! Oh, non, il est adorable.

Natalie hésita, puis finit par vider son sac :

— En fait, nous attendons des résultats d'examens. Tu sais, les analyses que j'ai faites l'autre jour, quand tu as gardé Bertie. J'ai dû te le dire, nous essayons d'avoir un enfant, avec Johnny, et c'est la prochaine étape.

— Oh, je vois.

Rachel ne savait jamais que répondre lorsque la conversation s'orientait sur les tentatives de grossesse. Elle qui avait passé la grande majorité de sa vie à se mettre en quatre pour justement éviter de tomber enceinte trouvait pervers le mal que l'inverse donnait aux femmes qui ne demandaient que cela.

— Est-ce que, euh, ça fait longtemps que vous essayez ?

— Plus d'un an, mais j'ai l'impression que ça fait une éternité, répondit Natalie en croquant un biscuit. Excuse-moi, il y a mieux comme sujet de conversation, mais ça a tendance à monopoliser l'esprit.

Elle afficha un pâle sourire.

— Désolée, j'en ai un peu trop dit.

— Tout ira bien, les examens seront bons.

Rachel se voulait rassurante. La mine déconfite de Natalie contrastait tellement avec l'assurance radieuse qu'elle montrait quelques secondes plus tôt, lorsqu'elles organisaient les portes ouvertes.

— Pour tout te dire, je n'en sais rien du tout. Nous étions si heureux, Johnny et moi. Je ne sais pas comment il le prendra si je ne peux pas…

Un éternuement bruyant annonça l'arrivée de Megan.

— Rachel, excuse-moi, c'est…

La jeune femme éternua de nouveau dans un grand mouchoir blanc.

— Il y a une dame pour toi. Elle s'est présentée directement au refuge mais elle demande à te parler.

Natalie pinça les lèvres et Rachel se retourna à contrecœur, au regret de voir s'enfuir l'instant.

— T'a-t-elle dit à quel sujet ?

— Non, mais elle regardait les chiens.

Megan sourit, puis fronça le nez pour réprimer un éternuement qui lui échappa malgré tout.

— Elle semblait porter un intérêt particulier à Vagabond, d'ailleurs. Très west-highland-white-terrier dans son genre.

— C'est-à-dire ? interrogea Natalie.

— Oh, tu sais bien, reprit Megan en s'essuyant le nez. La cinquantaine, beaux vêtements, bonne élocution. Veste sans manches.

— Une femme qui aime que son chien fasse grosso modo la taille de son plus grand sac à main, ajouta Rachel. Et n'aient pas de poils susceptibles d'obstruer son Dyson. Ne me regarde pas comme si j'étais médium, Natalie, on apprend très vite à cerner les genres.

— Johnny et moi étions à l'évidence très basset, alors ?

— Justement, non, répliqua Megan. J'aurais cru que vous choisiriez Mélasse, la femelle labrador. Johnny est plus labrador, comme type ; quant à toi…

— Vas-y, l'encouragea Natalie avec bonne humeur. Je pourrai le supporter.

Rachel se leva de table et, prise de vertige, nota dans un coin de son esprit d'acheter du Berocca la prochaine fois qu'elle irait en courses, avant de se laisser terrasser par le rhume de Megan.

— Je te laisse te tirer d'affaire seule, Megan. Natalie, peux-tu m'attendre dix minutes ? Je ne devrais pas en avoir pour longtemps.

— Aucun souci.

Natalie reprit appui sur le dossier de sa chaise tandis que Bertie sortait de son petit somme près de l'Aga pour dévorer de ses yeux remplis d'espoir les biscuits sur la table.

— Tu disais, Megan ?

Lorsque Rachel poussa la porte du bureau, la visiteuse ne feuilletait pas les brochures, pas plus qu'elle ne jetait de regards curieux autour d'elle pour essayer d'apercevoir les chiens, comme la plupart des candidats à l'adoption. Elle attendait bien sagement, bras croisés sur sa veste sans manches en peau de mouton.

— Rachel ?

Elle s'avança d'un pas, la toisant de la tête aux pieds.

Rachel lui offrit une poignée de main.

— Oui, bonjour. Je vous prie de m'excuser, Megan ne m'a pas donné votre nom.

L'Australienne avait vu juste, l'inconnue respirait le westie à plein nez. Elle portait un jean chic à la taille un brin trop haute sous un col roulé fauve assorti à sa masse de cheveux relevée de balayages.

— Kath.

Ses lèvres roses brillantes s'incurvèrent en un sourire amusé et serein, tandis qu'elle prenait la main de Rachel pour la serrer mollement.

— Kath Wrigley. N'est-ce pas curieux ? Je vous ai toujours imaginée plus jeune.

Lors de ses innombrables promenades avec Bijou passées à répéter le discours qu'elle tiendrait à la femme d'Oliver si elles venaient à se rencontrer, jamais Rachel n'avait prévu cette situation.

Que Kath se mette dans une rage incontrôlable, l'accuse d'une voix tragique d'avoir brisé son mariage, lui rappelle avec suffisance qu'elle avait malgré tout réussi à sauver son couple au bord de la ruine, d'accord. Comme dans ses monologues, Rachel lui aurait présenté des excuses admirables tout en avançant, pour sa digne défense, ses sentiments pour Oliver : un amour vrai, tout immoral qu'il était.

Mais que la femme d'Oliver vienne la trouver pour la gratifier d'un regard compatissant dépourvu de toute agressivité, comme si elle représentait plus une curiosité qu'une menace, elle ne l'avait pas envisagé une seule seconde.

— Et blonde, ajouta Kath, plus pour elle-même que pour Rachel.

Celle-ci retira sa main en s'efforçant de se remémorer ses plus belles reparties. Sans succès.

— Toujours imaginée ? laissa-t-elle échapper. Vous savez depuis longtemps ?

— Oh, oui. Des années ! Avec tout le respect que je vous dois, Rachel, il est passablement naïf de penser qu'une femme ne remarquera pas que l'homme dont elle est l'épouse depuis vingt-deux ans entretient une liaison. Je devinais à son après-rasage les jours où il vous retrouvait. Le jeudi, si je ne m'abuse.

L'évocation de ce simple détail intime entailla Rachel comme le tranchant d'une feuille de papier et les blessures qu'elle croyait en voie de cicatrisation se réveillèrent, cuisantes.

— Je connais même votre date d'anniversaire. Le 19 juillet. Voyez-vous, Oliver n'était pas aussi malin qu'il le pensait. Voyons ! Un mystérieux week-end prolongé avec des clients au moment même où ils sont tous en vacances ! Et j'en passe : vos chemises préférées, vos petites querelles, même la crème hydratante que vous lui avez offerte et qu'il faisait passer pour un cadeau de son assistante personnelle…

Rachel ne pouvait en supporter davantage. Dans la bouche de cette femme, son histoire d'amour devenait tellement insignifiante. Pourtant, pendant dix ans, Oliver avait autant été à elle qu'à Kath.

— Puisque vous le saviez, pourquoi n'avoir rien dit ?

Kath haussa les sourcils d'un air surpris.

— Pourquoi ? Et pourquoi pas ?

— Cela ne vous gênait donc pas qu'une autre couche avec l'homme dont vous êtes l'épouse depuis vingt-deux ans ? Assez pour que vous le récupériez. Pourquoi avoir attendu si longtemps ?

Le cœur de Rachel martelait sa poitrine, pourtant elle s'était jurée de garder son calme. C'était bien pis que la rupture. Au sentiment de rejet s'ajoutait maintenant l'humiliation. Elle s'était préparée à faire pénitence avec le sac et la cendre, mais Kath ne cherchait visiblement pas d'excuses et se souciait comme d'une guigne de ses sentiments.

— Je n'ai pas attendu, soupira cette dernière. Seigneur Dieu ! Je me demandais, en venant, si j'allais découvrir une chercheuse d'or cynique prête à tout pour des week-ends prolongés ou une petite sotte romantique convaincue qu'Oliver allait me quitter pour elle.

— Vous ne vous êtes jamais dit que je pouvais être amoureuse de lui ? demanda Rachel, peinant à maîtriser sa voix. Ou qu'il pouvait être amoureux de moi ?

— Non.

Kath fixa sur elle des yeux de fouine. Son front trahissait plusieurs années de coûteux traitements au Botox.

— Pas à votre âge. Je vous aurais tout de même crue plus maligne. Voyons, ma chère ! Vous travaillez dans les RP ! Vous devez pourtant avoir l'habitude des boniments. Ce sont les mensonges d'Oliver qui ont payé nos propriétés.

Rachel rassembla le peu de dignité qu'il lui restait, étant donné qu'elle portait un jean couvert de traînées de boue et trop peu de maquillage pour un face-à-face avec la femme de son amant. Ex-amant.

— Bien. Vous vous êtes offert votre moment de jubilation, constata-t-elle d'une voix tendue. Je regrette ce qui s'est passé. C'est fini, comme vous le savez. Vous avez récupéré Oliver, j'ai quitté mon poste, alors auriez-vous l'obligeance de partir maintenant ?

— Oh, mais je n'ai pas récupéré ce petit fumier, rétorqua Kath, surprise. Où diable êtes-vous allée chercher ça ?

Les staffies avaient commencé à se chamailler, mais Rachel n'entendait plus rien.

— Mais il est retourné avec vous. C'est pour ça que je vous ai envoyé les clés de l'appartement.

— Oh, non ! Non, non ! Il nous a plantées toutes les deux, Rachel. Oliver et sa crise existentielle se sont fait la malle avec Tara, la monitrice de tennis.

Kath parlait lentement, à présent.

— Tout le monde en parle. Le salaud sans cervelle ! Il ne voit pas plus loin que le bout de son nez. Je vais devoir demander le divorce maintenant, ce qui présage une pagaille monstre. Oh, ce n'était pas si mal avec vous, poursuivit-elle tandis que la mâchoire de Rachel se décrochait. Je pouvais fermer les yeux sur vous. Au moins, vous me l'ôtiez des pattes et lui assuriez un peu de distraction. Je vous dois mes premières vacances seule en quinze ans. Non, vous, vous ne me dérangiez pas.

Elle prononça ses derniers mots avec un tel dégoût que Rachel sentit la médiocrité se propager sur sa peau comme une éruption cutanée. Elle n'avait servi qu'à soulager une démangeaison, rien d'autre.

— Mais je ne l'ai jamais entendu parler d'une Tara, murmura-t-elle.

Elle fut soudain saisie d'un besoin absurde de savoir à quoi ressemblait cette Tara. Quelle était sa voix ? Était-elle plus intéressante, plus mince, plus drôle qu'elle ?

Remarquant sa détresse, Kath lui tapota le bras.

— Inutile de déployer beaucoup d'efforts d'imagination, ma chère, vous devez savoir à quoi ressemble une crise existentielle : blonde, dans les vingt-cinq ans. Souple, de multiples façons, j'ose imaginer.

— Va-t-il… l'épouser ? demanda Rachel d'une voix éraillée.

— La question est plutôt de savoir si elle va l'épouser. J'en doute, surtout lorsqu'elle se rendra compte du peu qu'il lui reste quand tout aura été partagé à parts égales et qu'il aura payé les frais de scolarité des enfants. Mais il ne peut s'en prendre qu'à lui-même. Il aurait pu rester avec vous, laisser passer tranquillement les années, s'offrir une retraite confortable. Mais maintenant…

Elle haussa les épaules.

— Je suis venue vous rendre ceci.

Elle déposa les clés de l'appartement dans la main de Rachel, qui les considéra d'un œil morne. Elles étaient toujours pendues au porte-clés Tiffany qu'Oliver lui avait offert pour ses trente-cinq ans. Elle avait l'impression de voir pour la première fois cette minuscule maison d'argent, si parfaite, si sûre. Une maison sans doute très proche de celle dans laquelle il rentrait le soir après lui avoir fait l'amour.

— Je vous remercie de me les avoir envoyées. Si vous aviez vu sa tête quand j'ai compris ce qu'il se tramait ! Il pensait pouvoir faire ses petites affaires en toute impunité. Sans vous, il se croyait libre de reprendre son petit manège avec sa bimbo, sans que je soupçonne l'existence ni de l'une ni de l'autre. Puisque vous m'avez prévenue, je me devais de vous rendre la pareille, expliqua-t-elle en se penchant vers Rachel, qui inhala une bouffée de Chanel n° 5. J'ignore si Oliver vous l'a dit, mais cet appartement lui appartient à lui, non à l'agence. Si j'étais vous, je me dépêcherais d'y retourner pour revendiquer des droits d'occupation, car il ne restera plus grand-chose quand mon avocat sera passé par là.

Rachel tituba jusqu'à la maison en faisant des efforts désespérés pour refouler les larmes qui lui inondaient le visage et déferlaient dans sa gorge en vagues suffocantes. Des sanglots hoquetants menaçaient de lui secouer tout le corps d'une minute à l'autre, or elle se savait incapable de les réprimer.

Elle comprenait à présent que seul le choc lui avait permis de continuer. Ce n'était plus d'Oliver qu'elle faisait le deuil, mais de toutes ses chances perdues, un gâchis qui lui donnait envie de se pelotonner dans un coin comme un animal blessé pour se laisser crever.

Oh, non ! Natalie l'attendait toujours dans la cuisine. Comment allait-elle pouvoir se débarrasser d'elle ?

Trop tard. L'ayant entendue rentrer, la jeune femme la rejoignait déjà avec, dans la main, le dernier exemplaire de l'hebdomadaire local.

— Je l'ai un peu feuilleté et je crois que tu pourrais avoir une page de pub entière pour une bouchée de pain, annonça-t-elle, les yeux brillant du zèle du chef de projet. Ça ferait… Rachel ? Tu te sens bien ?

— Juste une mauvaise nouvelle, répondit-elle, la gorge serrée.

Natalie l'escorta jusqu'à la cuisine et l'installa sur une chaise.

— Assieds-toi. Mon Dieu, tu es livide. Tu veux un thé ? Un whisky ?

Pour toute réponse, Rachel posa sa tête sur ses bras et laissa la douleur se propager de son cœur à l'ensemble de son corps.

C'était d'une ironie à la rendre malade. Oliver allait divorcer, il allait être libre comme l'air, c'était aussi simple que cela. Or, il le faisait pour une autre, une femme qu'il connaissait à peine. Et toutes ces années durant lesquelles elle n'avait jamais parlé mariage parce qu'elle gobait ses histoires larmoyantes de père de famille incapable d'infliger à ses enfants la souffrance d'une séparation... Liquidées, comme les piles de vieux journaux sans valeur qu'elle avait virées de la buanderie.

Elle n'aurait plus jamais trente ans, elle n'aurait plus jamais ce temps – où ses jambes nues pouvaient se passer de collant et qu'elle pouvait boire toute la nuit – pour trouver quelqu'un de mieux. Pis, cette année, elle aurait quarante ans.

— C'est ton ex ? l'interrogea Natalie d'un air inquiet. Megan dit que tu sors d'une histoire épouvantable...

Un instant, Rachel étudia les morceaux de vérité qu'elle pouvait amputer sans toutefois tomber dans un mensonge éhonté, mais elle se rendit aussitôt compte que cette époque était révolue. Elle n'avait pas à s'excuser auprès de Kath, ou même à culpabiliser, pour la bonne raison que Kath la plaignait, elle. Elle était la seule à avoir réussi à ne rien gagner dans cette sombre histoire.

Il lui restait néanmoins quelque chose à perdre : cette nouvelle atmosphère vibrante de chaleur qui avait enveloppé la table quand Natalie s'était confiée à elle. Mais à quoi bon ? Les amitiés ne se bâtissent pas sur des secrets. Au final, elle ne ferait qu'anticiper avec inquiétude le jour où la vérité serait dévoilée au grand jour.

Elle releva la tête et mobilisa le peu d'amour-propre qu'il lui restait.

— C'était la femme de mon ex. Elle est venue m'annoncer qu'il nous a quittées, elle et moi, pour une gourdasse blonde.

Les yeux verts de Natalie se troublèrent.

— Quoi ? Sa femme ?

— Je sais, je ne mérite vraiment aucune sympathie mais...

Rachel s'étrangla, frappée par une nouvelle prise de conscience. Et si cette Tara était enceinte ?

Ce ne fut qu'à cet instant qu'elle mesura la violence avec laquelle elle avait étouffé l'idée de porter un jour l'enfant d'Oliver. L'amertume jaillit en elle comme un gisement de pétrole. Non ! Ce serait trop cruel. Trop injuste.

— Tu peux me dire ce que tu as sur le cœur, l'encouragea Natalie.

Rachel prit son courage à deux mains.

— Je suis restée dix ans avec Oliver, avec quelques interruptions. Nous travaillions ensemble. Entre nous, ça a commencé comme une liaison entre collègues, mais c'était plus que ça. Je croyais qu'il m'aimait, mais…

Elle s'interrompit, elle ne supportait plus d'entendre hurler à travers ses mots les mensonges qu'elle s'était racontés pendant si longtemps. Ces paroles n'étaient ni celles d'une femme intelligente, ni celles d'une femme indépendante, mais celles d'une pauvre idiote.

— Enfin bref, c'était fini et aujourd'hui sa femme vient me dire qu'elle demande le divorce parce qu'il est parti avec une autre. Il nous a trompées toutes les deux. J'ai été… si stupide, conclut-elle avec un frisson.

Voilà. C'était dit. Natalie ne paraissait pas écœurée, simplement désolée. La compassion chiffonnait son visage débordant de bonté.

— Oh, Rachel. Je ne sais pas quoi dire, observa-t-elle en lui prenant la main pour la caresser. Je suis navrée.

— Tu ne devrais pas, je ne le mérite pas.

— Bien sûr que si. Quels que soient les tenants et aboutissants de cette affaire, tu aimais un être qui t'a fait souffrir. Je ne juge pas. Je sais que rien n'est tout blanc ou tout noir dans ces histoires. Mais tu es une belle femme, avec un formidable sens de l'humour et… et tu as tant pour toi. Ne me dis pas que tu ne pouvais pas trouver mieux qu'un homme qui te laisse dans le flou pendant dix ans pour avoir le beurre et l'argent du beurre. Franchement ! Je ne peux pas croire que tu n'avais pas l'embarras du choix.

Rachel secoua la tête, la cage thoracique comprimée par de violents sanglots.

— C'était lui que j'aimais. Et ne me dis pas que c'est d'une banalité sans nom parce que je le sais.

— Mais c'est terminé, c'est du passé. Maintenant, tu es libre de rencontrer le bon, celui qui pourra t'offrir ce que tu cherches.

Dans la bouche de Natalie, cela semblait si terre à terre, comme si ce n'était rien qu'un projet de plus à mettre en œuvre.

— Je sais que Longhampton n'est pas ce qu'on appellerait un vivier de talents, mais il y a des types sympas ici. Tu n'as qu'à venir au pub avec Johnny et moi les soirs de quiz. Tu connais déjà Bill, le nouveau papa de Lulu, le médecin, et il y a aussi les filles de mon groupe de lecture, si tu n'as rien contre un peu d'esprit de compétition sur les questions relatives à *Friends*. Serait-ce un sourire que je vois là ?

C'en était un, en effet, quoique mouillé.

Natalie sourit à son tour et lui serra la main.

— Ma mère me dit toujours d'aborder mes problèmes comme si je donnais conseil à ma meilleure amie et de ne pas me montrer trop dure envers moi-même. Par exemple, quand je culpabilise de ne pas réussir à tomber enceinte, je me dis que si c'était une copine qui était dans ce cas, je lui conseillerais de se laisser le temps, de ne pas le prendre comme un échec personnel parce que ce sont des choses qui arrivent.

Elle marqua une pause, les traits adoucis par la sympathie.

— Tu devrais en faire autant. Cet handicapé de l'amour n'était pas le bon. Tu as mis longtemps à t'en rendre compte, mais maintenant… Maintenant, tu es comme les chiens d'ici, remarqua-t-elle en secouant sa main. Tu attends que celui avec qui tu passeras le restant de tes jours fasse son apparition et te choisisse.

Rachel gloussa.

— Merci.

— L'un des meilleurs chiens, bien sûr. Un qui ne croupira pas au refuge très longtemps. D'ailleurs, Megan a laissé entendre qu'un certain vétérinaire te payait déjà quelques visites à domicile, hein ?

Natalie jeta un regard sous sa frange pour saisir son expression, un geste d'enfant qui laissa Rachel tremblante de gratitude.

Elle comprenait maintenant pourquoi les chiens errants hirsutes remuaient la queue de manière si pathétique lorsqu'ils débarquaient au refuge et recevaient leurs premiers témoignages d'affection. Elle avait beau posséder un carnet d'adresses digne de l'annuaire téléphonique, jamais elle n'avait pu se laisser complètement aller avec ses amies, de crainte de se trahir. Même sa meilleure amie ignorait certains détails, mais il fallait dire qu'Ali, une femme mariée, lui avait clairement fait comprendre que moins elle en saurait, mieux elle se porterait. Toutes avaient beau lui envier sa vie sans attaches, elles lui donnaient l'impression de guetter l'instant où elle récolterait la tempête.

Mais Natalie, suffisamment en sécurité auprès de son charmant époux pour pouvoir plaindre une maîtresse, lui affirmait que son passé n'avait pas la moindre importance, qu'elle pouvait repartir de zéro. Plus touchant encore, qu'elle l'aiderait à le faire.

Rachel fit glisser sa main sur la table pour prendre celle de la jeune femme.

— Merci.

— De rien.

18

Il fallait un véritable tremblement de terre pour arracher Johnny à son lit avant 9 heures un samedi matin, mais Bertie avait réussi avec brio à réveiller ses maîtres par intérim à 7 heures en faisant un atterrissage haletant sur leur oreiller.

— Comment fait-il pour grimper avec des pattes si courtes ? s'interrogea Natalie à voix haute, tandis que le chien leur administrait d'enthousiastes coups de langue matinaux.

— Il utilise le minitrampoline que tu as commandé au téléachat. Tu ne veux pas le dresser pour qu'il nous prépare le thé ? râla Johnny, feignant la colère sous dix-neuf kilos de plis et de rides. Ce sera toujours mieux que de vider toutes les tasses qui traînent dans la maison.

— Laisse-moi un peu de temps. Je n'ai pas encore réussi à te dresser pour que tu les ramasses, que je sache.

Natalie rejeta les couvertures pour emmitoufler Bertie et son maître, un geste auquel le chien réagit en fermant les yeux de plaisir et se roulant sur le dos.

— Tu as cinq minutes pour te préparer. On doit le déposer à Rachel avant d'aller au cabinet.

— Au cabinet ?

Natalie ouvrit le robinet de la douche dans la salle de bains attenante. Comment Johnny pouvait-il oublier ces choses-là ? Elle fit de son mieux pour conserver un ton désinvolte, sans succès.

— On va chercher les résultats. Des examens.

— Oh.

Un reniflement s'éleva de la couette.

— Nat, n'en faisons pas tout un plat…

— Je n'en fais pas tout un plat ! C'est le Dr Carthy qui nous a dit de passer le voir dans les plus brefs délais. Tous les deux.

Elle retira son T-shirt et entra dans la douche. Elle ne tenait pas à ce que Johnny remarque son anxiété.

— Cinq minutes, Johnny.

— Le Dr Carthy va vous recevoir en salle 6. Je vous ai casés entre deux rendez-vous, les informa Lauren avec un clin d'œil. Ce doit être important. Vous voulez vous asseoir ?

Natalie se força à promener son regard sur la salle d'attente bondée et ses posters aux couleurs vives pour les groupes prénatals et les consultations de sevrage tabagique, toutefois incapable d'empêcher son cerveau de passer en revue les différentes raisons qui pouvaient pousser le Dr Carthy à désirer les voir aussi rapidement.

Et si elle était enceinte ? Si ses analyses de sang avaient révélé, contre toute attente, une grossesse ? Cela arrivait bien dans les magazines. Il suffisait de commencer à suivre un traitement de fertilité ou d'acheter un jean hors de prix pour finir en cloque.

Elle lança un regard oblique à Johnny, qui feuilletait un magazine automobile vieux d'un an, comme s'ils attendaient le bus plutôt qu'un verdict sur leur avenir familial.

Les autres personnes pouvaient-elles deviner le motif de leur venue au cabinet ? se demanda-t-elle. Johnny et Natalie Hodge. N'arrivent pas à avoir de bébé. N'ont pas assez de rapports sexuels. N'ont pas les bons rapports sexuels. Ne parlent pas de ce qui se passera si le pépin est plus grave qu'une simple erreur de date.

Natalie posa les yeux sur une affiche pour la vaccination des nourrissons et sentit son estomac se nouer. Johnny n'arrêtait pas de répéter qu'elle était devenue une véritable mère pour Bertie, mais si sa capacité à éduquer ne suffisait pas à faire d'elle une mère ? Si elle se révélait physiquement incapable de former la joyeuse famille qu'il imaginait ? Sachant que les accouchements sanglants dégoûtaient les hommes du sexe, quel effet aurait la fécondation *in vitro* sur ses visions roses de Natalie Hodge en Supermaman ?

Leurs noms apparurent sur le tableau d'affichage numérique, suivis d'une flèche : « Johnny Hodge, Natalie Hodge, salle 6. »

— Ah, c'est à nous.

Johnny laissa tomber son magazine sur la table de la salle d'attente, indifférent à son angoisse. Il adressa même un large sourire à Lauren en traversant le hall.

Le Dr Carthy les attendait assis à son bureau lorsque Johnny entra dans la salle d'un air dégagé en lançant un bonjour joyeux. Il leur indiqua d'un geste les deux chaises devant lui, et Natalie s'installa sur la plus proche du meuble afin de laisser à Johnny de la place pour croiser ses longues jambes.

— Bonjour, Natalie ! Johnny ! dit le médecin en fouillant dans leurs dossiers.

Natalie était suivie par le Dr Carthy depuis qu'elle avait environ douze ans, ce qui ne rendait la situation que plus gênante ; elle avait l'impression de discuter menstruations avec son père.

— Bien, je vous ai demandé de venir parce que j'ai les résultats de vos examens.

— Mais je n'ai fait qu'une analyse de sang, l'interrompit-elle. Celle du vingt-et-unième jour. Je n'ai pas fait celle du cinquième jour. Ou alors c'était l'échographie vaginale ? J'ai cru sentir quelque chose comme des fibromes ou je ne sais quoi au niveau de mon utérus. J'ai lu quelque chose là-dessus sur Internet…

Sa voix faiblit face au silence du médecin.

— Je sais, s'excusa-t-elle. Internet peut se révéler dangereux.

Le Dr Carthy toussa.

— Non, je te félicite de t'être attaquée à ce qui, ma foi, se révèle une question fort complexe. Tu serais étonnée d'apprendre que certaines personnes ne connaissent presque rien à leur propre corps. En fait, ton échographie est très bonne, Natalie. Pas d'ovaires polykystiques, pas d'endométriose, rien.

Il feuilleta ses papiers pour en sortir une feuille.

— En revanche, je crains que Johnny ne doive nous fournir un nouvel échantillon pour analyse.

— Un autre ? Pourquoi ? questionna Natalie, confuse, en sentant Johnny se raidir à côté d'elle.

— Voyez-vous, les examens ont révélé une numération assez basse. Cela dit, ce ne pourrait être qu'une petite anomalie passagère sachant qu'une analyse sur dix indique des taux anormaux démentis par la suite.

— Anormaux ? répéta Johnny, sa voix réduite à un écho étranglé.

Le Dr Carthy leva le regard de ses documents pour les considérer tous les deux. Horrifiée, Natalie vit dans ses yeux qu'il tenait à leur annoncer au plus vite une désagréable nouvelle.

— Une numération de spermatozoïdes normale est d'environ vingt millions par millilitre. Or, ce taux est passablement moins élevé chez vous, Johnny. Nous devons pratiquer de nouvelles analyses avant de tirer des conclusions hâtives. Si toutefois les premiers résultats venaient à se confirmer, nous aurions toujours diverses options à envisager.

Il ouvrit une nouvelle fenêtre sur son ordinateur.

— Mieux vaut s'y prendre tôt.

Si Natalie s'armait déjà de courage pour les complications à venir, Johnny accusait encore le coup.

— Il doit y avoir un problème, protesta-t-il. Je n'ai jamais pris un jour de congé de maladie de ma vie. Je ne fume pas, je ne bois pas… beaucoup. Et je fais un tas de sport, ajouta-t-il avec un rire nerveux. Je suis entraîneur de rugby ! Ça m'arrive d'aller au travail à vélo, d'accord. Vous croyez que c'est ça ? Je peux arrêter.

Le Dr Carthy respirait à présent la compassion.

— Une faible numération de spermatozoïdes n'est pas forcément causée par des facteurs extérieurs. Cela étant, vous pouvez toujours diminuer votre consommation de caféine, porter des sous-vêtements plus amples et voir s'il y a du mieux. Maintenant, ajouta-t-il en consultant ses notes, il peut y avoir des causes génétiques. Nous allons faire une prise de sang afin d'exclure certaines possibilités hormonales. Et je peux vous adresser à un urologue de l'hôpital pour un caryotype. Mais, avant toute chose, laissez-moi vous donner rendez-vous pour un nouvel examen.

Tandis que le clavier cliquetait, Johnny se tourna vers Natalie, dérouté par la tournure que prenaient les événements. Elle le plaignait. Après les divers frottis et le dépistage de la chlamydia, elle était habituée à voir son système reproductif réduit à une série de symptômes et avait eu plus que l'occasion de se familiariser avec le sentiment d'être catapultée dans le système de santé public comme une boule de loterie dans une machine de tirage. Pas Johnny. Bien qu'il ne prononce aucun mot, une interrogation s'inscrivait en grosses lettres sur son visage : « Que se passe-t-il ? »

Si seulement elle avait pu lui dire quelque chose, une parole positive, mais elle n'avait fait que survoler les sites sur l'infertilité masculine. Elle était tellement convaincue que le blocage venait d'elle qu'elle n'avait pas vraiment absorbé dans le détail les problèmes des hommes.

— C'est vrai ? l'interrogea-t-il dans un chuchotement, comme s'il se fiait plus à ses compétences qu'à celle du Dr Carthy.

Son expression d'enfant apeuré lui déchirait tant le cœur qu'elle regrettait presque que son échographie n'eût pas révélé de fibrome ou une obstruction des trompes.

Elle était armée pour affronter les difficultés, alors que Johnny… C'était tellement plus dur pour Johnny. Et son ego s'effritait sous ses yeux.

— Serait-il possible que ce soit malgré tout un problème d'ovulation ? demanda-t-elle au Dr Carthy. C'est-à-dire que… vous ne m'avez pas fait tous les examens.

Le médecin leva les yeux de son ordinateur.

— C'est peu probable. Tu as bien fait l'un de ces tests de réserve ovarienne en vente libre, n'est-ce pas ? Ils ne sont certes pas parfaits, mais si le résultat était bon, comme tu me l'as dit, rien ne devrait avoir changé depuis.

La tête de Johnny pivota.

— Tu as fait un autotest ?

Elle acquiesça du menton.

— Il y a quelques mois. Je voulais juste savoir.

— Tu ne m'as rien dit.

Il semblait blessé. La veille encore, il aurait fait preuve de compréhension, songea-t-elle. La veille encore, il trouvait qu'elle se faisait trop de bile avec ses courbes de température et son thé vert.

— Il n'y avait rien à dire, il était bon.

Natalie se mordit la lèvre. Comment lui expliquer l'insoutenable moment d'appréhension lorsqu'elle avait retourné le petit bâtonnet avec l'impression de se jeter dans le vide, puis la brusque délivrance lorsqu'il lui avait révélé que ses ovocytes n'étaient pas en cause ? Ou le frisson de soulagement qu'elle éprouvait à présent que le médecin le lui confirmait.

— Tu n'en as jamais parlé.

— Je ne voulais pas que tu croies que ça tournait à l'obsession.

Le Dr Carthy était un praticien de la vieille école, pas un de ces médecins de famille moderne. Il y avait peu de chances qu'il leur prescrive des séances de conseil conjugal. À cet instant, il était d'ailleurs occupé à assembler une collection de brochures qu'il piochait dans une chemise dans son tiroir.

— La recherche progresse chaque jour, observa-t-il à brûle-pourpoint. Et il y a toujours l'ICSI, la FIV, l'IAD au pis, si vous décidez de suivre cette voie.

Natalie se pétrifia.

— Je ne crois pas…

— Qu'est-ce que c'est que l'IAD ? intervint Johnny. Excusez-moi, je ne suis pas aussi calé que ma femme.

— L'insémination artificielle avec donneur. C'est exactement pareil que lorsqu'une femme utilise l'ovocyte d'une donneuse, quand on y réfléchit bien. Sauf que, dans ce cas, il s'agit des spermatozoïdes d'un donneur.

Un silence douloureux tomba sur la pièce.

— Non, ce n'est pas pareil ! Ce n'est pas du tout pareil ! répliqua Johnny.

Il se tourna vers Natalie, qui ne put réprimer un mouvement de recul en voyant l'expression d'humiliation sur son visage.

— Tu n'auras pas le bébé d'un inconnu, Nat. Je suis désolé, je ne peux pas accepter ça.

— Johnny, vous n'en êtes pas encore là, et ce n'est certainement pas une décision que l'on prend à la va-vite, intervint le Dr Carthy avec douceur. Le chemin vers la parentalité est semé d'embûches pour beaucoup de couples, mais ils finissent par en voir le bout. Vous êtes encore jeunes tous les deux, n'est-ce pas ? Ce qu'il vous faut, c'est de la détente et toute l'aide nécessaire. Vous devriez prendre des vacances. C'est ce que ma fille a fait. Elle essayait depuis deux ans, avait plus ou moins renoncé et…

— Bon sang, comment des vacances vont-elles améliorer la numération de spermatozoïdes de Johnny ? lança Natalie, incapable de se maîtriser.

Le Dr Carthy eut au moins la décence de se montrer embarrassé.

C'était tout le problème, songea Natalie. Ceux qui n'avaient jamais réellement rencontré de difficultés pour concevoir un enfant raffolaient de ces histoires féeriques sur la relaxation et le *farniente*. Y compris les maudits médecins.

Elle jeta un coup d'œil à Johnny, qui fixait le paysage derrière la fenêtre, sous le choc. Lui commençait tout juste à le découvrir, le problème.

Malgré un soleil radieux, un froid glacial traversa le manteau de Natalie lorsqu'ils quittèrent le cabinet. Alors qu'elle déverrouillait la voiture, Johnny secoua la tête.

— Je n'ai pas envie d'aller là-bas tout de suite, j'ai besoin de… J'ai besoin de digérer tout ça.

Natalie comprenait. Bill savait où ils s'étaient rendus ce matin et se doutait certainement de ce qui les y avait conduits. Amitié masculine oblige, il n'interrogerait pas Johnny sur les résultats des examens, mais le visage de ce dernier le trahirait.

Aussi s'engouffra-t-elle dans le sillage de son mari lorsqu'il se mit à descendre la rue principale de Longhampton, dépassant les boutiques caritatives et les magasins de téléphones portables, avalant la distance à toute allure avec ses longues jambes. Natalie avait beau marcher vite, elle ne pouvait soutenir son rythme et elle finit par s'avouer que la vue de son dos large dans sa veste de velours côtelé la réconfortait plus que celle de son front plissé.

Dans le parc, Johnny ignora tous les bancs et rejoignit le kiosque à musique isolé où, lycéens, ils s'étaient tous soûlés avec du Martini chapardé dans le bar de la mère de Bill. Là, il s'effondra sur le bord de béton et enfouit sa tête entre ses mains. D'épaisses mèches de cheveux blonds pointaient entre ses doigts.

Natalie hésita avant de s'asseoir à son côté, puis s'appuya contre lui pour poser sa tête sur son épaule.

— Je suis tellement désolé, dit-il enfin d'une voix brisée par l'émotion.

Ne sachant que dire, Natalie ne répondit rien et avança simplement sa main vers la sienne, qu'il éloigna.

— Tout est ma faute, reprit-il. J'ai tout foutu en l'air. Je voulais qu'on ait une famille. Un garçon, une fille et une surprise pour la fin. Je voulais te voir avec notre bébé dans les bras à la maternité, te ramener à la maison, m'occuper de vous. Mais voilà, je ne peux pas. Je ne peux pas t'offrir ça.

— Bien sûr que si, ne sois pas idiot.

— Nat, c'est la pire chose qu'on m'ait jamais dite.

Il redressa la tête, révélant des yeux rougis.

— Jusqu'à aujourd'hui, je n'avais jamais compris à quel point je voulais qu'on fonde une famille. Et maintenant tu vas peut-être avoir besoin d'un inconnu pour ça. Je me sens tellement… nul. Tiens, c'est comme si on venait de me couper les couilles. Remarque, ce ne serait pas plus mal, pour ce qu'elles valent ! ajouta-t-il d'une voix étranglée.

Des larmes chaudes brûlèrent la gorge de Natalie à la vue de cet homme grand et fort qu'elle aimait aux prises avec la pire humiliation.

— Johnny, c'est toi ma famille. Toi… et Bertie maintenant.

Elle tenta un sourire, consciente de ne lui offrir qu'une grimace de présentatrice télé, trop éclatante et guère convaincante.

— Je t'ai promis de te donner tout ce que tu désirais, renchérit-il, la voix voilée par la souffrance. Mais j'en suis incapable.

— Johnny, ce n'est qu'une analyse. Et le Dr Carthy a bien dit que la science est capable de miracles, non ? Tant que je t'ai, toi, je n'ai besoin de rien d'autre. Je ne veux rien de plus. Si on ne peut pas avoir de bébé, eh bien…

Elle se força à poursuivre, elle ne supportait pas de voir Johnny en proie à un tel abattement.

— Eh bien, quoi ? On est toujours deux. C'est plus que n'ont la plupart des gens.

Le cœur n'y était pas, elle le savait, et elle s'en voulut à mort de ne pouvoir faire en sorte que ce fût vrai. Comment pouvaient-ils tous les deux nourrir un désir d'enfant aussi fort et feindre que cela n'avait pas la moindre importance ? Un écho demeurerait à jamais au cœur de leur mariage, un vide qu'ils regretteraient toujours de ne pas avoir comblé.

Néanmoins, s'il fallait choisir entre un enfant et Johnny, Natalie choisissait Johnny. Alors elle attira sa tête contre son épaule et le laissa pleurer, pour seulement la seconde fois depuis leurs noces et la première sans alcool dans le sang.

Après avoir déposé Spencer et Leo au football, Zoe décréta que le jour était venu d'aborder le sujet des enfants dans sa conversation avec Bill. Non que le moment soit particulièrement bien choisi, mais plus elle le retarderait, plus son silence paraîtrait louche. Et puis elle ne supportait plus les incessantes pirouettes de son pauvre cerveau cherchant à déterminer le bon moment, si tant est qu'il en existe un.

Au cours de la semaine, Bill et elle avaient franchi la ligne invisible qui sépare deux inconnus se retrouvant inopinément autour d'un café cherchant activement des raisons de se croiser. Chaque fois que son téléphone vibrait, Zoe se sentait vibrer avec, et l'espoir d'un après planait entre eux.

Tout avait commencé avec ce texto de Bill, à la suite de leur promenade du midi. Il regardait des chaussures dans une vitrine du centre-ville et avait besoin d'une opinion féminine. Bien que se demandant pourquoi il ne consultait pas Natalie, puisqu'ils semblaient si bons amis, Zoe avait répondu sans attendre plus de nouvelles. Les messages avaient toutefois continué le lendemain avec des questions sur Caramel, qui avaient donné lieu à des interrogations sur Lulu, puis une allusion en passant à la rencontre du samedi suivant et enfin un prudent « Serez-vous dans les environs à l'heure du déjeuner, mardi ? ».

Zoe était dans les environs, le mardi, et ils avaient mangé un sandwich-baguette tout en faisant le tour du parc avec Lulu. Cette fois, elle avait sciemment orienté la conversation sur Bill pour ne pas avoir à tenir sa langue. Le sujet de la famille n'ayant pas été évoqué, elle ne l'avait pas non plus effleuré. Mais, maintenant qu'il savait qu'elle détestait le fromage bleu et les carottes et qu'elle connaissait l'existence, sur son coude, d'une cicatrice remontant à son année sabbatique préuniversitaire, la situation risquait de prendre une mauvaise tournure s'ils venaient à aborder d'autres faits insignifiants sans qu'elle eût encore mentionné la broutille de son mariage et de ses deux fils.

Il fallait en passer par là pour reprendre sa vie en main, se rappela-t-elle en se garant devant le chenil. Agir plutôt que toujours réagir. Ferme avec Caramel, ferme avec les garçons et ferme avec elle-même. Ce qui, dans le cas précis, revenait à affronter les réalités – son mariage raté, en l'occurrence – pour aller de l'avant.

Comme son amie Callie lui avait fait remarquer, si Bill était un chic type, il comprendrait, même s'il n'était pas passé par là. Et puis elle comptait rester seule jusqu'aux vingt ans des garçons ? Pourquoi pas trente, tant qu'elle y était ? Quelle image leur renvoyait-elle d'elle-même ? Papa avait le droit de remplacer maman mais pas l'inverse ? Callie possédait la réponse à toutes les questions, mais il fallait dire qu'elle en était déjà à son second mari.

Rachel servait une fournée de sandwichs au bacon lorsque Zoe entra dans la cuisine avec Caramel au bout de sa laisse de dressage.

— Ah ! s'exclama-t-elle. La femme de la situation ! Il y a ici un vieil ami qui attendait avec impatience de te voir.

Elle pointa le doigt sur Bertie, qui, aux pieds de Freda, affichait sa mine la plus lugubre pour convaincre la vieille dame de lui céder son petit-déjeuner. Si Bill ne s'était pas trouvé assis à la table, visiblement content de la voir, Zoe n'aurait peut-être pas aussi bien réagi à la plaisanterie.

— Génial ! lança-t-elle en toisant le chien. Je me suis tout juste remise de la dernière fois.

— Bill le surveille jusqu'au retour de Johnny et de Natalie, mais notre cher Bertie rêve de faire un tour avec Mélasse, lui expliqua Rachel en lui tendant un petit pain. Ça ne t'ennuie pas ? Tu peux laisser Caramel ici, que nous dorlotions un peu notre petit chouchou.

Elle se baissa pour caresser la tête duveteuse du chiot.

— Ce sera bientôt ton tour, mon mignon. Encore quelques mois et tu pourras aller battre la campagne avec les grands.

Bill bondit sur ses pieds, brandissant la laisse de Lulu.

— On y va ? À moins que tu veuilles un café avant de partir ?

— Vous avez changé de refrain, Dr Harper ! observa Freda. Ne disiez-vous pas à l'instant que vous alliez attendre que…

Bill jeta un coup d'œil timide en direction de Zoe, qui lui répondit par un sourire, une étrange sensation dans le ventre. Cela lui mettait les nerfs à rude épreuve de le revoir en chair et en os après leur flirt par téléphones interposés. Il avait fait couper ses boucles brunes et arborait un look débraillé, en pull-over et jean larges, qui contrastait avec ses tenues de médecin de la semaine.

— Tout compte fait, autant ne pas perdre de temps. Et si Zoe promène Mélasse, je ferais sans doute mieux de l'accompagner. En cas d'accident, ajouta-t-il avec un clin d'œil.

Remplie d'une confusion plaisante, Zoe baissa les yeux et remarqua qu'il portait les chaussures qu'elle lui avait conseillé d'acheter. Les palpitations dans son ventre se transformèrent en un rayonnement de chaleur.

Ils quittèrent la cour du chenil et empruntèrent le sentier au bout du verger en direction du parc. Zoe tenait Bertie et

Mélasse tandis que Bill menait Lulu et Vagabond le westie, qui trottinait gaiement à côté de la femelle caniche.

— Jolies chaussures ! remarqua Zoe.

— Merci. J'ai été bien conseillé. La semaine a été bonne ?

— Pas mauvaise, répondit-elle en éloignant Bertie d'un paquet de chips vide qui traînait par terre. Caramel a fait une petite percée sur le plan de la propreté. Trois nuits d'affilée sans accident ! Et, cette nuit, je n'ai même pas eu à me lever pour le faire sortir.

Il lui adressa un sourire radieux dans lequel transperçait la joie du jeune maître de chien.

— Félicitations ! C'est un grand pas en avant.

— Heureuse de te l'entendre dire. Tout le monde au boulot croit que j'ai perdu la boule, à sauter au plafond parce que mon chiot ne m'arrose plus d'urine. Comment va Lulu ?

— Oh, bien, merci. Lulu !

Il claqua des doigts pour attirer l'attention du caniche.

— Lulu, montre ton nouveau tour à Zoe. Regarde.

Ils s'arrêtèrent et Bill fouilla dans sa poche pour en extraire une petite friandise, qu'il posa en équilibre sur l'élégant museau du chien.

— Attends, avertit-il.

Il leva ensuite la main tandis que Lulu le suivait des yeux.

— Maintenant !

Le caniche propulsa alors le biscuit dans les airs, puis le ramassa par terre pour le dévorer.

— C'est bien, Lulu !

L'air légèrement désappointé, Bill glissa à l'oreille de Zoe :

— En général, elle le rattrape du premier coup, mais je ne veux pas la décourager.

— C'est déjà drôlement bien, observa Zoe, savourant son souffle sur son cou. Il t'a fallu longtemps pour le lui apprendre ?

— Pas tellement. Je crois qu'elle connaissait déjà quelques tours parce que ça ne m'a pris qu'une heure pour la faire asseoir, rester tranquille et tout le toutim. Nous sommes passés au niveau supérieur maintenant, pas vrai Lulu ?

— Ou alors tu es bon professeur, tout simplement, suggéra Zoe.

— Ah, c'est trop aimable.

Il haussa les épaules avant de reprendre sa marche.

— Pour être tout à fait honnête, ma vie sociale a tendance à tourner autour d'elle maintenant. Mais tu sais ce que c'est, ajouta-t-il avec un regard en coin. Tout le monde le dit, non ? Un chien, c'est tellement de contraintes !

Il prononça la phrase sur un ton qui indiquait clairement que les contraintes en question ne le gênaient pas le moins du monde. Zoe voyait parfaitement où il voulait en venir. Elle avait entendu la même ritournelle de ses collègues, des autres promeneurs et de tout le reste de l'univers, y compris des mamans qui déposaient leurs enfants à l'école.

— Comme si les enfants n'en étaient pas, des contraintes ! laissa-t-elle échapper sans réfléchir. Je ne peux pas dire que j'avais une vie sociale délirante avant Caramel. En fait, j'ai rencontré plus de gens depuis que je l'ai qu'au cours des trois dernières années.

Bill rit et elle s'aperçut qu'il interprétait sa remarque au second degré.

— Oui, j'imagine que c'est une façon comme une autre de se roder pour les enfants. L'éducation, l'emploi du temps. Sans doute est-ce ce que Natalie et Johnny ont en tête…

Ça y est, le moment était venu de lui avouer que si elle n'avait pas de vie sociale, c'était parce qu'elle avait deux fils. Elle prit une profonde inspiration.

— Attention, ça ne veut pas dire que je suis un fana des sorties, reprit-il avant qu'elle puisse se lancer. Johnny et

Nat essaient toujours de me traîner ici et là, mais, pour ne rien te cacher, j'aime autant rester chez moi et apprendre à Lulu à jongler avec des biscuits. Elle adore ça. Et moi aussi.

— Sans rire ?

Zoe n'avait pu étouffer sa réaction. Elle trouvait si charmante la façon dont le visage de Bill s'illuminait quand il souriait à Lulu. Un homme aussi séduisant aurait dû passer son temps à repousser les femmes avec un bâton, pas à chercher de la compagnie auprès d'un caniche.

— Sans rire, confirma-t-il avec un soupir. Tu dois y avoir droit aussi. J'apprécie leur intérêt pour mon bonheur, mais tu n'en as pas marre, toi, des rencontres arrangées par des couples mariés ? Je ne dis pas que je ne veux pas trouver quelqu'un, s'empressa-t-il d'ajouter. Tu sais, me caser un jour. Mais ils sont toujours après moi pour me présenter telle ou telle célibataire qui est tout à fait mon genre. Qu'est-ce qu'ils en savent de mon genre, d'abord ?

Il sembla soudain prendre conscience d'en avoir trop dit et toussa.

— Bref, en parlant de sorties… Je sais que ce n'est pas évident pour toi d'avoir un moment dans la semaine, et je te comprends parfaitement puisque j'ai de toute évidence le même problème avec mademoiselle ici présente, mais je parlais à Rachel et…

Il ralentit l'allure jusqu'à ce qu'ils se retrouvent plus ou moins immobiles.

— Elle m'a dit qu'elle ne verrait pas d'inconvénient à faire du baby-sitting un soir de la semaine, si ça te disait de venir avec moi essayer ce nouveau restau indien, près du centre commercial.

Le pouls de Zoe s'accéléra. Il l'invitait à dîner. Un rancard, un vrai ! Mais à peine son cerveau avait-il traité l'information que le poids des responsabilités l'accabla de nouveau. Pour les aveux, c'était maintenant ou jamais.

— Il faudrait aussi que je m'organise de mon côté pour le baby-sitting.

Bill hocha la tête.

— Je lui ai demandé pour Lulu, mais je suis certain qu'elle serait heureuse de garder Caramel aussi.

Son sourire vacilla.

— Pardon, est-ce que… ?

« Ouaouh ! » Laissant échapper un hurlement à glacer le sang, Bertie tira sur sa laisse d'un coup si sec que Zoe trébucha en avant. Elle eut toutefois le temps d'identifier la cause de l'agitation du basset-hound : deux silhouettes grimpaient la colline dans leur direction. Johnny et Natalie.

— Lâche tout ! rit Bill alors qu'elle titubait pour garder l'équilibre.

Lorsqu'elle réussit à détacher la laisse, le chien se rua avec adoration vers ses maîtres, ses oreilles battant l'air dans sa course.

— Si ce n'est pas de l'amour ! observa-t-elle en admirant les bonds joyeux de Bertie, qui manqua renverser Natalie.

— Ça y ressemble beaucoup, compléta Bill en lui lançant un regard qu'elle aurait voulu congeler pour pouvoir le savourer plus tard.

Comme les Hodge approchaient, Zoe remarqua que Natalie s'efforçait de faire bonne contenance. Malgré son sourire, ses yeux ne cessaient de jeter des regards furtifs à Johnny, qui marchait comme un somnambule, le visage dénué de toute expression, et parut à peine les reconnaître.

— Salut, Bill ! Zoe ! lança Natalie avec une gaieté forcée. J'espère que Bertie ne vous a pas embêtée ?

— Non, il a été sage. Jusqu'à maintenant, du moins. J'ai l'impression qu'il aime bien me balader. Vous avez pensé à lui acheter un traîneau ? plaisanta Zoe en lui remettant la laisse. Vous comptiez marcher encore un peu ou rejoindre la table du petit-déjeuner ? On repartait justement au chenil.

Natalie lança un coup d'œil à son mari.

— Hmm, oui, pourquoi pas rentrer ? Je crois qu'une tasse de thé ne ferait pas de mal à Johnny. Hein, Johnny ?

Ce dernier ne répondit pas.

— Ça va, mon pote ? s'enquit Bill.

— Ça va, grogna Johnny.

Portant son attention sur Zoe, Natalie la dirigea vers le sentier.

— Dites, Zoe, Rachel vous a-t-elle parlé de la journée portes ouvertes qu'elle va organiser pour relancer le chenil ? Elle cherche des bénévoles. Vous pourriez faire un atelier maquillage pour les enfants ou, je ne sais pas, un atelier tresses ?

Zoe, qui savait reconnaître les tentatives pour noyer le poisson, ne se fit pas prier pour papoter avec Natalie tandis que Bill et Johnny restaient en retrait. Cependant, Natalie ne cessait de décocher des regards dans son dos. Zoe tendit les oreilles pour essayer de saisir la conversation entre les deux amis, ou plutôt la conversation de Bill, car Johnny, lui, ne disait pas grand-chose. Elle distingua toutefois à une ou deux reprises le mot « examen ».

Au sommet de la colline, elles firent une pause pour attendre les hommes. Zoe était en train de promettre à Natalie de tenir un stand lorsque Bill posa sa main sur son bras pour attirer son attention.

— C'est exactement ce qu'on disait à l'instant, n'est-ce pas Zoe ? On a tout le temps de se ranger.

— Pardon ?

Son bras la picotait sous son manteau à l'endroit où il l'avait touchée.

— On est tous trop jeunes pour se retrouver empêtrés avec des bébés, des couches puantes et tout le tralala. Pour ce qui est des contraintes, on a assez des chiens pour le moment, non ?

Il lui sourit avec, dans les yeux, un appel au secours. Malgré son désir instinctif de l'aider, Zoe sentit son cœur sombrer en elle.

Elle avait tout gagné. Non seulement Bill ignorait l'existence de ses deux fils, mais il ne voulait pas entendre parler d'enfants pour le moment. Comment plomber une relation prometteuse en trois secondes ?

Arrête de te comporter en égoïste, se rabroua-t-elle avec une morsure de culpabilité. Cette pensée n'aurait même pas dû lui traverser l'esprit, pas quand Spencer et Leo souffraient encore du départ de leur père. Quel genre de mère faisait-elle ?

Natalie intervint :

— Bill, inutile…

— Les gens sont bien trop obnubilés par l'idée de fonder une famille, reprit ce dernier, que rien ne semblait pouvoir arrêter. Tout ça pour faire comme tout le monde. Bertie vous suffit amplement, vous ne croyez pas ? Les nuits blanches, l'obligation de tout nettoyer derrière lui… C'est presque pareil, conclut-il en regardant tour à tour Johnny et Zoe. Pas vrai ?

— Non, ce n'est pas pareil ! éclata Natalie, le visage traversé de douleur. Ce n'est pas du tout pareil ! Bon Dieu, Bill, pour un médecin, tu bats des records d'insensibilité !

Aucun doute, cette affaire cachait plus qu'il n'y paraissait et si la déception n'avait été aussi cruelle, sans doute Zoe se serait-elle sentie plus embarrassée de se retrouver mêlée à un drame privé. Mais, à cet instant précis, son instinct maternel l'emportait sur le reste.

— Elle a raison, on ne peut pas comparer un enfant à un chien ! s'entendit-elle renchérir. C'est tellement plus ! Bien sûr, les enfants donnent beaucoup de travail et rendent parfois dingue, ça oui, mais c'est la meilleure chose qui me soit jamais arrivée. Je n'échangerais mes enfants pour rien au monde.

La mortification voila les yeux bruns de Bill.

— Je ne savais pas… Oh, c'est pas vrai. Je suis navré.

— Tu n'as pas à l'être. J'en ai deux.

Maintenant qu'elle avait commencé, Zoe voyait les mots s'échapper de sa bouche comme si elle ne pourrait jamais en dire assez pour racheter son silence.

— Deux garçons. Spencer a sept ans et Leo vient de fêter ses six ans. Je ne dis pas que c'est facile, ça non, surtout maintenant que je les élève seule. Mais ils sont formidables et chaque instant avec eux est une joie, même quand ils me font devenir chèvre. Il n'y a pas de plus beau cadeau au monde qu'un enfant.

Elle avait la bouche sèche et la langue lui collait au palais. Alors qu'elle terminait sa tirade, Natalie étouffa un sanglot. Les yeux de Johnny criaient un non désespéré, noyés de larmes qu'il essayait de chasser avec des clignements de paupières. Trop tard, elle comprit la signification du mot « examen », dont les deux amis parlaient plus tôt, et que si Bill cherchait à remonter le moral de Johnny, sa petite explosion n'avait contribué qu'à aggraver la situation.

Elle aurait voulu que la terre s'ouvre pour l'engloutir.

Elle posa des doigts maladroits sur l'épaule de Natalie.

— Je regrette sincèrement, Natalie. Je ne voulais pas vous peiner. Je crois que je devrais… euh… y aller maintenant. Vous devez parler et… euh… Je m'excuse.

— Zoe, attends, tenta Bill.

Mais elle se contenta de lui adresser un petit sourire crispé.

Peut-être s'était elle ridiculisée, mais il fallait admettre que Bill n'aurait jamais dit une chose pareille s'il avait été un homme pour elle. Mieux valait que la prise de conscience survienne maintenant qu'après un dîner indien romantique qui lui aurait donné de folles espérances.

Empoignant la laisse de Mélasse, elle tourna les talons et se dirigea vers le chenil pour récupérer son chiot avant d'aller chercher ses enfants. Et s'ils voulaient aller au McDo, pour une fois, elle n'en ferait pas une maladie si elle n'arrivait pas à le leur refuser.

19

Johnny ne parla pas à Bertie dans la voiture comme il le faisait toujours sur le chemin du retour. Il ne parla pas non plus à Natalie, hormis pour répondre à ses questions. Lorsqu'ils arrivèrent, il partit « faire un tour ». Ni elle ni Bertie ne furent conviés.

Dès qu'il fut hors de vue, Natalie alla sur Internet pour en extraire méthodiquement toutes les informations qu'elle pouvait y trouver, écumant les forums et les sites d'assistance. Bertie demeura couché à ses pieds, son museau pointé vers la porte. Aucun d'eux ne bougea durant environ deux heures, jusqu'à ce qu'ils entendent la clé de Johnny glisser à l'intérieur de la serrure. Elle rabattit alors l'écran de son ordinateur portable tandis que le basset bondissait sur ses pattes courtaudes.

Natalie se prépara à afficher un visage calme et compréhensif, mais Johnny monta tout droit au premier, où il se fit couler un bain. Après lui avoir lancé un regard oblique, Bertie s'éclipsa de la pièce pour suivre son maître à l'étage, sinon carrément dans la baignoire.

— Non, Bertie, souffla-t-elle en se levant pour l'attraper par le collier. Papa ne veut pas être dérangé. Il n'a pas le moral.

Elle se mordit la lèvre dès que ces paroles eurent franchi ses lèvres. Johnny et elle s'étaient mis à s'appeler « papa » et « maman » devant Bertie. Une plaisanterie, bien sûr, ils n'étaient pas du genre à prendre un chien errant comme ersatz d'enfant.

Sauf que si, justement. Cela devait cesser.

— Allez, viens, on va manger !

À ces mots, le basset-hound se laissa tomber dans une position assise qui aurait impressionné le docteur Cesar Millan en personne. Le cœur de Natalie se serra d'amour pour lui.

Le silence cafardeux de Johnny se prolongea tout au long de la soirée. Le lundi matin, il avait toutefois recouvré l'usage de la parole, sauf pour discuter des analyses.

D'un geste de la main, il repoussa les questions prudentes de Natalie au petit-déjeuner.

— Écoute, je vais en faire d'autres. Laisse-moi tranquille avec ça, Nat. Je n'ai pas encore fini de digérer la nouvelle.

Il ne la regarda pas dans les yeux au moment de partir et, quoiqu'il marmonnât son traditionnel « Je t'aime » en franchissant le seuil, elle sentait bien que quelque chose avait changé entre eux. Un constat qui la glaçait de l'intérieur.

— OK, Bertie, lança-t-elle lorsque, Johnny parti, la journée s'offrit à elle, interminable. Allons te promener.

Ils suivirent leur circuit habituel le long du canal, passèrent devant les canards et les cygnes contre lesquels Bertie se faisait un devoir d'aboyer et s'enfoncèrent dans le parc. Mais les jambes de Natalie lui démangeaient encore. Elle avait besoin d'évacuer par la marche une partie de la tension que l'humeur inaccoutumée de Johnny avait générée en elle.

— Et si nous passions au chenil ? proposa-t-elle au basset en scrutant le chemin qui montait au sommet de la colline. Cela doublerait leur parcours habituel, mais, après tout, rien ni personne ne l'attendait à la maison. Comme si une force supérieure avait lu dans ses pensées, elle aperçut alors Megan qui descendait en direction du parc avec, en laisse, tout un assortiment de terriers au trot impeccable.

Natalie lui fit signe de la main, comme si elle venait d'arriver elle aussi, et ressentit un réconfort inexplicable quand Megan lui proposa d'une voix pleine d'entrain de la rejoindre.

Une heure plus tard, Natalie avait retrouvé la chaleur de la cuisine de Four Oaks, où elle aidait Rachel à insérer du texte sur le nouveau site Internet, « Les chiens de la seconde chance », pendant que Bertie se reposait avec Bijou dans le panier devant l'Aga.

Elle avait l'impression d'être au travail et à la maison en même temps. La combinaison idéale, songea-t-elle en prenant un autre biscuit.

Elles avaient rédigé des portraits poignants de Mélasse le labrador et de Lucy le staffie, les larmes aux yeux devant les messages qu'elles postaient au nom des chiens, quand Rachel s'était interrompue pour leur préparer un café.

Natalie venait d'en boire une gorgée lorsque Rachel l'arrêta avec une grimace.

— Attends, ne bois pas. Le lait est périmé.

Natalie renifla son café.

— Tu crois ? Je n'ai rien senti.

— Non, il est infect. Je l'ai déjà trouvé bizarre dans mes Weetabix ce matin. J'ai pourtant ouvert une nouvelle bouteille, mais c'est exactement pareil. Il est vraiment immonde. Beurk, lâcha-t-elle avec un frisson outré. Ça m'a chamboulé l'estomac. Je croyais que c'était le virus de Megan qui me donnait la nausée, mais c'est le lait, en fait.

Natalie la scruta. Son visage était encore plus blafard que de coutume et ses traits tirés, comme si elle n'avait pas dormi. Des engrenages se mirent en mouvement dans son esprit, une succession de petites cases qu'elle essayait de toutes ses forces de cocher chaque mois avec, en pole position, cet insaisissable goût métallique qui, comble de l'ironie, s'expliquait par son complément d'acide folique.

Ce serait tellement, tellement injuste.

— Tu trouves qu'il sent le métal ? demanda-t-elle, incapable de se retenir.

— Exactement ! s'exclama Rachel en pointant son stylo sur elle. Comme si on avait fait mariner des pièces de dix pence dedans. Tu le sens toi aussi ? C'est le goût du lait d'ici ?

Tombait-elle dans l'obsession ? Devait-elle parler ou se taire ?

— Quoi ? Pourquoi me regardes-tu comme ça ? questionna Rachel. Tu crois que je deviens folle, c'est ça ?

Natalie secoua la tête.

— Surtout, ne sois pas choquée par ma question, mais y aurait-il une chance que tu sois enceinte ?

Rachel se mit à rire.

— Non ! Pourquoi ? C'est un symptôme ? Le lait qui prend le goût de menue monnaie ?

— Oui, confirma Natalie tandis que le visage de Rachel se décomposait devant elle. As-tu du retard dans tes règles ? L'impression que ta poitrine est trop à l'étroit dans ton soutien-gorge ? Des boutons ?

Machinalement, la main de Rachel se porta à son menton. Le cœur lourd, Natalie remarqua qu'il était couvert d'une couche du cache-cernes le plus clair qu'elle eût jamais vu. Et elle qui ne comptait plus le nombre de pustules qu'elle avait presque célébré dans son désir de croire qu'ils témoignaient d'un changement hormonal.

— Non, laissa échapper Rachel, presque pour elle-même. Oh… non…

Sans un mot, Natalie fouilla dans son sac et en sortit un test d'urgence qu'elle dissimulait dans sa poche zippée pour les moments d'extrême faiblesse.

— C'est facile à vérifier.

Rachel fut brutalement tirée de sa perplexité par l'emballage.

— Tu te balades avec des tests de grossesse ?

— Quand tu essaies d'avoir un enfant depuis aussi longtemps que moi, tu as intérêt à les cacher le plus loin possible des toilettes. À quand remontent tes dernières règles ?

Rachel la dévisagea avec des yeux écarquillés de peur. Natalie n'avait jamais vu des cils aussi longs. Ils s'étiraient autour de deux yeux ronds et sombres, lui donnant un regard de gogo-girl des années 1960.

Après un instant de silence, Rachel émit un petit rire.

— Je n'en ai aucune idée. Je sais, c'est du grand n'importe quoi, mais je ne fais pas attention. Sérieusement, Nat, ce n'est pas ça. J'ai presque quarante ans. C'est quasiment impossible de tomber enceinte à mon âge, à moins de se faire implanter des ovocytes d'étudiante.

— Il faut croire que non.

Natalie se mordit la lèvre pour l'empêcher de trembler.

— Regarde Cherie Blair ou Jerry Hall. Elles ne sont pas de la première jeunesse.

— Ne me dis pas que tu as fait des recherches sur… Oh, Nat, tu n'as que trente ans ! Ce n'est plus qu'une question de minutes pour Johnny et toi.

— Non, justement !

Malgré tous ses efforts, Natalie ne réussit pas à empêcher les mots de jaillir de sa bouche. Elle n'avait personne d'autre à qui se confier sans risquer de se rendre les choses plus difficiles encore.

— Nous avons eu les résultats ce week-end. Johnny ne…

Elle ne pouvait pas. C'était trop intime. Sans compter que formuler tout haut le problème ne faisait que l'ancrer davantage dans la réalité. Ils allaient avoir besoin d'assistance médicale pour concevoir un enfant.

Natalie baissa les yeux sur le test de grossesse entre ses mains, un coup de poignard dans le cœur au souvenir de toutes ces fois où elle avait retenu son souffle en attendant l'apparition des traits magiques. Tous ces mois ! Tous ces tests, ces courbes et ce stress alors qu'il n'y avait pas la moindre petite chance que les traits virent au bleu, pour la bonne raison qu'il n'y avait pas de spermatozoïdes. Tout cet argent dépensé en tests alors qu'il n'y avait rien à tester.

Elle poussa l'emballage d'aluminium vers Rachel.

— Tiens, prends-le, je n'en ai plus besoin.

— Natalie…

Rachel la scruta, à court de mots.

— S'il te plaît, insista Natalie avec un semblant de sourire. Tu finiras bien par l'apprendre d'une manière ou d'une autre. Je te promets que je ne vais pas péter un câble s'il est positif. Je n'en suis pas rendue à ce stade. J'arrive encore à me réjouir pour les autres.

Rachel ouvrit la bouche, puis, se ravisant, sortit de la pièce.

Natalie se força à se concentrer sur des vétilles pour refouler la mélancolie qui s'insinuait dans sa poitrine. « Clocks » de Coldplay passait à la radio et un pot coloré de jonquilles citron reposait sur le rebord de la fenêtre, où il captait les rayons du soleil matinal. Bertie l'observait, un cercle sombre pareil à de l'eye-liner autour de ses yeux tristes coiffés de sourcils roux vif.

Elle tendit les doigts dans sa direction, prise du besoin de sentir le contact de son crâne doux.

Pensant se voir proposer un petit quelque chose à grignoter, le basset-hound la rejoignit d'un pas tranquille. Natalie lui offrit alors sa main pour qu'il y niche sa truffe froide et humide. Tandis qu'il s'exécutait, posant avec confiance sa tête sur son genou, une larme dodue tomba du nez de sa maîtresse sur son long museau.

— Oh, Bertie, murmura-t-elle. Tu vas devoir être notre bébé, maintenant.

Elle caressa le velours chaud de ses oreilles et de son fanon ballant, la tête comprimée dans un étau invisible. La vie était tellement injuste !

Le chien en profita pour se hisser sur son arrière-train et poser deux pattes blanches massives sur son genou. Une fois n'est pas coutume, Natalie ne le repoussa ni ne le sermonna pour le bien de sa colonne vertébrale. Au contraire, elle le serra contre elle, comme un enfant, et pressa ses yeux humides contre ses oreilles.

Il lui apparut alors que Bertie devrait lui aussi finir par figurer sur le site Internet s'il voulait avoir une chance d'être recueilli par une famille entièrement disponible. Elle lui composerait une page remarquable pour qu'il trouve un maître susceptible de lui offrir, outre un toit, autant d'amour que Johnny et elle. Elle resserra son étreinte. Elle n'était pas prête pour ce déchirement.

Elle demeura agrippée à son chien, immobile, jusqu'aux dernières notes de la chanson. Alors elle affecta une expression sévère et le força à reposer ses pattes par terre.

— Pas bon pour ton dos, Bertie.

Quelque part dans la maison, l'antique tuyauterie indiqua qu'une chasse d'eau était actionnée. Peu après, Rachel surgit dans l'encadrement de la porte, penaude.

— Ça n'a pas fonctionné.

Elle traversa la cuisine d'un pas déterminé pour remettre de l'eau à bouillir. Natalie s'essuya les yeux à la hâte.

— Comment ça, ça n'a pas fonctionné ? C'est pourtant simple, tu dois juste…

— Je sais, oui, viser le bâtonnet. Je crois que j'ai fait sur le mauvais bout, dit Rachel en agitant les mains d'un air peu aimable. Je suis désolée, Nat, je n'ai pas l'habitude de maîtriser mes jets d'urine. Mais je suis sûre que ce n'est rien. Je suis si vieille, il y a plus de chances que ce soit la ménopause qu'une grossesse. J'ai toujours eu des règles un peu irrégulières et avec tout ce stress…

— Hmm.

Natalie l'étudia plus attentivement. Elle trouvait à Rachel une expression singulière, mais elle ne tenait pas à se pencher sur la question pour l'instant.

— Tu iras quand même voir le médecin, n'est-ce pas? se crut-elle obligée de dire.

— Pardon? Ah, oui, sans faute. Je te sers une autre tasse de thé?

— Euh, ça va, merci.

Reportant son attention sur l'écran, Natalie ajouta Bertie à la fin de la liste de chiens à la recherche d'un nouveau foyer.

— Bien, au suivant! Chester. Tu as des photos?

Dès que Natalie et Bertie eurent regagné leurs pénates, Rachel enfila ses tennis et partit à travers champs.

Elle n'aurait su dire si Bijou lui avait emboîté le pas, ni vers où elle se dirigeait, mais elle ressentait le besoin impérieux de courir, courir, et surtout ne pas réfléchir. Sauf qu'elle n'arrivait pas à se vider le crâne. Une idée fixe lui trottait dans la tête sans pour autant revêtir plus de réalité. Elle était enceinte.

Elle avait menti à Natalie. Le test avait bien fonctionné, elle n'avait d'ailleurs pas eu à patienter les trois minutes réglementaires pour recevoir le verdict. Une croix bleue avait immédiatement surgi dans la petite fenêtre, comme pour souligner le crétinisme profond dont elle devait être affligée pour ne pas s'être aperçue plus tôt de son état.

Si Rachel n'avait rien dit, c'était en partie parce qu'elle n'arrivait pas à intégrer cette nouvelle inattendue et en partie parce qu'elle ne voulait pas obliger la pauvre Natalie à réagir d'une façon ou d'une autre. Natalie qui désirait tant un enfant et ne pouvait en avoir. Et elle, elle qui ne s'était jamais autorisée à s'imaginer mère tant que son cœur battait pour un homme ne faisant aucun secret de son refus de se retrouver avec une famille cachée sur les bras, qui déjouait les statistiques et tombait enceinte sans même le vouloir. Cette ironie du sort n'arrangeait rien.

Elle avait bien songé aux enfants ces dix dernières années. Souvent elle s'était demandé ce qu'elle ressentirait si elle prononçait un jour les mots qui semblaient réduire tout le monde à des sanglots d'extase : « Chéri, j'attends un bébé. »

Mais Oliver, cet imposteur, lui avait bien fait comprendre que, sur ce plan, il avait son compte. « Je ne suis pas de ces politiciens conservateurs qui chérissent en secret l'idée de semer des enfants partout où ils passent, avait-il déclaré la première fois que la conversation avait effleuré le sujet. Alors ne nous oblige pas à avoir une discussion qu'aucun de nous n'apprécierait. »

L'alternative était simple : lui ou les enfants. À dire vrai, Rachel n'avait jamais ressenti le besoin d'être mère au point de vouloir sacrifier sa *dolce vita*. Peut-être fallait-il y voir un moyen de se protéger. Peut-être pas. Reste qu'elle n'avait jamais autorisé son imagination à s'aventurer au-delà des idées de pagaille et de perturbation qu'elle associait aux enfants, de crainte d'y découvrir de dangereux horizons.

Elle continua à progresser péniblement dans le champ, ses poumons embrasés par l'effort de sa course sur le sol irrégulier. Il y avait une erreur. Forcément.

Dans le cas contraire, elle aurait sûrement senti une différence, même infime, en elle. Elle ne cherchait pas à éluder le sujet quand elle s'était dite incapable de dater ses dernières règles ; elle ne prenait jamais la peine de suivre son cycle, sans cesse perturbé par le stress du travail, auquel venait s'ajouter celui de sa liaison avec Oliver. Néanmoins, elle devait reconnaître que tout son organisme s'était détraqué ces derniers temps et, maintenant que la petite croix lui avait ouvert les yeux, elle reconnaissait d'autres symptômes. D'abord, les démangeaisons et douleurs aux seins qu'elle avait mises sur le compte d'une lessive bon marché. Bon Dieu, elle aurait presque ri de sa propre stupidité ! Et les nausées matinales qu'elle imputait, visiblement à tort, au gros rhume de Megan.

Elle trébucha sur une taupinière et, rompant sa foulée, s'arrêta, chancelante. Soudain, Bijou surgit comme une flèche, abandonnant d'un bond sa position en retrait pour s'assurer qu'elle allait bien. Il se mit ensuite à décrire des cercles anxieux autour d'elle. Pliée en deux, elle reprit son souffle. Son cœur battait et elle sentait à présent chaque partie de son corps, à l'exclusion de son ventre, parfaitement égale à elle-même.

On ne pouvait rien cacher à l'organisme. Pendant qu'elle restait plantée là, incapable d'appréhender la réalité, cette cellule unique se divisait pour former un cœur, des doigts, des cheveux. Elle évoluait.

Fuir ne changerait rien, songea-t-elle. Cette décision-là, elle ne pouvait s'y dérober. D'une façon ou d'une autre, elle devrait affronter le problème car c'était dans son corps que tout se jouait.

Elle se redressa et laissa son regard dériver au-dessus des champs, sur la pinède touffue qui s'étendait derrière la façade très « Monsieur Bonhomme » de Four Oaks, s'évertuant à rendre la réalité plus tangible. Elle alla puiser dans des souvenirs à moitié effacés de cours de biologie, honteuse de ses maigres connaissances. Quand ? Comment ? Enfin, pas tout à fait comment…

Un minuscule fantasme rampa comme du lierre jusque dans son esprit. Et si c'était l'enfant d'Oliver ?

Leur dernière fois, même si elle l'ignorait alors, avait eu lieu la semaine précédant la découverte des notes d'hôtel parisiennes. Cela faisait donc… Elle s'efforça de remonter le temps, les jours s'écoulaient à un rythme tellement différent à Longhampton. Six semaines ? Mais Oliver manifestait une telle prudence. Il avait beau prétendre le contraire, il n'était pas du genre spontané. Même lorsque son bureau à l'agence servait de théâtre à leurs ébats, il avait toujours des préservatifs à portée suspecte de la main.

Mais si c'était tout de même son enfant ? Détiendrait-elle l'atout maître qui lui permettrait d'évincer Tara et son smash, ou Kath et ses trois rejetons bien réels ? Rachel essaya de se représenter la scène, mais tout s'embrouillait.

En outre, elle peinait à imaginer Oliver fondre de bonheur. Des années durant, elle avait tenté de se jouer ce scénario heureux, mais il s'était montré d'une limpidité blessante sur ce point. Et Kath, alors ? Certes, elle devrait renoncer à son petit numéro condescendant sur l'âge de Rachel si celle-ci était enceinte d'Oliver, mais il fallait s'attendre à la voir se battre bec et ongles pour l'empêcher d'obtenir le moindre sou.

Son souffle lui brûlait les poumons et elle s'effondra sur l'herbe. Comme Bijou se couchait près d'elle, dans l'expectative, elle tendit la main sans réfléchir pour la poser sur son cou. Son pelage rêche n'était pas aussi doux que celui de chiens de compagnie, mais il était bien chaud et robuste, parfait pour la pluie de la campagne et la boue des champs. Bijou n'était pas de ces créatures urbaines au poil lustré, c'était un survivant. Il avait résisté assez longtemps pour que Dot puisse le sauver.

Des larmes gonflèrent au coin des yeux de Rachel.

En son for intérieur, elle savait que c'était l'enfant de George, pas d'Oliver. La loi de l'emmerdement maximal voulait que cet enfant eût été conçu par un homme qu'elle connaissait à peine, au cours de la seule nuit où elle avait trop bu pour pouvoir contrôler sa maîtrise du préservatif. Sa mère l'avait prévenue quand elle avait seize ans : il suffisait de deux minutes de négligence.

Elle ferma les yeux, prise de nausée. Ce n'étaient pas les hormones qui s'exprimaient, mais les regrets. George incarnait sa première véritable relation prometteuse depuis ses vingt et un ans. À en juger par le peu qu'elle savait de lui, cet homme correspondait exactement à ce qu'il lui fallait. Amusant, honnête, aussi têtu qu'elle. Comment allait-il réagir lorsqu'elle lui annoncerait la nouvelle ? Soit il se sentirait dans l'obligation morale de l'épauler, soit il afficherait l'horreur d'un Oliver et exigerait qu'elle se débarrasse de l'embryon. De ces deux solutions, elle ignorait laquelle était la pire.

La vérité s'infiltra lentement dans ses os tandis que le froid de la terre pénétrait à travers le tissu de son pantalon. Elle n'était plus la même personne que la veille, mais savait-elle au moins qui était cette personne ? Elle n'avait pas réagi comme elle l'aurait cru : il n'y avait eu ni cris d'horreur ni appel téléphonique immédiat à la clinique discrète la plus proche. Bien sûr, elle ne se répandait pas en larmes de joie maternelle, mais elle ne cavalait pas dans tous les sens pour tenter à tout prix de se débarrasser du minuscule parasite qui grandissait en elle. Elle avait l'impression d'être suspendue en plein air, dans l'incapacité de définir ses sentiments.

Que désirait-elle ? Cela faisait si longtemps qu'elle ne s'était pas sérieusement posé la question.

— Bijou, que vais-je faire ?

Le border-collie se leva d'un bond, prêt à obéir à l'ordre, mais, avisant l'expression désespérée de Rachel, il se laissa aussitôt retomber sur le ventre, museau sur les pattes. Elle tapota le sol de la main et le chien empressé rampa jusqu'à elle pour se coller contre ses côtes. Alors, doucement, Rachel se coucha par terre pour regarder les nuages dériver dans le ciel bleu fumée, les aspérités du champ sous son dos et la chaleur réconfortante du corps de Bijou contre son flanc.

Même en plein air, Rachel ne pouvait faire fi du sentiment d'être piégée par une force énorme et invisible. La responsabilité. Le calendrier. Le lien émotionnel qu'elle ne pourrait plus jamais couper avec George, Longhampton et cet héritage de vieille fille.

Personne ne connaissait l'existence de ce bébé à part elle, songea-t-elle. Personne. Et ce n'était même pas encore un bébé, juste une poignée de cellules. Rien ne l'empêchait de retourner à Londres pour deux jours, nul ne tiquerait. Elle mettrait le monde sur arrêt et, à son retour, serait exactement la même. Elle laissa l'idée tournoyer dans sa tête tandis que des nuages boursouflés déambulaient dans le ciel.

Bijou pourrait croire qu'elle l'avait abandonné, se ravisa-t-elle. Elle ne pouvait pas le laisser. Elle ne pouvait pas l'emmener. Elle ne pouvait pas y aller. Voilà. Elle ne pouvait pas y aller.

Et puis rien ne serait plus pareil.

Une image venue de nulle part s'immisça dans son esprit. Elle vit Dot en train de porter dans une écharpe Bijou et ses frères, encore trop petits pour être livrés à eux-mêmes. Si sa tante avait remplacé les enfants biologiques auxquels elle avait renoncé par des chiens, jamais elle n'avait réussi à museler son besoin d'aimer et d'éduquer.

Avait-elle cela en elle ? Elle s'interrogea. Peut-être était-elle aussi égoïste que tout le monde le prétendait, après tout. Dans le cas contraire, elle aurait sans doute su exactement ce qu'elle désirait. Val racontait qu'elle avait hurlé de joie en apprenant sa grossesse. Et pour Amelia, elle l'avait annoncé au mariage d'un pauvre cousin qui s'était vu voler la vedette. Il fallait la comprendre, elle ne pouvait pas garder ce bonheur pour elle.

— Quelle mère affreuse je vais faire ? se demanda-t-elle tout haut avant d'étirer le bras. Alors Bijou posa sa tête contre sa manche, dans une attente patiente.

Lorsqu'elle regagna la maison, Megan préparait un menu spécial composé d'œufs brouillés pour une femelle doberman gravide et famélique, comme si tout allait pour le mieux dans le meilleur des mondes.

— Je t'ai vue avec Bijou dans le verger, remarqua-t-elle à son arrivée. Tu penses t'essayer à l'agility avec lui ?

— L'agility ?

Rachel survola les messages téléphoniques, guettant d'un œil exercé l'éventuelle apparition du nom d'Oliver. D'un clignement de paupières, elle effaça cette idée.

— Ouais, ce serait cool. Tu pourrais faire une petite démo aux portes ouvertes. Il y a des poteaux et des mini-obstacles dans la remise, je peux te les sortir si tu veux.

Ce serait bien pour les staffies aussi, histoire d'épuiser leur trop-plein d'énergie. Et puis ça ferait un chouette spectacle pour les visiteurs. J'ai jeté un coup d'œil au projet de Natalie, ça ne t'embête pas j'espère.

Les notes de Natalie étaient restées sur la table de la cuisine, écrites d'une main nette et précise et égayées de cadres reliés par des traits. Leur séance de travail semblait si lointaine.

Natalie. Rachel éprouva un déchirement au souvenir de la détresse sur le visage de la jeune femme lorsqu'elle lui avait tendu le test. Ce n'était qu'un test, se rappela-t-elle. Il était encore trop tôt, ce pouvait être une fausse alerte. Elle avait pu faire erreur.

— Megan, tu es inscrite au cabinet médical ? Qui te suit là-bas ?

— Le Dr Carthy, répondit la jeune femme sans se formaliser de la voir ainsi passer du coq à l'âne. Mais j'essaie de changer pour le Dr Harper, comme tu peux t'en douter.

— Ce Dr Carthy… il est sympa ?

Bon Dieu, Rachel ! se rabroua-t-elle avec humeur. Sympa ? En version longue : pas du genre à enguirlander une célibataire de presque quarante ans qui réussit l'exploit de tomber enceinte lors d'une partie de jambes en l'air sans lendemain comme une ado pas très fute-fute ?

— Euh, ça va. Un peu vieux jeu, si tu veux mon avis. Il y a aussi quelques femmes toubibs au cabinet, comme le Dr Powell. Elle est très gentille, Dot lui a fourni un bon vieux cavalier-king-charles il y a quelques années.

Elle afficha un sourire optimiste avant de se rembrunir.

— Tu n'es pas malade, au moins ?

— Non non. C'est juste… En fait, je me disais que je ferais bien d'avoir un médecin traitant ici.

— Ah, je préfère. Une tasse de thé ? J'allais mettre de l'eau à chauffer. Freda nous a laissé un tas de messages à feuilleter. Elle a rapporté plein de potins croustillants du café. Figure-toi que Ted pourrait enfin prendre sa retraite cette année. Tu y crois, toi ? Maintenant que le Dr Carthy l'a mis sous statine, elle pense pouvoir lui décoller les mains de la poêle à frire. Tu sais ce que je me dis, qu'on devrait lui trouver un chien.

Rachel éprouva le besoin soudain d'être seule, dans un silence absolu et un endroit où elle n'aurait pas à faire semblant que rien n'avait changé. Il y avait trop de remue-ménage dans son crâne pour feindre un quelconque intérêt pour les taux de cholestérol de Ted Shackley.

— Megan, ça m'ennuie beaucoup de te laisser éplucher les messages de Freda seule, mais je dois à tout prix attaquer le tri des affaires de Dot, dit-elle avec un haussement d'épaules contrit. Ordre de ma mère : une heure par jour de fouilles archéologiques dans les vieilleries jusqu'à ce que j'en aie terminé.

— Aucun souci, répondit la jeune femme en continuant à remuer ses œufs. Tu n'auras qu'à crier quand tu voudras une tasse de thé.

Rachel monta l'escalier et demeura un instant immobile sur le palier, face au miroir suspendu au-dessus des marches. Quand Dot avait-elle changé de visage ? Quand le reflet qui soutenait son regard avait-il pris les traits de la douairière aux cheveux blancs des photographies du rez-de-chaussée ?

La logique lui dictait de commencer par les chambres d'amis, toutes encombrées de lourds meubles victoriens récupérés dans la maison de ses grands-parents, s'il fallait en croire Val. Il faudrait qu'ils partent pour la salle des ventes dès qu'elle les aurait vidés de leur contenu. Cependant, Rachel se sentait irrésistiblement attirée vers la chambre de Dot et sa belle armoire de vêtements et de secrets, guidée par le désir de contempler le glorieux témoignage de la vie de célibataire de sa tante, avant qu'elle se laisse happer par le train-train de Four Oaks.

La pièce abritait deux armoires. La plus proche du lit était garnie de jupes très simples en tweed et des vêtements élémentaires et résistants que Dot enfilait pour parcourir au quotidien le circuit de promenade des chiens. Rachel fit glisser les cintres d'un côté, puis de l'autre. Aucun mystérieux coffret n'était dissimulé dans le fond du meuble. À l'exception d'une paire de sandales dorées Marks & Spencer toutes neuves, dont le reçu se trouvait encore dans la boîte, il n'y avait là rien de plus ou de moins que les coordonnés chinés d'une cynophile d'âge moyen.

La seconde armoire, en revanche, suggérait une tout autre vie. La peau parcourue de frissons, Rachel laissa courir ses doigts sur les cintres pour retrouver les occasions et les souvenirs qui collaient encore aux précieuses étoffes. Des satins chatoyants luisaient entre des manteaux de laine ourlés de fourrure, balafres d'orangé audacieux et de cerise aux reflets dorés que seule une femme aux yeux sombres et à la silhouette longiligne pouvait se permettre de porter.

Rachel disposa les vêtements sur le châlit, jusqu'à ce qu'il en fût entièrement couvert. Chaque pièce évoquait une soirée à l'extérieur ou un pot au bureau. Il y avait des tailleurs de laine composés de jupes trapèzes et de vestes courtes qui donnaient à penser que Dot occupait à la City un emploi moins subalterne que ne le suggérait sa sœur. Rachel laissa ses doigts se couler dans des poches et des sacs luisants en peau de crocodile, en extrayant des fragments de l'univers londonien branché de sa tante : des tickets de bus et des reçus de taxi pour des courses à Soho, une facture de teinturerie pour trois smokings, une liste d'emplettes incluant du champagne et des œufs, des cachets contre les maux de tête et des carnets de bal, dont un pour le Bal du nouvel an de 1969 au Dorchester. Le nom d'un cavalier y était inscrit face à chacune des danses, mais celui de Felix revenait toutes les deux lignes.

Était-ce là les secrets que Dot évoquait dans sa lettre ? La vie occulte et indépendante sur laquelle Val n'avait jamais pris la peine de l'interroger ? S'était-elle constitué une petite fortune personnelle avant de se retirer pour prendre soin de ses chiens perdus ? Était-ce l'ambition qui avait brisé son couple ?

Rachel n'imaginait que trop bien la façon dont Val devait détourner la tête lorsque Dot tentait de lui raconter ses activités, ses rencontres. Sa sœur Amelia la traitait avec le même mépris. « Oh, je ne pourrais pas mener cette vie », avait-elle observé à Noël d'un ton dégoulinant de dédain lorsque Rachel s'était mise à leur parler de son dernier grand lancement. Comme si le succès professionnel de sa sœur était pour elle source de honte. La remarque avait irrité Rachel autant qu'elle l'avait touchée au vif, mais elle s'était bien gardée de laisser à Amelia le plaisir de le voir.

Une fois tous les cintres ôtés et la tringle aussi dépouillée qu'un arbre en hiver, Rachel découvrit une montagne de boîtes à chaussures empilées au fond de l'armoire. Des étiquettes étaient encore collées sur certaines, avec des prix en livres, shillings et pence.

— Dot, tu étais une femme comme je les aime, soupira-t-elle en soulevant les premiers cartons.

Dot avait de longs pieds étroits et Rachel eut beau essayer d'introduire ses orteils dans un escarpin turquoise au bout carré orné d'un relief bullé, sa tante faisait une bonne pointure de moins qu'elle. Elle s'adossa au lit, déçue. Les vêtements lui allaient, elle avait d'ailleurs endossé un blazer Courrèges bronze et crème, mais c'était surtout les chaussures qu'elle aurait aimé porter.

Toutes étaient en excellent état, au point qu'elle ignorait si elle devait les mettre en vente sur eBay ou les confier à un musée. Certaines n'avaient de toute évidence jamais quitté leur cocon de papier de soie. Elle rangea les escarpins turquoise et ouvrit les autres boîtes, jusqu'à ce que la moquette eût disparu sous les talons hauts, les chaussures plates, les escarpins et les bottes. Plusieurs contenaient un reçu écrit à la main, d'autres un message. Dans le carton de ravissants talons aiguilles en satin couleur nacre, elle trouva une carte. Lorsqu'elle la sortit, son cœur bondit dans sa poitrine. C'était la carte de visite de Felix, avec son numéro de téléphone professionnel dans le quartier de St James. Elle la retourna, découvrant un message composé au stylo à plume : « Pour Cendrillon. Tendrement. »

Rachel soupira. C'étaient des chaussures parfaites, trop parfaites pour avoir été choisies par un homme quelconque. C'était le genre de cadeau fabuleux qu'Oliver aurait pu lui envoyer, lui qui connaissait avec précision ses goûts et ce qui lui seyait le mieux. À la différence près que, Felix, lui, se moquait d'être dominé de plusieurs centimètres par sa cavalière.

Non sans une certaine tristesse, Rachel s'empara de la dernière boîte, mais alors qu'elle la tirait vers elle, elle s'étonna de la trouver si lourde. Piquée de curiosité, elle souleva le couvercle pour découvrir qu'elle était truffée de lettres. Sur le dessus de la pile trônait une enveloppe en papier kraft à l'ancienne, sans adresse.

Des lettres d'amour ! Comme c'était romantique ! Le courrier électronique avait sonné le glas de ces belles coutumes. On ne pouvait soupirer devant un e-mail, même imprimé. Et ce grand pli, que recelait-il ? Lorsque Rachel eut détaché les ailettes métalliques à son verso, un écrin en glissa.

Un écrin Cartier. Elle déglutit et, retenant son souffle, souleva le couvercle. Que cachait donc le passé de Dot pour qu'elle planque des joyaux de la couronne au milieu des biscuits pour chien ?

Mais le coffret ne renfermait aucun collier. Rien qu'une enveloppe, une feuille pliée et une carte du joaillier avec un « Pour mon épouse » tracé dans la même écriture fluide que le message sur la carte de visite de Felix. Le cœur de Rachel cessa de battre. Dot et Felix avaient été mariés ?

Avec précaution, elle déplia le papier sans remarquer l'obscurité qui fondait sur la pièce. Il s'agissait d'un acte de mariage. Non, plutôt d'une demande de permis pour une cérémonie civile en urgence entre Felix Anthony Carlisle Henderson et Dorothy May Mossop, datée du 3 septembre 1972.

L'union n'avait manifestement pas été célébrée, aucune signature ne figurait sur le document. Cependant, l'intention était claire : Felix avait voulu conquérir le cœur de Dot.

Rachel tenta de replacer la date dans son album de photos de famille. Amelia était née en février 1972. La demande de Felix ne devait pas avoir eu lieu bien longtemps après son baptême, qui s'était conclu par la fameuse brouille entre les deux sœurs Mossop.

Elle se pencha sur la plus petite enveloppe, dont le recto portait le nom de Dorothy. Ses doigts manièrent maladroitement l'épais papier à lettre cyan pâle gravé d'une adresse londonienne.

« D. adorée,

Sache que je comprends. C'est beaucoup demander et j'ai conscience que tu as répondu par amour pour moi plutôt que pour toi. Comme toujours.

Mais si tu viens à changer d'avis, il ne sera pas trop tard. Il ne sera jamais trop tard, car jamais je ne cesserai de t'attendre et d'espérer.

Conserve le collier, je te prie. Bien que précieux, il n'a aucune valeur en comparaison de ce que j'ai perdu aujourd'hui.

Avec tout mon amour,

F. »

Assise dans le noir, Rachel sentit une larme tomber sur son bras nu, cependant elle n'aurait su dire si elle pleurait pour Dot ou pour elle-même.

20

Il avait fallu que Caramel fasse irruption dans sa vie pour que Zoe se mette à remarquer le nombre de clientes qui venaient avec leur chien de poche au salon. L'une avait même poussé le vice jusqu'à débourser une coquette somme pour offrir à son shihtzu le même shampoing sublimateur de reflets qu'elle.

Elle massa ses pieds endoloris en cachette pendant qu'une jeune coiffeuse reconduisait à la porte sa dernière cliente, Mme Naylor, avec son jack-russell attaché à son chariot de courses. La propriétaire du salon, Marion, avait accepté à contrecœur de fermer les yeux, tant que les animaux n'étaient « pas trop encombrants, pas trop agités et pas trop sales ».

Tout en songeant aux lents progrès disciplinaires de Caramel, Zoe alla consulter le carnet de rendez-vous avec un soupir désabusé. Elle aurait bien aimé emmener son labrador au travail, mais il lui faudrait peut-être patienter des années avant de pouvoir le lâcher en toute sérénité dans un espace renfermant autant de bigoudis.

— Une coupe sans rendez-vous est arrivée pendant que tu terminais Mme Naylor, l'informa Hannah.

La réceptionniste était en train de jongler avec deux téléphones et de changer en même temps le CD dans la platine, le tout sans paraître pour autant paniquée.

— Je l'ai installée dans le fauteuil de réserve, tu ne devrais pas en avoir pour longtemps. Ça ira ? Tous les autres sont en pause ou filent plus tôt aujourd'hui.

— Pas de souci.

Après avoir bu plusieurs lampées de la canette de Red Bull qu'elle avait rangée derrière le comptoir, Zoe retourna sous l'éclairage puissant du coin des consultations.

— Alors, que fait-on ? demanda-t-elle en fouillant dans sa trousse à la recherche de son peigne.

Elle devina, à sa nuque, que son client était un homme. Elle aimait bien les hommes à la pause-déjeuner : ils n'empiétaient jamais sur le rendez-vous suivant et parlaient peu, ce qui la laissait libre de prévoir le dîner et d'organiser les corvées du soir.

— Des excuses ?

Zoe manqua bondir de son tabouret lorsque, regardant dans le miroir, elle avisa le visage qui s'y reflétait. Si Bill n'était pas aussi sexy que de coutume, avec une cape de nylon noire autour des épaules, ses yeux sombres n'en ressortaient que davantage. Or ces yeux-là débordaient de remords.

— Suivies d'un déjeuner sur le pouce ?

Zoe tripota ses ciseaux pour dissimuler sa nervosité.

— J'essaie de travailler pendant l'heure du déjeuner. J'ai des clients jusqu'à 14 heures.

— Oui, moi. Deux fois de suite. J'ai pris rendez-vous pour quelque chose de très compliqué, dit-il avec un sourire chancelant. Il va me falloir cinquante-cinq bonnes minutes pour m'expliquer, et à toi cinq petites minutes pour me couper les cheveux. Soit quatre de plus que je ne leur consacre d'habitude, ajouta-t-il en passant une main dans ses boucles brunes.

Elle évita de croiser son regard dans le miroir.

— Où est Lulu ? J'espère que tu ne négliges pas tes responsabilités de maître pour une coupe de cheveux.

Elle se retint d'ajouter qu'il n'en avait guère besoin. La dernière fois qu'elle l'avait vu, il semblait sortir de chez le coiffeur.

— Non, c'est Lauren qui la promène. Il y a tous les jours une file d'attente pour la sortir à midi. En fait, c'est surtout moi qui tenais à aller au parc, précisa-t-il après une pause. Si j'avais su que tu travaillais à l'heure du déjeuner en temps normal, je n'aurais pas passé toute l'heure à faire le tour de la pelouse. Pour être tout à fait honnête, Lulu en a ras le bol. Elle préfère le lèche-vitrine.

Zoe ne put s'empêcher de lever les yeux et, croisant le regard de Bill, éprouva un pincement de regret mêlé de désir. Il était beau, mais beau ! Et, manifestement, il voulait s'expliquer. Reste qu'elle ne pouvait balayer d'un revers de main ce qu'il avait dit sur les enfants, et ce qu'elle n'avait pas dit sur les siens. Tout cela ne plaidait en faveur ni de l'un ni de l'autre.

— Alors, juste une coupe d'entretien ? l'interrogea-t-elle d'un ton professionnel. Ou tu veux changer de style ?

Bill ne répondit pas tout de suite dans l'espoir qu'elle plaisantait. Lorsqu'il comprit que ce n'était pas le cas, il se contenta de déclarer :

— Je m'en remets à toi, Zoe.

— Bien, dit-elle d'une voix chevrotante.

D'un signe de la main, elle congédia Manda, l'apprentie qui était apparue pour s'occuper du shampoing. Elle tenait à s'en charger personnellement. Zoe ne lavait plus que très rarement les cheveux, mais lorsqu'elle passait derrière la cuvette, elle profitait de ce moment pour laisser son esprit concevoir la coupe pendant que ses mains suivaient l'enchaînement familier : faire mousser, rincer, recommencer. Ce jour-là, toutefois, c'était surtout l'occasion d'un contact qu'elle ne pourrait plus jamais espérer avec Bill.

Elle l'installa dans le fauteuil, souriant pour elle-même de son embarras manifeste à se retrouver assis entre deux vieilles dames qui persistèrent à discuter de leurs derniers problèmes de santé. Elle appliqua ensuite le shampoing et fit pénétrer les bulles dans son cuir chevelu par des massages du bout des doigts. Au moment de rincer ses cheveux à l'eau chaude, elle admira ses oreilles parfaites et l'épaisseur de sa crinière sombre, se délectant de cette douce intimité au cœur de l'agitation du salon.

Elle savait qu'il y prenait autant de plaisir qu'elle à la façon dont ses épaules tendues se relâchaient et dont sa nuque s'enfonçait dans l'appui-tête. Au salon, elle n'avait pas son égal pour les massages du cuir chevelu et elle consacra encore plus de temps que de coutume à malaxer le sien, attentive à son visage dont la tension se dissipait.

Quel gâchis! se reprocha-t-elle. Si seulement elle avait dit quelque chose. Ou quelque chose de mieux, de plus distingué que: « Je suis une maman avec des responsabilités. »

Lorsque, ses cheveux épongés, Bill émergea de la serviette, son expression était des plus sérieuses malgré les épis qui lui hérissaient la tête, lui donnant des airs de poussin tout juste sorti de l'œuf.

— Je dois m'expliquer. Et tu ne m'en empêcheras pas.

Zoe se mit à le peigner sans un mot.

— En fait, dit-il au miroir, Nat et Johnny essaient d'avoir un bébé et ils venaient d'apprendre une mauvaise nouvelle. A priori, ça risque d'être plus difficile que prévu pour eux.

— Tu n'es pas obligé de me raconter ça, l'interrompit-elle en rougissant. Ça ne me regarde pas.

— Mais tu mérites une explication. Natalie elle-même tenait à ce que je te parle, puisque je t'ai mis dans un beau pétrin. Et nous tous avec, d'ailleurs.

À sa grimace apeurée, Zoe put imaginer, un bref instant, l'insistance avec laquelle Natalie avait exigé qu'il lui présente des excuses.

— Je m'y suis vraiment mal pris, conclut-il. Je suis désolé.

Zoe commença à diviser ses cheveux, jaugeant son premier coup de ciseau. Si cela n'avait tenu qu'à elle, elle ne lui en aurait pas enlevé un millimètre, mais elle n'avait guère le choix maintenant qu'il avait pris rendez-vous.

— Ce n'est rien, tu as le droit d'avoir ton opinion. Tout le monde n'est pas forcé de vouloir des enfants.

— Ça aussi, c'est sorti de travers. J'aimerais beaucoup avoir des enfants un jour, je les adore. Mais, en bon mec qui débarque avec ses gros sabots et son QI de deux, j'ai dit la première bêtise qui me passait à l'esprit pour ne plus voir Johnny avec cette tête d'enterrement.

Il braqua ses yeux sur elle, implorant son pardon.

— Il ne m'a donné le fin mot de l'histoire que lorsque nous sommes rentrés à la maison. C'est vrai, jamais je n'aurais dit un truc pareil si j'avais su que… enfin… que ça va être aussi compliqué pour eux.

Il marqua une pause, avant d'ajouter :

— Et que tu avais des enfants, évidemment.

Ce fut au tour de Zoe d'afficher une mine piteuse.

— C'est ma faute, j'aurais dû t'en parler depuis le début.

— Pourquoi ne m'as-tu rien dit ?

Elle donna un premier coup de ciseau précis à l'extrémité des boucles brunes, s'évertuant à traduire en mots ses pensées incohérentes.

— Parce que je ne voulais pas en faire tout un plat. Je ne connais pas grand-chose au protocole du rancard pour mère divorcée. Enfin, pas du rancard, se reprit-elle. Justement, c'est le problème, je ne savais pas vraiment s'il y avait, tu sais…

— Quelque chose ?

— Oui. Je ne voulais pas donner l'impression de me monter le ciboulot si tu ne faisais que promener ton chien. En ma compagnie.

Ils se considérèrent dans le miroir et le cœur de Zoe fit une cabriole sous l'intensité du regard de Bill, qui la dévisageait comme s'il n'y avait personne d'autre qu'eux dans le salon.

— Eh bien, pour ta gouverne, je n'ai jamais eu de rancard avec une mère divorcée, moi non plus. Mais je n'ai pas rencontré une mère divorcée, je t'ai rencontrée, toi.

Que pouvait-elle bien répondre à cela ?

— Et si nous nous mettions d'accord sur ce point ? suggéra-t-il. Si nous admettions qu'il y a bien quelque chose, je veux dire ?

Comme ses mains se mettaient à trembloter, Zoe éloigna les ciseaux du crâne de Bill. Question de précaution.

— Si ça peut te consoler, poursuivit-il, les hommes non plus ne sont pas vraiment encouragés à parler de leurs projets familiaux. J'ai supposé, parce que tu étais célibataire et parce que tu semblais heureuse avec ton chiot, que…

Sa voix s'éteignit et Zoe prit conscience qu'il n'arrivait pas mieux qu'elle à trouver ses mots.

Elle revit alors Megan lui conseiller de prendre le contrôle de la situation par son attitude. L'autorité tranquille fonctionnait aussi bien sur Caramel que sur elle quand elle le trouvait couvert d'une substance défendue. Elle prit une profonde inspiration. Il était temps d'avancer dans la vie. De se jeter dans l'inconnu.

— Je suis divorcée du père de Spencer et Leo, David, depuis maintenant presque un an. Il les garde un week-end sur deux et pendant les vacances scolaires. J'adore mes fils, je ne les quitterais pour rien au monde, mais j'aime bien, de temps à autre, avoir une heure pour moi.

Elle se tut un moment, avant d'ajouter :

— Quand on s'est rencontrés, j'avais l'impression d'être moi-même, tout simplement, mais je ne savais pas trop ce que tu pensais de moi.

— Moi, c'est Bill. Je n'ai pas d'enfants, pas d'ex qui ait joué un rôle particulièrement important dans ma vie, or pour certains, et par là j'entends une certaine Natalie Hodge, c'est pire qu'être divorcé à mon âge. Qui est de trente-quatre ans. J'ai une machine à pain, mais je ne l'ai utilisée que deux fois.

— Moi, j'ai une sorbetière et une fontaine à chocolat.

— Formidable ! Maintenant que nous nous sommes débarrassés de ça, si nous parlions de ce restaurant indien ?

Je pense que l'offre de Rachel tient toujours pour le baby-sitting. Enfin, pour Caramel.

Il hésita, comme si la réalité venait de s'inviter sournoisement dans la conversation, avant d'ajouter :

— J'imagine que c'est un peu plus difficile avec les enfants. Je ne veux surtout pas… enfin… te compliquer l'existence.

Elle s'appliqua à fuir son regard. Renouvelait-il l'invitation par sens du devoir ? Le doute se mit à corroder l'humeur légère de Zoe, qui se rappela à l'ordre. Il avait raison : ses responsabilités premières allaient à ses enfants. Elle devait prendre soin d'eux, pas sortir au restaurant avec des médecins, si séduisants soient-ils.

— On ferait peut-être mieux de s'en tenir aux promenades, dit-elle avec un entrain exagéré. Ce n'est pas très juste pour les garçons. David incruste toujours sa nouvelle copine et, franchement, je ne pense pas qu'ils en soient aussi enchantés qu'il le croit, soupira-t-elle. Spencer est de plus en plus pénible à la maison. Il sait qu'il pourrait commettre un meurtre en toute impunité tellement je culpabilise.

— Je comprends.

Bill semblait presque soulagé, constata-t-elle avec tristesse.

— Tu sais où me trouver à l'heure du déjeuner, dit-il. Et le samedi matin.

— J'attends le week-end avec impatience. Et Caramel aussi.

Ils échangèrent un sourire grimaçant, puis Zoe se força à poursuivre la coupe, étirant les mèches de cheveux entre ses doigts pour vérifier qu'elle leur avait donné la bonne longueur.

— Au moins tu repartiras d'ici avec une coupe de cheveux digne de ce nom, remarqua-t-elle en caressant ses épaisses boucles plus longtemps que ne l'imposaient les besoins de la coiffure. Chez qui vas-tu, d'habitude ? Ta mère ?

Il capta son œil dans le miroir. Il prenait presque autant de plaisir qu'elle au contact aigre-doux de ses mains dans sa chevelure.

Elle avait pris la bonne décision, s'assura-t-elle. Des limites. Des règles. C'était ce dont elle avait besoin. Une amitié pouvait ouvrir d'autres horizons alors qu'un rendez-vous romantique pouvait tourner au cauchemar.

— Zoe ?

Hannah rôdait derrière elle, le téléphone sans fil collé contre sa poitrine. Son professionnalisme habituel avait laissé place à un air inquiet.

— Il y a un problème ?

— Euh, un appel pour toi. C'est l'école. Spencer… il…

Elle jeta un coup d'œil à Bill avant de conclure :

— On devrait peut-être aller dans la salle du personnel.

Abandonnant *illico presto* ses ciseaux, Zoe donna une petite tape sur l'épaule de Bill et suivit au pas de course Hannah dans la pièce minuscule où les coiffeurs se retrouvaient pour leurs pauses et séances urgentes de médisances.

Le combiné toujours serré contre sa poitrine, Hannah écarquilla les yeux. L'effet dramatique était garanti par la généreuse couche de khôl bleu dont elle les avait entourés, comme seules peuvent se l'autoriser les jeunes de vingt ans.

— Il faut que tu ailles chercher Spencer. Il y a eu un incident.

— Mon Dieu !

Mille et un scénarios macabres défilèrent dans la tête de Zoe alors qu'elle arrachait le téléphone des mains de la réceptionniste.

— Allô ?

— Madame Graham ?

C'était la voix de Mme Barratt, l'institutrice de Spencer. La dernière fois qu'elle l'avait vue, à l'occasion de la réunion parents-professeurs, six mois plus tôt, Mme Barratt n'avait pas tari d'éloges sur Spencer. Elle semblait alors bien plus enjouée.

— Oui. Il y a eu un accident ?

— Oui, je le crains. Un petit problème à l'heure du déjeuner. Spencer s'est mis dans tous ses états. Il a été très vilain.

Zoe sentit le sang quitter son visage.

— Quel genre de problème ? Est-ce qu'il va bien ?

Il y eut une pause inquiétante au bout de la ligne.

— Maintenant, oui, il va bien. Mais j'ai bien peur qu'on ne puisse pas en dire autant de Callum Harris. Cela vous dérangerait-il de venir le chercher ? Je crois qu'il vaut mieux qu'il rentre à la maison avec sa maman.

— Oh, c'est pas vrai ! J'arrive.

C'est à peine si le cerveau de Zoe enregistra le trajet en voiture jusqu'à l'école, ou son déboulé en direction du bureau de la directrice, en compagnie de la secrétaire qui se démenait pour ne pas se laisser semer. Ses FitFlop de travail produisaient un claquement atroce dans les couloirs. Lorsque, enfin, elle aperçut Mme Barratt devant la porte du bureau, son cœur plongea dans sa poitrine.

L'institutrice lui avait toujours évoqué une charmante maman de belles histoires, elle en avait même le cardigan tricoté à la main et le sourire aimable, et la déception qu'elle lut dans ses yeux marron la transperça jusqu'à la moelle. Elle eut l'impression d'être convoquée dans le bureau de la directrice au même titre que Spencer, pour avoir échoué dans son rôle de mère.

— Toute cette colère lui ressemble si peu, lui chuchota Mme Barratt, incrédule, au moment d'entrer dans la pièce.

Lorsque la porte s'ouvrit, Spencer pivota sur lui-même. Son visage strié de larmes trahissait un soulagement manifeste et Zoe se sentit poussée vers lui par un élan d'instinct protecteur maternel.

Il avait pleuré toutes les larmes de son corps, pourtant sa lèvre inférieure saillait, comme s'il défiait quiconque de le traiter de pleurnicheur. Son séjour dans le bureau de Mme Kennedy avait toutefois fini d'étouffer le comportement qui l'y avait mené et il paraissait tout près de se jeter dans les bras de sa mère pour un câlin.

Résistant à la tentation, Zoe posa sur son visage son expression la plus désappointée.

— Il est là, papa ?

Il lorgna derrière elle, comme s'il s'attendait à voir David entrer à sa suite.

— Ton papa n'a pas pu se libérer, l'informa Mme Kennedy.

La directrice était assise à son bureau, parfaitement posée, tandis que Mme Barratt errait d'un air anxieux entre son élève et la porte. La vieille chouette et la mère poule, songea Zoe.

— Nous lui avons également téléphoné, expliqua l'institutrice. Notre nouvelle secrétaire n'a pas su dire, d'après votre dossier, lequel d'entre vous avait la garde. J'en suis navrée, j'espère que cela ne pose pas de problème particulier.

— Non, pas du tout, mentit Zoe.

Mieux valait ne pas imaginer les réflexions dont l'accablerait David. Ce serait pour lui un nouveau triomphe dans la campagne de dénigrement dans laquelle il s'était lancé, la preuve supplémentaire qu'il faisait un meilleur parent qu'elle.

— Nous partageons… toutes les affaires parentales, ajouta-t-elle.

— Il va venir, papa ? insista Spencer avec, sur le visage, une ferveur nouvelle.

— Je n'en sais rien, répondit Zoe. Chut !

— Je regrette de devoir interrompre votre journée de travail, madame Graham.

Mme Kennedy lança au petit garçon un regard lourd de reproches.

— Des gens vont devoir se passer de leur coupe de cheveux par ta faute, Spencer, parce que maman a dû venir te chercher.

— Je réussirai bien à les caser quelque part, s'empressa de la rassurer Zoe. Spencer, que s'est-il passé ?

Perdant son bel enthousiasme aussi vite qu'il était venu, son fils braqua les yeux sur ses chaussures. Elles étaient tout éraflées.

— Tapé Callum, marmonna-t-il.

— Nous ne t'entendons pas, observa calmement la directrice. Comporte-toi en grand garçon et dis la vérité.

Spencer leva vers Zoe une bouille à fendre le cœur. Sa mine lui rappelait celle de Caramel quand elle le surprenait en train d'uriner dans la cuisine, partagée entre la culpabilité et la frustration de ne pas avoir réussi à se retenir. Elle dut se mordre la lèvre pour s'empêcher d'ouvrir grands les bras à son fiston.

— J'ai tapé Callum.

— Pourquoi, chéri ?

Avec une secousse de la tête, il se replongea dans la contemplation de ses chaussures.

— Il refuse de le dire, intervint Mme Barratt. Je les ai interrogés tous les deux. Callum prétend qu'il ne l'a pas provoqué, mais je serais tentée de penser le contraire, car Spencer n'y est pas allé de main morte. Heureusement, il y a eu plus de peur que de mal, mais nous ne pouvons tolérer des bagarres dans notre établissement. Ce n'est pas joli joli. Spencer va être privé de récréation demain.

— Spencer ! Qu'est-ce qu'il te prend de frapper tes camarades ? se récria Zoe. Ne recommence plus jamais !

— Spencer, si tu allais chercher ton manteau avec Mme Barratt ? suggéra Mme Kennedy. Je voudrais parler à ta maman.

Spencer se laissa glisser de sa chaise sans un regard pour Zoe et saisit la main que son institutrice lui offrait. Au moment de franchir la porte, il se retourna et braqua ses yeux sur la directrice.

— Pardon, madame Kennedy, dit-il à toute vitesse. Pardon, madame Barratt. Je ne voulais pas être vilain. Je suis désolé.

Les yeux de Zoe s'embuèrent.

— Je le suis autant que toi, Spencer, déclara la directrice. Mais nous repartirons du bon pied demain, n'est-ce pas ? Reviens avec le sourire, tu seras un gentil garçon.

Ses traits se tendirent dès que son élève eut quitté la pièce.

— En temps normal, je ne renverrais pas un petit à la maison, mais Spencer a piqué une colère si forte que même Mme Barratt a eu toutes les peines du monde à le calmer. Il était inconsolable. Il a détruit la maquette sur laquelle il avait travaillé toute la matinée. J'ai pensé qu'il valait mieux qu'il rentre et que vous régliez le problème ensemble.

L'humiliation vint s'ajouter au trouble de Zoe.

— Bien sûr. Je regrette ce qui s'est produit, il est si gentil d'ordinaire.

Elle se tut. Spencer était devenu brutal depuis peu, il lui arrivait même de frapper son frère au cours de leurs jeux. Certes, ce n'était jamais méchant, jamais pour le blesser. Ses yeux se gonflèrent à nouveau de larmes. Était-elle responsable de ce changement ? Avait-elle, d'une façon ou d'une autre, manqué à ses devoirs ? Tous les efforts du monde suffiraient-ils jamais sans l'influence masculine de David pour garder Spencer sur le droit chemin ?

Mme Kennedy lui tendit une boîte de mouchoirs en papier.

— Si je puis me permettre, madame Graham, il n'est pas rare, au cours d'une séparation, que les enfants cherchent à attirer l'attention en faisant des bêtises.

— Mais il a toute l'attention qu'il désire !

Elle se moucha avant de continuer :

— Et puis la séparation ne date pas d'hier. Son père est parti depuis plus d'un an maintenant. Nous faisons très attention à garder des rapports cordiaux devant Spencer et Leo, pour qu'ils en souffrent le moins possible.

— Y aurait-il… Encore une fois, je vous prie de m'excuser si cette question vous paraît un peu trop indiscrète, mais nous observons souvent ce comportement chez les enfants.

Mme Kennedy parlait d'une voix aimable et elle choisit ses mots avec soin avant de poursuivre :

— Y aurait-il un nouveau compagnon ou une nouvelle compagne à prendre en considération ? Chez un enfant, l'entrée en scène de tierces personnes peut retarder le processus d'acceptation de la séparation.

Zoe la considéra.

— Eh bien, oui. En fait, il était avec son père et sa nouvelle amie l'autre week-end. Mais il semblait plutôt bien le vivre.

— Pas s'il espérait en secret vous voir un jour reformer une famille. Tout serait tellement plus simple si nous pouvions nous brancher sur la tête des enfants comme sur une station de radio, n'est-ce pas ?

La directrice haussa les sourcils avec une bienveillance blasée.

— Bien, je suis certaine que vous arriverez à démêler cette histoire. Dites bien à Spencer que nous ne lui en gardons pas rancune, mais comme nous le rappelons sans cesse, mieux vaut s'exprimer avec sa bouche qu'avec ses poings.

— C'est entendu.

Zoe se leva, les genoux faibles.

Cette conversation signait la fin de toutes les douces rêveries dont elle aurait pu se bercer sur un séduisant médecin.

Spencer observa un silence inquiétant jusqu'à ce qu'ils franchissent le portail de l'école. Ce ne fut que lorsque Zoe tourna sur la colline, déviant de leur route habituelle, qu'il s'anima.

— Où on va, maman ? demanda-t-il alors qu'ils étaient à l'arrêt au feu près de la gare.

— Chercher Caramel chez Rachel.

— Youpi ! On pourra l'emmener au parc après ? Et aller voir les autres chiens ?

Zoe se retourna sur son siège.

— Ce n'est pas une sortie pour le plaisir, Spencer. Mme Barratt a estimé que tu devais rentrer à la maison pour te calmer. Je ne suis pas contente du tout que tu te sois battu avec Callum ! C'est ton copain, en plus !

La bouche de Spencer se mit à trembler.

— Non, c'est plus mon copain.

— Qu'est-ce qu'il t'a dit ? Tu peux me le dire à moi.

Mais les lèvres du petit garçon se raidirent en un étau rebelle.

Lorsque la circulation reprit, Zoe se renfonça dans son siège, laissant échapper un soupir désespéré. Spencer et Leo avaient été des enfants si faciles et accommodants jusqu'à présent, elle ignorait si elle possédait les qualités parentales requises pour s'occuper d'un vrai petit dur.

Derrière elle, Spencer se mit à envoyer des coups de pied dans le dossier de son siège. Elle alluma la radio pour ne pas l'entendre.

Lorsqu'ils arrivèrent au chenil, ils trouvèrent Megan dans le bureau, en train de donner à Caramel l'une des nombreuses leçons de deux minutes dont elle parsemait sa journée de garderie.

Zoe se félicita de voir la queue potelée du chiot remuer à sa vue ; c'était la première réaction simple dont elle était témoin depuis le matin. Megan aussi semblait heureuse de les voir, presque autant que son élève.

— Hello ! Vous arrivez à point nommé. Visez un peu ça ! Caramel ? Caramel ! D'accord, repose-le, s'il te plaît, Spencer. Caramel, assis !

Elle leva la main sans révéler si celle-ci contenait ou non un biscuit et le derrière de Caramel tomba docilement sur le sol.

— Bon chien !

Toute gâteuse de son protégé, elle lui donna une friandise en douce.

Zoe se demanda combien de temps il avait fallu à Bill pour apprendre à Lulu à tenir un biscuit en équilibre sur son museau et si ce tour était à la portée de son labrador.

— Il a été sage ? s'enquit-elle sans quitter des yeux Spencer, occupé à jouer avec le chiot dans un coin de la pièce.

— Comme une image, comme toujours. Avec Freda, on le glisserait bien dans notre poche. Pas vrai, Freda ?

— Hmm.

Derrière le bureau, la vieille dame recopiait les messages téléphoniques à l'intention de Rachel tout en suivant d'un œil les pérégrinations de Spencer, qui s'était mis à fouetter à la volée le présentoir à brochures. Ses gestes saccadés envoyaient valdinguer les photocopies de fiches-conseils sur l'éducation canine autour de Caramel, qui galopait sous le tourniquet.

— Si tu emmenais Caramel voir les autres chiens ? suggéra Zoe, dans le souci de lui trouver une nouvelle distraction avant qu'il renverse le dispositif. Sois gentil et calme, Spencer. Et ne les enquiquine pas.

Freda ouvrit la bouche, sans doute dans l'idée d'émettre une objection, mais Spencer se lançait déjà en trombe vers la double porte coupe-feu. Zoe se lança à sa poursuite, mais ce fut Megan qui le rattrapa la première.

— Je vais l'accompagner, dit-elle. Toi, reste ici, prends un café. On dirait que tu as eu une sale journée. Viens, Spencer. Si on mettait sa laisse à Caramel pour l'y habituer ? Non, pas trop serré. Tiens-la comme ça…

Zoe regarda Megan donner à Spencer des instructions fermes, comme celles qu'elle adressait à Caramel, puis les conduire tous les deux hors du bureau.

Lorsque les lourds battants se refermèrent dans leur dos, un silence s'abattit sur la pièce. Les épaules de Zoe s'affaissèrent.

— Vous êtes très en avance, remarqua Freda. Tout va bien, au moins ?

Zoe se mordit la lèvre.

— Oui, oui.

— Un café ne serait toutefois pas de refus, je me trompe ?

Alors que Zoe opinait de la tête, elle sentit son téléphone portable vibrer dans son sac à main. David, probablement.

Elle se tâta, puis se rappela que la foutue copine et les foutus cadeaux de son ex-mari se trouvaient à la source du problème. S'emparant de l'appareil, elle répondit tant qu'elle était encore en rogne.

— Qu'est-ce que c'est que ce bordel, Zoe ? lança David sans s'encombrer de civilités. Je viens d'apprendre que mon fils s'est fait virer de l'école ! Que s'est-il passé ? Personne n'a voulu m'en dire plus.

Zoe jeta un regard à Freda, qui se retirait avec tact dans la cuisine, emportant les tasses sales et, après avoir articulé des excuses silencieuses, se tourna vers la fenêtre.

— Pas la peine d'en faire un drame, David. Il n'a pas été viré, je l'ai juste ramené à la maison pour l'après-midi. Il refuse de me dire pourquoi il s'est battu. Il est très morose en ce moment, je ne veux pas aggraver son état.

— Bon sang, Zoe, il est trop petit pour se battre ! Il n'a que sept ans ! Qu'est-ce que ce sera plus tard, s'il commence comme ça ? Il séchera les cours pour voler dans les magasins ? Je te rappelle que tu as la garde, parce que tu as affirmé que tu étais la mieux placée pour t'occuper de tout ça.

Elle laissa son regard s'évader par la fenêtre. Dans le verger, Rachel lançait des balles à deux terriers. Une telle paix se dégageait de ce tableau, avec la forêt en arrière-plan et les rangées de pommiers. Rachel jetait la balle d'un long et élégant mouvement, tandis que les chiens bondissaient à sa poursuite avec zèle pour rapporter l'objet à ses pieds afin qu'elle recommence. C'était facile. Sans accroc.

— Je m'en occupe, répondit-elle d'une voix tendue. Mais je ne crois pas que ça facilite les choses de leur avoir… de leur avoir présenté Jennifer si tôt, se força-t-elle à dire.

David laissa échapper un soupir exaspéré.

— Si tôt ? Allons donc ! On est ensemble depuis…

Il s'arrêta net.

— Vas-y, je t'en prie, l'encouragea Zoe dans un élan masochiste. De toute façon, ça ne peut pas être plus que je ne soupçonne. Et puis tu as eu ton divorce maintenant, tu peux avouer la vérité, ça ne changera rien.

— Ça n'a pas d'importance depuis quand ? fulmina David.

Elle avait beau ne plus avoir le moindre petit sentiment pour lui, Zoe sentit quelque chose se flétrir en elle. Quelle chiffe molle, se reprocha-t-elle. Décidément, elle laissait tout le monde la piétiner.

— Il faudra bien qu'ils comprennent tôt ou tard que nous faisons chacun notre vie, insista-t-il. Ils doivent se faire à l'idée qu'on ne se remettra pas ensemble.

— Et, en attendant, c'est moi qui paie les pots cassés ?

Rachel lançait désormais deux balles en même temps, à la plus grande joie des terriers. Un instant, Zoe regretta de ne pas mener la même existence qu'elle : une vie cosmopolite, d'un glamour atypique digne de magazines, qu'elle traversait juchée sur ses longues jambes, sans attaches. Personne ne marchait sur les pieds de Rachel Fielding. Rachel Fielding faisait ce qu'il lui chantait et obtenait ce qu'elle voulait.

À peine avait-elle formé cette pensée que Zoe voulut l'effacer de son traître de cerveau. Histoire de retourner le couteau dans la plaie – de qui ? elle n'en était pas tout à fait certaine –, elle crut bon d'ajouter :

— Et je ne vois personne, moi. J'essaie de faire passer les enfants avant tout le reste.

— Si tu veux jouer les nonnes, libre à toi, ce n'est pas mon problème. Spencer, si.

Son ton était tellement moralisateur. Ah, il ferait moins le malin si elle venait à lui envoyer les notes d'honoraires du psy pour enfant !

Elle se frotta les yeux. S'abaisser à des vacheries n'arrangerait en rien le problème.

— Dès que j'aurai trouvé ce qui ne va pas, je te ferai savoir ce que tu peux faire de ton côté, déclara-t-elle sur le ton calme que Mme Kennedy avait employé avec tant de succès pour s'adresser à Spencer. En attendant, tu devrais peut-être aller à la bibliothèque pour emprunter un livre sur les façons d'aider un enfant à faire face au divorce de ses parents. Et un aussi pour ta copine, de préférence pas *Blanche-Neige*.

— Très drôle, grogna David.

Et il raccrocha.

Freda pointa la tête dans l'entrebâillement de la porte.

— Vous avez fini, mon chou ? s'enquit-elle en lui présentant une tasse de café. J'ai mis deux sucres, je me suis dit que ça ne pouvait pas faire de mal.

— Merci.

Zoe s'affala sur une chaise, elle sentait à peine la chaleur de la tasse dans le creux de ses paumes. Un tonnerre d'aboiements leur parvenait du couloir. Pourvu que Spencer ne fasse pas des siennes, pria-t-elle. C'était bien la dernière chose dont elle avait besoin, que Megan décrète que Caramel et les Graham n'étaient plus les bienvenus au chenil.

— Est-ce que ça devient plus facile avec le temps ? D'être parent ?

— Oh, que non. Notre Lynne, Dieu la protège, était une vraie terreur. Elle nous en a fait voir de toutes les couleurs : les motos, les petits copains tatoués, tout ! Et puis elle s'est envolée pour la Nouvelle-Zélande et s'est mariée là-bas. Aujourd'hui, nous ne savons presque rien de sa famille, constata Freda avec un sourire empreint de tristesse. Mais on finit par s'habituer à toujours se faire du souci. C'est la raison pour laquelle nous avons décidé d'accueillir les chiens de Dorothy, avec Ted. C'était un moyen de détourner nos inquiétudes.

— Vers quelque chose d'assez petit pour le garder sur vos genoux.

Zoe sirota son café. Entre le chaos qui régnait chez elle et la folie au travail, le refuge commençait à devenir l'unique endroit où elle parvenait à se détendre, même avec toute une meute de chiens errants jappant à pleins poumons.

— Malgré tout, il faut en profiter tant qu'on le peut encore, ajouta Freda contre toute attente. Parce que, avant qu'on ait le temps de s'en rendre compte, ils ne sont déjà plus là et on se retrouve à dire à un yorkshire que sa maman l'aime.

Zoe considéra la vieille dame, décelant sous ses dehors affairés une mélancolie qui lui avait jusque-là échappé. Elle s'apprêtait à la questionner plus amplement lorsque la porte s'ouvrit brusquement sur Megan, accompagnée de Caramel en laisse. Spencer traînait derrière d'un air boudeur, qui n'était pas sans rappeler David lorsque son équipe perdait un match à domicile.

— Spencer… commença Zoe d'une voix sévère.

Mais Megan l'arrêta d'un geste de la main. Elle paraissait moins enjouée que de coutume, cependant ses mâchoires crispées suggéraient sa détermination à ne pas perdre son sang-froid.

— Du dressage ! lança-t-elle gaiement. C'est ce qu'il faut à Spencer. Il va apprendre à Caramel un nouveau tour, et Caramel va lui apprendre la patience.

Ni le chiot ni le petit garçon ne paraissaient particulièrement convaincus, mais sans s'y arrêter, Megan sortit ses friandises et capta le regard de Zoe.

— Tu veux te joindre à nous, Zoe ? On va apprendre le « Reste là ». Et ça risque de demander pas mal d'entraînement !

Si Spencer avait décidé de faire les quatre cents coups pour attirer l'attention, Leo paraissait avoir opté pour la tactique inverse. Il ne se fit donc pas prier pour aller se coucher après son bain.

Ses paupières tombaient dans l'obscurité cotonneuse de la chambre lorsque Zoe le borda.

— Est-ce que je suis sage ? lui murmura-t-il.

Son cœur se serra.

— Oui, tu es mon gentil petit garçon à moi.

Le temps qu'elle dépose un léger baiser sur son front, il dormait déjà. S'il ne faisait pas semblant de manière très convaincante.

Zoe autorisa Spencer à se coucher dix minutes plus tard parce que c'était « un grand garçon », mais surtout pour s'accorder un moment tranquille en tête à tête avec lui.

Blottis l'un contre l'autre sur le canapé, ils écoutèrent l'une de ses cassettes d'histoires enfantines pendant que Caramel dormait entre eux, en boule sur les genoux de Zoe, les pattes sur la jambe de Spencer. Leur respiration se mêlait dans cette douce odeur de chiot et d'enfant que Zoe aimait tant. Elle grava le visage assoupi de Spencer dans son esprit, la courbe de ses cheveux duveteux autour de son oreille, le lustre de nectarine de sa peau parfaite. Bientôt, il ne se pelotonnerait plus sur ses genoux, mais, pour l'instant, il était encore son bébé. Elle n'arrivait pas à imaginer ce petit ange docile en train de décharger sa frustration sur un autre.

Elle caressa sa tête, encore toute chaude du bain.

— Spencer, tu me le dirais si tu étais malheureux, hein ?

Il ne répondit pas. Peut-être dormait-il.

— Tu peux tout me dire, parce que je t'aime. Je t'aimerai toujours, et papa aussi. Quoi qu'il arrive, tu seras toujours la chose la plus précieuse au monde pour nous.

Il demeura silencieux, au grand soulagement de Zoe. Elle aimait autant ne pas avoir à lui expliquer une réalité qu'elle n'appréhendait pas très bien elle-même. Avec David, ils s'étaient aimés passionnément. Les enfants avaient presque immédiatement suivi, comme le témoignage d'une union parfaite, l'œuvre du destin. Et puis ils avaient découvert de plus en plus de détails qui leur déplaisaient chez l'autre, au point que David s'était réfugié dans le travail. Avec Jennifer. Elle ne comprenait toujours pas comment ils en étaient arrivés là, pourtant elle était adulte.

Ses yeux tombèrent sur la photographie où ils posaient tous les quatre sur un petit train dans le Lake District. Leurs dernières vacances en famille. Elle avait l'impression que ce souvenir appartenait à quelqu'un d'autre, à une autre vie. Enfin, pas pour elle. Elle avait conservé la même existence, ou du moins ce qu'il en restait, tandis que David prenait son envol et recommençait de zéro. Il lui avait fallu mobiliser toutes ses forces pour laisser le portrait de famille à sa place sans l'amputer de David comme d'un pied gangreneux.

Peut-être avait-elle eu tort. Peut-être était-ce la raison pour laquelle Spencer croyait que son papa allait revenir pourvu qu'il fût assez vilain.

Sur ses genoux, Spencer s'endormait, la respiration lourde. Elle se pencha pour poser ses lèvres sur sa tête et inhala son odeur ensommeillée. C'était, pour elle, le plus doux des parfums.

— Je t'aime, Spencer, chuchota-t-elle.

Puis elle serra fort les paupières pour empêcher d'impétueuses larmes d'amour de tomber dans ses cheveux.

21

Il fallut à Rachel plusieurs jours pour prendre rendez-vous au cabinet médical, mais seulement quelques minutes au Dr Carthy pour confirmer une grossesse de cinq semaines.

— Félicitations ! dit-il avec un bref sourire avant de lui remettre des brochures informatives dont elle ne se sentait concernée ni de près ni de loin.

Et voilà, songea-t-elle en regagnant la salle d'attente ensoleillée. C'était officiel. Elle consulta docilement son agenda lorsque Lauren lui donna rendez-vous pour un « bilan complet » la semaine suivante, puis reprit le volant jusqu'à Four Oaks dans un état de complète hébétude.

Sans doute devait-elle en parler à George maintenant.

Au fil des semaines, Rachel et George avaient adopté un train-train tacite mais simple. Le samedi soir, ils dînaient chez lui, où la cuisine était toujours excellente ; le mercredi soir, Rachel confiait Bijou à Megan et l'emmenait au restaurant et au cinéma, dans un complexe à l'extérieur de la zone urbaine, sur la route de Hartley, où la pitance laissait à désirer mais donnait à George de quoi la taquiner sur sa nostalgie de la grande ville. Il lui rendait visite presque tous les jours au chenil, « en passant », mais Rachel ne se tracassait pas trop quand il ne faisait aucune apparition. George comprenait qu'il fallait se donner de l'air, ce qui leur convenait à tous les deux.

— Tu sais, j'ai entendu dire que George a soudoyé son suppléant pour qu'il prenne ses urgences du mercredi soir, tout ça pour te voir, plaisanta Megan lorsqu'elle débarqua le samedi soir dans la cuisine, prête à partir. Oh, tu t'es faite belle. Je croyais que vous ne sortiez pas ?

Rachel passa ses mains dans ses cheveux.

— Nous ne sortons pas. Mais ce n'est pas parce que George n'a que deux paires de bottes de pluie, une pour la semaine et l'autre pour le dimanche, que je ne peux pas faire un effort.

Elle portait un jean onéreux, commandé sur Internet dans un moment de cyberfaiblesse, et un T-shirt sous une veste trapèze dénichée dans la garde-robe de Dot. Fabriquée à la main et doublée d'un somptueux satin lavande, elle semblait n'avoir jamais été portée, abstraction faite d'une légère note de Coco.

— Il est temps que je me remue, déclara Rachel en sifflant Bijou.

Toute la journée, elle avait eu l'estomac chamboulé à l'idée de ce qu'elle avait à annoncer. Comment allait-elle s'y prendre ? Toutes les réunions professionnelles du monde n'auraient pu la préparer à cela, et pour cause : il n'existait aucun angle favorable pour présenter cette nouvelle.

Megan n'entendait toutefois pas renoncer aussi facilement à ses commérages.

— S'il faut en croire Freda, tu es la première femme qu'il emmène au pub, et tu sais depuis combien de temps elle et Ted sont dans le coin. Elle dit que George a ce drôle d'air quand il est avec toi. Et elle parle déjà d'acheter un chapeau !

Avisant l'expression de Rachel, elle ajouta :

— Bien sûr, je lui ai dit que c'était beaucoup trop tôt.

Rachel réussit à afficher un pâle sourire.

— En effet.

— Tu vas rentrer tard ?

— Je ne sais pas. Bijou ! Viens ici maintenant ! ordonna-t-elle, plus sèchement qu'elle ne le voulait.

Le border-collie s'approcha à pas furtifs, les oreilles aplaties nerveusement contre sa tête.

— Ne lui fiche pas la trouille, lui reprocha Megan. C'est peut-être un chien de ferme, mais il n'a pas l'habitude d'être brusqué.

Comme Bijou se glissait à côté d'elle, les yeux baissés, Rachel eut la nette impression d'être la pire des incapables. Elle rêvait de se retrouver tranquille, dans son appartement, dans son monde. Elle était plus douée pour la solitude, conclut-elle avant de prendre subitement conscience que cette option ne s'offrirait plus jamais à elle.

— Je ne rentrerai pas tard, Megan.

Jetant son sac sur son épaule, elle empoigna la bouteille de vin qu'elle avait posée sur le vaisselier. C'était pour George, il en aurait bien besoin.

— Prends tout le temps que tu voudras, repartit joyeusement Megan.

George eut beau prétendre qu'il rentrait tout juste d'un agnelage et la recevait à la fortune du pot, Rachel ne fut pas dupe. Un fumet exquis parfumait sa cuisine lorsqu'elle arriva et les tulipes jaunes disposées dans une cruche sur la table ne provenaient assurément pas de son jardin en friche.

Il se lança dans une conversation si décontractée que, durant les vingt premières minutes, le bercement de sa voix fit oublier à Rachel la raison principale de sa venue. Ce ne fut que lorsqu'il déboucha le vin qu'elle redescendit brutalement sur terre.

— Te laisseras-tu tenter ? demanda-t-il en lui présentant la bouteille. Comme je fais du chevreuil, j'ai opté pour un shiraz, mais si tu préfères autre chose, tu n'as qu'à le dire.

Posant le vin près de son verre, il lui indiqua d'un geste de la main un casier à bouteilles généreusement pourvu.

— Ma cave est à ta disposition. Je sais que tu es en quelque sorte experte en la matière.

— De l'eau ira très bien, merci.

— De l'eau ? Quelque chose ne va pas ?

Il fit mine de lui tâter le front, déclenchant sur sa peau un délicieux picotement. Lui non plus n'était pas insensible à ce contact anodin ; ils en étaient encore au stade frémissant où l'intimité physique ne va pas de soi.

Ils s'y prenaient un peu tard, songea Rachel.

— Ne te sens pas obligée de faire semblant de ne pas boire, reprit-il gaiement. Je te rappelle que nous avons déjà dépassé le stade embarrassant du petit coup dans le nez.

— Non, vraiment. En fait, je ne peux pas, je suis…

Rachel serra les poings autour du dossier de sa chaise. Après tout, c'était une entrée en matière comme une autre.

Elle baissa les yeux sur Bijou, qui s'était roulé en boule dans le panier près de l'Aga, pleinement détendu. Sans doute connaissait-il déjà les lieux depuis des années. Il était plus à l'aise qu'elle ici. D'ailleurs, à choisir, il préférerait probablement partager la vie de George que la sienne.

Rachel fut de nouveau saisie par une envie irrépressible de fuir, plus puissante que jamais. C'était un mauvais rêve, forcément.

— Sous antibiotiques ? s'enquit George en remuant une casserole de sauce sur la plaque chauffante. Quelque chose que je devrais savoir ?

— George, je suis enceinte, lâcha-t-elle. Je sais que c'est irresponsable et stupide, mais tu n'as rien à faire ou à dire. Je voulais simplement que tu le saches. Si tu ne veux pas que la nouvelle se répande, pas de problème. Tout le monde croira qu'Oliver est le père, de toute façon. Si c'est ce que tu souhaites.

Un recoin brumeux de son cerveau nota que ses mots s'étaient affranchis de sa pensée à l'instant où ils passaient ses lèvres, mais il était déjà trop tard.

La main de George se figea. Calmement, il ôta la casserole du feu pour la poser sur un dessous-de-plat en fer. Puis il se retourna pour lui faire face.

— Comment ça, je n'ai rien à faire ?

— Je veux dire que tu n'as pas à me demander en mariage ou je ne sais quoi. J'ai décidé de garder cet enfant. Le moment n'est pas le mieux choisi et je sais que ce n'est pas ce que tu avais prévu, ce n'est sûrement pas non plus la façon dont j'aurais fait les choses, mais n'essaie pas de m'en dissuader, s'il te plaît. Je serais bien incapable de l'expliquer, ce n'est pas du tout rationnel, mais je veux avoir ce bébé.

Rachel n'aurait su dire d'où sortaient ces paroles. Une chose était sûre, ce n'étaient pas celles qu'elle avait répétées.

— S'il te plaît…

George se passa la main sur le visage et l'y laissa, absorbé dans ses réflexions. Lorsqu'il la retira enfin, il révéla une expression incrédule.

— Laisse-moi juste mettre les choses au clair. Tu crois que je vais essayer de te convaincre d'avorter ? Franchement, tu crois vraiment que j'en suis capable ? On ne se connaît pas très bien, d'accord, mais j'ose espérer que tu as une plus haute opinion de moi.

— Je ne…

Rachel s'interrompit en prenant subitement conscience qu'elle avait fondé toute son approche sur la réaction qu'aurait eue Oliver face à une telle nouvelle. Pas George. Elle venait tout bonnement de l'accuser de vouloir fuir ses responsabilités.

Il continua de la dévisager.

— Et puis n'es-tu pas supposée commencer autrement ? Je ne sais pas, peut-être : « Chéri, j'ai une merveilleuse nouvelle à t'annoncer ! » Pour quelqu'un qui veut tellement cet enfant, tu n'as pas l'air ravie.

— Bien sûr que si. Et c'est une merveilleuse nouvelle, c'est vrai. C'est juste que…

Un fourmillement s'empara du ventre de Rachel. La conversation prenait un très mauvais tour. Si George ne fulminait pas comme l'aurait fait Oliver, il paraissait soudain distant. D'instinct, ses mécanismes de défense se mirent en branle.

— Dans le fond, tu as raison. Je ne sais pas grand-chose de toi. Je ne voulais présumer de rien. J'avais peur que tu penses que c'était un coup monté, que j'avais exploité ton sperme comme une espèce de foldingue.

La perplexité se joignit à l'outrage sur les traits du vétérinaire.

— Un coup monté ? Mais comment ? Enfin, quoi, ne me dis pas que certaines femmes font ça ! Excuse-moi de ne pas être à la page, Rachel, mais je ne suis qu'un péquenaud de la cambrousse.

Les éclats de voix provoquèrent un geignement de Bijou, qui rentra un peu plus sa tête dans la courbe formée par son corps.

Rachel se laissa tomber sur sa chaise et enfouit son visage entre ses mains. Bien sûr que George ne serait pas allé s'imaginer quelque plan machiavélique. Il ne lisait pas *Grazia*, ne connaissait pas une tripotée de femmes rendues folles par les tentatives de fécondation *in vitro* et n'entendait pas les tourments de maîtresses carriéristes. George était un célibataire vieux jeu bien sous tous rapports. Non que cela rende les relations avec lui plus simples qu'avec l'homme marié et fuyant dont elle avait l'habitude.

Ce n'était pas parce qu'il avait déclaré ne pas avoir particulièrement envie de fonder une famille qu'il renoncerait à ses droits parentaux. Peut-être même insisterait-il pour l'épouser. Elle n'avait pas envisagé cette possibilité. Pas davantage que celle qu'il puisse avoir son mot à dire sur la destinée de cet enfant ou de sa mère.

Une porte se referma avec un cliquetis glaçant sur son indépendance et un frisson courut dans ses veines. Elle pouvait partir avec un enfant, mais pas avec l'enfant d'un homme qui souhaitait occuper sa place de père.

— Excuse-moi, je m'y suis mal prise.

— C'est le moins qu'on puisse dire.

Il leva la bouteille de vin pour lui en servir.

— Non, George, lui rappela-t-elle. Je n'ai plus le droit de boire.

— C'est vrai.

Il la considéra un instant, puis remplit son propre verre à ras bord. Après avoir bu une longue lampée, il s'attabla en face d'elle, visiblement rasséréné.

— Eh bien, félicitations !

Un instant, Rachel crut qu'il allait se lever pour la prendre dans ses bras, mais son langage corporel dut l'en décourager car il ne bougea pas de sa chaise. Elle lorgna avec envie la bouteille de vin. Juste quand elle en avait vraiment besoin !

— Merci.

— Comment te sens-tu ?

— Un peu nauséeuse. Un peu grosse. Je n'ai jamais été enceinte, observa-t-elle avec une grimace. Tu devrais peut-être m'expliquer ce qui m'attend.

George eut un rire nerveux.

— Quoi ? Tu veux entendre que tu vas mettre bas dans neuf semaines et que je serai prêt à intervenir avec mes gants en caoutchouc ?

— Je peux avoir un peu d'eau, s'il te plaît ?

Elle but avidement le verre qu'il lui versa de la grande carafe sur la table, agrémentée de glaçons et de morceaux de citron. Soudain, les efforts qu'il avait déployés l'air de rien – les belles assiettes, l'argenterie, les tulipes achetées chez le fleuriste – lui donnèrent envie de pleurer. Du rendez-vous prometteur au fiasco, il avait suffi d'une phrase.

Ils demeurèrent silencieux un moment dans le bouillonnement des cocottes sur le feu et le souffle de l'Aga qui se rallumait. Autant de bruits qui, une semaine plus tôt, l'auraient réchauffée, enfiévrée à l'idée de cette relation naissante avec un homme qui savait cuisiner et apprécier le vin.

George se frotta de nouveau le visage.

— Écoute, c'est ma faute. Je n'ai pas été, euh, synchro pour le préservatif. Je t'avais prévenue que je manquais d'entraînement.

Il leva sur Rachel des yeux qui trahissaient son anxiété.

— Je suis aussi responsable que toi, corrigea-t-elle, attendrie. Je n'aurais pas dû être éméchée au point de ne rien remarquer. Au point de finir au lit avec toi, pour commencer. Mais ce qui est fait est fait. Je ne crois pas que mon père va rappliquer pour te donner des coups de fouet.

— Tu en as parlé à tes parents ?

Elle secoua la tête d'un air désabusé.

— À personne sauf à toi. D'un côté, ça rendrait ma mère folle de joie d'avoir un autre petit-enfant, mais aussi folle tout court qu'il soit le fruit d'une aventure sans lendemain. Elle m'imaginait déjà en train de fonder un sanctuaire pour chats, pour compléter le refuge pour chiens de tante Dot.

Elle déglutit, s'efforçant de garder un ton léger pour conclure :

— Pas en fille-mère d'un enfant dont je viens de rencontrer le père.

— Arrête un peu avec ce je-m'en-foutisme, c'est sérieux. Tu peux lui dire que tu ne seras pas seule. Tu peux compter sur mon soutien sur le plan financier et… et aussi sur le plan affectif, si tu le veux.

— C'est un bébé, George, pas une inspection fiscale.

Elle n'arrivait pas à déterminer si son incapacité à la prendre avec fougue dans ses bras et lui assurer que tout se passerait bien l'agaçait ou si elle préférait encore cette passivité à la condescendance que supposait un tel geste.

— Je sais, dit-il en se mâchouillant la lèvre. Je sais. Excuse-moi, j'essaie juste d'accuser le coup. C'est-à-dire que je vais être père. Et je ne connais même pas ta date d'anniversaire.

— Nous devrions peut-être sortir nos passeports. De toute façon, j'ai encore neuf mois pour deviner tous tes prénoms.

— Ce n'est pas drôle.
— Je sais.
Rachel ferma les yeux. La plaisanterie était sa manière à elle de gérer le bouleversement qui se produisait dans sa vie, mais elle ne tenait pas à ce que de fausses idées se forment dans l'esprit de George. C'était le danger lorsque l'on ne connaissait pas quelqu'un assez bien.
— Je ne vais te le demander qu'une fois, mais je dois le faire, dit-il d'une voix basse mais douce. Es-tu vraiment certaine de vouloir cet enfant ?
Les yeux de Rachel s'écarquillèrent brusquement.
— Oui, bien sûr que oui.
— C'est juste que… enfin, il n'y a pas de façon douce de le dire…
Il semblait se débattre avec les mots.
— Juste que quoi ? Vas-y, lance-toi !
Rachel le dévisagea. Elle sentait en lui la force d'une personnalité aussi butée que la sienne et poursuivit sa chute aveugle, déterminée à forcer le pire.
— Nous ne sommes plus des enfants, observa-t-elle. Et nous ne risquons pas de foutre en l'air notre mariage.
— C'est juste que, hier encore, tu défendais avec beaucoup de conviction toutes les raisons de ne pas vouloir d'enfant, que ce soit maintenant ou plus tard. Tes moquettes blanches, tes vacances. Tu te souviens ?
Il braqua sur elle ses yeux clairvoyants.
— Ne me dis pas que ça a changé du jour au lendemain. La femme indépendante qui vit sa vie, je comprends parfaitement, tu sais. Bref, ce que je veux dire, c'est que je n'en ferai pas une maladie si tu décidais de ne pas le garder. C'est ta vie.
— Comment ? riposta-t-elle, même si elle ne savait pas vraiment à quoi. Entendre ça de la bouche d'un homme qui s'estime parfaitement heureux de vivre sans le stress de faire plaisir aux autres ! Un homme qui aime garder son temps libre pour lui seul et ignore le téléphone !

Il leva les mains dans un geste défensif.

— J'essaie juste de comprendre ce qu'il se passe. C'est une décision importante et, en ce moment, ce sont probablement tes hormones qui parlent.

Rachel eut un mouvement de recul. Ses hormones ? Comme si le cerveau s'arrêtait de tourner pendant une grossesse. Cet homme n'avait décidément jamais eu de femme dans sa vie.

— Je sais que c'est une décision importante, rétorqua-t-elle d'un ton brusque. Mais je ne suis pas la première femme à avoir un enfant qu'elle ne prévoyait pas. Ou à changer d'avis pour sa fichue moquette face au fait accompli. Tout a changé pour moi en seulement quelques semaines.

Elle fit un geste en direction de Bijou, qui ronflait dans le panier.

— C'est vrai, regarde. J'ai fait une croix sur la moquette blanche, de toute façon. Et je ne crois pas pouvoir retrouver un jour ma vie d'avant.

Elle marqua une pause, lors de laquelle elle prit conscience de la sincérité de ses mots.

— Je ne le veux pas, d'ailleurs. Ce que j'ai maintenant, c'est du réel. C'est à moi.

George ne répondit rien. Il ne la connaissait pas suffisamment pour comprendre ce qu'elle entendait par là.

— Tu n'as pas à jouer un rôle là-dedans, s'empressa-t-elle d'ajouter. Je ne suis pas venue ici pour te forcer à… je ne sais pas, moi, à m'épauler. Si je t'en parle, c'est parce que tu es en droit de savoir. Et parce que…

Sa voix se coinça dans sa gorge. George était l'incarnation même de la fiabilité rurale pour l'instant, mais fut un temps où elle croyait aussi Oliver digne de confiance. Et aimant. Il fallait voir où cela l'avait menée. Ne ferait-elle pas mieux de prendre un nouveau départ, seule, sans risquer une nouvelle déception ?

— On dirait plutôt que tu n'as pas envie que je joue un rôle là-dedans, observa George.

— D'accord. Dis-moi ce qui a changé dans ta vie à toi ? Rien. Tu as toujours des journées interminables, un boulot asocial. Tu ne peux même pas dire que tu as rencontré la femme qu'il te faut, puisque tu me connais à peine.

— Ce qui a changé, c'est que je pourrais bien être père, répondit-il simplement. Et ça, ça change tout.

Rachel garda le silence le temps que le soulèvement dans sa poitrine s'apaise. Ce n'était pas les hormones, mais un élan soudain qui la portait vers un homme a priori convenable et fort. Elle ignorait quelle sorte de mère elle ferait après tout. Cependant, George et elle ne pouvaient feindre d'être unis par un lien qu'ils n'avaient pas encore eu le temps de tisser. Elle n'avait pas tourné le dos à une vie de mensonges pour en entamer une nouvelle bâtie sur une imposture d'un autre genre, même pour des raisons fort valables.

— Alors, que faut-il en conclure ?

— Je ne sais pas. Je ne tiens pas à ce que tu agisses par sens du devoir, si tu n'en as pas envie.

Elle appuya le bout de sa langue contre ses incisives jusqu'à ce que c'en fût douloureux.

— En fait, je ferais mieux de te laisser. J'ai eu quelques jours pour tourner et retourner tout ça dans ma tête, ce n'est que justice de t'accorder aussi un temps de réflexion.

— Rachel, s'il te plaît…

Cela semblait étrange de l'entendre prononcer son nom. Elle repoussa sa chaise, consciente de ne contribuer qu'à envenimer la situation.

— Je vais y aller. Je suis désolée pour le dîner, ça sent très bon. Bijou ?

George se leva à son tour.

— Si c'est ce que tu souhaites…

— Oui.

Non. Ce qu'elle souhaitait, c'était qu'il la prenne dans ses bras et lui assure que tout allait bien se passer, qu'ils étaient faits l'un pour l'autre, que Dot avait donné un coup de pouce au destin en l'attirant à Longhampton. Mais elle était trop adulte pour gober ces belles histoires. Et George aussi.

Bijou quitta à contrecœur le panier, chancelant sur ses longues pattes, et les regarda l'un et l'autre comme s'il réclamait une explication à ce départ précipité.

Rachel tendit la main vers lui.

— Viens.

— Je t'appelle, lui dit George avant de secouer la tête. J'aimerais savoir quoi dire mais je suis…

— Je sais, l'interrompit tristement Rachel. Moi aussi.

La soirée était gâtée à présent. L'atmosphère avait tourné, comme du lait laissé hors du réfrigérateur.

— Je te raccompagne.

George la suivit jusqu'à la porte. Là, il se pencha vers elle pour l'embrasser sur la joue au moment même où elle faisait un écart pour éloigner Bijou d'un hérisson roulé près de la marche. Lorsqu'elle s'aperçut de ce qui s'était produit, le baiser s'était évaporé dans l'air et George prenait congé d'un geste maladroit de la main.

Les nausées matinales apparurent quelques jours plus tard, accompagnées d'une fatigue extrême et de haut-le-cœur à la seule vue des boîtes de tripes mijotées des chiens. La pauvre Megan, toujours convaincue que son virus grippal était responsable du teint verdâtre de Rachel, insista pour la dispenser de ses tâches au chenil jusqu'à son rétablissement.

— Reste au lit, l'implora-t-elle lorsque Rachel se traîna dans la cuisine à 8 heures, après avoir échoué à se lever à l'appel de la traditionnelle tasse de thé. S'il te plaît ! Je culpabilise déjà assez sans t'envoyer promener les chiens.

Rachel se mit à trier le courrier sur la table en pin.

— Je vais bien, je t'assure. Et puis il y a tellement à faire, je ne peux pas te laisser… Oooh…

Elle empoigna une chaise et s'y écroula, submergée par une vague nauséeuse.

— Excuse-moi. Tu t'es préparé un sandwich au bacon ce matin ?

Megan l'étudia avec des yeux inquiets.

— Il y a une heure, à peu près. Tu es sûre que tu ne veux pas retourner te coucher ? Freda va débarquer d'une minute à l'autre et les lycéens viennent aujourd'hui.

— Sûre et certaine. J'ai un tas de choses à boucler.

— Oh, pour les portes ouvertes ?

Le visage de Megan s'illumina. Son enthousiasme pour l'événement dépassait celui de Rachel et de Natalie, qu'elle révérait comme deux cracks des affaires depuis qu'elles avaient accouché du projet.

— J'ai eu une idée de génie ! Freda pourrait tenir un stand de sandwichs au bacon. On pourrait les vendre pour 2 livres et informer tout le monde qu'ils sont gratuits pour les promeneurs bénévoles.

Rachel déglutit péniblement à cette pensée.

— Excellente idée, Megan. Tu veux bien la noter sur le pense-bête ?

Tandis que la jeune femme griffonnait joyeusement sa proposition sur le tableau blanc près de la porte, Rachel sépara le courrier des réclames, principalement des offres de supermarché et des catalogues d'aliments pour animaux. Son cœur se serra à la vue de deux ou trois enveloppes à l'aspect officiel. Les démarches d'homologation progressaient. Elle avait attesté sur l'honneur tout ce qu'on lui demandait d'attester et, selon Gerald Flint, elle devait s'attendre à recevoir d'un jour à l'autre le montant des droits de succession.

Prenant une profonde inspiration, elle décacheta l'enveloppe en papier kraft, haletant lorsque ses yeux se posèrent sur le total à payer.

— Mauvaises nouvelles ? s'enquit Megan.

— Ça dépend.

C'était plus ou moins le discours que lui avait tenu Gerald Flint après avoir reçu les dernières estimations de l'agent immobilier. « Il y a du bon et du mauvais », avait-il dit. Les bonnes nouvelles, c'était qu'elle était exonérée de droits de succession sur le chenil puisque c'était une entreprise et que le terrain derrière la maison avait été évalué à une coquette somme ; la mauvaise, c'était évidemment que la note fiscale serait affreusement salée. Près de 200 000 livres, à en croire le courrier.

Elle ferma les yeux. Les rouvrit. Le monstrueux montant n'avait pas bougé. Son cœur se ratatina dans sa poitrine lorsqu'elle lut la lettre dans le détail : elle devait s'acquitter d'un premier versement immédiatement, puis du reste dans les douze mois à venir. Alors la maison, le pré et les dépendances qui valaient a priori tant d'argent lui appartiendraient, et avec eux les brosses en argent, les albums d'Acker Bilk et les vestiges de la vie de Dot.

Pour payer les droits, il lui faudrait vendre la maison. Pour vendre la maison, il lui faudrait payer les droits. Une logique digne d'*Alice au pays des merveilles*, que son cerveau était bien incapable d'intégrer pour l'heure.

Elle fourra le courrier dans le grand agenda de bureau qui reposait sur la table de la cuisine et se retourna aussi gaiement que possible vers Megan.

— Bien ! Je crois qu'un petit bol d'air frais ne me ferait pas de mal ! Qui a besoin d'être promené ? Lentement, si possible ?

L'implacable routine du chenil détourna l'esprit de Rachel de ses nausées et des droits de succession les quelques jours qui suivirent, cependant elle ne pouvait s'empêcher de remarquer que George ne s'était toujours pas manifesté et que Natalie ne lui avait plus rendu visite avec Bertie depuis le jour où elle lui avait donné le test de grossesse.

Rachel regrettait la compagnie tranquille de la jeune femme à la table de la cuisine, d'autant qu'elle avait le sentiment que le problème des droits de succession serait aisément réglé au moyen de quelques solutions concrètes si cette dernière y jetait un coup d'œil. Elle cherchait du regard son manteau rouge lorsqu'elle promenait les chiens et avait même envisagé de lui téléphoner pour lui annoncer que Gerald Flint lui avait donné le feu vert pour organiser les portes ouvertes à la date de son choix. Mais sa main s'était figée sur le combiné. Elle savait qu'elle devrait alors lui parler du bébé, or elle ne voulait pas lui mentir.

Il était encore tôt, songea-t-elle en lançant une balle après l'autre aux staffies dans le verger. Selon les brochures et Internet, on n'était pas censé annoncer la nouvelle à quiconque avant trois mois, au cas où quelque chose tournerait mal. Or toutes sortes de choses pouvaient dégénérer à son âge. Un soir, elle avait dû éteindre son ordinateur tant ses lectures l'angoissaient.

Et Val ? Incessamment, il lui faudrait le lui annoncer. Cela dit, elle n'était pas à quelques semaines près non plus. En le disant à sa mère, elle franchirait un point de non-retour. Ce serait le début des explications, de l'angoisse, de l'émoi. Et si un problème survenait…

Il était des secrets qu'elle préférait garder pour elle plutôt que de les déballer aux yeux de la famille comme des médailles de malheur. Cette pauvre Rachel ! Elle était déjà la pauvre Rachel, de toute façon.

La solitude déferla sur elle comme un raz-de-marée et lorsqu'elle baissa les yeux sur les petites bouilles impatientes des terriers, si faciles à contenter, elle eut envie de pleurer.

Étant donné qu'elle se sentait bien plus d'aplomb en fin de journée, elle donna à Megan sa soirée du mercredi et alla s'installer dans le bureau du chenil, où elle pouvait étudier le courrier de l'administration fiscale tout en surveillant les chiens d'une oreille. Jamais elle n'aurait voulu reconnaître qu'elle se sentait mieux en leur compagnie, avec le murmure de Radio 4 en fond sonore.

Elle pressa ses paumes contre ses yeux, se forçant à faire preuve de sens pratique. En vendant la rivière de diamants de Dot, ses propres bijoux et en liquidant le moindre investissement dont elle pouvait se targuer, elle réussirait à peu près à régler le premier versement. Mais pour le reste ? Que pouvait-elle brader d'autre ? La maison pour payer le chenil ou le chenil pour payer la maison ?

Elle sortit son répertoire et contacta un ancien camarade d'université qui travaillait dans les finances. Les différentes options qu'il lui exposa ne lui redonnèrent guère espoir. S'il fallait lire en filigrane les remarques de l'agent immobilier, il serait plus simple de raser Four Oaks et de vendre le terrain à des promoteurs plutôt que de se lancer dans la rénovation d'une bâtisse qui présentait de graves vices. D'autant que les établissements financiers ne se bousculeraient pas au portillon pour prêter de l'argent à une responsable de relations publiques sans emploi à la tête d'un chenil qui n'avait réalisé aucun profit depuis sept ans.

Bijou somnolait à ses pieds, le museau parfois secoué de tics. Elle pourrait peut-être louer ses services à une société de télévision. Ou vendre à Channel 4 le concept d'une nouvelle émission de téléréalité : « J'ai hérité d'un chenil au-dessus de mes moyens. »

La sonnette de la dépendance l'interrompit dans ses réflexions. Lorsqu'elle ouvrit la porte, George patientait sur le seuil, une caisse de transport en plastique à la main et, sur le visage, le professionnalisme mêlé de rancune contre la terre entière qu'il affichait toujours lors des livraisons. Rachel éprouva un étrange cocktail d'émotions, entre malaise et soulagement.

— Désolé de déranger, j'ai un colis pour toi.

Elle s'efforça d'avoir l'air naturelle.

— Qu'est-ce que c'est ? Le dîner ?

— Pas vraiment, sauf si tu aimes les saucisses sur pattes.

Il entra avec la caisse, d'où s'élevèrent de faibles gémissements.

— C'est un teckel.

Bijou dressa les oreilles au son de la voix du vétérinaire, visiblement moins endormi qu'il ne le paraissait.

— Oh, bien. Je devrais peut-être appeler Megan ? Elle a pris sa soirée.

Elle s'apprêtait à décrocher le téléphone quand George l'en dissuada d'un signe.

— Pas la peine. Je suis sûr que tu peux t'occuper de la paperasse, c'est tout ce dont il a besoin. Je l'ai lavé et je lui ai fait ses vaccins au cabinet. Mais, si j'étais toi, je ne le placerais pas tout de suite avec les autres. Il est terrifié, le pauvre vieux. C'était un chien de compagnie, ça ne fait aucun doute, expliqua-t-il d'une voix radoucie. Un fermier de Rosehill l'a trouvé dans sa grange, tout galeux. Il a beau descendre d'une lignée de chiens de chasse, il n'avait probablement jamais croisé un rat de toute sa vie, et encore moins essayé d'en attraper un.

Il scruta l'animal à travers la porte grillagée de la caisse de transport avant de conclure :

— J'ai bien l'impression que ce sont plutôt eux qui lui ont fait sa fête.

— Comment peut-on être aussi cruel ?

Elle repoussa sa frange, s'efforçant de dissimuler à George la détresse dans ses yeux. Pas étonnant que Dot eût fait une croix sur le maquillage à son arrivée à Longhampton. Son mascara devait couler à longueur de journée.

— Tu pleures ?

— Non, ce sont juste les hormones qui parlent.

S'essuyant les yeux du revers de la main, elle nota dans un coin de son esprit de demander à Natalie une bonne adresse pour une teinture permanente de cils.

— On peut le sortir ?

— Non, il est mort de trouille, répondit George en posant la caisse par terre, à côté d'un panier vide. Laisse-le pointer le bout de son nez tout seul. Fais comme s'il n'existait pas.

— Je t'offre un café, puisque tu es là ?

Rachel se dirigea vers la cuisine en prenant soin de ne pas approcher de la cage.

— Malheureusement, je n'ai que du déca.

— Ça m'ira très bien. Je ne pensais pas te trouver ici.

George la rejoignit et prit appui contre le minifrigo, un œil toujours sur le bureau, où une truffe humide pointait hors de la caisse.

— Tu ne devrais pas être assise, les pieds en l'air, occupée à lire *Devenir maman* ?

C'était un début timide, qui n'était pas sans rappeler leurs vieux badinages.

— Non, tout est sur Internet de nos jours. Et j'ai du travail administratif.

— Tu pourrais le faire bien confortablement à la maison.

— Je ne veux pas que Megan me voie, soupira-t-elle. Ce sont les droits de succession. J'ai une note faramineuse à payer.

— Faramineuse comment ? Comme la fortune de la couronne ?

L'eau se mit à frémir dans la bouilloire. À l'aide d'une cuillère, Rachel versa du café dans deux tasses.

— Assez faramineuse pour me donner des cauchemars.

— Ne le prends pas mal, mais comment est-ce possible ? C'est une chouette maison, d'accord, mais il n'y a quand même pas un gisement d'or dans le pré.

— C'est tout comme. Il y a plus de terrain que je ne le pensais et Dot ou, plutôt, ses notaires avaient déposé une demande de permis de construire pour transformer l'une des vieilles granges en logement pour les futurs employés du chenil.

Elle retourna à George son regard surpris.

— Je sais. Elle n'a pas eu l'occasion de réaliser ses projets, tout simplement. Bref, des terres plus un permis de construire valent visiblement de l'or dans le coin. Ce qui est formidable en soi, à ceci près que je vais devoir vendre la maison pour payer les droits de succession dessus.

— Demande un prêt, tu seras propriétaire.

— Ça risque d'être bien plus compliqué, répondit-elle en lui tendant une tasse. D'après le rapport d'expertise, même les souris sont obligées de porter des casques de chantier dans la cave.

George but une gorgée de café avec une grimace.

— Qu'y a-t-il ?

— Ton café ! Il est aussi infect que le reste de ta cuisine. Le lait, s'il te plaît ?

Elle lui passa la brique et le laissa se servir.

Le teckel était sorti de sa caisse et flairait timidement le bureau çà et là. Rachel fut choquée par sa maigreur famélique. Ses côtes ressortaient le long du tube formé par sa minuscule cage thoracique, perçant presque à travers le pelage terne qui aurait dû reluire comme une châtaigne. À distance respectueuse, Bijou suivait les progrès du nouveau venu d'un œil vigilant, parfaitement maître de la situation. Tout doucement, le teckel s'approcha de lui, la queue baissée dans une attitude de soumission désespérée. Le cœur déchiré, Rachel dut se retenir d'aller le réconforter pour le laisser suivre son petit bonhomme de chemin.

— Tu pourrais trouver un investisseur, suggéra George. Je croyais que c'était justement l'objectif de ces fameuses portes ouvertes. Lever des fonds ?

Rachel secoua la tête. Soudain, leur grande journée avec petits stands et concours semblait bien vaine.

— C'est une goutte d'eau dans l'océan. Les sponsors permettront de couvrir les frais de fonctionnement, mais ils ne résoudront pas le plus gros problème, à savoir où je vais bien pouvoir trouver 100 000 livres sans vendre.

— Dans le portefeuille d'un investisseur, répéta George, cette fois avec tant d'emphase que Rachel l'étudia avec attention. Quelqu'un qui a tout intérêt à ce que le chenil reste ouvert, par exemple.

— Serait-ce une proposition ? le questionna-t-elle, mi-figue mi-raisin.

Il confirma d'un hochement de tête.

— Tout à fait.

— Cent mille livres ?

Il fit mine d'être vexé.

— J'ai l'impression que tu sous-estimes les revenus d'un vétérinaire.

Rachel posa sa tasse de café et le regarda droit dans les yeux.

— Pas du tout. Figure-toi que j'ai vu tes notes d'honoraires. Merci, mais je ne suis pas certaine que ce soit une bonne idée. Je te connais à peine.

— C'est un peu tard pour ça, non ? Pour moi, c'est un placement financier tout à fait sensé. Et puis je passe déjà tant de temps à titre gracieux ici…

— Cela a-t-il un rapport avec le bébé ?

Rachel sentait des portes se refermer autour d'elle.

— En partie, admit-il en toute franchise. Écoute, nous devons en parler calmement. Est-ce si terrible de vouloir te donner un coup de main ?

Il observa un temps de silence avant de reprendre :

— Quand on y réfléchit, c'est dans mon intérêt à bien des égards. Tu pourrais rester ici, sans stress. N'est-ce pas mieux de présenter les choses sous un angle professionnel ? Pour que tu puisses savoir à quoi t'en tenir ?

— C'est non.

Rachel se leva et se détourna de lui, consciente de paraître ingrate et revêche. Mais c'était plus fort qu'elle, elle avait fait cavalier seul pendant trop longtemps. Cela, ajouté au bébé, c'était plus qu'elle ne pouvait assumer.

— Je ne peux pas te laisser faire ça, je suis désolée.

— Ne me tourne pas le dos, Rachel. J'ai réfléchi à tout ce que tu as dit.

Il la fit pivoter sur elle-même et laissa ses mains reposer délicatement sur ses bras.

— Je n'ai fait que ça, pour tout te dire. Je sais que je n'ai pas réagi comme tu le voulais et je m'en excuse. Sincèrement.

— Ce n'est pas…

— Bien sûr que c'est grave, la coupa-t-il. Tu as raison. Je ne vais pas faire semblant de savoir quoi faire, parce que c'est faux. Ça fait quarante ans et des brouettes que je suis seul, je ne suis qu'un vieux garçon égoïste. Mais je ferai tout ce que tu voudras. Quand tu sauras ce que c'est, évidemment, ajouta-t-il en la dévisageant de ses yeux honnêtes. Nous nous entendons plutôt bien jusqu'ici, tu ne trouves pas ?

Elle hocha la tête, puis se dégagea pour s'asseoir à la petite table de la cuisine, devant des piles de gamelles en métal propres.

— Je ne fais pas exprès d'être aussi compliquée, avoua-t-elle. C'est juste que je me rends bien compte que je ne sais pas du tout où je mets les pieds.

George tira une chaise pour s'asseoir à côté d'elle, à une proximité réconfortante.

— Moi non plus, reconnut-il. Mais nous sommes deux adultes raisonnables et intelligents. Nous ne pouvons que faire de notre mieux.

C'était une phrase toute bête, mais la façon dont George l'énonça lui rappela son père. Ken n'avait jamais rien exigé d'elle que son maximum, or cela s'était révélé une motivation bien plus efficace que n'importe quelle carotte ou n'importe quel bâton. Sa mère, elle, fonctionnait selon un système complexe fondé sur la déception, qui ne s'était d'ailleurs soldé que par le départ de Rachel pour Londres, où les patrons furieux faisaient piètre figure à côté de cette chère Val.

Elle prit plusieurs respirations profondes, se laissant imprégner par l'atmosphère fragile. George glissa alors sa main sur la table et referma ses doigts sur les siens.

Il demeura ainsi une minute environ, comme s'il pesait la justesse de ses mots, avant de reprendre la parole d'une voix très douce.

— Ça ne regarde personne, mais si on te questionne au sujet du bébé, j'aimerais que tu dises qu'il est de moi. Enfin de nous. Je me chargerai des questions idiotes.

Rachel lui répondit par un bref sourire, puis considéra de nouveau leurs mains unies sur la table. Ses doigts gercés rêches sur sa peau blanche.

Un bruit dans le bureau la poussa à tourner la tête. Dans un coin de la pièce, le teckel reniflait un bol d'eau avec des tressaillements, comme s'il craignait de voir un danger en surgir. Bien en retrait, Bijou l'observait en silence. Rachel retint son souffle alors que le petit chien se mettait à laper le liquide à coups de langue rose, lentement au début, puis de plus en plus goulûment, comme s'il n'avait pas bu à sa soif depuis plusieurs mois.

22

Si Johnny était brusquement sorti de son humeur noire, du moins en apparence, Natalie eut tout le loisir de constater qu'il n'avait pas retrouvé son état normal les jours qui suivirent son second examen de sperme. Il sombrait dans le silence sans raison, changeait de chaîne dès qu'il était question, de près ou de loin, de bébés. Elle avait bien tenté de le lancer sur les vacances d'été, qu'ils planifiaient d'ordinaire pendant des semaines, ensevelissant le canapé sous une montagne de guides de voyage et d'articles déchirés dans la presse dominicale, mais il s'était contenté de hausser les épaules, l'air évasif. « C'est encore loin, avait-il répondu, alors qu'ils réservaient toujours avant avril. On va voir comment ça se passe. »

« Comment se passe quoi ? », aurait-elle voulu hurler. Elle s'était toutefois retenue, au cas où il songeait à un traitement. Elle ne lui avait pas encore parlé de la lettre de leur assurance maladie concernant l'inscription sur une liste d'attente, où ils pouvaient demeurer « jusqu'à un an » avant que vienne leur tour. C'était plus qu'il ne lui fallait pour aborder le sujet avec lui. Pour l'instant, autant le laisser digérer qu'il puisse avoir besoin d'un traitement.

Un froid s'immisça entre eux sous la forme de blancs qui se substituèrent à leurs habituelles plaisanteries stupides, puis se propagea vite et sans bruit. Johnny se coucha tôt, sous le prétexte de journées éreintantes au collège, mais Natalie savait que c'était pour pouvoir feindre de dormir lorsqu'elle le rejoindrait sous la couette.

Un soir, déterminée à lui prouver que son désir pour lui demeurait intact, bébé ou pas, elle avait retiré son T-shirt pour se lover autour de son corps massif, puis glissé ses mains sous le pyjama qu'il ne portait normalement jamais pour réchauffer de sa douce nudité ce torse et cette cuisse qu'elle connaissait si bien. Somnolent, il avait réagi et s'était retourné pour poser ses lèvres sur sa gorge arquée. Mais, alors, tous deux avaient semblé prendre conscience que rien n'était plus pareil maintenant et la passion s'était dissipée. Avec un soupir déchirant, il avait roulé sur le dos et ils étaient demeurés allongés l'un à côté de l'autre sans se toucher, feignant d'être endormis.

Natalie doutait de pouvoir supporter cette situation bien longtemps. Pendant toutes ces années ensemble, ils n'avaient jamais eu de secrets l'un pour l'autre, encore moins de pensées trop douloureuses pour les partager. C'était comme s'ils savaient tous les deux que le premier à parler déclencherait un déplorable effet domino d'accusations et de conséquences ; comme si aucun n'osait affronter les terribles pensées qui se formaient comme des nuages de pluie dans le fond de leur esprit.

La semaine prochaine, se répétait-elle. La semaine prochaine, elle lui dirait qu'ils avaient besoin de conseil conjugal. Cette conversation était trop cruciale pour qu'ils l'abordent seuls.

Au final, ce n'était qu'à travers Bertie, transformé malgré lui en poupée de ventriloque, qu'ils réussissaient à communiquer.

— C'est l'heure de l'événement social ! déclara Johnny le samedi matin. Que dis-tu d'un sandwich au bacon, d'un tour pour te dégourdir les pattes et d'une petite causerie avec ta copine caniche ?

Natalie savait qu'il s'adressait à elle et non au chien.

— Je sais qu'on a séché la semaine dernière, reprit-il, passant sous silence l'escapade en voiture de trois heures qu'il s'était offerte, la laissant traîner Bertie seule le long du canal. Je ne voudrais pas que tu ailles penser qu'on néglige ta vie sociale.

Il leva les yeux vers Natalie.

— Bill a téléphoné hier, il voulait savoir si on allait au refuge promener les sans-abri.

Il se tut, avant de reprendre :

— Il dit qu'on lui a manqué la semaine dernière. Il vaudrait mieux y aller avant de perdre l'habitude.

Dire que cela faisait seulement deux semaines qu'ils avaient reçu les résultats, songea Natalie. Le temps lui paraissait si long depuis ce jour.

— Tu as peut-être envie d'y aller seul avec Bill ?

Elle tendit la main pour caresser Bertie, étalé de tout son long sur le canapé, la tête posée sur l'accoudoir, les oreilles pendouillant dans le vide. Il n'était pas censé monter sur le fauteuil, mais elle n'était pas censée boire du café caféiné. À quoi bon se priver ?

— Hé, Bertie ! Tu veux passer un moment privilégié avec papa ?

Natalie haussa les épaules. C'était sans doute puéril, mais elle avait l'impression sournoise que Rachel ne lui avait pas dit la vérité. Un drôle d'instinct lui soufflait qu'elle était bel et bien enceinte, or Natalie ne se sentait pas la force d'afficher un masque de bonheur ces derniers temps. Pas plus qu'elle ne tenait à retourner le couteau dans la plaie de Johnny.

— Bertie me voit assez pendant la semaine. Il en a ras le bol de ma conversation.

— Tu ne veux pas monter au chenil ? insista Johnny, sourcils froncés. Tu n'avais que ce mot à la bouche la semaine dernière, ces portes ouvertes que tu organises avec Rachel. Ce n'est pas annulé, quand même ?

Natalie touilla son porridge du bout de sa cuillère.

— Non, mais j'ai fait mon travail. Je ne veux pas que Rachel s'imagine que j'essaie de l'évincer.

— Je suis sûr que ça ne lui a même pas traversé l'esprit. Tu es une experte en marketing, Nat. Elle doit être ravie de pouvoir compter sur ton aide.

Tout à coup, il ressemblait davantage au Johnny qu'elle connaissait.

— Allez, prends ton manteau. Bertie veut que tu viennes. Pas vrai, Bertie ?

Il s'accroupit et prit sa plus belle voix « bertramesque ». Pour quelque raison obscure qu'ils n'avaient pas cherché à creuser, il avait affligé le basset d'un lugubre accent de Liverpool.

— Dépêche, Nass ! Je touerais pour un sandwich au bacon !

Elle devrait y aller, songea Natalie en l'observant. Johnny allait traverser des expériences bien plus mortifiantes qu'elle au cours des prochaines semaines. Ils feraient mieux de présenter un front uni face aux épreuves à venir.

Mais une force invisible la freina.

— Tu n'as qu'à retrouver Bill, papoter un peu avec lui, dit-elle d'une voix joyeuse. J'ai deux ou trois trucs à faire. Je vous rejoins là-haut, on pourra aller déjeuner au pub.

Johnny lui adressa un drôle de regard.

— D'accord. Appelle-moi quand tu seras en chemin.

Tandis qu'elle le regardait partir avec Bertie qui se dandinait derrière lui, Natalie se demanda si c'était là la vie qui les attendait désormais, une existence où chacun vaquerait à ses occupations jusqu'à ce que cela finisse doucement par ne plus leur paraître étrange.

La patience de Zoe frisait dangereusement ses limites. Sur le pas de la porte, elle pressait toute sa petite troupe en direction de la voiture : Spencer, Leo et Caramel, sans oublier, bien sûr, l'équipement de football et de quoi petit-déjeuner en route. Autant dire que c'était mission impossible.

— C'est un chien de berger qu'il me faut, pas un labrador ! grogna-t-elle, alors que Leo filait comme une flèche dans la maison. Spencer ! Arrête !

Elle avait prévu d'emmener les garçons au football, histoire de les épuiser, puis d'aller promener les chiens avec eux. Elle avait beau se persuader que ses fils gagneraient à voir le comportement des autres canidés et la façon dont Megan éduquait Caramel, elle savait, en son for intérieur, qu'elle lançait un défi au destin.

Si Bill était au rendez-vous, les voyait, faisait la connaissance des garçons et comprenait qu'ils faisaient partie intégrante de son être, tant mieux. S'il n'était pas là, eh bien tant pis. Elle glissa malgré tout son brillant à lèvres dans sa poche arrière, juste au cas où.

Son regard se posa, lourd d'avertissement, sur Spencer, qui décrochait le lichen du portail à coups de pied, l'air rebelle. Il ne détourna pas les yeux et elle s'apprêtait à le réprimander lorsque son téléphone sonna, sauvant son fils d'une semonce officielle.

C'était Rachel.

— Zoe ? Tu te souviens de la coupe de cheveux que tu m'as promise ? Tu crois que ce serait possible de me la faire aujourd'hui ?

Zoe songea à refuser, mais s'entendit accepter et dut retourner à l'intérieur chercher sa trousse de coiffure.

Deux heures plus tard, lorsqu'elle franchit enfin le seuil de la cuisine de Four Oaks, crottée et enrouée à force de crier des encouragements sur le terrain de foot, Rachel était déjà prête. C'est à peine si elle n'avait pas une serviette-éponge autour du cou. Sa longue frange lui tombait maintenant dans les yeux et, en dépit d'un certain charme bohème, son tic nerveux pour la repousser sur le côté s'était aggravé.

Dans la cuisine peuplée de bénévoles en tenue imperméable, Leo et Spencer se dirigèrent tout droit vers l'Aga et Freda Shackley, en charge de la distribution des sandwichs au bacon.

— Zoe, tu es génialissime ! s'exclama Rachel tandis que Spencer faisait gicler une dose supplémentaire de ketchup sur son petit pain, ignorant la serviette en papier dans laquelle Freda tentait d'emballer le sandwich. Je suis vraiment désolée de t'enquiquiner pendant ton jour de congé, mais je ne peux plus supporter ces cheveux une minute de plus. Ils me rendent dingue.

Les yeux de Zoe voletèrent à travers la pièce à la recherche de son benjamin et de son chiot. Leo se roulait déjà sous la table avec Caramel, la bouille couverte de ketchup. Le foot ne les avait pas usés autant qu'elle l'avait espéré, même si, pour Leo, l'entraînement consistait surtout à courir çà et là en poussant des cris perçants.

Aucune trace de Bill. Elle s'efforça d'étouffer sa déception.

— Non, aucun souci. Spencer ! Pas la peine de rajouter de la sauce tomate sur ton sandwich !

Avec un regard mauvais à son adresse, le petit garçon pressa une dernière fois la bouteille de ketchup. Zoe fronça les sourcils.

— Tu ne les nourris pas ? demanda Rachel, qui paraissait légèrement écœurée par le visage poisseux de Spencer.

— Je ne fais que ça ! Mais autant pelleter du charbon dans une locomotive à vapeur. Ça n'en finit jamais. Si tu veux, je peux les éloigner. Où veux-tu aller ?

— Dans le bureau, suggéra un peu trop vite Freda. Comme ça, vous pourrez surveiller les téléphones.

— Parfait. Les enfants !

Zoe les pressa hors de la cuisine. Si seulement elle avait pu les tenir en laisse, comme Caramel. Elle devait d'ailleurs reconnaître, non sans un brin d'exaspération, qu'on aurait donné au labrador le bon Dieu sans confession en présence de Megan, son éducatrice adorée.

Même si elle n'avait pas su que Rachel travaillait dans les relations publiques, Zoe aurait deviné, à la forme approximative de sa coupe, qu'elle fréquentait un salon réputé de Londres. Elle s'évertua donc à ne pas se laisser intimider au moment de jauger l'épais dégradé de cheveux bruns.

Tout resplendissait chez Rachel. Ses ongles, ses cheveux, ses vêtements, sa voiture. Mais ce n'était là que le lot des femmes sans enfants, elles avaient un tas d'argent de poche à claquer dans des coupes de cheveux à 100 livres. Pendant une seconde, Zoe éprouva un pincement d'envie, juste avant de se rappeler que même si elle n'avait pas ses fils, elle n'irait jamais dépenser une somme pareille chez le coiffeur.

Sur le conseil de Megan, les garçons tentaient d'enseigner le « reste là » à Caramel, puisqu'il maîtrisait maintenant plus ou moins le « assis », mais le labrador prenait bien trop de plaisir à les pourchasser à travers le bureau pour consentir à demeurer immobile. À eux trois, ils produisaient un boucan du diable, en particulier Spencer, qui se plaisait à dresser son petit frère autant que le chiot.

Une certaine crispation irradiait de Rachel alors que Zoe peignait et coupait. Elle ne le sentait pas seulement à ses épaules voûtées ; ses doigts détectaient une tension dans ses cheveux, une sensation qu'elle éprouvait parfois au salon. Avec le temps, on finissait par capter l'humeur des clients comme une station de radio.

— Vous allez la mettre en sourdine tous les deux ? ordonna-t-elle, embarrassée. Je suis désolée, ajouta-t-elle pour Rachel. Ils sont intenables le week-end. C'est eux que je devrais habituer à la caisse, pas Caramel. Tu crois qu'ils en vendent pour petits garçons à l'animalerie ?

— Je peux te poser une question personnelle ?

Rachel avait parlé d'une voix timide, comme si elle avait perdu son assurance ordinaire.

— Bien sûr. Si ça concerne les colorations, il n'y a pas de questions trop personnelles, crois-moi.

— Non.

Rachel se tut un instant avant de reprendre un ton plus bas. Spencer et Leo étaient trop loin et trop absorbés dans leurs jeux pour l'entendre.

— Est-ce vraiment difficile d'être maman seule ? Enfin, je veux dire, d'être tout pour eux mais de vivre quand même ta propre vie ?

Zoe ne s'attendait pas à ce genre de question personnelle…

— Eh bien, disons que ce n'était pas prévu comme ça. Nous étions censés être deux au départ.

Elle soupira au souvenir des premiers jours de vie de Spencer. David était un bon père alors, ils formaient une belle équipe. À présent, ce n'était pas tant le stress qui l'usait que le fait d'être d'astreinte vingt-quatre heures sur vingt-quatre, sept jours sur sept. Toujours parée en vue de la pire catastrophe, jamais pour les câlins ou les crises de rire. Il n'y avait pas un seul instant où elle n'était pas hantée par la crainte d'un drame.

Elle reporta son attention sur le dégradé de Rachel.

— Oui, c'est difficile. Pourquoi ? Je donne l'impression que c'est le pire boulot au monde ?

Elle mesura une mèche de cheveux dans laquelle elle repéra plusieurs traits d'argent. Mieux valait ne rien dire.

— Cela dit, ils ne passent pas tout leur temps à se chamailler, nuança-t-elle. Ils ont aussi leurs bons moments.

— Pas du tout ! Ce n'était pas une critique, je trouve tes fils adorables, la détrompa Rachel sans se retourner. C'est vrai, certains côtés doivent compenser tous les embêtements, non ? Les voir grandir, recevoir leur amour, les regarder suivre leur propre route.

— C'est vrai, mais c'est dur.

Zoe n'était pas fâchée que sa cliente ne fût pas installée face à un miroir, pour une fois. Elle n'aurait su dire quelle expression elle affichait à cet instant.

— C'est un peu comme escalader une montagne. On ne se rend pas compte de la fatigue avant d'atteindre le sommet. C'est sublime mais aussi crevant. Ça oui, c'est crevant.

— Mais ils sont à toi, observa Rachel d'une voix chevrotante.

— Oui.

Zoe soupçonna Rachel de souffrir d'une envie d'enfant carabinée, sans doute liée à l'approche de ses règles. Cela la prenait parfois elle aussi, pourtant elle se savait incapable d'assumer un autre bébé, quand bien même il lui serait livré par DHL.

— Enfin, à moi et à leur père. Et c'est là que tout se complique. Franchement, je ne le recommande à personne.

Rachel ne répondit pas. En avait-elle trop dit ? se demanda Zoe. Rachel était assez âgée pour être divorcée, elle aussi, même si elle ne portait pas d'alliance. Aïe ! Et d'une bourde, d'une ! Et si elle envisageait une de ces inséminations artisanales pour célibataires dont on lisait le récit dans les magazines…

Zoe fit glisser ses doigts à la base des cheveux de Rachel, les souleva puis les relâcha pour voir s'ils tombaient bien. Pas mal, cette coupe, se félicita-t-elle. Largement à la hauteur des critères londoniens.

— Tu sais quoi ? reprit-elle comme si elle plaisantait depuis le début. Tu peux prendre Spencer et Leo à mi-temps, comme Caramel. Je te les laisse quelques heures par semaine. Voilà qui devrait suffire à satisfaire tout instinct maternel.

Le téléphone sonna sur le bureau. Rachel n'eut pas le temps de décrocher que déjà Spencer s'emparait du combiné

— Police de Longhampton, brigadier Pètoné à l'appareil.

— Et si je te les laissais dès maintenant ? proposa Zoe. Pour une durée illimitée.

Dès que Johnny et Bertie eurent disparu, Natalie fut assaillie de remords. Elle tâcha de se vider la tête en faisant du ménage, tenta de se convaincre qu'elle octroyait à Johnny un moment avec son meilleur ami, mais elle était trop honnête pour ne pas s'avouer la vérité. Si elle était restée à la maison, c'était avant tout pour éviter Rachel. Et, franchement, elle n'en était pas fière.

Lorsque la mauvaise conscience de Natalie se réveillait, elle ne lui laissait plus de répit. Quelle serait la prochaine étape ? Esquiver toutes les femmes enceintes ? Boycotter les rues où se trouvaient des magasins de puériculture et des écoles primaires ? Rachel et elle s'entendaient à merveille avant cette histoire, or ce n'était pas tous les jours qu'elle liait de nouvelles amitiés. Si Rachel attendait un enfant de cet homme marié qu'elle essayait d'oublier, elle aurait besoin de tous les amis qu'elle pouvait compter à Longhampton.

Natalie pila au milieu du salon, éteignit l'aspirateur. Rachel avait fait preuve d'honnêteté envers elle en lui confiant sa liaison avec cet Oliver alors que rien ne l'y obligeait. Et comment récompensait-elle sa confiance ?

Mais c'était tellement injuste ! criait une voix en elle.

Sa gorge se serra. La vérité, si déplaisante fût-elle, c'était qu'elle avait cru Rachel membre de son petit club de femmes sans enfants et sans tourments. Sauf que même les quarantenaires célibataires avaient plus de chances de tomber enceinte qu'elle. Qui serait la prochaine ? Freda ? Reste que Rachel n'y était pour rien. Personne n'y était pour rien.

Natalie endura encore cinq minutes les affres de cette bataille intérieure avant d'abdiquer. Alors elle enfila son manteau et partit en voiture pour le chenil. Bill et Johnny étaient encore en balade lorsqu'elle entra dans la cuisine, où Freda et Megan s'empressèrent de lui offrir un sandwich au bacon.

— Si tu cherches Rachel, elle se fait couper les cheveux dans le bureau, l'informa Megan. Oh, tu crois que Zoe accepterait de tenir un stand aux portes ouvertes ? Pour des coupes ?

— Pour les chiens, alors, répondit-elle, incapable de s'empêcher de proposer des idées. Des coupes d'entretien rapides pour nos amis à quatre pattes. Tu pourrais faire ça, non ?

— Ça oui !

Megan s'empara du marqueur pour inscrire leur trouvaille sur le tableau blanc, déjà couvert de suggestions des bénévoles, du « Concours du chien qui revient le plus vite au pied » au « Jeu des pommes flottantes pour chiens et maîtres ».

— Qu'en penses-tu ? Deux livres la coupe ?

— Oui, pourquoi pas ?

Il démangeait à Natalie d'ajouter à la liste un « Concours des plus longues oreilles » ; il en fallait au moins un que Bertie eût une chance de remporter.

— Vous venez pour parler de la journée avec Rachel ? s'enquit Freda. Je dois dire qu'il me tarde de voir la mise en œuvre de ce projet. C'est formidable d'attirer l'attention sur notre travail ici pour trouver à ces petits amours de nouvelles familles. Avec Ted, nous avons pensé tenir un stand de restauration. Je crois me souvenir qu'il y avait autrefois un gril au café, il y a des années.

— Pourquoi ne pas commencer par adopter un chien, Freda ? remarqua Megan.

— Oh, ce n'est plus de notre âge, soupira la vieille dame. Et jamais nous ne trouverons un chien comme notre Pépin. Vous ai-je raconté que…

— Je vais voir Rachel, s'empressa de dire Natalie en filant par la porte à l'arrière de la maison pour rejoindre l'annexe.

Lorsqu'elle passa la tête dans le bureau, Natalie crut qu'un plein fourgon de chiens errants venait d'arriver avant de comprendre l'origine du vacarme hystérique : Leo et Spencer donnaient la réplique à Caramel avec des imitations honorables de labrador tout en cavalant autour des meubles. Barbouillés de sauce tomate, ils riaient de jubilation en envoyant voltiger brochures et papiers.

Assise sur une chaise au milieu de la pièce, Rachel patientait tandis que Zoe apportait les dernières touches à sa nouvelle coiffure, qui lui effleurait les sourcils et tombait en mèches hirsutes autour de son visage. Elle dégageait un sex-appeal criant d'injustice, même sans maquillage et avec des cernes sombres sous les yeux. Zoe ne semblait pas tranquille, mais sans doute cela s'expliquait-il par les regards furieux qu'elle lançait en direction des enfants tous les deux ou trois coups de ciseaux.

Lorsque Rachel l'aperçut dans l'embrasure de la porte, son masque d'anxiété distraite se changea en une expression plus absorbée, quoique toujours aussi angoissée.

Natalie leur adressa son sourire le plus naturel.

— Bonjour, Rachel. Bonjour, Zoe.

Elle mit la légère crispation de Zoe sur le compte de son amitié avec Bill. Il se révélait toujours délicat de faire connaissance avec les amis d'enfance de son nouveau copain, et inévitable de s'interroger sur ce qu'ils iraient lui raconter. Natalie redoubla d'effort pour afficher un sourire amical.

— J'imagine que vous ne savez pas à quelle heure Johnny et Bill seront de retour, dit-elle. Je suis restée travailler un peu à la maison, je voulais laisser Bertie et son père passer un moment entre eux. Nous avons prévu de déjeuner ensemble après. Vous voulez vous joindre à nous ? Si vous n'avez rien de prévu, bien sûr.

— Je ne sais pas trop, répondit Zoe avec un haussement d'épaules. Je n'ai pas vu Bill aujourd'hui.

— Oh !

Avait-elle raté un épisode ?

— En fait, je ferais mieux de mettre les voiles, observa Zoe en rangeant ses ciseaux dans sa trousse. Spencer, sois un grand garçon, va chercher un balai avec Leo. Vous allez aider maman à ramasser ces jolis cheveux.

Si Leo fila sur-le-champ, Spencer se contenta d'avancer sa lèvre inférieure.

— Ne m'oblige pas à le répéter, l'avertit Zoe.

Il s'éclipsa alors d'un air coupable.

— J'ai vu le tableau d'idées dans la cuisine, déclara Natalie. Tout le monde se remue les méninges. C'est bien parti pour les portes ouvertes, on dirait ?

— Plus que bien parti. J'ai eu le feu vert du notaire. Apparemment, la journée rentre dans le fonctionnement de l'entreprise, expliqua Rachel, légèrement guindée. Il n'y a donc pas à attendre l'homologation pour fixer une date.

— Super !

Natalie s'écarta pour laisser passer Leo, qui revenait avec un balai deux fois plus grand que lui, suivi de son récalcitrant de frère.

— À quelle date penses-tu ?

— Eh bien, quand le beau temps arrive-t-il par ici ?

— En juillet, répondit Zoe. On a généralement trois jours d'été, mais jamais d'affilée. Attention, Leo, la table ! Voyons, quel jour sommes-nous ? Le dernier week-end de mars ? Je programmerais ça au tout début de mai, ce qui laisse un bon mois pour tout organiser. Et le ravissant cerisier au bout de l'allée aura fleuri d'ici là.

— Ah bon ? s'étonna Rachel. Je ne savais même pas qu'il y avait un cerisier. Dois-je comprendre que vous vous portez volontaires tous les trois ?

— Spencer ! Peux-tu mettre les cheveux dans la poubelle maintenant ? gronda Zoe avant de s'adresser à Rachel.

— Oui, on te doit bien ça.

Zoe roula des yeux à l'intention de Natalie.

— Bien, on ne va pas vous embêter une minute de plus. Il vaut mieux que je ramène mes monstres à la maison.

— Vous êtes sûre que vous ne voulez pas attendre le retour de Johnny et Bill ? Il y a un pub génial en dehors de la ville, près de Rosehill. Les chiens sont admis. Et les enfants aussi.

Zoe parut partagée.

— Allez, venez ! insista Natalie, qui tenait à se faire pardonner sa mauvaise humeur par tous les moyens possibles et imaginables.

— Si tu le lui demandes gentiment, Megan pourra donner aux garçons des bouchées pour tenir Caramel tranquille, ajouta Rachel. Et elle a aussi une planque de comprimés contre le mal de tête dans le garde-manger.

— Je vous verrai peut-être plus tard, répondit Zoe.

Sur ce, elle conduisit ses fils dans la galerie, où ils s'éloignèrent bruyamment.

— Bon sang, j'ai l'impression d'être devenue sourde, remarqua Rachel en agitant un doigt dans son oreille. C'est moi ou tout est soudain très silencieux ?

— Non, ce n'est pas toi.

Natalie s'aperçut qu'elle n'avait pas réfléchi à ce qu'elle dirait à Rachel. Elle se sentait aussi mal dans ses baskets qu'une adolescente, et guère plus rationnelle.

Rachel, elle, semblait se préparer à prendre un taureau imaginaire par les cornes. Elle s'exécuta d'ailleurs avec plus de délicatesse que ne l'aurait fait Natalie si les rôles avaient été inversés.

— Je suis très contente que tu sois venue. Il y a quelque chose dont je dois te parler. Le plus tôt sera le mieux, en fait.

Ça y est, se dit Natalie. Elle revêtit son masque de bonheur tandis que son cœur entamait une chute libre sous le poids de la tristesse.

— Tu avais raison, je suis enceinte.

Rachel ne semblait pas au comble du ravissement et, à la façon dont ses yeux fouillaient son visage, Natalie devina qu'elle s'efforçait de trouver les bons mots.

— De bientôt six semaines maintenant. Je n'en ai parlé à personne d'autre, il est encore trop tôt, mais je voulais que tu saches.

— Félicitations !

Natalie s'efforça d'en appeler à sa raison, celle-là même qui l'avait poussée à venir, mais en son for intérieur elle tapait des pieds et hurlait comme un tout-petit qui pique une crise. Comment une femme qui haïssait son ex, qui n'avait pas de famille heureuse à offrir à un enfant, pouvait-elle avoir cette chance qui leur était refusée à Johnny et elle ? Où était la justice ?

— Oublie les félicitations, dit Rachel en tressaillant. Je ne vais pas faire comme si je ne tombais pas de la lune, c'est un choc immense. Et un tel concours de circonstances. Ce n'est pas ce que tu veux entendre, s'empressa-t-elle d'ajouter. Je suis navrée.

— Non, c'est peut-être mieux comme ça, observa Natalie, dont les paupières se gonflaient de larmes de frustration. Ça rend la chose moins… personnelle.

— Natalie, j'ai tout pesé : la difficulté de te l'annoncer, le chagrin que je te causerais si tu venais à l'apprendre autrement…

Rachel tendit la main pour toucher sa manche.

— J'ai réellement apprécié ta gentillesse quand Kath a débarqué ici. Ça compte beaucoup pour moi. Je tenais à être honnête envers toi.

Natalie lui répondit par un hochement de tête plein de sang-froid. Cette confession, elle le voyait bien, mettait Rachel dans tous ses états, elle s'évertua donc à faire preuve de générosité.

— Tu lui as dit ? Au père ?

Le visage de Rachel avait commencé à s'égayer, mais les rides à peine visibles autour de son front se tendirent de nouveau.

— Oui.

Elle se tut avant d'ajouter, dans un élan d'honnêteté :

— Mais ce n'est pas Oliver. C'est George.

— George ? Fenwick ?

Natalie fronça les sourcils tandis qu'une nouvelle tempête d'injustice s'abattait sur sa tête.

— Mince alors ! C'est arrivé quand ? Je ne savais même pas que vous… que vous sortiez ensemble.

— Pas vraiment, en fait, reconnut tristement Rachel. Enfin, nous nous voyons, mais ça a été la seule et unique nuit. Je sais bien qu'il n'en faut pas plus, mais c'est ce que je veux dire par « concours de circonstances ».

Natalie la regarda droit dans les yeux, se mordant la langue pour ne pas laisser échapper des paroles cruelles.

Elle le gardait pour elle car cela ne faisait pas honneur à son humanité, mais, à l'heure de se réjouir pour des femmes enceintes, Natalie appliquait un système d'évaluation complexe. Ainsi le bonheur qu'elle éprouvait pour elles était-il à la mesure du temps qu'elles avaient attendu l'heureuse nouvelle, de leur ardeur au travail et de leur amour pour leur mari. La lamentable rupture de Rachel avec un homme qui l'avait privée de la chance d'un heureux mariage était une chose ; une grossesse accidentelle après une nuit avec un célibataire qu'elle venait à peine de rencontrer, une autre.

— C'est compliqué, finit-elle par dire.

On aurait cru entendre sa mère, c'était affreux.

Rachel se couvrit la bouche et, l'ombre d'une seconde, sembla à bout.

— Je sais. S'il te plaît, n'en parle à personne. Je voulais juste que tu saches. Pour ne rien te cacher, la moitié du temps je n'arrive pas à croire que ça m'arrive à moi, et l'autre je suis terrifiée.

Natalie se débattit entre une jalousie furieuse et une sympathie sincère. Rachel avait tout pour devenir une amie, se rappela-t-elle. Elle ne devait pas laisser cette obsession maternelle, qui creusait déjà un fossé entre elle et Johnny, tout gâcher.

Facile à dire, bien moins à faire.

Elle musela toutefois sa négativité et réussit à esquisser un sourire qui paraissait de bonne foi.

— Merci de me l'avoir dit. Et merci de m'avoir expliqué pourquoi.

Rachel lui rendit son sourire, malgré les larmes qui ruisselaient sur ses joues. Lorsque Natalie s'approcha pour la serrer dans ses bras, elle se rendit compte qu'elle pleurait, elle aussi.

23

Une fois assimilée l'idée du bébé, Rachel éprouva une facilité déconcertante à se comporter comme si de rien n'était.

Cela ne posait pas de problème au chenil, puisque Megan et Freda ignoraient tout et que le sujet était devenu tabou pour Natalie. Ce n'était pas non plus totalement impossible avec George, qui la traitait plus ou moins comme avant lorsqu'il lui rendait visite sous divers prétextes qui, pour la plupart, ne trompaient pas même Megan.

Ils poursuivirent leurs rendez-vous, à la différence près qu'ils ne s'achevaient plus par des baisers ; cette conclusion lui semblant curieusement déplacée à présent. La première fois, lorsqu'il l'avait raccompagnée à sa voiture, George s'était penché vers elle comme pour l'embrasser. Sans savoir pourquoi, Rachel lui avait alors claqué une bise sur la joue. Il l'avait regardée, surpris, et ils en étaient restés là.

Ce dont elle avait besoin, c'était d'une amitié solide, s'était-elle dit sur le chemin du retour. Pas de complications supplémentaires. Cependant, elle ressentait, au creux de l'estomac, un poids auquel elle ne trouvait pas d'explication.

George l'avait accompagnée pour son premier bilan complet. Elle avait mentionné le rendez-vous devant lui sans aucune arrière-pensée, mais il y avait manifestement prêté plus attention qu'elle ne l'avait cru sur le moment car il patientait sur le parking du cabinet médical lorsqu'elle était arrivée. Elle avait garé sa nouvelle Range Rover rutilante à côté de sa Land Rover cabossée et s'était penchée par la fenêtre.

— Tu es sûr ?

La salle d'attente serait surpeuplée et, si elle ne risquait guère de rencontrer des connaissances, il en allait autrement pour lui.

— Certain. Je veux m'assurer que tu te concentres bien.

Avec ces premiers examens prénataux, sa grossesse s'ancra tout à coup dans la réalité. Elle en ressortit avec une date d'accouchement, le 20 décembre, et un rendez-vous pour sa première échographie. Cette fois, elle ne pouvait plus repousser l'heure fatidique : elle devait l'annoncer à Val.

Rachel attendit que Megan eût emmené le premier groupe de chiens en promenade et que Freda fût bien installée dans le bureau afin d'assurer la permanence pour grimper au premier étage et composer le numéro du domicile de ses parents sur le vieux téléphone du palier. Tandis que la sonnerie retentissait, elle s'observa dans le miroir. Son esprit était totalement vide en dehors d'une inquiétude tenace concernant les vaccins de Bijou, qu'elle avait oublié de faire contrôler par George en même temps que ceux des autres chiens.

Autrefois, elle se débrouillait comme une chef au téléphone, se rappela-t-elle. Et pour cause, elle y était pendue à longueur de journée.

Val décrocha alors qu'elle s'apprêtait à raccrocher.

— Oh, c'est toi Rachel, haleta-t-elle. Je croyais que c'était Amelia. Grace est malade.

— Tu préfères peut-être que je rappelle plus tard ?

— Non.

Elle n'ajouta pas « Tant que tu fais vite », mais le cœur y était.

— Euh… Comment vas-tu ? demanda Rachel.

Un ancien collègue lui avait un jour expliqué que la meilleure façon de préparer un auditoire à une mauvaise nouvelle était de commencer par lui raconter une histoire plus terrible encore. Sauf qu'aucune ne lui venait à l'esprit, hormis, peut-être, que Dot cachait une rivière de diamants d'une valeur de 100 000 livres près de son piccalilli et un permis de mariage express dans une boîte à chaussures. Il y avait là largement de quoi distraire Val, voire un peu trop pour l'objectif recherché.

— Bien, Rachel.

Il y eut une pause.

— Est-ce que tout va bien ? La solitude te pèse, c'est ça ?

— Non, non, pas du tout !

Rachel déglutit.

— Écoute, maman, j'ai une nouvelle à t'annoncer. Je vais avoir un bébé.

Le silence à l'autre bout de la ligne se prolongea tant que Rachel entendit la porte d'entrée de ses parents claquer et son père rentrer avec le journal. Elle commençait à se demander si sa mère ne s'était pas évanouie.

— Ils n'avaient pas ton magazine, Vally ! lança Ken. Je t'ai pris des bonbons à la menthe à la place.

La gorge de Rachel se serra à la pensée des années de train-train familial partagées par ses parents. Ce ne serait pas le modèle qu'elle donnerait à son enfant, pour le meilleur ou pour le pire.

Reprends-toi ! s'ordonna-t-elle. Ce n'était pas non plus la vie dont elle rêvait. Elle s'était donné assez de mal pour ne pas suivre les pas de ses parents.

— Excuse-moi, ma chérie, dit Val d'une petite voix. Ton père est rentré, je ne suis pas certaine d'avoir bien entendu. Tu disais ?

— Que je vais avoir un bébé.

Elle tenta un ton plus léger, cette fois, afin que Val puisse se sentir en droit d'exprimer sa joie.

— Mais comment ?

Val paraissait à bout de souffle. Ni furieuse ni désapprobatrice, juste perplexe. Comme si sa fille venait de lui annoncer qu'il lui poussait une troisième jambe.

— Oh, tu sais, de la façon traditionnelle. Un homme rencontre une femme, une cigogne trouve le chemin de la maison.

— Rachel, ne prends pas ce ton désinvolte. Sur le coup, j'ai cru que tu étais allée faire comme ces célibataires, une insémination artificielle ou que sais-je ? se justifia Val, vexée. Après tout, tu n'as pas de fiancé. Pas que je sache, en tout cas.

— Maintenant, si. En quelque sorte. Ce n'était pas au programme, mais j'ai décidé de le garder et…

Elle fit une grimace à son propre reflet. Si on lui avait dit que ces mots franchiraient un jour ses lèvres !

— … et saisir la chance d'être maman.

— Eh bien, félicitations !

Val semblait, à peu de choses près, aussi heureuse que les trois personnes qui l'avaient congratulée jusque-là.

Le son dans le téléphone s'assourdit, comme si elle avait couvert le microphone de la main, ce qui n'empêcha pas Rachel de distinguer ses paroles.

— C'est Rachel. Elle va avoir un bébé… Oui, un bébé. Non, pas le chien. Elle ! Je ne…

Son père prit le combiné.

— Bonjour, trésor. Félicitations ! C'est donc vrai ce que j'entends là ? Tu vas être maman ? Quelle merveilleuse nouvelle !

— Merci, papa, dit Rachel, remuée par sa chaleur sincère. C'est un peu un choc.

— Toi aussi, tu étais un choc. Et Amelia pareil. Tous les bébés le sont. Je suis très heureux pour toi, ma chérie. Aurons-nous l'honneur de rencontrer l'heureux papa ?

— Justement, c'est pour ça que j'appelle.

— Attends, je te repasse ta mère, elle me fait des signes.

— Maman, dit Rachel sans animation tandis que le combiné changeait de mains. J'ai pensé que ce pourrait être bien si…

— Qui est le père, Rachel ?

La voix de Val chevrotait. Les conversations feuilletonesques ne figuraient guère à son répertoire.

— Il s'appelle George. C'est un vétérinaire que je vois, il soigne les chiens du refuge.

— Mais tu viens à peine de poser tes valises !

— Je sais. Comme je l'ai dit, c'est une surprise, mais c'est la vie. Bref, je me demandais si papa et toi aimeriez venir pour le week-end. Vous pourriez faire la connaissance de George en bonne et due forme. Tu pourrais en profiter pour jeter un coup d'œil dans la maison, voir si tu veux récupérer quelques affaires de Dot. Tu n'es pas obligée de repartir avec un chien, risqua-t-elle, mais si le cœur t'en dit, il y a un adorable épagneul qui t'irait à ravir.

— Tu ne peux pas venir nous voir avec ce George ?

— Maman, je ne peux pas laisser Megan seule ici avec tous les chiens. Ce ne serait pas correct. Et George a énormément de travail, nous sommes en pleine saison d'agnelage.

Rachel ne préférait pas imaginer une visite officielle chez ses parents pour leur présenter le vétérinaire. Ils étaient deux adultes, pas un couple d'adolescents pris la main dans le sac. S'ils se retrouvaient tous sur son territoire, au moins seraitelle en mesure de contrôler les différentes dynamiques et de détourner le flot de questions gênantes.

— Bien, si c'est le seul moment où tu peux nous caser, j'imagine que c'est le meilleur. Ce n'est pas une critique, Rachel, se rattrapa aussitôt Val. C'est juste que…

Elle se débattait avec les mots à présent.

— En fait, je ne sais pas quoi te dire, ou si tu veux que je sois contente ou pas.

Rachel fut désarçonnée par l'accent triste et inconnu de la voix de sa mère.

— Comment ça ?

— Bref, quel jour te conviendrait ? reprit Val, plus fidèle à elle-même. Je vais réorganiser mon planning pour l'hôpital. Veux-tu que nous apportions quelque chose ? Es-tu allée chez le médecin pour les examens prénataux ? Si tu veux, je peux appeler Amelia, voir s'il lui reste des affaires de Jack.

Rachel appuya sa tête contre la rampe de bois. Cette fois, le top départ était donné pour de bon.

— Pour tout te dire, maman, j'aurais plus besoin de conseils pour organiser une kermesse. Je prépare une journée portes ouvertes pour collecter de l'argent pour le refuge, c'est prévu pour le mois prochain. Je sais ce que tu penses, ça ne me ressemble pas.

Le silence à l'autre bout de la ligne fut à peine plus court que celui qui avait suivi l'annonce de la grossesse.

— Quelle bonne idée, Rachel ! As-tu pensé à une solution de repli en cas de pluie ?

Rachel écouta donc sa mère lui prodiguer une multitude de recommandations sur l'importance de garder un fond de caisse suffisant sur chaque stand. Sans doute sa façon à elle d'amorcer un retour à la normale.

Rachel trouva la cuisine désertée, à l'exception de Bijou, qui l'attendait étendu sur le seuil. La veste de Megan gisait sur sa chaise favorite, la plus proche de l'Aga, preuve qu'elle était rentrée de promenade. Cependant, il n'y avait aucun signe d'elle ou de Freda, qui donnait d'ordinaire le coup d'envoi de la pause-café dès le retour de la jeune femme.

— Seraient-elles toutes les deux au chenil ? demanda Rachel tout haut en se dirigeant vers la dépendance, Bijou sur les talons.

En effet, Freda et Megan se trouvaient toutes les deux dans le bureau. La première était assise devant l'ordinateur portable de Rachel tandis que la seconde, penchée sur son dos, lui en expliquait le fonctionnement.

— Nous avons reçu des e-mails, annonça Megan. Pour des adoptions.

La fréquentation du site Internet de Natalie et Rachel avait commencé à décoller après que celle-ci l'eut inscrit sur deux ou trois sites nationaux de sauvetage de chiens. Les demandes de renseignements arrivaient désormais au rythme de trois ou quatre e-mails par jour et Rachel essayait de publier quotidiennement deux pages spéciales. La dernière était parue la veille au soir.

— Une adoption, en fait, corrigea Freda.

Une certaine réserve apparut dans ses yeux et ceux de Megan.

— Pour qui ?

Abandonnant les tasses de café qu'elle collectait pour les rincer, Rachel les rejoignit et balaya l'écran du regard par-dessus l'épaule de Megan.

— Oh !

Quatre messages à la suite présentaient le même objet : « Bertie, le basset-hound. »

— Qui va leur annoncer la nouvelle ? s'enquit Freda.

Et trois paires d'yeux, ceux de Bijou inclus, de se braquer sur Rachel.

Natalie promenait Bertie le long du canal de Longhampton lorsque son téléphone portable sonna dans la poche de sa veste.

Elle était déjà d'une humeur massacrante parce que la serveuse de l'épicerie fine, refusant de la laisser entrer pour commander un café à emporter, avait pris un malin plaisir à ne pas comprendre le mime de cappuccino auquel elle s'était prêtée à travers la vitrine. Pour ne rien arranger, Johnny, qui ne manquait d'ordinaire jamais de sortir les poubelles, les avait laissées se putréfier pendant deux semaines dans le garage. Une négligence à l'origine d'un cocktail d'odeurs auquel Bertie et son flair de malheur n'avaient pu résister.

Elle sortit l'appareil avec irritation et décrocha, s'attendant à entendre Johnny lui présenter des excuses ou Rachel lui demander comment créer un document Excel.

— Bonjour. Natalie Hodge ?

— Natalie Hodge, oui, répondit-elle automatiquement.

Bertie reniflait çà et là dans les broussailles, sur la piste d'immondices. Elle tira d'un coup sec sur sa laisse et, alors qu'il levait un œil torve sur elle, agita l'index.

— Je me présente : Maria Purcell, de Blue Sky Solutions. Je m'excuse de ne pas vous avoir contactée plus tôt.

Le ton, sec et professionnel, obligea Natalie à se concentrer.

— Nous avons changé de locaux et nous avons eu des petits soucis informatiques. Je vous téléphone pour établir un premier contact et vous soumettre diverses opportunités, si vous avez une seconde à m'accorder. Mais peut-être le moment est-il mal choisi ?

Natalie s'arrêta dans sa marche. Elle avait presque oublié qu'elle s'était inscrite auprès d'un cabinet de recrutement, comme on le lui avait conseillé aux ressources humaines le jour ô combien étrange où Selina lui avait annoncé son licenciement.

— Euh, non, ça va.

Elle tenta de focaliser ses pensées pour passer à la vitesse cérébrale supérieure, mais la tâche ne lui était guère facilitée par Bertie, qui, se penchant dangereusement sur le côté dans un mouvement joyeux, indiquait un désir irrépressible de se rouler par terre, les oreilles déjà couvertes d'une substance insalubre.

« Non ! », articula-t-elle en silence en lui jetant son regard le plus dur. Indifférent à l'interdiction, le basset se vautra sur le sol, les yeux fermés d'ivresse, pour s'enduire le cou de Renard n° 5, dont l'essence nauséabonde ne se dissipait pas à l'aide de ketchup, contrairement à ce que prétendaient certains sites Internet.

Une seconde, Natalie caressa l'idée de raccrocher pour le traîner plus loin, puis de rappeler en prétextant qu'elle avait été coupée. Finalement, elle se contenta d'extirper une friandise du paquet dans sa poche. Bertie fut à ses pieds en un éclair.

— Vous êtes toujours là ? demanda Maria Purcell.

Elle devait trouver un nouveau travail, se raisonna-t-elle. C'était un congé sabbatique de six mois, pas un nouveau train de vie.

— Oui, oui ! Je vous écoute.

Éloignant rapidement Bertie de la tentation, elle le ramena sur le chemin de halage.

— Il se trouve qu'un poste exceptionnel va s'ouvrir dans les prochaines semaines. C'est une opportunité pour laquelle je pense que vous ne regretterez pas d'avoir été licenciée. Je vais tout de suite vous en envoyer la description par e-mail. Vous trouvez-vous à proximité de votre ordinateur ?

— Pas vraiment. Je promène mon chien.

— Oh !

Natalie décela une note surprise et guère approbatrice dans l'exclamation. Promener son chien n'entrait pas dans un CV.

— Dans ce cas, pourquoi ne pas me rappeler dès que vous en aurez pris connaissance ? Le facteur temps joue un rôle crucial dans ce recrutement. Si je vous contacte, c'est parce que votre expérience correspond parfaitement aux critères du client et je sais que cette offre vous enthousiasmera. Le salaire est négociable et avec un parcours comme le vôtre…

C'est à peine si Natalie ne l'entendait pas pianoter sur sa calculatrice pour établir la commission du cabinet.

— Bien sûr, dit-elle de sa plus belle voix professionnelle. Je reviens vers vous dans les meilleurs délais.

Natalie imprima les détails de l'offre dès son retour à la maison et, après avoir shampouiné Bertie, dont la puanteur était insupportable entre quatre murs, passa le restant de l'après-midi les yeux rivés sur la description de poste.

Cela ne faisait pas plus de quelques semaines qu'elle avait cessé de travailler, à peu près la durée des grandes vacances de Johnny, pourtant rien que la formulation de l'offre lui donnait envie d'éteindre son téléphone portable et de prendre tout son temps pour envoyer son CV à Maria Purcell : « Responsabilité et autonomie sont votre devise », « Vous possédez une solide vision stratégique et rien ne vous arrête pour atteindre vos objectifs », « Vous faites preuve de ténacité et de résistance ».

Natalie jeta un regard à Bertie. Étendu sur son pouf de cuir de chien pourri gâté, il mâchonnait une oreille de porc écœurante en récompense du bain plutôt rigoureux qu'il avait enduré.

— Regarde-moi un peu ça, lui lança-t-elle en agitant la feuille de papier. On dirait qu'ils recherchent un gladiateur, pas un chef de marque.

Le basset la considéra avec de tels yeux tragiques qu'elle sortit son téléphone pour le prendre en photo, histoire de se remémorer toute la misère du monde qu'il affichait lorsqu'il était au chaud, à se régaler et jouir de l'entière attention de sa maîtresse.

Trop de photos de Bertie infestaient déjà son téléphone.

Elle reporta son attention sur son ordinateur portable et son CV. Le poste consistait à diriger l'équipe marketing d'une petite marque de chocolat bio récemment rachetée par un géant de l'agroalimentaire. Le groupe recherchait quelqu'un pourvu d'une importante expérience en entreprise, mais également doté d'une touche de finesse, ce que Natalie avait acquis grâce aux divers lancements de produits bio sur lesquels elle avait déjà travaillé. Sur le papier, le poste était idéal et l'entreprise ne se situait qu'à quarante-huit kilomètres de Longhampton, à l'entrée de Birmingham.

— Serait-ce la fin du monde d'expliquer à Maria Purcell que je ne veux pas saisir l'occasion d'une vie parce que j'essaie d'avoir un enfant ? Mieux vaut ça que de foncer puis de filer en congé de maternité à peine en poste, tu ne crois pas, Bertie ? C'est plus honnête.

Elle se tut et baissa les yeux sur le basset-hound. Couché sur le dos, il exhibait son ventre d'hermine tacheté. Ce n'était plus le chien qu'elle avait recueilli quelques semaines plus tôt. Non qu'il eût été impressionnable, comme d'autres chiens abandonnés, mais il dégageait alors une aura de tristesse, comme s'il ne ménageait pas ses efforts pour mériter leur amour et ne pas être rejeté. Désormais, lorsqu'il se roulait, il fermait les yeux, certain qu'une chatouille ne tarderait pas à venir.

Comment avaient-ils fait pour vivre sans lui ?

La réaction de Johnny ne correspondit pas exactement à ce qu'elle attendait ; ou, pour être plus exacte, Natalie aurait été incapable de la définir. Il lui paraissait enthousiaste à certains égards : fier, comme toujours, de constater qu'elle était parfaitement qualifiée pour un poste à hautes responsabilités et fielleux, comme toujours aussi, sur le jargon des directions d'entreprise. Pourtant, elle avait l'impression qu'il ne lui disait pas tout.

Après le dîner, ils s'étaient installés sur le canapé pour paresser, chacun d'un côté et Bertie affalé entre eux. C'était un imposant canapé qu'ils avaient acheté comme cadeau de mariage, assez grand pour pouvoir s'y étendre tous les deux devant la télévision, mais pas assez pour donner envie à Bill ou tout autre de leurs amis célibataires de le squatter.

— Alors, tu crois que je devrais envoyer mon CV ?

— C'est à toi de décider, Nat.

— Je sais, mais tu crois que je devrais ?

Johnny posa la description de poste, son visage volontairement inexpressif.

— C'est une superbe opportunité. Tu as toujours voulu diriger ta propre équipe marketing, c'est une petite entité dans une plus grande structure, tu aimes le chocolat… On dirait que cette offre est faite pour toi.

— Je sais, convint-elle avec une moue. Mais on avait décidé que je prendrais six mois de congé, non ? Tu sais, pour calmer un peu les choses en vue du bébé ?

— Sauf qu'on vient d'apprendre que ça n'allait pas être aussi simple, je me trompe ? Et que c'est plutôt moi qui devrais prendre un congé pour me refaire une santé.

— Arrête, tu sais bien que ça ne marche pas comme ça.

Elle lui donna un petit coup sur la cuisse du bout de sa chaussette.

— Et puis le Dr Carthy ne t'a pas encore donné les résultats du second examen, tu ne sais pas ce qu'il va t'annoncer.

Johnny la dévisagea d'un air rebelle.

— Je crois que si, et toi aussi.

Inutile d'essayer d'avoir une conversation avec lui quand il était dans une disposition pareille, songea-t-elle. Du jour au lendemain, lui qui imaginait toujours le meilleur s'était mis à escompter le pire.

— Dans ce cas, je devrais peut-être tenter ma chance, avança-t-elle, se faisant l'avocat du diable. Il va nous falloir un moment pour obtenir une place dans le système de santé public, je ferais peut-être bien de reprendre le travail le plus tôt possible pour avoir le plus de droits pendant le congé de maternité.

Elle se tut un instant, avant de poursuivre :

— Le salaire n'est pas indiqué, mais elle a plus ou moins laissé entendre que c'était plus élevé que ce que je touchais.

— La décision t'appartient, Nat.

— Tu vas arrêter de me répéter ça ? protesta-t-elle avec un coup de pied plus fort. Johnny, c'est important, il faut en discuter sérieusement. Il ne s'agit pas de mon boulot mais de notre avenir.

— Et si tu disais non ?

Johnny porta son attention sur les oreilles de Bertie, que Natalie refusait catégoriquement de nettoyer. Il y avait des limites à ne pas dépasser et ces appendices tout cérumineux et dégoûtants en étaient une. Il enroula une lingette humide autour de son index et se lança dans l'exploration des longs rabats veloutés tandis que Bertie se tortillait de plaisir.

— On pourrait arriver à se débrouiller pendant un moment comme ça. On a ta prime de licenciement et mon salaire. Et puis on ne sort plus maintenant qu'on se coltine ce gros patapouf.

— D'accord, répondit Natalie sans grand enthousiasme. Mais on avait parlé d'investir cet argent, non ?

— Te laisser souffler représente un investissement en temps. On peut s'en sortir, je t'assure. Quand tu seras en congé maternité, il faudra bien tenir un budget, de toute façon. Je croyais que tu voulais t'occuper du bébé pendant un an, minimum ? Tu parlais même de rester à la maison jusqu'à son entrée à l'école.

— En fait, je n'en suis plus si sûre.

Elle avait beau adorer Bertie, rester coincée à la maison avec lui à longueur de journée – bannie des cafés, boutiques, bibliothèques et tout autre établissement, hormis l'animalerie – avait ébréché ses rêves de maman. Et encore ! Bertie pouvait rester sans surveillance pendant deux heures.

— Il suffit de réduire nos dépenses, insista-t-il. C'est ce que font beaucoup de gens.

— Johnny, je ne veux pas d'une vie de privations pour nous.

Elle ferma les paupières et vit sa seule chance de décrocher le travail de ses rêves vaciller puis s'évanouir à jamais.

— J'ai toujours travaillé, je ne veux pas arrêter. Et si on ne peut pas avoir d'enfant, alors je veux pour nous la meilleure…

Elle s'interrompit en prenant conscience de ce qu'elle venait de dire, puis se reprit :

— Si ça risque d'être compliqué pour nous d'avoir des enfants, il paraît logique que j'essaie de gagner le plus d'argent possible pour qu'on économise afin de passer par le privé, histoire d'éviter les files d'attentes.

— J'ai bien compris, répliqua sèchement Johnny. Pas la peine d'y mettre les formes. Comme j'ai besoin de toute l'assistance médicale possible pour te faire un enfant, tu dois aller au charbon pour gagner de quoi payer les frais de traitement, parce que mon salaire ne suffit pas. Franchement, tu n'as pas trouvé une façon plus humiliante de présenter la situation ?

Elle voulut lui prendre les mains, mais il ignora son geste et laissa tomber la lingette couverte de cire par terre pour s'attaquer à la seconde oreille de Bertie.

— Ce n'est pas ce que je voulais dire. Ce que je voulais dire, c'est que je veux qu'on soit le plus heureux possible.

— Parce qu'on ne l'est pas maintenant, observa-t-il d'une voix plate. Or, si on ne l'est pas maintenant…

Natalie ne répondit pas tout de suite, car elle ignorait ce qu'elle pouvait ajouter sans risquer de jeter de l'huile sur le feu. Jamais elle n'avait eu à prendre des gants avec Johnny. D'habitude, il était toujours le premier à la tranquilliser.

— Ce n'est pas un problème d'argent, finit-elle par dire.

Elle essaya de capter son regard, mais il gardait la tête baissée.

— Le problème, c'est moi, et toi, et ce qu'on veut vraiment… Johnny, regarde-moi. Il faut qu'on parle. À quel point veux-tu un enfant ? Parce que, crois-moi, là, ce n'est que le début de conversations difficiles.

— Je ne sais pas ce que je veux.

Il braqua les yeux sur le jardin, dont aucun d'eux ne savait vraiment prendre soin. Le jardin que tous leurs voisins garnissaient de trampolines et dont eux avaient comblé le vide à l'aide d'un barbecue ridiculement volumineux.

Alors Natalie prit une profonde inspiration pour lui poser la question qui lui brûlait les lèvres depuis des semaines. Le premier domino.

— Es-tu heureux ?

Avec des yeux horrifiés, elle vit Johnny secouer la tête lentement. Elle se mordit la lèvre. Elle le savait, elle non plus ne l'était pas. Et c'était son désir de materner qui les avait précipités dans ce malheur.

Ils demeurèrent silencieux un instant avant que Johnny reprenne la parole.

— As-tu vraiment bien réfléchi à toutes les conséquences, si tu reprends le travail ?

— Bien sûr…

— C'est d'une telle évidence que je ne comprends même pas que tu ne l'aies pas mentionné.

Il se tut, le temps de pointer son doigt sur la tête somnolente de Bertie.

— Que va-t-il lui arriver si tu retournes travailler ? questionna-t-il dans un quasi-chuchotement. Je ne peux pas l'emmener en cours et on ne peut pas le laisser seul ici. Il devra retourner au refuge. Et vite, avant de s'attacher davantage à nous.

Elle releva la tête et croisa son regard. Il était noyé de larmes, dont elle aurait juré que toutes n'étaient pas pour Bertie. Johnny esquivait le véritable problème, elle en avait conscience, mais, soudain, elle se demandait si tout n'était pas lié, finalement. Bertie était leur famille à présent.

Son odeur de chien de meute, les poils qu'elle passait son temps à balayer, les ronflements nocturnes sur leur lit semblaient faire partie intégrante de leur maisonnée depuis toujours. Comment pouvaient-ils le renvoyer au refuge maintenant, l'amener à croire qu'il avait déçu une famille de plus, qu'il était indigne d'amour ? Au moment même où son indocilité ne se réduisait plus qu'à quelques peccadilles.

Natalie porta la main à sa bouche, s'évertuant à considérer la situation comme la professionnelle qu'elle avait été et qu'elle était toujours. Mais son cœur se déchirait. Il se révélait désormais impossible pour elle de séparer le basset aux yeux tristes de son mari aux yeux tout aussi tristes.

— Nat, commença Johnny. J'ai bien réfléchi et…

La sonnette de la porte d'entrée retentit, tirant Bertie de son sommeil dans un sursaut. Il rejeta sa tête en arrière et se mit à hurler à la mort.

— Quoi ? demanda-t-elle par-dessus les aboiements.

— Ce n'est rien.

Johnny balança ses jambes par terre, mais elle le retint par le bras.

— Non, ce n'est pas rien. Le reste peut attendre. Dis-moi.

Il secoua la tête. Bertie, quant à lui, s'était mis à renifler l'air, comme s'il pouvait identifier le visiteur à travers les murs de brique et la porte entrée. Si c'était un confrère ou les gens d'une œuvre de bienfaisance, Johnny y passerait la soirée. Il avait l'art de tenir des conversations polies. Pas Natalie.

— J'y vais, décréta-t-elle.

Elle passa dans le vestibule pour ouvrir, surprise de trouver Rachel sur le seuil, accompagnée de Bijou.

— Salut !

Rachel chassa de ses yeux son épaisse frange brune pour révéler des traits tendus qui hérissèrent Natalie.

— Puis-je entrer une minute ? Mais j'arrive peut-être à un mauvais moment ?

Natalie la détrompa d'un mouvement de la tête et tâcha de paraître naturelle. Pourvu que sa venue ne soit pas motivée par le besoin de s'épancher sur des sujets prénataux. Ce serait vraiment… Elle réprima un tressaillement.

— Non, non, entre, répondit-elle en ouvrant grande la porte.

Au lieu de se précipiter dehors pour flairer Bijou, comme à son habitude, Bertie se tapit derrière les jambes de sa maîtresse comme un bambin timide.

— Ne sois pas bête, Bertie, le rabroua-t-elle, légèrement embarrassée. Ce n'est que Rachel. Tu la connais. Excuse-nous, Rachel.

Elle s'écarta pour libérer le passage, et Rachel et Bijou traversèrent la maison jusqu'à la cuisine, où Johnny surveillait l'eau qui commençait à frémir dans la bouilloire.

— Assieds-toi, invita Natalie.

Elle sortit la boîte à biscuits, tandis que Bertie filait jusqu'à son pouf, d'où il considéra Bijou d'un œil suspicieux.

— Alors ? C'est au sujet des portes ouvertes ?

Rachel se laissa tomber sur une chaise, puis, promenant son regard de l'un à l'autre, posa ses coudes sur la table et appuya son menton sur ses mains.

— Je ne vais pas y aller par quatre chemins. J'ai reçu une demande de renseignements via le site Internet, au sujet de Bertie. Enfin, pas qu'une, en fait, précisa-t-elle en tentant un sourire triste. Ce chien a beaucoup de succès. Je n'ai mis sa fiche en ligne qu'avant-hier soir et il a déjà reçu plus de réponses que tous les autres.

Natalie n'arrivait plus à prononcer un mot. Ses mains se crispèrent sur la boîte à biscuits.

— J'ai pris contact avec toutes les personnes qui nous ont envoyé un e-mail, je tenais à vérifier que leur intérêt était réel avant de vous mettre au courant. J'ai réussi à en dissuader une partie avec des histoires d'épouvante sur les bassets-hounds. Je leur ai raconté qu'il bavait sur ton ordinateur et chapardait de la nourriture.

Ses yeux se voilèrent.

— Mais voilà, il y a ce couple. Ils ont déjà recueilli deux bassets et pensent sérieusement à l'adopter. Pour Bertie, ce serait de grands espaces garantis, de la compagnie à longueur de journée et un million de pistes à flairer.

— Ça semble parfait, observa Johnny d'une voix creuse.

— En effet. Bref, ils vont passer aux portes ouvertes pour le rencontrer. Pour tout vous avouer, j'ai repoussé leur visite jusque-là afin de vous donner le temps de réfléchir.

— Oh…

La voix de Natalie s'étrangla. Elle ne se sentait pas la force de se tourner vers Bertie. En ce moment même, il les observait, les écoutait. Il lui jetterait un regard insoutenable.

— Je sais que vous adorez Bertie tous les deux, mais je ne pouvais pas dire non, se justifia Rachel, chagrinée. Si tu dois reprendre le travail un jour, il risque de se retrouver tout seul.

Elle se tut un instant avant de s'assurer :

— C'est toujours d'actualité, non ?

Natalie se mordit la lèvre, hésitante. Que devait-elle répondre ?

— On ne sait pas encore, intervint Johnny.

Elle pivota vers lui.

— C'est vrai, on ne sait pas, insista-t-il. Si ?

Rachel les considéra l'un et l'autre, mal à l'aise.

— Pardon, j'ai dû mal comprendre. Je croyais que tu étais en congé sabbatique, Natalie. Y aurait-il eu du changement ?

Elle ponctua sa phrase d'un petit tressautement de sourcil optimiste, une interrogation muette que Natalie saisit sur-le-champ : était-elle enceinte ?

— Je ne sais pas, répondit-elle. Tout semble en plein chambardement en ce moment.

L'eau entra enfin en ébullition dans la bouilloire et Johnny s'affaira à préparer le thé, meublant le silence gêné.

— Lait ? Sucre ? Biscuit ?

Rachel répondit par un murmure.

Voilà donc pourquoi les Anglais étaient si attachés à leur thé, songea Natalie, morose. Le petit rituel comblait le besoin de réponses compliquées. Un tel chaos régnait dans son crâne qu'elle n'arrivait plus à distinguer le plus important du reste. Un bébé, ce poste, Johnny, Bertie, la tranquillité d'esprit, sa carrière ? Où devait aller la priorité ?

Pouvait-elle reprendre des journées de douze heures et se crever à la tâche toute sa première année pour faire son trou, sachant qu'elle serait obligée de s'absenter pour le protocole de fécondation *in vitro* ? Avait-elle le droit de repousser le traitement au nom de sa carrière, sachant que le temps jouait en leur défaveur ? Et comment Johnny le vivrait-il ?

N'y tenant plus, elle tourna la tête et vit Bertie qui la contemplait depuis son panier. Son cœur fondit face à la confiance simple qui perçait dans ses yeux et elle se sentit écartelée entre les responsabilités.

Elle devait penser à son bonheur, se rappela-t-elle. Ses nouveaux maîtres l'aimeraient autant que Johnny et elle. Il ne serait pas raisonnable de renoncer à sa carrière pour un chien dont elle ne s'occupait que depuis quelques semaines.

Mais alors qu'elle pivotait vers Rachel, une petite voix au fond d'elle lui souffla que la cause de son désarroi dépassait de loin le seul avenir de Bertie, si important fût-il.

24

Rachel aurait dû se constituer un calendrier de grossesse, comme le lui avait recommandé sa jeune et enthousiaste sage-femme, mais elle se surprit, à défaut d'agenda, à compter les jours au rythme des départs et des arrivées de chiens au refuge. Cela avait le mérite de détourner son attention de tous les problèmes susceptibles de survenir dans son organisme et de lui donner l'impression de se rendre utile.

Entre le jour où elle avait lancé l'invitation à ses parents et le dîner de présentations officielles, Megan et elle trouvèrent de nouveaux maîtres pour deux staffies ainsi que Mélasse et Oskar, le teckel ramené par George.

De tous, ce fut Oskar qui se retrouva le mieux loti. Trop nerveux pour être placé dans une cage avec d'autres chiens, il fut installé dans une grande caisse ouverte dans le bureau, où Rachel était sûre qu'il ne manquerait jamais de compagnie. La première fois que la pauvre bête avait vu Freda entrer d'un pas lourd dans ses demi-bottes en caoutchouc rouges, il avait détalé sous une chaise, mais la voix de la vieille dame avait aussitôt opéré sur lui un charme apaisant. Lorsque Freda avait noué son écharpe à la fin de son service, prête à aller arracher Ted à son comptoir, Oskar avait changé de planque et l'observait de dessous le bureau avec des yeux de fouine scintillant sous des sourcils broussailleux.

— Freda, vous savez que je ne me permets pas souvent ce genre de commentaire mièvre à souhait, mais je crois ne pas me tromper en parlant de coup de foudre.

— Oh, je ne sais pas…

La vieille dame avait beau nier, son visage rayonnait quand elle regardait la barbichette grisonnante d'Oskar. Et on pouvait en dire autant du teckel. Ces deux-là semblaient se connaître depuis toujours.

— Vous ne voudriez pas au moins envisager de l'héberger le temps qu'il trouve une famille ? insista Rachel, prise du besoin subit d'unir ces deux êtres. Il vit sa vie, comme Pépin, mais il ne sera pas contre un petit somme en bonne compagnie et fera un vaillant protecteur contre toutes sortes de dangers. Je crois que vous formerez un charmant trio, vous, Oskar et Ted. Pour Ted, ce sera l'occasion de prendre un peu l'air au lieu de trimer à longueur de journée devant un gril brûlant.

— Allez donc le lui dire.

Freda observa Oskar lui renifler la jambe. Ses croûtes commençaient à disparaître grâce à la pommade que Megan lui appliquait avec soin deux fois par jour.

— Ted croit que c'en sera fini de lui, s'il prend sa retraite. Qu'il cassera sa pipe et laissera derrière lui un pauvre chien esseulé. Vous pensez qu'il s'inquiéterait pour moi ? Non, c'est le pauvre chien qui le tracasse. Il ne voudrait pas le voir terminer dans un endroit comme celui-ci.

Megan tapota le bras de Freda.

— George estime l'âge d'Oskar à environ dix ans. Avec Ted, vous devez encore avoir au moins cinq belles années devant vous. D'ailleurs, vous savez ce que George m'a suggéré ? De mettre en place un programme d'adoption réservé aux retraités, pour caser les vieux de la vieille entre eux.

La jeune femme hocha la tête face à l'air joyeusement outragé de Freda.

— Il a dit ça ? Il m'a mis dans le sac des vieux de la vieille ? Quel toupet !

— Mais qu'en diriez-vous ?

Rachel s'aperçut qu'elle retenait son souffle, tandis qu'Oskar et Freda s'étudiaient. Petit à petit, elle vit un sourire se former sur le visage de la bénévole et le chien gagner en confiance. Dans un éclair de lucidité, elle comprit pourquoi Dot avait tout abandonné pour se consacrer au refuge. En unissant deux solitaires, humain et canin, elle donnait, à sa façon, une fin heureuse à une histoire d'une profonde tristesse.

— Je vais en parler à Ted, déclara Freda.

Mais Rachel devina, à son sourire maternel, qu'elle placerait son mari devant le fait accompli plutôt que lui demander son avis.

Avec un bref regard dans sa direction, Megan brandit ses pouces sous le bureau et articula un « *yes* » silencieux. Rachel lui sourit, gagnée par un agréable sentiment. C'était sa plus belle action depuis bien longtemps.

— Que diriez-vous d'une tasse de thé ? proposa Freda. Ce doit être l'heure.

Rachel consulta sa montre : 15 h 30. Freda travaillait pourtant sa précision pour les heures de goûter.

— Je regrette, mais je vais devoir vous fausser compagnie. Mes parents arrivent ce soir pour le week-end et j'ai promis de préparer le dîner.

— Je croyais qu'on devait passer en revue la liste des sponsors potentiels ? dit Megan.

Rachel et Natalie avaient fixé une date provisoire pour les portes ouvertes : un samedi, trois semaines plus tard.

— Ça ne te dérange pas si nous nous penchons là-dessus demain ? Tu n'as pas idée du temps qu'il va me falloir pour préparer le repas puis nettoyer le champ de bataille, afin que ma mère ne puisse pas deviner le temps que j'y ai passé, justement.

— Une occasion spéciale ? s'enquit Freda.

— Euh, oui. J'ai invité George.

La vieille dame et Megan échangèrent un regard rapide.

— Des présentations officielles ?

Freda posa Oskar sur ses genoux et croisa les bras sur sa poitrine.

— Dois-je me mettre en quête d'un chapeau ?

— Non, non. Ce n'est pas… vous n'y êtes pas. Ma mère voulait me voir, ainsi que la maison, alors j'ai pensé que ce serait bien de lui proposer une petite visite. Et George est, enfin, vous savez, nous nous voyons tous les deux. Et…

— Je vais sortir ce soir, déclara Megan d'une voix résolue.

Le break de Ken et Val s'arrêta devant Four Oaks à 19 heures sonnantes. Rachel s'empressa de conduire ses parents au séjour avec de grands verres de gin tonic, abandonnant leurs sacs dans le hall.

Elle en voulait à George. Il était en retard alors qu'il avait promis d'arriver le plus tôt possible et, depuis près d'une heure, elle tombait directement sur sa boîte vocale chaque fois qu'elle essayait de le joindre sur son téléphone portable. Pour couronner le tout, elle avait dû vaporiser du désodorisant dans l'entrée pour masquer, outre l'odeur de chien, celle de brûlé qui avait soldé sa première tentative de canapés à la terrine, et elle n'avait pas eu le temps de préparer la chambre d'amis.

Par bonheur, Val ne demandait qu'à flâner dans la salle de séjour, saisissant des objets qu'elle reposait ensuite avec un murmure. Ken, quant à lui, semblait parfaitement heureux de farfouiller dans les vieux disques de Dot, qui attendaient, empilés dans le salon, de rejoindre la première salle de ventes que Rachel leur dénicherait.

À 19 h 50, Rachel était sur le point de renoncer à tout espoir de sauver son poulet rôti, transformé en une sorte de canard croustillant à la cuisson, et ouvrait déjà la brochure du traiteur près du téléphone lorsque George fit son apparition avec une cocotte sous un bras et une bouteille de vin dans l'autre main.

Elle lui ouvrit la porte et le pressa dans la cuisine.

— Il était temps !

— Bonsoir, George, répondit-il. Quel plaisir de te voir ! Serait-ce le plat principal que tu as apporté ? Oh, tu es un ange ! J'ai carbonisé le mien.

Il n'avait pas eu le temps de se coiffer après son shampoing, mais il portait une nouvelle chemise bleue au col ouvert et son pantalon en velours vert foncé. L'archétype même du célibataire confirmé, selon les critères de Rachel. Cependant, elle doutait que son allure ébouriffée et l'absence de cravate emportent l'adhésion de Val. Le mari d'Amelia, Paul, emmenait les enfants à la piscine en costume.

— Attends, je vais te servir un verre.

Elle le suivit dans la cuisine, où il mit directement son plat dans le four après en avoir sorti son infructueuse expérimentation culinaire.

— Tu vas en avoir besoin. Ma mère me demande déjà où sont les produits de nettoyage.

— Calme-toi, la tranquillisa George en posant ses mains sur ses bras. Ce ne sont que des êtres humains. Et, si le besoin se fait sentir, j'ai toujours des anxiolytiques pour animaux dans la voiture.

Rachel lui répondit par son haussement de sourcil le plus cynique.

Même avec deux grands gins dans le nez, la conversation ne se révéla pas aussi fluide que Rachel l'avait espéré. Au contraire, l'alcool ne contribua qu'à mettre en évidence l'écart entre les courageuses tentatives qu'elle menait avec son père et les silences de Val et de George. Si ce dernier ne buvait pas non plus, Rachel regrettait que les femmes enceintes n'aient pas un petit quelque chose à écluser pour relâcher la tension.

— Eh bien, commença Ken dans un effort désespéré pour couvrir le cliquetis des couverts. Le ragoût est délicieux, Rachel. Aurais-tu pris un de ces cours de cuisine chicos ?

Rachel s'efforça de ne pas croiser le regard de George, qui ne risquait pourtant pas de pouffer de rire. Sa bonne humeur s'était dissipée et, bien qu'il eût répondu avec une politesse indéfectible aux questions idiotes de Val, la ride entre ses sourcils s'était creusée. Il passait d'ailleurs son temps à consulter son téléphone portable, tant et si bien qu'il démangeait Rachel de le lui confisquer.

Elle ne pouvait s'en prendre qu'à elle-même, songea-t-elle. Maintenant qu'il avait rencontré sa mère, il devait se demander comment pouvoir se sortir de ce guêpier.

— Non, je ne vais pas vous raconter de salades, dit-elle gaiement. C'est l'œuvre de George. Ragoût de gibier. Avec des faisans du coin, si je ne me trompe pas.

— C'est George qui a confectionné ce plat ! Valerie ? Tu entends ça ?

Décidément, son père se donnait beaucoup de mal. Elle renchérit :

— Tu vois que certains hommes savent cuisiner, papa. Ce n'est pas une espèce aussi rare que tu le penses.

Ken souleva légèrement son verre.

— Trinquons à la santé du chef !

— Maman, appela Rachel. À la santé du chef !

À son tour, elle leva son verre d'eau de sureau. George accueillit le toast avec un demi-sourire.

— C'est très bon, observa Val. Inhabituelles, ces saveurs.

Elle avait prélevé dans son assiette les fragments d'os, les carottes et tout ce dont l'aspect ne lui inspirait pas confiance avec la minutie d'une archéologue pour former des piles maniérées sur le rebord.

— Il faut dire que je ne manque pas d'occasions de m'exercer, déclara George. Ce n'est pas parce qu'on est célibataire qu'on doit manger des conserves tous les soirs.

Val ne répondit pas. Tandis que le silence retombait sur la table, elle se contenta de lancer un regard à Rachel, assise en face. Qu'est-ce que cela pouvait bien signifier ? se demanda cette dernière. Pourvu qu'elle ne se prépare pas à lâcher la bombe du futur petit-enfant. Jusqu'à présent, ils avaient habilement évité le sujet, mais il n'en planait pas moins au-dessus de la table, aussi présent qu'un cinquième convive indésirable.

George repoussa soudain sa chaise et dégaina son téléphone, arrachant un sursaut à Rachel.

— Je dois prendre cet appel, s'excusa-t-il en retroussant déjà ses manches. Mon suppléant assure ma garde ce soir, mais il m'avait prévenu qu'un cheval à Hartley pouvait présenter des complications. Allô, Darren !

Sa voix s'affaiblit à mesure qu'il s'éloignait vers le hall, mais Rachel devina, à ses instructions brusques, qu'il y avait un problème. À moins qu'il n'eût demandé à son confrère de lui téléphoner au bout de quatre-vingts minutes pour le délivrer. À dire vrai, elle regrettait presque de ne pas avoir combiné le même plan avec Megan et un chien abandonné.

— Il a beaucoup de travail, expliqua-t-elle. Il tient un important cabinet vétérinaire.

— C'est lui qui assure la plupart des gardes de nuit ? demanda Ken pour meubler le silence.

Rachel acquiesça de la tête.

— Quand le vois-tu, alors ? interrogea Val.

— Deux ou trois fois par semaine. Dans la journée. En fait, ça nous convient comme ça. J'aime avoir de l'air et lui aussi.

— Deux ou trois fois par semaine ? répéta Val, incrédule.

Rachel devait convenir que, posé en ces termes, cela paraissait un brin… bizarre.

— Et te réservera-t-il quelques nuits une fois que le bébé sera là ?

— Maman ! Évidemment !

— Je demandais juste, c'est tout. Quand la relation n'est pas conventionnelle, il est d'autant plus important de clarifier ces questions.

— Oui, dit Rachel sans entrain. Quand le bébé sera né, George viendra vivre ici, ou peut-être irai-je habiter chez lui. Nous n'en avons pas encore discuté, en fait.

— Pourquoi cela ?

— Parce que je ne suis enceinte que de sept semaines, maman ! siffla Rachel. Des tas de choses peuvent encore mal tourner. Et il n'y a aucune raison de…

— Ah, George ! s'exclama Ken, la dispensant de poursuivre. Tout va bien ?

Mais le vétérinaire enfilait déjà sa veste épaisse.

— Je crains que non. L'état de ce cheval de chasse s'est aggravé et je ne suis pas sûr que Darren puisse gérer la situation seul. Je regrette de filer comme un voleur, mais chaque minute compte.

Si Rachel était maintenant habituée au changement radical qui s'opérait dans le comportement de George à la moindre urgence vétérinaire, il n'en allait pas de même de Val, dont les traits se figèrent. Ken, lui, se leva pour lui offrir une poignée de main, à laquelle George répondit rapidement.

— Eh bien, bonne chance ! Nous nous reverrons sûrement. Avant notre départ, peut-être ?

— Oui, sans doute.

George chercha ses clés du regard et, après les avoir ramassées, déposa un baiser preste sur la joue de Rachel puis se dirigea vers la porte.

— Rachel a prévu de la glace en dessert, il ne devrait pas y avoir de grosse catastrophe. Au revoir !

Et il disparut avec un geste de sa large main.

La porte d'entrée claqua, puis un silence s'abattit sur la pièce.

— Il m'a l'air d'un chic type, observa Ken. Et puis un homme qui cuisine, ça ne se refuse pas. Est-ce qu'il reste un peu de ragoût ?

— Je suis contente que tu l'aimes bien, papa, remarqua Rachel en lui resservant du gibier. Maman ? On ne t'a pas beaucoup entendue.

Val posa sa fourchette et pinça la bouche.

— Vas-y, l'encouragea Rachel, dis-nous ce que tu as sur le cœur.

— Que sais-tu de cet homme, en réalité ?

— L'essentiel. Qu'il n'est pas marié, qu'il n'est pas connu pour un quelconque comportement suspect dans le coin et qu'il est gentil avec les bêtes. Tu devrais entendre les autres filles parler de lui, au refuge. Et, crois-moi, elles sont difficiles.

Pendant dix ans, elle avait cru connaître Oliver Wrigley, alors qu'elle n'en effleurait que la satanée surface, fut-elle tentée d'ajouter. Mais il en fallait davantage pour convaincre sa mère.

— Rachel, j'ai lu des articles sur les hommes comme lui dans le *Daily Mail*. Quel genre d'homme n'a pas eu de petite amie depuis des années ? Quel genre d'homme ne veut pas se ranger ?

— Valerie…

Ken se tourna vers Rachel.

— Elle est très fatiguée, trésor. La route a été longue.

— Pas la peine de lui chercher des excuses, papa.

Rachel lança un regard furieux à sa mère. Autant régler cette affaire sur-le-champ.

— Je vais te dire quel genre d'homme : un homme qui se lève à 5 heures pour l'agnelage et ne retrouve pas son lit avant d'avoir fini tout son travail ! Et il pourrait en dire autant de moi, sauf qu'il ne le fait pas. Tu sais, je n'ai plus vingt ans moi non plus.

— Ne commence pas avec ça, Rachel. Ça m'a assez inquiétée toutes ces années.

— Alors pourquoi n'es-tu pas contente ? Qu'est-ce qu'il te faut ?

Elle ignorait si c'était les hormones ou le stress des portes ouvertes, mais toutes ses émotions avaient affleuré sous sa peau et la picotaient comme autant de minuscules fourmis rouges.

— Je suis enceinte, je sais qui est le père, il n'est ni marié, ni au chômage, ni… ni… tordu.

Elle se leva et s'approcha de l'Aga pour s'agripper à sa barre en métal.

— Il n'a jamais eu de petite amie sérieuse, et alors ? Tu préférerais peut-être qu'un homme marié m'ait mise en cloque ?

Val tressaillit.

— Il faudra que tu cesses tes mélodrames quand tu auras un enfant. Tout ne tournera plus autour de toi, tu sais.

Du regard, Rachel appela son père à la rescousse.

— Papa ?

— Je trouve qu'il a l'air d'un chic type, Rachel. Il me plaît bien.

— T'es-tu informée auprès des gens d'ici ? Pourquoi n'a-t-il jamais eu de femme dans sa vie ? siffla Val. Tu ne trouves pas cela étrange, toi ?

— Si tu insinues qu'il pourrait être homosexuel, maman, je crois que tu as la preuve du contraire juste devant les yeux, répliqua Rachel d'une voix sèche. Il n'est pas venu me chercher avec son kit d'insémination artificielle, figure-toi.

— Peut-être qu'il cherche juste une boniche !

— Il ne s'y prend pas de la façon la plus simple pour la trouver, et une qui n'est pas fichue de faire cuire un œuf à la coque, qui plus est ! remarqua Ken d'un ton jovial, qui lui valut un froncement de sourcils de sa femme et de sa fille. Pardon ! Pardon !

— Tu pourrais au moins être heureuse pour moi, maman. C'est fait maintenant.

— Mais ce n'est pas contre toi, ma chérie.

Val sembla soudain prise d'angoisse.

— C'est juste que… Regarde cette pauvre Dot ! Non, je ne supporterais pas que tu finisses comme elle ! J'ai déjà laissé ma sœur avoir le cœur brisé par un homme qui refusait de s'engager, je ne commettrai pas la même erreur. À l'époque, je n'ai pas dit ce qu'il fallait et…

— Oh, détrompe-toi, maman ! Dot s'en est très bien sortie, pour autant que je sache. Tu as déjà vu sa garde-robe ? Ou sa boîte à bijoux ? Elle a mené la belle vie, avec un homme qui lui offrait des diamants. D'ailleurs, c'est elle qui a annulé le mariage !

Les yeux de Val s'arrondirent.

— Le mariage ?

— Parfaitement, le mariage.

Rachel n'arrivait pas à y croire. Pour la première fois de sa vie, elle détenait une information concernant la famille que sa mère ignorait.

— Ils allaient se marier, mais elle a tout annulé. J'ai trouvé un message de lui et la rivière de diamants qu'il lui a offerte en cadeau. Alors n'accuse pas ce pauvre Felix d'être un célibataire dérangé, quand c'est Dot qui a décidé que le mariage n'était pas fait pour elle.

Emportée par son élan, Rachel ne vit pas les signaux d'alarme que Ken tentait de lui envoyer.

— Peut-être qu'elle était aussi égoïste qu'on le disait, après tout. Peut-être qu'elle ne voulait pas ressembler à tout le monde. Il n'y a pas de mal à être différent.

— Qu'as-tu trouvé ? l'interrogea Val en se levant.

Pour la première fois de sa vie, Rachel voyait sa mère ébranlée. Ses épaules étaient secouées de tremblements sous son plus beau chemisier de soie.

— Qu'as-tu lu ?

— Une lettre. Une lettre de Felix. Pourquoi ?

— Vally, intervint Ken. Ne recommence pas. Je te l'ai dit un million de fois, cette histoire ne te concerne pas, chérie.

— Les choses n'ont pas toujours un rapport avec toi, maman, renchérit Rachel. Les gens sont parfaitement capables de foutre leur vie en l'air sans ton aide.

Valerie dévisagea sa fille de l'autre côté de la table, la bouche pincée.

— Tu es exactement comme elle, Rachel. Tu es son portrait craché et on croirait l'entendre quand tu parles. Je ne veux pas que tu finisses comme elle, seule et triste.

— Alors pourquoi es-tu si méchante avec moi, bon sang ?

Le coup était parti tout seul. Val ouvrit la bouche mais ne réussit qu'à expulser un sanglot étouffé. Promptement, elle quitta la cuisine d'un pas décidé, jetant sa serviette sur une chaise au passage.

— Qu'est-ce que j'ai dit ?

Lentement désertée par sa pugnacité, Rachel s'appuya contre le four avec lassitude. Un rien la fatiguait à présent.

— Papa, je sais que ce n'est pas ce qu'elle imaginait pour moi, mais quand même...

— Elle a un petit coup dans le nez et, tu sais, c'est pénible pour elle, cette histoire avec Dot. Il faut que tu comprennes, elle se sent responsable.

— Si quelqu'un voulait bien me dire ce que cache cette fameuse histoire, je pourrais peut-être me montrer un peu plus compréhensive.

Ken l'étudia et, après avoir jeté un regard à la porte, tapota la chaise à côté de lui, l'invitant à venir s'y asseoir d'une saccade de la tête. Rachel obtempéra.

— Il y a quelque chose que tu dois savoir, annonça-t-il tout bas. Au sujet de Felix et de Dot. Ta mère n'est pas au courant et je ne suis pas certain que ce soit nécessaire qu'elle le sache.

Comment diable son père pouvait-il en savoir plus long que sa mère au sujet de Dot ? Rachel pria de toutes ses forces pour que ce mystère n'eût aucun rapport avec elle.

— Je ne sais pas comment t'expliquer ça. Tu sais, c'était il y a très longtemps. En fait, Dot avait une bonne raison de ne pas épouser Felix.

Il toussa, puis demeura un instant silencieux, comme s'il essayait de replacer les événements dans un ordre intelligible.

— On ne voyait pas beaucoup Felix et Dot. Dot aimait Londres, sa vie là-bas. Ta mère ne l'a jamais vraiment compris.

Il la considéra, un pétillement dans l'œil.

— Mais toi, tu dois comprendre, sûrement.

Rachel hocha la tête en silence.

— Malgré tout, on entendait beaucoup parler de Felix : le beau Felix, avec sa somptueuse maison et sa famille qui possédait ceci et cela. Je crois que Dot avait peut-être un peu honte de nous autres, des gens simples du Lancashire, observa Ken en parodiant son propre accent du nord du pays. C'est, du moins, comme ça que ta mère le prenait. L'unique fois où Dot est venue avec lui à la maison, c'était à l'occasion du baptême d'Amelia. Ils ont débarqué dans une superbe Jaguar blanche, on aurait dit un couple de vedettes de cinéma. Je crois que ça n'a pas plu à ta mère. C'était son jour à elle, d'une certaine façon. Comme tu faisais les quatre cents coups, après le thé, elle vous a ramenées à la maison, Amelia et toi. Moi, je suis resté à l'hôtel boire un verre avec Dot, Felix et une poignée d'amis. Dot était une sacrée boute-en-train à l'époque, il faut lui reconnaître ça, se souvint Ken avec nostalgie. Felix avait payé plusieurs tournées en avance au bar, son cadeau pour le baptême.

— Je parie que maman n'a pas apprécié.

La liste de doléances s'allongeait pour Val. Ken lança à Rachel un regard entendu.

— Enfin bref, l'après-midi s'est écoulé. Disons que tout le monde s'était jeté quelques verres de trop derrière la cravate. Vers la fin, alors qu'on s'apprêtait tous à partir, on a échangé des accolades…

Ken vira soudain au rouge écarlate.

— Écoute, il n'y a pas de manière subtile de le dire, Rachel. Quand je suis allé au petit coin avec Felix… eh bien… voilà, il m'a fait comprendre de façon très claire qu'il ne serait pas contre un peu plus qu'une accolade. Avec moi. Dès que je lui ai dit, grosso modo, qu'il en était hors de question, il s'est dégrisé. Il m'a assuré qu'il ne pensait pas à mal, mais je n'étais pas dupe, ça non.

— Papa ! s'exclama Rachel dans un souffle.

Elle tenta d'imaginer ce père aux cheveux gris en jeune trentenaire. À l'époque, Ken était un beau gars qui fréquentait les terrains de football et les pubs. Pas le genre d'homme très au fait de ces choses-là. Il devait rarement recevoir des avances, même de femmes.

— Que ce soit clair entre nous, je n'ai absolument rien contre ces hommes.

Il lança un regard rapide en direction de la porte pour vérifier que sa femme ne réapparaissait pas.

— Chacun son truc, comme on dit. Le pauvre bougre ne savait plus où se mettre. Mais, tu comprends, je devais en parler à Dot. Elle était en droit de savoir, elle filait tout de même le parfait amour avec ce type. Je ne tenais pas à la voir souffrir.

— Comment a-t-elle réagi ?

La façon dont son père, connu pour son franc-parler, avait orchestré cette conversation épineuse dépassait l'imagination de Rachel. Cependant elle ne l'aimait que davantage d'avoir agi selon ses principes, même s'il ne demandait certainement qu'à effacer le fâcheux incident de sa mémoire.

Ken expira un soupir triste.

— Elle m'a dit qu'elle s'en doutait au fond d'elle. Qu'il y avait chez lui un côté qu'elle ne cernait pas complètement. Elle l'avait mis sur le compte de son attitude, tu sais, un peu bon chic bon genre, coincé… Mais, quand elle l'a questionné, il a avoué qu'il avait des aventures avec des hommes. Il avait commencé à l'école et n'arrivait pas à s'en détacher. Même avec elle.

— Que s'est-il passé ?

— La suite, tu la connais, répondit-il, mal à l'aise. Dot m'a raconté qu'il a rappliqué, un jour, avec un de ces permis de mariage en urgence et lui a demandé de choisir. Si elle pouvait tolérer quelques écarts de conduite par-ci par-là, il lui offrirait une jolie maison et ferait de ses désirs une réalité. Ils auraient pu avoir la belle vie. Felix l'aimait, tu sais. Et elle aussi, elle l'aimait.

Rachel hocha la tête.

— La lettre que j'ai trouvée est tellement triste. On dirait qu'il a le cœur brisé. Alors elle a dit non… Tu lui as demandé pourquoi ?

— Dot est venue me trouver, un jour, je n'en ai jamais parlé à ta mère. Nous avons déjeuné ensemble. Elle portait des lunettes de soleil qui lui couvraient la moitié du visage, comme une star de cinéma. Bref, elle m'a dit qu'elle ne voulait pas d'un mariage avec des secrets.

Rachel devinait, à l'expression mélancolique de son père, qu'un peu du glamour londonien de sa belle-sœur avait déteint sur lui ce jour-là.

— Elle ne voulait pas savoir avec qui il avait été ou ce qu'il se passait, mais elle ne voulait pas non plus savoir qu'elle ne savait pas, si tu vois ce que je veux dire. Elle m'a dit qu'elle nous enviait, ta mère et moi, pour notre mariage rasoir sans le moindre petit secret. Enfin, sourit-il, elle y a mis plus de formes, mais c'était l'idée.

Rachel contempla la cuisine autour d'elle. Bijou était couché dans un panier près de la porte, dans cette pièce où Dot maternait autrefois des chiots abandonnés et recueillait des chiens errants affamés, dont elle prenait soin jusqu'au moment de les confier à des maîtres qui sauraient les aimer. Une union simple.

— La maison, c'est Felix qui la lui a achetée ?

— Je suppose. Je sais qu'il lui a versé une pension jusqu'à sa mort. Elle la dépensait pour les chiens, pas pour elle. Mais nous n'avons plus beaucoup vu Dot ensuite. Je crois qu'elle préférait ne pas avoir à se rappeler ce qui était arrivé.

Il la regarda avec des yeux résignés.

— Évidemment, ta mère se croit responsable.

Rachel roula des yeux. Il n'y avait que Val pour interpréter la décision de sa sœur de ne pas épouser un bisexuel comme la conséquence de quelque faute personnelle imaginaire.

— Pourquoi ?

— Oh, une réflexion qu'elle lui aurait faite au baptême d'Amelia. Elle ne m'a jamais dit quoi. Elle aurait trop honte, dit-elle. Sans doute une remarque sur la coiffure de Dot, ajouta-t-il dans un rebiffement contre les préoccupations futiles de sa femme.

— Pourquoi ne pas lui avoir dit la vérité, tout simplement ?

Il leva les mains.

— Parce que je l'avais promis à Dot… Je sais, oui.

Il soutint le regard accusateur de sa fille jusqu'à ce qu'elle détourne les yeux.

— Elle m'a fait jurer de ne jamais en parler. Pour Felix et pour elle. Elle avait sa fierté, tu sais. Je crois qu'elle préférait que les gens s'imaginent qu'elle avait agi en égoïste plutôt qu'ils apprennent les raisons de sa rupture. Et puis ce n'était pas à moi d'en parler.

Joli coup, Dot ! songea Rachel, tout émerveillée par le personnage mélodramatique qui émergeait du déguisement placide d'amatrice de gentils toutous. Semer un secret au cœur du mariage tranquille et transparent de sa sœur, c'était trop tentant ! Elle se garda toutefois de formuler ses pensées devant son père.

— Tu pourrais le dire à maman maintenant, suggéra-t-elle. Histoire qu'elle ne passe pas les trente prochaines années à espérer que je trouve ce que Dot aurait dissimulé dans la maison.

— Quoi ? Tu voudrais que je lui avoue que je lui ai caché pendant trente ans que le fiancé de sa sœur avait essayé de me tripoter et que j'ai ruiné son mariage ? Tu n'y penses pas, trésor.

Il se tut un instant, lui adressant un regard éloquent.

— En fait…

— Oh, non ! s'exclama Rachel. Tu ne vas pas t'y mettre toi aussi !

Son père comptait sur elle pour révéler la vérité à Val. Comme Dot. C'était le secret que sa marraine avait laissé dans la maison afin que Rachel le trouve et le partage avec Val, et personne d'autre : la véritable raison de sa vie solitaire et, avec, la raison pour laquelle elle n'avait plus parlé à sa sœur de son vivant.

Dot et Val. Il n'y en avait décidément pas une pour rattraper l'autre, s'exaspéra Rachel.

— S'il te plaît, insista Ken tout bas. Tu peux toujours dire que tu as trouvé quelque chose dans un tiroir. Un billet qu'elle t'aurait laissé pour tout expliquer.

— Mais…

Rachel enfonça ses doigts dans ses cheveux.

— Papa, je n'ai jamais eu ce genre de conversation avec maman. Elle n'appelle que pour me donner des ordres.

— Elle a peur de perdre le contact, Rachel. Je sais que ta mère est une enquiquineuse de première, mais ça part d'un bon sentiment. Tu lui manques, tu sais. Elle ne te l'avouera jamais, mais elle est aux anges depuis qu'elle a appris la nouvelle du bébé. Si elle est toujours sur ton dos, c'est parce qu'elle se fait du mouron pour toi.

— Elle n'a pas à s'en faire, protesta-t-elle. Je suis une grande fille. J'ai bientôt quarante ans.

Les yeux de Ken plongèrent dans les siens, éclairés par l'adoration paternelle. Rachel sentit sa poitrine se serrer.

— Tu as peut-être bientôt quarante ans, mais tu seras toujours notre choupinette, Rachel. Notre première petite.

S'il savait combien elle se sentait petite à cet instant, songea-t-elle. Combien elle rêvait de coller sa tête contre son torse et d'en chasser toutes ces histoires.

Les sandales de Val foulèrent à pas sourds le carrelage aux abords de la cuisine. Bijou dressa la tête, quittant sa position de repos. Rachel et Ken n'eurent pas le temps d'échanger un regard que déjà Val avait regagné la pièce. Elle avait retouché son rouge à lèvres rose et ses yeux brillaient de larmes et de ses efforts pour les masquer avec des serviettes rafraîchissantes.

— De quoi papotez-vous, tous les deux ? demanda-t-elle d'une voix pleine d'entrain qui visait clairement à amorcer un changement de sujet. Rachel, tu crois que George repassera pour le café quand il en aura fini avec ce cheval ?

— Je vais lui envoyer un message, répondit Rachel, dont la voix faisait involontairement écho à celle de sa mère. On ne sait jamais. De la glace, papa ?

— Avec plaisir !

Ken fit claquer ses mains sur ses genoux, sa façon à lui de conclure les discussions affectives délicates. Il paraissait soulagé d'un fardeau.

— Dis-moi, où sont les toilettes, Rachel ? demanda-t-il. Mesdames, si vous voulez bien m'excuser un instant.

— Tu sais, je regardais le papier peint dans l'escalier…

Val se lança alors dans un flot de conseils de décoration aimables pendant que Rachel sortait les coupelles à dessert du vaisselier de Dot. Malgré son sourire, elle n'écoutait pas un traître mot de sa mère, perdue dans son imagination.

Que ressentait-on en entendant l'homme à qui l'on s'était ouverte, que l'on pensait connaître, avouer qu'il n'était pas celui que l'on croyait, qu'il ne l'avait jamais été. Elle sonda son propre cœur. Et si Oliver ne lui avait pas parlé de Kath pendant toutes ces années ? Si elle avait découvert la vérité seule ?

À l'inverse, Kath savait, elle. Elle avait choisi de vivre avec l'amère certitude qu'Oliver en aimait une autre en échange de la sécurité et d'une famille. N'y avait-il pas là de quoi corroder l'élan vital comme de l'acide ?

Ce n'était pas tout à fait pareil, décida Rachel. Ce que Felix avait demandé à Dot de garder secret supposait de tout changer, y compris celle qu'elle était : une femme qui ne connaissait pas assez bien son amant pour deviner ses besoins secrets. Pas étonnant que, après le choc de la découverte, Dot eût échoué à Four Oaks, anéantie et déboussolée. Elle était plus jeune que Rachel à l'époque.

Peut-être ne connaissait-on jamais vraiment les autres, songea Rachel en disposant les cuillères en argent de Dot sur la table avec des gestes mécaniques. Jamais sa mère n'irait imaginer que son mari aurait pu lever un autre homme si le cœur lui en avait dit. Et jamais son père n'irait imaginer que sa choupinette avait été la maîtresse d'un homme pendant plus longtemps qu'Amelia n'était mariée. Dans le fond, Val avait parfaitement raison. Rien ne lui assurait que le célibat de George ne cachait pas un bigame inavoué.

Elle fut parcourue d'un frisson, pas tant pour George que pour elle-même et l'avenir totalement inconnu vers lequel elle s'acheminait, avec un bébé dont elle n'arrivait pas à croire qu'il serait là pour Noël. Dot ne se trompait pas quand elle disait que cette maison était peuplée de secrets. S'il avait été acquis avec l'argent de Felix, le domaine de Four Oaks représentait à lui seul un lourd secret. Peut-être ferait-elle mieux de vendre et de prendre le nouveau départ que sa tante aurait dû s'accorder plutôt que poursuivre une folle passion, qui n'était autre qu'un pis-aller.

Les doigts de Val vinrent se poser sur les siens. Rachel considéra un instant leurs deux mains unies avant de relever le visage vers sa mère, qui lui souriait d'un air contrit. Au moins se ressemblaient-elles en cela qu'elles regrettaient leurs explosions de colère aussitôt qu'elles s'étaient produites.

— Beaucoup de choses en tête, chérie ?

Rachel acquiesça d'un petit mouvement du menton, trop lasse pour entamer un nouveau débat.

— Oui, beaucoup.

Elle réussit toutefois à esquisser un sourire mouillé.

25

Rachel n'était guère pressée de trouver un moment calme pour révéler à Val le douloureux secret de famille de Dot. Par chance, elle s'en vit dispensée par l'un des samedis les plus frénétiques que le chenil eût connus depuis des mois.

Elle venait à peine de terminer de préparer le petit-déjeuner lorsque la sonnette de la porte retentit à l'arrivée de la première vague de promeneurs, encouragés par une matinée radieuse et l'air printanier. Bientôt, la cuisine fut remplie de bénévoles occupés à discuter et à enfourner des sandwichs au bacon, que Val voulut confectionner avec une obstination qui occasionna de franches bousculades avec Freda, reine attitrée de la poêle à griller.

Afin de dissiper la tension dans l'air, Rachel suggéra à Ken et Val d'emmener Bijou se promener, puis se chargea de la file d'attente qui s'était formée dans le bureau. Le site Internet avait attiré au refuge un nouveau contingent d'aspirants adoptants désireux de rencontrer les pensionnaires. Alors que Megan et elle discutaient inspections de domicile, une famille inconsolable débarqua avec trois terriers, en larmes parce que le propriétaire de leur nouveau logement social interdisait les animaux de compagnie. Le temps que Megan apaise tout le monde, George arrivait avec un yorkshire abandonné devant son cabinet.

Rachel eut beau insister, il refusa de s'attarder.

— Je ne fais que passer, j'ai un rendez-vous, expliqua-t-il avec un regard à sa montre, la ride entre ses sourcils accentuée par l'inquiétude. J'aurais déjà dû faire venir Darren à ma place.

— Seulement dix petites minutes. Mes parents vont bientôt revenir.

En voyant sa grimace, Rachel regretta qu'il n'eût pas un tant soit peu le sens du contact d'Oliver.

— Ma sœur a un problème, ils vont devoir partir plus tôt que prévu, insista-t-elle, réticente à avouer son désir de prouver qu'il la faisait passer avant le travail. Je sais que ma mère aimerait te dire au revoir.

— Tu sais bien que c'est impossible, répondit-il, grincheux. Rachel, un chien malade m'attend. Tu me vois dire à ses maîtres : « Je suis navré que Tambouille ait morflé, mais je parlais bagnoles avec les parents de ma petite amie. »

— Puisque tu le prends comme ça, tu ferais aussi bien de foutre le camp tout de suite.

C'était une réaction excessive, elle s'en rendait bien compte, mais le déroulement du dîner de la veille au soir lui avait mis les nerfs en pelote. George et elle étaient bien trop habitués à être leur propre maître pour jouer les familles du bonheur sans préavis raisonnable. Peut-être même n'y parviendraient-ils jamais.

Il ouvrit la bouche pour répliquer mais se ravisa. Un bref silence s'immisça alors entre eux. Avec un pincement de regret, Rachel jugea plus prudent de ne pas l'encourager à exprimer le fond de sa pensée, craignant des réflexions qu'elle ne voulait pas entendre.

Malgré tout, George ne revint pas sur sa position.

— Dis-leur que je suis désolé de ne pas les avoir vus avant leur départ, déclara-t-il, courtois. Mais je suis certain que ce n'est que partie remise. Peut-être aux portes ouvertes.

— Ils seront à Majorque. Avec Amelia et les enfants, ajouta-t-elle après une courte pause.

Il sembla compatir une infime seconde.

— Oh, charmant. Bon, je t'appelle plus tard. Tu es occupée ce soir ?

— On verra comment je me sens, répliqua-t-elle avant de pouvoir s'en empêcher.

Il lui lança un regard impénétrable et, saluant de la tête Megan, qui revenait après s'être occupée du nouvel arrivant, quitta le chenil.

— Quel espèce de scrogneugneu celui-là !

Elle tendit à Rachel un carré de carton destiné à décorer la porte de la cage du yorkshire.

— Tu peux nous écrire un message bien déchirant pour Mitzi, s'il te plaît ?

Rachel s'assit au bureau et sortit son marqueur, soudain contrainte de cligner les yeux pour chasser des larmes qu'elle ne s'expliquait pas.

— Mitzi ?

— Tous les yorkshires s'appellent comme ça, c'est la loi. Que dis-tu de : « J'aimais les humains, ils me donnaient des bonbons… mais ne me nettoyaient pas les crocs. Quand j'ai commencé à avoir mal et qu'ils ont découvert le prix du dentiste, ils m'ont jeté à… » Oh, excuse-moi. C'est trop triste ? Rachel, ne pleure pas.

Rachel essuya ses yeux ruisselants d'un revers de la main.

— Ce n'est rien, juste mes hormones de malheur.

Elle détacha les yeux du bureau et considéra Megan. Il était temps de lui dire la vérité. Ne serait-ce que par politesse, elle devait la prévenir de ses épouvantables sautes d'humeur.

— Tu dois le garder pour toi, mais je suis enceinte. J'attends un bébé.

— Je sais ce que veut dire « enceinte ».

Les yeux de Megan s'écarquillèrent soudain.

— Est-ce que…

— C'est George. Je sais, c'est une surprise.

— Une super nouvelle, plutôt ! s'exclama la jeune femme en joignant les mains, l'air véritablement sincère. C'est tellement génial pour toi. Et pour George !

Rachel haussa un sourcil.

— Il est encore tôt. De tous les points de vue.

— Tu sais, ça me redonne vraiment foi en l'amour. Les histoires qui vont à deux cents à l'heure, les occasions qui frappent à la porte alors qu'on a abandonné tout espoir ! Enfin, je parle pour George, bien sûr, précisa-t-elle sur un ton d'excuse. On n'y croyait plus pour lui !

— Bien sûr, oui.

Avec un sourire désabusé, Rachel reporta son attention sur les malheurs de Mitzi afin de lui concocter un drame assez convaincant pour l'expédier tout droit dans un nouveau foyer.

Au final, Natalie envoya son CV pour le poste de ses rêves dans le chocolat, cependant lorsqu'on ne la contacta pas pour un entretien, sous le prétexte d'un « processus de sélection ultracompétitif », sa déception n'atteignit pas le degré escompté. Une infime part d'elle-même était même soulagée qu'un autre eût décidé à sa place, même si le sursis ne devait être que temporaire.

Si Maria Purcell, de l'agence de recrutement, ne parut pas plus inquiète, elle téléphona tout de même à Natalie pour lui proposer de passer dans ses bureaux « en vue d'un entretien de suivi, afin d'évaluer la stratégie à adopter à l'avenir ».

— Excellente idée, avait commenté Natalie en gardant un œil sur les babines dégoulinantes de bave du basset. Euh… Je suis sur le point de partir en vacances pour deux semaines, peut-être ferions-nous mieux de reprendre contact à mon retour ?

Elle avait conscience, en prononçant ces mots, que les yeux de son interlocutrice devaient se rétrécir en un plissement suspicieux, mais peu lui importait : elle avait besoin de temps. Johnny ne se révélait pas d'une grande aide, bien au contraire ; il refusait de la conseiller sur quoi que ce soit : garder Bertie, reprendre le travail, s'inscrire sur la liste d'attente pour la fécondation *in vitro*. Ce serait comme elle voudrait, visiblement. À croire qu'elle était la seule en droit de prendre des décisions dans cette maison.

La dégringolade soudaine de Johnny dans une apathie qui lui ressemblait si peu avait débuté le matin de leur rendez-vous à l'hôpital, lorsqu'il avait décrété qu'il n'irait pas à la consultation. Toutes les implorations du monde n'avaient pu le faire revenir sur sa décision.

— Qu'est-ce que j'ai besoin de savoir de plus ? avait-il geint. Mon sperme est bon à jeter à la poubelle, il va falloir te faire une raison. C'est ce que j'essaie de me dire, moi.

Il lui avait alors présenté un visage aussi froid que le marbre et, refusant de poursuivre la discussion, était parti en trombe au travail avec une mine qui avait probablement imposé un silence terrifié à ses trois premières classes. Pendant cinq bonnes minutes, Natalie avait gardé les yeux cloués sur la porte, puis elle s'était étendue sur le canapé et avait pleuré jusqu'à ce que Bertie escalade les coussins pour lécher ses larmes.

Puisque Johnny refusait de parler traitements, ou ne serait-ce que consultations, elle ne voyait plus trop l'intérêt de prolonger son « congé sabbatique procréatif ». Ce serait se laisser-aller. Finalement, conclut-elle tristement, elle ferait aussi bien de rappeler Maria Purcell pour relancer sa carrière.

Elle donna à sa voix une jovialité toute professionnelle jusqu'à la fin de l'appel, puis raccrocha avec un soupir. Bertie, qui avait bondi à côté d'elle sur le banc du parc, ignorant ses rebuffades, fourrait à présent sa tête dans son sac à main, en quête d'un KitKat.

Natalie s'appuya contre le dossier et contempla le canal, où un cygne escortait une flottille de petits cendrés en direction d'une écluse, dont elle ignorait l'existence avant de promener Bertie sur le chemin de halage.

Tout cela allait lui manquer, songea-t-elle avec un pincement au cœur. Ce qu'elle vivait autrefois comme des vacances était devenu une existence nouvelle.

Ses marches avec le chien lui avaient ouvert les yeux sur une ville qu'elle croyait connaître comme sa poche. Elles l'avaient menée à la rencontre d'élégantes villas géorgiennes, de maisons dont le briquetage portait encore des publicités pour des boulangeries et des carrosseries, de jolis ponts enjambant des voies ferrées désaffectées, d'une salle paroissiale secrète et d'une communauté de gentils vieillards qui étaient presque devenus des visages familiers à force de les croiser, jour après jour. Natalie se demandait comment elle pouvait bien trouver le temps de réfléchir avant de disposer d'une heure pour fouler les sentiers et, tandis que ses pieds suivaient les flèches jaunes, laisser son esprit tourner et retourner un problème sous tous les angles.

La tête de Bertie émergea, triomphante, de son sac : il avait déniché la chaussette que Johnny y avait cachée pour exercer ses capacités de pistage, à l'époque où ils croyaient encore que Bertie pouvait, à force de persuasion, atteindre le niveau avancé des compétences canines.

— Elle date de deux semaines, Bertie, remarqua-t-elle en la lui retirant de la bouche, le cœur tiraillé de tristesse au souvenir de ce temps pas si lointain où Johnny et elle se tenaient la main pour se promener dans le parc avec leur chien. Ils formaient une famille, alors.

Bertie la considéra avec des yeux qui ne manquaient jamais de la chavirer. Malgré tous les efforts qu'il déployait, elle allait devoir renoncer à lui aussi. La vie était parfois d'une injustice crasse.

Sur la place principale de Longhampton, Rachel avait rendez-vous à l'office notarial avec Gerald Flint pour « régler les derniers détails » de la procédure d'homologation. Si celle-ci avait duré une éternité pour Rachel, le notaire paraissait satisfait de la vitesse des progrès réalisés.

Toutefois, rien ne l'impressionnait davantage que la promptitude avec laquelle sa cliente avait envoyé le chèque pour s'acquitter de la première partie des droits de succession afin d'avancer dans les démarches. Il fallait dire que le bienheureux ne connaissait ni Val ni son acharnement à tanner sa fille pour partager le contenu de la maison entre tous les parents méritants et s'attaquer à la nouvelle décoration de la salle de bains.

— Une chance que vous ayez eu des économies, remarqua-t-il, comme elle éludait habilement l'origine de l'argent. En général, nous conseillons à nos clients de prendre leurs dispositions pour ne pas mettre leurs bénéficiaires dans une position délicate, mais Dorothy était ainsi, le moindre sou revenait aux chiens.

— Hmm.

Dot avait pris des dispositions, quoique compliquées et secrètes, ce qui n'étonnait d'ailleurs plus Rachel. Le genre de dispositions qui requéraient des excursions à la journée dans des joailleries londoniennes. Outre la rivière de diamants, Rachel avait vendu une bague qu'elle s'était offerte dans un élan d'apitoiement sur elle-même à l'occasion de son trentième anniversaire, un saphir tape-à-l'œil qui criait haut et fort « Je ne suis pas mariée, et alors ? » et de minuscules boucles d'oreilles en diamant. C'étaient les seuls bijoux dont Oliver lui eût jamais fait présent. Elle avait eu plus de mal à s'en séparer, mais elle jugeait plus prudent de noyer le collier de Dot parmi ses propres possessions, au cas où il susciterait des questions. Et puis un cadeau d'amant infidèle ne valait pas mieux que l'autre.

— Nous pouvons tenter de négocier avec l'administration fiscale un calendrier pour le règlement du reste dû, poursuivit Gerald Flint, mais il serait peut-être préférable, avant tout, de discuter de vos projets. Désirez-vous vendre la maison ? Ou une partie des terres, si vous envisagez de rester ?

Il observa un silence, avant de reprendre :

— Loin de nous l'idée de vous bousculer, mais de telles démarches peuvent s'éterniser. Il vous faudra peut-être compter une bonne année, peu ou prou, étant donné le marché actuel.

Une année ? Elle aurait un enfant alors. Ce simple constat donnait un tout autre éclairage à la situation. Si elle voulait prendre un nouveau départ ailleurs, il lui fallait se décider rapidement afin de ne pas avoir à jongler avec les agents immobiliers, les déménageurs et les sages-femmes en même temps.

— Je ne sais pas si cela peut vous aider, et nous vous le confions à titre purement officieux, ajouta Gerald Flint d'une voix hésitante. L'agent qui a estimé la propriété nous a demandé si vous projetiez de vendre. C'est un bon bougre, il gère une partie des plus grands biens immobiliers de la région. L'un de ses clients serait intéressé par la totalité de la propriété. Il recherche une grande maison de famille avec des dépendances pour créer des ateliers et un lopin de terre pour préserver sa vie privée. Nous serions tentés de croire qu'il achèterait au comptant. C'est une information qui mérite d'être gardée à l'esprit. La maison réclame des travaux considérables, selon l'expertise, et, pour être honnête, pourquoi se compliquer l'existence ?

— C'est une option alléchante, répondit Rachel, déjà épuisée à l'idée d'engager des peintres. Peut-être devrais-je prendre sa carte ?

Le notaire se mit à chercher les coordonnées de l'agent.

— Il est toujours bon d'avoir le choix. Vous pourriez lotir les terres, mais, étant donné que vous n'avez aucune relation ici, nous aurions tendance à vous conseiller de vendre le tout et de repartir de zéro avec une coquette somme en poche.

Rachel caressa l'idée d'un joli cottage acheté sans emprunt et d'un compte en banque assez garni pour la dépanner un certain temps. En fait, elle était bien incapable de décider de ce qu'elle voulait. Certains matins, elle se réveillait prête à tuer pour retrouver sa vie d'avant ; certains soirs, elle se couchait le cœur léger et réjoui à la pensée d'une nouvelle union heureuse entre chien et maître. Comment pouvait-elle différencier une réaction authentique d'une réaction hormonale quand le chant des oiseaux suffisait à la faire fondre en larmes ?

— Je dois y réfléchir. Je n'ai pas eu le temps de souffler avec l'organisation de nos portes ouvertes. Heureusement, j'ai reçu énormément d'aide, ajouta-t-elle par souci d'honnêteté. Il a fallu éplucher des montagnes de paperasse, mais, avec un peu de chance, l'événement permettra de relancer le chenil pour Megan. En cas de vente, ce sera d'ailleurs un réel sujet de préoccupation.

Le visage de Gerald Flint s'éclaira.

— Oh, oui ! Les portes ouvertes ! Notre secrétariat a reçu un courrier de… Serait-ce Natalie, votre directrice sponsors ?

Rachel hocha la tête.

— Natalie est notre nouvelle directrice tout court.

Sans l'intervention de Natalie, les portes ouvertes en auraient sans doute encore été à leurs balbutiements. La jeune femme s'était chargée, plutôt aisément, des papiers administratifs pour l'assurance, des permis et de la collecte de tous les renseignements nécessaires pour obtenir le statut d'association caritative, « si cela pouvait simplifier la vie au chenil ». Rachel se demandait bien comment, mais Natalie semblait prendre plaisir à relever le défi.

— Pouvons-nous compter sur Flint & Sunderland pour sponsoriser une niche ? Ou une gamelle avec votre nom gravé dessus pour un an de tripes en conserve ?

— Ah ! Voilà qui semble tout à fait approprié pour un office notarial. Oui, vous aurez bientôt de nos nouvelles à ce sujet. Ce ne serait que justice, nos deux compagnons nous ont donné tant d'années de bonheur.

Lancer Gerald Flint sur les chiens et il s'animait à coup sûr, songea Rachel. Le pontife prenait soudain des airs de vieux tonton. Décidément, plus elle se familiarisait avec le monde des canidés de Longhampton, plus elle y voyait une version canine de la franc-maçonnerie. Tout le monde connaissait tout le monde.

— Nous avons également reçu la lettre de Megan. Ou, devrions-nous dire, Molly et Vif-argent ont reçu la lettre de Bijou.

— Ah, dit Rachel d'une voix moins assurée.

Elle n'avait pas eu l'occasion de jeter un coup d'œil aux courriers de Megan avant leur envoi et craignait le pire depuis qu'elle avait remarqué un tampon en forme d'empreinte de chien sur le bureau.

Pendant que Natalie et elle s'étaient penchées sur la promotion du chenil et le sponsoring, Megan avait proposé de reprendre contact avec toutes les personnes ayant recueilli un pensionnaire du refuge au fil des ans pour les inviter à apporter leur soutien à cette grande journée. Les renseignements les concernant étaient compilés dans des dossiers écrits à la main, souvent complétés par des photos ou des cartes de Noël maintenues par des trombones.

— Comme nous l'avons toujours dit, si Dorothy Mossop avait eu le même don pour unir les êtres humains entre eux, il y aurait eu une file d'attente à la grille de Four Oaks, déclara-t-il avec un large sourire. Nous serons au rendez-vous. C'est bien ce samedi ?

Rachel tressaillit. Plus que quatre jours et tant à faire.

— Oui, confirma-t-elle sans fléchir. Souhaitez-vous que je vous inscrive au concours de la queue la plus frétillante ?

— Tout à fait.

Pour le meilleur effet comique, le notaire marqua une pause avant d'ajouter :

— Et vous pouvez inscrire les chiens aussi. Ce sont eux les rois de la fête, après tout, ils seraient piqués d'un tel oubli.

— Pas littéralement, j'espère.

Gerald Flint afficha une expression perplexe avant de s'esclaffer :

— Non ! Oh, comme c'est amusant !

Oh, mon Dieu ! songea Rachel. Voilà qu'elle se mettait à faire des blagues canines douteuses. Elle touchait le fond.

Zoe apporta elle aussi sa contribution à l'organisation des portes ouvertes. Sa mission consistait à trouver une célébrité locale pour jouer les juges aux divers concours, aussi avait-elle coincé l'épouse du maire, alors qu'elle se trouvait sous la lampe infrarouge, pour s'assurer de ses bons services. Mme Haileybury s'était déclarée enchantée de pouvoir soutenir le chenil, même si, pour sa part, elle était « plutôt chat ».

Zoe n'était qu'à deux doigts de devenir plutôt chat, elle aussi. Après une interminable journée de travail, gâtée par l'absence pour maladie de deux collègues et son incapacité à refuser de dépanner leurs clients, Caramel avait décidé de s'attaquer à sa seule paire de chaussures décente et Leo s'était mis à se gratter le crâne avec une concentration d'une familiarité déprimante, lui rappelant l'invasion de lentes de l'été précédent. Pour couronner le tout, l'humeur rebelle de Spencer ne retombait pas et elle avait chaque jour plus de mal à garder son calme.

Bien sûr, elle n'aurait pas dû commencer à confectionner les costumes de Leo et de Caramel la veille du jour J, mais ce n'était, après tout, que la conclusion logique d'une semaine sans. Et, comme si cela ne suffisait pas, Spencer, pareil à un missile téléguidé, choisit la demi-heure avant le bain pour lâcher sa dernière bombe.

— Papa dit qu'on va aller en camp de vacances cet été. En Amérique !

Zoe leva les yeux des oreilles de lapin, reliques d'enterrements de vie de jeune fille, qu'elle recyclait pour Caramel. Certes, elle avait connu mieux comme idée de génie, mais il ne restait plus grand-chose dans les caisses. Par chance, Leo ne voyait pas d'inconvénient à enfiler le joli gilet à motif cachemire qu'il avait porté pour le mariage de sa tante. Mais le déguisement de Caramel devait, lui, être à l'épreuve des crocs, des fuites et, dans l'idéal, de Leo.

Au cas où elle n'aurait pas entendu, Spencer récidiva :

— Maman ? Papa nous emmène en Floride pour les vacances.

— Ah bon ? dit-elle avec sa plus belle indifférence.

— Oui, c'est un camp exprès pour les enfants et les papas, continua Spencer sur le ton suffisant qu'avait dû prendre David pour lui annoncer la nouvelle. Là-bas, on transporte le bois par des rivières et il y a un endroit spécial pour les skate-boards. Et on peut faire des barbecues tous les soirs.

— Quand t'a-t-il dit ça ?

Zoe se concentra sur l'élastique qu'elle cousait sur le serre-tête. La Floride ! La Floride, nom de Dieu ! Où était passée la fameuse crise qui empêchait David de verser la pension alimentaire de ses enfants ? Il ne fallait quand même pas se moquer du monde !

À moins que ce soit Jennifer qui finance les vacances dans le but de gagner l'affection de ses fils. Elle blêmit.

— Ce week-end, quand on l'a vu.

— Eh bien, il reste encore quelques mois avant les grandes vacances, Spencer. Papa doit m'en parler.

Elle s'efforça d'afficher une attitude positive.

— Je croyais qu'on devait aller en Cornouailles ? On s'amusera bien, tu ne crois pas ? Caramel va adorer la plage. Il ne peut pas prendre l'avion, tu sais.

Spencer rejeta la tête en arrière.

— Caramel n'a qu'à rester avec toi. Nous, on va en Floride avec papa. Les Cornouailles, c'est nul par rapport à l'Amérique. J'irai pas. Ça non !

Le ton de son frère surprit Leo. Levant des yeux craintifs de ses figurines du *Doctor Who*, il entreprit d'empiler tous ses Daleks et ses Cybermen en plastique pour les ranger bien en sécurité derrière son imposant Tardis.

Zoe se força à respirer lentement. Pour un petit garçon de sept ans, Spencer semblait soudain avoir développé un caractère adolescent inquiétant. Elle avait bien compris qu'il cherchait à la pousser à régler le différend avec David dans l'espoir de les réunir, même si ce ne devait être que pour le houspiller, mais cela ne l'aidait pas pour autant à rester de marbre face à son impertinence. Spencer avait un don infaillible pour la frapper là où cela faisait le plus mal. Comme David et ses vacances hors de prix pour acheter les faveurs des enfants.

— Spencer, c'est moi qui décide ici. Papa aurait dû en discuter avec moi avant de vous en parler. Ce n'est peut-être pas compatible avec nos projets.

Il lui darda un regard impitoyable.

— Moi et Leo, on part en Floride. Tu ne nous en empêcheras pas.

— Et pourquoi pas ?

Ne va pas te disputer avec ton propre fils, se commanda-t-elle.

— Non ! Je m'enfuirai. J'ai préparé mon sac.

— Ne sois pas idiot.

Elle considéra du coin de l'œil Leo, qui avait retroussé le bas de son T-shirt comme un tablier pour y cacher ses Daleks, qu'il entourait d'un bras protecteur.

— Tiens, Spencer, montre-moi un peu comment tu vas conduire Caramel autour de la piste demain ? demanda-t-elle avec le plus beau sourire dont elle était capable à cet instant. Qu'est-ce que tu vas mettre ? Ton beau maillot de foot ?

— Si tu nous aimais, tu nous emmènerais en Floride ! hurla Spencer, le visage rouge de rage.

Il jeta un regard furieux à Zoe et, alors qu'il semblait sur le point de s'enfuir, se dirigea d'un pas décidé vers le canapé où dormait Caramel pour bousculer le chien effarouché avant de filer dans l'escalier.

— Spencer !

Zoe traversa la pièce en un éclair. Caramel, qui avait beaucoup grandi depuis son arrivée, atterrit avec un bruit sourd sur l'un des larges coussins que les garçons utilisaient pour flemmarder devant la télé. S'il n'était pas blessé, il semblait désorienté et agité. Zoe le prit dans ses bras pour l'apaiser et sentit le cœur du labrador marteler sa cage thoracique. Son cœur à elle aussi battait à grands coups.

— Pourquoi il crie, Spencer? demanda Leo avec des pleurnichements angoissés. Pourquoi il a fait mal à Caramel?

— Il n'a pas fait mal à Caramel, mon ange, le rassura-t-elle en tendant son bras libre pour l'attirer contre elle. Regarde, il va bien. Hein, Caramel?

Le labrador se tortilla lorsque le petit garçon voulut caresser sa truffe noire. Zoe s'efforça de garder son sang-froid. Qu'était-elle censée faire en premier? Punir Spencer? Emmener Caramel chez le vétérinaire? Convaincre ce pauvre Leo, rongé d'inquiétude, que la Troisième Guerre mondiale n'était pas sur le point d'éclater sous son toit? C'était trop à gérer toute seule. Pendant une seconde, la pression d'être à la fois maman, papa et tout le reste l'écrasa. Elle la repoussa pour plus tard.

— Leo, pourquoi ne mets-tu pas Caramel dans son panier deux minutes pendant que je monte parler à Spencer? suggéra-t-elle en tentant de calculer approximativement le temps qu'elle pouvait les laisser seuls tous les deux. Ne le laisse rien mordiller. Et appelle-moi s'il pleure.

Elle grimpa ensuite les marches deux par deux et tira d'un coup sec la porte de la chambre. Mais Spencer la maintenait fermée.

— Spencer, tu me déçois énormément, dit-elle à travers le battant. Tu aurais pu faire très mal à Caramel!

— M'en fiche.

— Je ne crois pas pouvoir te laisser défiler avec lui demain, continua-t-elle, déterminée à le punir pour sa cruauté. Il va avoir très peur de toi si tu ne t'excuses pas. Je vais être obligée d'envoyer Leo à ta place.

— M'en fiche.

— Très bien, répondit-elle en appuyant son front contre la porte, heureuse qu'il ne puisse pas voir son abattement.

Elle ne savait plus quoi ajouter. Et dire que ce numéro allait durer pendant les dix prochaines années. Fermant les yeux, elle s'imagina le bonheur d'avoir de nouveau, dans la journée, cette petite heure qu'elle consacrait à la promenade avec Bill. Pas pour l'amourette, juste pour le réconfort de savoir qu'elle pouvait réussir certaines choses.

La voix de Leo flotta jusqu'au palier.

— Mamaaaaaaaan !

Alors Zoe se décolla de la porte et se prépara à affronter de nouvelles catastrophes.

26

Dès l'instant où Bertie flaira le fumet des sandwichs au bacon, il devint impossible à tenir en laisse et traîna presque Natalie à travers le parking en direction de la maison. Elle n'osait imaginer le démon qui l'habiterait lorsque Freda prendrait place derrière son gril pour ravitailler les visiteurs.

— Johnny ! Johnny, tu vas devoir l'emmener se promener, histoire de le fatiguer un peu ! haleta-t-elle en s'escrimant à garder la laisse bien en main. Surtout, ne le laisse pas se rouler par terre. Je veux qu'il reste beau et propre le plus longtemps possible.

Bien qu'ils aient donné un bain à Bertie à la première heure ce matin en vue de sa rencontre avec ses nouveaux parents, une part sournoise de Natalie espérait qu'il se vautrerait dans une substance si écœurante que ces derniers, rebutés par sa crasse, porteraient leur choix sur un format plus petit et, surtout, plus hygiénique.

Johnny observa tristement le chien.

— Tu crois qu'il sait ? Qu'il le sent ?

— Non, répondit-elle, plus pour lui remonter le moral que par conviction. Bien sûr que non.

— Tu te souviens des premières fois qu'on est venus ici avec lui ? Il se mettait à gémir de peur qu'on le ramène, se rappela-t-il, presque aussi maussade que le basset-hound. Et, maintenant, il ne se douterait de rien ?

— Johnny, ne recommençons pas, s'il te plaît. Allez, emmène-le trotter un peu. Ça vous fera du bien à tous les deux.

— Tu ne viens pas avec nous ?

Il n'ajouta pas « pour notre dernière promenade », mais le non-dit flotta dans l'air.

Natalie s'efforça de paraître plus résolue qu'elle ne l'était en réalité.

— Je ne peux pas, j'ai un tas de choses à faire. Je dois vérifier que les packs de sponsoring sont prêts, que nous avons suffisamment de brochures, tout ça.

Elle s'interdit de regarder Bertie et ses belles oreilles veloutées qu'elle se plaisait à rabattre sur ses yeux comme un loup de carnaval.

— Fais-lui juste faire un tour de verger puis descendre un bout de l'allée cavalière vers les bois. Ne pousse pas jusqu'au parc, ça ne ferait que le surexciter.

— Entendu.

Johnny fit claquer sa langue, puis voyant que ce stimulus n'opérait pas le moindre effet sur le chien, remua le paquet de friandises dans sa poche. Au crépitement, Bertie se mit à trottiner docilement derrière lui, sa queue blanche arquée en un point d'interrogation.

Natalie les suivit du regard jusqu'à ce qu'ils disparaissent. Avec un soupir, elle prit ensuite le chemin du QG de Rachel.

La cuisine s'était transformée en véritable ruche. Tous les chiens en avaient été bannis, si bien que plusieurs paires d'yeux tristes lorgnaient à travers le portillon de sécurité menant à la dépendance, y compris les billes bleues de Bijou. Freda préparait une thermos de thé géant et des sandwichs au bacon pour tout le monde pendant que Rachel, en jean et T-shirt noir sous une extraordinaire veste *vintage*, donnait les dernières instructions aux bénévoles. Natalie reconnut Ted, le mari de Freda, ainsi que les lycéens bénévoles et Lauren, du cabinet médical. Debout près du plan de travail, Bill inspectait le contenu d'une trousse de premiers secours si vétuste qu'elle n'aurait pas été étonnée d'en voir surgir des sangsues.

— Bonjour ! lança-t-elle à la ronde.

Rachel pivota sur elle-même. Des ombres cernaient ses yeux sombres, elle semblait ne pas avoir dormi de la nuit.

— Super, tu es là. Il ne manque plus que Zoe.

Natalie croisa le regard de Bill, dont le visage rosit légèrement. Que se passait-il ? Cela faisait maintenant un moment qu'il n'avait plus mentionné Zoe, pourtant il en parlait auparavant plus que de n'importe quelle amie. Ses propres problèmes l'avaient tellement accaparée qu'elle ne lui avait pas posé la question, elle nota donc dans un coin de son esprit de lui demander si elle pouvait l'aider d'une façon ou d'une autre. Après tout, c'était en partie sa faute s'ils s'étaient retrouvés dans une situation délicate ce terrible samedi.

— Que veux-tu que je fasse ? demanda-t-elle.

Rachel semblait écrasée par le poids des soucis.

— Je ne sais pas. Tout ? Je me suis couchée à 2 heures du matin pour laver ces satanés cabots et balayer les cages. Je n'arrive même plus à me souvenir de mon second prénom.

— Attends, laisse-moi voir.

Natalie s'approcha et, saisissant le porte-bloc dans la main de Rachel, entreprit de diriger la troupe de bénévoles comme des avions sur une piste d'aéroport. Voilà qui devrait détourner ses pensées de Bertie.

Le soleil émergea des nuages à 11 heures. Une heure plus tard, les visiteurs commencèrent à affluer, en dépit de la peur panique de Rachel qu'ils se retrouvent à dix bénévoles pour engloutir une tonne de bacon.

Natalie fit de son mieux pour la calmer, mais elle détectait chez elle une certaine nervosité.

— Tu vas bien ? lui demanda-t-elle lorsqu'elles se retrouvèrent à inspecter les niches toutes les deux.

Afin que les chiens ne soient pas trop troublés par le nombre de visiteurs, Megan et Rachel avaient prévu de se relayer pour présenter les installations aux donateurs potentiels et les cages avaient été nettoyées de fond en comble pour mériter l'intérêt des sponsors.

— Oui, c'est juste… le stress.

Natalie devina, à son ton hésitant, qu'elle n'osait pas aborder le sujet de sa grossesse.

— Tu as toujours des nausées ? demanda-t-elle courageusement. Tu dois approcher des trois mois maintenant ?

Face à l'expression reconnaissante de Rachel, Natalie sentit une tristesse aigre-douce l'envahir. Elle avait gagné une amie, oui, mais une amie qui ne comprendrait jamais sa souffrance en sa présence.

— Des nausées ? Je n'ai pas le temps. Je suis complètement paniquée de ne pas en avoir fait assez pour le chenil. Je n'ai pas le don de Dot avec les chiens… Je ne suis pas non plus une femme d'affaires comme toi, je me suis peut-être trompée dans mes calculs… C'est simple, la moitié du temps, je navigue à vue. J'ai l'impression d'être en plein milieu d'un drôle de rêve dans lequel les chiens vont se mettre à parler. Bientôt, je vais me réveiller à Londres.

Natalie posa une main rassurante sur son bras. Comme toujours, Rachel portait merveilleusement bien son jean, mais elle remarqua que son T-shirt couvrait le premier bouton défait.

— Tu n'es pas toute seule. Cette journée va être une immense réussite. Ma réputation en tant que responsable marketing est en jeu, ne l'oublie pas.

Les yeux de Rachel se voilèrent.

— Tu as fait tout ce qui était en ton pouvoir, reprit Natalie. Attends un peu 17 h 30, quand nous nous retrouverons pour compter les recettes !

Rachel sembla se ressaisir à ces paroles.

— Oui, dit-elle avec un sourire grimaçant. À 17 h 30, on trinquera tous ensemble. Enfin, sauf moi, évidemment.

Natalie alla se poster à la grille du verger pour accueillir les visiteurs et leur distribuer un court prospectus de présentation du chenil et du refuge. Bientôt, un flot considérable de chiens et de maîtres, dont certains la reconnaissaient de ses promenades quotidiennes avec Bertie, se forma à l'entrée.

La pommeraie offrait un spectacle superbe. Sous les arbres, pour la plupart parés de fleurs mousseuses, se dressaient quelques stands. Il y avait des gâteaux, une tombola, la collection de brochures sur les soins aux chiens confectionnées par Dot et actualisées par Rachel, des accessoires canins offerts par l'animalerie, un atelier maquillage et toilettage – pour chiens uniquement – tenu par les lycéens et une table garnie de coupes en vue de l'« Exposition poilante ».

D'après les formulaires d'inscription, que Megan avait épinglés aux troncs, différentes épreuves étaient proposées aux participants : « La queue la plus frétillante », « Tel chien, tel maître », « Le duo masqué », « Le chien le plus au poil », « La chienne la plus racée », « Le juste poids » et « Meilleurs amis ».

Bertie pouvait remporter au moins trois d'entre elles, songea Natalie en notant son nom au crayon à papier en face de « La queue la plus frétillante », « Le chien le plus au poil » et « Meilleurs amis ». Elle hésita en face de « Tel chien, tel maître » puis décida de tenter le coup, ne serait-ce que pour arracher un sourire à Johnny. Ni lui ni Bertie n'avaient donné signe de vie, mais sans doute s'étaient-ils offert une promenade plus longue au cas où ce devrait être la dernière.

Elle consulta son téléphone portable. Rien. Elle composait son numéro pour lui demander où il était passé quand Megan lui adressa un signe de la main depuis le stand de restauration de Freda. Dès qu'elle aperçut les deux inconnus avec elle, Natalie devina ce qui l'attendait. Le couple paraissait fort sympathique, ce qui n'arrangeait rien.

Après avoir avalé une grande bouffée d'air, elle alla les saluer, dissimulant sous un masque joyeux la douleur qui sourdait dans sa poitrine.

— Natalie ! Viens, j'aimerais te présenter ces gens !

Avec un sourire, Megan indiqua du doigt les candidats à l'adoption de Bertie, qui lui offrirent une chaleureuse poignée de main.

— Voici Adam et Paula. Et voici Natalie, qui a offert un accueil quatre étoiles à Bertie durant ces derniers mois.

— Oh, une vraie partie de plaisir, dit Natalie. C'est un chien tellement, tellement adorable.

— C'est un gros nounours, confirma Megan. Franchement, on n'arrive pas à comprendre comment ses premiers maîtres ont pu le mettre à la porte.

— Oh, mais c'est aussi un petit vaurien, ajouta Natalie, incapable de se retenir. Figurez-vous qu'il a trouvé la combine pour ouvrir le frigo. Et ce qu'il hurle ! Vous n'en croiriez pas vos oreilles. Et puis, s'il le pouvait, il s'incrusterait tout le temps dans le lit.

— Nat ! lança Megan avec un regard oblique. Ne leur fiche pas la frousse !

— Oh, nous avons l'habitude des bassets, observa Adam avec un roulement d'yeux entendu. Nous sommes déjà briefés sur les crottes de renard, la surdité, les poils partout.

— En fait, nous en avons déjà deux, expliqua sa femme. Nous ne pourrions pas adopter une autre race maintenant, ce sont de tels numéros.

— En tout cas, je vous tire mon chapeau ! la félicita Adam. Je serais totalement incapable d'être famille d'accueil. La maison serait remplie de chiens de refuge en un mois. Jamais je n'arriverais à m'en séparer pour les confier à de nouveaux maîtres.

— Natalie et Johnny sont des gens hors du commun, s'empressa de commenter Megan. Pour tout vous dire, je crois qu'ils le garderaient s'ils le pouvaient.

— Tout à fait, confirma Natalie. Sans la moindre hésitation. Euh, Bertie est avec mon mari en ce moment. Je les ai envoyés faire un petit tour, mais ça fait déjà un moment. Je devrais peut-être leur passer un coup de fil ?

— S'il vous plaît, accepta Paula, dont l'enthousiasme paraissait sincère. Nous avons tellement hâte de le rencontrer.

Le cœur serré, Natalie imagina Bertie à l'arrière de leur voiture, en route pour une nouvelle vie, laissant derrière lui son panier vide dans leur cuisine.

— On reste dans le coin, l'informa Megan. Rejoins-nous quand tu auras retrouvé leur piste ?

— Je ne serai pas longue.

Natalie se glissa dans la foule, où ils ne risquaient pas de déceler le chagrin sur son visage.

— Il faudra peut-être que tu les maintiennes en place, Leo. Caramel, assis ! Assis, s'il te plaît !

Zoe tentait d'assujettir les oreilles de lapin sur la tête du labrador lorsqu'elle entendit une voix familière dans son dos.

— C'est le plus beau lapin et le plus beau magicien que j'aie jamais vus !

Elle se retourna maladroitement, accroupie à la hauteur du labrador. Bill se dressait derrière elle, accompagné de Lulu, qui arborait une nouvelle laisse argentée, d'une élégance folle. Elle semblait sortir de chez le toiletteur, comme si elle s'apprêtait à concourir à Crufts, que le reste de ses congénères eût décidé de s'encanailler ou non.

— Tu sais ce qu'il te manque ? reprit-il en souriant à Leo, qui fixait avec un respect mêlé de crainte le grand monsieur devant lui. Il te manque… ça !

D'un geste prompt, Bill sortit de sa poche arrière un mouchoir blanc, qu'il tendit à Leo avec solennité.

— Dis merci, rappela Zoe.

— Merci, articula Leo, docile.

— Mamaaaan, geignit Spencer. Je veux une glace.

— Pas maintenant, Spencer, répondit-elle du ton ferme qu'elle employait pour dresser Caramel. Le concours de Leo va commencer dans une minute. On ira chercher une glace quand on sera tous prêts.

— T'as qu'à me donner l'argent, j'irai tout seul.

Zoe lui lança un regard furieux avant de lever les yeux sur Bill. Que Spencer pique une crise maintenant était bien la dernière chose qu'elle souhaitait.

— Non. Tu attends, un point c'est tout.

— Comment vas-tu ? lui demanda Bill. Ta compagnie à l'heure du déjeuner nous manque, à Lulu et moi.

— Oh, je ne savais plus où donner de la tête ces derniers temps. Dès que le beau temps arrive, toutes ces dames désirent des mèches.

Peut-être était-ce le soleil printanier qui filtrait à travers les fleurs de pommier, mais l'air autour d'eux parut soudain plus chaud à Zoe. Elle avait oublié combien elle aimait la présence de Bill. Sa compagnie tranquille lui donnait l'impression d'être plus jeune et moins sur les rotules.

Le mégaphone grésilla et la voix de Megan claironna dans le verger.

— Tous les participants au concours du « Duo masqué » sont priés d'approcher. Merci !

Zoe prit Leo par la main pour le conduire vers Megan, mais il se libéra d'une secousse.

— Je veux y aller tout seul. Je suis grand.

— Non, même pas vrai, t'es qu'un bébé, le bêcha Spencer.

Zoe gratifia son fils aîné du regard le plus dur et terrifiant de son répertoire, auquel il répondit en pointant sa langue sous sa lèvre inférieure. Surtout, ne mords pas à l'hameçon, s'adjura-t-elle. Ignorer le négatif, récompenser le positif : telle devait être sa devise.

— Vas-y, Leo, l'encouragea-t-elle en le poussant doucement dans le dos. On va te regarder d'ici. Bonne chance !

Bill et elle le suivirent des yeux, tandis qu'il rejoignait la piste avec Caramel, où Megan les accueillit à bras ouverts sous une ronde d'applaudissements.

— Je crois que c'est dans la poche, observa Bill en lui donnant un petit coup de coude.

Des étincelles d'électricité fusèrent dans le bras de Zoe à l'endroit où sa chemise était entrée en contact avec sa peau nue.

Après avoir jeté un coup d'œil à Spencer, qui fixait d'un air boudeur le terrain, elle demanda à Bill s'il avait réussi à encourager ses patients à promener des chiens pour garder la forme. Ils bavardèrent tranquillement, puis applaudirent avec enthousiasme lorsque Leo et Caramel reçurent le premier prix des mains de l'épouse du maire, devant un boxer déguisé en dalmatien, deux clowns et Superman.

— C'est l'heure de la tournée de glaces ! lança Bill.

— Oui, aux glaces ! Quel parfum tu veux, Spencer ?

Comme elle n'obtenait pas de réponse, Zoe se retourna.

— Spencer ?

Il n'était plus derrière elle.

Oh, bon sang ! se dit-elle, gagnée par la colère. Il était parti en vadrouille. C'était l'une de ses toutes dernières spécialités pour la mettre en boule : monsieur partait papillonner dans les supermarchés ou les magasins, lui donnant chaque fois une peur à couper le souffle. Le plus horripilant, c'est que la ruse fonctionnait à tous les coups, et qu'à tous les coups, lorsqu'elle le retrouvait enfin, elle avait le droit à son sempiternel geignement : « Mais mamaaaan, je faisais que lire », « regarder le chien », « m'enlever les crottes de nez »…

— Un problème ? l'interrogea Bill.

Déjà Leo bondissait vers eux, poursuivi par Caramel, qui avait perdu ses oreilles de *bunny girl* en route.

— Spencer. Il est parti chercher sa glace, j'imagine, dit-elle avec une grimace d'excuse. Je suis désolée, il traverse une phase rebelle.

Bill promena son regard sur le verger.

— Il va falloir t'y faire. J'ai cru comprendre que ça durait entre quinze et quatre-vingts ans chez le mâle lambda. Si tu veux, je peux rester ici, au cas où il reviendrait.

— Ça ne te dérange pas ? s'enquit Zoe, soulagée par le naturel avec lequel il le lui avait proposé. Je n'en ai pas pour longtemps. Tiens, la laisse de Caramel. Je te rapporte une glace ?

— Au chocolat. Avec un bâtonnet de chocolat.

Il adressa un clin d'œil à Leo, qui observait d'un œil réprobateur un Caramel occupé à renifler Lulu.

— Ne t'inquiète pas, Leo, ce sont de vieux copains.

— Viens là, toi.

Zoe prit son benjamin dans ses bras. Bébé ou pas, elle devait à tout prix être de retour avant que Spencer reparaisse et donne à Bill la pire image possible de sa petite famille.

Natalie essayait en vain de joindre Johnny sur son téléphone portable lorsque l'approchèrent deux charmantes dames, qui tenaient absolument à financer une cage pourvu qu'elle fût exclusivement réservée à l'usage de bergers allemands.

Quand elle eut terminé de leur faire visiter les lieux et de leur expliquer que le refuge accueillait une composition diverse et variée de canidés, il n'y avait toujours aucune trace de son mari ou de son chien. Elle se rendit jusqu'au fond du verger, où son téléphone captait mieux, et s'apprêtait à composer le numéro de Johnny quand celui-ci apparut sur le sentier. Avec de grands gestes, elle attira son attention.

Alors qu'il venait à sa rencontre, elle s'aperçut qu'il était seul. Sans Bertie. Le cœur serré, elle courut à sa rencontre.

— Qu'y a-t-il ?

Le visage de Johnny était rouge, son front perlé de sueur.

— Je l'ai perdu.

Il se pencha en avant et appuya ses mains sur ses genoux, à bout de souffle.

— Quoi ?

— J'ai perdu Bertie. Je l'ai détaché, juste une seconde, le temps de pisser un coup dans les fourrés au bout du verger. Il a dû flairer quelque chose parce que… il a disparu.

Natalie se rendait bien compte que Johnny paniquait.

— Il était là, et la seconde d'après il n'y avait plus que le bout de sa queue, et puis plus rien ! Il a dû pister un lièvre ou je ne sais quoi.

Natalie fut soudain prise de nausée. Sous ses airs de mollasson, Bertie était capable de semer un régiment. Il pouvait s'évaporer dans les bois en quelques secondes.

— Tu l'as appelé ?

— Si je l'ai appelé ? Bien sûr que je l'ai appelé, bon sang !

Il lui adressa un regard lourd de désespoir.

— Mais tu sais aussi bien que moi ce qu'il vaut quand on essaie de l'appeler, Nat. Zéro ! À moins de savoir imiter le cri du poulet rôti.

— Ce n'est pas drôle ! Franchement, à quoi tu pensais ? Je ne le détache jamais, mais jamais, là où je ne peux pas le suivre des yeux.

Elle serra ses poings autour de sa tête.

— Quelle taille peut bien faire ce bois ? Mon Dieu, il est immense !

Le bois de Collingdale s'étirait de Four Oaks en direction de Rosehill et était délimité, d'un côté, par une route à quatre voies. Mais il y avait un mur, se raisonna Natalie, et des champs à l'autre extrémité. Bertie devrait courir sur plusieurs kilomètres pour atteindre une artère très fréquentée.

Reste que la zone couverte était gigantesque. Soudain, une horrible pensée l'assaillit.

— Il y a des pièges là-dedans, non ? Et des terriers de lapin. Nom de Dieu, Jon, s'il est descendu dans un trou et est resté coincé ? S'il a fourré son museau dans un piège ?

Sa voix se brisa et elle dut se couvrir la bouche. Bien sûr qu'elle dramatisait, mais la tension des derniers mois, ajoutée à sa terreur pour ce pauvre Bertie, si curieux et naïf, avait raison d'elle.

Johnny posa ses mains sur ses bras.

— Pas d'affolement, on va le retrouver.

— Surtout, ne dis rien à Megan. Elle est avec le couple qui est venu pour l'adopter. Ils doivent nous chercher à l'heure qu'il est. Oh, mon Dieu, et s'il est blessé ? Comment va-t-on le retrouver ?

— Natalie, la raisonna-t-il en la secouant doucement. Nous parlons de Bertie. Il va probablement galoper dans le bois pendant une demi-heure, se couvrir de merde de cerf puis retourner au chenil pour son petit sandwich au bacon.

— On devrait peut-être aller voir là-bas.

Elle se mit à marcher dans cette direction, puis pila.

— Johnny…

S'il te plaît, gardons-le, faillit-elle l'implorer. Ne le laisse pas partir.

Il s'immobilisa, le visage cramoisi.

— Quoi ? On perd du temps là !

— Rien.

Et elle reprit sa route.

Lorsque l'absence de Spencer se fut prolongée au-delà de la demi-heure et que Zoe eut fait quatre fois le tour du verger avec Leo et Caramel sur les talons, son mécontentement s'aiguisa en début de panique.

— Tu es certain que tu ne sais pas où il aurait pu aller ? demanda-t-elle à Leo pour la dixième fois.

Tant de gens et de chiens grouillaient désormais autour d'eux qu'il était difficile de vérifier si Spencer ne se cachait pas tout simplement derrière un arbre.

— Il ne t'a pas parlé d'aller en ville, hein ? Il ne serait quand même pas parti là-bas tout seul ?

Leo se mordit la lèvre, le regard fuyant. Zoe s'agenouilla près de lui, enroulant la laisse de Caramel autour de son poignet pour ne pas qu'il s'échappe.

— Dis-moi tout, mon Leo, l'encouragea-t-elle d'une voix apaisante. Je ne me fâcherai pas.

— Hier soir, Spencer a dit qu'il allait partir voir papa mais j'ai cru que c'était la semaine prochaine, pas maintenant, raconta le petit garçon, dont les joues viraient au rouge. Je ne croyais pas qu'il disait maintenant. Comment il va le trouver, papa ? Papa, il est pas là ! Et il a pris le sac avec les affaires de Caramel.

Et merde ! Zoe se releva en tâchant de ne pas manifester son bouleversement devant Leo. Spencer avait pu franchir le portail, traverser le jardin et descendre jusqu'en ville, ou même se lancer à travers champs.

Il était trop futé pour monter dans la voiture d'un inconnu, se rassura-t-elle. Mais s'il était déterminé à atteindre la maison de son père…

— Je crois qu'il va falloir le chercher un peu mieux. Quel affreux jojo ! À cause de lui, le pauvre Caramel va rater sa leçon spéciale.

— Que affreux jojo ! répéta Leo en lui agrippant la main, comme s'il craignait qu'elle disparaisse elle aussi.

— Voyons…

Zoe fouilla des yeux l'assemblée, à la recherche des tresses blondes de Megan, qu'elle finit par repérer près du stand de brochures, en train de babiller devant un scottish-terrier noir farouche évoquant une moustache hitlérienne géante.

— Si on allait montrer à Megan ton beau costume ?

Elle marcha jusqu'au stand d'un pas si pressé qu'elle faillit semer Caramel et Leo. Juste quand elle arrivait, Megan écarta d'un geste brusque sa main de la mâchoire du chien.

— Megan, tu peux garder Leo cinq minutes, s'il te plaît ?

— Qu'est-ce qui ne va pas ? demanda-t-elle avec un sourire vaillant.

Zoe baissa d'un ton.

— C'est Spencer. Il a disparu de la circulation. Je dois trouver Rachel pour qu'elle fasse une annonce, mais je ne veux surtout pas inquiéter Leo. Tu crois que tu pourrais le distraire ?

— C'est pas vrai ! s'exclama Megan avec des yeux ronds. Bien sûr ! On va le retrouver, Zoe. Il ne peut pas être allé très loin. Tu veux que j'envoie un chien de meute à sa recherche ? Il pourra repérer sa piste ! Ça serait intéressant de voir combien de temps il met à le retrouver.

— Surtout pas ! Il serait mort de frousse. C'est ma faute. J'étais en train de parler à Bill et il m'agaçait, alors je lui ai dit d'attendre et d'arrêter d'être aussi casse-pieds. Tout ça parce que je voulais papoter tranquillement avec Bill !

Sa voix s'étrangla.

— Je suis une mère horrible. Je fais passer mes béguins ridicules avant…

Megan lui agrippa le bras.

— Zoe, ne raconte pas n'importe quoi. Tu as le droit d'avoir des amis, bon sang ! Ça ne va tout de même pas se reproduire chaque fois que tu vas rencontrer un homme ! Encore une fois, c'est une question de limites. Spencer doit savoir que tu l'aimes, mais que tu ne toléreras pas qu'il disparaisse sur un coup de tête pour réclamer ton attention. Tu ne laisserais pas Caramel hurler à la mort ou faire pipi partout pour attirer ton attention. Si ?

Zoe secoua la tête d'un air malheureux.

— Bien. Trouve-le et explique-le-lui calmement. Bon, à nous, Leo Graham ! lança-t-elle en changeant de voix. J'ai entendu dire que le concours du « Juste poids » a commencé et j'aurais besoin d'un expert. Tu veux bien m'aider ?

Tandis qu'elle conduisait Leo vers un énorme saint-bernard assis patiemment à côté du stand de sponsoring de Natalie, Zoe, dont le cœur menaçait de remonter dans sa gorge, fonça tout droit vers Rachel et son microphone.

Bertie ne se trouvait pas dans le chenil, ni près du stand de sandwichs au bacon, ni nulle part dans la maison.

Complètement affolée, Natalie devinait que Johnny n'en menait guère plus large, malgré ses efforts pour afficher son calme. Il avait beau lui répéter de ne pas paniquer, il s'arrachait les peaux autour des ongles et se renfrognait dès qu'il se croyait à l'abri de son regard.

— Le mieux, c'est de redescendre en direction des bois, suggéra-t-il en la guidant sur le sentier latéral pour que Megan ne risque pas de les apercevoir sans Bertie. C'est le dernier endroit où il m'a vu. Peut-être qu'il pourra nous sentir.

Natalie jugea plus prudent de ne pas l'informer que tous les guides qu'elle avait lus sur le sujet avertissaient qu'une fois que les bassets baissaient le museau, ils ne le relevaient plus avant que leur piste eût totalement disparu, soit à des kilomètres de leur point de départ.

— Mais s'il s'est perdu ?

— Il ne s'est pas perdu, il s'est juste payé un petit footing, en plein jour, à quelques kilomètres de sa maison.

Johnny passa un bras autour d'elle, tandis qu'ils trébuchaient sur les taupinières.

— Allez, Nat, comment voudrais-tu qu'il sache que ses nouveaux parents sont là ? Il n'a pas préparé son baluchon pour fuguer.

À ces mots, Natalie ne put s'empêcher d'imaginer la mine déroutée de Bertie au moment où ils le confieraient à ses nouveaux maîtres. Un sanglot déchirant s'échappa de sa gorge.

— Natalie, moi aussi je l'aime, mais ce n'est qu'un chien…

— Il n'y a pas que Bertie.

Le chien n'était que la goutte d'eau qui faisait déborder le vase au terme d'une longue série de malheureux « Et si ? ».

— Il y a tout le reste !

— Quoi, tout le reste ?

Elle le dévisagea. Elle n'arrivait pas à croire qu'il fasse encore semblant de ne pas savoir.

— Tout ce dont on ne parle pas ! Mon boulot, notre bébé, tes analyses de sperme. Tout ! Et toi qui me forces à prendre les décisions toute seule. Je n'en peux plus.

Elle s'exprimait avec des gesticulations frénétiques.

— Est-ce qu'on garde Bertie ? Est-ce que je retourne au travail ? Est-ce qu'on tente la fécondation *in vitro* ? Et toi, tu es là : « C'est à toi de voir, Nat. » Le mois dernier, je te connaissais par cœur et maintenant... maintenant, c'est comme si tu étais un étranger, tu refuses de me dire ce qu'il se passe dans ta tête. Toutes les nuits, tu es couché là, à côté de moi, mais c'est comme si tu étais à des kilomètres.

— Arrête.

Johnny voulut se détourner, mais elle l'en empêcha.

— Tu dois te réveiller, Johnny. Sinon, autant tout laisser tomber !

Natalie ignorait où elle était allée puiser ces paroles, mais elle sut, à l'instant où elle les prononça, qu'elles exprimaient le fond de sa pensée.

Elles eurent au moins le mérite d'arracher une réaction à Johnny.

— Quoi ?

— Ce que je veux dire...

Natalie dévisagea son mari et, pour la première fois, vit en lui un adulte et non le lycéen dégingandé qu'il était demeuré pour elle. Devant elle se tenait l'homme avec qui elle avait fait vœu de passer le restant de son existence, un être silencieux en proie au trouble, bien loin de l'adolescent optimiste toujours persuadé que tout irait pour le mieux.

Celui-ci avait disparu pour de bon, après le premier spermogramme. Or, Natalie n'était pas certaine de connaître le nouveau Johnny.

— Ce que je veux dire, c'est que je ne sais plus ce que tu veux.

— Tu ne sais pas ce que je veux ?

— Non.

Elle secoua la tête, consciente qu'ils se trouvaient à un carrefour et que le moindre mot inconsidéré pouvait les envoyer dévaler une pente dangereuse. Un chemin sans retour.

Le moment n'aurait pu être plus mal choisi pour cette discussion, songea-t-elle, les nerfs à vif. Bertie était peut-être en cavale ou à l'agonie, mais si elle laissait cette conversation s'envenimer, ou si elle interrompait Johnny maintenant qu'il semblait enfin décidé à parler, cela pourrait signer leur fin. L'adrénaline déferlait dans ses veines avec une telle force que ses doigts en tremblaient.

Johnny fixa un instant le bois avant de se retourner vers elle, sombre et terrifié.

— Tout ce que j'ai jamais voulu, c'est toi. Toi et une famille. Je pensais que ça viendrait tout seul, comme notre mariage, nos boulots. J'ai eu tellement de chance dans la vie. Mais voilà, je ne peux pas te donner d'enfant et j'ai une foutue trouille de ce qui va se passer maintenant. C'est pour ça que je ne veux pas en parler, tu comprends ?

— Qu'est-ce que tu as peur d'entendre ?

— Que tu veux partir, répondit-il tout simplement. Pour trouver quelqu'un de mieux. Quelqu'un de plus riche. Quelqu'un avec qui tu n'auras plus à travailler et pourras t'occuper du chien, avoir des enfants, être sa raison de se dépêcher de rentrer tous les soirs. Au lieu de…

Il avala une bouffée d'air.

— Au lieu d'un pauvre type incapable d'exprimer ce qu'il ressent, avec des bons à rien de spermatozoïdes. Je sais que tu es trop gentille pour me quitter, alors je me suis dit que…

Il cligna les yeux avant de poursuivre :

— … que peut-être c'était à moi de te laisser libre de trouver quelqu'un d'autre.

— Quoi ? lâcha Natalie, sidérée. Tu as perdu la tête ? C'est ce que tu penses vraiment ?

Il acquiesça en silence, incapable de prononcer un mot.

— Quel imbécile !

Elle jeta les bras autour de son cou robuste et se hissa sur la pointe des pieds pour le regarder droit dans les yeux. La simple idée du scénario qu'il s'était imaginé, prêt à quitter le nid, penaud, pour s'aventurer seul dans le froid comme un manchot se sacrifiant pour la colonie, lui faisait monter les larmes aux yeux.

— Tu es tout ce que j'aie jamais voulu. Et si nous ne pouvons pas avoir de bébé, eh bien nous n'aurons pas de bébé, Johnny. Je ne vais pas t'abandonner, ni tout ce que nous avons, pour ce que nous n'avons pas. C'est ridicule.

— C'est trop te demander, marmotta-t-il. Je ne peux pas t'autoriser à sacrifier ta vie. Rien que pour moi.

Natalie lui adressa un regard intense. Ses orteils étaient endoloris par sa posture, mais peu lui importait.

— Ce n'est pas un sacrifice, c'est ce que je veux. Et si tu m'avais posé la question, c'est ce que je t'aurais répondu. Pourquoi ne me l'as-tu pas demandé ?

— C'est dur, avoua-t-il, les traits déformés par la honte. C'est tellement dur d'en parler. Pour un homme.

— Johnny, personne n'a tout ce qu'il désire. Nous avons beaucoup. Et je vais te dire une chose, continua-t-elle sans savoir ce qui lui inspirait ces mots. Je vais prendre la fin de mon congé sabbatique. Je vais en profiter pour me renseigner de mon mieux sur les problèmes de numération de spermatozoïdes et nous allons nous faire aider. Et garder Bertie, aussi.

— Mais ton travail ?

Il semblait à la fois perplexe et soulagé.

— On trouvera bien une solution.

Soudain, Natalie se sentit quitter le sol. Johnny avait passé les bras autour de sa taille et la serrait fort contre elle. Alors qu'il se mettait à lui embrasser les cheveux et le cou, elle lui souffla dans le creux de l'oreille :

— Je ne voudrais pas semer la panique, mais nous avons toujours un chien aux abonnés absents.

Il la relâcha aussitôt, le visage grave.

— Tu as raison. Il a peut-être retrouvé son chemin, maintenant.

Ils partirent en direction du bois au pas de course. Lorsqu'ils approchèrent de l'endroit où la piste principale se divisait en deux sentiers, de chaque côté des arbres, Johnny, qui avait entre-temps téléphoné à Bill pour lui demander du renfort, montra du doigt le chemin de gauche.

— Bifurque là, je continue de ce côté. Tu as son sifflet ?

Natalie confirma d'une saccade de la tête, même si Bertie n'y avait jamais répondu. Son moral retomba à mesure qu'elle foulait à grandes enjambées le sol criblé d'ornières, balayant du regard les broussailles pour repérer une queue blanche, une oreille marron. C'est à peine si elle remarquait les branches qui lui écorchaient les bras et les jambes.

— Bertie ! Bertie ! hurlait-elle entre deux coups de sifflet.

Elle entendait Johnny crier de l'autre côté, à travers les pins, et d'affreuses images se multiplièrent dans son esprit.

Pitié, qu'il soit sain et sauf, priait-elle, des larmes roulant sur ses joues. Si Bertie était sain et sauf, tout irait bien. Johnny et elle s'en sortiraient, pourvu que Bertie revienne.

Elle avait l'impression de marcher et de hurler depuis des heures lorsqu'elle aperçut un éclair blanc et brun dans une clairière. Elle eut un déclic immédiat.

— Johnny ! Il est là ! cria-t-elle en s'élançant dans le sous-bois.

Si c'était bien Bertie, il ne bougeait pas. Alors qu'elle réduisait la distance, le soulagement de Natalie tourna à l'horreur. Une traînée rouge et gluante de sang se détachait sur la blancheur neigeuse de la gorge et du museau du basset.

27

Natalie ignorait par quel miracle elle arriva à se frayer aussi vite un chemin entre les buissons, cependant aucun progrès ne lui aurait semblé assez rapide.

En s'approchant, elle s'aperçut que Bertie n'était pas seul. À côté de son corps étendu, un petit garçon pleurait comme un malheureux, avec de violents sanglots déchirants qui secouaient sa carcasse menue. Ses jambes et ses bras nus étaient striés d'égratignures et il tenait la grosse tête du basset-hound sur ses genoux, en mal de réconfort. Le sang qui couvrait la gueule et le museau de Bertie ne semblait pas provenir d'une morsure sur le corps de l'enfant, d'ailleurs la façon dont celui-ci étreignait le chien excluait l'hypothèse d'une attaque.

Oh, mon Dieu ! se dit Natalie. Il avait dû glisser son museau dans un piège et se le briser ! La pauvre bête devait endurer d'inimaginables souffrances.

Il gisait dans la plus grande immobilité, mais, en la voyant, il balança la queue mollement, sans rien de la force qu'il mettait d'ordinaire pour marteler le canapé. À cet instant, Natalie aurait tout donné pour subir son calvaire à sa place.

Lorsqu'elle tomba enfin à genoux devant Bertie et le petit garçon, ce fut plus fort qu'elle, son instinct la poussa à réconforter d'abord le chien. Elle colla son visage à la tête plissée tout en tendant la main vers le petit garçon, qui se jeta aussitôt contre elle, l'agrippant des deux bras. Ses traits lui semblaient familiers. Elle fouilla sa mémoire à la recherche d'un indice. L'avait-elle croisé au chenil ?

— Il va bien ? Et toi, tu vas bien ?

Elle ravala ses larmes. Son Bertie ! Que lui était-il arrivé ? De quelle atrocité avait été témoin ce pauvre petit garçon ?

— Là, là, tout va bien, le rassura-t-elle. Chut…

Johnny se rua dans le sous-bois, à bout de souffle. Quelques secondes plus tard, Bill les rejoignait en courant, suivi de Lulu, qui bondissait au-dessus des branchages comme une biche molletonneuse.

À la vue du médecin, l'enfant se mit à sangloter de plus belle. Bill s'agenouilla près de lui.

— Tout va bien, Spencer.

Avec douceur, il éloigna Natalie sous le prétexte d'ausculter le garçonnet, mais avant tout pour que Johnny puisse examiner Bertie sans qu'elle assiste au douloureux spectacle.

— Il n'y a pas de quoi sortir les grandes eaux, mon vieux. Tu es blessé ou juste un peu égratigné ?

Johnny était penché au-dessus du chien, s'appliquant à faire écran entre lui et Natalie.

— Ne regarde pas, Nat, lui ordonna-t-il. Occupe-toi de Spencer.

— Mais je veux voir ! sanglota-t-elle. Qu'est-ce qu'il a, Johnny ? J'appelle le vétérinaire ?

Elle sortit son téléphone avec des mains tremblantes.

— Il doit sûrement être là-bas… Oh non, je n'ai pas son numéro !

— Qu'est-il arrivé à Bertie, Spencer ? questionna Bill de sa voix calme de médecin. Tu as vu ?

— Il m'a poursuivi.

Le petit garçon hoquetait si fort qu'il arrivait à peine à respirer.

— Et puis je suis tombé et il a voulu se cacher dans mon sac et il… il…

— Natalie, appela Johnny avec beaucoup de sérieux. Je crois que tu devrais venir voir ça.

— Il a mangé mon sandwich !

Spencer fondit en larmes et, levant des yeux tragiques sur Bill, vomit tout le contenu de son estomac sur lui.

Alors Johnny brandit deux emballages de sandwich au bacon, tous les deux tachés de la même sauce tomate qui barbouillait le bavoir blanc de Bertie.

— Si tu veux garder Bertie, il va falloir lui apprendre à mieux se tenir à table, Nat, remarqua-t-il avec douceur. En revanche, je lui donne dix sur dix pour la performance théâtrale.

Megan venait de demander à l'ensemble de l'assistance de rechercher un petit garçon de sept ans vêtu d'un T-shirt blanc lorsque le téléphone de Zoe sonna.

— Tu es toujours à la recherche d'un enfant ? lui demanda Bill.

Zoe crut qu'elle allait s'effondrer tant son soulagement était grand. Dès qu'il lui eut donné les indications, elle dévala le chemin menant au bois, d'où il émergeait avec Johnny, Natalie et Spencer, devant Lulu et un Bertie tout penaud.

Natalie et Johnny paraissaient lessivés. Quant à Bill, il était couvert de vomi, de sa nouvelle chemise à ses tennis en daim, en passant par son jean. À côté, l'unique petite éclaboussure sur le T-shirt de Spencer faisait pâle figure.

— Oh, mon Dieu, que s'est-il passé ? s'écria-t-elle.

— Nous soupçonnons Spencer d'avoir mangé quelque chose qu'il n'aurait pas dû, pas vrai, Spencer ?

Bill tourna la tête de côté pour jeter un coup d'œil au garçonnet. Cet homme était encore plus époustouflant sous une couche de vomissure, ne put s'empêcher de penser Zoe.

— Des baies, sans doute, continua le médecin. Et puis tu as eu des émotions fortes, pas vrai ?

Spencer confirma d'un hochement de tête tristounet.

— Mais nous allons aller au cabinet médical vérifier tout ça, reprit Bill, visiblement indifférent à l'état de ses vêtements. Avec un testeur spécial vomi.

Le visage de Spencer se releva légèrement à ces mots.

— Qu'est-ce que tu as avalé ? lui demanda Zoe d'une voix soucieuse. Je t'ai pourtant déjà dit de ne pas manger ce que tu trouves par terre, Spencer.

Elle s'escrimait à retenir ses larmes, mais l'immense délivrance qu'elle éprouvait à la vue de son fils sain et sauf lui rendait la tâche extrêmement difficile.

— J'étais tellement inquiète !

Le petit garçon courut se nicher dans les bras qu'elle lui tendit, fourrant sa tête dans le creux de son épaule avec des mouvements mal coordonnés de jeune chiot. Lorsqu'ils se furent câlinés assez longtemps pour que Zoe reprenne le contrôle des muscles de son visage, elle l'éloigna gentiment pour qu'il comprenne bien qu'elle s'était fait un sang d'encre.

— Où allais-tu comme ça, Spencer ? Que faisais-tu dans les bois ?

La lèvre du garçonnet se mit à trembler, de plus en plus fort.

— Il a mangé mon sandwich au bacon ! Les deux même, et j'avais plus rien à prendre avec moi !

Natalie s'accroupit et passa un bras autour des épaules secouées d'émotions de Zoe.

— D'après nous, Spencer a jugé, très sagement par ailleurs que, s'il devait fuguer, il aurait besoin de vivres, expliqua-t-elle sur un ton aussi neutre que celui de Bill. Il est donc allé chercher deux sandwichs au stand de Freda et les a rangés dans son sac. Mais nous en connaissons un autre qui aime le bacon et les vadrouilles dans la nature, n'est-ce pas ?

Elle jeta un regard furieux en direction de Bertie.

— Quelqu'un qui ne voit pas où est le mal à fourrer son gros nez dans les affaires des autres. Il devait traîner aux alentours du verger lorsqu'il a repéré Spencer et suivi la piste du bacon… Enfin, l'affaire est maintenant entre vos mains. Nous devons aller voir Rachel, reprit Natalie en échangeant un regard éloquent avec Johnny. Nous devons leur parler, à Megan et elle.

— Merci, dit Zoe. Je vous dois une glace à tous les deux. Et à toi aussi, ajouta-t-elle pour Bill.

Elle dut faire un effort pour ne pas s'arrêter aux dégâts que Spencer avait causés à sa chemise. À voir la façon dont Natalie et Johnny le dévisageaient, ils étaient manifestement éberlués, eux aussi, que leur ami ne prenne pas l'incident plus au tragique.

— On va chercher une glace ? demanda Spencer d'une voix vibrante d'espoir.

Zoe se cuirassa. Elle devait faire front aux problèmes avec lesquels son fiston se débattait, même si elle n'était pas certaine de connaître leur solution. Elle voulait au moins qu'il sache qu'elle essayait.

— Je n'en ai pas pour longtemps, je dois juste avoir une petite conversation…

— Aucun souci, répondit Bill, gêné, en agitant la laisse argentée en direction du caniche noir. Lulu ! Lulu ! Viens là !

— Spencer, regarde-moi, ordonna Zoe.

Elle releva le menton du petit garçon de façon à ce qu'il puisse bien voir l'inquiétude sur son visage.

— Qu'est-ce que c'est que cette histoire ? Pourquoi voulais-tu faire une fugue ?

Maintenant qu'il se retrouvait en tête à tête avec elle, sa bravade le désertait.

— Je sais pas ce que j'ai fait.

Il enfouit son visage dans le creux de son épaule. C'est à peine si Zoe arrivait à articuler un mot.

— Quand ?

— Je sais pas ce que j'ai fait pour que papa veuille pas vivre avec moi et Leo, qu'il veuille nous voir que le week-end.

Il releva sa petite figure striée de larmes, qui témoignait des efforts acharnés avec lesquels il s'était débattu contre la logique des adultes.

— Callum, à l'école, il dit que Jennifer va devenir notre nouvelle maman et que tu vas trouver un nouveau papa et qu'après tu voudras nous voir que le week-end. Où on ira, alors, Leo et moi ?

Le cœur de Zoe se brisa.

— Non. Non, non, non, non. Jamais ça n'arrivera, tu m'entends.

— Pourquoi on peut pas être une vraie famille ?

Les coins de sa bouche s'affaissèrent, comme ceux d'un chien de dessin animé.

— Mais on est une vraie famille, affirma Zoe en l'attirant sur son genou et le serrant fort dans ses bras. Leo, Caramel, toi et moi. Et puis papa et…

Elle se força à le dire, pour le bien de son fils.

— … Jennifer. La famille, ce sont les gens qui t'aiment, Spencer ! Et nous t'aimons tous.

— Est-ce que tu vas nous trouver un nouveau papa ?

Il braqua sur elle ses yeux lucides, et Zoe sentit la force terrifiante de l'amour maternel les rapprocher comme un aimant. Spencer serait toujours capable de lire en elle comme dans un livre.

Elle se souvint alors d'un conseil que sa mère lui avait donné alors que Spencer n'était encore qu'un nourrisson : il fallait toujours prêter beaucoup d'attention aux propos que l'on tenait devant les enfants, car ils enregistraient tout mieux qu'un magnétophone.

— Tu n'as qu'un seul papa, Spencer, et c'est papa. Mais, un jour, je rencontrerai peut-être un homme qui comptera beaucoup pour moi et il voudra peut-être venir habiter avec nous. Mais pour ça, il faudra qu'il vous aime autant qu'il m'aime, parce que toi, moi, Leo et Caramel, on forme une équipe, pas vrai ?

Elle resserra son étreinte.

— Pas vrai ?

Spencer hocha la tête.

— Et tu seras toujours mon grand garçon à moi. Et le meilleur ami de Leo. Et aussi celui de Caramel, maintenant.

Elle regarda par-dessus la tête de Spencer. Bill s'était attardé près d'un arbre, non loin, et faisait mine d'enseigner de nouveaux tours à Lulu avec une friandise. Il en avait profité pour essuyer une partie du vomi sur sa chemise avec de l'herbe, mais Zoe ne pouvait s'empêcher de se reprocher l'état de ses belles chaussures, celles-là mêmes qu'il s'était probablement achetées dans le seul but de lui demander son avis. Jamais il ne réussirait à venir à bout de l'odeur de vomi imprégnée dans le daim, il fallait avoir des enfants pour connaître les trucs et astuces à cet effet.

Il laissa Lulu attraper sa friandise d'un bond puis lui adressa un sourire timide avec un haussement de sourcils, comme pour lui demander si tout allait bien.

Quel genre d'homme laissait votre fils l'asperger de vomi de la tête aux pieds, puis restait flâner dans les environs pour l'escorter jusqu'au cabinet médical ? Probablement pas le genre à s'amuser à vous foutre en l'air, vous et votre famille, même s'il n'avait pas encore fait ses preuves en matière d'enfants.

— Comment va ton bidon ? demanda-t-elle à Spencer. Que dis-tu d'aller au cabinet médical avec Bill pour qu'il t'examine ?

— J'ai faim. On peut aller manger une glace ? Dis, pourquoi son chien il ressemble à un mouton ? Pourquoi il est tout plein de bouclettes ? Bill dit que Lulu est une copine de Caramel et que vous promenez les chiens le samedi quand on est au foot, moi et Leo. C'est vrai, maman ? On pourra venir aussi ? Maman… Tu crois que je peux avoir un sandwich ?

Zoe se leva et Bill s'empressa de les rejoindre.

— Je crois qu'il s'est remis, observa-t-elle. En tout cas, assez pour vouloir le sandwich au bacon qui lui est passé sous le nez.

— Je te ramène à cheval ? proposa Bill.

Le petit garçon accepta de la tête. Alors Bill se baissa et le fit voltiger sur ses épaules. Une initiative courageuse, jugea Zoe, étant donné l'estomac fragile de Spencer. Celui-ci laissa échapper un pépiement de joie et empoigna les boucles de Bill.

— Moi aussi, j'ai envie d'un sandwich, déclara le médecin. Et d'un bain.

— Je laverai tes vêtements, lui dit Zoe. Je suis désolée, c'est le moins que je puisse faire.

Bill lui jeta un coup d'œil. Par bonheur, Spencer était trop occupé à crier après Lulu pour surprendre le regard badin qu'ils échangèrent.

— Tu ne peux pas continuer à me faire des livraisons au cabinet. Les fleurs, passe encore, mais une chemise ! On va jaser.

— Bien.

Et elle garda les yeux braqués droit devant elle, tandis qu'ils reprenaient le chemin du verger.

Si son surmenage devait témoigner du succès de la journée, alors Rachel était tentée de penser que ses talons couverts d'ampoules présageaient un tabac.

Malgré l'intérêt certain qu'affichait le public pour les installations de la pension canine de Four Oaks, c'était le refuge qui suscitait le plus de curiosité. Megan avait organisé des visites relativement courtes, afin de ne pas surexciter les chiens, et s'était relayée avec Rachel pour jouer les guides et expliquer le fonctionnement du centre de sauvetage en faisant vibrer sans vergogne la corde sensible de leur auditoire.

Au grand soulagement de Rachel, les chiens avaient fait preuve d'un comportement exemplaire, y compris pendant les minidéfilés assurés par les bénévoles, où ils arboraient fièrement des laisses « Je cherche un toit ». C'est à peine si les autoportraits accrochés aux portes des cages ne montraient pas les premiers signes d'usure à force d'être lus et relus.

Après la disparition inopinée de Natalie, Rachel s'était retrouvée contrainte de gérer elle-même la promotion du sponsoring et, malgré sa crainte de ne pas posséder le don de la responsable marketing, tout s'était déroulé pour le mieux. Elle s'était même surprise à répondre à toutes sortes de questions sur les canidés qu'elle aurait, en temps ordinaire, habilement détournées vers Megan. À 14 heures, le stock de formulaires de sponsoring était écoulé et elle avait dû filer au bureau pour en imprimer en quatrième vitesse afin de répondre à la forte demande. À 15 h 30, dix des quinze cages avaient trouvé une source de financement et le refuge pouvait compter sur des fournitures, des services de transport et l'engagement de journaux, de familles d'accueil et même d'inspecteurs de domicile. Un vrai triomphe !

Rachel ne voyait qu'une seule ombre au tableau : George avait joué les hommes invisibles. Il avait envoyé Darren pour s'occuper des éventuelles urgences et, même si le suppléant, si jeune diplômé qu'il lui restait sans doute encore quelques dents de lait, n'était pas venu les mains vides, Rachel ne comptait pas se laisser impressionner par un chèque de Fenwick Armstrong Associates à l'ordre du chenil. Elle voulait son temps, pas son argent.

Un peu de soutien de la part de George ne lui aurait pas déplu, songea-t-elle avec humeur. Certes, il n'était pas censé connaître tous les enjeux de cette journée, mais justement. Sa décision de partir ou de rester devait se fonder sur la réalité, pas des conjectures sur le comportement idéal.

— Il est sûrement de garde, remarqua Megan, comme si elle avait lu dans son esprit.

Elles venaient de raccompagner à la porte une équipe du conseil municipal « plus que satisfaite des nouvelles dispositions » et la jeune femme était en train de sortir de sa cage Yoshi, l'un des derniers jack-russells débarqués au refuge, pour lui passer une laisse.

— Je te parie qu'il viendra dès qu'il aura une minute. Tiens, maintenant que j'ai casé Oskar avec Freda, mon prochain objectif est de refourguer une de ces petites bêbêtes à George. C'est très facile à glisser dans une poche de Barbour, tu ne crois pas ?

Pour illustrer ses propos, elle souleva le petit terrier blanc, qui lui lécha l'oreille avec enthousiasme.

— George dit qu'il n'a pas de temps pour un chien.

— Mon œil ! Bien sûr qu'il en a. C'est ce qu'il répondait à Dot quand elle essayait de lui refiler des chiens qui n'étaient pas dressés. C'est devenu une habitude chez lui de dire non.

Megan reposa Yoshi et considéra Rachel.

— Puisqu'il va avoir un bébé, il peut bien avoir un chien. Un de plus, un de moins…

Un coin de la bouche de Rachel se releva. Elle appréciait de façon parfaitement démesurée le franc-parler de Megan à l'heure où tout le monde évitait prudemment de mentionner ses crises hormonales.

— Cela n'enfreint-il pas notre règle ? Je croyais qu'il était formellement interdit de replacer des chiens chez des femmes enceintes.

— Avec Bijou, ils ont tous intérêt à se tenir à carreau.

Megan hésita une seconde avant de poursuivre :

— Je ne veux pas m'immiscer dans ce qui ne me regarde pas, mais tu ne dois pas oublier que George a été son propre maître pendant des années. On finit par prendre des habitudes quand on est seul. Dot me le disait souvent. On fait ce qui nous chante, par facilité. George est un chic type et vous formez un couple extra, mais il va falloir le domestiquer.

Avec un soupir, Rachel posa sa main sur le petit renflement de son ventre, qu'elle espérait encore assez discret pour ne pas être trop souligné par un jean.

— Je n'ai pas le temps de domestiquer un homme. Il m'en faut un déjà apprivoisé. Tout de suite.

— Heureusement que tu l'es, toi. Écoute, je dois filer. Tu seras dehors dans un petit quart d'heure ?

— Je peux faire en sorte de l'être.

— Cool ! Je peux t'emprunter Bijou ?

Le border-collie attendait les ordres dans le panier du bureau, la tête sur ses pattes. En entendant son nom, il dressa les oreilles et se leva d'un bond pour suivre Megan à l'extérieur.

Après avoir consulté son bloc-notes, Rachel alla flâner du côté des portes coupe-feu pour jeter un coup d'œil aux chiens. Elle n'avait pas de visite guidée avant une vingtaine de minutes, les cages paraissaient propres et le téléphone ne sonnait pas.

Bon sang, elle était vannée, constata-t-elle soudain. Comment allait-elle s'en sortir quand elle se dandinerait avec un ventre énorme ? Et quand le bébé serait né ? Si seulement quelqu'un pouvait venir prendre soin d'elle et de ces satanés chiens errants !

— Thé ! lança-t-elle tout haut pour dissiper la panique qui montait en elle.

— C'est très aimable à toi ! répondit une voix familière. Avec du lait et sans sucre.

Elle fit volte-face à une telle vitesse qu'elle faillit perdre l'équilibre. Debout devant elle se tenait Oliver, qui offrait un tableau incongru dans son costume gris et ses chaussures fabriquées main au milieu des sacs de croquettes.

— Qu'est-ce que tu fiches ici ?

Ce n'était certes pas l'entrée en matière élaborée lors des nombreux monologues qu'elle avait répétés avec Bijou, mais ce furent les premiers mots qui franchirent ses lèvres.

Oliver ne broncha pas, fort d'une impassibilité qui lui faisait honneur.

— Je suis venu te secourir. C'est bien ce que vous faites ?

Le cœur fourbe de Rachel se mit à marteler sa poitrine, tandis qu'une déferlante nostalgique s'abattait sur elle. Oliver en costume. Ses joues rasées de près et ses cheveux fraîchement coupés par un coiffeur-visagiste de Chelsea.

Ses yeux sombres contrits et remplis d'espoir, son beau visage et… La gorge de Rachel se serra. Sa main tendue vers elle, sans l'alliance qui l'avait narguée pendant tant d'années.

C'est un salaud fini, se rappela-t-elle. Il avait trompé l'ennuyeuse Kath, il l'avait trompée, elle, il traversait une crise existentielle et jamais, au grand jamais, il ne l'avait réellement aimée.

Elle se força à rester calme.

— Et si je n'ai pas besoin d'être secourue ? parvint-elle à articuler.

Oliver laissa retomber sa main.

— Alors peut-être que tu peux me secourir moi, dit-il, doucereux. Je suis venu te présenter des excuses.

— Je t'écoute.

Bien que surpris par son attitude, il s'exécuta.

— J'ai été d'une stupidité inimaginable. Je serais bien en peine d'expliquer ce qui m'est arrivé ces derniers mois, mais je peux t'assurer que c'est terminé. Tu m'as ramené à la raison et je regrette absolument tout.

— Tara est-elle au courant du changement ?

Il leva un sourcil, puis comprit qu'elle savait tout.

— Elle… ne fait plus partie du paysage.

Il y eut un bref silence qu'il se fit un devoir de meubler, en adroit présentateur qu'il était.

— Je sais que je ne peux pas te demander d'oublier ce qui s'est produit, mais je garde l'espoir qu'un jour tu arrives à me pardonner.

— Et Kath ?

— Kath ne fait pas dans le pardon. Au moment où je te parle, elle fait main basse sur ma maison, mes enfants et la moitié de mon affaire. Elle devrait plutôt t'envoyer des fleurs pour te remercier.

— Je ne peux pas faire comme si de rien n'était, Oliver.

Elle dut s'appuyer contre la table, les jambes soudain comme du coton.

— J'ai traversé la pire épreuve de mon existence. J'ai tout perdu ! Mon logement, mon travail, l'amour de ma vie…

Zut ! songea-t-elle aussitôt qu'elle eut prononcé les mots fatidiques. Il allait se frotter les mains, elle n'aurait pas dû lui donner cette satisfaction.

— Je sais et c'est la raison pour laquelle je suis venu. Je veux tout réparer. J'ai dû vendre l'agence – un conseil de mon avocat, ne me demande pas pourquoi – et je veux en remonter une. Seul, cette fois. Je ne veux m'entourer que des meilleurs et je me demandais… Puis-je t'offrir un poste ?

Rachel le dévisagea, estomaquée par son culot. Il cherchait à ferrer le poisson en se servant de sa fierté professionnelle comme appât. Comme si sa carrière prévalait sur son cœur meurtri.

— Tu es la meilleure responsable RP que je connaisse, et je passe sous silence tes autres qualités. Je peux doubler ton salaire sur-le-champ et te nommer directrice.

Il s'approcha d'un pas et son onéreuse eau de Cologne vint chatouiller les narines de Rachel. La tête se mit à lui tourner.

— Ce que je désire plus que tout, cependant, ce que je n'ose espérer, c'est que tu envisages, éventuellement, la possibilité de me revenir. Pas seulement au bureau, mais aussi… aussi à la maison.

Il plongea ses yeux dans les siens, ébranlant davantage sa résistance.

— Mon comportement était inexcusable, j'en ai conscience, mais c'était la piqûre de rappel dont j'avais besoin, Rachel. Et maintenant que je suis libre, que Kath n'est plus sur mon dos, nous pouvons prendre un nouveau départ tous les deux.

— Je…

Rachel ne savait que dire. Trop d'idées se bousculaient dans son esprit, pas toujours aussi honnêtes qu'elle l'aurait voulu.

Déjà, le poids des responsabilités s'ôtait de ses épaules lasses, tandis que la magie familière d'Oliver, telle de la fumée, l'entourait de ses volutes et s'infiltrait dans sa détermination. Oliver prendrait soin d'elle, son côté vieux jeu le lui imposerait. Kath n'avait jamais travaillé durant toutes leurs années de mariage. Et le bébé… Peut-être était-il de lui, après tout. Elle n'avait fait pratiquer aucun examen, elle ne pouvait totalement écarter l'infime possibilité que l'accident de préservatif se fût produit avec lui.

George en serait sans doute soulagé, avança une petite voix sournoise dans sa tête. Il ne tenait pas à voir son existence de célibataire foutue en l'air par un bébé inopiné et une parfaite inconnue. Ce serait mieux pour tout le monde si elle disparaissait immédiatement, cela éviterait bien des complications.

— Je veux que tu reviennes, insista Oliver, comme s'il entendait lui aussi le petit démon qui susurrait à l'oreille de Rachel.

Il fit un pas de plus vers elle et posa ses mains sur ses bras. Un geste doux et romantique, pas une minable étreinte à la sauvette. Il la connaissait bien. Trop bien. Il abattit alors sa carte maîtresse. Celle qu'il avait gardée dans son jeu pendant des années, celle qu'il ne sortait qu'en ultime recours.

— Je t'aime, Rachel.

Elle aurait voulu hurler toute la souffrance qu'il lui avait infligée, mais c'était comme si un sortilège lui coupait la voix. Oliver avait toujours su la charmer et, à présent, il employait les grands moyens. C'était très flatteur, c'eût été mentir que prétendre le contraire.

— As-tu la moindre petite idée de ce que tu m'as fait endurer ? tenta-t-elle.

Mais elle devinait, à son expression, qu'il prenait ce reproche comme le prélude d'un oui.

Soudain, les portes coupe-feu menant au bureau claquèrent.

— Rachel ! Je suis vraiment désolé pour le retard, j'étais à un vêlage, un bain de sang… Oh…

Elle s'écarta d'Oliver comme si elle avait reçu un choc électrique.

George s'arrêta sur le seuil, son visage franc chiffonné par une expression noire. Sa forte carrure remplissait presque tout l'encadrement de la porte, d'autant qu'il n'avait pas quitté sa veste de travail, tachée de boue et de substances délétères.

Il était tellement plus grand qu'Oliver, songea Rachel dans un moment de distraction. Ou, plutôt, Oliver était tellement plus petit que lui.

— Désolé de vous interrompre, reprit-il d'une voix sèche. Megan t'attend dehors. Elle a besoin de toi.

Rachel jeta un coup d'œil à Oliver. Curieusement, il réussissait à donner l'impression d'être parfaitement à sa place dans le bureau du chenil, à l'inverse de George.

— Oliver, voici George Fenwick, notre vétérinaire. George, Oliver Wrigley, mon…

À la seconde où le mot franchit ses lèvres, elle sut qu'elle venait de commettre une terrible erreur, ce que lui confirma le regard blessé de George.

— Son ancien amour, compléta Oliver avec un sourire confiant. Ravi de faire votre connaissance.

George ne se donna pas la peine de répondre.

— Notre vétérinaire. Je vois. Eh bien, ton vétérinaire est heureux de constater que tout se déroule pour le mieux ici et s'en va de ce pas. Je laisserai la pommade pour oreilles à Darren.

Avec un bref salut de la tête, il partit avant que Rachel puisse l'en empêcher.

— Tous les campagnards sont-ils aussi laconiques ? demanda Oliver, amusé. Pas étonnant que tu fasses preuve d'une telle efficacité dans le travail, vous ne perdez pas de temps en bavardages oisifs par ici.

Il tendit de nouveau les mains vers elle, mais, cette fois, contourna ses bras pour la saisir par la taille et l'attirer si près de lui qu'ils auraient pu s'embrasser. Lorsque ses doigts entrèrent en contact avec son T-shirt et sentirent les quelques centimètres supplémentaires sous le tissu, son sourire s'élargit.

— Où en étions-nous ? Je constate que la vie au grand air te réussit…

Comme ses mains se refermaient sur son ventre, Rachel eut soudain l'impression de trahir non seulement George, mais aussi le bébé qu'elle portait.

— Il y a autre chose, dit-elle, forçant les mots à sortir de sa bouche avant de se laisser le temps d'y réfléchir. Je suis enceinte.

Oliver accueillit la nouvelle sans sourciller.

— D'accord. C'est plutôt inattendu. Quand comptais-tu me l'annoncer ?

— Je ne sais pas.

Rachel s'aventurait sur un terrain dangereux. Oliver en savait bien plus long qu'elle sur les enfants : les dates, les échéances, leur développement. Il ne fallait pas oublier qu'il en avait eu trois. Elle s'arracha à son étreinte.

— Oliver, j'ai moi-même du mal à me faire à l'idée.

— Je comprends, dit-il d'une voix apaisante. Mais tu n'es plus seule maintenant. Un mot de toi et nous pouvons nous envoler loin d'ici. Mes notaires peuvent tout arranger en quarante-huit heures. Lègue tout aux chiens si tu veux.

C'était une note affective maligne, une suggestion qui lui permettrait d'équilibrer les plateaux sur la balance de sa culpabilité.

— Je dois y aller, Megan prépare un spectacle, dit-elle pour gagner du temps. Viens voir les pensionnaires du refuge, ils sont adorables.

— Jamais je ne t'aurais crue cynophile, remarqua-t-il en se frayant un chemin avec les plus grandes précautions à travers le chenil.

À son passage, les jack-russells encore en cage grognèrent tant et si bien que Rachel dut les faire taire.

— Moi non plus, mais les gens changent, n'est-ce pas ?

Elle cligna des yeux en émergeant sous le radieux soleil de mai. Megan se trouvait à l'autre bout du verger avec, dans son dos, une armée de chiens et de maîtres. Lorsqu'elle l'aperçut, elle porta le mégaphone à ses lèvres. L'appareil lui donnait une voix chevrotante qui amplifiait son accent australien.

— Merci à tous d'être venus cet après-midi pour apporter votre soutien à notre refuge. Maintenant, place à l'événement le plus important de la journée : « Les grandes retrouvailles » ! Mais avant, je voudrais vous présenter notre présidente, Rachel Fielding, qui n'est autre que la nièce d'une bonne amie pour beaucoup d'entre vous, notre fondatrice Dorothy Mossop ! Rachel, s'il te plaît ?

Encouragée par les signes de Megan, Rachel traversa d'un air emprunté l'espace que celle-ci venait de libérer pour elle.

— Qu'est-ce que tu fabriques ? lui souffla-t-elle.

Pour toute réponse, Megan lui adressa un clin d'œil et leva le porte-voix.

— Voici une poignée des amis que Dot a unis au fil des ans. Ils tenaient à venir en remerciement pour la seconde chance qui leur a été offerte. Sans l'amour et l'engagement de Dot, la plupart de ces chiens auraient été piqués à la fourrière ou seraient morts de faim dans la rue. Je vous prie donc d'applaudir Gerald Flint, avec Vif-argent et Molly…

Non ! hurlait une voix dans la tête de Rachel. Elle n'avait pas le temps de s'extasier devant une parade, pas le temps d'admirer des clébards quand elle aurait dû être au calme, avec Oliver, en train de décider de sa destinée. Elle serra les poings si fort que ses ongles s'enfoncèrent dans ses paumes.

Megan l'observait, guettant sa réaction. Elle força donc un sourire et regarda Gerald Flint, en tenue de week-end décontractée, pantalon beige et polo Cotton Traders, mener avec fierté deux magnifiques épagneuls bleu rouan.

Il sourit en passant devant elle et Rachel comprit alors à quel point ses chiens changeaient sa façon d'être.

— Bridget Armstrong et Muffin ! continua Megan. Jim et Lesley Horrocks avec Richard et Judy. Gavin et Kaden Laine accompagnés de Marley !

Une dame aux cheveux gris avec un labrador rondelet précédèrent un couple de vieillards accompagnés de deux corniauds montés sur ressorts, puis un jeune homme avec un petit garçon et un colley croisé.

Les poings de Rachel se décrispaient un peu plus à chaque sourire joyeux qui lui était adressé. Les rescapés du refuge se succédaient comme dans un défilé de vétérans. Il y avait de vieux cabots et des plus jeunes, des chiens à quatre ou à trois pattes, mais tous étaient conduits par un maître rayonnant de fierté.

Au milieu de la parade, une vieille dame avec un bichon maltais sortit du rang pour s'approcher et lui fourrer dans la main un billet de 20 livres et un formulaire de sponsoring.

— Tenez.

— Pourquoi ?

— Je ne peux pas vous donner beaucoup, c'est pour des oreilles de porc. C'est Dot qui m'a donné mon Kipper, c'était le meilleur ami que j'aie jamais eu. Doux comme un agneau, jamais un aboiement plus haut que l'autre, même quand il avait raison au final.

— Merci, dit Rachel, émue.

— Ce que Dot faisait…

La vieille dame cligna les yeux derrière ses lunettes à double foyer.

— Ce qu'elle faisait, c'est merveilleux. Pas pour les chiens, mais pour les gens comme moi. Ce sont nous les chanceux. Bien sûr, ils ont un toit et un lit douillet, mais nous, nous avons une oreille attentive et de la compagnie. Et ça, ça n'a pas de prix. C'est comme si Dot avait su ce qui nous faisait besoin.

Avec un claquement de langue à l'adresse de son chien, elle reprit son chemin.

— N'est-ce pas charmant ! observa Oliver d'une voix profonde et sincère tout droit sortie d'une publicité pour café. C'est tellement touchant l'amour que ces gens portent à leur animal de compagnie. Il faut que tu acceptes un don de ma part.

Rachel n'écoutait pas. Elle pensait à Dot, à Felix et à tous les étrangers qui auraient hanté les ombres de leur mariage, comme elle s'était tapie entre Oliver et Kath pendant tant d'années. Dot aurait eu tout ce qu'elle désirait, pourvu qu'elle ne l'exige pas de Felix. À cela, elle avait préféré un compagnon fiable et sans complications, Bijou, et les autres animaux brisés et méfiants qui avaient échoué devant sa porte avec l'espoir de se voir accorder une seconde chance.

Que lui offrait Oliver à présent ? Tout, sans réserve ? Pour combien de temps ? Au moins Felix avait-il fait preuve d'honnêteté envers Dot. Elle ne pouvait pas en attendre autant d'Oliver.

Et elle, que lui offrait-elle en retour ? Tout, hormis le secret qui grandissait dans son ventre. Et cet autre secret, cette part d'elle qui aurait voulu donner une autre fin à son histoire avec le grand vétérinaire bourru.

— Non, articula-t-elle tout haut.

Il ne pouvait plus y avoir de secrets.

— Oh, j'insiste, répliqua Oliver en glissant son bras autour d'elle avec son éternelle assurance tranquille. Ça rentrera dans mes dons aux bonnes œuvres. Je ne demande qu'à secourir les âmes errantes de ce monde.

Elle se tourna pour lui faire face, repoussant son bras d'un haussement d'épaules, et le regarda droit dans les yeux. Chaussée de ses nouvelles bottes, elle le dominait déjà de quelques centimètres, mais elle se sentait supérieure de tout son être. Plus grande, plus forte, plus sûre d'elle. Enfin.

— Non, répéta-t-elle. Je regrette. Je ne parlais pas des chiens, mais de moi. Je ne reviendrai pas. Je n'ai besoin d'être secourue par personne, merci.

28

Il était presque 18 heures lorsque le dernier visiteur quitta Four Oaks et pas loin de 23 heures lorsque Rachel put s'accorder un moment.

Oliver était parti sur-le-champ. Pas avant, toutefois, de lui réclamer d'un air déconfit les clés de l'appartement. Il en avait besoin maintenant qu'il vendait l'agence. Son soulagement lorsqu'elle les lui avait flanquées dans la main n'avait pas échappé à Rachel. S'attendait-il à quelque squat malséant dans ses locaux chic de l'Ouest londonien ? Kath l'avait-elle houspillé jusqu'à ce qu'il monte au créneau ? Désirait-il simplement récupérer ses jeans immondes ? Elle préférait éviter de songer au rôle des clés dans son retour et à la façon dont elle aurait pu mieux jouer ses cartes pour payer les droits de succession faramineux qu'il lui restait à acquitter. Il était sorti de sa nouvelle vie, c'était tout ce qui lui importait.

L'atmosphère à Four Oaks évoquait les dernières scènes d'une comédie musicale optimiste, débordantes de bonhomie et de musique retentissante. Megan, Johnny et Natalie s'étaient chargés des corvées de distribution de nourriture et de nettoyage accompagnés par les notes de Radio 1 au lieu du traditionnel ronron de Radio 4, puis Freda les avait tous fait asseoir pendant que Ted et elle leur concoctaient un traditionnel petit-déjeuner anglais en guise de dîner.

Comme Rachel, lessivée, menaçait de s'endormir dans son assiette, Freda l'avait envoyée s'étendre quelques heures. Malgré le remue-ménage dans son esprit, elle était aussitôt tombée dans un sommeil profond. Lorsqu'elle redescendit, à 20 heures, elle trouva tout le monde dans la cuisine. Johnny avait additionné les recettes des divers stands et Natalie lui présenta une belle pile de formulaires de sponsoring.

— Ça va marcher, déclara cette dernière, qui semblait ivre de joie. Je suis allée sur Internet et j'ai téléchargé tous les imprimés que tu dois remplir pour enregistrer le refuge en tant qu'association caritative à part entière et demander des dégrèvements d'impôts et tout le toutim.

Elle promena son regard autour de la table avant de continuer :

— Nous en avons discuté et je serais heureuse d'intégrer le conseil d'administration. Et Johnny aussi.

— Excellente idée, dit Rachel. Merci !

La balance penchait un peu plus du côté d'une installation à Four Oaks. Puisque Natalie ne voyait pas d'inconvénient à l'aider avec la paperasse...

— Tu sais que nous gardons Bertie ?

Natalie fit un mouvement de la tête en direction du basset-hound, qui somnolait, pelotonné autour de Bijou, dans un panier bien trop petit pour deux.

— C'est vrai ?

— Oui, confirma Johnny. Il a fallu persuader ce couple très sympa de prendre un jack-russell à la place. Franchement, je tremble pour eux. Mais, d'après Megan, il ne devrait pas y avoir de souci.

— Mais ton travail, Natalie ?

Cette dernière sourit et Rachel remarqua que Johnny et elle se tenaient la main sous la table.

— Je suis en train de mettre de l'ordre dans ma vie. Tu peux donc compter sur moi pour du bénévolat au refuge.

Johnny repoussa sa chaise.

— Bon, il est temps de mettre les voiles. Ted ? Freda ? On vous dépose ?

— Avec joie, accepta Ted.

Natalie et Freda quittèrent la cuisine tête contre tête, en plein conciliabule, mais même la curiosité se révélait au-dessus des forces de Rachel. Elle découvrirait bien assez tôt l'objet de ces messes basses, songea-t-elle en empilant les assiettes destinées au lave-vaisselle.

— Retourne te coucher, lui ordonna Megan. Je vais terminer ici. Tu as l'air claquée, sans vouloir te vexer.

— Il en faudrait plus, je sais que j'ai une mine de mort vivant.

Elle porta ses mains à son dos douloureux. La journée avait été très longue et elle n'avait pas fait la moitié du travail abattu par Megan.

— Je ne t'ai pas remerciée, dit-elle.

— Pour quoi ?

— Pour tout ce que tu as fait aujourd'hui. Ce petit défilé, il m'a arraché des larmes.

— Je crois que tout le monde pourrait en dire autant. C'était le but, en fait. Tu aurais dû voir les seaux de pièces près de la grille.

Son visage changea soudain d'expression.

— Sérieusement, Rachel, c'est toi qui as tout fait. Si tu n'avais pas décidé de donner un coup de fouet aux adoptions et de lancer tout ça…

Elle sourit et ses traits s'illuminèrent d'une amitié sincère.

— Pour quelqu'un qui ne raffole pas des chiens, tu as fait du sacré boulot !

Rachel cligna les paupières, la sensibilité soudain à fleur de peau.

— Je vais aller jeter un petit coup d'œil au chenil, d'ailleurs. Je reviens tout de suite.

Elle se réfugia dans le bureau en veillant à ne pas déranger les chiens somnolents et s'assit dans le fauteuil en cuir tout bosselé de Dot. Malgré le calme, seulement troublé par le son étouffé de la radio et d'occasionnels grognements, elle enfouit sa tête entre ses mains, presque assourdie par les voix dans sa tête.

Que faire ? Rester ? Partir ? Vendre ?

Cette journée lui avait prouvé à quel point son monde s'était transformé. Elle ne souhaitait plus retrouver Londres, Oliver, son ancienne vie. Dot ne lui avait pas légué le chenil pour qu'elle renonce, mais pour lui donner une chance de se sentir utile à son échelle.

Reste que cela représentait un sacré engagement, à un moment où elle se serait bien passée d'une responsabilité de plus. Elle ne savait même pas où dénicher l'argent pour payer la seconde partie des droits de succession, ou ne serait-ce que pour financer les diverses réparations nécessaires dans la maison. Certes, la pension canine pourrait peut-être générer un chiffre d'affaires respectable, mais encore fallait-il la rendre opérationnelle.

Elle ferait peut-être mieux de tout vendre à ce client de l'agence immobilière en quête d'une retraite tranquille à la campagne, songea-t-elle. Ce serait plus clair, net, précis. Elle pourrait verser une partie du bénéfice à un autre refuge, aider Megan à trouver un nouveau travail…

Un coup fut frappé à la porte, et George passa sa tête dans l'entrebâillement.

— Désolé, il est tard. Je peux te parler ?

Le ton était tendu mais déterminé, comme celui d'un élève convoqué dans le bureau du directeur pour présenter des excuses.

— Bien sûr.

Rachel se redressa dans son fauteuil, arrangea ses cheveux autour de son visage. Pourquoi fallait-il qu'elle fût toujours sur les rotules quand ils se voyaient ? Étant donné le cours que suivait leur relation à rebours, il risquait de ne jamais la voir sous son meilleur jour. Enfin, relation, c'était beaucoup dire, se reprit-elle.

— Je suis venu m'excuser pour tout à l'heure, déclara-t-il sans préambule. C'était cet ex sérieux avec qui tu es restée si longtemps, j'imagine.

— Oui. Oliver. Moi aussi je te demande pardon, dit-elle, persuadée qu'elle avait bien plus à se reprocher que lui. Ce n'est pas que je ne voulais pas te présenter comme mon petit ami, c'est simplement que je ne savais pas si…

Elle hésita. C'était ridicule.

— Je ne savais pas si tu serais content d'être mon… enfin, si tu te considères ou non comme mon petit ami. C'est-à-dire que ce n'est plus vraiment de notre âge, tu ne crois pas ?

George serra son menton entre ses doigts, les yeux toujours durs comme la pierre.

— Vu comme ça, évidemment, je préfère encore être présenté comme ton vétérinaire que comme le père de ton enfant.

— J'ai entendu pire.

Elle attendit qu'il la détrompe, qu'il lui assure qu'il serait heureux de devenir le petit ami des présentations officielles, mais il se contenta de tirer sur la manche de son pull-over du dimanche en gonflant les joues pensivement.

— Tu ne veux pas t'asseoir ? lui suggéra-t-elle. J'ai l'impression de te faire passer un entretien.

George tira la chaise destinée aux candidats à l'adoption, cependant au lieu de ramener sa cheville sur son genou opposé dans sa posture habituelle, il serra les bras sur sa poitrine et observa Rachel d'un regard pénétrant qu'elle n'osa pas croiser.

— J'ai quelque chose pour toi.

Il sortit de sa poche arrière un chèque qu'il déplia et jeta dans sa corbeille pour le courrier entrant.

— Je l'ai déjà. Darren me l'a donné. C'est très généreux, merci. Nous ferons faire une plaque spéciale pour la cage Fenwick…

— Ce n'est pas le même, précisa-t-il sans bouger.

Les yeux toujours baissés, Rachel tendit le bras et saisit le rectangle de papier sur une pile de formulaires de sponsoring. C'était un chèque personnel, émis du compte de George R.W. Fenwick, d'un montant de 100 000 livres.

— Je ne peux pas accepter ! refusa-t-elle, machinalement.

— Si.

— Non.

— Si. Arrête d'être aussi têtue, merde !

— Je ne peux…

Elle s'interrompit en se remémorant soudain les paroles de Megan sur Dot et la façon qu'elle avait de toujours dire non à tout. Elle ne valait pas mieux, à toujours préserver son intimité, parce qu'elle craignait qu'on ne découvre sa vie secrète avec Oliver, mais surtout parce que la solitude était la solution de facilité. C'était une forme masochiste de nombrilisme déguisée en indépendance, et d'une ténacité sans nom.

Elle quitta des yeux le chèque pour considérer le visage large et buriné de George, rosi là où le soleil l'avait surpris. Elle était folle de dire non. Folle et égoïste.

Son instinct la poussait à décliner l'offre de George par refus de voir quelqu'un contrôler son existence, mais il était trop tard pour s'en inquiéter. Le minuscule dictateur à l'intérieur de son ventre contrôlait déjà ses humeurs, son appétit et son équilibre. Or, si elle devait laisser quelqu'un entrer dans sa vie, qui pouvait-elle espérer de mieux que George ? Un homme capable de dompter cet enfant comme il domptait les veaux, les chiens et elle avec. Elle fut prise d'une bouffée de chaleur à la pensée de cet homme qui la connaissait somme toute si bien.

— Je…

Il la fit taire de la main.

— J'ai quelque chose à dire et je te serais reconnaissant de m'écouter jusqu'au bout. Je n'ai pas l'habitude des grandes explications affectives, j'ai besoin de prendre mon élan.

Rachel inclina la tête.

— J'avais cru remarquer.

Après lui avoir jeté un regard noir, il se redressa sur sa chaise.

— Je veux que tu prennes ce chèque. Pas seulement pour toi, mais aussi parce que le refuge de Dot le mérite. Et je veux que tu le prennes, même si tu décides de retourner à Londres avec Mister Love. Je ne suis pas totalement abruti, j'ai bien vu qu'il y avait encore quelque chose entre vous cet après-midi. Si tu veux considérer cet argent comme une pension alimentaire, qu'à cela ne tienne. Je peux… Je peux concevoir que ce soit la meilleure solution, dit-il après une pause. Comme tu ne manques pas de me le rappeler, nous nous connaissons à peine. Peut-être vaut-il mieux une rupture propre plutôt que de laisser les choses s'envenimer.

Le cœur de Rachel plongea tout au fond de son estomac.

— C'est ce que tu veux ?

Elle fouilla son visage avec angoisse. Tentait-il de refiler le bébé à Oliver ? Était-ce le but de sa visite ? Cherchait-il à échapper aux complications qu'elle avait entraînées dans sa vie ?

Et si quelqu'un l'avait informé de son passé trouble de maîtresse ? L'adultère, voilà un acte qui ne lui inspirerait certainement que mépris. Les péchés finissaient toujours par rattraper leur auteur, conclut-elle avec amertume.

— C'est ce que tu veux, toi ? demanda-t-il à son tour.

Rachel l'observa, la vue trouble. Bon Dieu, il n'y en avait pas un pour rattraper l'autre.

— Bien, je vais te dire ce que je veux, reprit-il face à son silence. Même si je dois pour cela me ridiculiser. Je veux que tu acceptes ce chèque, que tu m'autorises à investir dans le chenil en tant qu'associé et que tu essaies de trouver une place dans ta vie pour un pauvre vieux garçon. Une vraie place. Aussi difficile que ça puisse être pour chacun de nous.

Il leva des yeux plus bleus encore que ceux de Bijou, et tout aussi sincères, pour les plonger dans les siens.

— Il faut que tu comprennes que jamais je n'aurais cru pouvoir un jour rencontrer une femme comme toi. Pas ici, pas maintenant. Non seulement parce que tu es belle, intelligente et sacrément… peu commune… mais aussi parce que ma vie est exiguë au possible. Développer le cabinet n'a été que stress et responsabilités, alors le peu de temps qu'il me restait à la fin de la journée, je le voulais pour moi tout seul.

Il émit un rire teinté d'autodérision.

— J'étais même trop égoïste pour avoir un chien, bon sang! Dot me le reprochait assez souvent. Et puis je t'ai rencontrée et je me suis rendu compte combien mon existence était petite. Combien j'étais devenu petit.

Sa voix faiblit et, instinctivement, Rachel tendit la main sur le bureau pour prendre la sienne. Il s'exposait à un véritable risque en se dévoilant ainsi, alors qu'il la croyait sur le point de se faire la malle avec Oliver.

— Ne compte pas sur moi pour te balancer des niaiseries sur la destinée, le grand amour et le reste, nous avons tous les deux passé l'âge. Je sais que ce ne sera pas facile, qu'il faudra apprendre vite et bien, mais je ressens entre nous une affinité que je n'ai ressentie avec personne d'autre. Jamais.

Il la regarda, tout simplement, tandis qu'il poursuivait:

— Quand je suis avec toi, j'ai l'impression d'être chez moi, même chez toi. Je pourrais te parler des heures et des heures sans jamais me lasser.

— Je sais, j'éprouve exactement la même chose. Et je ne suis même pas chez moi.

— Si tu l'es. Tu l'as toujours été.

Il referma ses doigts autour des siens et Rachel glissa son autre main sur la table. À présent, ils se cramponnaient l'un à l'autre comme deux naufragés, pas assez proches pour s'embrasser, mais suffisamment pour se contempler dans les yeux avec une intensité passionnée.

Tout le corps de Rachel frissonnait au contact de ses mains habiles, pourtant elle rayonnait, comme si une ampoule électrique brûlait en elle, irradiant autour de sa silhouette un halo de chaleur. Jamais elle n'avait éprouvé avec Oliver une telle sécurité, un sentiment qui prenait sa source dans le regard dérouté et fier de George. Le voyage s'annonçait inimaginable, mais ils le feraient ensemble, de leur propre chef.

Ils se contemplèrent ainsi plusieurs minutes, aussi peu désireux l'un que l'autre de briser l'instant par une parole de travers.

Alors Rachel devina que George attendait un mot d'elle. C'était son tour, après tout.

— Je ne retourne pas avec Oliver. C'est fini entre nous. C'était un adieu, rien d'autre. Je ne pourrais pas reprendre mon ancienne vie, non plus. C'était du vent. Rien que du vent.

Cette déclaration-là, elle ne l'avait pas répétée dans le verger avec Bijou. Elle était traversée par un élan inédit, des émotions qu'elle n'avait jamais réussi à mettre en mots auparavant.

— Ce travail que tout le monde trouve si glamour ne consistait, pour l'essentiel, qu'à raconter de pieux mensonges. À vendre des idées et des trucs Internet, rien de concret. Être ici, voir les chiens endurer tant de mauvais traitements, puis se transformer avec un peu d'amour et d'attention, moi aussi ça m'a changée.

De son pouce, elle caressa le creux entre l'index et le pouce de George, la texture de sa peau. Ils avaient encore énormément à apprendre l'un de l'autre, mais cet homme n'était pas un inconnu.

— Je t'ai vu avec les chiens, j'ai vu la façon dont tu prends soin d'eux sans mettre leur dignité à mal. C'est merveilleux. Je voulais tellement quelqu'un qui s'occupe de moi de cette façon.

George ne répondit rien, mais il frotta son pouce contre le sien dans un accord silencieux. Grisée par l'instant et un cocktail d'hormones de grossesse, elle poursuivit :

— Tu es un homme épatant. Si je suis sur la défensive, c'est parce que je n'arrive pas à croire qu'il a fallu que j'attende toutes ces années et que je débarque au milieu de nulle part pour trouver un homme aussi beau, gentil, drôle, doué aux fourneaux et au lit... et disponible avec ça. C'est trop beau pour être vrai. Je prends même les chaussettes rouges et le sale caractère, ils prouvent que tu n'es pas une créature sortie tout droit de mon imagination.

Elle s'interrompit. Peut-être en avait-elle trop dit, elle aussi.

— Alors, reprit-elle, si tu peux supporter une parfaite novice, je serais très heureuse que tu investisses dans le chenil. Et si tu peux supporter une femme qui n'a jamais partagé ne serait-ce que sa salle de bains... eh bien, je serais très heureuse que tu t'essaies à la vie avec moi. Et Bijou.

— Alors tu restes ? l'interrogea-t-il sans lever les yeux.

— Oui, je reste.

La bouche de Rachel s'incurva en un lent sourire. Elle se pencha alors au-dessus du bureau et inclina la tête pour pouvoir effleurer les lèvres de George des siennes. Il demeura immobile, tandis qu'elle se hissait de son fauteuil pour l'embrasser avec plus de fougue, sa pommette chatouillée par ses cheveux blonds.

Quelle ironie d'avoir fui Chiswick pour se retrouver à bécoter un homme au-dessus d'un bureau. Mais, alors que ce bref éclair de conscience la traversait, les lèvres de George s'entrouvrirent et il lui rendit son baiser avec une impétuosité qui la prit au dépourvu. Il glissa ensuite ses doigts dans ses cheveux et, enveloppant sa mâchoire de sa paume, suivit la ligne de sa gorge jusqu'à ce que son corps entier brûle du désir de se serrer contre lui.

Voilà ce que sa tante lui avait légué, songea-t-elle. Le véritable héritage de Dot, ce n'était ni le chenil, ni la maison, ni leur valeur pécuniaire, mais une seconde chance. Et elle ne regarderait pas en arrière.

Épilogue

Comme Val repoussait d'un geste de la main sa tentative pour payer leurs cafés, Rachel jugea plus sage, pour une fois, de se ranger à sa volonté.

Il fallait reconnaître qu'elle avait contesté presque toutes les suggestions de sa mère sur les landaus, les vêtements de maternité, les accessoires de bébé, les fourre-tout pour l'hôpital… Val n'était à Longhampton que depuis quatre heures que déjà Rachel avait l'impression de s'être inscrite à un colloque sur l'éducation des enfants.

Le jeu en valait néanmoins la chandelle, se rappela-t-elle. Développer des liens plus étroits avec sa mère figurait en haut de sa liste à présent, au côté de toutes les transformations qui se produisaient à Four Oaks, de la nouvelle décoration intérieure aux menus travaux. Et puis il ne fallait pas négliger le bon côté de cette résolution : cela la dispensait de lire un tas de manuels de vie pratique. Quoique avec deux bras et deux jambes, Val avait tout d'un livre audio de Zita West, Miriam Stoppard ou du site Internet Mumsnet.

Val promena son regard sur le joli intérieur bleu et blanc du café. Sans le vitrail art déco au-dessus de la porte, on aurait à peine reconnu le boui-boui familial de Ted et Freda.

— C'est coquet, ici. Mais est-ce bien normal, tous ces chiens ?

— Oui, maman.

— Ce ne doit pas être très très hygiénique. Il doit pourtant y avoir des réglementations.

Val considéra la salle spacieuse fraîchement repeinte. Près de l'entrée, une rangée de mininiches abritait une petite variété de terriers et un labrador, tandis que deux épagneuls patientaient, assis bien sagement sous la table voisine de la leur, attachés à des crochets pour sac à main.

— Si c'est le cas, tu peux compter sur Natalie pour les connaître sur le bout des doigts.

Rachel sirota son déca crème en adressant un sourire à Natalie, qui, en tablier blanc impeccable derrière le comptoir, confectionnait les cappuccinos les plus exquis de Longhampton. La place d'honneur revenait toutefois à Bertie, dont le panier dans la vitrine attirait tous les marmots de la ville.

Les enfants n'étaient toutefois pas les bienvenus dans le café de Natalie. La patronne avait beau prétexter une mesure de sécurité, en raison de la forte concentration d'animaux, Rachel savait, en bonne habituée, qu'elle satisfaisait à une préférence secrète de sa clientèle cynophile. Elle aurait d'ailleurs gagé que si Johnny et Natalie avaient un enfant, ce qui ne manquerait pas d'arriver un jour, la jeune entrepreneuse ouvrirait *illico* un second établissement réservé aux mamans dans le vent.

— En tout cas, je dois reconnaître que les affaires fonctionnent, observa Val. Il faut croire que les poils de chien ne gênent pas tout le monde.

— Presque personne, même, maman. Natalie est un génie, tu sais. Figure-toi qu'il y a seulement deux mois cet endroit était une petite gargote. Difficile à croire, non ? Quand Nat a une idée dans la tête, elle ne lambine pas.

— C'est à elle ? demanda Val, impressionnée, en pivotant sur sa chaise pour étudier plus attentivement l'endroit. À Natalie, du refuge ? Oh oui, la voilà !

Elle agita la main.

— La responsable de notre association de bienfaisance, si tu permets. Elle l'a racheté avec sa prime de licenciement et a tout repeint avec l'aide de nos bénévoles. Tu devrais voir l'argent que lui rapporte la machine à café qu'elle a fait installer dans le parc, dit Rachel en remuant sur sa chaise pour laisser plus d'espace à son ventre rond. Et elle propose un café spécial, le cawhouaf, dont dix pour cent des bénéfices sont reversés au refuge de Four Oaks.

— Quel esprit d'entreprise ! sourit Val.

À cet instant, Rachel éprouva pour sa mère une camaraderie féminine sincère qui ne s'était jamais invitée dans leur relation par le passé. Décidément, la grossesse lui jouait de drôles de tours. Elle s'était même surprise à envoyer une carte de remerciement à Amelia pour les montagnes de vêtements de bébé qu'elle avait ressorties de son grenier, accompagnée d'une photographie du chien qu'elle sponsorisait au nom de Grace et Jack, une femelle colley baptisée Dot.

Profitant de cette entente chaleureuse, Rachel résolut de s'attaquer au dernier élément encore en suspens sur sa liste de tâches à charge émotionnelle.

— Maman, il y a quelque chose dont je veux te parler depuis un moment…

Elle hésita un instant avant d'énoncer du mieux son pieux mensonge. Elle ne tenait pas à emmitoufler un secret dans un autre, mais elle comprenait le souci de son père. Le pauvre Ken ne méritait pas de récolter la tempête, alors qu'il s'était borné à épargner la fierté de Dot.

— J'ai trouvé quelque chose en rangeant les placards.

Et, tandis qu'elle racontait le grand amour de Dot, puis l'aveu et la proposition de Felix, les yeux de sa mère se remplirent de pleurs. Passant sur le malheureux épisode entre Felix et son père, Rachel s'efforça de donner un éclairage positif à la suite, toutes ces années où Dot avec reçu un amour inconditionnel des chiens et gagné le respect des habitants de Longhampton. Elle savait, toutefois, que les larmes de Val puisaient leur source ailleurs, dans le vide laissé par les enfants dont Dot avait peut-être rêvé un jour, les nièces et les neveux qu'elle aurait pu chérir. Pour Val, ni

Felix ni la belle vie londonienne ne constituaient un plus grand sacrifice que ces enfants non nés.

— Excuse-moi, dit-elle en se tamponnant les yeux lorsque Rachel eut terminé son récit. Pauvre Dot! Quel lourd secret à porter pendant toutes ces années. Je n'en avais pas la moindre idée. Oh, je suis si heureuse que tu m'en aies parlé. J'ai toujours cru que tout était ma faute.

— Mais pourquoi?

Rachel retint son souffle. Cela touchait-il à l'affreux secret que sa mère n'osait raconter à son père? Peut-être devrait-elle songer à prononcer une amnistie parentale pour voir quels autres mystères venaient à être révélés au grand jour.

Ou peut-être pas.

— J'ai cru que je lui avais jeté une malédiction. Au baptême d'Amelia.

Val remua son cappuccino jusqu'à ce que toute la mousse se fût dissoute dans le café. Voilà qui battait des records, songea Rachel, même pour l'agressivité passive masochiste de sa mère. Une malédiction, rien que cela!

— Si tu as envie d'en parler…

Val releva le visage.

— J'imagine que je peux, maintenant que tu es enceinte.

Elle sembla tout à coup contente, comme si cela venait de lui traverser l'esprit, mais la culpabilité revint aussitôt creuser ses traits.

— Tu ne peux pas t'en souvenir, tu étais trop petite, mais il faisait très chaud ce jour-là. Je m'étais acheté une nouvelle tenue puisque Dorothy nous honorait de sa présence, en compagnie de cet homme dont nous avions tant entendu parler…

— La robe avec les grosses fleurs, celle qui ressemblait au papier peint de la salle de bains de grand-maman? Et le chapeau en forme d'ovni?

— Laisse-moi te dire que cette tenue a coûté les yeux de la tête, répliqua Val, piquée. Elle était très à la mode, de surcroît. Mais, évidemment, à côté de Dot je faisais vieille bobonne pleine de graisse. Et c'est ce que j'étais, soupira-t-elle. Elle paraissait avoir dix ans de moins. Tout le monde la flattait : « Oooh, Dorothy, parle-nous de Londres ! » Tu comprends, ce n'aurait pas dû être elle, la reine du jour, mais moi ! Enfin, Amelia. Bref, notre famille ! Tu as vomi à cause des bonbons qu'elle t'avait apportés, tu t'es même essuyé les mains sur ma robe, j'ai donc été obligée de te ramener à la maison plus tôt.

— Je ne m'en souviens pas.

Papa non plus, visiblement, songea-t-elle.

Val pinça les lèvres et émit un soupir.

— Je suis allée dans le bar de l'hôtel pour prendre congé de tout le monde. Dot et Felix péroraient sur les Rolling Stones et un night-club qu'ils fréquentaient. Personne ne se souciait de moi. Et puis, tout à coup, Dorothy s'est mise à claironner : « Alors, tu rentres pouponner, maman ? » Comme si c'était une punition.

Les traits de Val s'assombrirent et des nuages de contradiction se disputèrent son visage. Jamais Rachel n'avait vu sa mère en proie à un tel conflit intérieur. En fait, jamais elle ne l'avait vue en proie à tant d'émotions, tout simplement. Elle fut tentée de lui faire remarquer que le commentaire désinvolte de Dot n'était qu'une plaisanterie blessante, mais Val était perdue dans ses souvenirs.

— Le pire, c'est que...

Sa bouche se convulsa.

— ... à ce moment précis, c'était tout comme. Je vous aimais toutes les deux, plus que tout au monde, mais deux enfants de moins de trois ans demandent tellement de travail ! Je ne dormais jamais plus de deux heures d'affilée, j'ai traîné pendant des années un relent de vomi. Sur le coup, j'aurais voulu être dans ce bar, dans ce tailleur-pantalon moulant, à dépenser mon propre argent. Comme j'aurais aimé ça ! Alors j'ai eu des mots que j'ai regrettés toute ma vie.

Elle se mordit la lèvre comme si elle essayait, trop tard, d'étouffer ses propos.

— Lesquels ? demanda Rachel dans un murmure.

— Je l'ai fixée droit dans les yeux et je lui ai dit : « Jamais tu ne sauras ce qu'est vraiment l'amour avant d'avoir des enfants, Dorothy. Or, tu n'en auras jamais, parce que tu es trop égoïste pour ça. »

Elle adressa un regard contrit à sa fille.

— Voilà ce que j'ai dit. À ma propre sœur. Le pire, c'est que je l'ai pensé une seconde. Rien qu'une. La suivante, je me serais arraché la langue.

— Je suis sûre qu'elle ne...

— Et puis Felix a rompu avec elle, elle ne s'est jamais mariée et elle a passé le restant de ses jours à recueillir des chiens errants et mettre de la distance entre nous.

Rachel lui glissa un mouchoir en papier sur la table.

— Maman, as-tu la moindre idée du nombre de jeunes mères épanouies qui m'ont dit que je ne comprendrais jamais ce qu'est l'amour tant que je n'aurais pas d'enfants ? Et tu sais ce que je leur répondais ?

— Je ne préfère pas le savoir, Rachel, tu sais que j'ai horreur des grossièretés.

— Eh bien, je ne leur répondais rien du tout. Je me disais juste qu'elles avaient dû avoir une sale journée avec leurs petits morveux pleurnichards et braillards et qu'elles enviaient ma belle vie. Si je les ai haïes, ce n'était que momentané.

Elle hésita un instant avant d'ajouter, puisque l'heure était aux confessions :

— Ça ne m'aidait pas vraiment que tu me répètes plus ou moins la même chose pendant toutes ces années.

— Répéter les mêmes choses... mais pas du tout !

— Bien sûr que si, maman, affirma Rachel en écarquillant les yeux. Chaque fois que tu me téléphonais, tu me faisais le récit du bonheur parfait d'Amelia avec ses deux petits et puis, juste après, tu me demandais si j'avais rencontré quelqu'un, si je pensais me ranger un jour ou si j'envisageais de faire congeler mes ovocytes.

— Je ne le faisais pas exprès, dit Val en essuyant avec de petits gestes précis le mascara qui coulait sous ses yeux. C'était parce que j'étais terrifiée à l'idée que tu termines comme Dot. Solitaire, sans personne. Je ne supportais pas d'imaginer ma merveilleuse choupinette seule, entourée de chiens galeux plutôt que d'une famille aimante. Quoique, maintenant que je connais la raison de sa rupture avec Felix, je suppose que c'est compréhensible…

— Maman, je ne crois pas que Dot était seule, tu sais. Et je ne dis pas ça pour te rassurer.

Rachel termina les dernières miettes de son muffin avec le doigt.

— Et ça fait des années que je ne suis plus ta choupinette.

D'une petite tape, Val écarta sa main de l'assiette.

— Tu seras toujours ma choupinette. Et puis, reconnais que tu ne m'as pas facilité la tâche, Rachel. Jamais je n'ai vraiment su s'il fallait te parler, ou non. En cela aussi, tu me rappelais Dot.

— Je suis désolée.

Au fond de son cœur, Rachel comprenait ce que Val voulait dire. Mais c'était dans une autre vie. Le passé. Elle glissa sa main dans celle de sa mère et la referma. Val serra ses doigts autour des siens, écrasant son épaisse alliance en or contre la peau de Rachel.

Un petit coup fut frappé à la vitrine. George se tenait sur le trottoir, devant sa Land Rover garée le long d'une double ligne jaune. Malgré la chaleur du mois d'août, il portait une veste sans manches rembourrée au-dessus de sa chemise retroussée jusqu'aux coudes.

— Il est venu nous chercher, expliqua Rachel. Je lui avais dit 15 heures. Je crois que c'est terminé pour le shopping.

Après avoir répondu au vétérinaire par un signe, elle forma un « C » pour « café » avec sa main. Il refusa l'invitation d'une secousse de la tête, puis tapota le cadran de sa montre, affectant une mine sévère.

Val indiqua du bout du menton la main de Rachel, où un beau saphir ancien miroitait dans la lumière.

— Aurais-tu quelque chose à nous annoncer ?

— C'est à Dot, ne va pas te faire des idées. Tu sais bien que George et moi aimons tout faire à l'envers. Si nous nous marions, ce ne sera pas avant celui-là, remarqua-t-elle en tapotant gaiement son ventre rebondi. Nous avons tout le temps.

— Je suis contente qu'il arrive à se libérer un peu pour toi.

— Maman, il fait bien plus, reprit Rachel avec sérieux.

— Tout ce que ton père et moi souhaitons, c'est te savoir heureuse, déclara Val, qui haussa un sourcil tout en commençant à rassembler ses sacs. Mais tu le comprendras bien assez tôt.

Comme leurs regards se croisaient, Rachel sentit des années de suspicion mutuelle tomber en poussière. Pour la première fois, elle se retrouvait dans Val. Elle n'était pas que la fille de son père ni la nièce aux traits accusés de Dot, elle était également l'enfant obstinée de sa mère.

Peut-être deviendrait-elle maman poule, elle aussi. Peut-être la maternité révélerait-elle en elle le gène du ménage. Peut-être se surprendrait-elle à se faire l'écho des pensées caustiques de Val sur le prix astronomique des combinés-poussettes. Le pire restait à venir…

Que Dieu nous garde, songea Rachel alors que la serveuse débarrassait leur table. Si quelqu'un lui avait annoncé, un an plus tôt, qu'elle copinerait avec sa mère en discutant du landau le plus économique avant d'être raccompagnée à la maison par un vétérinaire rural, elle aurait fait rechercher la présence de stupéfiants dans son sang.

Val articula un « merci » silencieux à l'adresse de George à travers la vitrine.

— Allez, Rachel ! Il y a un agent de stationnement juste de l'autre côté de la rue et tu sais qu'il y a des caméras maintenant. Tu as besoin d'aide ?

— Non merci. J'essaie encore de faire comme si ce n'était qu'un déjeuner copieux qui me reste sur l'estomac.

Le ventre rond de Rachel cachait incontestablement un bon bébé de la campagne, bien costaud. À quatre mois du terme, elle se demandait encore si elle n'attendait pas des jumeaux. Bien qu'Amelia lui eût envoyé deux valises de tenues de maternité, elle s'accrochait à son unique jean potable et aux T-shirts de George. Rien ne lui manquait plus que ses bottes à talons, mais George lui avait offert une paire de bottes de pluie Hunter – « comme celles de Kate Moss, d'après le vendeur du magasin de produits agricoles » –, qu'elle ne quittait plus.

Bijou émergea d'un bond de dessous la table, où il patientait tranquillement, et remua la queue, prêt à la suivre n'importe où.

Les traits de Val trahirent une inquiétude familière.

— Tu ne viens pas avec nous ? Oh, tu ne vas tout de même pas remonter cette colline à pied !

Baissant les yeux sur le border-collie, Rachel sentit le tiraillement d'une communication silencieuse, comme chaque matin lorsqu'elle le trouvait étendu près de son lit, et chaque soir lorsqu'il se couchait avec un soupir satisfait.

— Il a besoin de se dégourdir les pattes, dit-elle. Et moi aussi. Je vous retrouve là-haut.

— Je vais dire à George de faire chauffer de l'eau.

Val lui déposa sur la joue une petite bise que Rachel ne chercha pas à esquiver. Au contraire, elle la lui rendit, puis accrocha la laisse de Bijou à son collier avant de prendre congé de Natalie et Bertie d'un geste de la main.

— Allez, viens, toi !

Accompagnés par le tintement de clochette de la porte du café, Rachel et Bijou s'engagèrent lentement dans la rue principale de Longhampton en direction du parc, dont le sentier contournait les pelouses pour rejoindre le chemin de la colline. Rachel salua de la tête les autres promeneurs avec leurs chiens, que le border-collie gratifiait d'un reniflement poli. Visages familiers, museaux familiers. Cette routine lui donnait le sentiment d'être aussi enracinée et épanouie que les roses tardives encore écloses dans les parterres.

Une fois en sécurité dans l'allée cavalière, Rachel détacha Bijou et le laissa la mener en douceur et en silence jusqu'à la maison.

DANS LA MÊME COLLECTION

1. Roger CARATINI, Hocine RAÏS, *Initiation à l'islam.*
2. Antoine BIOY, Benjamin THIRY, Caroline BEE, *Mylène Farmer, la part d'ombre.*
3. Pierre MIQUEL, *La France et ses paysans.*
4. Gerald MESSADIÉ, *Jeanne de l'Estoille.* I. *La Rose et le Lys.*
5. Gerald MESSADIÉ, *Jeanne de l'Estoille.* II. *Le Jugement des loups.*
6. Gerald MESSADIÉ, *Jeanne de l'Estoille.* III. *La Fleur d'Amérique.*
7. Alberto GRANADO, *Sur la route avec Che Guevara.*
8. Arièle BUTAUX, *Connard !*
9. James PATTERSON, *Pour toi, Nicolas.*
10. Amy EPHRON, *Une tasse de thé.*
11. Andrew KLAVAN, *Pas un mot.*
12. Colleen MCCULLOUGH, *César Imperator.*
13. John JAKES, *Charleston.*
14. Evan HUNTER, *Les Mensonges de l'aube.*
15. Anne MCLEAN MATTHEWS, *La Cave.*
16. Jean-Jacques EYDELIE, *Je ne joue plus !*
17. Philippe BOUIN, *Mister Conscience.*
18. Louis NUCÉRA, *Brassens, délit d'amitié.*
19. Olivia GOLDSMITH, *La Femme de mon mari.*
20. Paullina SIMONS, *Onze heures à vivre.*
21. Jane AUSTEN, *Raison et Sentiments.*
22. Richard DOOLING, *Soins à hauts risques.*
23. Tamara MCKINLEY, *La Dernière Valse de Mathilda.*
24. Rosamond SMITH, *Double diabolique.*
25. Édith PIAF, *Au bal de la chance.*
26. Jane AUSTEN, *Mansfield Park.*
27. Gerald MESSADIÉ, *Orages sur le Nil.* I. *L'Œil de Néfertiti.*
28. Jean HELLER, *Mortelle mélodie.*
29. Steven PRESSFIELD, *Les Murailles de feu.*
30. Jean-Louis CRIMON, Thierry SÉCHAN, *Renaud raconté par sa tribu.*
31. Gerald MESSADIÉ, *Orages sur le Nil.* II. *Les Masques de Toutankhamon.*
32. Gerald MESSADIÉ, *Orages sur le Nil.* III. *Le Triomphe de Seth.*
33. Choga Regina EGBEME, *Je suis née au harem.*
34. Alice HOFFMAN, *Mes meilleures amies.*

35. Bernard PASCUITO, *Les Deux Vies de Romy Schneider.*
36. Ken MCCLURE, *Blouses blanches.*
37. Colleen MCCULLOUGH, *La Maison de l'ange.*
38. Arièle BUTAUX, *Connard 2 !*
39. Kathy HEPINSTALL, *L'Enfant des illusions.*
40. James PATTERSON, *L'amour ne meurt jamais.*
41. Jean-Pierre COLIGNON, Hélène GEST, *101 jeux de logique.*
42. Jean-Pierre COLIGNON, Hélène GEST, *101 jeux de culture générale.*
43. Jean-Pierre COLIGNON, Hélène GEST, *101 jeux de langue française.*
44. Nicholas DAVIES, *Diana, la princesse qui voulait changer le monde.*
45. Jeffrey ROBINSON, *Rainier et Grace.*
46. Alexandra CONNOR, *De plus loin que la nuit.*
47. BARBARA, *Ma plus belle histoire d'amour.*
48. Jeffery DEAVER, *New York City Blues.*
49. Philippe BOUIN, *Natures mortes.*
50. Richard NORTH PATTERSON, *La Loi de Lasko.*
51. Luanne RICE, *Les Carillons du bonheur.*
52. Manette ANSAY, *La Colline aux adieux.*
53. Mende NAZER, *Ma vie d'esclave.*
54. Gerald MESSADIÉ, *Saint-Germain, l'homme qui ne voulait pas mourir.* I. *Le Masque venu de nulle part.*
55. Gerald MESSADIÉ, *Saint-Germain, l'homme qui ne voulait pas mourir.* II. *Les Puissances de l'invisible.*
56. Carol SMITH, *Petits meurtres en famille.*
57. Lesley PEARSE, *De père inconnu.*
58. Jean-Paul GOURÉVITCH, *Maux croisés.*
59. Michael TOLKIN, *Accidents de parcours.*
60. Nura ABDI, *Larmes de sable.*
61. Louis NUCÉRA, *Sa Majesté le chat.*
62. Catherine COOKSON, *Jusqu'à la fin du jour.*
63. Jean-Noël BLANC, *Virage serré.*
64. Jeffrey FOX, *Les 75 Lois de Fox.*
65. Gerald MESSADIÉ, *Marie-Antoinette, la rose écrasée.*
66. Marc DIVARIS, *Rendez-vous avec mon chirurgien esthétique.*
67. Karen HALL, *L'Empreinte du diable.*
68. Jacky TREVANE, *Fatwa.*
69. Marcia ROSE, *Tout le portrait de sa mère.*
70. Jorge MOLIST, *Le Rubis des Templiers.*
71. Colleen MCCULLOUGH, *Corps manquants.*

72. Pierre Berloquin, *100 jeux de chiffres.*
73. Pierre Berloquin, *100 jeux de lettres.*
74. Pierre Berloquin, *100 jeux de déduction.*
75. Stuart Woods, *Un très sale boulot.*
76. Sa Sainteté le dalaï-lama, *L'Art de la sagesse.*
77. Andy McNab, *Bravo Two Zero.*
78. Tariq Ramadan, *Muhammad, vie du Prophète.*
79. Louis-Jean Calvet, *Cent ans de chansons françaises.*
80. Patrice Franceschi, *L'Homme de Verdigi.*
81. Alexandra Connor, *La Faute de Margie Clements.*
82. John Berendt, *La Cité des anges déchus.*
83. Edi Vesco, *Le Guide magique du monde de Harry Potter.*
84. Peter Blauner, *Vers l'abîme.*
85. Gérard Delteil, *L'Inondation.*
86. Stéphanie Lohr, *Claude François, secrets de famille.*
87. Jacqueline Monsigny, *Floris.* I. *Floris, fils du tsar.*
88. Jacqueline Monsigny, *Floris.* II. *Le Cavalier de Pétersbourg.*
89. Arièle Butaux, *La Vestale.*
90. Tami Hoag, *Meurtre au porteur.*
91. Arlette Aguillon, *Rue Paradis.*
92. Christopher Reich, *Course contre la mort.*
93. Brigitte Hemmerlin, Vanessa Pontet, *Grégory, sur les pas d'un ange.*
94. Dominique Marny, *Les Fous de lumière.* I. *Hortense.*
95. Dominique Marny, *Les Fous de lumière.* II. *Gabrielle.*
96. Yves Azéroual, Valérie Benaïm, *Carla Bruni-Sarkozy, la véritable histoire.*
97. Philippa Gregory, *Deux sœurs pour un roi.*
98. Jane Austen, *Emma.*
99. Gene Brewer, *K-pax.*
100. Philippe Bouin, *Comptine en plomb.*
101. Jean-Pierre Colignon, Hélène Gest, *101 jeux Cinéma-Télé.*
102. Jean-Pierre Colignon, Hélène Gest, *101 jeux Histoire.*
103. Jean-Pierre Colignon, Hélène Gest, *101 jeux France.*
104. Jacqueline Monsigny, *Floris.* III. *La Belle de Louisiane.*
105. Jacqueline Monsigny, *Floris.* IV. *Les Amants du Mississippi.*
106. Alberto Vásquez-Figueroa, *Touareg.*
107. James Cain, *Mort à la plage.*
108. Hugues Royer, *Mylène.*
109. Eduardo Manet, *La Mauresque.*

110. Jean CONTRUCCI, *Un jour tu verras.*
111. Alain DUBOS, *La Rizière des barbares.*
112. Jane HAMILTON, *Les Herbes folles.*
113. Senait MEHARI, *Cœur de feu.*
114. Michaël DARMON, Yves DERAI, *Belle-amie.*
115. Ed McBAIN, *Le Goût de la mort.*
116. Joan COLLINS, *Les Larmes et la Gloire.*
117. Roger CARATINI, *Le Roman de Jésus.*
I. *De Bethléem à Cana.*
118. Roger CARATINI, *Le Roman de Jésus.*
II. *De Tibériade au Golgotha.*
119. Franz LISZT, *Chopin.*
120. James W. HUSTON, *Pluie de flammes.*
121. Joyce Carol OATES, *Le Sourire de l'ange.*
122. Nicholas MEYER, *Sherlock Holmes et le fantôme de l'Opéra.*
123. Pierre LUNEL, *Ingrid Betancourt, les pièges de la liberté.*
124. Tamara MCKINLEY, *Éclair d'été.*
125. Ouarda SAILLO, *J'avais 5 ans.*
126. Margaret LANDON, *Anna et le roi.*
127. Anne GOLON, *Angélique.* I. *Marquise des anges.*
128. Anne GOLON, *Angélique.* II. *La Fiancée vendue.*
129. Jacques MAZEAU, *La Ferme de l'enfer.*
130. Antonin ANDRÉ, Karim RISSOULI, *Hold-uPS, arnaques et trahisons.*
131. Alice HOFFMAN, *Un instant de plus ici-bas.*
132. Otto PENZLER, *Quand ces dames tuent !*
133. Philippe BOUIN, *La Gaga des Traboules.*
134. Jane HAMILTON, *La Brève Histoire d'un prince.*
135. Jean-Michel COUSTEAU, *Mon père le commandant.*
136. Judith LENNOX, *L'Enfant de l'ombre.*
137. Stéphane KOECHLIN, *Michael Jackson, la chute de l'ange.*
138. Jeffrey ARCHER, *Frères et Rivaux.*
139. Jane AUSTEN, *Orgueil et Préjugés.*
140. Kim WOZENCRAFT, *En cavale.*
141. Andrew KLAVAN, *La Dernière Confession.*
142. Barry UNSWORTH, *Le Joyau de Sicile.*
143. Colleen MCCULLOUGH, *Antoine et Cléopâtre.*
I. *Le Festin des fauves.*
144. Colleen MCCULLOUGH, *Antoine et Cléopâtre.*
II. *Le Serpent d'Alexandrie.*
145. Santa MONTEFIORE, *Le Dernier Voyage du* Valentina.

146. Charles TODD, *Trahison à froid.*
147. Bertrand TESSIER, *Belmondo l'incorrigible.*
148. Elizabeth MCGREGOR, *Une intime obsession.*
149. Anne GOLON, *Angélique.* III. *Fêtes royales.*
150. Anne GOLON, *Angélique.* IV. *Le Supplicié de Notre-Dame.*
151. Clinton MCKINZIE, *La Glace et le Feu.*
152. Edi VESCO, *Soleil d'hiver.*
153. Tariq RAMADAN, *Mon intime conviction.*
154. Jean-Dominique BRIERRE, *Jean Ferrat, une vie.*
155. Dale BROWN, *Feu à volonté.*
156. Émile BRAMI, *Céline à rebours.*
157. Joyce Carol OATES, *Œil-de-serpent.*
158. Didier PORTE, *Sauvé des ondes.*
159. Alberto VASQUEZ-FIGUEROA, *Les Yeux du Touareg.*
160. Jane AUSTEN, *Persuasion.*
161. Michaël DARMON,Yves DERAI, *Carla et les ambitieux.*
162. Alexandre DUMAS, *Les Borgia.*
163. Julie GREGORY, *Ma mère, mon bourreau.*
164. Philippa GREGORY, *L'Héritage Boleyn.*
165. Tamara MCKINLEY, *Le Chant des secrets.*
166. Dominique JAMET, *Ces discours qui ont changé le monde.*
167. James PATTERSON, *Rendez-vous chez Tiffany.*
168. Anabelle DEMAIS, *Liaison dangereuse.*
169. Deborah SMITH, *Un café pour deux.*
170. Yann QUEFFÉLEC, *Le Piano de ma mère.*
171. Gerald MESSADIÉ, *Jacob, l'homme qui se battit avec Dieu.* I. *Le Gué du Yabboq.*
172. Judith LENNOX, *Des pas dans la nuit.*
173. Colleen MCCULLOUGH, *Les Caprices de Miss Mary.*
174. Jonathan KING, *La Voix des oubliés.*
175. Gerald MESSADIÉ, *Jacob, l'homme qui se battit avec Dieu.* II. *Le Roi sans couronne.*
176. Bernard PASCUITO, *Célébrités : 16 morts étranges.*
177. Tami HOAG, *Contre toute évidence.*
178. Anatole LE BRAZ, *La Légende de la mort.*
179. Jane AUSTEN, *Northanger Abbey.*
180. Ronlyn DOMINGUE, *Le Souffle de l'éternité.*
181. Judy WESTWATER, *Abandonnée !*
182. Donald JAMES, *Vadim.*
183. Heather LEWIS, *Le Second Suspect.*

184. Louis Pergaud, *La Guerre des boutons.*
185. Lori Lansens, *Les Filles.*
186. Philippe Bouin, *Paraître à mort.*
187. Jeffrey Fox, *Comment être un bon manager.*
188. Clinton McKinzie, *Au-dessus du gouffre.*
189. Daniel Silva, *Le Messager.*
190. Simon Mawer, *Faille intime.*
191. Stendhal, *La Chartreuse de Parme.*
193. Joyce Carol Oates, *L'Amour en double.*
194. Gerald Messadié, *Ramsès II l'Immortel.* I. *Le Diable flamboyant.*
195. Gilles van Grasdorff, *Le dalaï-lama, la biographie non autorisée.*
196. Ann Radcliffe, *Les Mystères d'Udolpho.*
197. Deborah Smith, *La Montagne de l'ours.*
198. Lisa Gardner, *Jusqu'à ce que la mort nous sépare.*
199. James Patterson, *Contre l'avis des médecins.*
200. Robert Belleret, *Jean Ferrat, le chant d'un révolté* (pack).
201. Gerald Messadié, *Ramsès II l'Immortel.* II. *Le Roi des millions d'années.*
202. Siski Green, *Faire l'amour à une femme, le guide.*
203. Siski Green, *Faire l'amour à un homme, le guide.*
204. Jacqueline Monsigny, *Le Maître de Hautefort.*
205. Bertrand Tessier, *Bernard Giraudeau, le baroudeur romantique.*
206. Allan Folsom, *La Conspiration Hadrien.*
207. Charles Dickens, *Le Mystère d'Edwin Drood.*
208. Jacqueline Monsigny, *La Dame du bocage.*
209. Bertrand Tessier, *Delon & Romy.*
210. Tamara McKinley, *L'Héritière de Jacaranda.*
211. Bertrand Pascuito, *Dalida, une vie brûlée.*
212. Patrick Mahé, *Elvis et les femmes.*
213. Anne Brontë, *Agnes Grey.*
214. Cecilia Samartin, *Le Don d'Anna.*
215. Marie-Bernadette Dupuy, *Le Refuge aux roses.*
216. Pierre Lunel, *L'Abbé Pierre, l'insurgé de Dieu.*
217. Colleen McCullough, *Fleurs sanglantes.*
218. Wilkie Collins, *Le Secret.*
219. Gerald Messadié, *Ramsès II l'Immortel.* III. *Celle qui s'empara du ciel.*
220. Jacqueline Monsigny, *La Tour de l'orgueil.*
222. Lisa Gardner, *La Fille cachée.*

223. Anne BRONTË, *La Dame du manoir de Wildfell hall.*
224. Jane HAMILTON, *Un acte de désobéissance.*
225. Gene HACKMAN, *L'Étoile perdue.*
226. Mary Elizabeth BRADDON, *La Trace du serpent.*
227. Sameem ALI, *Le Voile de la douleur.*
228. Lisa GARDNER, *Tu ne m'échapperas pas.*
229. Doris GLÜCK, *Niqab.*
230. William DIEHL, *La Loi du silence.*
231. Bernard PASCUITO, *Annie Girardot.*
232. Matt BONDURANT, *Des hommes sans loi.*
233. Roger MOORE, *Amicalement vôtre.*
234. Mary WEBB, *La Renarde.*
235. Philippe BOUIN, *Va, brûle et me venge.*
236. Henry JAMES, *Lady Barberina.*
237. Amelia OPIE, *Adeline Mawbray.*
238. Bertrand TESSIER , *La Dernière Nuit de Claude François.*
239. Shirin EBADI, *La Cage dorée.*
240. Charles DICKENS, *De grandes espérances.*
241. Joyce Carol OATES, *Le Département de musique.*
242. Gerald MESSADIÉ , *4 000 ans de mystifications historiques.*
243. Wilkie COLLINS, *La Pierre de lune.*
244. Kirk DOUGLAS, *Le Fils du chiffonnier.*
245. Kathy GLASS, *Violentée.*
247. Louis-Jean CALVET, *Léo Ferré.*
248. Elizabeth VON ARNIM, *La Bienfaitrice.*
249. Deborah SMITH, *Le Secret d'Alice.*
250. Jean-Luc DELARUE, *Carnets secrets.*
251. Tamara MCKINLEY, *La Terre du bout du monde.*
252. Charlotte BRONTË, *Villette.*
253. Seymour HERSCH, *La Face cachée du clan Kennedy.*
254. Cecilia SAMARTIN, *La Belle Imparfaite.*
255. Marie-Bernadette DUPUY, *L'Amour écorché.*
256. George ELIOT, *Silas Marner.*
257. Jean-Noël BLANC, *Grandes heures du Tour de France.*
258. Colleen MCCULLOUGH, *Fleurs sanglantes.*
259. Frances TROLLOPE, *La Veuve Barnaby.*
260. Sam BERNETT, *Johnny, 7 vies.*
261. Charlotte LINK, *La Belle Hélène.*
262. Charles DICKENS, *La Mystérieuse Lady Dedlock.*
263. Charles DICKENS, *Le Choix d'Esther.*

264. Michel EMBARECK, *La mort fait mal.*
265. Richard CONDON, *Un crime dans la tête.*
266. Alfredo COLITTO, *L'Élixir des Templiers.*
267. Emily BRONTË, *Les Hauts de Hurlevent.*
268. *Le Coran.*
269. Philippe CROCQ, Jean MARESKA, *La Vie pas toujours rose d'Édith Piaf.*
270. Mary Elizabeth BRADDON, *Le Secret de lady Audley.*
271. Gerald MESSADIÉ, *Et si c'était lui ?*
272. Kate SNELL, *Le Dernier Amour de Diana.*
273. Wilkie COLLINS, *La Dame en blanc.*
274. Mélanie ROSE, *La Mémoire d'une autre.*
275. Raluca NATHAN, *L'Âme tatouée.*
276. Candice COOHEN-AHNINE, *Rendez-moi ma fille.*
277. *Les Prophéties de Nostradamus.*
278. *Le Grand et le Petit Albert.*
279. Patrice FRANCESCHI, *Quatre du Congo.*
280. Patrice FRANCESCHI, *Terre farouche.*
281. Patrice FRANCESCHI, *Qui a bu l'eau du Nil...*
282. Patrice FRANCESCHI, *Raid papou.*
283. Reynald ROUSSEL, *Ce que les morts nous disent.*
285. Michel TAUBMAN, *Le Roman vrai de DSK.*
286. René BENJAMIN, *Gaspard.*
287. Philippa GREGORY, *La Reine clandestine.*
288. David DOSA, *Un médium nommé Oscar.*
289. Sharon MCGOVERN, *Terrifiée.*
290. Annabelle DEMAIS, *Rose sang.*
291. Maud TABACHNIK, *Je pars demain pour une destination inconnue.*
292. Pierre MIKAÏLOFF, *Bashung, vertige de la vie.*
293. Anthony TROLLOPE, *L'Héritage Belton.*
294. Jacqueline MONSIGNY, *La Sirène du Pacifique.*
295. Charlotte BRONTË, *Jane Eyre.*
296. Stéphane BOUCHET, Frédéric VÉZARD, *Cantat, l'amour à mort.*
297. Molly WEATHERFIELD, *Dangereux plaisirs.*
298. Jacques LAURENT, *Caroline chérie* – t. 1.
299. Jacques LAURENT, *Caroline chérie* – t. 2.
300. Cathy GLASS, *Ne dis rien.*
301. Tamara MCKINLEY, *Les Pionniers du bout du monde.*
302. Gerald MESSADIÉ, *L'Impératrice fatale.* I. *La Fille Orchidée.*
303. Joyce Carol OATES, *Une troublante identité.*

304. Lysa S. ASHTON, *De cuir et de soie.*
305. SHEILA, *Danse avec ta vie.*
306. Cecilia SAMARTIN, *Rosa et son secret.*
307. Elizabeth VON ARNIM, *Père.*
308. Gerald MESSADIÉ, *L'Impératrice fatale.* II. *Le Bûcher du Phénix.*
309. Marie-Bernadette DUPUY, *Le Cachot de Hautefaille.*
310. Bernard PASCUITO, *Coluche.*
311. Nicholas MEYER, *La Solution à 7 %.*
312. Elizabeth GASKELL, *Ruth.*
313. Kathy HARRISON, *Les Larmes de Daisy.*
314. Sarah LARK, *Le Pays du nuage blanc.*
315. Louise COLET, *Un drame dans la rue de Rivoli.*
316. Dorothy CHITTY, *Mon ange gardien m'a sauvée.*
317. James HAYMAN, *L'Écorcheur de Portland.*
318. Judith LENNOX, *Mes sœurs et moi.*
319. Fred HIDALGO, *Jacques Brel.*
320. Amale El ATRASSI, *Louve Musulmane.*
321. Antonin MALROUX, *La Fille des eaux vives.*
322. Gérard LENORMAN, *Je suis né à vingt ans.*
323. Alexandre DUMAS, *Le Docteur mystérieux.*
324. Michel QUINT, *Veuve noire.*
325. Jack LANCE, *Tu es mort.*
326. Anne ROUMANOFF, *Normal 1er, roi des Français.*
327. Marc ALYN, *Monsieur le chat.*
328. Madeleine GOLDSTEIN, *On se retrouvera. Survivre à Auschwitz.*
329. Hermine de CLERMONT-TONNERRE, *Le Savoir-vivre au XXIe siècle.*
330. Sean BOYNE, *Mon père m'a vendue.*
331. Alexandre DUMAS, *La Fille du marquis.*
332. Éd. par Joseh VEBRET, *De l'amour, une anthologie de lettres et de poèmes.*
333. Guy ROUX, *Il n'y a pas que le foot dans la vie.*
334. Charlotte BRONTË, *Le Professeur.*
335. Diane et Bernie LIEROW, *Sauvée par l'amour.*
336. Edgar MORIN, *Au péril des idées.*
337. Nicholas MEYER, *L'Horreur du West End.*
338. Émile ZOLA, *Madeleine Férat.*
339. Bernard VINCENT, *Lincoln, l'homme qui sauva les États-Unis.*
340. Raphaël DELPARD, *L'Enfant sans étoile.*
341. Jacqueline BRISKIN, *Paloverde.*
342. Joyce Carol OATES, *Fleur vénéneuse.*

343. Karl ZÉRO, *Disparues.*
344. Colleen MCCULLOUGH, *Tim.*
345. Charles DICKENS, *La Petite Dorrit* (t.1).
346. Lizzie MCGLYNN, *Je te pardonne, papa.*
347. Charles DICKENS, *La Petite Dorrit* (t.2).
348. Joseph VÉBRET, *Maman, ces poèmes sont pour toi.*
349. Thomas HARDY, *Loin de la foule déchaînée.*
350. Alexandre DUMAS, *Le Chevalier de Maison-Rouge.*
351. Tamara MCKINLEY, *L'Or du bout du monde.*
352. Marie-Bernadette DUPUY, *Du sang sous les collines.*
353. Pearl BUCK, *L'Énigme éternelle.*
354. Colleen MCCULLOUGH, *Un autre nom pour l'amour.*
355. Lewis WALLACE, *Ben-Hur.*
356. Michael CLEMENGER, *Dans l'enfer de l'orphelinat.*
357. Georges SAND, *Le Dernier Amour.*
358. Cécilia SAMARTIN, *La Promesse de Lola.*
359. Lilly LINDNER, *Moi, Lilly, violée, prostituée.*
360. Alexandra RIPLEY, *Charleston.*
361. Mario PUZO, *Le Sang des Borgia.*
362. Jacqueline BRISKIN, *Les Sentiers de l'aube.*
363. Alexandre DUMAS, *Jane.*
364. Tariq RAMADAN, *L'Islam et la réforme radicale.*
365. Anne de BOURBON-SICILES, *Le Chant du pipiri.*
366. Sacha BUZMANN, *Le Jouet du prédateur.*
367. Michel EMBARECK, *Le Rosaire de la douleur.*
368. Pamela HARTSHORNE, *L'Écho de ton souvenir.*
369. Sarah LARK, *Le Chant des esprits.*
370. Brenda JAGGER, *Les Chemins de Maison Haute.*
371. Edgar MORIN, *Au rythme du monde.*
372. François DELPLA, *Nuremberg face à l'Histoire.*
373. Cathy GLASS, *Maman dit que c'est ma faute.*
374. Susan HILL, *La Main de la nuit.*
375. Mélanie ROSE, *Coups de foudre.*
376. Patrick POIVRE-D'ARVOR, *Rapaces.*
378. Colleen MCCULLOUGH, *La Passion du docteur Christian.*
379. Marie-Françoise LOOCK, *L'Encyclopédie des trucs.*
380. Alexandra RIPLEY, *Retour à Charleston.*
381. Thomas HARDY, *Le Maire de Casterbridge.*
382. Paula HADDAD, *J'ai liké ton profil… et j'aurais pas dû.*
383. Brenda JAGGER, *Le Silex et la Rose.*

384. Karl ZÉRO, *Coupable, non coupable ?*
385. Constance MEYER, *La Jeune Fille et Gainsbourg.*
386. Stefan AUS DEM SIEPEN, *La Corde.*
387. Lucy DILLON, *Chiens perdus & cœurs solitaires.*
388. Alexandra RIPLEY, *La Demoiselle du Mississippi.*
389. Kim MESSIER, *Baiser à Manhattan.*
390. Tina ROTHKAMM, *Mon combat pour libérer ma fille.*

Cet ouvrage a été composé
par Atlant'Communication
au Bernard (Vendée)

Impression réalisée à Barcelone par

CPI

en janvier 2015
pour le compte des Éditions Archipoche

Imprimé en Espagne
N° d'édition : 387
Dépôt légal : février 2015